国家社会科学基金项目（社科1990基字第528号）

中国历代文学家之地理分布

曾大兴 著

2018年·北京

图书在版编目（CIP）数据

中国历代文学家之地理分布/曾大兴著. —北京：商务印书馆，2013（2018.8重印）
ISBN 978-7-100-10292-6

I. ①中… II. ①曾… III. ①作家－地理分布－研究－中国 IV. ①I206

中国版本图书馆CIP数据核字（2013）第224730号

权利保留，侵权必究。

中国历代文学家之地理分布

曾大兴 著

商 务 印 书 馆 出 版
（北京王府井大街36号 邮政编码100710）
商 务 印 书 馆 发 行
三河市尚艺印装有限公司印刷
ISBN 978-7-100-10292-6

2013年11月第1版　　开本 880×1230　1/32
2018年8月第2次印刷　　印张 19

定价：50.00元

序

前年秋，大兴作为访问学者，来北京大学中文系作研究。到校不久，即光临寒斋相访。我们一见面就谈得很投机。我请问他来北大打算完成什么课题，他说北大藏书多，离北京图书馆又近，准备抓紧这一年难得集中的时间，利用图书馆资料方便的条件，争取将已着手撰写的《中国历代文学家之地理分布》这部著作基本完成，见我听得颇感兴趣，他就进一步向我简略地介绍这部书将要包括的内容和做法。

他说这一科研方向，自从梁启超等学者开风气以来，已经取得了一些成绩，但有关文学家与地理环境的关系问题，迄今尚无人着手，所以亟须有这部书来填补空白。又说他打算花几年时间，根据可靠史料，对 7000 位历代文学家作研究，统计出他们的朝代、出生地，绘制出分布格局表，然后在此基础上再作宏观研究和定性描述，其结论就比较可靠了。第二步则是从人文地理学的角度，来探讨这种格局形成的原因。这样，既找出了文学家的分布成因，也为古代区域经济、区域文化、区域教育，乃至区域旅游的研究，提供丰富的史料。

他接着说，在详尽的定量分析和系统的宏观描述的基础上，他准备对历代文学家的地理分布作规律性的探讨。他认为，中国的文化重心在哪里，文学家的分布重心就在哪里。也就是说，直接作用于文学家分布格局的，不是政治，不是经济，不是自然地理条件，而是文化。他又认为，文化重心往往同政治重心和经济重心是一个同心圆。历代的国都，往往也是当时的文化重心之所在。国都交通方便，教育发达，便于人才的集中和培养。经济重心形成之后，教育会随之发达起来。教育发达了，文化重心也随之形成。这是基本规律。围绕着这一点，还要探讨不少带规律性的问题。

我听了他关于这一课题研究的介绍，很感兴趣，就鼓励他着手进行。他说，其实这项研究已经开始多时了，要是没有一些实际的经验和感受，上面的简介就可能空泛些。他回答得很谦逊，于是就与我告别而去。

大兴在北大的一年确乎很用功，收获也很大。访问期满，他要回武汉去，离京的前几天，曾来看我，同我话别，还将已写好的两章留给我看。我看后很高兴，因为从这两章，可以窥见著者力图将宏观与微观考察结合起来，将定性分析与定量统计结合起来，将文学研究与区域文化研究结合起来，新意迭出而不哗众取宠，论断允当而不四平八稳，语言生动而不刻意雕饰，所有这些特点也是优点，显示出这部著作已经达到一个很高的水平，是难能可贵的，我衷心祝贺著者的成功！

最近，我得到大兴的来信，说这部著作已经全部完成，即将公开出版，请我作序，盛情难却，就将我所知道的写在这里，谨推荐这部力著于专家和广大读者之前，是为序。

陈贻焮

1993年12月31日于北京大学朗润园梅棣盦

目录 Contents

修订版前言 001
初版前言 028

第一章　周秦文学家之地理分布 038
　　第一节　分布格局及其特点 038
　　第二节　分布重心及其成因 042
　　结　语 055

第二章　两汉文学家之地理分布 056
　　第一节　分布格局及其特点 056
　　第二节　分布重心及其成因 065
　　结　语 077

第三章　三国西晋文学家之地理分布 079
　　第一节　分布格局及其特点 079
　　第二节　分布重心及其成因 087
　　结　语 101

第四章　东晋十六国南北朝文学家之地理分布 …… 102
第一节　"永嘉之乱"与文学世族的南移 …… 102
第二节　分布格局及其特点 …… 108
第三节　分布重心及其成因 …… 129
结　语 …… 144

第五章　隋唐五代文学家之地理分布 …… 146
第一节　分布格局及其特点 …… 146
第二节　"关中本位政策"与"安史之乱"对南北文学格局的影响 …… 173
第三节　分布重心及其成因 …… 178
结　语 …… 208

第六章　宋辽金文学家之地理分布 …… 209
第一节　分布格局及其特点 …… 209
第二节　"靖康之难"与文化重心的第二次南移 …… 250
第三节　分布重心及其成因 …… 255
结　语 …… 292

第七章　元代文学家之地理分布 …… 293
第一节　分布格局及其特点 …… 293
第二节　分布重心及其成因 …… 314
结　语 …… 338

第八章　明代文学家之地理分布 339
   第一节　分布格局及其特点 339
   第二节　分布重心及其成因 387
   结　语 412

第九章　清代文学家之地理分布 413
   第一节　分布格局及其特点 413
   第二节　分布重心及其成因 475
   结　语 521

第十章　中国历代文学家族之地理分布 522
   第一节　文学家族之分布格局 522
   第二节　文学家族之分布特点 542

第十一章　中国历代文学家之地理分布规律 547
   第一节　文学家分布的"瓜藤结构" 547
   第二节　文学重心的"四大节点"及其成因 555
   第三节　文学重心的移动规律 580

引用书目 585

修订版前言

拙著《中国历代文学家之地理分布》作为1990年度"国家社会科学基金项目",自1995年10月由湖北教育出版社出版以来,受到历史地理学界、文学研究界专家和广大读者的重视与欢迎,被公认为"我国第一部文学地理学研究方面的专著","具有重要的开创意义"。历史地理学家葛剑雄教授和华林甫教授在《二十世纪的中国历史地理研究》[1]和《中国历史地理学五十年》[2]等论著中一再提到拙著,历史地理学家蓝勇教授在"面向21世纪课程教材"《中国历史地理学》一书中,将拙著列为"学习参考论著",多次引用拙著的观点和材料,其中第十五章之第二节"历代文学家的分布变迁",即是根据拙著的有关内容改写而成。[3]在文学研究界,引用和评介拙著的论著更多,黄霖教授甚至认为,"曾大兴的研究相当宏观和富有条理,与明确建构'中国文学地理学'实差一步之遥"[4]。16年来,一直都有读者来信来电,希望通过我买到拙著,而出版社

---

[1] 葛剑雄、华林甫:《二十世纪的中国历史地理研究》,《历史研究》2002年第3期。
[2] 华林甫:《中国历史地理学五十年》,学苑出版社2001年版,第569页。
[3] 蓝勇:《中国历史地理学》,高等教育出版社2002年版,第314、319—320、324、335页。
[4] 黄霖:《文学地理学的理论创新与体系建构》,《文学评论》2007年第5期。

则一再告知，首印4000册，早在出版当年即已售罄。

我很感激历史地理学界和文学研究界的专家以及广大读者对我这项研究的认可，感激大家对文学地理学这门新兴学科的支持。事实上，拙著《中国历代文学家之地理分布》"与明确建构'中国文学地理学'"这门学科的距离，并非"一步之遥"，而是还有一半的路程。这不是故作谦虚。因为我们考察文学家的地理分布，是为了弄清楚文学家所受的地理环境方面的影响，进而弄清楚地理环境通过文学家的中介作用对文学作品所构成的影响。完整、系统的文学地理学研究，应该是通过文学家的地理分布，来考察文学作品的地域性，而我的这本书，只是考察了文学家的地理分布，对文学作品的地域性则较少涉及。这是本学科的阶段性目标和本书的体例所决定的。大家如果有兴趣进一步了解我对文学作品的地域性所作的考察，可以参看《文学地理学研究》这本书。[1]

我更要感激的，是专家和读者的某些意见，使我早在2004年，就萌生了修订再版此书的想法。只是由于手头上一直都有别的写作任务，修订工作总是一拖再拖。2008年6月，我申报的国家社会科学基金项目"气候与文学之关系研究"获得批准。由于这项研究需要引用拙著《中国历代文学家之地理分布》中的某些观点和材料，这就迫使我不得不从头至尾细心地重读此书。在重读的过程中，我发现了如下问题：

第一，当年由于资料的欠缺，某些文学家的籍贯没有考证出来，而近16年来由于不断有新的材料问世，过去认为"籍贯不详"的488人中，有101人的籍贯是可以考证出来的。那么当年的有关统计

---

[1] 见拙著《文学地理学研究》，商务印书馆2012年版。

结果就要作出相应的变更。虽然个别的统计结果并不影响我的宏观认识和结论，但是，知错而不改，这是学者所忌讳的。

第二，当年关于皇室文学家的籍贯认定，我是有些偏差的。由于不能一一确认皇室文学家究竟生长在哪里，是在第一代皇帝的出生地即所谓"龙兴之地"，还是在京师，抑或是在其父祖的封地？我采取了一个在今天看来未免有些简单或武断的办法，即把他们的籍贯都一律系在第一代皇帝的出生地。然而事实上，多数是从第三代开始，皇室子弟就不再出生于"龙兴之地"了。

第三，当年关于历代文学家的分布格局和分布重心虽然做了详细的统计和考察，但是对于分布特点的描述和分布规律的探讨，却显得有些简略。

第四，当年大量使用了"文化重心"、"文学重心"这两个概念，也使用了"文化中心"这一概念，但是对这几个概念的内涵和使用权限并没有作必要的界定。

第五，我最初做的有关各朝代、各历史时段的文学家的地理分布统计表格中，原是有"备注"这一栏的，其中包括文学家的"血缘"、"亲缘"、"学缘"，以及"所属流派"等，临到出版时，考虑到这一栏的内容太多，加之"学缘"和"所属流派"也不太好断定，于是就把这一栏删去了。现在看来，"学缘"与"流派"诚然不太好断定，但"血缘"与"亲缘"还是好断定的，还是应该把这一栏部分地恢复过来。

除了以上五个自己所发现的问题，还有三个由有关专家和读者提出的问题：

第一，使用谭正璧先生编著的《中国文学家大辞典》作为统计对象，在材料方面是否有些陈旧？

第二，文学家的籍贯（出生地）分布，乃是一种"静态分布"，而"静态分布"与"动态分布"即文学家的迁徙、流动地相比，究竟哪一个更重要？

第三，文学家的地理分布，与文学作品的地域性之间，究竟有没有必然的联系？

由于以上这八个问题，使我觉得必须对《中国历代文学家之地理分布》的初版进行修订，而且必须在"气候与文学之关系研究"这个课题结题之前，完成对它的修订工作。要通过这次修订，弥补初版中的某些缺失，纠正初版中的某些偏差，为"气候与文学之关系"这个课题的研究，以及同行专家的相关研究，提供更准确的统计数据；同时也通过这次修订，回答专家和读者的上述疑问。于是从2008年6月开始，我便着手这本书的修订，直到2011年春节才基本完成，断断续续地大约花了两年的时间。

下面，我将按照上述八个问题的逻辑顺序，一一予以回答和说明。

一、为什么要选择谭编《大辞典》作为统计对象

为什么要选择谭正璧先生编的《中国文学家大辞典》作为统计对象？我要在这里作一个说明。早在1990年秋季，当我着手"中国历代文学家的地理分布"这个课题的研究时，就为选择哪一部文学家辞典作为统计对象而反复斟酌，后来通过与陈贻焮先生反复商议，并得到他的赞同，决定还是选择谭正璧先生编的《中国文学家大辞典》作为统计对象。直到今天，我还是认为我当年的选择是正确的。

我的理由是：

第一，在我国，自从有文学家辞典这一类的工具书问世以来，直到今天，只有两部辞典是最有影响的，一部就是谭正璧编、光明书局 1934 年出版的《中国文学家大辞典》，另一部则是由曹道衡、周祖譔、曾枣庄、邓绍基、梁叔安等人分头主编、中华书局自 1996 年起陆续出版的多卷本《中国文学家大辞典》，后者的篇幅比前者要大，所收录的文学家比前者要多。但是，这部多卷本的大辞典直到今天也没有出齐，还缺明代这一卷。

第二，谭编《大辞典》出自一人之手，其收录标准是统一的，或其"姓名见于各家文学史及各史之《文苑传》"，或其"文学著作为各史《艺文志》及《四库全书》所收者"。[1] 也就是说，谭编《大辞典》所收录的是在历史上有影响的文学家，从统计学的角度来看，它的统计口径是一致的，而曹道衡等人主编的多卷本《大辞典》，由于出自众人之手，其收录标准并不一致，编者自云"唐以前从宽，唐以后从严"[2]，但是究竟宽要宽到什么程度，严要严到什么程度，实际上并没有一个统一的标准。就其所收录的实际情况来看，可以说，有些是在历史上有影响的文学家，有些则未必。从统计学的角度来看，它的统计口径是不一致的。一部统计口径并不一致的大辞典，是不宜作为学术研究的统计对象的。

第三，多卷本《大辞典》由于出自众人之手，它的质量是良莠不齐的。例如：大量抄录谭编《大辞典》而不加辨析和说明，大凡谭编《大辞典》出错的地方，自己也跟着错；把文学家的郡望混同

---

[1] 谭正璧：《中国文学家大辞典·例言》，上海书店 1981 年复印版，第 1 页。
[2] 曹道衡等：《中国文学家大辞典·先秦汉魏晋南北朝卷·前言》，中华书局 1996 年版，第 2 页。

于籍贯（出生地）；把州、府、郡、路地名混同于州治、府治、郡治、路治地名，等等。关于多卷本《大辞典》的质量问题，我准备另文商榷，这里不拟多谈。

由于第一个原因，使得我在当初只能选择谭编《大辞典》作为统计对象；由于第二、第三个原因，使得我决定，即便是多卷本的《大辞典》出齐了，我也不会选择它作为统计对象。

或许有人会说，为什么要选择现成的《中国文学家大辞典》作为统计对象？为什么不是自己根据有关文学总集例如《全上古三代秦汉三国六朝文》、《先秦汉魏晋南北朝诗》，以及《全唐诗》、《全唐文》、《全唐五代词》、《全宋诗》、《全宋文》、《全宋词》等进行统计？我这样做，不是有些偷懒之嫌吗？在这里，我也有几条理由可说：

第一，我所做的统计，是对从李耳到刘师培这两千五百年间的有影响的文学家的籍贯（出生成长之地）进行统计，是通代性的统计，不是断代性的统计。也就是说，我所做的统计，并不限于某一个朝代，例如唐代，或者宋代；也不限于某一个历史时段，例如魏晋南北朝，或者元明清。到目前为止，好几个朝代的好几种文学总集并没有编纂出来，例如清代的文学总集，只有半部《全清词》，而《全清文》与《全清诗》的编纂则还没有完成；明代的文学总集，也只出了一部《全明散曲》和一部《全明词》，《全明文》与《全明诗》的编纂也都没有完成；金、元两代，也只出了《全金诗》、《全金元词》、《全元戏曲》和《全元散曲》，金文、元文、元诗方面较完整的总集也都没有编成。在好几个朝代的好几种文学总集都没有编纂出来的情况下，通代性的统计工作，除了依据通代性的《中国文学家大辞典》，难道还有更合适的统计对象吗？

第二，以一人之力所做的通代性的统计，只能是抽样统计，不可能是普查。即便是以多人之力所做的通代性的普查，也难以做到没有遗漏。因为中国两千五百多年的文学史上，究竟出了多少个文学家，恐怕永远都是一个谜。许多人，虽然作品还可以见到，但其名字早已湮没不彰了，不然的话，为什么在各种文学史、各种文学总集和选本上，还有那么多的"无名氏"呢？

第三，即便是根据《全宋诗》、《全宋文》和《全宋词》一类的文学总集所进行的断代性的统计，也难以做到"尽全"，谁敢说如今所见到的《全宋诗》、《全宋文》和《全宋词》所收录的文学家完全没有遗漏？如果没有遗漏，为什么总是有一些补遗、辑佚之作问世呢？更何况在宋代，除了有名有姓的诗、文、词作家，还有许多不知名的小说家和戏剧家呢。谁敢说自己对宋代文学家的统计是"尽全"的？

第四，所有的统计，无论是通代性的统计，还是断代性的统计，无论是依据《中国文学家大辞典》所做的统计，还是依据有关文学总集所做的统计，都不可能是普查，都不可能"尽全"，就其实质来讲，都是抽样统计。既是抽样统计，只要统计口径一致，这种统计就是可行、可信的。如果统计口径不一致，即便是断代性的统计，即便是依据有关文学总集进行的统计，其所谓的"精确性"，也是要大打折扣的。

第五，有朋友对我说，他依据《全唐诗》和《全唐诗补编》统计出来的诗人，比我依据谭编《中国文学家大辞典》统计出来的唐代诗人要多一点。这个我不否认。可是我问他，他所得出的结论，例如唐代诗人的分布格局、分布重心、分布成因、分布规律等，与我得出的结论有冲突吗？他就答不上来了。因为事实上并没有冲突。不错，他所做的统计，从某种意义上来讲是一个不漏的，甚至连那些残篇、断句的作者都统计进来了，而我依据谭编《中国文学家大辞典》所统计的唐代诗人，只是在当时有影响的诗人。他的统计口径要宽一些，我的统计口径要窄一些，但是我们所得出的结论并不相左。这就说明，只要统计口径是统一的，无论是普查还是抽样，其结论都是可靠的。

总之，通代性的统计不同于断代性的统计，对整个中国古代文学史上的诗、文、词、小说、戏剧作家所进行的统计，不同于对某一朝代、某一类作家例如唐代诗人、宋代词人所进行的统计，因为后者有相关的文学总集例如《全唐诗》、《全宋词》作依据，前者所能依据的文学总集是不全的，只能依据统计口径一致的、较权威的谭编《中国文学家大辞典》。

最后需要强调的是，我虽然选择谭编《大辞典》作为统计对象，但是对于文学家籍贯的认定，则与谭编《大辞典》多有不同。谭编《大辞典》往往"郡望"、"祖籍"、"籍贯"三者不分，而我所讲的"籍贯"，是指其本人的出生地，不是指其"祖籍"，更不是指其"郡望"。因此，凡是谭编《大辞典》把"郡望"当"籍贯"，或者把"祖籍"当"籍贯"的地方，我都要参考其他方面的材料加以甄别。

二、关于皇室文学家籍贯的认定

中国历史上的多数皇室都有文学家出现，而且不止一两个。除了宋代和明代的皇室文学家的籍贯在史书上有具体记载外，其他都很笼统。

初版关于皇室文学家籍贯的认定，原是有些偏差的。由于不能一一确认皇室文学家究竟出生在哪里，我把他们的籍贯都一律系在第一代皇帝（开国皇帝）的出生地。现在看来，这样处理是多少有些简单或武断的。

皇室第一代文学家的籍贯不难认定，但是第二代、第三代及以后各代的籍贯就不大容易认定了。皇室第二代，有的出生在"龙兴之地"，即第一代皇帝的原籍，有的出生在京师，有的则出生在其父辈的封地。这一代的籍贯比较复杂，如果史书上没有关于他们的出生年代的记载，这一代人的籍贯是很难认定的。皇室第三代及以后各代，其籍贯要么在京师，要么在其父祖的封地，看似不难认定，其实也很困难。因为历代诸侯、亲王的封地虽然可以认定，但是有不少人其实并不住在封地（未就国），而是住在京师，有的则时而封地，时而京师。因此他们的后人，究竟是出生在其封地，还是出生在京师，实际上也很难认定。

鉴于上述这几种情形，修订版作了一些改动，即把皇室第一代、第二代文学家的籍贯系于开国皇帝的原籍（龙兴之地），第三代及以后各代的籍贯则大多系于京师。这样做，仍然难免简单化之嫌，但是比起初版的做法来，应该是更接近于事实的。

三、关于文学家的血缘与亲缘关系

如上所述，20年前，在我所做的有关文学家的地理分布统计表格中，原是有"血缘"、"亲缘"、"学缘"、"所属流派"等内容的，后来考虑到这一部分内容太多，加之"学缘"和"流派"的归属问题也不太好断定，于是临到出版时，竟把这些内容全都删掉了。

所谓"学缘",其实就是讲文学家的师承关系。事实上,任何一位有创造性的文学家,他所师承的对象都不可能是单一的,所谓"转益多师是吾师"。既然如此,要想在一个表格的一个栏目中,反映文学家的那种并非单一的师承关系,显然是不现实的。"流派"问题也很复杂。中国古代的文学家,至少在唐代以前是没有什么流派意识的。唐代的所谓"山水田园诗派"、"边塞诗派"、"元白诗派"、"韩孟诗派"、"花间词派"等,都是后人加封的,不完全符合实际。宋代的"江西诗派"、"江湖诗派",明代的"公安派"、"竟陵派",清代的"桐城派"、"浙西词派"、"常州词派"等,可以算是文学流派,但是其成员也比较复杂。有些作家在生前被人们划入某某派,可是他们本人并不承认。总之,像"学缘"、"流派"这一类比较复杂的问题,是不宜用表格的形式来表述的。

"血缘"和"亲缘"则不一样,这两层关系比较简单,是什么就是什么,不会有什么争议。更重要的是,"血缘"和"亲缘"关系,是维系一个家族的两个基本纽带;通过对文学家的"血缘"和"亲缘"关系的梳理,可以复原一个文学家族的基本格局;而文学家族,又是一道非常重要的文学地理景观,是文学地理学研究的重要内容之一。

近年来的文学地理学研究中,文学家族的研究成为一个非常热门的课题,但是到目前为止,似乎还没有哪位学者对中国历代文学家族的地理分布做过全面的考察。由于对中国历代文学家族的分布格局缺乏整体的了解,所以这些关于文学家族的研究成果,基本上都是就某一家说某一家,既缺乏纵向的比较,也缺乏横向的比较,令人有"只见树木不见森林"之憾。因此我决定在修订版的有关表格中恢复"血缘"与"亲缘"这两项内容,并加写"中国历代文学家族的地理分布"这一章。试图通过这一栏和这一章,对中国历代文学家族的分布格局作一个初步的考察,希望能够为今后的文学家族研究提供某些有益的参考。

四、关于文学家的统计结果

谭正璧编《中国文学家大辞典》,"上起李耳,以迄近代",共收录我国文学史上有影响的文学家6851人。按照惯例,文学家的时代归属以卒年为限,故辛亥革命以后去世的文学家应属于民国时代的文学家,这一部分文学家在谭编《大辞典》中有70人。由于这个数量太小,不能反映民国文学家的基本分布格局,故这70人不在本书的考察范围之内。也就是说,本书所考察的文学家实际上为6781人。

初版据谭正璧编《中国文学家大辞典》所载传记资料及其他相关传记资料,结合20世纪90年代以前当代学者的有关考据成果,得知这6781位文学家中,有籍贯可考者为6293人(其中占籍今蒙古者2人、占籍朝鲜者3人、占籍越南者2人),籍贯未详者488人。

修订版参考近16年来问世的当代学者的有关考据成果,在原来籍贯未详的488人中,又得知101人的籍贯;另外,初版显示占籍蒙古者为2人,修订版根据有关材料,得知月鲁不花占籍浙江,故占籍蒙古、越南、朝鲜三国者实为6人。最后的统计结果为:有籍贯可考者为6394人(包括占籍今蒙古、朝鲜、越南三国者6人),籍贯未详者387人。(见表一)

表一　初版与修订版之统计结果对照

初版		修订版	
统计项目	人数	统计项目	人数
周秦至清代文学家总数	6781	周秦至清代文学家总数	6781
有籍贯可考者	6293	有籍贯可考者	6394
籍贯未详者	488	籍贯未详者	387
占籍国内者	6286	占籍国内者	6388
占籍今蒙古、越南、朝鲜三国者	7	占籍今蒙古、越南、朝鲜三国者	6

由于有籍贯可考的文学家增加了101人，修订版中的有关统计数据，包括分县、分州（府、郡、路）、分省（直辖市、自治区）统计数据，以及分朝代（历史时段）统计数据和总数据，均有相应的变化。但是，数据上的些微变化，并未改变初版所得出的相关结论，例如各朝代、各历史时段文学家的分布格局、分布重心、分布成因和分布规律等都没有改变。

另外，东晋十六国南北朝时期的多数文学家，以及隋唐五代时期的少数文学家，在谭编《中国文学家大辞典》中，其"籍贯"实际上多为"祖籍"，或者"郡望"，这与我所认定的"籍贯"即"出生地"的原则是有冲突的，初版对此即多有纠正，但仍有遗漏。16年来，我不断发现一些新的材料，不断对此进行修正，故在修订版中，这两个时段的少数文学家的籍贯（出生地）有改动，有关统计数据也有相应的调整。不过这些调整，也未影响到初版所得出的相关结论，即这两个时段的文学家的分布格局、分布重心、分布成因和分布规律等，并无任何改变。

还需要说明的是，本书对于文学家籍贯所在地的县、郡、府、州地名的认定，以谭其骧主编《中国历史地图集》（地图出版社 1982 年版）为据，同时参考臧励龢等编《中国古今地名大辞典》（商务印书馆 1982 年重印版），部分参考魏嵩山主编《中国历史地名大辞典》（广东教育出版社 1995 年版）。

本书对于当今省（自治区、直辖市）、市（地）、县（区）行政区划的认定，以民政部编《中华人民共和国行政区划简册》（1992 年版）为据，部分参考 1992 年以后各版。

五、关于文学家分布特点的描述与分布规律的探讨

初版对于各个朝代、各个时段文学家的地理分布特点，原是做过一些描述的。例如相近朝代、相近历史时段的分布特点的比较，南、北方文学家的分布特点的比较等，但是在今天看来，这种描述或者比较还是有些简略的。事实上，每个朝代、每个历史时段、每个区域的文学家的地理分布，都有自己的特点，有些特点不仅很鲜明，而且还很有趣味。如果能够把这些特点都一一描述出来，相信一定可以展示中国历代文学家之地理分布的多样性与丰富性。修订版在这一方面做了一些弥补。为了突出这一方面的内容，一至九章第一节的标题，均由"分布格局"改为"分布格局及其特点"。

初版关于文学家的分布规律问题，也是做过一些原创性的探讨的。尤其是把"文学重心"的分布格局及其成因，归纳为"京畿之地"、"富庶之区"、"文明之邦"和"开放之域"这四点，得到历史

地理学家的认可。[1] 但是在今天看来，我对文学家的分布规律的探讨还是不够充分的。修订版在这一方面也做了一些补充，在第十一章里，增写了"瓜藤结构"这一节。

需要说明的是，关于文学家的分布特点的描述与分布规律的探讨，在很大程度上取决于研究者的眼光或者角度。由于眼光或者角度的局限，有些特点和规律未必能够看得出来。因此，无论怎样细致的描述或者深入的探讨，都是不可能"尽全"的。也许更多的特点和规律，还有待于专家和读者的发现与指陈。文学地理学研究的魅力和诱人前景，也体现在这些方面。

六、关于"文化中心"、"文化重心"与"文学重心"的内涵及使用权限

关于"中心"这个词，古今多种辞书都有过解释，但是以商务印书馆出版的《现代汉语词典》（2002年增补本）中的解释为较好，即："在某一方面占重要地位的城市或地区，例如政治中心、文化中心。"这个解释之所以较好，在我看来，就在于它体现了某种地理意识。

再看"重心"这个词。多数的辞书都没有"重心"这个词条，倒是有"重镇"这个词条。也是以商务版《现代汉语词典》的解释为较好："军事上占有重要地位的城镇，也泛指在其他方面占有重要地位的城镇。"这个解释之所以较好，就在于比较全面地体现了"重镇"这个词的地理内涵。我认为，"重心"这个概念，从地理学的角

---

[1] 蓝勇：《中国历史地理学》，第324页。

度来看，就相当于"重镇"这个概念。

"中心"和"重心"这两个概念，有联系，也有区别。一般来讲，"重心"包含了"中心"的某些内涵，即同样是在某些方面占有重要地位的城市或者地区，但是二者比较起来，"中心"比"重心"的级别更高，能量更大，它不仅对周边地区具有辐射功能，还对其他的"重心"具有发号施令或者组织管理的功能；而"重心"虽然重要，但只是对周边地区具有某种辐射功能，并不能对别的"重心"发号施令，不能对其实施组织管理。例如：一个统一的国家只能有一个政治中心，或者一个文化中心，如果有两个政治中心或文化中心，就说明这个国家在政治或文化上有两个可以对全国发号施令与实施组织管理的城市或者地区，那么这个国家就没有完成最后的统一，至少还有一个偏安政权。而"重心"却可以有许多个。

正是基于这样的理解，所以本书凡是讲到统一的时代，都只讲一个"文化中心"，这个"文化中心"就在首都。讲到分裂的时代时，则偶尔会提到两个"文化中心"。但是讲到"文化重心"的地方就很多，因为无论是统一的时代，还是分裂的时代，"文化重心"都不止一个。在绝大多数情况下，首都既是一个"文化中心"，也是一个"文化重心"。一个统一的国家有一个"文化中心"，又有多个"文化重心"，这是文化繁荣的一种表现。

还有一点需要说明的是：无论是"文化中心"还是"文化重心"，都可以在两个甚至多个层面上使用。例如，讲到一个统一的国家时，我们只能讲一个"文化中心"；但是在讲到某一个特定的地区时，我们也可以使用"文化中心"这个概念。例如：我们可以讲北京是清朝的"文化中心"，同时我们也可以讲当时的广州府是广东省的"文化中心"。在一个特定的区域内，"文化中心"只有一个，但是特定的区域是有不同的层级的,所以"文化中心"这个概念又可以在不同的层级上使用,有一个国家的"文化中心",有一个省的"文化中心",也有一个府(州、郡、路)的"文化中心"。

"文化重心"也是这样,也可以在不同的层级上使用。例如讲到元代,我们可以讲国家的"文化重心"在南方,但是这并不意味着不是国家的"文化重心"之所在的北方,没有自己内部的"文化重心",例如当时的大都路、真定路、晋宁路、东平路等,就是北方的"文化重心"。

"文化中心"只能在国都、省治、府治所在地,不能在别的地方。由于"文化中心"是在国都、省治、府治所在地,可以享受政策上的种种优惠,可以凭借自己的政治中心地位吸纳众多的文化人才与文化资源,可以兴建许多重要的文化设施,可以举办许多重要的文化活动,所以"文化中心"也是"文化重心"。

"文化重心"可能在国都、省治、府治所在地,也可能不在国都、省治、府治所在地,而在别的城市或者地区。所以"文化重心"不一定就是"文化中心"。

以上的界定,也是为了解释这样一个问题,即"文学重心"这个概念的内涵及其使用权限问题。

我所讲的"文学重心",是指文学家的地理分布重心。"文学重心"的内涵包括两层意思:一是文学家的数量超过全国的平均数;二是在多数的"文学重心"都有重量级的文学家,也就是在全国有影响的文学家。

"文学重心"的数量规定是第一性的。如果一个地方出了重量级的文学家,但是这个地方的文学家数量并没有超过全国的平均数,我也不称它为"文学重心"。例如两汉时的临淮郡出了枚乘,蜀郡出了司马相如,广陵郡出了陈琳,山阳郡出了王粲,平原郡出了祢衡,东平郡出了刘桢,鲁国(汉之郡国)出了孔融,左冯翊出了司马迁,这些人都是重量级的文学家,但是他们所在的临淮郡、蜀郡、广陵郡、山阳郡、平原郡、东平郡、鲁国、左冯翊的文学家人数并没有超过全国的平均数(3人),因此我不称两汉时的这些郡国为当时的"文学重心",不把它们放在当时的相关文化区予以重点考察。

一个地方出了重量级的文学家,仅仅因为数量没有达标而不能被称为"文学重心",这是多少有些遗憾的。不过也没有太大的关系,在许多时候,这种遗憾很快就得到弥补了。因为到了下一个时代或者历史时段,这个地区的文学家分布数量就上去了。例如三国西晋时期的广陵郡、平原郡的文学家就超过了全国的平均数,这样它们就可以被称为"文学重心",并且可以被放在相关的文化区予以重点考察了。"文学重心"的形成既需要相应的自然和人文环境,也需要相应的历史积淀。一个地区在一个时代或者历史时段不是"文学重心",但是在下一个或者下两个时代或者历史时段就成了"文学重心"。当一个地区成为"文学重心"之后,我就会把它放在相关的文化区内予以整体的或者重点的考察。所以每一个"文学重心"都是本书的考察对象。

顺便交代一下本书对"文学重心"的考察所遵循的几个原则:

一是在同一个文化区内,我把考察的重点放在最主要的"文学重心"上面,例如在吴文化区内,考察的重点是吴郡(苏州、平江府、苏州府)或者丹阳尹(润州、应天府);在越文化区内,考察的重点是会稽郡(越州、绍兴府)或者杭州(临安府、杭州府);在关中文化区内,考察的重点是京兆尹(京兆府、西安府);在中原文化区内,考察的重点是河南尹(河南府)或者开封府(汴梁路),等等。对于同一文化区内的其他"文学重心",我有时候予以个别的考察,有时候则把几个"文学重心"放在一起作整体的考察。

二是对某个时代或历史时段的"文学重心",如果已经作过重点考察,那么在下一时代或者历史时段里,如果它还是"文学重心"的话,则把它和同一文化区内别的"文学重心"放在一起作整体的考察。这样做的目的是为了避免内容上的某些重复。

三是对"文学重心"的考察,既注重其地理环境的考察,同时也注重其历史渊源的追溯。

本书对于"文学重心"这个概念的使用,也体现在两个层级上:一是指全国的"文学重心",二是指各个文化区内的"文学重心"。全国的"文学重心"由各个文化区产生,各个文化区内的"文学重心",则由各个文化区内的各府(州、郡、路)产生。例如明朝的"文学重心",就全国来讲,是在南方;但是在南北方的各个著名文化区内,也还有另一个层级的"文学重心",南方有苏州府、杭州府、吉安府、福州府、广州府等,北方则有开封府、西安府和济南府。

明白了"文化中心"、"文化重心"和"文学重心"这几个概念的内涵和它们的使用权限,本书下面各章的相关叙述就比较方便了。

还需要说明一下的是,本书一律不使用"文学中心"这个词。我在其他论著中,曾经偶尔使用"文学中心"这个词,但是我所讲的"文学中心"实际上是指"文学活动中心"。我认为:"文学中心"与"文学活动中心"是有区别的。从理论上讲,"文学中心"是具有某种行政色彩的,它对文学家具有某种发号施令和组织管理的功能,而"文学活动中心"是没有行政色彩的,它只是文学家的一个短期的或者临时性的活动场所,它可能对周边地区具有某种辐射功能,但是并不具备任何发号施令和组织管理的功能。事实上,中国历史上只有"文学活动中心",例如西晋时的"金谷园之会",东晋时的"兰亭之会"等,并没有所谓的"文学中心"。因为文学创作在古代本是文学家的一种自发行为,它是不需要任何人来发号施令的。中国历史上也没有专业的文学家,他们都有自己的本职工作,或做官,或应考,或种地,或经商,或教书,或行医,或测字卜卦、打坐参禅等,他们的文学创作都是业余性质的,都是自发行为,用不着别人来组织管理。

我认为,"文学中心"这个词可能是模仿"文化中心"这个词而提出来的。中国历史上确实存在过"文化中心",但是并不存在"文学中心"。因为文化活动有时是需要组织管理的,而文学活动则不需要。当文学活动需要发号施令、需要组织管理的时候,文学就开始衰落了。

七、关于文学家的静态分布与动态分布

文学家的地理分布,表现为两种状态。一种是"静态分布",一种是"动态分布"。文学家的籍贯(出生地)分布,属于"静态分布";文学家的迁徙、流动地的分布,则属于"动态分布"。

具有血缘关系或者亲缘关系的文学家聚族而居,形成一个文学家族,他们的籍贯(出生地)分布,属于"静态分布";同声相应、同气相求的文学家由于某种机缘走到一起,形成一个文学流派、一个文学社团,或者一个文学活动中心,他们的成员并非来自同一个家庭或者同一个地区,他们的活动地点也不一定局限在某一隅,他们的组织无论是紧密的还是松散的,最终都是有聚也有散,这种分

布属于"动态分布"。

文学家的"静态分布"之所以重要,是因为"籍贯与生长地往往是二而一,所以从人物的籍贯分布又可以窥见环境对于人的影响"[1]。

文学家的流动性是比较大的。一般来讲,成年以前,他们在家乡接受教育。成年以后,他们就会离开家乡,求学、应试、为官等,寻求发展。在中国文学史上,真正"安土重迁"的文学家是很少的,即便是像陶渊明、孟浩然这样以"隐逸诗人"著称的文学家,也曾有过一段时间在外地游历、做官或者求仕,至于像李白、杜甫、苏轼这样的人,可以说是足迹遍于大江南北,一生都在行走当中。就中国文学史上的多数文学家来讲,迁徙、流动往往是其常态,"安土重迁"反而是其异态。正是因为这样,有人认为,文学家的"动态分布"比他们的"静态分布"更为重要。

我承认文学家的"动态分布"的重要性,但是我不认为其"动态分布"的重要性大过"静态分布"的重要性。

诚然,一个文学家一生所接受的地域文化的影响往往是丰富多彩的,也是复杂多变的,有出生、成长之地的地域文化的影响,也有迁徙流动之地的地域文化的影响,不可简单而论。但是有一点我们要明确,在他所接受的众多的地域文化的影响当中,究竟哪一种地域文化的影响才是最基本的、最主要的、最强烈的呢?无数的事实证明,是他的出生、成长之地的地域文化。出生、成长之地的地域文化,是他的"文化母体",是他作为一棵文学之树得以萌生和成长的地方。他长大成人之后,要离开故土去求事业,求功名,求

---

[1] 周振鹤主编:《中国历史文化区域研究·序论》,复旦大学出版社 1997 年版,第 8 页。

个体价值与社会价值的实现，这样就会接受异地的地域文化的影响。但是，他从哪一个角度、哪一个层面去接受异地的地域文化的影响？他如何选择、吸纳和消化异地的地域文化？这都受他早年所接受的出生、成长之地的地域文化的支配。换句话说，他早年所接受的出生、成长之地的地域文化，培育了他的基本的人生观、基本的价值观、基本的文化心理结构和基本的文化态度。这些东西构成了他这棵文学之树的"根"和"本"，构成了他生命的"原色"，而异地的地域文化，只能丰满、粗壮着他的枝叶。所以，就文学家的"静态分布"与"动态分布"这两种状态而言，"静态分布"是最基本的，也是最主要的。

我们不妨以李白、杜甫为例。李白祖籍陇西成纪（今甘肃秦安），生于安西碎叶（今吉尔吉斯共和国之托克马克市），5岁左右随父迁入绵州彰明（今四川江油），25岁左右才"仗剑去国，辞亲远游"。他是在绵州彰明一带的地理环境中成长起来的。这里既是一个道教气氛浓郁的地方，也是一个任侠之风浓郁的地方。李白18岁左右的时候，还曾隐居大匡山，从赵蕤学习纵横术。因此，在李白的文化心理结构中，就有着浓厚的神仙道教的色彩、纵横家的气质和侠士的遗风。尽管此后的他曾经漫游大江南北，而且再也没有回过绵州彰明，但是，他早年在这里所接受的地域文化的熏陶，以及由此而形成的文化心理结构，实实在在地影响了他一生的价值观念、行为选择和文学创作。他的诗歌所体现的那种独立不羁的精神、豪迈洒脱的风格和自然真率的品质，在很大程度上就是得益于绵州彰明一带的地域文化的沾溉。杜甫适好相反。郡望京兆杜陵（今陕西西安），祖籍襄州襄阳（今湖北襄阳），生长于河南巩县（今河南巩义）、洛阳一带。他的家庭从西晋以来就是一个奉儒守官之家，他所生长的巩县、洛阳一带，更是弥漫着儒家文化的浓重气息。这样一种地域文化，对于他的以忠君恋阙、仁民爱物思想为核心的文化心理结构的形成，无疑有着巨大的影响。尽管他也曾经漫游大江南北，而且47岁以后一直到死，都生活在南方，但是，他早年所接受的中原儒家文化的熏陶，以及由此而形成的文化心理结构，也是实实在在地影响了他一生的价值观念、行为选择和文学创作。他的精神世界，一直都被儒家文化所牢笼。他的诗歌所体现的那种忠君爱民的精神、沉郁顿挫的风格和严谨求实的品质，在很大程度上就是得益于中原儒家文化的沾溉。

故乡的影响对于一位文学家来讲总是刻骨铭心的。尤其是青少年时代所接受的故乡的影响，总是如影随形般地伴随着他的一生。这是他一生中所接受的最重要的、也是最基本的影响。苏联作家K.巴乌斯托夫斯基把这种影响看成是一种"最伟大的馈赠"。他在《金蔷薇》一书中写道：

> 对生活，对我们周围一切的诗意的理解，是童年时代给我们的最伟大的馈赠。如果一个人在悠长而严肃的岁月中，没失去这个馈赠，那他就是诗人或者作家。[1]

这段话是一位作家的切身体会，它的真实性、正确性是不用怀疑的。

在我国，也有许多学者持类似的观点。徐明德教授指出："每一个人都是在具体的区域文化中接受文化的濡化，而发育成长起来的。

---

[1] 〔苏〕K.巴乌斯托夫斯基著，李时、薛菲译：《金蔷薇》，漓江出版社1997年版，第25页。

个体从婴儿、幼儿、童年、少年到青年之初，都是在区域文化景观中接受雅、俗文化和家庭文化的教育和塑造，建构起文化心理结构的基本框架的。至于个人成长过程中，走出了青少年时代生活成长的区域（他的故乡或祖国），至异国他乡去深造，却是接受新的文化的教养，使其文化心理结构拥有更新更博的文化素养，同时使其自身的文化特征得到丰富和更新。但无论怎样地更新，他都永远在其文化心理结构里，烙印上其故土的区域文化的特征。这就是荀子所谓的'越人安越，楚人安楚，君子安雅。是非智能材性然也，是注错习俗之节异也'。'居楚而楚，居越而越，居夏而夏，是非天性也，积靡使然也。'譬如鲁迅之具越文化特征，郭沫若之具巴蜀文化特征然。虽然他们都曾先后到日本留学，然而其浙江绍兴（会稽）人、四川乐山（嘉定）人的地域文化特征从未泯灭过。""这种地域文化的特征，一定要烙印在其创造的文化产品上（例如文学作品），表现出带上地域文化特征的民族风格来。"[1] 这个意见无疑是非常正确的。

有一位广东学者在讲到广东籍的郑观应、容闳、詹天佑等杰出人物在外地的事业和成就时，讲过这样一段话："我以为他们无论在哪里学习，在哪里创业，哪怕移居到天涯海角，我们都不应忽略他们最原始的地缘、血缘、部族文化背景——恰恰是建立在土地与族群之间的'原始缔结'（社会文化心理学者把它叫作'primary ties'，在中国也有人称它为'神秘的人格传递'），最能潜移默化，影响人的一生。"[2] 虽然这一段话不是针对文学家讲的，但是我认为是可以拿来说明迁徙流动中的文学家的。

---

[1] 徐明德：《区域文化与文学关系断想》，靳明全编：《区域文化与文学》，中国社会科学出版社 2003 年版，第 181—182 页。
[2] 叶曙明：《其实你不懂广东人》，广东教育出版社 2005 年版，第 67 页。

一个文学家迁徙流动到一个新的地方，自然会在一定程度上受到新的地理环境的影响，自然会对新的所见、所闻、所感，作出自己的理解、判断或者反应，并把这一切表现在自己的作品当中。问题是，这种理解、判断、反应和表现，并不是被动的，而是要经过他自己意识中的"先结构"的过滤的，因而其理解、判断、反应和表现本身，就带上了原籍的色彩，也即生命的原色。从这个意义上讲，出生成长之地对一个文学家的影响，是要大过他的迁徙流动之地的。也就是说，文学家的"静态分布"的意义，是要大过其"动态分布"的。

八、关于"文学家的地理分布"与"文学作品的地域性"之关系

最后一个需要回答的问题，即文学家的地理分布，与文学作品的地域性之间，究竟有没有必然的联系？

我认为，"文学家的地理分布"与"文学作品的地域性"之间，是一种因果关系。既可以由因推果，也可以由果推因。

一方面，通过文学家的地理分布，可以考察文学家所接受的地理环境方面的影响；通过文学家所接受的地理环境方面的影响，可以考察文学作品的地域性；通过文学作品的地域性，可以进一步了解文学的多样性与丰富性。

另一方面，如果我们试图进一步了解文学的多样性与丰富性，我们就得了解文学的地域性；了解文学的地域性，就必须考察文学家所接受的地理环境方面的影响；考察文学家所接受的地理环境方

面的影响,就必须考察文学家的地理分布状况。

中国文学的地域性有多种多样的表现,这里仅以文体的地域性为例。文体的地域性主要表现在两个方面。一是某种文体是从某个地域产生的,因此不可避免地带有某个地域的特点。例如元杂剧,它的激昂、明快,听起来"使人神气鹰扬,毛发洒淅,足以作人勇往之志"[1],与"婉转、妩媚为善"[2]的宋词判然有别。这是因为元杂剧本是根植于以大都为中心的山西、河北、山东一带的一种文体。它的作者以北方人居多。据王国维统计,元杂剧三期作者"六十二人中,北人四十九而南人十三。而北人之中,中书省所属之地即今直隶、山东西产者,又得四十六人,而其中大都产者,十九人"[3]。而宋词则是具有浓郁的南方文化色彩的文体,它的作者,80%以上都是南方人。据《全宋词》和《全宋词补辑》两书统计,宋代有姓氏可考的词人为1493人,词作共21055首,其中无名氏词1569首。如果无名氏的作品不计,则1493人,人均作词13首。以存词13首以上(含13首)的词人为统计对象,共得203人。这203人中,隶籍今浙江、江西、福建、江苏、安徽、四川、湖北、广东、重庆、湖南等南方各省市者168人,占总数的82.8%,隶籍今山东、山西、陕西、北京等北方各省市者仅35人,占总数的17.2%。

文体的地域性的另一个突出表现,就是同一种文体在不同的地域具有不同的特点。所谓橘生淮南则为橘,生于淮北则为枳。以唐宋古文为例,同为古文大家,韩愈的古文和欧阳修的古文就不一样。

---

[1] 徐渭:《南词叙录》,《中国古典戏剧论著集成》第3册,中国戏剧出版社1959年版,第245页。
[2] 王炎:《长短句序》,《双溪类稿》卷十,文渊阁四库全书本。
[3] 王国维:《元剧之时地》,《宋元戏曲史》,百花文艺出版社2002年版,第76—77页。

"六一之文，与昌黎同出太史氏，而韩得其刚，故其文雄；欧得其柔，故其文逸。"[1] 一刚一柔，一雄一逸，古文在不同的地域有不同的表现。原因何在？还是应该从文学家的地理分布上寻求答案。韩愈是北方人，欧阳修则是南方人，他们所接受的地理环境方面的影响是不一样的。

从文学的层面来讲，研究文学家的地理分布，对于考察文学的地域性，进而考察文学的多样性与丰富性，无疑具有重要的意义。

从文化的层面来讲，研究文学家的地理分布，对于了解一个地域的地理环境、生产方式、生活习俗、文化传统、教育水平、人文氛围等，更是有着不可低估的意义。

结语

拙著《中国历代文学家之地理分布》，从文学家籍贯的逐一甄别与考证，到古今地名的逐一查检与对应；从分家族、分县、分州（府、郡）、分省（直辖市、自治区）、分朝代、分历史时段的统计，到表格的制作与多次调整；从分布格局、分布特点的描述，到分布成因、分布规律的探讨；从初版到修订版，确实花费了很多的时间和精力。20年前在北京大学做访问学者时，袁行霈先生就这个题目对我讲："这是一个很诱人的题目，但是非常复杂。"现在我算是真正体会到了这两句话的意思。一方面，它是很诱人的，令我不能罢手；一方面，它又是非常复杂的，令我想罢手也不成。想起那些焚

---

[1] 陈起昌：《唐宋八大家文章论序》，《国专月刊》1935年第7期。

膏继晷、兀兀穷年的日子，不禁有些感慨。

再次感谢专家和读者们对我的支持和鼓励，希望大家继续提出建设性的意见！同时感谢商务印书馆的常绍民、丁波、常高峰等先生，他们见到此书修订稿，认为"是个好东西"，立即决定再版。门下研究生吴博协助录入部分文字和表格，门下研究生方隽协助核对部分引文和版本，在此一并致谢！

曾大兴

2012年2月8日于广州世纪绿洲寓所

初版前言

一

我接触"中国历代文学家之地理分布"这个课题,最初纯然是出于兴趣。1987年10月,我曾经以此为题,写过一篇7000字左右的论文,但是并没有随即拿出去发表,而是搁在抽屉里冷藏了两年。因为其时我正在写作《柳永和他的词》这本专著,没有时间和精力旁骛太久。1989年8月,由于《社科信息》的编辑索稿,这篇文章才得以问世。[1] 现在回头看来,这篇文章其实写得很草率,不意我的几个朋友看过之后,竟说还有点意思,嘱我得空时,不妨做得更深入一些,更细致一些。1990年6月,我把这个课题作为"国家社会科学基金课题"申报,年底即获得国家社会科学基金会的批准,并因此而得到一定数目的经济资助。这对我是一个鼓励,也是一个压力。可以说,关于这个课题的正式研究,是从1990年底开始的。

---

[1] 见拙作《中国历代文学家的地理分布》,《社科信息》1989年第12期,中国人民大学《中国古代、近代文学研究》1990年第4期全文转载。

二

　　以往的中国文学研究，大都只注重其史的探索，而不注意其空间组合规律；只注重编年，而不注意系地；只注重其时代性的阐述，而不注意其地域性的考察。因而这种研究往往是一维的，单向的，缺乏立体感。事实上，历史总是在一定的空间展开的。时间和空间，是事物运动的两种最基本的形式。"地理是历史的舞台，历史即地理之骨相。读历史如忽略地理，便失去其中许多精彩的真实的意义。"[1] 文学研究如果只注重其时间关系（时代性）而忽略其空间关系（地域性），许多问题就很难找到确切的答案。譬如，同是中国诗歌之源，为什么《诗经》和《楚辞》的文化意蕴和审美形态判然有别？同是汉赋名家，为什么司马相如和扬雄的赋那样恢宏和瑰丽，而班固和张衡的赋则那样质朴和典雅？同是唐诗巨擘，同样漫游大江南北，同样经历唐王朝由盛而衰的历史巨变，为什么李白的诗歌那样的飘逸洒脱，而杜甫的诗歌则是那样的沉郁顿挫？为什么在先秦、两汉、三国、西晋和隋唐五代时期，中国的文学家总是北方多于南方？为什么在东晋十六国南北朝时期，在宋、元、明、清时期，南方的文学家又大大地多于北方？为什么在唐代还是默默无闻的江西文坛，在宋代是那样的振聋发聩，不仅文学家的数量增加了将近12倍（由14人增至162人），而且名家辈出，佳作如林，俨然执了两宋文学之牛耳？为什么领一代之风骚的宋词多艳语、多情语、多妮子态？为什么在明代文坛的复古派与革新派这两大阵营中，复古派的领袖多为北方人（如李梦阳、何景明、边贡、康海、王九思、

---

[1]　王恢：《中国历史地理·编著大意》，台湾学生书局1978年版，第1页。

王廷相、谢榛、李攀龙），而革新派的领袖则多为南方人（如李贽、袁中道、袁宏道、袁宗道、钟惺、谭元春）？类似这样的问题，仅仅用历史的方法是说不清楚的，必须同时采用地理的方法，因为这些问题都涉及人文地理学的理论和方法。我们研究历代文学家的地理分布，目的正在于借鉴人文地理学的有关理论、方法和学术成果，考察中国历代文学家的分布格局、分布重心、分布成因和分布规律，考察特定的人文地理环境对文学家的作用和影响，考察文学家的地理分布与文学的地域性之间的关系，考察中国文学的地域特征，从而为文学史研究和文学本体研究提供一个新的视角。

三

中国的人文地理学有着悠久的传统。从司马迁的《史记·货殖列传》、班固的《汉书·地理志》到顾炎武的《天下郡国利病书》及顾祖禹的《读史方舆纪要》，产生了不少的人文地理学方面的优秀论著。从人文地理学的角度来研究历代人才与地理环境的关系，则是20世纪以来的事。丁文江先生的《历史人物与地理之关系》、梁启超先生的《近代学风之地理的分布》等，可谓这一方面的代表作。从人文地理学的角度来研究文学、文学家与地理环境的关系，则是20世纪80年代中叶以后的事。直到现在为止，我所看到的有关文章有两篇。一是金克木先生发表在《读书》1986年第4期上的《文艺的地域学研究设想》，这是在我读了古远清编写的《文艺新学科手册》[1]

---

[1] 古远清：《文艺新学科手册》，华中理工大学出版社1988年版。

中的"文艺地域学"一章的介绍之后才去找来读的（顺便说一句，"文艺地域学"作为一门学科，还远远未到成立的时候）。一是袁行霈先生的《中国文学概论》[1]一书中的第三章《中国文学的地域性与文学家的地理分布》。1990年9月至1991年7月，我应邀去北京大学做"国内访问学者"，有机会聆听著名中国古代文学专家陈贻焮先生和袁行霈先生的教诲。1990年9月28日晚上，我去拜访袁行霈先生。袁先生问我来北大打算做什么课题，我说想做"中国历代文学家的地理分布"。袁先生说："这是一个很诱人的题目，但是非常复杂。"我说："复杂我倒不怕，只要有价值就好。"袁先生笑了。接着问我，发表过这方面的成果没有？我说有一篇不成熟的文章，发表在武汉的《社科信息》上。袁先生问："哪一年，第几期？"我说："1989年的第12期。"袁先生笑着说："我们想到一块去了。"接着走进他的书房，拿出一本书来给我看。这就是他新近出版的《中国文学概论》（袁先生的这本书，是他在日本爱知大学讲学期间的讲稿，1987年10月交由香港三联书店出版。只是在大陆的普通图书馆不易见到）。也就是在袁先生的客厅里，我拜读了这本书的第三章。

四

　　研究中国历代文学家的地理分布，一个前提性的工作，便是要考察其分布格局；要考察其分布格局，自然需要做统计；要做统计，自然需要确定统计对象和范围。这是一个颇费斟酌的事情。中国历

---

[1]　袁行霈：《中国文学概论》，高等教育出版社1990年版。

代都有不少关于文学家的生平与著作的记载,但是正史《文苑传》、《艺文志》一类的著作往往过于简略,方志和文人笔记的有关记载又往往过于芜杂。什么人可以算作文学家?一个时代一个地区究竟有多少文学家?往往言人人殊,缺乏一个统一的标准和界定。在这种情况下,根据历代的有关原始记载来作统计,实在是不可能的事。只有借助于20世纪以来的有关学术成果,即文学家辞典。现在我们所能见到的《中国文学家大辞典》有好几种,但真正比较详备、比较精审、比较权威的,还是谭正璧先生的《中国文学家大辞典》。我听从了陈贻焮先生的意见,决定以这部辞典所收录的文学家作为统计对象。该辞典"上起李耳,以迄近代。凡姓名见于各家文学史及各史《文苑传》,或其文学著作为各史《艺文志》及《四库全书》所收者,靡不收录"[1],共6800余人。我统计了该辞典所收录的自先秦至辛亥革命期间的文学家共6781人(辛亥革命以后去世的文学家不在其中),其中有籍贯可考者6293人。

统计工作所涉及的第二个问题便是籍贯。我们考察文学家的地理分布,乃是考察一个地区的人文地理条件对文学家的生成所起的作用和影响,因此我们所说的籍贯,是指其出生地,不是指其祖籍,更不是指其郡望。而历代史传碑文(包括有关方志和笔记)记载人物,往往把传主的出生地、祖籍和郡望混为一谈,尤其是六朝人和唐人,往往习惯于以郡望相标榜,甚至冒认郡望。永嘉南渡后的北方世家大族,为了显示自己门第族望的优越,为了不致混淆所谓"士庶天隔"之限,从而维护他们在政治、经济和文化生活方面

---

[1] 谭正璧:《中国文学家大辞典·例言》,第1页。

的种种特权,"竞以姓望所出,邑里相矜"[1],非常热衷于标榜门阀和郡望。王仲荦先生指出:"郡望习惯上已经变成了他们的商标。自西晋末年中原世家大族开始播迁渡江,一个世家大族,在其原籍是人人知其为世家大族,用不着自行表襮,迁徙到其他地方以后,就不然了。琅琊王氏、太原王氏是世族,其他地方的王氏就不是;陈郡谢氏、济阳江氏是世族,其他地方的谢氏或江氏就不是。一处地方,新迁来一家姓王或姓谢的,谁知道他是哪里的王氏或哪里的谢氏呢?如此,就不得不郑重声明,我是琅琊王氏或太原王氏而非别的王氏,是陈郡谢氏、济阳江氏而非别的谢氏、江氏了。可见所以重视郡望,是讲究门阀制度的必然结果。[2]由于重视郡望,讲究门阀,六朝时的谱牒百氏之学就相当发达。而这个时期的史传碑文(包括有关方志和笔记)关于传主籍贯的记载,便是从各种谱牒书里抄撮而来的,大都只叙其郡望,而不及其出生地。唐王室起于关陇,为了赢得山东大族的重视,亦热衷于标榜郡望。唐朝一些出身贫寒的知识分子,甚至冒认郡望。譬如韩愈,本是河南河阳人,却自诩是昌黎韩氏。岑仲勉先生《唐史质疑》云:"《姓纂》:颍川人,(韩)昶后徙陈留,唐礼部郎中韩云卿……兄子会、愈。依此则愈之旧望应曰颍川,新望应曰陈留。而顾称'南阳''昌黎'者何哉?唐初宰相,南阳有韩瑗;迄乎中叶,昌黎为盛(可参《姓纂》)。正所谓门阀之见,贤哲不免,依附称谓,初不必为韩愈讳矣。"韩愈的旧望为颍川,新望为陈留,南阳、昌黎为其所冒认之郡望,而其真正的出生地,则在河阳(今孟县)。明万历中,孟县曾发现韩昶自撰的墓志

---

[1] 刘知几:《史通·邑里篇》,浦起龙:《史通通释》,上海古籍出版社1978年版,第144页。
[2] 王仲荦:《魏晋南北朝史》,上海人民出版社1979年版,第402页。

铭。县志云："此志乃出于孟县尹村韩氏祖茔之前，因以知韩公所谓往河阳省坟墓者，确在此地，而公之为唐河阳县人，今孟县地，灼然无疑。"[1]古人因门阀之见而标榜乃至冒认郡望，可以理解，而写史的人不加甄别地照抄史传碑文和谱牒，则给后人带来很多的麻烦。清人卢文弨即曾指出：(梁师亮)"先世自河汾迁于秦，其云安定乌氏人，乃其族望也。唐人重族望，作史者往往亦相沿袭，称王曰太原，称许曰高阳，不知以地著为断。后之地理书志人物者，更无从考核矣"[2]。20世纪以来出版的许多文学史著作和文学家辞典的毛病之一，便是郡望、祖籍和出生地混为一谈。譬如中国社会科学院文学研究所主编的《中国文学史》，应该说是一部比较权威的文学史，30多年来一直被指定为高等院校中文专业的必用教材，但是在作家的郡望、祖籍和出生地的确定问题上，便是错误间出，仅唐代部分，便有33处之多。[3]

谭正璧先生的《中国文学家大辞典》也未能免俗。譬如谢超宗，乃是谢灵运之孙，连其祖父谢灵运都是在会稽出生的，可是谭编《辞典》仍称他为陈郡阳夏人；又如王融，乃是王僧达之孙，王僧达出生时，琅玡王氏这族人已在建康居住了一百多年，可是谭编《辞典》仍称王融为琅玡临沂人。

文学家的籍贯的确定，是一个相当棘手的问题。一是古人的记载比较混乱，二是现今所能见到的有关辩正材料又不多。我理解袁先生当初说这个课题"非常复杂"，主要的意思或许就在这里。我一方面以谭编《辞典》为统计对象，一方面则尽量利用现今所能见到

---

[1] 岑仲勉：《唐史质疑》，《唐人行第录》(外三种)，中华书局1962年版。
[2] 卢文弨：《武周珍川荣德县丞梁师亮墓志跋》，《抱经堂文集》，中华书局1990年版。
[3] 张国光：《唐代诗人占籍辩证》，《文史哲学新探》，武汉出版社1992年版，第283—292页。

的有关辩正材料来纠正其中的错误。尽管如此，这本书中的错误仍然难免。我殷切地期望海内外方家及时指正。我不揣浅陋地应约出版这本书，一半的目的亦在于此。

　　顺便要谈谈拙著关于历代皇室文学家籍贯的确定原则。皇室第一代文学家的籍贯一般比较明确。如汉高祖刘邦为沛郡沛县人，魏武帝曹操为沛国谯县人，晋宣帝司马懿为河内温县人，梁武帝萧衍为南兰陵人，但是他们的后代子孙的籍贯就不大明确了。这些人有的出生在京师，有的出生在其父祖之封地。历代诸王（藩）的封国可以确定，但是有不少人其实并不住在封国所在地，而是住在京师，他们的后人究竟是出生在其封国还是出生在京师，往往很难确定。鉴于这种情形，我把历代皇室文学家的籍贯大都确定在皇室第一代人（开国皇帝）的出生地（只有极少数的例外，例如明朝宁献王朱权的六世孙朱多煃和朱多颎，因朱权这一支人世居南昌，故而将他们两人系籍于南昌，而不是凤阳；再如东晋时因皇室南迁，南迁之后出生的五位文学家均系籍于建康，而不是河内温县）。

　　这个课题的名称既为"中国历代文学家的地理分布"，既云"历代"，便有一个断代的问题。如何确定一个文学家的时代属限？我采用了通用的办法，即以卒年为限。这样做，是为了避免出现新的麻烦，但是这个通用的办法也难尽人意。譬如张炎，通常称他为元代人，然其主要的生活和创作历程却在南宋。好在我们考察一个或一群文学家所赖以生成的特定的人文地理环境时，往往既考察其现实状况，又考察其历史发展过程。我们考察张炎所占籍的杭州的人文地理环境时，并不因为其为元代人，只考察元代的杭州而置南宋时的杭州于不顾。

五

这个课题,仅仅是关于"文学和文学家的人文地理学研究"的一个粗浅的尝试。从选题到完成,都得到有关专家的热情鼓励和支持。在此,我要特别感谢国家社会科学基金会文学学科组诸位先生的厚爱,感谢北京大学袁行霈教授和陈贻焮教授的指教。我在北大做访问学者期间,具体指导我的学术研究工作的导师是陈贻焮教授。陈先生对这个课题很感兴趣,他亲自为我审定了《两汉文学家的地理分布》这一章。临结业时,他为我的这个课题写了一个鉴定。鉴定说:"《中国历代文学家之地理分布》这个课题,意义重大而难度不小。我审阅了该书中《两汉文学家的地理分布》一章,觉得该文资料翔实,方法辩证,统计可靠,分析细致,论断精审,有很高学术价值,无论对古代文学研究,还是对古代文化史、古代教育史等的研究,都是有重大参考价值的。此文虽是书中的一章,却充分显示了该书的特点和优点。"这份鉴定现在还存放在中南民族学院的科技档案馆里。需要说明的是,陈先生审订过的这一章,我在最后统稿时作了一些变动。三分之二的内容(即"分布格局"和"分布成因"这两节)放在本书第二章里,三分之一的内容(即"分布规律")则放在本书第十一章里。陈先生的鉴定包含着老一辈学者对青年一代的鼓励与厚望,实际上我的这本书不一定就达到了他的这个鉴定标准,只是体现了我向这一标准所作的种种努力。

业师张国光教授一直关心这本书的写作,并惠赠他新近结集出版的论文集《文史哲学新探》,使我有幸拜读他过去并没有公开发表过的论文《唐代诗人占籍辩证》,从而纠正了初稿中的好几处错误;同学兄周腊生教授潜心研究中国古代的状元有年,得知我做"历代文学家的地理分布"这个课题，欣然惠示其未刊稿《中国古代状元研究》，使我得以明了元、明、清三代的状元分布与文学家的分布基本上同一格局，从而有力地支持了自己的论点。中南民族学院计算机系的宋中山先生，协助我做电子表格，节省了我的不少精力。凡此，我都永远铭感于心，并借此表示诚挚的谢意！

曾大兴

1993年6月25日于武汉南湖之滨

第一章 周秦文学家之地理分布
（公元前551—前206年）

第一节 分布格局及其特点

周秦文学，包括周代文学和秦代文学。周代文学是中国文学之源，这个时期的文学（散文和诗歌）创作有着辉煌的成就，但是有名字流传下来的文学家并不多。谭正璧先生的《中国文学家大辞典》所收录的周代文学家只有16人。秦代是一个短命的朝代，从秦始皇称帝（公元前221年）到秦二世亡国（公元前206年），只有短短的15年时间。这个时期的文学几乎是一片空白。文学家，就谭编《大辞典》所收录的来看，也只有李斯一人。所以，我们这里考察周秦文学家的地理分布，主要是就周代而言。（见表二，带△者为秦代文学家）

在周秦时代的16位文学家中，年代最早的是孔丘，最晚的是李斯，其时间上限（这里指出生年）为公元前551年，下限为前280年。这期间的271年，又可以划分为三个阶段。

第一阶段为春秋末至战国初。这一阶段的文学家有孔丘（公元前551—前479年）、卜商（公元前507—?）、言偃（公元前506—?）、李耳（公元前475年左右—前365年左右）和墨翟（公元前468年左

表二 周秦文学家之地理分布

序号	姓名	籍贯	今址	各侯国统计	今各省统计
1	孔丘	鲁国陬邑	山东泗水	1	
2	墨翟	邾国	山东滕州	1	
3	孟轲	邹国	山东邹城	1	3
4	荀况	赵国	河北	1	1
5	韩非	韩国	河南	1	
6	卜商	卫国	河南	1	
7	庄周	宋国蒙邑	河南商丘		
8	宋钘	宋国	河南	2	
9	列御寇	郑国	河南	1	
10	李耳	楚国苦县	河南鹿邑		
11 △	李斯	楚国上蔡	河南上蔡		7
12	屈原	楚国丹阳	湖北秭归		
13	宋玉	楚国鄢县	湖北宜城		
14	景差	楚国	湖北		
15	唐勒	楚国	湖北	6	4
16	言偃	吴国	江苏	1	1

右—前376年左右)。李耳即老子。《史记·老子韩非列传》云:"老子,楚苦县厉乡曲仁人也。"苦县原是陈国的属县。老子既是"楚苦县"人,则其出生当在公元前478年楚惠王灭陈国之后。[1] 这样看来,孔丘曾经谒见李耳的传说不可信。因为楚灭陈的公元前478年,已经是孔丘死后的第二年了。孔丘显然比李耳的年代要早。

---

[1] 《史记·老子韩非列传》注:"苦县,本属陈,楚灭陈而苦又属楚。"(司马迁:《史记》,中华书局1982年版,第2139页)

第二阶段为战国中期。这一阶段的文学家有宋钘（公元前 370—前 291 年）、孟轲（公元前 385—？）、庄周（公元前 369 年左右—前 295 年左右）、列御寇（公元前 314 年左右在世）和屈原（公元前 339—前 278 年）。列御寇这个人的存在是一个有争议的问题，从唐代柳宗元起，历代都有人持否定态度。但是近现代有不少学者认为《列子》不是伪书，列御寇是战国时人。[1]

第三阶段为战国晚期。这一阶段的文学家有荀况（公元前 314 年左右—前 217 年左右）、宋玉（生卒年未详）、唐勒（生卒年未详）、景差（生卒年未详）、韩非（公元前 280 年左右—前 233 年左右）和李斯（？—前 208 年）。

第一阶段的 5 位文学家中，孔丘为鲁人，墨翟为邾人，卜商为卫人，李耳为楚人，言偃为吴人。从区域文化的角度而言，孔丘、墨翟、卜商属于齐鲁文化区，言偃属于吴文化区，李耳则属于楚文化区。

第二阶段的 5 位文学家中，宋钘、庄周为宋人，列御寇为郑人，孟轲为邹人，屈原为楚人。宋钘、庄周、列御寇和屈原属于楚文化区；孟轲属于齐鲁文化区。

第三阶段的 6 位文学家中，荀况为赵人，韩非为韩人，李斯、宋玉、唐勒和景差为楚人。荀况、韩非属于三晋文化区，李、宋、唐、景则属于楚文化区。

由此可见，周秦时期文学家的地理分布，有两个很显著的特点：

一是都分布在黄河和长江的中下游流域。鲁国、邾国、邹国在黄河下游流域，赵国、韩国、卫国、郑国、宋国在黄河中游流域，

---

[1] 参见岑仲勉：《再论列子的真伪》，《安徽史学通讯》1957 年第 1 期；陈鼓应：《老子注释及评介》，中华书局 1985 年版，第 12 页。

楚国在长江中游流域,吴国在长江下游流域。这表明,中国文学的源头,是在黄河与长江这两大河流的中下游流域。

二是都分布在历史比较悠久、底蕴比较深厚的齐鲁、三晋、楚和吴越这四个文化区内,如表三、图一。

表三　周秦四大文化区十侯国文学家之分布表

文化区	诸侯国人数	小计	文化区	诸侯国人数	小计
三晋文化区	赵国1、韩国1	2	楚文化区	楚国6、郑国1、宋国2	9
齐鲁文化区	鲁国1、邾国1、邹国1、卫国1	4	吴越文化区	吴国1	1

图一　周秦文学家之地理分布重心图

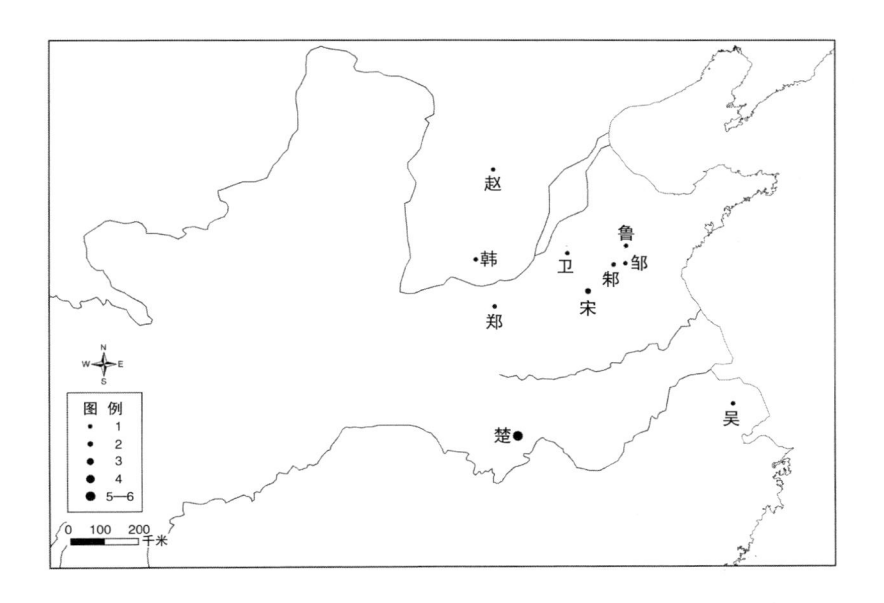

第二节　分布重心及其成因

由表三、图一可知，周秦时期的文学家，主要分布在齐鲁、三晋、楚这三个文化区，也就是说，这三个文化区，乃是周秦时代文学家的分布重心之所在。

为什么在 271 年的时间里，中国文学家的绝大多数只是分布在这样三个文化区？或者说，为什么这三个文化区，会出现这样一些成就卓著、影响深远的文学家？这是我们这一节所要考察的问题。

文学家的出生和成长，必须以厚实的文化土壤为依托。而齐鲁、三晋和楚文化区，正是周秦时代三个最为发达的文化区。三晋文化区在黄河流域中游，齐鲁文化区在黄河流域下游，楚文化区则在长江流域中游。这三个文化区既代表了当时黄河和长江流域文化的最高成就，同时也代表了当时中国南、北方文化的最高成就。

中国文化的发生和发展是多元的。迄今为止，在北抵黑龙江流域，南至珠江流域，东起东海之滨，西达青藏高原的辽阔版图内，都发现了旧石器时代的文化遗存。至于新石器时代的文化遗存，迄今发现的更是多达 7000 余处。我国考古学界根据上述大量的考古发现，把起源期的中国文化分为六大区系：

1. 陕豫晋邻境地区

2. 山东及邻省一部分地区

3. 湖北和邻近地区

4. 长江下游地区

5. 以鄱阳湖——珠江三角洲为中轴的南方地区

6. 以长城地带为中心的北方地区[1]

这六大区系的文化在此后的漫长岁月里得到长足的发展，它们之间既互相吸收、渗透和融合，又鲜明地表现出自己的个性。到春秋战国时期，便形成了以秦文化、三晋文化、齐鲁文化、巴蜀文化、楚文化和吴越文化为表率的若干个大型的区域文化。这几个大型的区域文化，分别以黄河和长江的上、中、下游流域为地理依托，其中又数黄河中下游流域的三晋文化和齐鲁文化以及长江中游流域的楚文化最为发达。

齐鲁文化区（齐国、鲁国、邹国、邾国一带）

齐鲁文化，即以西周和春秋战国时期的齐国和鲁国为地理依托的两种区域文化。齐鲁两国以泰山为界。山北为齐，初都营丘（今山东淄博），胡公时徙都薄姑（今山东博兴），献公时又徙临淄（今淄博）。"南有泰山，东有琅玡，西有清河，北有渤海，所谓四塞之国也，地方二千余里。"[2]今山东青州以西至济南、聊城之间，北至河北景县、沧州，东南至海，皆其地。山南为鲁，治曲阜，今山东兖州东南，及江苏沛县、安徽泗县等，皆其地。齐鲁一带本是商王朝的根据地，成汤建商时，即都于亳（今山东曹县），后来又都于奄（今山东曲阜），只是盘庚迁殷（今河南安阳）之后，殷商才由此得名。而周王朝则是以西部岐山（今属陕西）为根据地建立起来的一个王朝。周王朝建立伊始，对作为商朝故地的海岱一带不敢有丝毫的麻痹，一面封师尚父太公望于商之营丘，建立齐国；一面封心腹

---

[1] 苏秉琦：《关于考古学文化的区系类型问题》，《文物》1981年第5期。
[2] 刘向集录：《战国策·齐策》，上海古籍出版社1978年版，第337页。

之人周公姬旦于商之故都奄，建立鲁国。齐鲁两国，最初是作为西周王朝在东方的两个重要屏藩而设立的。

　　同齐国相比，当时的鲁国在政治、经济、文化和地理条件诸方面都有不少优势。鲁国地处平原，气候温润，农业发达，生活较富足。齐国则"负海舄卤，少五谷，人民寡"[1]。鲁国因为是周公的封地，而周公又是武王之弟，成王之叔，是朝廷股肱，更是一系列典章制度（周礼）的制作者，所以"成王乃命鲁得郊祭文王，鲁有天子礼乐"[2]。鲁君在礼仪规格上与周天子同级，鲁国同时也是附近封邦的宗主国，经常举行朝聘会盟的大典。因此，鲁国保存有仅次于周天子的礼器法物和典册史籍。西周犬戎之乱，王朝迁都洛邑之后，周公所制礼乐，唯鲁国得以保全。《左传·昭公二年》载：春秋五霸之一的晋国，尝派执政韩宣子聘于鲁，韩宣子"观书于太史氏，见《易》、《象》与《鲁春秋》，曰：'周礼尽在鲁矣，吾乃今知周公之德与周之所以王也。'"[3]可以这样说，鲁国为周王朝的文化砥柱，鲁之国都曲阜为当时全国的文化中心。

　　不过，也正是由于它在政治、文化诸方面的优越条件，导致了它的因循和保守。《吕氏春秋·长见篇》载太公望与周公姬旦互询治国之道，太公望曰："尊贤上功。"周公曰："亲亲上恩。"太公望曰："鲁自此削矣。"周公曰："鲁虽削，有齐者亦必非吕氏也。"[4]后来，吕氏齐确为田齐所取代，然齐国却是日益强大，春秋时为五霸之一，战国时为七雄之首；鲁国则日见削弱，每况愈下，以至为楚

---

[1]　班固：《汉书·地理志》，中华书局1962年版，第1660页。
[2]　司马迁：《史记·鲁周公世家》，第1523页。
[3]　《左传·昭公二年》，杨伯峻：《春秋左传注》，中华书局1981年版，第1227页。
[4]　《吕氏春秋·长见篇》，陈奇猷：《吕氏春秋校释》，学林出版社1984年版，第604页。

所灭。

　　鲁文化是从西部移植过来的文化，尽管它在很高的水平上代表了周文化，然其保守性是毋庸置疑的。尽管它曾在生产关系方面有过局部的改良，在列国当中率先实行"初税亩"制；尽管人们曾经对它寄予很大的希望，所谓"鲁虽旧邦，其命维新"，但是它最终无法挣脱来自自身的束缚。《史记·鲁周公世家》载："鲁公伯禽之初受封于鲁，三年而后报政周公。周公曰：'何迟也？'伯禽曰：'变其俗，革其礼，丧三年然后除之，故迟。'"[1] 齐鲁之地既是古东夷文化区，又是商文化的大本营，然鲁文化于东夷文化和商文化的长处吸收有限，而主要是移植西部的周文化。以周俗变鲁俗，以周礼革鲁礼。在政治上恪守周的"尊尊而亲亲"的原则，顽固地推行"世卿世禄"制，姬姓贵族世代掌权，异姓长期遭受排斥，连吴起这样卓越的政治家和军事家都得不到重用。在经济上以农为本，抑制工商，提倡择瘠处贫，自给自足。这一切，与齐国的"因其俗，简其礼"的政治文化政策和"通工商之业，便鱼盐之利"[2] 的经济政策恰好形成鲜明的对照。因此，当齐国"临淄甚富而实，其民无不吹竽鼓瑟，击筑弹琴，斗鸡斗犬，六博蹋鞠……家敦而富，志高气扬"[3] 之日，便是"楚考烈王伐灭鲁，顷公亡，迁于下邑，为家人，鲁绝祀"[4] 之时。

　　孔丘便是生长在这样一个文化根基深厚而文化倾向保守的鲁国。孔丘本是殷代贵族的后裔，世为宋国贵族，自其远祖大司马孔父嘉死于殇公之乱，家人流落到鲁，才为鲁人。孔丘的父亲叔梁纥做过

---

[1] 司马迁：《史记·鲁周公世家》，第 1524 页。
[2] 司马迁：《史记·齐太公世家》，第 1840 页。
[3] 刘向集录：《战国策·齐策》，第 337 页。
[4] 司马迁：《史记·鲁周公世家》，第 1547 页。

陬邑（今山东泗水）大夫。60多岁的叔梁纥与16岁左右的民女颜徵野合，生下了天才的孔丘。幼时的孔丘即异于常儿，时陈俎豆，设礼容，以为游戏。他后来成为一个继周公之后的"礼乐文化"的大师，可以说是由来有自。叔梁纥死后，孔丘由陬邑昌平乡迁至曲阜。他就在鲁国都城曲阜浓郁的周文化氛围中成长起来。50多岁做过鲁国的中都宰，后升司空，再升司寇。他还曾经以相礼的身份参加齐、鲁两国国君的"夹谷之会"，折服齐君，使鲁国收复了郓、灌、龟蒙三地，为鲁国的外交史写下得意的一页。不过终其一生，他主要还是一个文化人。他30岁便创办私学，建立儒家学派。晚年更是集中心力教授门徒和整理古代文献。他的思想和言论，就集中反映在他的弟子们整理的那本《论语》里边。他是思想家、教育家，于礼仪、骑射、音乐、文学无所不通。但是，谁都不能否认，他是一个政治上和文化上的保守主义者。他做司寇不到七天，就诛杀了他所谓的鼓吹异端邪说的另一位著名教育家少正卯；他对当时具有改革倾向的孟孙氏、叔孙氏和季孙氏深恶痛绝，并企图削弱他们的权力；他带着心腹弟子风尘仆仆地游历卫、晋、陈、蔡、楚诸国，凡14年，历尽艰辛，几乎饿死，但是他所遭遇的，不是国君贵族的冷眼，便是隐逸之士的奚落或者围攻。这一切，都是他的因循保守和迂阔所致。他要人们"克己复礼"，认为过时的"周礼""监乎二代"，"彬彬大雅"，"至善至美"。他的这一套理论只能被后世因循保守的统治阶级视为珍品，而在当时，在各国诸侯励精图治、革故鼎新、力争统一全国的春秋时期，则是一些滑稽可笑的东西。

没有周鲁文化的深厚根基，便培育不了孔丘这一棵文化大树；同时，周鲁文化的凝滞、因循和保守，也导致了孔丘思想和行为的守旧与不合时宜。

孟轲的情况也大致如此。他是邹国人，故城即今山东邹城，离孔丘的居处曲阜不远。他曾经为此而深感荣幸："近圣人之居若此其甚也！"他尝"受业子思之门人"[1]，而子思乃是孔丘的孙子。他出生时，孔丘辞世才94年，所以，他更是为此而深感荣幸："去圣人之世若此其未远也！"[2] 他是儒家所谓的"亚圣"，与孔丘属同一思想文化体系。他所接受的是典型的周鲁文化。他是由母亲教育出来的。他的母亲曾经"去齐"，"三迁"至学宫，为的就是让他接受纯正的周鲁儒家文化。他小时候也曾嬉习俎豆之事，其爱好和志向与孔丘一致。他是儒家思想孟学派的领袖。他有一些诸如"民贵君轻"之类的民本思想，但是他的主导面仍然是保守的。当时的齐国临淄的稷下学宫，是一个"知识分子成堆"的地方，各家各派的学说都可以在这里得到申说和驳难，它是百家的论坛，诸子的讲台，全国的学术文化中心。齐威王、宣王两代国君，不惜重金礼贤下士，"为开第康庄之衢，高门大屋，尊宠之"，让这些士人"不治而议论"[3]。于是四方学人云集齐都，著名的有荀子、邹衍、田骈、邹奭、慎到、宋钘、淳于髡、接予、环渊、鲁仲连、尹文等。孟轲也曾来过齐国。齐宣王对他很重视，曾说："我欲中国而授孟子宅，养弟子以万钟，使诸大夫国人皆有所矜式。"[4] 他在这里过着王侯般的豪华生活，"后车数十乘，从者数百人"，然而他还是要"去齐"，因为他的学说在这里显然不合时宜。他决意适鲁。可是那个叫臧仓的小人竟以所谓"后丧逾前丧"——母丧隆于父丧——为由，破坏了他的计划。因此

---

[1] 司马迁：《史记·孟子荀卿列传》，第2343页。
[2] 《孟子·尽心章句下》，杨伯峻：《孟子译注》，中华书局1960年版，第344页。
[3] 司马迁：《史记·孟子荀卿列传》，第2347—2348页。
[4] 《孟子·公孙丑章句下》，杨伯峻：《孟子译注》，第103页。

孟轲深为惋叹："吾之不遇鲁侯，天也！"[1] 齐国是个开放的国家，齐宣王再三挽留，他也不肯留下来；鲁国是个保守的国家，他想去，人家又不欢迎——事实上，连吴起和孔丘这样的正宗鲁国人，在那里都得不到重用，孟轲作为一个"外国人"，怎么能期望在那里有所作为呢？仅此一点，便见出他的保守与不合时宜，而这种文化性格的养成，又是其时近孔丘、地近鲁国所致。邹鲁相毗，孔孟同源，信不诬也。

墨翟是邾国（今山东滕州）人，离曲阜不远。他显然受了周鲁儒家的影响。他那种"摩顶放踵，利天下而为之"的精神，同儒家兼济天下的主张是相通的。他提倡兼爱、非攻、节用、节葬、上同、上贤、明鬼、非乐、非命，有农民的朴素，也有农民的保守。唯其保守，所以在当时就不怎么受欢迎。其"恶动喜静，好似我们中国人天生成始终如一的劣根性"[2]。秦汉以后，这个学派便湮没不彰、后继无人了。鲁国地方保守因循的文化环境，生成了墨翟及其学派的保守和小家子气。

三晋文化区（魏国、赵国、韩国一带）

三晋文化，是以春秋战国时期的韩、赵、魏（合称三晋）三国为地理依托的一种区域文化。春秋霸业先创于齐，后落于晋。春秋时的晋国到了晋定公时（公元前512—前475年），由韩氏、赵氏、魏氏、知氏、范氏和中行氏六卿掌握实权。他们争相以扩大亩制和低税、无税的政策争取民众。在相互兼并争权的斗争中，亩制最小

---

[1] 《孟子·梁惠王章句下》，杨伯峻：《孟子译注》，第53页。
[2] 谭正璧：《中国文学家大辞典·墨翟》，第3页。

的范氏、中行氏先亡。知氏一度把持国政，成为四强之首，但在公元前453年，也被韩、赵、魏三氏联合灭掉。"三家分晋"的局面由此形成，晋君反而成了三国的附庸。公元前403年，周烈王正式承认韩、赵、魏为诸侯。

三晋文化区，是法家文化的大本营。魏文侯于公元前445年继位当政后，任用李悝为相，主持政治和经济方面的改革；又任用吴起为将，主持军制方面的改革。通过改革，魏国率先在战国七雄中强大起来，并先后向秦、宋、中山、齐、楚等国用兵，扩大了疆域。魏国最强盛时，其版图一度延伸到今河南省的北部地区。公元前361年，魏惠王迁都大梁（今河南开封）。韩国在战国初年就进行过一些改革。公元前385年，韩国攻下郑国的阳城（今河南登封）；公元前375年，灭掉郑国，并迁都于郑（今河南新郑），占领了今河南省的中部地区。公元前358年，韩国起用申不害为相，改革取得更大的实效。魏韩两国的强盛在战国初期和中期，赵国的强盛则在战国后期。当山东各国在秦国的逼攻下屡屡失败、疆土渐失之时，赵国却由于赵武灵王的改革而强大起来。公元前307年，赵武灵王下令推行"胡服骑射"，以胡人的伊兰式轻便铠甲取代旧式的犀牛皮厚重铠甲，并以擅长骑兵战术的军官训练赵国军队。这场改革虽侧重于军事方面，但在文化上却有其深远意义。"首先，赵武灵王的行为表明，在北方游牧民族的巨大压力下，中原文化开始自觉地吸收异系统的文化成分，以增强本系统的生命力。'胡服骑射'实际上是'习胡人之长技以制胡'，与十九世纪'习西夷之长技以制夷'的运动有着潜在的联系。其次，（在这场运动中）赵武灵王与公子成的论争实质上是开放的文化观与中国文化本位主义的论战，这样的论战在以后的中国历史上一再出现。"[1] 以公子成为代表的一批保守的贵族官僚认为"袭远方之服"是"变古之教、易古之道、逆人之心",赵武灵王则针锋相对地指出:"夫服者,所以便用也;礼者,所以便事也。"圣人常常"随时制法,因事制礼。法度制令各顺其时,衣服器械各便其用"。"法古之学,不足以制令。"[2] 并且用刑罚手段强制推行,终于完成了这一改革,增强了国家的实力。赵国最强盛的时候,其版图包括今陕西东北部、山西北部和中部、河北中部和河南北部的广大地区。

荀况和韩非就生长在这样一个改革气氛相当浓郁、法家文化根基相当深厚的文化区内。荀况为赵国人,15 岁开始在齐国的稷下学习。后因齐湣王"矜功不休,百姓不堪,诸儒谏不从,各分散"[3],乃"适楚"。而后,荀况又回到稷下学宫。"齐襄王时,荀卿最为老师。齐尚修列大夫之缺,而荀卿三为祭酒焉。"[4] 不少人认为荀况是孟轲之后的儒学大师,其实荀况并非醇儒。他对孟轲的思想作过猛烈的抨击,并加以改造,引进法家的内容。确切地讲,他是战国后期儒法合流的关键性人物。他之所以会有这样高的成就和地位,一是由于他生长在一个变法崇法的国度,深受法家思想的影响;二是由于他长时间在齐国的稷下学宫著书讲学,受到那种开放的学术气氛的熏陶。

韩非是韩国的公子,从小即喜刑名法术之学。他与李斯同受学于荀况,深受荀况的影响,同时又归本于黄、老。这一点,与其故

---

[1] 冯天瑜、周积明:《中国古文化的奥秘》,湖北人民出版社 1986 年版。
[2] 司马迁:《史记·赵世家》,第 1808 页。
[3] 桓宽:《盐铁论·论儒》,王利器:《盐铁论校注》,天津古籍出版社 1983 年版,第 148 页。
[4] 司马迁:《史记·孟子荀卿列传》,第 2348 页。

乡韩国地处于南北之间有关。黄老之学，本属于楚文化的范围。韩非主张君主集权，修明法制，富国强兵，排除儒墨的仁民爱物思想，呼吁任法而不任贤，从而把周秦法家理论推向极端。他处于变法的韩国，又尝受学于荀况，他之成为周秦法家的集大成者，与三晋地区的文化环境有着绝大关系。

楚文化区（楚国、宋国、郑国一带）

楚文化则是以先秦时期的楚国为地理依托的一种区域文化。楚人的祖先为祝融，其活动范围主要在南方的长江和汉水流域。楚文化正是以祝融部落的原始农业文化为主源，以北方华夏文化为干流，以周边蛮夷文化为支流的一种独具特色的文化类型。当楚文化迹象初露之时，它还只是糅合了华夏文化的末流和蛮夷文化的余绪，水平不高，几乎无足称道。从西周成王时楚君熊绎在丹阳（今湖北南漳）立国，到春秋晚期楚昭王迁都于郢（今湖北江陵），历22君350多年，楚国的国力不断增强，版图不断扩大。这个时期的楚国，"西有黔中、巫郡，东有夏州、海阳，南有洞庭、苍梧，北有汾陉之塞、郇阳。地方五千里，带甲百万，车千乘，骑万匹，粟支十年"[1]。这个时期的楚文化，也由早期的筚路蓝缕而臻于鼎盛，无论是作为物质文化的青铜铸造、丝织刺绣、髹漆工艺、城市和商业，还是作为精神文化的天文、历法、哲学、文学、美术、乐舞等，都足以同华夏文化媲美，有的甚至超过了华夏文化。正是这辉煌灿烂的楚文化，孕育了李耳、庄周和屈原等一批文化巨人。

李耳出生时，其故乡陈国苦县已为楚国占领，时当公元前475

---

[1] 刘向集录：《战国策·楚策》，第500页。

年左右，正值楚文化的鼎盛期。李耳显然受了楚文化的影响。相传楚人的祖先熊鬻（商末周初时的荆楚部落酋长）为道家的先驱。道家源于楚国，兴于楚国，熊鬻的某些遗教与道家学说不无吻合之处。例如《鬻子》尝云："明主选吏焉，必使民与焉。士民与之，明上举之；士民苦之，明上去之。"即《老子》"圣人恒无心，以百姓之心为心"之意；《修改语下》云："和可以守，而严可以守，而严不若和之固也。和可以攻，而严可以攻，而严不若和之得也。和可以战，而严可以战，而严不若和之胜也。"严不若和，即《老子》所谓刚不若柔之意。李耳是先秦道家学派的创始人。"就哲学的特征而言，儒家在于其肯定性，道家在于其否定性。儒家讲肯定，也讲否定，主要是讲肯定。道家讲否定，也讲肯定，主要是讲否定。""作为南方文化表率的楚文化，其哲学否定性的特征，于传说的鬻子哲学中已见其滥觞，于老子（以及后来的庄子）哲学中，自成其系统。"[1]

这种否定性的文化特征，与楚人的生活环境和历史道路密切相关。楚人立邦之初，地僻民贫，位卑势弱。早在商代，武丁以为楚人构成了对自己的威胁，曾经"奋伐荆楚"[2]。周时，"成王盟诸侯于岐阳，楚为荆蛮，置茅蕝，设表望，与鲜卑守燎，故不与盟"[3]。楚只是周初的一千多个方国之一，筚路蓝缕，以处草莽，"唯以桃弧、棘矢以共御王事"[4]，所以成王会盟诸侯时，熊绎连个正式代表的资格都没有，只能去做个火师。不仅受到周天子的歧视，还受到别的诸侯国的欺辱。《左传·僖公四年》就载有齐相管仲对楚国的无

---

[1] 张正明：《楚文化史》，上海人民出版社1987年版，第243页。
[2] 《诗经·商颂·殷武》，高亨：《诗经译注》，上海古籍出版社2009年版，第535页。
[3] 《国语·晋语八》，上海古籍出版社1978年版，第466页。
[4] 《左传·昭公十二年》，杨伯峻：《春秋左传注》，第1339页。

理责难：" 尔贡苞茅不入，王祭不共，无以缩酒，寡人是征。"[1] 长时间的屈辱地位，逼出了楚人的逆反心理——和周天子对着干，自作主张，自行其是。在岐阳大会上当火师的熊绎五传而至熊渠。熊渠便是一个有反骨的诸侯。他自作主张分封自己的三个儿子为句亶王、鄂王和越章王，宣称"我蛮夷也，不与中国之号谥"[2]。至武王熊通，反骨更壮，敦促"王室尊吾号"，并宣称"我有敝甲，欲以观中国之政"。武王五传至庄王。正是这个庄王，在观兵于周郊时，竟问起周室九鼎之大小轻重，简直是"欲偪周而取天下"[3]。

这种在政治上敢于躐等破格的行为，便是对周礼的一种否定。这种否定性的思想意识，体现在楚文化的各个方面。例如，周文化提倡仁义，楚文化主张"绝仁弃义"；周文化主张尊尊卑卑，楚文化提倡打破常规；周文化崇龙，楚文化尊凤；周文化尚右尚北，楚文化尚左尚东；周文化"事鬼敬神而远之"，楚文化"信巫鬼，重淫祀"；周文化尚质实，楚文化重华采；周人喜"硕大"，楚人爱"细腰"；周人书法重整齐，楚人书法重流丽；周人声音尚重浊，楚人声音尚轻浅；周人歌诗重写实，楚人歌诗重想象……

这种否定性的文化不是崇尚虚无，而是主张不定于一尊的多样与丰富、活泼与洒脱。楚国"既是山川相缪之区，又是夷夏交接之域，在楚国强盛起来以后，从典章制度到风土人情，无不参差斑驳。蒙昧与文明，自由与专制，乃至神与人，都奇妙地组合在一起，社会色彩比北方丰富，生活节奏比北方欢快，思想作风比北方开放，加上天造地设的山川逶迤之态和风物灵秀之气，就形成了活泼奔放

---

[1]《左传·僖公四年》，杨伯峻：《春秋左传注》，第 290 页。
[2] 司马迁：《史记·楚世家》，第 1692 页。
[3]《左传·宣公三年》，杨伯峻：《春秋左传注》，第 669 页。

的风格"[1]。这种风格体现在老庄的哲学里，也体现在庄屈的文学中。

庄周为宋人，其出生地蒙邑与李耳的出生地苦县一在北，一在南，相距不过60公里。宋、陈两国是近邻。宋的公室为子姓，陈的公室为妫姓，虽在诸夏之列，却与诸夏的正宗姬、姜二姓有别。就区域文化而言，宋、陈是夏之近于楚者。楚灭陈之后，宋与楚便成了近邻。所以庄周虽不是楚人，却久沐楚风。他的作品贯穿着楚文化的思想，表现了楚文化的气韵，大多书楚事，作楚语，为楚音。

列御寇为郑国人。郑国北有三晋，南有楚国，它是南北文化交流的枢纽。"在已知属于春秋中期的所有北方铜器中，郑国铜器的工艺水平是最高的，有些铜器的形制则与同期的楚器类同。尤其是李家楼出土的九件束颈折肩鼎，与楚国的于鼎相当接近，但不如楚国的于鼎精致。于鼎是典型的楚器。因此，与其说楚受郑影响而出现了于鼎，不如说郑受楚影响而出现了束颈折肩鼎。楚成王曾送铜给郑文公，那时楚国的青铜铸造工艺已占领先地位。在铜器生产方面，郑受惠于楚比楚受惠于郑多些。"[2] 物质文化的关系如此，精神文化的关系又何尝不是这样？列御寇"居郑圃，四十年人无识者，国君卿大夫视之，犹众庶也"[3]。这种屈辱的地位，正好生出逆反心理。他的思想亦本于黄老，与庄周相同。其文章亦多寓言，大都虚幻缥缈。如"愚公移山"、"蛮触之争"等，简直和庄周如出一辙。同庄周一样，列御寇也是由楚文化培育出来的一棵文化大树。

屈原为楚君之同姓。《离骚》首二句云，"帝高阳之苗裔兮，朕皇

---

[1] 张正明：《楚文化史》，第253页。
[2] 同上书，第133页。
[3] 《列子》，严北溟、严捷：《列子译注》，上海古籍出版社1986年版，第2页。

考曰伯庸"。这个伯庸，便是被熊渠封为句亶王的伯庸。[1] 这个"皇考"不是指屈原之父，而是"太祖"的意思。屈原生于楚宣王时，历宣王、威王、怀王和顷襄王四世。这个时期，正是楚文化由盛而衰的时期。屈原22岁始仕怀王，后升至左徒和三闾大夫等职。怀王曾经很信任他，入则与议国事，以出号令；出则接待宾客，应对诸侯。屈原在政治上主张任用贤能，修明法度，联齐抗秦，并曾出使齐国。这些经历使他在一定程度上接受华夏儒家文化和法家文化的影响，但是其思想倾向的主导面仍然是楚文化。他的多次被谗被疏的经历，易使他产生反的情愫。这种反，便是不与群小同流合污，也不学苏秦张仪的暮楚朝秦，而是伏清白以死直。这种反的情愫影响到他的创作，便是《离骚》的升天入地，朝发苍梧，暮至县圃；便是《天问》的呵神骂鬼，便是《九歌》的人神之恋。没有楚国特殊的人文地理环境，便产生不了屈原，产生不了楚辞。屈原本身就是楚文化的杰作。

结语

齐鲁、三晋和楚这三个文化区独特的文化土壤，培育了孔丘、孟轲、荀况、韩非、李耳、庄周和屈原这样的文化大树；而这些摩天接日的文化大树，又进一步丰厚了他们所赖以生成的文化土壤。周秦以后，在这些丰厚的文化土壤之上，一批又一批的文学之林拔地而起，枝繁叶茂，果实累累，从而构成了整个中国文化的辉煌景观。

---

[1] 参见赵逵夫：《句亶王伯庸与屈氏及三闾之职考辨》，辽宁省首次楚辞研究学术讨论会专辑《楚辞研究》，1984年编印。

第二章 两汉文学家之地理分布
（公元前206—公元220年）

第一节 分布格局及其特点

两汉426年间，多数时候政局稳定，经济、教育、文化得到长足发展，文学家的数量大增。谭正璧编《中国文学家大辞典》收录两汉时期文学家203人，其中有籍贯可考者193人，籍贯未详者10人，见表四、表五（带△者为西汉时代文学家）。

表四 两汉文学家之地理分布表

序号	姓名	籍贯	今址	各县统计	各郡国统计	今各省统计	血缘或亲缘关系
1△	唐林	沛郡	安徽				
2	郭宪	沛国相县	安徽濉溪				
3	桓谭	沛国相县	安徽濉溪	2			
4	桓范	沛国	安徽				
5	桓麟	沛国龙亢	安徽怀远				
6	桓彬	沛国龙亢	安徽怀远	2			桓麟之子
7	曹操	沛国谯县	安徽亳州				
8	丁仪	沛国谯县	安徽亳州				

(续)

序号	姓名	籍贯	今址	各县统计	各郡国统计	今各省统计	血缘或亲缘关系
9	丁廙	沛国谯县	安徽亳州	3			丁仪之弟
10	朱浮	沛国萧县	安徽萧县	1		10	
11△	刘邦	沛郡沛县	江苏丰县				汉高祖
12△	刘交	沛郡沛县	江苏丰县				刘邦同父异母之弟
13△	刘友	沛郡沛县	江苏丰县	3	13		刘邦庶子
14△	韦孟	楚国彭城	江苏徐州	1			
15△	陆贾	楚国	江苏				
16△	朱建	楚国	江苏		3		
17△	枚乘	临淮淮阴	江苏淮安				
18△	枚皋	临淮淮阴	江苏淮安	2			枚乘之子
19△	项籍	临淮下相	江苏宿迁	1	3		
20	张纮	广陵广陵	江苏扬州				
21	陈琳	广陵广陵	江苏扬州	2	2		
22	高彪	吴郡无锡	江苏无锡	1	1		
23△	严忌	会稽吴县	江苏苏州				
24△	严助	会稽吴县	江苏苏州				严忌之子
25△	朱买臣	会稽吴县	江苏苏州				
26△	庄葱奇	会稽吴县	江苏苏州	4		16	
27	吴平	会稽	浙江				
28	袁康	会稽	浙江				
29	王充	会稽上虞	浙江上虞				
30	魏朗	会稽上虞	浙江上虞	2			
31	韩说	会稽山阴	浙江绍兴				
32	赵晔	会稽山阴	浙江绍兴	2	10	6	
33	唐檀	豫章南昌	江西南昌	1	1	1	
34△	陈元	苍梧广信	广西梧州	1	1	1	
35△	扬雄	蜀郡成都	四川成都				
36△	司马相如	蜀郡成都	四川成都	2			

(续)

序号	姓名	籍贯	今址	各县统计	各郡国统计	今各省统计	血缘或亲缘关系
37 △	卓文君	蜀郡临邛	四川邛崃	1	3		司马相如之妻
38 △	王褒	犍为资中	四川资阳	1			
39	李胜	犍为武阳	四川彭山	1	2		
40	李尤	广汉雒县	四川广汉	1			
41	杨原	广汉新都	四川新都	1	2	7	
42	胡广	南郡华容	湖北江陵	1			
43	王逸	南郡宜城	湖北宜城				
44	王延寿	南郡宜城	湖北宜城	2			王逸之子
45 △	王嬙	南郡秭归	湖北兴山	1	4		
46	黄香	江夏安陆	湖北云梦	1	1		
47	刘苍	南阳蔡阳	湖北枣阳				光武帝刘秀之子
48	刘珍	南阳蔡阳	湖北枣阳	2		7	
49	张衡	南阳西鄂	河南南阳				
50	朱穆	南阳西鄂	河南南阳	2			
51	延笃	南阳犨县	河南鲁山	1			
52	刘廙	南阳安众	河南邓州	1	6		
53	路粹	陈留陈留	河南开封				
54	苏林	陈留陈留	河南开封	2			
55	边韶	陈留浚仪	河南开封				
56	边让	陈留浚仪	河南开封	2			
57	阮瑀	陈留尉氏	河南尉氏				
58	张升	陈留尉氏	河南尉氏	2			
59	蔡邕	陈留圉县	河南杞县	1	7		
60 △	贾谊	河南洛阳	河南洛阳				
61 △	虞初	河南洛阳	河南洛阳				
62	刘睦	河南洛阳	河南洛阳				北海靖王刘兴之子
63	刘复	河南洛阳	河南洛阳				刘睦之弟
64	刘毅	河南洛阳	河南洛阳				刘睦之子

(续)

序号	姓名	籍贯	今址	各县统计	各郡国统计	今各省统计	血缘或亲缘关系
65	刘宏	河南洛阳	河南洛阳	6			汉灵帝
66	潘勖	河南中牟	河南中牟	1			
67	服虔	河南荥阳	河南荥阳	1	8		
68△	息夫躬	河内河阳	河南孟县	1	1		
69	葛龚	梁国宁陵	河南宁陵	1			
70	夏恭	梁国蒙县	河南商丘				
71	夏牙	梁国蒙县	河南商丘	2	3		夏恭之子
72	袁焕	陈国扶乐	河南太康	1	1		
73	郅恽	汝南西平	河南西平	1			
74	应奉	汝南南顿	河南项城				
75	应劭	汝南南顿	河南项城				应奉之子
76	应玚	汝南南顿	河南项城	3			应奉之孙，应劭之侄
77△	桓宽	汝南	河南				
78	张邵	汝南	河南		6		
79△	唐姬	颍川阳翟	河南禹州	1			
80△	贾山	颍川	河南				
81△	晁错	颍川	河南				
82	繁钦	颍川	河南				
83	陈寔	颍川颍阴	河南许昌				
84	陈纪	颍川颍阴	河南许昌				陈寔之子
85	邯郸淳	颍川颍阴	河南许昌				
86	刘陶	颍川颍阴	河南许昌				
87	荀爽	颍川颍阴	河南许昌				
88	荀悦	颍川颍阴	河南许昌				
89	荀彧	颍川颍阴	河南许昌	7	11	41	荀悦之弟
90△	韩婴	广阳蓟县	北京	1	1	1	
91	卢植	涿郡涿县	河北涿县	1			
92△	崔篆	涿郡安平	河北安平		2		

(续)

序号	姓名	籍贯	今址	各县统计	各郡国统计	今各省统计	血缘或亲缘关系
93	崔骃	安平安平	河北安平				崔篆之孙
94	崔瑗	安平安平	河北安平				崔骃之子
95	崔寔	安平安平	河北安平				崔瑗之子
96	崔烈	安平安平	河北安平				崔寔从兄
97	崔琦	安平安平	河北安平	6	5		崔瑗族人
98 △	李延年	中山	河北		1		
99 △	聊仓	赵国邯郸	河北邯郸				
100	吾丘寿王	赵国邯郸	河北邯郸	2	2		
101 △	路温舒	巨鹿巨鹿	河北巨鹿	1	1		
102 △	董仲舒	清河广川	河北枣强	1	1		
103	郦炎	上谷涿鹿	河北涿鹿	1	1	13	
104 △	徐乐	右北平无终	天津蓟县	1	1	1	
105 △	陈汤	山阳瑕丘	山东兖州	1			
106	王粲	山阳高平	山东鱼台				
107	仲长统	山阳高平	山东鱼台	2	3		
108	牟融	北海安丘	山东安丘	1			
109	王修	北海营陵	山东安丘	1			
110	郑玄	北海高密	山东高密	1			
111	徐干	北海剧县	山东昌东	1	4		
112 △	魏相	济阴定陶	山东定陶	1	1		
113 △	兒宽	千乘千乘	山东高青	1	1		
114 △	东方朔	平原厌次	山东惠民	1			
115	祢衡	平原般县	山东惠民	1	2		
116 △	终军	济南	山东		1		
117 △	韦玄成	济南邹县	山东邹平	1	2		
118 △	公孙宏	菑川	山东		1		
119	何休	任城樊县	山东济宁	1	1		
120	刘梁	东平宁阳	山东宁阳				

(续)

序号	姓名	籍贯	今址	各县统计	各郡国统计	今各省统计	血缘或亲缘关系
121	刘桢	东平宁阳	山东宁阳		2		刘梁之孙
122 △	孔臧	鲁国鲁县	山东曲阜				
123 △	孔安国	鲁国鲁县	山东曲阜				孔子十一世孙
124	孔融	鲁国鲁县	山东曲阜	3	3		孔子二十二世孙
125	师丹	琅玡东武	山东诸城	1	1		
126 △	严安	齐郡临淄	山东淄博				
127 △	主父偃	齐郡临淄	山东淄博				
128	薛方	齐国临淄	山东淄博	3			
129 △	公孙诡	齐郡	山东				
130 △	羊胜	齐郡	山东				
131 △	邹阳	齐郡	山东		6		
132 △	卫宏	东海	山东				
133 △	徐明	东海	山东		2	29	
134 △	伶元	上党潞县	山西潞城	1	1		
135 △	班婕妤	雁门楼烦	山西神池	1	1		
136	卫觊	河东安邑	山西夏县	1	1	3	
137	李固	汉中南郑	陕西南郑	1			
138 △	王隆	冯翊云阳	陕西淳化	1			
139 △	司马迁	冯翊夏阳	陕西韩城	1	2		
140 △	杨恽	京兆华阴	陕西华阴				司马迁外孙
141	杨修	弘农华阴	陕西华阴	2			
142	张超	京兆郑县	陕西华县	1			
143	苏顺	京兆霸陵	陕西临潼	1			
144 △	冯商	京兆长安	陕西西安				
145 △	刘安	京兆长安	陕西西安				淮南厉王刘长之子
146 △	刘辟疆	京兆长安	陕西西安				楚元王刘交之孙
147 △	刘德	京兆长安	陕西西安				刘辟疆之子
148 △	刘向	京兆长安	陕西西安				刘辟疆之孙,刘德之子

(续)

序号	姓名	籍贯	今址	各县统计	各郡国统计	今各省统计	血缘或亲缘关系
149△	刘武	京兆长安	陕西西安				汉文帝刘恒次子
150△	刘胜	京兆长安	陕西西安				汉景帝刘启第九子
151△	刘越	京兆长安	陕西西安				汉景帝刘启之庶子
152△	刘彻	京兆长安	陕西西安				武帝，景帝刘启之子
153△	刘弗陵	京兆长安	陕西西安				汉昭帝，武帝刘彻之子
154△	刘细君	京兆长安	陕西西安				汉江都王刘建之女
155△	刘偃	京兆长安	陕西西安				汉高祖刘邦曾孙
156△	刘钦	京兆长安	陕西西安				汉宣帝刘询之子
157△	刘歆	京兆长安	陕西西安				刘向之子
158△	谷永	京兆长安	陕西西安	15			
159△	杜参	京兆杜陵	陕西西安				
160	杜笃	京兆杜陵	陕西西安				
161	冯衍	京兆杜陵	陕西西安				
162△	苏武	京兆杜陵	陕西西安				
163△	肖望之	京兆杜陵	陕西西安	5	24		
164	班彪	扶风安陵	陕西咸阳				
165	班固	扶风安陵	陕西咸阳				班彪之子
166	班昭	扶风安陵	陕西咸阳				班彪之女
167	曹众	扶风安陵	陕西咸阳				
168	韦彪	扶风安陵	陕西咸阳				
169	赵岐	扶风安陵	陕西咸阳				
170	窦卓	扶风安陵	陕西咸阳	7			
171	贾逵	扶风平陵	陕西咸阳				贾谊九世孙
172△	李寻	扶风平陵	陕西咸阳				
173	梁鸿	扶风平陵	陕西咸阳				
174	苏竞	扶风平陵	陕西咸阳				
175	朱渤	扶风平陵	陕西咸阳	5			
176	傅毅	扶风茂陵	陕西兴平				

(续)

序号	姓名	籍贯	今址	各县统计	各郡国统计	今各省统计	血缘或亲缘关系
177	马融	扶风茂陵	陕西兴平				
178	马芝	扶风茂陵	陕西兴平				马融之女
179	士孙瑞	扶风茂陵	陕西兴平				
180	张敞	扶风茂陵	陕西兴平				
181	杜邺	扶风茂陵	陕西兴平	6	18	45	张敞外孙
182	皇甫规	安定朝那	宁夏固原	1	1	1	
183	梁竦	安定乌氏	甘肃平凉	1			
184	王符	安定临泾	甘肃镇原	1	2		
185	侯瑾	敦煌敦煌	甘肃敦煌				
186	周生烈	敦煌敦煌	甘肃敦煌				
187	张奂	敦煌敦煌	甘肃敦煌	3	3		
188 △	李息	北地郁郅	甘肃庆阳	1			
189	傅巽	北地泥阳	甘肃宁县	1	2		
190	秦嘉	陇西	甘肃				
191	徐淑	陇西	甘肃				
192 △	李陵	天水成纪	甘肃秦安	1	1		
193	赵壹	汉阳西县	甘肃天水	1	1	11	

表五 两汉籍贯未详之文学家简表

序号	姓名	序号	姓名	序号	姓名
194 △	蔡甲	198 △	张子侨	121 △	邹长清
195 △	公孙乘	199 △	张丰	122	曹朔
196 △	路乔加	120 △	朱宇	123	史岑
197 △	苏季				

说明：张丰系张子乔之子。

同周秦时代相比，两汉文学家的分布格局有如下七个特点：

一是黄河下游流域（青州、兖州北部、徐州北部，即今之山东省，属于齐鲁文化区）所占比例略有下降。周秦时期，这一带有文学家 3 人，占全国总数的 19%；两汉时期，这一带有文学家 29 人，占全国总数的 15%。

二是黄河中游流域（荆州北部、豫州西部、兖州南部、冀州、并州、司隶部，即今之河南、河北、北京、天津、山西、陕西六省市，属于中原、燕赵、三晋、关中文化区）所占比例略有上升。周秦时期，这一带有文学家 8 人，占全国总数的 50%；两汉时期，这一带有文学家 104 人，占全国总数的 54%。

三是黄河上游流域（凉州，今甘肃、宁夏二省区，属于关陇文化区）实现零的突破。周秦时期，这一带没有文学家；两汉时期，这一带出了 12 位文学家，所占比例为全国的 6%。

四是长江下游流域（扬州，豫州东部、徐州南部，即今之安徽、江苏、浙江、江西四省，属于吴越文化区）所占比例明显上升。周秦时期，这一带只有一位文学家，仅占全国总数的 6%；两汉时期，这一带竟有 33 位文学家，占全国总数的 17%。

五是长江中游流域（荆州中部，即今之湖北省，属于荆楚文化区）所占比例严重下降。周秦时期，这一带有 4 位文学家，占全国总数的 25%；两汉时期，这一带虽有 7 位文学家，但仅占全国总数的 3.6%。

六是长江上游流域（益州北部，即今之四川省，属于蜀文化区）实现零的突破。周秦时期，这一带没有文学家；两汉时期，这一带出了 7 位文学家，所占比例为全国的 3.6%。

七是珠江流域（交趾中部，今广西）实现零的突破，出了一位文学家。

第二节　分布重心及其成因

两汉时期的郡、国（王国）和属国（少数民族聚居区），分别按西汉武帝元封五年（公元前106年）和东汉顺帝永和五年（140）的政区设置进行统计，除去重复，共112个。

由表四可知，两汉时期有籍贯可考的文学家共193人（其中西汉75人，东汉118人），分布在当时的56个郡国，平均数为3.4人。超过平均数的郡国有13个，分布在六大文化区，见表六。

表六　两汉六大文化区十三郡国文学家之分布表

文化区	郡国人数	小计	文化区	郡国人数	小计
关中文化区	京兆尹24、右扶风18	42	齐鲁文化区	北海郡（国）4、齐郡（国）6	10
中原文化区	河南郡（尹）8、陈留郡7、颍川郡11、汝南郡6、南阳郡6	38	吴越文化区	沛郡（国）13、会稽郡10	23
燕赵文化区	安平国5	5	荆楚文化区	南郡4	4

13个郡国分布了122人。这就是说，占当时全国总数12%的郡国，竟分布着当时63%的文学家，这不能不说是一个惊人的比例。

这13个郡国，主要就分布在黄河中下游的关中、中原、齐鲁文化区和长江下游的吴越文化区，见图二。

文学是文化的一种艺术表征，文学家是文化的精华所聚。直接影响、制约文学家的生长和布局的基本因素是文化。要回答占全国总数12%的郡国何以会产生占全国总数63%的文学家，我们必须对这些郡国的文化地理环境作一个实证的研究与通体的观照。

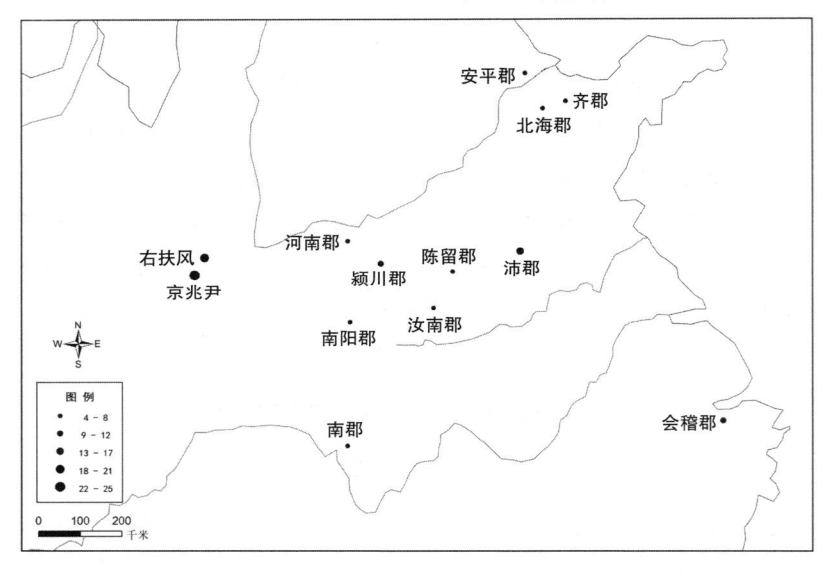

图二　两汉文学家之地理分布重心图

（地图：标注地点包括 安平郡、齐郡、北海郡、右扶风、京兆尹、河南郡、颍川郡、陈留郡、沛郡、南阳郡、汝南郡、南郡、会稽郡。图例：4–8、9–12、13–17、18–21、22–25）

关中文化区（京兆尹、右扶风一带）

关中文化区，亦可称为秦文化区。关中即故秦地，两汉时相当于司隶部的中、西部，以及益州刺史部北部、朔方刺史部南部的范围，即今陕西省的范围。秦孝公以前，"秦僻在雍州，不与中国诸侯之会盟，夷翟遇之"[1]。商鞅变法时，这一地区开始接受三晋法家文化。至吕不韦时，宾客三千，几乎囊括了各方士人。汉兴，立都长安。为了"强干弱支"，"徙齐诸田、楚昭屈景及诸功臣家于长陵。后世世徙吏二千石、高訾富人及豪桀并兼之家于诸陵"[2]。关中诸陵地区于是成了一个"五方杂厝"的移民区。这些移民中的"世家则

---

[1] 司马迁：《史记·秦本纪》，第 202 页。
[2] 班固：《汉书·地理志》，第 1642 页。

好礼文",他们把齐鲁、楚和三晋诸地的优秀文化带到了这里。

作为国都的长安,系当时的帝国文化中心之所在。汉武帝纳公孙宏之议,在京师设立太学。昭、宣、元继之,至成帝末,博士弟子员增至3000人。[1] 天禄、石渠等处,既收藏了大量图书,又为宿学鸿儒著书立说、讲经论义提供了最佳场所。譬如宣帝甘露三年(公元前55年)的石渠阁大会,就聚集了当时著名的学者如刘向、闻人通、戴圣、戴德、薛广德、张生、张山拊、周堪、林尊、欧阳余地、梁丘临、韦玄成、肖望之等多人。这些人游学长安,进一步促进了这一地区文化的发展。

西汉初,文武官员多出自军功和功荫。"自孝武兴学,公孙宏以儒相,其后蔡义、韦贤、玄成、匡衡、张禹、翟方进、孔光、平当、马宫及当子晏咸以儒宗居宰相位,服儒衣冠,传先王语。"[2] 尔后,不仅高级官僚由儒士担任,即便曹掾书史、驿吏亭长之类,亦尽由儒生为之。官吏好学,民自向化。这一地区文化的发达,与朝廷官吏文化结构的优化亦有重要关系。

当然,文化的发达,最基本的前提在于经济的富庶。秦地属于《禹贡》九州中的雍州。九州中,首推雍州土壤为最好。这里的土壤属黄壤,结构均匀、疏松,并且有良好的透水性能;又由于其保持着大量的矿物质,所以非常肥沃,非常有利于原始的开垦和种植,其粮食的收成高于其他土壤。这里的雨水也比较集中,加之河两岸的河坎高出河流的洪水线,近水而可避免水害,又比较易于防御,所以这一带成为当时帝国的经济重心。《汉书·地理志》云:"故秦

---

[1] 徐天麟:《西汉会要·学校》,中华书局1955年版,第219—220页。
[2] 班固:《汉书·匡张孔马传赞论》,第3366页。

地……其民有先王遗风，好稼穑，务本业……有鄠、杜竹林，南山檀柘，号称陆海，为九州膏腴。始皇之初，引泾水溉田，沃野千里，民以富饶。"又云："故秦地天下三分之一，而人众不过什三，然量其富居什六。"[1]

荆楚、齐鲁和三晋地区向秦地的大量移民，各地文化名人向长安的大量集中，朝廷官吏文化结构的优化，以及这一带农业经济的发达等，终于导致关中地区文化的繁荣。有两组具体的数字很好地证实了这一点：

（一）两汉时期的士人，即《汉书》、《后汉书》正传、附传中的各类知识分子，据统计有717人，其中关中地区的京兆、冯翊、扶风3郡，就占了110人，为总数的15%。

（二）两汉时期的书籍，即《汉书·艺文志》以及后来的《汉书艺文志考证》（王应麟著）、《汉书艺文志拾补》（姚振宗著）和《后汉书艺文志》（姚振宗著）等书所载两汉书籍且有作者籍贯可考者，据统计有822种，其中京兆、冯翊、扶风3郡便拥有139种，占总数的17%。[2]

明乎此，我们再来读读班固《两都赋》所谓的"名都对廓，邑居相承，英俊之域，绂冕所兴，冠盖如云"；读读张衡《西京赋》所谓的"五县游丽辩论之士，街谈巷议，弹射臧否，剖析毫厘，擘肌分理"，便深感其真实而不诬。

文化的繁荣，必然带来文学的兴旺。终西汉一代，全国的文学家有籍贯可考者共75人，而京兆、冯翊、扶风三郡便占了22人，

---

[1] 班固：《汉书·地理志》，第1642页。
[2] 参见卢云：《西汉时期的文化区域与文化重心》，《历史地理》第5辑；《东汉时期的文化区域与文化重心》，《中国文化》第4辑。

占总数的29%。

文化的繁荣有赖于政治的安定和经济的富庶,而文化一旦繁荣起来,便有了相当的稳定性,不会因政治、经济环境的改变而立刻改变。西汉时关中地区文化的繁荣,有赖于其作为京畿之地优越的政治经济条件,然东汉时,王朝迁都洛阳,这一地区的文化仍然保持着发展的态势,尽管不再是文化中心之所在。北海郑玄、涿郡卢植等大学者都曾去关中讲学;明帝时的外戚马廖、马防为了建立自己的势力,亦颇优待关中士人。这一切,都有利于关中地区文化的持续发展。是以西汉时,京兆、扶风、冯翊3郡出书52种,东汉时竟达到87种;西汉时这三郡的文学家共22人,东汉时仍达到22人。

中原文化区(南阳郡、陈留郡、河南尹、汝南郡、颍川郡一带)

中原文化区的范围,相当于两汉时期的豫州、兖州刺史部,以及司隶部的东部,即今河南省的范围。中原文化的发展有一个较长的过程。西汉前期,这里的经济虽较发达,文化却较落后。宣帝以后,因郑弘、召信臣、韩延寿和黄霸等地方官在这一带推行教化,其野蛮鄙朴之风才有所改变。西汉后期,这一带游学京师的人数已相当可观。东汉建都洛阳,中原地区成为帝国文化的重心所在。《后汉书·儒林传》载:"光武中兴,爱好经术。未及下车而先访儒雅……先是,四方学士,多怀挟图书,遁逃林薮。自是,莫不抱负坟策,云会京师。"[1] 其后明帝讲学辟雍,听者以万计。期门羽林之士,悉令通《孝经》章句。质帝本初以后,游学京师者竟至3万人。

在帝王的影响之下,许多地方官也非常积极地在这一带兴办学

---

[1] 范晔:《后汉书·儒林传》,中华书局1965年版,第2545页。

校。如东汉初寇恂为颍川太守,章帝时鲍德为南阳太守,何敞、王堂为汝南太守,都曾致力于兴办学校,推行教化。同时,这一地区的私人讲学之风也十分兴盛。请看《后汉书》的有关记载:

南阳郡:

　　洼丹,徒众数百人。

　　谢该,门徒数百千人。

　　樊修,门徒三千余人。

陈留郡:

　　刘昆,弟子恒五百余人。

　　刘佚,门徒亦盛。

　　杨伦,弟子千余人。

　　楼望,弟子九千余人。

颍川郡:

　　张兴,弟子自远至者且万人。

　　李膺,教授常千人。

　　桓典,门徒数百人。

汝南郡:

　　蔡玄,门徒常千人。

　　周磐,门徒常千人。

梁国:

　　夏恭,门徒常千余人。

历史地看,这一地区文化的发展与繁荣,与西汉时王国诸侯的热情吸引文士也有重要关系。著名的梁孝王即是一例。梁孝王刘武,文帝少子,景帝同母弟,于文帝十一年(公元前 168 年)由淮阳王徙封梁王。梁孝王凭借自己的政治地位和经济实力,"招延四方豪杰。自山以东，游说之士莫不毕至"[1]。如齐人羊胜、公孙诡、邹阳，吴人枚乘、严忌，蜀人司马相如等，均曾荟萃于此，称一时之盛。景帝中元六年（公元前143年），梁国被一分为五，此后日渐缩小，再无能力大规模地聚集人才，然其影响则远未消失。如武帝时御史大夫韩安国所荐梁人壶遂、臧固和郅他，"皆天下名士"。司马迁尝云："余与壶遂定律历，观韩长孺之义，壶遂之深中隐厚。世之言梁多长者，不虚哉！"[2]

梁多长者，世所矜夸。南阳一带，亦斐然可观。张衡、崔瑗尝先后为《南阳文学儒林传》和《南阳文学颂》，盛赞此地文风之炽、文士之美。张衡更有《南都赋》称颂南阳士人："且其君子，弘懿明叡，允恭温良。容止可则，出言有章。进退屈伸，与时抑扬。"至于颍川、汝南一带，更是"多产奇士"。如汝南袁氏，四世三公；颍川荀氏，谚称"八龙"。[3] 直到十六国时，姚兴还盛赞"关东出相，关西出将。三秦饶俊异，汝颍多奇士"[4]。

如上所述，西汉时，这一地区的文化并不很发达。只是由于宣帝以后，地方官在此兴办学校，推行教化，私家教授在此设帐授徒，以及东汉王朝在此建都、厉行文治等原因，这里的文化才兴旺起来。据统计，河南、陈留、颍川、汝南、南阳五郡的士人，在西汉时只有25人，东汉时竟达158人；这里的博士，西汉时只有5人，东汉时达到21人；这里的私家教授，西汉时只有18人，东汉时达到45人；这里的书籍有作者籍贯可考者，西汉时只有15种，东汉时竟达

---

[1] 司马迁：《史记·梁孝王世家》，第2083页。
[2] 司马迁：《史记·韩长孺列传》，第2865页。
[3] 范晔：《后汉书·荀爽传》，第2051页。
[4] 房玄龄等：《晋书·姚兴载记》，中华书局1974年版，第3000页。

到 171 种。毫无疑问，东汉时的文化中心，已由西汉时的关中地区移至中原地区。

文化中心转移了，文学家的分布中心也随之发生变动。西汉时，中原地区（河南、陈留、颍川、汝南、南阳、河内、梁国、陈国等郡国）的文学家总共不过 7 人，东汉时，竟达到 34 人！其中河南、陈留、颍川、汝南、南阳五郡，就有 30 人，为全国文学家总数（有籍可考者 118 人）的 25%。

齐鲁文化区（北海国、齐国、鲁国一带）

如果说关中文化和中原文化的发达主要凭借政府行政力量的推动（如移民、兴办学校、起用儒生等）而实现，那么，齐鲁文化的发达则应归因于它悠久的文化传统和深厚的文化根基。

鲁为周公之封国。春秋末，"孔子闵王道将废，乃修六经，以述唐虞三代之道，弟子受业而通者七十有七人"[1]。此后虽连年兵革，然"鲁世世相传以岁时奉祠孔子冢，而诸儒亦讲礼乡饮大射于孔子冢……至于汉二百余年不绝"[2]。是以"其民好学，上礼义、重廉耻"。"其好学犹愈于它俗。"[3] 齐乃姜太公之封国。"初，太公治齐，修道术，尊贤智，赏有功。"故"其士多好经术，矜功名，舒缓阔达而足智"[4]。"方齐宣王、威王之时，聚天下贤士于稷下，尊宠之。若邹衍、田骈、淳于髡之属甚众，号曰列大夫，皆世所称。"[5] 当时

---

[1] 班固：《汉书·地理志》，第 1662 页。
[2] 司马迁：《史记·孔子世家》，第 1945 页。
[3] 班固：《汉书·地理志》，第 1663 页。
[4] 同上书，第 1661 页。
[5] 刘向：《孙卿书录》，严可均辑：《全上古三代秦汉三国六朝文》，中华书局 1958 年版，第 332 页。

"天下并争于战国,儒术既绌焉,然齐鲁之间,学者独不废也"[1]。

秦时,齐鲁地区的社会经济遭受很大摧残,然儒学一脉仍不绝如缕。秦甫亡,鲁国便在楚汉纷争之中兴起礼乐。刘邦兵临城下,"鲁中诸儒尚讲诵习礼乐,弦歌之声不绝"[2]。是以西汉时,齐鲁地区又成为著名的文化发达区域。"汉兴,言《易》自淄川田生,言《书》自济南伏生,言《诗》,于鲁则申培公,于齐则辕固生,燕则韩太傅;言《礼》则鲁高堂生;言《春秋》,于齐则胡毋生,于赵则董仲舒。"[3]齐鲁学者俨然执了五经学之牛耳。成帝时,齐地有"教授数百人"的"耆老大儒",甚至连做郡吏的都是"舒缓养名"的儒生。鲁人夏侯胜常诫诸生曰:"士病不明经术。经术苟明,其取青紫如挽拾地芥耳。"[4]鲁国一带还流传着这样一句谚语:"遗子黄金满籯,不如一经。"[5]据《两汉五经博士考》和《汉魏博士题名考》等书记载,西汉一代的经学博士,全国共 95 人,齐鲁地区(包括齐郡、鲁国、济南、山阳、北海、琅玡、东平、甾川、千乘等郡国)就占了 43 人,为总数的 45%。这一带的文学家也达 16 人,占全国总数(有籍贯可考者 75 人)的 21%。

新莽末年,赤眉军起于齐地,军阀张步等混战连年,这一地区的经济文化备受摧残,孔子故里荆棘丛生。齐鲁地区的文化优势地位下降,然传统犹存,文风未泯,仍不失为一文明之邦。《世说新语·言语》注载伏滔论齐鲁人物,东汉一代仍很可观。他一口气便列举了伏三老、江革、逢萌、禽庆、承幼子、徐防、薛方、郑康成、

---

[1] 司马迁:《史记·儒林列传》,第 3116 页。
[2] 同上书,第 3117 页。
[3] 同上书,第 3118 页。
[4] 班固:《汉书·夏侯胜传》,第 3159 页。
[5] 班固:《汉书·韦贤传》,第 3107 页。

周孟玉、刘祖荣、临孝存、孙宾硕、祢正平等十多位著名文化人。事实上，东汉时的经学博士共 70 人，齐鲁地区（包括鲁国、济阴、山阳、泰山、济北、东平、任城、平原、北海、琅玡、东安等郡国）仍有 22 人，占总数的 31%。这一带的文学家不如西汉时多，但也有 13 人，占东汉时全国总数（有籍贯可考者 118 人）的 11%。

燕赵文化区（安平国一带）

燕赵文化区的范围，相当于两汉时的冀州刺史部，以及幽州刺史部西部的范围。这一带的经济发展水平和关中、中原相比是比较落后的，但是这里的学术文化却比较发达，战国时有荀况著《荀子》，西汉时有韩婴著《韩诗内传》和《外传》，董仲舒著《春秋繁露》，东汉时有高诱注《战国策》、《吕氏春秋》和《淮南子》，卢植著《尚书章句》和《三礼解诂》等。冀州的安平崔氏家族，则可以说是受这种学术文化的影响而成长起来的一个学术型的文学家族。崔篆之母师氏，以通经学百家之言受到王莽的礼遇。崔篆本人则著有《周易林》六十四篇。崔篆之孙崔骃，是与班固、傅毅齐名的经学家。崔骃之子崔瑗，崔瑗之子崔寔，崔寔从兄崔烈，族人崔琦等，除了诗赋创作，皆通经史百家之学。

燕赵地区的文学家，以安平崔氏较为突出，其他并不显著，故从略。

吴越文化区（沛国、会稽郡一带）

这里所讲的吴越文化区，比春秋战国时期吴国、越国的范围要大一点，相当于两汉时的扬州刺史部，以及徐州刺史部南部和豫州刺史部东部的范围，即今之安徽、江苏、浙江和江西四省的版图。

如果说关中和中原文化的发达主要应归因于政府行政力量的作用，齐鲁文化的发达主要应归因于其文化传统的悠久与文化根基的深厚，那么，吴越文化的发达则主要应归因于王国文化政策的开明与北方士人的南迁。这个文化区一直是一个文化开放区。《左传·襄公二十九年》载吴公子季札观周乐，对齐、豳、秦、魏、唐等国的音乐赞不绝口，即表现出文化上的一种开放意识。春秋晚期，吴王阖闾便接纳了不少来自北方的士人。战国末年，春申君黄歇为楚相，喜招天下宾客，与齐孟尝、赵平原、魏信陵同负重名，一时宾客达三千人。春申君就封于吴后，天下士人又翕然聚于吴地。西汉前期，吴王濞与淮南王安俱封于东南。吴国都江都，有东阳、鄣、吴三郡之地。淮南国都寿春，领故九江郡。《汉书·地理志》载："汉兴，高祖王兄子濞于吴，招致天下之娱游子弟，枚乘、邹阳、严夫子之徒兴于文、景之际。而淮南王安亦都寿春，招宾客著书。而吴有严助、朱买臣，贵显汉朝，文辞并发，故世传《楚辞》。"[1]又《汉书·淮南王传》载："淮南王安为人好书，鼓琴，不喜弋猎狗马驰骋……招致宾客方术之士数千人。"[2]刘濞、刘安先后败亡之后，王国仅具虚名，然其流风余韵仍延绵不绝。如武帝时，吴人严助、朱买臣均为朝中著名文士；庐江人文翁为蜀郡太守，化一方之民；宣帝时，九江被公以诵《楚辞》而受征；成帝时，九江严望、严元同为博士；寿春人梅福、召信臣、庐江人朱邑均登九卿、二千石之高位。新莽末年，北方战乱，大批士人流亡东南。更始元年（23），任延为会稽都尉。"时天下新定，道路未通，避难江南者皆未还中土，会稽颇称

---

[1] 班固：《汉书·地理志》，第1668页。
[2] 班固：《汉书·淮南王传》，第2145页。

多士。延到，皆聘请高行如董子仪、严子陵等，敬待以师友之礼。"[1] 由于坚持这样一种开放的文化政策，礼贤下士，广延人才，至和帝时，这一地区的文化再次活跃起来。"永元中，（张霸）为会稽太守，表用郡人处士顾奉、公孙松……其余有业行者，皆见擢用。郡中争励志节，习经者以千数，道路但闻诵声。"[2]

这一地区虽不是经济发达之区，但由于自然资源丰饶，人民皆得丰衣足食，不忧冻饿。《汉书·地理志》云："楚有江汉川泽山林之饶。江南地广，或火耕水耨，民食鱼稻，以渔猎山伐为业，果蓏蠃蛤，食物常足。"又云："吴东有海盐章山之铜，三江五湖之利，亦江东一都会也。"[3] 这一地区的诸侯郡守之热心延揽人才，北方士人之积极迁徙于此，最基本的前提也正在这里。

吴越文化区的人才有一个特点，即经学人才较少而文学人才较多。两汉时，这一带（包括沛国、楚国、会稽、吴郡、广陵、临淮等地）的经学博士只有 19 人，仅占全国总数的 11.5%，而文学家则有 33 人（其中西汉 14 人，东汉 19 人），占全国总数（有籍贯可考者 193 人）的 17%，高于齐鲁地区在全国的比例（15%）。

荆楚文化区（南郡一带）

荆楚即先秦时楚国的中心区域，其范围相当于两汉时期荆州刺史部的北部。春秋战国时期，这一带是我国文化最为发达的地区之一。战国后期，秦国发动的统一战争，对这一带的破坏是极为惨重的。楚国大诗人屈原死在楚顷襄王二十年（公元前 278 年）秦将白

---

[1] 范晔：《后汉书·循吏传》，第 2460—2461 页。
[2] 范晔：《后汉书·张霸传》，第 1241 页。
[3] 班固：《汉书·地理志》，第 1666—1668 页。

起攻陷楚郢都之后,楚国另一位大诗人宋玉则死在秦始皇二十四年(公元前223年)秦灭楚之后。他们的死都与楚国的命运有关。然"楚虽三户,亡秦必楚"。后来楚人不仅推翻了暴秦,楚文化也一度成为汉文化的主流。两汉时期,荆楚文化区出了7位文学家,其中南郡就有4位。西汉时,在屈原故里南郡姊归出了一位"美女作家"王嫱(王昭君),据说她留下了一诗一文;东汉时,在宋玉故里南郡宜城,则出了2位非常著名的辞赋家,即王逸、王延寿父子。王逸的《楚辞章句》是历史上非常有名的一部楚辞作品的总集(即十七卷本《楚辞》),其中第十七卷即王逸自著《九思》。王延寿的《鲁灵光殿赋》则是散体大赋中的一朵奇葩。另外,在南郡华容还出了一位胡广(字伯始),此人"文甚典美",且"练达事体,明解朝章",时京师有谚云:"万事不理问伯始,天下中庸有胡公。"这表明楚文化的根基是非常深厚的,楚文化的土壤是非常肥沃的,只要社会环境相对安定,这里就会有文化(文学)的大树生长起来。

结语

两汉时期,我国文学家的分布版图在明显扩大。周秦时期,我国文学家全都分布在黄河与长江的中、下游流域;两汉时期,则由黄河、长江的中、下游流域扩展到它们的上游流域,并且向珠江流域扩展。

就各地的分布数量而言,两汉时期的文学家,无疑以关中、中原、齐鲁和吴越这四个文化区为最多。这四个文化区,正是两汉时期的文化发达区。关中和中原文化的发达,主要是由于国都所在地的各种行政力量的推动和影响；齐鲁文化的发达，主要在于其文化传统的悠久与文化根基的深厚；而吴越文化的发达，则在于自然经济条件的优越以及诸侯郡守开明的文化政策对各地文化人的吸引。这样一种分布格局，对后世的影响是极为深远的。

第三章　三国西晋文学家之地理分布
（220—317年）

历来的中国文学史研究，总是习惯于把三国、两晋、十六国、南朝（宋、齐、梁、陈）和北朝（魏、东魏、西魏、齐、周）这一段时间的文学作为一个完整的时段来叙述，称为魏晋南北朝文学，我则把这一时段分为两个时期，而且特别地把西晋和东晋分开。这是因为，从文化地理学的角度来看，三国和西晋承两汉之绪，在行政区划和文化发展的基本格局方面没有出现大的变化，表现出明显的历史承续性。西晋末年的"永嘉之乱"以后，中原的经济、文化衰退，士人南迁，南方的经济、文化迅速发展起来，使得东晋十六国南北朝时期的行政区划和文化格局发生了根本性的变化，从而构成了一个历史文化上的新时段。

第一节　分布格局及其特点

谭正璧编《中国文学家大辞典》收录三国、西晋时期的文学家184人，均有籍贯可考。见表七（带△者为三国时代文学家）。

表七　三国西晋文学家之地理分布表

序号	姓名	籍贯	今址	各县统计	各郡国统计	今各省统计	血缘或亲缘关系
1 △	蒋济	淮南平阿	安徽淮南	1	1		
2	何祯	庐江灊县	安徽霍山	1	1		
3	刘弘	谯国相县	安徽淮北	1			
4 △	嵇康	谯郡铚县	安徽宿州				
5	嵇喜	谯国铚县	安徽宿州				嵇康之兄
6	嵇绍	谯国铚县	安徽宿州				嵇康之子
7	嵇含	谯国铚县	安徽宿州	4			嵇康侄孙
8 △	曹丕	谯郡谯县	安徽亳州				曹操第二子，魏文帝
9 △	曹植	谯郡谯县	安徽亳州				曹操第三子，曹丕之弟
10 △	曹睿	谯郡谯县	安徽亳州				曹丕之子，魏明帝
11 △	曹冏	谯郡谯县	安徽亳州				齐王曹芳之族祖
12	曹志	谯国谯县	安徽亳州				曹植之庶子
13	曹髦	谯国谯县	安徽亳州				曹丕之孙，魏高贵乡公
14	曹摅	谯国谯县	安徽亳州				
15	曹毗	谯国谯县	安徽亳州				
16 △	夏侯玄	谯郡谯县	安徽亳州				
17 △	夏侯霸	谯郡谯县	安徽亳州				
18	夏侯湛	谯郡谯县	安徽亳州				
19	夏侯淳	谯郡谯县	安徽亳州	12	17		夏侯湛之弟
20 △	薛综	沛国竹邑	安徽宿州				
21	薛莹	沛国竹邑	安徽宿州	2		21	薛综之子
22	刘伶	沛国	江苏沛县		3		
23	韦昭	毗陵云阳	江苏丹阳	1	1		
24	陶濬	丹阳秣陵	江苏南京	1	1		
25	刘隗	彭城彭城	江苏徐州	1	1		
26	桓威	下邳下邳	江苏邳县	1	1		
27	戴邈	广陵广陵	江苏扬州				
28	刘颂	广陵广陵	江苏扬州				
29	盛彦	广陵广陵	江苏扬州				
30 △	闵鸿	广陵广陵	江苏扬州	4	4		

(续)

序号	姓名	籍贯	今址	各县统计	各郡国统计	今各省统计	血缘或亲缘关系
31△	顾谭	吴郡吴县	江苏苏州				
32	顾荣	吴郡吴县	江苏苏州				
33△	陆凯	吴郡吴县	江苏苏州				
34△	张温	吴郡吴县	江苏苏州				
35	张俨	吴郡吴县	江苏苏州				
36	张悛	吴郡吴县	江苏苏州				
37△	暨艳	吴郡吴县	江苏苏州				
38	蔡洪	吴郡吴县	江苏苏州	8		17	
39	陆景	吴郡华亭	上海松江		3		
40	陆机	吴郡华亭	上海松江				陆景之弟
41	陆云	吴郡华亭	上海松江	3			陆机之弟
42	孙惠	吴郡富春	浙江富阳	1			
43	褚陶	吴郡钱塘	浙江杭州	1	13		
44△	姚信	吴兴武康	浙江德清	1	1		
45△	骆统	东阳乌伤	浙江义乌	1	1		
46	杨方	会稽	浙江				
47△	谢承	会稽	浙江				
48△	虞翻	会稽余姚	浙江余姚				
49	虞预	会稽余姚	浙江余姚	2	4	8	
50	李轨	江夏	湖北		1	1	
51	谯周	巴西西充	四川南郡	1			
52	陈寿	巴西安汉	四川南充	1	2		
53	李密	犍为武阳	四川彭山				
54	李赐	犍为武阳	四川彭山	2	2	4	李密之子
55△	士燮	苍梧广信	广西梧州	1	1	1	
56	索靖	敦煌敦煌	甘肃敦煌	1	1	1	
57	皇甫谧	安定朝那	宁夏固原	1	1	1	
58△	傅嘏	北地泥阳	陕西耀县				
59	傅祇	北地泥阳	陕西耀县				傅嘏之子
60	傅玄	北地泥阳	陕西耀县				
61	傅咸	北地泥阳	陕西耀县		4		傅玄之子

(续)

序号	姓名	籍贯	今址	各县统计	各郡国统计	今各省统计	血缘或亲缘关系
62 △	杨彪	弘农华阴	陕西华阴	1	1		
63	挚虞	京兆长安	陕西西安	1			
64 △	杜恕	京兆杜陵	陕西西安				
65	杜预	京兆杜陵	陕西西安				
66 △	韦诞	京兆杜陵	陕西西安	3	4		
67 △	孟达	扶风茂陵	陕西兴平	1	1	10	
68	孙楚	太原中都	山西平遥				
69	张敏	太原中都	山西平遥	2			
70 △	王昶	太原晋阳	山西太原				
71	王浑	太原晋阳	山西太原				王昶之子
72	王湛	太原晋阳	山西太原				王昶之子
73	王济	太原晋阳	山西太原				王浑之子
74	王佑	太原晋阳	山西太原				王济从兄
75	王沈	太原晋阳	山西太原	6	8		
76 △	杜挚	河东闻喜	山西闻喜				
77	裴楷	河东闻喜	山西闻喜				
78	裴秀	河东闻喜	山西闻喜				
79	裴頠	河东闻喜	山西闻喜				裴秀之子
80	裴逸	河东闻喜	山西闻喜				裴頠从弟
81 △	毋丘俭	河东闻喜	山西闻喜	6			
82	卫展	河东安邑	山西夏县	1	7		
83	贾充	平阳襄陵	山西临汾				东汉贾逵之子
84	李婉	平阳襄陵	山西临汾	2	2	17	贾充之妻
85 △	钟毓	颍川长社	河南长葛				
86 △	钟会	颍川长社	河南长葛				
87	钟琰	颍川长社	河南长葛				晋阳王浑之妻
88	枣据	颍川长社	河南长葛				
89	枣腆	颍川长社	河南长葛				枣据之子
90	枣嵩	颍川长社	河南长葛	6			枣腆之弟
91 △	陈群	颍川许昌	河南许昌	1			东汉陈寔之孙
92	荀崧	颍川颍阴	河南许昌	1			荀爽之曾孙

(续)

序号	姓名	籍贯	今址	各县统计	各郡国统计	今各省统计	血缘或亲缘关系
93 △	周昭	颍川	河南				
94	庾鼓	颍川鄢陵	河南鄢陵				
95	庾阐	颍川鄢陵	河南鄢陵				
96	庾峻	颍川鄢陵	河南鄢陵				
97	庾纯	颍川鄢陵	河南鄢陵	4			庾峻之弟
98	殷融	颍川长平	河南西华	1	14		
99	成公绥	濮阳白马	河南滑县	1	1		
100	杨泉	梁国	河南				
101	王隐	梁国陈县	河南淮阳	1			
102	何曾	梁国阳夏	河南太康				
103	何劭	梁国阳夏	河南太康				何曾之子
104	袁淮	梁国阳夏	河南太康	3	5		
105	郑袤	荥阳开封	河南开封	1			
106	潘岳	荥阳中牟	河南中牟				
107	潘尼	荥阳中牟	河南中牟	2	3		潘岳之子
108	郭象	河南河南	河南洛阳				
109	郭泰机	河南河南	河南洛阳	2			
110	郤正	河南偃师	河南偃师	1	3		
111	蔡克	陈留考城	河南民权	1			
112	阮侃	陈留尉氏	河南尉氏				
113 △	阮籍	陈留尉氏	河南尉氏				东汉阮瑀之子
114	阮浑	陈留尉氏	河南尉氏				阮籍之子
115	阮咸	陈留尉氏	河南尉氏				阮籍之侄
116	阮瞻	陈留尉氏	河南尉氏				阮咸之子,阮籍侄孙
117	阮修	陈留尉氏	河南尉氏	6			阮咸之侄,阮籍侄孙
118 △	蔡琰	陈留圉县	河南杞县				东汉蔡邕之女
119	江统	陈留圉县	河南杞县	2	9		
120	乐广	南阳淯阳	河南南阳	1			
121 △	何晏	南阳宛县	河南南阳	1			
122	张辅	南阳西鄂	河南南阳	1	3		
123 △	许靖	汝南平舆	河南平舆	1			

(续)

序号	姓名	籍贯	今址	各县统计	各郡国统计	今各省统计	血缘或亲缘关系
124 △	胡综	汝南固始	河南沈丘	1			
125 △	应琚	汝南南顿	河南项城				东汉应场之弟
126	应贞	汝南南顿	河南项城	2			应琚之子
127	干宝	汝南新蔡	河南新蔡	1	5		
128 △	荀纬	河内	河南				
129 △	王象	河内	河南				
130	王弼	河内山阳	河南焦作	1			
131 △	司马懿	河内温县	河南温县				
132 △	司马昭	河内温县	河南温县				司马懿之子
133	司马攸	河内温县	河南温县				司马昭之子
133	司马彪	河内温县	河南温县	4			
134	山涛	河内怀县	河南武陟				
135	山简	河内怀县	河南武陟				山涛之子
136	向秀	河内怀县	河南武陟	3	10		
137	杜育	襄成定陵	河南舞阳	1	1		
138	邹湛	义阳新野	河南新野	1			
140	王讚	义阳义阳	河南桐柏	1			
141	李重	义阳钟武	河南信阳	1	3	57	
142	张载	博陵安平	河北安平				
143	张协	博陵安平	河北安平				张载之弟
144	张亢	博陵安平	河北安平	3	3		张协之弟
145	束皙	阳平元城	河北大名	1	1		
146 △	李康	中山	河北				
147	刘琨	中山魏昌	河北无极	1			
148 △	甄后	中山毋极	河北无极	1	3		曹丕之妻,曹睿之母
149	张华	范阳方城	河北霸县	1	1		
150	石崇	渤海南皮	河北南皮				
151	欧阳健	渤海南皮	河北南皮	2			
152	木华	勃海广川	河北枣强	1	3		
153	赵至	代郡代县	河北蔚县	1	1		
154	牵秀	安平灌津	河北武邑	1	1	13	

(续)

序号	姓名	籍贯	今址	各县统计	各郡国统计	今各省统计	血缘或亲缘关系
155 △	吴质	济阴	山东				
156	卞粹	济阴冤句	山东菏泽	1	2		
157 △	吕安	东平	山东		1		
158	孙毓	泰山	山东				
159	羊祜	泰山南城	山东平邑	1			东汉蔡邕外孙
160 △	高堂隆	泰山平阳	山东新泰	1	3		
161 △	孙该	任城任城	山东济宁	1	1		
162	虞溥	高平昌邑	山东金乡	1			
163	刘宝	高平高平	山东鱼台				
164	王沈	高平高平	山东鱼台				
165	闾丘冲	高平高平	山东鱼台	3	4		
166	刘毅	东莱掖县	山东莱州	1			
167 △	王基	东莱曲城	山东招远	1	2		
168 △	卞兰	琅玡开阳	山东临沂	1			
169	王琛	琅玡临沂	山东费县				
170	王戎	琅玡临沂	山东费县	2			
171 △	诸葛亮	琅玡阳都	山东沂南				
172 △	诸葛恪	琅玡阳都	山东沂南	2	5		诸葛亮之侄
173 △	管宁	北海朱虚	山东临朐	1	1		
174	程晓	济北东阿	山东阳谷	1	1		
175	左思	齐国临淄	山东临淄				
176	左芬	齐国临淄	山东临淄	2	2		左思之妹
177 △	华歆	平原高唐	山东禹城				
178	华峤	平原高唐	山东禹城				
179	华彻	平原高唐	山东禹城				华峤之子
180	华畅	平原高唐	山东禹城				华峤之子
181	刘寔	平原高唐	山东禹城	5	5		
182 △	王朗	东海郯县	山东郯城				
183 △	王肃	东海郯县	山东郯城	2			
184 △	缪袭	东海	山东		3	30	

和两汉时期相比，三国西晋时期文学家的地理分布格局有如下四个突出特点：

一是关中文化区的文学家所占比例减少。两汉时期，关中文化区（京兆尹、左冯翊、右扶风、弘农郡）有籍贯可考的文学家44人，占全国文学家总人数（193人）的23%；三国西晋时期，关中地区（京兆郡、扶风国、冯翊郡、北地郡）有籍贯可考的文学家仅10人，仅占全国总数（184）的5%。关中文化区文学家所占比例减少的原因主要有二：一是自东汉起，这里不再是京畿之地，失去了培育文学人才的许多优势；二是自东汉末期开始，这里又迭经战乱，文学人才所赖以生长的文化环境遭到严重的破坏。

二是在关中文化区文学家所占比例减少的同时，中原文化区文学家所占比例仍然保持上升势头，成为全国文学家的分布中心。两汉时期，中原文化区（南阳郡、汝南郡、颍川郡、陈国、梁国、陈留郡、河南尹、河内郡、赵国、巨鹿郡、安平国、清河国、中山国、涿郡、广阳郡、右北平郡、上谷郡）有文学家55人，占全国总数的28.5%；三国西晋时期，中原文化区（义阳国、南阳国、汝南国、襄城郡、颍川郡、梁国、陈留郡、濮阳国、阳平郡、荥阳郡、河南郡、河内郡、安平国、渤海郡、博陵国、中山国、范阳国、代郡）的文学家升至69人，占全国总数的38%。这个时期的中原文化区虽然迭经战乱，但由于是京畿所在地，文学人才所赖以生长的文化环境比关中文化区要好许多。

三是三晋（河东）文化区文学家所占比例增加。两汉时期，三晋（河东）文化区（河东郡、上党郡、雁门郡）仅有文学家3人，仅占全国总数的1.6%；三国西晋时期，三晋（河东）文化区（太原郡、河东郡、平阳郡）文学家增至17人，占全国总数的9.3%。三晋（河东）文化区文学家所占比例的增加，有赖于这一带在教育和文化建设方面的长期积累。

四是吴越文化区文学家所占比例增加。两汉时，吴越文化区（沛郡、楚国、临淮郡、广陵郡、吴郡、会稽郡、豫章郡）有文学家33人，占全国总数的17%；三国西晋时，吴越文化区（彭城国、下邳国、沛郡、谯郡、淮南郡、庐江郡、广陵郡、毗陵郡、丹阳郡、吴郡、吴兴郡、东阳郡、会稽郡）有文学家49人，占全国总数的27%。吴越文化区文学家所占比例的增加，主要缘于这一带较少受到战争的破坏，经济得到进一步的开发，教育、文化事业得到进一步的发展，使得文学人才成长的土壤日益丰厚。

第二节 分布重心及其成因

三国西晋时期的郡国，分别按魏元帝景元三年（262）和晋武帝太康三年（282）的政区设置进行统计，除去重复，共179个。

由表七可知，谭编《中国文学家大辞典》收录三国西晋时期的文学家184人（其中三国56人，西晋128人）。这184人，就分布在当时的58个郡国，平均数为3.2人，超过平均数的郡国有16个，分布在五大文化区，见表八。

16个郡国分布了118人，也就是说，占当时全国总数9%的郡国，竟分布着当时64%的文学家。这个比例同样是惊人的。

这16个郡国，有14个相当于两汉时期的吴越文化区、中原文化区、关中文化区和齐鲁文化区的范围。同两汉时期文学家的分布格局相比，尚无根本性的变化，只是关中文化区的文学家减少了，而三晋（河东）文化区的文学家则明显增多了。这些郡国所在文区的人文地理环境，即文学家所赖以生长的文化土壤，便是我们这一节所要考察的重点。见图三。

表八　三国西晋五大文化区十六郡国文学家之分布表

文化区	郡国人数	小计	文化区	郡国人数	小计
关中文化区	京兆郡 4、北地郡 4	8	齐鲁文化区	高平郡 4、琅玡郡 5、平原郡 5	14
中原文化区	河内郡 10、陈留郡 9、颍川郡 14、汝南郡 5、梁国 5	43	吴越文化区	谯郡（国）17、广陵郡 4、吴郡 13、会稽郡 4	38
三晋文化区	河东郡 7、太原郡 8	15			

图三　三国西晋文学家之地理分布重心图

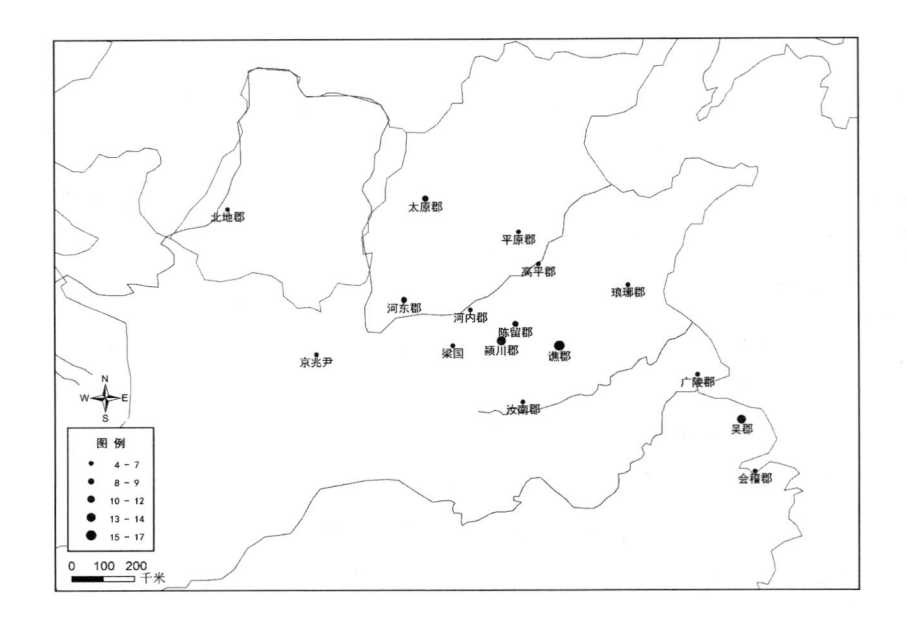

吴越文化区（谯国、广陵郡、吴郡、会稽郡一带）

两汉时期，这一带的经济虽不怎么发达，但是由于这里的自然条件好，更由于这里的诸侯和郡守实行开放的文化政策，积极延揽各方士人，所以到东汉末，这一带的文化已获得相当的发展，并开始出现在文化上与中原、关中和齐鲁文化区抗衡的趋势。东汉末年的北方战乱，促使大批士人避难东南，因而又为这一带的文化发展提供了一个良好的机遇。据统计，仅《三国志·吴书》列传人物中的北方流寓士人就有28人，这些人多在孙吴政权中占据高位。而流寓一段时间之后，他们便正式落籍江南。如甘宁，本南阳人，徙籍巴郡，而其曾孙甘卓却称"丹阳人"。[1] 周访，"本汝南安成人也。汉末避地江南，至访四世。吴平，因家庐江浔阳焉"[2]。类似这样的例子还有很多，不详举。

孙吴定都建业，建业周围因此成为官僚、大族的会聚之地，丹阳、吴郡、会稽诸郡，也因此成为许多北方上层流寓士人的落籍之处。这一地区文化的迅速发展，如同西汉时的长安、东汉时的洛阳一样，有政治的力量在起作用。《三国志·吴书·孙瑜传》：丹阳太守孙瑜在治内兴学，"济阴人马普笃学好古，瑜厚礼之，使二府将吏子弟数百人就受业，遂立学官，临飨讲肄"[3]。这种利用行政手段兴学办教育的风气，同时也影响了附近的吴郡和会稽郡。

东南经济的发展，有一个较长的过程。西汉时，这一带还是地广人稀、火耕水耨的落后地区。东汉时，庐江一带尚无牛耕，因太

---

[1] 陈寿：《三国志·吴书·甘宁传》，中华书局2006年版，第765页；房玄龄等：《晋书·甘卓传》，第1862页。
[2] 房玄龄等：《晋书·周访传》，第1578页。
[3] 陈寿：《三国志·吴书·孙瑜传》，第715页。

守王景教以牛耕之法,遂使"垦辟倍多,境内丰给"。从此,牛耕的方法才由黄河流域推广到长江乃至珠江流域。除了牛耕,黄河流域的水利灌溉技术,也推广至吴郡会稽一带。譬如会稽、山阴两县界的镜湖,便是在汉顺帝永和五年,由"会稽太守马臻创立"的。"堤塘周围三百一十里,都溉田九千余顷。"[1] 由于农业生产技术的逐渐提高,经济得到发展,人口也逐渐多了起来。譬如扬州的人口,在西汉时是 320 万余,至东汉时增至 430 万余。东汉末年,由于中原地区军阀混战,北方人民避难东南者尤多。据统计,公元 213 年,北方人口渡江者就达 10 余万户。《三国志·吴书·刘繇传》:"曹公攻陶谦,徐土骚动,(笮)融将男女万口,马三千匹,走广陵。"[2] 这些人口不仅给东南地区带来了进步的农业生产工具和先进的生产技能,同时也扩大了东南地区的耕地面积。东吴政权为了保证军粮的供应,增加财政收入,也像曹魏政权一样,大兴兵屯和民屯。东吴的屯田,开始于公元 203 年前后,止于其政权的覆灭(280),历 70 余年之久。较大规模的兵屯在庐江,较大规模的民屯则在毗陵,有男女各数万口之多。屯田的成功,使得东南地区的农业出现繁荣景象。所谓"其四野则畛畷无数,膏腴兼倍……国税再熟之稻,乡贡八蚕之绵"[3]。与此同时,东吴政权也十分注重兴修水利。仅黄龙二年(230)到赤乌十三年(250)的 20 年间,东吴便投入大量的人力物力,筑东兴堤以遏巢湖,作堂邑涂塘以淹北道,凿东渠以泄玄武湖水,掘句容中道以通会市,开破冈渎以通云阳,同时打通云阳至长江的水道,构成江南运河的雏形。这些举动,尽管包含有军事上

---

[1] 李昉等:《太平御览》卷六六引《会稽记》,中华书局 1960 年版。
[2] 陈寿:《三国志·吴书·刘繇传》,第 704 页。
[3] 左思:《吴都赋》,严可均辑:《全上古三代秦汉三国六朝文》,第 1885 页。

的用意，但客观上促进了农业水力资源的开发，减少了水灾的发生。更重要的是，由于河道的开通，造船业的兴旺，导致了东南地区都市的发展与商业的初步繁荣。吴都建业有大市二处，即建康大市和建康东市。左思《吴都赋》即载当时"富中之甿，货殖之选，乘时射利，财丰巨万"[1]。

经济的富庶是文化繁荣的必要前提。自然条件的优越，加上经济的富裕，以及北方士人的南迁和东吴政权的大兴教化，使得这一带人才辈出，盛况空前。据《三国志·吴书·虞翻传》引《会稽典录》，孙亮时，山阴朱育与会稽太守濮阳兴论会稽人物，就曾列举了许多著名的文化人士。如山阴阚泽"学通行茂，作帝师儒"；余姚虞翻、乌伤骆统"聪明大略，忠直謇谔"；句章任奕、章安虞翔"各驰文檄，晔若春荣"。濮阳兴不禁深为赞叹："皆海内之英也。"[2]吴郡人物之盛更超过会稽。《三国志·吴书·朱治传》称吴郡"公族子弟及吴四姓多出仕郡，郡吏常以千数"[3]。这种情形直到东吴灾亡、西晋统一，仍然如故。如《晋书·顾荣传》载西晋末的文化名人顾荣评价"南土之士"："陆士光贞正清贵，金玉其质；甘季思忠款尽诚，胆干殊快；段庆元质略有明规，文武可施用；荣族兄公让明亮守节，因不易操；会稽杨彦明、谢行言皆服膺儒教，足为公望；贺生沈潜，青云之士；陆恭兄弟才干虽少，实事极佳。凡此诸人，皆南金也。"[4]据姚振宗《三国艺文志》、侯康《补三国艺文志》、文廷式《补晋书艺文志》以及丁国钧、秦荣光、吴士鉴、黄逢元四家的补作，得知

---

[1] 左思：《吴都赋》，严可均辑：《全上古三代秦汉三国六朝文》，第1885页。
[2] 陈寿：《三国志·吴书·虞翻传》，第784—785页。
[3] 陈寿：《三国志·吴书·朱治传》，第773页。
[4] 房玄龄等：《晋书·顾荣传》，第1814页。

三国时全国各地士人所著书籍共 429 种，谯郡、吴郡、会稽郡三郡的书籍就有 112 种，占总数的 26%；西晋时，全国各地士人所著书籍共 649 种，谯国、广陵、吴郡、会稽四处的书籍就有 84 种，比例有所下降，但仍占总数的 13%。又据《三国志》列传和《晋书》列传，得知三国时的士人共 625 人，吴郡、会稽郡和谯郡三郡就占了 86 人，占总数的 14%；西晋时的士人共 621 人，谯国、广陵郡、吴郡和会稽郡占 62 人，比例有所下降，但仍占总数的 10%。[1] 无怪乎陆云要说："国土之邦，实钟俊哲……吴郡初作，雄俊尤盛；今日虽衰，未皆下华夏也。"[2] 我们看三国西晋时的文学家，全国不过 184 人，而上述四郡国，就占了 38 人，占总数的 21%，如果算上整个吴越文化区的文学家，则有 49 人，占总数的 27%；而在两汉时期，吴越文化区（沛郡、楚国、临淮郡、广陵郡、吴郡、会稽郡、豫章郡）的文学家只有 33 人，占全国总数（193 人）的 17%。由此可见，这两个时期的文化发展格局虽无太大的变化，但是较之两汉，三国西晋时期的吴越文化区还是向前发展了一大步。

中原文化区（颍川郡、梁国、陈留郡、汝南郡、河内郡一带）

两汉时期，中原一带的经济文化都比较发达，尤其东汉时期，中原为全国的经济文化中心之所在。东汉末年的军阀混战，使得这里的经济文化遭受严重破坏。不过，由于这一带的自然条件尚好，生产力尚先进，一俟社会稍微安定，其经济文化的回升或恢复也较快。建安元年（196），曹操开始在许下募民屯田，当年即得谷百万

---

[1] 参见卢云：《三国西晋时期文化发达区域与文化重心》，周振鹤主编：《中国历史文化区域研究》，第 245—264 页。
[2] 陆云：《与陆典书书》，严可均辑：《全上古三代秦汉三国六朝文》，第 2048 页。

斛。许下屯田的成功，使得他能够统一中原，因此屯田制也扩大到各地区，如司州的洛阳、荥阳、原武、弘农、河内、野王、汲郡、河东，豫州的襄城、汝南、梁国、沛国、谯郡，荆州的南阳，冀州的魏郡、巨鹿，并州的上党，雍州的长安、上邽，扬州的芍陂、皖城等地，都曾兴立屯田制。曹操大规模地在"州郡例置田官，所在积谷。征伐四方，无运粮之劳"[1]。"数年中，所在积粟，仓廪皆满。"[2]曹操为了配合大规模的屯田，还注意兴办水利灌溉事业，在各地修造陂堨，广兴稻田。以中原为核心，西至关、陕，北抵幽、冀，都有引河溉田的农业经营。水田的产量远比陆田为高，每亩的收成可达数十斛以上。因而曹魏每年收获的谷物，竟达千万斛之多。曹魏一面用屯田客、佃兵屯田，一面则招抚流亡，分给无主荒地，并贷以犁、牛。很快，"流人果还，关中丰实"[3]。西晋统一后，由于生产力发展，曹魏时含有军事意味的屯田制已不能在平时普遍地实行于全国，于是在国家土地的范围内，实施占田法。占田法的实施，在一定程度上进一步解放了生产力，所以在西晋太康时期，一度出现经济繁荣的气象。太康元年（280），西晋有"户2450984，口16163863"[4]。占田法实施后的第三年（太康三年），国家领"户有三百七十七万"[5]，增加了一百三十多万户。这个统计数字尽管不能说明全部问题，因为当时登记请求分配到土地的家族，有不少是"废业占空，无团课之实"[6]，但是，史家所盛赞的"牛马被野，余

---

[1] 裴松之注：《三国志·魏书·武帝纪》引《魏书》，中华书局2006年版，第9页。
[2] 陈寿：《三国志·魏书·任峻传》，第295页。
[3] 房玄龄等：《晋书·食货志》，第784页。
[4] 房玄龄等：《晋书·地理志》，第415页。
[5] 裴松之注：《三国志·魏书·陈群传》引《晋太康三年地记》，第381页。
[6] 房玄龄等：《晋书·束晳传》，第1431页。

粮栖亩，行旅草舍，外间不闭"的太平景象，确实是出现过一段时间的。而当时的经济发展水平，就全国来看，仍以中原一带为最高。

经济繁荣的局面开始恢复，文化建设即随之而起。建安八年，曹操下令郡国"各修文学"[1]。魏文帝即位之初，便在曲阜维修孔庙，"又于其外广为室屋以居学者"[2]。与此同时，许多地方官也相当注重治内的文化教育事业。如南阳太守杨俊在治内"宣德教，立学校，吏民称之"[3]。令狐邵为弘农太守，"是时，郡无知经者，乃历问诸吏，有欲远行就师，辄假遣，令诣河东就乐详学经，粗明乃还，因设文学，由是弘农学业转兴"[4]。魏明帝时，刘劭"出为陈留太守，敦崇教化，百姓称之"[5]。西晋统一后，由于一度出现富庶的局面，文化建设也随之出现繁荣景象，所谓"九州之中，师徒相传，学士如林"[6]，所谓"士子繁多，略以万计"[7]。这个时期，就全国来看，尤以洛阳周围的颍川、汝南、陈留、河内、南阳一带的文化最为发达，人才最为兴盛。《晋书·周𫖮传》载汝南贲嵩见到同郡周𫖮时说："汝颍固多奇士，自顷雅道凌迟，今复见周伯仁将振起雄风，清我邦族矣。"[8]《晋书·祖狄传》载祖纳难梅陶与钟雅曰："君汝颍之士利如锥，我幽燕之士钝如槌。"[9]《晋书·姚兴载记》载姚兴语云："关东出相，

---

[1] 陈寿：《三国志·魏书·武帝纪》，第 14 页。
[2] 陈寿：《三国志·魏书·文帝纪》，第 47 页。
[3] 陈寿：《三国志·魏书·杨俊传》，第 396 页。
[4] 裴松之注：《三国志·魏书·仓慈传》引《魏略》，第 310 页。
[5] 陈寿：《三国志·魏书·刘劭传》，第 370 页。
[6] 房玄龄等：《晋书·荀崧传》，1977 页。
[7] 孙楚：《奏论求才》，严可均辑：《全上古三代秦汉三国六朝文》第 4 册，第 625 页。
[8] 房玄龄等：《晋书·周𫖮传》，第 1850 页。
[9] 房玄龄等：《晋书·祖狄传》，第 1699 页。

关西出将，三秦饶隽异，汝颖多奇士。"[1] 汝南、颍川一带的名士，俨然执全国之牛耳。陈留"时为大郡"，亦"号称多士"[2]。河内则"土广民殷，又多贤能"[3]。至于梁国，早在西汉时便以"多长者"[4] 见称。史载"豫州人士常半天下"，揆诸上述史料，信不诬也。据统计，三国时期，全国各地士人所著书籍共 429 种，颍川郡、汝南郡、陈留郡、梁国、河内郡五郡国仅 35 种，占总数的 8%；西晋时，全国各地士人所著书籍共 649 种，上述五个郡国拥有 107 种，占总数的 16%，比例上升，清晰地反映出中原地区文化恢复与发展的历史轨迹。有关士人这一项的统计也说明了这一点。三国时，有士人 625 人，河内郡、陈留郡、颍川郡、汝南郡四郡占 79 人，占总数的 13%；西晋时，全国有士人 621 人，河内郡、陈留郡、汝南郡、梁国四郡国拥有 91 人，占总数的 15%，比例上升。[5] 中原地区文学家的分布格局也是这样。三国时，全国有籍贯可考的文学家共 56 人，河内郡、陈留郡、颍川郡、汝南郡、梁国五郡国占 13 人，占总数的 22%；西晋时，全国有籍贯可考的文学家共 128 人，上述五郡国占 30 人，占总数的 23%。如果算上整个中原地区的文学家，则三国时 16 人，占总数的 29%；西晋时 41 人，占总数的 32%，比例明显上升。

三晋文化区（河东郡、太原郡一带）

两汉以后的三晋文化区，比周秦时期的范围要小，即不再包括

---

[1] 房玄龄等：《晋书·姚兴载记》，第 3000 页。
[2] 房玄龄等：《晋书·蔡谟传》，第 2034 页。
[3] 陈寿：《三国志·魏志·常林传》，第 393 页。
[4] 司马迁：《史记·韩长孺列传》，第 2865 页。
[5] 参见卢云：《三国西晋时期文化发达区域与文化重心》，周振鹤主编：《中国历史文化区域研究》，第 245—264 页。

今陕西、河北、河南的部分地区，而只有今山西全境，亦可称为河东文化区。同两汉相比，这一带的文化有了显著的发展。两汉时，这一带的文学家总共才3人，仅占全国总数的1.6%，三国西晋时期，则增至17人，仅河东、太原两郡，就拥有15人，占全国总数的8%。

这一带的经济并不落后。它的农业有着辉煌而悠久的历史。《史记·周本纪》载，周族的始祖弃教民稼穑，"天下得其利"，因此被奉为农神，号"后稷"。而后稷教民稼穑于"稷山"的"稷山"，就在河东郡的北部与平阳郡的南部之间。从传说中的尧、舜、禹到商、周时代，这一带一直为华夏民族的重要活动区域。春秋时期，这里农业发达，人口众多，晋文公因此成为五霸之一。西汉时期，王朝实行移民垦殖和军屯的政策，推行代田法、区田法等进步的耕作技术，又开凿番系渠，引汾河、黄河之水浇灌皮氏、汾阴和蒲阪三县的土地50万亩，每年可得田赋200万石。当时河东、上党、太原等郡，都有大批粮食由汾河经黄河、渭河运至京师长安。河东郡人口曾达到96万，为北方地区人口较多的一个郡。

但是这一带的文化却经历了一个较长的发展过程。这是因为自从战国魏以后，这里就不再是政治中心，文化的发展缺乏行政力量的推动，完全凭借自身规律的作用。直到东汉末年，这里的文化事业才有一个新的面貌。建安十年，杜畿出任河东太守，很快扫除了治内的反抗势力，恢复了社会秩序。"是时天下郡县皆残破，河东最先定。"接着便大力推行教化："又开学宫，亲自执经教授，郡中化之。"[1] 河东大儒乐详，自幼好学，曾从南郡谢该习《春秋左氏传》。杜畿"署详文学祭酒，使教后进，于是河东学业大兴"。此后，乐详被征为博士，

---

[1] 陈寿：《三国志·魏书·杜畿传》，第299页。

"擅名于远近"。正始中归家教授,"门徒数千人"。曹魏一代,"河东特多儒者"[1]。卫觊、裴潜、杜挚等人,都是天下名士。西晋时,这一带的文化更其兴盛,著名学者裴秀被誉为"后进领袖"。[2]裴氏家族出了许多文化名人。人们把河东裴氏与琅玡王氏相比,"以为八裴方八王"。河东卫瓘,"学问深博,明习文艺",善草书,与子卫恒都是当时的大书法家;孙卫阶,南渡后为"中兴名士"之首。[3]河东大学者郭璞,"博学有高才","诗赋为中兴之冠"。[4]

太原自曹魏始,就成长起王氏、孙氏等世家大族。这些世家大族可谓人才辈出。太原晋阳人王济与太原中都人孙楚尝"各言其土地人物之美。王云:'其地坦而平,其水淡而清,其人廉且贞。'孙云:'其山嶵巍以嵯峨,其水㳽渫而扬波,其人磊砢而英多。'"[5]自然山水和人物之间不一定具有这种非常直接的因果关系,不过太原一带的"土地人物之美",却是一个不容怀疑的事实。我们看三国西晋时的书籍,全国共1078种,仅河东、太原两郡,就拥有102种,接近总数的10%。[6]

关中文化区(京兆郡、北地郡一带)

两汉时期,关中一带为文化发达区。这里土地肥沃,物产丰富,发展文化的自然条件很好。加之西汉建都长安,许多关东大族和文化

---

[1] 裴松之注:《三国志·魏书·杜畿传》引《魏略》,第299页。
[2] 房玄龄等:《晋书·裴秀传》,第1038页。
[3] 房玄龄等:《晋书·卫瓘传》,第1057页。
[4] 房玄龄等:《晋书·郭璞传》,第1899页。
[5] 刘义庆:《世说新语·言语第二》,朱铸禹:《世说新语汇校集注》,上海古籍出版社2002年版,第75页。
[6] 参见卢云:《三国西晋时期文化发达区域与文化重心》,周振鹤主编:《中国历史文化区域研究》,第245—257页。

名人都向这里荟萃，朝廷又极力推行文治，所以西汉时这里的文化成就斐然可观。东汉时，虽然首都移到洛阳，这里的文化中心地位不复存在，但是由于已经培植下较深厚的文化根基，关中一带仍然属于帝国文化重心之一。东汉末年，这里的经济文化遭受严重破坏，因而它的恢复和发展又经历了一个较长的阶段。魏文帝黄初时，裴潜为京兆太守。他首先致力于经济的恢复，然后"起文学，听吏民欲读书者，复其小徭……又课民当输租时，牛车各因便致薪两束，为冬寒冰炙笔砚"[1]。由于这个地方的文化传统较好，尚有许多世家大族存在，又有裴潜这样的一些地方官积极致力于恢复和发展工作，所以到西晋时，这一带的文化又有了一些生机。元康初，雍州（辖京兆、冯翊、扶风、始平、北地、新平、安定七郡）刺史唐彬即谓"此州名都，士人林薮，处士皇甫申叔、严舒龙、姜茂时、梁子远等，并志节清妙，履行高洁"[2]。关中地区的文化以京兆郡为盛。京兆大学者杜预，自称有"左传癖"，尝"耽思经籍，为《春秋左氏传集解》，又参考众家谱第，谓之《释例》，又作《会盟图》、《春秋长历》，备成一家之学"[3]。京兆著名文学批评家挚虞，"才学博通，著述不倦"，尝"撰《文章志》四卷，注解《三辅决录》，又撰古文章类聚，区分为三十卷，名曰《流别集》，各为之论。辞理惬当，为世所重"[4]。

北地一带的文化发展，经历了一个漫长的阶段。春秋战国时期，这里是半农半牧地区，经济相当落后。西汉时，这里仍保留着较重的游牧经济气息。一般来讲，游牧经济形态的地区是不利于文化的培植

---

[1] 裴松之注：《三国志·魏书·仓慈传》引《魏略》，第309页。
[2] 房玄龄等：《晋书·唐彬传》，第1219页。
[3] 房玄龄等：《晋书·杜预传》，第1031页。
[4] 房玄龄等：《晋书·挚虞传》，第1419页。

和积累的。所以终西汉一世,这里只有两个士人,一本书,至于博士和教授,则一个都没有。东汉时,这里也只有一个士人,一本书。三国时,这里的文化仍然无可称道,还是只有两个士人,两本书。不过到了西晋时,这里便有六个士人,十二本书了。[1] 北地郡在西汉时属朔方刺史部,东汉时属凉州刺史部,三国西晋时则属雍州。这个地方的文化初见成效,是在西晋;而它的文化开发则始于东汉。东汉时,一些地方官开始在凉州兴办学校。如任延为武威太守,"造立校官,自掾史子孙,皆令诣学受业"[2]。殷华为金城太守,"谭讲雅诵,释军旅之犀革,陈规豆于泮宫"[3]。这一带的土著豪族,在兵戎之余,也开始兼修儒业。如安定皇甫规,尝以《诗》、《易》教授于乡里,"门徒三百余人,积十四年"[4]。敦煌张奂"少游三辅,师事太尉朱宠,学欧阳《尚书》"[5]。武威段颖"折节好古学"[6]。东汉一代,安定出了好几个著名学者,如梁统、梁松、梁竦、梁扈、李恂、王符等,大都博通经书,著述丰富。这种兴学修儒的良好风气,自然会对毗邻的北地郡产生积极影响。我们看北地的文学家,西汉时只有一人,东汉时只有一人,三国时也只有一人,到西晋时,便增至三人了。

三国西晋时期,关中一带的文学家在全国所占比例,远不及两汉时期。但是京兆郡、北地郡这两个郡的文学家数量,却超过了全国的平均数,故也值得注意。

---

[1] 参见卢云:《三国西晋时期文化发达区域与文化重心》,周振鹤主编:《中国历史文化区域研究》,第245—261页。
[2] 范晔:《后汉书·任延传》,第2463页。
[3] 卫觊:《汉金城太守殷华碑》,严可均辑:《全上古三代秦汉三国六朝文》,第1211页。
[4] 范晔:《后汉书·皇甫张段列传》,第2132页。
[5] 范晔:《后汉书·张奂传》,第2138页。
[6] 范晔:《后汉书·段颖传》,第2145页。

齐鲁文化区（高平郡、琅玡郡、平原郡一带）

　　齐鲁是春秋战国以来的文化名邦。这里有着悠久的文化传统和深厚的文化根基。尽管从战国末期始，历秦末和东汉末，这个地区屡经战火，备受创伤，但是儒学一脉仍不绝如缕。历代统治者都需要儒学。战争年代，可以把孔子打翻在地，因为那个时候不要秩序，要的是乱中夺权。一旦屁股坐稳，便需要精神支柱，需要人民来守秩序了，于是又祭起孔子的亡灵，又提倡儒学了。魏文帝即位之初，即在鲁国维修孔庙，"又于其外广为室屋以居学者"[1]。于是，这里的儒学又复兴了，并且以鲁郡曲阜为中心，向兖州的济阴、东平、泰山、任城、山阳（高平）、济北和青州的东莱、北海、齐国，徐州的东海、琅玡以及冀州的平原等四周郡国辐射。三国西晋时期，这一带出了许多人才。《晋书·刘毅传》称青州"履境海岱，而三风齐鲁，故人俗务本，而世敦德让"[2]。当时人对"青徐儒雅"十分称道，以为是"汝颍巧辩"所不及处。这一带既弥漫着浓郁的儒学气氛，又受到颍汝一带玄学的影响，形成了经学、玄学并重的格局。所以这里既有王肃、高堂儒这样的儒学大家，又有王戎、诸葛诞这样的玄学名人。我们看三国时代，上述郡国出书91种，士人38人，分别占全国总数的21%和6%；西晋时，上述郡国出书78种，士人113人，分别占全国总数的12%和18%。[3]而文学家，三国时有13人，西晋时有17人，分别占全国总数的23%和13%。其中高平、琅玡和平原三郡，便有14人，三国时4人，西晋时增至10人。

---

[1]　陈寿：《三国志·魏书·文帝纪》，第47页。
[2]　房玄龄等：《晋书·刘毅传》，第1278页。
[3]　参见卢云：《三国西晋时期文化发达区域与文化重心》，周振鹤主编：《中国历史文化区域研究》，第245—262页。

从文学家的分布情况来看,三国西晋时期,齐鲁文化的发展水平与两汉时期是大体相当的。这也说明,一个区域的文化如果真正形成了自己的传统,它便会按照文化自身的规律发展,从而表现出一定的稳定性,不会因为政治上的动荡而衰落。

结语

同两汉时期相比,三国西晋时期的文学家版图并没有扩大。两汉时期,文学家的分布由黄河、长江的中、下游流域扩展到它们的上游流域,并且开始向珠江流域扩展。三国西晋时期,文学家主要分布在黄河的中、下游流域及长江的上、下游流域,黄河上游流域与长江中游流域的文学家都很少;而珠江流域的文学家自两汉以来,并没有增加。

第四章　东晋十六国南北朝文学家之地理分布
（317—581 年）

第一节　"永嘉之乱"与文学世族的南移

考察东晋十六国南北朝这 260 多年间的文学家的分布格局，第一个亟须弄清楚的问题便是北方移民问题。"永嘉之乱"，"司、冀、雍、凉、青、并、兖、豫、幽、平诸州皆沦没，江南所得但有扬、荆、湘、江、梁、益、交、广，其徐州则有过半，豫州唯得谯城而已"[1]。这个时期，"中州士女避乱江左者十六七"[2]，其总数达 90 多万人。据谭其骧先生考证，从西晋怀帝永嘉初到宋武帝以后，北方人口南下共有四次。永嘉初（307 年左右）为第一次，成帝时（325—342）为第二次，康帝穆帝之后（343 年后）为第三次，宋武帝以后（420 年后）为第四次。第一次南迁以元帝大兴三年（320）琅玡国人过江立怀德县于京城建康，为侨户立郡县之第一声，后来又侨置徐、兖、幽、冀、青、并、司诸州于大江南北，明帝时又立徐、兖侨郡诸县于江南。第二次南迁亦以江南居多。第三次以迁四川居多。第四次则在关陇者多迁梁、益二州。到宋时，南迁人口已

---

[1]　房玄龄等：《晋书·地理志下》，第 463 页。
[2]　房玄龄等：《晋书·王导传》，第 1746 页。

达90万,占全国人口(540万)的六分之一。据统计,永嘉之后,东晋南朝所辖区域内,六分之五为本土旧民,六分之一为北方侨民。当时南徐州总人口才42万余,侨寓人即达22万,侨民比本土旧民超出2万多。[1]

这些侨民有不少是北方的世家大族,而且有许多知名文化人士。据谭先生统计,《南史》列传中"人物"共728人,其原籍属于北方者就有506人,而南方仅222人,北方人物较南方人物多出两倍有余。

这个时期,北方世家大族侨寓江南者百余家,这些世家大族有许多都是文学世家,他们大都居住在建康、京口、吴郡、盱眙、曲阿、会稽、临海、宣城、当涂、豫章、浔阳、襄阳和江陵等地。据考察,移居建康的主要有:

琅玡王氏(后来王羲之一支又移会稽)

琅玡颜氏

济阴卞氏

河内司马氏

陈郡谢氏(先移豫章,后移建康,再移会稽)

陈郡殷氏

平原明氏

颍川钟氏

平昌伏氏

范阳张氏等

---

[1] 谭其骧:《晋永嘉丧乱后之民族迁徙》,《长水集》上册,人民出版社1987年版,第200—205页。

移居京口的主要有：

    彭城刘氏

    沛郡刘氏

    东莞刘氏

    东莞徐氏

    东海徐氏

    高平檀氏

    河内向氏

    平昌孟氏

    范阳祖氏

    渤海刁氏

    泰山羊氏

    琅玡诸葛氏等

移居吴郡的主要有：

    琅玡王氏（王荟、王华等）

    陈郡周氏

    庐江何氏等

移居盱眙的主要有：

    陈留江氏

    陈留蔡氏等

移居会稽的主要有：

    琅玡王氏（先移建康，苏峻之乱，又移会稽）

    陈郡谢氏（先移豫章，后移建康，再移会稽）

    太原王氏（先移建康，再移会稽）

    太原孙氏

高平郗氏（先移京口，后移会稽）

　　北地傅氏

　　陈留阮氏（先移建康，后移会稽）

　　高阳许氏

　　乐安高氏

　　江夏李氏

　　谯国戴氏

　　颍川庾氏（先移晋陵，后移山阴）

　　颍川荀氏（先移建康，后移会稽）等

移居钱塘的主要有：

　　河南褚氏

移居临海的主要有：

　　陈留江氏（江逌一支）

移居宛陵的主要有：

　　龙亢桓氏

移居当涂的主要有：

　　陈郡袁氏

移居豫章的主要有：

　　陈郡谢氏（谢鲲一支）

　　陈留范氏（范宣一支）

移居寻阳的主要有：

　　汝南周氏

移居寿春的主要有：

　　河东裴氏

移居武进（兰南陵）的主要有：

　　　　兰陵萧氏

　　移居江陵的主要有：

　　　　淯阳乐氏

　　　　涅阳宗氏

　　　　涅阳刘氏

　　　　棘阳岑氏

　　　　舞阴范氏

　　　　新野庾氏等

　　移居襄阳的主要有：

　　　　京兆韦氏

　　　　京兆杜氏

　　　　京兆王氏

　　　　京兆吉氏

　　　　河东柳氏等

　　这些南渡的世家大族为了表示自己门第族望的优越，为了不致混淆所谓"士庶天隔"的界限，从而维护和巩固他们在政治、经济和文化方面的种种特权，非常热衷于互相标榜门阀。"竞以姓望所出，邑里相矜"[1]。王仲荦先生指出："郡望习惯上已经变成了他们的商标。自西晋末年中原世家大族开始播迁渡江，一个世家大族，在其原籍是人人知其为世家大族，用不着自行表襮，迁徙到其他地方以后，就不然了。琅玡王氏、太原王氏是世族，其他地方的王氏就不是；陈郡谢氏、济阳江氏是世族，其他地方的谢氏或江氏就不是。一处地方，新迁来一家姓王或姓谢的，谁知道他是哪里的王氏

---

[1] 刘知几：《史通·邑里篇》，浦起龙：《史通通释》，第 144 页。

或哪里的谢氏呢？如此，就不得不郑重声明，我是琅玡王氏或太原王氏而非别的王氏，是陈郡谢氏、济阳江氏而非别的谢氏、江氏了。可见所以重视郡望，是讲究门阀制度的必然结果。"[1] 由于重视门阀，于是谱牒百氏之学，便成为专门的学问。像《百家谱》、《氏族要状》、《人名书》、《十八州谱》、《百家谱集抄》、《东南谱集抄》一类的书，真是不少。我们翻检《晋书》、《南史》等史籍，发现其关于南渡人物籍贯的记载，便是从谱牒书里抄撮而来，只取其北方的郡望。谭正璧先生的《中国文学家大辞典》，对于这一时期的文学家的记载，也是取其郡望，不及其出生地。譬如谢超宗，本是谢灵运的孙子，连其祖父谢灵运都是在会稽出生的，可是《辞典》仍称他为陈郡阳夏人。又譬如王融，本是王僧达的孙子，他的祖父出生时，琅玡王氏这族人已在建康居住了一百多年，可是《辞典》仍称王融为琅玡临沂人。

这就给我们的研究工作带来许多麻烦。因为我们研究文学家的地理分布，目的在于考察文学家出生地的地理环境对文学家和文学作品的影响，我们的着眼点在出生地，不在祖籍，更不在郡望。为了这项研究的准确性，我把晋元帝南渡即位（即317年）以前出生的文学家的籍贯系在原籍，把这个时间以后出生的文学家的籍贯系在出生地，不论他的郡望在何处。譬如王导，本是东晋开国名臣，然其出生在西晋武帝泰始三年（267），故其籍贯系在琅玡临沂，而王洽，是王导的儿子，生于东晋明帝太宁元年（323），则其籍贯系在建康。又如郗鉴，亦是东晋开国名臣，其出生在西晋武帝泰始五年（269），其子郗愔，出生于西晋愍帝建兴元年（313），故其籍贯

---

[1] 王仲荦：《魏晋南北朝史》，第402页。

均系于高平金乡；至其孙郗超，出生于东晋成帝咸康二年（336），则其籍贯便系在会稽了。

准此原则，得知东晋十六国南北朝文学家的地理分布格局如下（带△者为南北朝文学家）。

第二节 分布格局及其特点

表九 东晋十六国南北朝文学家之地理分布表

序号	姓名	原籍	今址	出生地	今址	各县统计	各郡国统计	今各省统计	血缘或亲缘
1	何充			庐江灊县	安徽霍山	1	1		
2	桓温			谯国龙亢	安徽怀远	1	1		桓彝之子
3△	桓嗣	谯国龙亢	安徽怀远	宣城宛陵	安徽宣城				桓温之子
4△	桓玄	谯国龙亢	安徽怀远	宣城宛陵	安徽宣城	2	2		桓温少子
5	袁宏	陈郡阳夏	河南太康	淮南当涂	安徽南陵				
6	袁嵩	陈郡阳夏	河南太康	淮南当涂	安徽南陵				
7	袁质	陈郡阳夏	河南太康	淮南当涂	安徽南陵				
8	袁豹	陈郡阳夏	河南太康	淮南当涂	安徽南陵				
9△	袁淑	陈郡阳夏	河南太康	淮南当涂	安徽南陵				袁豹之子
10△	袁粲	陈郡阳夏	河南太康	淮南当涂	安徽南陵				袁淑之侄
11△	袁颛	陈郡阳夏	河南太康	淮南当涂	安徽南陵				
12△	袁昂	陈郡阳夏	河南太康	淮南当涂	安徽南陵				袁颛之子
13△	袁篆	陈郡阳夏	河南太康	淮南当涂	安徽南陵				袁颛之子
14△	袁仲明	陈郡阳夏	河南太康	淮南当涂	安徽南陵				
15△	袁叚	陈郡阳夏	河南太康	淮南当涂	安徽南陵				
16△	袁峻	陈郡阳夏	河南太康	淮南当涂	安徽南陵				
17△	袁枢	陈郡阳夏	河南太康	淮南当涂	安徽南陵	13			
18	裴启	河东闻喜	山西闻喜	淮南寿春	安徽当涂				

(续)

序号	姓名	原籍	今址	出生地	今址	各县统计	各郡国统计	今各省统计	血缘或亲缘
19△	裴松之	河东闻喜	山西闻喜	淮南寿春	安徽当涂				
20△	裴骃	河东闻喜	山西闻喜	淮南寿春	安徽当涂				裴松之之子
21△	裴昭明	河东闻喜	山西闻喜	淮南寿春	安徽当涂				裴骃之子
22△	裴子野	河东闻喜	山西闻喜	淮南寿春	安徽当涂	5	18	22	裴骃之孙
23△	蔡廓	陈留考城	河南民权	盱眙考城	江苏盱眙				
24△	蔡凝	陈留考城	河南民权	盱眙考城	江苏盱眙				
25△	蔡大宝	陈留考城	河南民权	盱眙考城	江苏盱眙				
26	蔡景历	陈留考城	河南民权	盱眙考城	江苏盱眙				
27△	江湛	陈留考城	河南民权	盱眙考城	江苏盱眙				
28△	江茜	陈留考城	河南民权	盱眙考城	江苏盱眙				江湛之子
29△	江禄	陈留考城	河南民权	盱眙考城	江苏盱眙				江茜之弟
30△	江总	陈留考城	河南民权	盱眙考城	江苏盱眙				江茜之孙
31△	江智渊	陈留考城	河南民权	盱眙考城	江苏盱眙				
32△	江淹	陈留考城	河南民权	盱眙考城	江苏盱眙				
33△	江洪	陈留考城	河南民权	盱眙考城	江苏盱眙				
34△	江避	陈留考城	河南民权	盱眙考城	江苏盱眙				
35△	江祐	陈留考城	河南民权	盱眙考城	江苏盱眙				
36△	江祀	陈留考城	河南民权	盱眙考城	江苏盱眙				江祐之弟
37△	江子一	陈留考城	河南民权	盱眙考城	江苏盱眙				
38△	江行敏	陈留考城	河南民权	盱眙考城	江苏盱眙				
39△	江革	陈留考城	河南民权	盱眙考城	江苏盱眙				
40△	江德藻	陈留考城	河南民权	盱眙考城	江苏盱眙				江革之子
41△	江从简	陈留考城	河南民权	盱眙考城	江苏盱眙	19	19		江德藻之弟
42△	颜延之	琅玡临沂	山东费县	丹阳建康	江苏南京				
43△	颜竣	琅玡临沂	山东费县	丹阳建康	江苏南京				颜延之长子
44△	颜测	琅玡临沂	山东费县	丹阳建康	江苏南京				颜延之次子
45△	颜协	琅玡临沂	山东费县	丹阳建康	江苏南京				
46	司马昱	河内温县	河南温县	丹阳建康	江苏南京				
47	司马曜	河内温县	河南温县	丹阳建康	江苏南京				司马昱之子
48	司马道子	河内温县	河南温县	丹阳建康	江苏南京				

(续)

序号	姓名	原籍	今址	出生地	今址	各县统计	各郡国统计	今各省统计	血缘或亲缘
49 △	司马宪	河内温县	河南温县	丹阳建康	江苏南京				
50 △	司马绚	河内温县	河南温县	丹阳建康	江苏南京				
51	王羲之	琅玡临沂	山东费县	丹阳建康	江苏南京				王旷之子
52	王洽	琅玡临沂	山东费县	丹阳建康	江苏南京				王导之子
53	王珣	琅玡临沂	山东费县	丹阳建康	江苏南京				王导之孙
54	王珉	琅玡临沂	山东费县	丹阳建康	江苏南京				王珣之弟
55	王谧	琅玡临沂	山东费县	丹阳建康	江苏南京				王导之孙
56	王诞	琅玡临沂	山东费县	丹阳建康	江苏南京				
57 △	王弘	琅玡临沂	山东费县	丹阳建康	江苏南京				
58 △	王僧达	琅玡临沂	山东费县	丹阳建康	江苏南京				王弘少子
59 △	王韶之	琅玡临沂	山东费县	丹阳建康	江苏南京				
60 △	王昙首	琅玡临沂	山东费县	丹阳建康	江苏南京				王弘少弟
61 △	王僧绰	琅玡临沂	山东费县	丹阳建康	江苏南京				王昙首之子
62	王微	琅玡临沂	山东费县	丹阳建康	江苏南京				
63	王僧谦	琅玡临沂	山东费县	丹阳建康	江苏南京				王微之从弟
64	王素	琅玡临沂	山东费县	丹阳建康	江苏南京				
65 △	王融	琅玡临沂	山东费县	丹阳建康	江苏南京				王僧达之孙
66 △	王俭	琅玡临沂	山东费县	丹阳建康	江苏南京				王僧绰之子
67 △	王暕	琅玡临沂	山东费县	丹阳建康	江苏南京				王俭之子
68 △	王训	琅玡临沂	山东费县	丹阳建康	江苏南京				王暕之子
69 △	王规	琅玡临沂	山东费县	丹阳建康	江苏南京				王俭之孙
70 △	王褒	琅玡临沂	山东费县	丹阳建康	江苏南京				王规之子
71 △	王僧祐	琅玡临沂	山东费县	丹阳建康	江苏南京				王俭之从兄
72 △	王籍	琅玡临沂	山东费县	丹阳建康	江苏南京				王僧祐之子
73 △	王智深	琅玡临沂	山东费县	丹阳建康	江苏南京				
74 △	王逸之	琅玡临沂	山东费县	丹阳建康	江苏南京				
75 △	王巾	琅玡临沂	山东费县	丹阳建康	江苏南京				
76 △	王泰	琅玡临沂	山东费县	丹阳建康	江苏南京				王僧虔之孙
77 △	王筠	琅玡临沂	山东费县	丹阳建康	江苏南京				
78 △	王揖	琅玡临沂	山东费县	丹阳建康	江苏南京				

(续)

序号	姓名	原籍	今址	出生地	今址	各县统计	各郡国统计	今各省统计	血缘或亲缘
79 △	王寂	琅玡临沂	山东费县	丹阳建康	江苏南京				
80 △	王锡	琅玡临沂	山东费县	丹阳建康	江苏南京				
81 △	王胄	琅玡临沂	山东费县	丹阳建康	江苏南京				王筠之孙
82 △	昙瑗			丹阳建康	江苏南京				
83	殷凯	陈郡长平	河南西华	丹阳建康	江苏南京				殷融之孙
84	殷叔献	陈郡长平	河南西华	丹阳建康	江苏南京				殷凯之弟
85	殷浩	陈郡长平	河南西华	丹阳建康	江苏南京				
86	殷仲堪	陈郡长平	河南西华	丹阳建康	江苏南京				殷融之孙
87	殷仲文	陈郡长平	河南西华	丹阳建康	江苏南京				
88	殷旷之	陈郡长平	河南西华	丹阳建康	江苏南京				殷仲堪之子
89 △	殷景仁	陈郡长平	河南西华	丹阳建康	江苏南京				
90 △	殷淳	陈郡长平	河南西华	丹阳建康	江苏南京				
91 △	殷淡	陈郡长平	河南西华	丹阳建康	江苏南京				殷淳之弟
92 △	殷芸	陈郡长平	河南西华	丹阳建康	江苏南京				
93 △	张正见	清河武城	河北清河	丹阳建康	江苏南京				
94 △	崔慰祖	清河武城	河北清河	丹阳建康	江苏南京				
95	伏滔	平昌安丘	山东安丘	丹阳建康	江苏南京				
96	伏系之	平昌安丘	山东安丘	丹阳建康	江苏南京				伏滔之子
97 △	伏曼容	平昌安丘	山东安丘	丹阳建康	江苏南京				
98 △	伏挺	平昌安丘	山东安丘	丹阳建康	江苏南京				
99 △	张缅	范阳方城	河北固安	丹阳建康	江苏南京				
100 △	张缵	范阳方城	河北固安	丹阳建康	江苏南京				张缅三弟
101 △	张绾	范阳方城	河北固安	丹阳建康	江苏南京				张缅四弟
102	卞范之	济阴冤句	山东菏泽	丹阳建康	江苏南京				
103	卞承之	济阴冤句	山东菏泽	丹阳建康	江苏南京				卞范之之子
104 △	卞彬	济阴冤句	山东菏泽	丹阳建康	江苏南京				
105 △	明僧嵩	平原鬲县	山东陵县	丹阳建康	江苏南京				
106 △	明克让	平原鬲县	山东陵县	丹阳建康	江苏南京				
107 △	明余庆	平原鬲县	山东陵县	丹阳建康	江苏南京				明克让之子
108 △	任昉	乐安博昌	山东博兴	丹阳建康	江苏南京				

(续)

序号	姓名	原籍	今址	出生地	今址	各县统计	各郡国统计	今各省统计	血缘或亲缘
109 △	刘沼	中山魏昌	河北无极	丹阳建康	江苏南京				
110 △	钟屼	颍川长社	河南长葛	丹阳建康	江苏南京				
111 △	钟嵘	颍川长社	河南长葛	丹阳建康	江苏南京				钟屼之弟
112 △	钟屿	颍川长社	河南长葛	丹阳建康	江苏南京				钟嵘之弟
113 △	刁雍	渤海饶安	山东乐陵	丹阳建康	江苏南京				
114 △	崔祖思	清河东武城	山东武城	丹阳建康	江苏南京				
115 △	何妥	西城	陕西安康	丹阳建康	江苏南京				
116 △	刘峻	平原平原	山东平原	丹阳建康	江苏南京				
117 △	刘怀慰	平原平原	山东平原	丹阳建康	江苏南京				
118 △	刘霁	平原平原	山东平原	丹阳建康	江苏南京				刘怀慰之子
119 △	刘杳	平原平原	山东平原	丹阳建康	江苏南京				刘霁之弟
120 △	刘歊	平原平原	山东平原	丹阳建康	江苏南京				刘杳之弟
121 △	刘訏	平原平原	山东平原	丹阳建康	江苏南京				刘歊族弟
122 △	刘善明	平原平原	山东平原	丹阳建康	江苏南京				
123 △	刘昭	平原高唐	山东禹城	丹阳建康	江苏南京				江淹之表弟
124 △	刘缓	平原高唐	山东禹城	丹阳建康	江苏南京				刘昭之子
125 △	刘绍	平原高唐	山东禹城	丹阳建康	江苏南京				刘昭之子
126 △	辛德源	范阳狄道	甘肃临洮	丹阳建康	江苏南京				
127 △	马枢	扶风郿坞	陕西眉县	丹阳建康	江苏南京				
128 △	贾渊	平阳襄陵	山西临汾	丹阳建康	江苏南京				
129	范启	南阳顺阳	河南淅川	丹阳建康	江苏南京				范坚之子
130	范汪	南阳顺阳	河南淅川	丹阳建康	江苏南京				范坚之侄
131 △	范宁	南阳顺阳	河南淅川	丹阳建康	江苏南京				范汪之子
132 △	范弘之	南阳顺阳	河南淅川	丹阳建康	江苏南京				范汪之孙
133 △	范泰	南阳顺阳	河南淅川	丹阳建康	江苏南京				
134 △	范晔	南阳顺阳	河南淅川	丹阳建康	江苏南京	93			范泰之子
135 △	纪少瑜			丹阳秣陵	江苏南京				
136 △	陶弘景			丹阳秣陵	江苏南京	2			
137	葛洪			丹阳句容	江苏南京	1			
138	郑鲜之			丹阳	江苏南京				

(续)

序号	姓名	原籍	今址	出生地	今址	各县统计	各郡国统计	今各省统计	血缘或亲缘
139 △	张阆			丹阳	江苏南京	98			
140 △	刘裕	彭城彭城	江苏徐州	晋陵京口	江苏镇江				
141 △	刘道规	彭城彭城	江苏徐州	晋陵京口	江苏镇江				刘裕之弟
142 △	刘道怜	彭城彭城	江苏徐州	晋陵京口	江苏镇江				刘裕之弟
143 △	刘义隆	彭城彭城	江苏徐州	晋陵京口	江苏镇江				刘裕三子
144 △	刘义恭	彭城彭城	江苏徐州	晋陵京口	江苏镇江				刘裕五子
145 △	刘义季	彭城彭城	江苏徐州	晋陵京口	江苏镇江				刘裕之子
146 △	刘义庆	彭城彭城	江苏徐州	晋陵京口	江苏镇江				刘道怜之子
147 △	刘义宗	彭城彭城	江苏徐州	晋陵京口	江苏镇江				刘义庆之弟
148 △	刘骏	彭城彭城	江苏徐州	晋陵京口	江苏镇江				刘义隆三子
149 △	刘诞	彭城彭城	江苏徐州	晋陵京口	江苏镇江				刘义隆六子
150 △	刘宏	彭城彭城	江苏徐州	晋陵京口	江苏镇江				刘义隆七子
151 △	刘昶	彭城彭城	江苏徐州	晋陵京口	江苏镇江				刘义隆九子
152 △	刘彧	彭城彭城	江苏徐州	晋陵京口	江苏镇江				刘义隆十一子
153 △	刘子业	彭城彭城	江苏徐州	晋陵京口	江苏镇江				刘骏之子
154 △	刘景素	彭城彭城	江苏徐州	晋陵京口	江苏镇江				刘宏之子
155 △	刘铄	彭城彭城	江苏徐州	晋陵京口	江苏镇江				
156 △	刘敬叔	彭城彭城	江苏徐州	晋陵京口	江苏镇江				
157 △	刘暄	彭城彭城	江苏徐州	晋陵京口	江苏镇江				
158 △	刘勔	彭城彭城	江苏徐州	晋陵京口	江苏镇江				
159 △	刘悛	彭城彭城	江苏徐州	晋陵京口	江苏镇江				刘勔之子
160 △	刘绘	彭城彭城	江苏徐州	晋陵京口	江苏镇江				刘勔之子
161 △	刘瑱	彭城彭城	江苏徐州	晋陵京口	江苏镇江				刘绘之弟
162 △	刘孺	彭城彭城	江苏徐州	晋陵京口	江苏镇江				刘悛之子
163 △	刘遵	彭城彭城	江苏徐州	晋陵京口	江苏镇江				刘孺之弟
164 △	刘孝绰	彭城彭城	江苏徐州	晋陵京口	江苏镇江				刘绘之子
165 △	刘氏	彭城彭城	江苏徐州	晋陵京口	江苏镇江				刘孝绰长妹
166 △	刘潜	彭城彭城	江苏徐州	晋陵京口	江苏镇江				刘孝绰三弟
167 △	刘令娴	彭城彭城	江苏徐州	晋陵京口	江苏镇江				刘孝绰三妹
168 △	刘孝威	彭城彭城	江苏徐州	晋陵京口	江苏镇江				刘孝绰六弟

(续)

序号	姓名	原籍	今址	出生地	今址	各县统计	各郡国统计	今各省统计	血缘或亲缘
169 △	刘苞	彭城彭城	江苏徐州	晋陵京口	江苏镇江				刘孝绰从弟
170 △	徐邈	东莞姑幕	山东诸城	晋陵京口	江苏镇江				
171 △	徐广	东莞姑幕	山东诸城	晋陵京口	江苏镇江				徐邈之弟
172 △	刘勰	东莞莒县	山东莒县	晋陵京口	江苏镇江				
173 △	祖台之	范阳	河北	晋陵京口	江苏镇江				
174 △	祖冲之	范阳蓟县	北京	晋陵京口	江苏镇江				
175 △	刘悛	沛国相县	安徽濉溪	晋陵京口	江苏镇江				
176 △	刘瓛	沛国相县	安徽濉溪	晋陵京口	江苏镇江				刘悛六世孙
177 △	刘璡	沛国相县	安徽濉溪	晋陵京口	江苏镇江				刘瓛之弟
178 △	檀超	高平金乡	山东金乡	晋陵京口	江苏镇江				
179 △	羊欣	泰山南城	山东平邑	晋陵京口	江苏镇江				
180 △	羊徽	泰山南城	山东平邑	晋陵京口	江苏镇江				羊欣之弟
181 △	羊崇	泰山南城	山东平邑	晋陵京口	江苏镇江				
182 △	羊戎	泰山南城	山东平邑	晋陵京口	江苏镇江				
183 △	羊璿之	泰山南城	山东平邑	晋陵京口	江苏镇江				
184 △	诸葛勖	琅玡阳都	山东沂南	晋陵京口	江苏镇江				
185 △	诸葛璩	琅玡阳都	山东沂南	晋陵京口	江苏镇江				
186 △	任孝恭	临淮临淮	山东泗洪	晋陵京口	江苏镇江				
187 △	臧荣绪	东莞莒县	山东莒县	晋陵京口	江苏镇江				
188 △	臧严	东莞莒县	山东莒县	晋陵京口	江苏镇江				
189 △	徐勉	东海郯县	山东郯城	晋陵京口	江苏镇江				
190 △	徐悱	东海郯县	山东郯城	晋陵京口	江苏镇江				徐勉次子 刘令娴之夫
191 △	徐摛	东海郯县	山东郯城	晋陵京口	江苏镇江				
192 △	徐陵	东海郯县	山东郯城	晋陵京口	江苏镇江				徐摛之子
193 △	徐伯阳	东海郯县	山东郯城	晋陵京口	江苏镇江				
194 △	徐孝嗣	东海郯县	山东郯城	晋陵京口	江苏镇江	55			
195	顾恺之			晋陵无锡	江苏无锡	1	56		
196 △	鲍照	东海	山东	南东海	江苏镇江				
197 △	鲍令晖	东海	山东	南东海	江苏镇江				鲍照之妹

(续)

序号	姓名	原籍	今址	出生地	今址	各县统计	各郡国统计	今各省统计	血缘或亲缘
198△	鲍泉	东海	山东	南东海	江苏镇江				
199△	何长瑜	东海郯县	山东郯城	南东海	江苏镇江				
200△	何承天	东海郯县	山东郯城	南东海	江苏镇江				
201△	何逊	东海郯县	山东郯城	南东海	江苏镇江				何承天曾孙
202△	何思澄	东海郯县	山东郯城	南东海	江苏镇江				
203△	何子朗	东海郯县	山东郯城	南东海	江苏镇江				
204△	王摛	东海郯县	山东郯城	南东海	江苏镇江				
205△	王僧孺	东海郯县	山东郯城	南东海	江苏镇江	10			
206△	到溉	彭城武原	江苏邳州	南彭城	江苏丹阳				
207△	到洽	彭城武原	江苏邳州	南彭城	江苏丹阳				到溉之弟
208△	到沆	彭城武原	江苏邳州	南彭城	江苏丹阳	3			到洽之从弟
209△	萧惠开	东海兰陵	山东苍山	南兰陵	江苏常州				
210△	萧衍	东海兰陵	山东苍山	南兰陵	江苏常州				
211△	萧秀	东海兰陵	山东苍山	南兰陵	江苏常州				萧衍七弟
212△	萧子良	东海兰陵	山东苍山	南兰陵	江苏常州				萧道成次子
213△	萧子懋	东海兰陵	山东苍山	南兰陵	江苏常州				萧道成七子
214△	萧子隆	东海兰陵	山东苍山	南兰陵	江苏常州				萧道成八子
215△	萧子恪	东海兰陵	山东苍山	南兰陵	江苏常州				萧嶷第二子
216△	萧子范	东海兰陵	山东苍山	南兰陵	江苏常州				萧子恪之弟
217△	萧子云	东海兰陵	山东苍山	南兰陵	江苏常州				萧子恪之弟
218△	萧子显	东海兰陵	山东苍山	南兰陵	江苏常州				萧子恪之弟
219△	萧子晖	东海兰陵	山东苍山	南兰陵	江苏常州				萧子显之弟
220△	萧统	东海兰陵	山东苍山	南兰陵	江苏常州				萧衍长子
221△	萧纲	东海兰陵	山东苍山	南兰陵	江苏常州				萧衍第三子
222△	萧纶	东海兰陵	山东苍山	南兰陵	江苏常州				萧衍之子
223△	萧绎	东海兰陵	山东苍山	南兰陵	江苏常州				萧衍第七子
224△	萧纪	东海兰陵	山东苍山	南兰陵	江苏常州				萧衍第八子
225△	萧机	东海兰陵	山东苍山	南兰陵	江苏常州				萧秀之子
226△	萧扔	东海兰陵	山东苍山	南兰陵	江苏常州				萧秀之子
227△	萧誉	东海兰陵	山东苍山	南兰陵	江苏常州				萧统第三子

(续)

序号	姓名	原籍	今址	出生地	今址	各县统计	各郡国统计	今各省统计	血缘或亲缘
228△	萧方等	东海兰陵	山东苍山	南兰陵	江苏常州				萧绎长子
229△	萧大圜	东海兰陵	山东苍山	南兰陵	江苏常州				萧纲之子
230△	萧圆肃	东海兰陵	山东苍山	南兰陵	江苏常州				萧纪之子
231△	萧欣	东海兰陵	山东苍山	南兰陵	江苏常州				萧机之子
232△	萧岿	东海兰陵	山东苍山	南兰陵	江苏常州				萧詧之子
233△	萧琮	东海兰陵	山东苍山	南兰陵	江苏常州				萧岿之子
234△	萧遥欣	东海兰陵	山东苍山	南兰陵	江苏常州				
235△	萧琛	东海兰陵	山东苍山	南兰陵	江苏常州				
236△	萧洽	东海兰陵	山东苍山	南兰陵	江苏常州				
237△	萧文琰	东海兰陵	山东苍山	南兰陵	江苏常州				
238△	萧悫	东海兰陵	山东苍山	南兰陵	江苏常州				
239△	丘巨源	兰陵兰陵	山东苍山	南兰陵	江苏常州		31		
240	华谭			广陵广陵	江苏扬州				
241△	高爽			广陵广陵	江苏扬州	2			
242△	道标			广陵海陵	江苏扬州				
243△	慧琳			广陵海陵	江苏扬州	2			
244△	刘瓛	沛国沛县	江苏沛县	广陵	江苏扬州				
245△	刘祥	沛国沛县	江苏沛县	广陵	江苏扬州		6		刘瓛之子
246△	刘遂			彭城彭城	江苏徐州				
247△	刘誉			彭城彭城	江苏徐州	2	2		刘遂之弟
248△	陆澄			吴郡吴县	江苏苏州				
249△	陆法曾			吴郡吴县	江苏苏州				
250△	陆厥			吴郡吴县	江苏苏州				
251△	陆杲			吴郡吴县	江苏苏州				张融之外甥
252△	陆煦			吴郡吴县	江苏苏州				陆杲之弟
253△	陆罩			吴郡吴县	江苏苏州				陆杲之子
254△	陆倕			吴郡吴县	江苏苏州				
255△	陆云公			吴郡吴县	江苏苏州				陆倕侄孙
256△	陆琼			吴郡吴县	江苏苏州				陆云公之子
257△	陆玠			吴郡吴县	江苏苏州				陆琼之从弟

(续)

序号	姓名	原籍	今址	出生地	今址	各县统计	各郡国统计	今各省统计	血缘或亲缘
258 △	陆琰			吴郡吴县	江苏苏州				陆琼之从弟
259 △	陆瑜			吴郡吴县	江苏苏州				陆琰之弟
260 △	陆琛			吴郡吴县	江苏苏州				陆瑜之弟
261	顾和			吴郡吴县	江苏苏州				
262	顾宪之			吴郡吴县	江苏苏州				
263 △	顾协			吴郡吴县	江苏苏州				
264 △	顾野王			吴郡吴县	江苏苏州				
265	张翰			吴郡吴县	江苏苏州				张俨之子
266	张凭			吴郡吴县	江苏苏州				
267 △	张演			吴郡吴县	江苏苏州				
268 △	张畅			吴郡吴县	江苏苏州				
269	张悦			吴郡吴县	江苏苏州				张畅之弟
270 △	张融			吴郡吴县	江苏苏州				张畅之子
271 △	张永			吴郡吴县	江苏苏州				
272 △	张率			吴郡吴县	江苏苏州				
273 △	张种			吴郡吴县	江苏苏州				
274 △	何尚之	庐江灊县	安徽霍山	吴郡吴县	江苏苏州				
275 △	何偃	庐江灊县	安徽霍山	吴郡吴县	江苏苏州				何尚之之子
276 △	何胤	庐江灊县	安徽霍山	吴郡吴县	江苏苏州	29			何尚之之孙
277	周兴嗣			吴郡	江苏苏州				
278 △	韩兰英			吴郡	江苏苏州				
279 △	皇侃			吴郡	江苏苏州			257	
280 △	顾欢			吴郡盐官	浙江余杭				
281 △	顾越			吴郡盐官	浙江余杭	2			
282 △	杜之伟			吴郡钱塘	浙江杭州				
283 △	范述曾			吴郡钱塘	浙江杭州				
284	褚爽	河南阳翟	河南禹州	吴郡钱塘	浙江杭州				
285	褚渊	河南阳翟	河南禹州	吴郡钱塘	浙江杭州				
286	褚贲	河南阳翟	河南禹州	吴郡钱塘	浙江杭州				褚渊之子
287 △	褚翔	河南阳翟	河南禹州	吴郡钱塘	浙江杭州				

(续)

序号	姓名	原籍	今址	出生地	今址	各县统计	各郡国统计	今各省统计	血缘或亲缘
288△	褚玠	河南阳翟	河南禹州	吴郡钱塘	浙江杭州				
289△	朱异			吴郡钱塘	浙江杭州	8	42		
290△	吴均			吴兴故鄣	浙江安吉	1			
291△	沈庆之			吴兴武康	浙江德清				
292△	沈演之			吴兴武康	浙江德清				
293△	沈怀文			吴兴武康	浙江德清				
294△	沈驎士			吴兴武康	浙江德清				
295△	沈颙			吴兴武康	浙江德清				
296△	沈约			吴兴武康	浙江德清				
297△	沈满愿			吴兴武康	浙江德清				
298△	沈炯			吴兴武康	浙江德清				
299△	沈不害			吴兴武康	浙江德清	9			
300△	沈君游			吴兴乌程	浙江湖州				
301△	丘渊之			吴兴乌程	浙江湖州				
302△	丘灵鞠			吴兴乌程	浙江湖州				
303△	丘迟			吴兴乌程	浙江湖州				丘灵鞠之子
304△	丘仲孚			吴兴乌程	浙江湖州				
305△	丘国宾			吴兴乌程	浙江湖州				
306△	丘令楷			吴兴乌程	浙江湖州	7			
307△	昙谛			吴兴	浙江湖州		18		
308△	楼幼瑜			东阳	浙江金华	1	1		
309△	傅迪	北地泥阳	陕西耀县	会稽上虞	浙江上虞				傅玄之孙
310△	傅亮	北地泥阳	陕西耀县	会稽上虞	浙江上虞				傅迪之弟
311△	傅昭	北地灵州	宁夏宁武	会稽上虞	浙江上虞				
312△	傅映	北地灵州	宁夏宁武	会稽上虞	浙江上虞				傅昭之弟
313△	傅绎	北地灵州	宁夏宁武	会稽上虞	浙江上虞				
314△	傅准	北地	宁夏	会稽上虞	浙江上虞				
315△	孙嗣	太原中都	山西平遥	会稽上虞	浙江上虞				
316△	孙放	太原中都	山西平遥	会稽上虞	浙江上虞				
317△	孙诜	太原中都	山西平遥	会稽上虞	浙江上虞	9			

(续)

序号	姓名	原籍	今址	出生地	今址	各县统计	各郡国统计	今各省统计	血缘或亲缘
318	谢安	陈郡阳夏	河南太康	会稽始宁	浙江上虞				
319	谢万	陈郡阳夏	河南太康	会稽始宁	浙江上虞				谢安之弟
320	谢朗	陈郡阳夏	河南太康	会稽始宁	浙江上虞				谢安之从子
321	谢韶	陈郡阳夏	河南太康	会稽始宁	浙江上虞				谢万之子
322	谢道韫	陈郡阳夏	河南太康	会稽始宁	浙江上虞				谢安之侄女
323	谢混	陈郡阳夏	河南太康	会稽始宁	浙江上虞				谢安之孙
324△	谢灵运	陈郡阳夏	河南太康	会稽始宁	浙江上虞				谢玄之孙
325△	谢惠连	陈郡阳夏	河南太康	会稽始宁	浙江上虞				谢灵运从弟
326△	谢超宗	陈郡阳夏	河南太康	会稽始宁	浙江上虞				谢灵运之孙
327△	谢几卿	陈郡阳夏	河南太康	会稽始宁	浙江上虞				谢超宗之子
328	谢瞻	陈郡阳夏	河南太康	会稽始宁	浙江上虞				谢朗之孙
329	谢晦	陈郡阳夏	河南太康	会稽始宁	浙江上虞				谢瞻之弟
330△	谢世基	陈郡阳夏	河南太康	会稽始宁	浙江上虞				谢晦之侄
331	谢密	陈郡阳夏	河南太康	会稽始宁	浙江上虞				谢混之侄
332	谢朓	陈郡阳夏	河南太康	会稽始宁	浙江上虞				
333	谢徵	陈郡阳夏	河南太康	会稽始宁	浙江上虞				谢朓之侄
334△	谢庄	陈郡阳夏	河南太康	会稽始宁	浙江上虞				谢灵运从子
335△	谢朏	陈郡阳夏	河南太康	会稽始宁	浙江上虞				谢庄之子
336△	谢颢	陈郡阳夏	河南太康	会稽始宁	浙江上虞				谢庄之子
337△	谢瀹	陈郡阳夏	河南太康	会稽始宁	浙江上虞				谢庄之子
338△	谢举	陈郡阳夏	河南太康	会稽始宁	浙江上虞				谢庄之孙
339△	谢嘏	陈郡阳夏	河南太康	会稽始宁	浙江上虞				谢举之子
340△	谢元	陈郡阳夏	河南太康	会稽始宁	浙江上虞				
341	谢敷	陈郡阳夏	河南太康	会稽始宁	浙江上虞				
342△	谢蔺	陈郡阳夏	河南太康	会稽始宁	浙江上虞				
343△	郗超	高平金乡	山东金乡	会稽始宁	浙江上虞	26			郗愔之子
344	贺循			会稽山阴	浙江绍兴				
345△	贺弼			会稽山阴	浙江绍兴				
346	孔坦			会稽山阴	浙江绍兴				
347	孔严			会稽山阴	浙江绍兴				孔坦之从弟

(续)

序号	姓名	原籍	今址	出生地	今址	各县统计	各郡国统计	今各省统计	血缘或亲缘
348	孔汪			会稽山阴	浙江绍兴				
349	孔琳之			会稽山阴	浙江绍兴				
350 △	孔稚圭			会稽山阴	浙江绍兴				
351 △	孔广			会稽山阴	浙江绍兴				
352 △	孔逭			会稽山阴	浙江绍兴				
353 △	孔休源			会稽山阴	浙江绍兴				
354 △	孔翁归			会稽山阴	浙江绍兴				
355 △	孔子祛			会稽山阴	浙江绍兴				
356 △	孔奂			会稽山阴	浙江绍兴				
357 △	朱百年			会稽山阴	浙江绍兴				
358	王献之	琅玡临沂	山东费县	会稽山阴	浙江绍兴				王羲之之子
359	王徽之	琅玡临沂	山东费县	会稽山阴	浙江绍兴				王羲之之子
360 △	王琳			会稽山阴	浙江绍兴				
361 △	洪偃			会稽山阴	浙江绍兴				
362 △	许懋	高阳新城	河北徐水	会稽山阴	浙江绍兴				
363 △	许亨	高阳新城	河北徐水	会稽山阴	浙江绍兴				
364	庾和	颍川鄢陵	河南鄢陵	会稽山阴	浙江绍兴				
365	庾肃之	颍川鄢陵	河南鄢陵	会稽山阴	浙江绍兴				庾阐之子
366 △	庾仲容	颍川鄢陵	河南鄢陵	会稽山阴	浙江绍兴				
367 △	庾持	颍川鄢陵	河南鄢陵	会稽山阴	浙江绍兴				
368	戴逵	谯国铚县	安徽宿州	会稽山阴	浙江绍兴	25			
369	阮卓	陈留尉氏	河南尉氏	会稽剡县	浙江绍兴				
370	王坦之	太原晋阳	山西太原	会稽剡县	浙江嵊州				王述之子
371	王恺	太原晋阳	山西太原	会稽剡县	浙江嵊州				王坦之之子
372	王忱	太原晋阳	山西太原	会稽剡县	浙江嵊州				王恺之弟
373	王修	太原晋阳	山西太原	会稽剡县	浙江嵊州				王濛之子
374	王恭	太原晋阳	山西太原	会稽剡县	浙江嵊州				
375 △	王瑛	太原晋阳	山西太原	会稽剡县	浙江嵊州				
376 △	王子云	太原晋阳	山西太原	会稽剡县	浙江嵊州				
377 △	王元规	太原晋阳	山西太原	会稽剡县	浙江嵊州	9			

(续)

序号	姓名	原籍	今址	出生地	今址	各县统计	各郡国统计	今各省统计	血缘或亲缘
378 △	郭澄之	太原阳曲	山西阳曲	会稽					
379 △	虞愿			会稽余姚	浙江余姚				
380 △	虞和			会稽余姚	浙江余姚				
381 △	虞炎			会稽余姚	浙江余姚				
382 △	虞通之			会稽余姚	浙江余姚				
383 △	虞羲			会稽余姚	浙江余姚				
384 △	虞骞			会稽余姚	浙江余姚				
385 △	虞荔			会稽余姚	浙江余姚				
386 △	虞寄			会稽余姚	浙江余姚	8			虞荔之弟
387 △	荀伯子	颍川颍阴	河南许昌	会稽	浙江绍兴				
388 △	荀昶	颍川颍阴	河南许昌	会稽	浙江绍兴				荀伯子族弟
389 △	荀雍	颍川颍阴	河南许昌	会稽	浙江绍兴				
390 △	荀仲举	颍川颍阴	河南许昌	会稽	浙江绍兴		82		
391 △	江秉之	陈留考城	河南民权	临海	浙江临海	1	1	112	
392 △	费昶			江夏	湖北武汉	1			
393 △	张欣泰			竟陵	湖北天门	1			
394 △	严植之			建平秭归	湖北秭归	1	1		
395 △	释亡名			南郡	湖北				
396 △	范云	南阳舞阴	河南泌阳	南郡江陵	湖北江陵				
397 △	范缜	南阳舞阴	河南泌阳	南郡江陵	湖北江陵				
398 △	范迪	南阳舞阴	河南泌阳	南郡江陵	湖北江陵				范缜之孙
399 △	庾诜	义阳新野	河南新野	南郡江陵	湖北江陵				
400 △	庾曼倩	义阳新野	河南新野	南郡江陵	湖北江陵				庾诜之子
401 △	庾易	义阳新野	河南新野	南郡江陵	湖北江陵				
402 △	庾于陵	义阳新野	河南新野	南郡江陵	湖北江陵				庾易之子
403 △	庾肩吾	义阳新野	河南新野	南郡江陵	湖北江陵				庾于陵之弟
404 △	庾信	义阳新野	河南新野	南郡江陵	湖北江陵				庾肩吾之子
405 △	曹景宗	义阳新野	河南新野	南郡江陵	湖北江陵				
406	刘骧之	南阳涅阳	河南邓州	南郡江陵	湖北江陵				
407 △	刘虬	南阳涅阳	河南邓州	南郡江陵	湖北江陵				

(续)

序号	姓名	原籍	今址	出生地	今址	各县统计	各郡国统计	今各省统计	血缘或亲缘
408△	刘之遴	南阳涅阳	河南邓州	南郡江陵	湖北江陵				刘虬之子
409△	宗炳	南阳涅阳	河南邓州	南郡江陵	湖北江陵				
410△	宗夬	南阳涅阳	河南邓州	南郡江陵	湖北江陵				宗炳之孙
411△	宗懔	南阳涅阳	河南邓州	南郡江陵	湖北江陵				
412△	岑之敬	南阳棘阳	河南南阳	南郡江陵	湖北江陵				
413△	岑善方	南阳棘阳	河南南阳	南郡江陵	湖北江陵	18	19		
414△	阴铿			南平	湖北	1			
415	习凿齿			襄阳襄阳	湖北襄阳				
416△	柳惔	河东解县	山西临猗	襄阳襄阳	湖北襄阳				
417△	柳恽	河东解县	山西临猗	襄阳襄阳	湖北襄阳				
418△	柳憕	河东解县	山西临猗	襄阳襄阳	湖北襄阳				柳恽之弟
419△	柳忱	河东解县	山西临猗	襄阳襄阳	湖北襄阳	5	5	28	柳憕之弟
420	罗含			桂阳耒阳	湖南耒阳	1	1	1	
421	陶侃			鄱阳	江西				
422	陶潜			寻阳柴桑	江西星子	1			陶侃曾孙
423△	周颙	汝南安城	河南汝南	寻阳	江西九江				
424△	周舍	汝南安城	河南汝南	寻阳	江西九江				周颙之子
425△	周弘正	汝南安城	河南汝南	寻阳	江西九江				
426△	周弘让	汝南安城	河南汝南	寻阳	江西九江				周弘正之弟
427△	周弘直	汝南安城	河南汝南	寻阳	江西九江		6		周弘正之弟
428	熊远			豫章南昌	江西南昌				
429△	雷次宗			豫章南昌	江西南昌	2			
430△	周续之	雁门广武	山西代县	豫章建昌	江西永修	1	3	10	
431△	祖斑			范阳狄道	甘肃临洮	1	1		
432△	宗钦			金城金城	甘肃民和	1	1		
433	王嘉			陇西安阳	甘肃天水	1			
434	张骏			安定乌氏	甘肃平凉	1	1		
435△	常景			凉州	甘肃	1		5	
436	傅畅			北地泥阳	陕西耀县	1	1		傅嘏之孙
437△	僧肇			京兆杜陵	陕西西安				
438△	韦琼			京兆杜陵	陕西西安	2			

(续)

序号	姓名	原籍	今址	出生地	今址	各县统计	各郡国统计	今各省统计	血缘或亲缘
439 △	卫王氏		迁入南方	京兆霸城	陕西西安	1	3		
440 △	杨愔			华州华阴	陕西华阴	1	1		
441	苏蕙			武功	陕西武功				
442 △	苏亮			武功	陕西武功	2	2	7	苏绰之从兄
443 △	许谦		迁入山阴	代郡	山西				
444 △	陆昂			代郡	山西		2		
445	慧远		迁入庐山	雁门楼烦	山西神池	1	1		
446	孙统		迁入会稽	太原中都	山西平遥				孙楚之孙
447	孙绰		迁入会稽	太原中都	山西平遥				孙统之弟
448	孙盛		迁入会稽	太原中都	山西平遥	3			孙绰之从兄
449	温峤		迁入建康	太原祁县	山西祁县	1			
450	王述		迁入建康	太原晋阳	山西太原				王湛之孙
451	王恪		迁入建康	太原晋阳	山西太原				王述之从弟
452	王濛		迁入建康	太原晋阳	山西太原	3	7		
453 △	王绘		迁入南方	太安狄那	山西寿阳	1	1		
454 △	薛慎			河东汾阴	山西万荣				
455 △	薛寅			河东汾阴	山西万荣	2			
456 △	柳虬			河东解县	山西临猗	1			
457	樊孙			河东北猗	山西临猗				
458	郭璞		迁入南方	河东闻喜	山西闻喜				
459	裴让之			河东闻喜	山西闻喜				
460	裴敬宪			河东闻喜	山西闻喜				
461	裴庄伯			河东闻喜	山西闻喜				裴敬宪之弟
462	裴宣			河东闻喜	山西闻喜				
463	裴伯茂			河东闻喜	山西闻喜	6	10		
464 △	高琳			平城	山西大同				
465 △	元宏			平城	山西大同	2	2	23	魏孝文帝
466	钟雅		迁入建康	颍川长社	河南长葛				
467	韩伯		迁入南方	颍川长社	河南长葛	2			
468	庾亮		迁入晋陵	颍川鄢陵	河南鄢陵				
469	庾冰		迁入晋陵	颍川鄢陵	河南鄢陵				庾亮之弟

(续)

序号	姓名	原籍	今址	出生地	今址	各县统计	各郡国统计	今各省统计	血缘或亲缘
470	庾翼		迁入晋陵	颍川鄢陵	河南鄢陵				庾亮之弟
471	庾倩		迁入晋陵	颍川鄢陵	河南鄢陵	4			庾冰之子
472	荀嵩		迁入建康	颍川临颍	河南临颍	1			
473	荀组		迁入建康	颍川颍阴	河南许昌				荀勗之子
474	荀邃		迁入建康	颍川颍阴	河南许昌				荀勗之孙
475	荀闿		迁入建康	颍川颍阴	河南许昌	3	10		荀勗之孙
476	江迪		迁入临海	陈留圉县	河南杞县				
477	江彪		迁入临海	陈留圉县	河南杞县				江统之子
478	江淯		迁入临海	陈留圉县	河南杞县	3			江彪之弟
479	蔡谟		迁入盱眙	陈留考城	河南民权	1			蔡克之子
480	阮种			陈留尉氏	河南尉氏				
481	阮放		迁入建康	陈留尉氏	河南尉氏	2			
482	支遁		迁入南方	陈留	河南				
483	范宣		迁入豫章	陈留	河南		8		
484	谢衡			陈郡阳夏	河南太康				
485	谢鲲		迁入豫章	陈郡阳夏	河南太康				
486	谢尚		迁入豫章	陈郡阳夏	河南太康	3			谢鲲之子
487	袁翻			陈郡项县	河南沈丘				
488	袁跃			陈郡项县	河南沈丘	2	5		袁翻之弟
489	范坚		迁入南方	南阳顺阳	河南淅川	1	1		
490	滕演		迁入南方	南阳西鄂	河南南阳	1	1		
491	李充			义阳平春	河南信阳	1	1		
492	郑元礼			荥阳开封	河南开封	1	1		
493	周颛		迁入寻阳	汝南安城	河南汝南				
494	周嵩		迁入寻阳	汝南安城	河南汝南	2			周颛之弟
495	应詹		迁入南方	汝南南顿	河南项城	1	3		
496	司马纮		迁入建康	河南洛阳	河南洛阳				
497	司马绍		迁入建康	河南洛阳	河南洛阳	2	2	32	晋明帝
498 △	李文博			博陵	河北		1		
499 △	侯白			魏郡	河北				
500 △	杨衒之			中山北平	河北满城	1			

第四章 东晋十六国南北朝文学家之地理分布 | 125

(续)

序号	姓名	原籍	今址	出生地	今址	各县统计	各郡国统计	今各省统计	血缘或亲缘
501 △	甄玄成			中山	河北	2			
502 △	祖鸿勋			范阳范阳	河北定兴				
503 △	李广			范阳范阳	河北定兴	2			
504 △	卢谌			范阳涿县	河北涿县				刘琨内侄
505 △	卢观			范阳涿县	河北涿县				
506 △	卢怀仁			范阳涿县	河北涿县				
507 △	卢元明			范阳涿县	河北涿县				
508 △	卢柔			范阳涿县	河北涿县				
509 △	卢思道			范阳涿县	河北涿县				
510 △	郦道元			范阳涿县	河北涿县	7	9		
511 △	邢邵			河间鄚县	河北任丘	1	1		
512 △	邢昕			河间	河北				
513 △	邢臧			河间	河北	3			
514 △	苟士逊			广平广平	河北鸡泽	1			
515 △	程骏			广平曲安	河北曲周	1			
516 △	游雅			广平任县	河北任县	1			
517 △	刘逞		迁入彭城	广平易阳	河北永年	1	4		
518 △	释灵裕			巨鹿下曲阳	河北晋州				
519 △	魏季景			巨鹿下曲阳	河北晋州				
520 △	魏澹			巨鹿下曲阳	河北晋州				魏季景之子
521 △	魏收			巨鹿下曲阳	河北晋州	4	4		魏季景族侄
522 △	高允			渤海蓚县	河北景县	1			
523 △	刘昼			渤海阜城	河北阜城	1	2		
524 △	李彪			顿丘卫国	河北清丰	1			
525 △	李昶			顿丘临黄	河北范县	1	2		李彪之孙
526 △	李公绪			赵郡柏人	河北隆尧				
527 △	李概			赵郡柏人	河北隆尧				李公绪之弟
528 △	李孝贞			赵郡柏人	河北隆尧	3			
529 △	李骞			赵郡平棘	河北赵县	1	4		

(续)

序号	姓名	原籍	今址	出生地	今址	各县统计	各郡国统计	今各省统计	血缘或亲缘
530	许询		迁入山阴	高阳新城	河北徐水	1	1		
531 △	封肃			渤海	河北		1		
532 △	李谐			顿丘	河北		1	36	
533 △	高闾			渔阳雍奴	天津武清	1	1		
534 △	阳固			北平无终	天津蓟县				
535 △	阳休之			北平无终	天津蓟县	2	2	3	阳固之子
536	崔宏			清河东武城	山东武城				
537 △	崔浩			清河东武城	山东武城	2	2		崔宏之子
538	王猛			北海剧县	山东昌乐				
539 △	王晞			北海剧县	山东昌乐				王猛六世孙
540 △	王昕			北海剧县	山东昌乐	3	3		
541 △	崔光			东清河鄃县	山东高唐				
542 △	崔鸿			东清河鄃县	山东高唐	2	2		崔光之侄
543 △	羊侃		迁入建康	泰山梁甫	山东新泰	1	1		
544	孔衍		迁入建康	鲁国鲁县	山东曲阜	1	1		孔丘22世孙
545	卞壶		迁入建康	济阴冤句	山东菏泽				卞粹之子
546 △	温子升			济阴冤句	山东菏泽	2	2		
547	郗鉴		迁入京口	高平金乡	山东金乡				
548	郗愔		迁入京口	高平金乡	山东金乡	2	2		郗鉴之子
549	王导		迁入建康	琅玡临沂	山东费县				
550	王敦		迁入建康	琅玡临沂	山东费县				王导从兄
551	王旷		迁入建康	琅玡临沂	山东费县				王羲之之父
552	王廙		迁入建康	琅玡临沂	山东费县				王导从弟
553	王胡之		迁入建康	琅玡临沂	山东费县				王廙次子
554	王峤		迁入建康	琅玡临沂	山东费县	6			
555	诸葛恢		迁入京口	琅玡阳都	山东沂南	1			
556	孙恩		迁入南方	琅玡	山东		8		
557 △	孙搴			乐安	山东	1		22	

(续)

序号	姓名	原籍	今址	出生地	今址	各县统计	各郡国统计	今各省统计	血缘或亲缘
558 △	宇文毓			代郡武川	内蒙古武川				周明帝
559 △	宇文招			代郡武川	内蒙古武川				
560 △	宇文逌			代郡武川	内蒙古武川	3	3	3	
561 △	韩显宗			昌黎棘城	辽宁义县	1	1	1	

表十　东晋十六国南北朝籍贯未详之文学家简表

序号	姓名	序号	姓名	序号	姓名
562	沈充	565 △	苏宝生	568 △	郑公超
563 △	鲍行卿	566 △	汤惠休	569 △	卞铄
564 △	区惠恭	567 △	吴迈远		

东晋十六国南北朝时期文学家的分布格局呈现出八个突出特点：

一是北方（黄河流域）文学家在全国所占的比例大为减少，而南方（主要是长江流域）文学家所占的比例则大为增多。周秦时期，南北之比为 3.1∶6.9；两汉时期，南北之比为 2.5∶7.5；三国西晋时期，南北之比为 3∶7，均是北方文学家占了大多数，而东晋十六国南北朝时期，南北之比为 7.7∶2.3，南方文学家第一次占了绝大多数。这是由于"永嘉之乱"的爆发，北方被游牧民族占领，原有的经济、教育、文化环境遭到严重破坏，而南方则由于北方大量汉族人口尤其是士人南迁，其经济、教育和文化事业得到快速发展。这个比例告诉我们，中国文学家的地理分布重心，第一次由北方转移到南方，并且主要转移到东南一带，其次是荆州一带。北方地区，只有十六国北朝时的燕赵地区，还大体呈现着一种发展的态势，但是总的来看，则大不如前。

二是在占籍南方的 430 位文学家中,永嘉移民的后代多达 327 位,占南方文学家总数的 76%,成了南方文学家的主体。

三是占籍北方的 131 位文学家中,"永嘉之乱"后移民南方者多达 53 位,占北方文学家总数的 40%。

第二、第三点说明,东晋南朝时期南方文学的繁荣局面,是移民文学家及其后代与南方本土文学家共同完成的。

四是真正生在北方、长在北方、坚持在北方为官、做事与写作的文学家只有 78 位,占北方籍文学家总数的 60%。这些文学家经历了生与死、血与火、荣与辱的严峻考验。他们在少数民族的统治之下,坚持用汉语写作,为保护、传承、弘扬汉族优秀文化,为少数民族文化与汉族文化之间的交流与融合,作出了杰出贡献。

五是在这 78 位真正意义上的北方文学家中,仅燕赵文化区(今河北、天津)就占了 36 人,占总数的 46%。这表明在十六国北朝时期,燕赵文化区的文化环境同北方其他文化区相比是相对宽松、相对优良的。

六是在这 53 位移民文学家中,齐鲁文化区(今山东)占了 13 位,中原文化区(今河南)占了 26 位,三晋文化区(今山西)占了 11 位,合计 50 位,占总数的 94%。这表明,当时的齐鲁、中原和三晋文化区,是移出文学家最多的地区。尤其是中原文化区,移出文学家占了文学家总数(32 人)的 81%。

七是文学家族非常兴盛。由表四、表五、表七、表九之"血缘或亲缘关系"一栏可知,两汉时期的文学家族有 22 个,三国西晋时期有 29 个,而东晋十六国南北朝时期的文学家族竟发展到 77 个,大大超过两汉、三国西晋这两个时期之和。尽管东晋时期的 23 个文学家族是由西晋传承过来的,但是除掉这一部分,仅南朝和北朝的文学家族（其中南朝43个，北朝11个）就已经超过两汉与三国西晋的总和（51个）。文学家族的绝大部分是世家大族。文学家族的兴盛，反映了世家大族在政治、经济、教育、文化各方面的强势。

八是荆楚文化区文学家所占比例明显上升。荆楚文化区属于先秦楚文化区的中心区域，其地理范围相当于两汉时期的荆州刺史部和两晋时期的荆州的北部。自战国后期秦灭楚之后，这里的文化受到严重摧残。周秦时期，这里出了四位文学家，占全国总数的25%；两汉时，这里出了七位文学家，占全国总数的3.6%；三国西晋时，这里只出了一位文学家，仅占全国总数的0.5%，完全可以忽略不计；而在东晋十六国南北朝时期，这里却出了28位文学家，占全国总数的5%。无论就其绝对数来讲，还是就其在全国所占的比重来讲，都值得注意。

第三节　分布重心及其成因

从东晋十六国到南北朝的260多年间，是中国历史上的大动荡大分裂时期，统一的大国分裂为许多并立的小国，各国的州、郡、县的辖境也缩小了，而其数目则急剧增多。据《初学记》载："后魏明帝熙平元年（516），凡州四十六，镇十二，郡国二百八十九……东魏武定四年（546），凡州一百一十一，郡五百五十九。"北方如此，南方亦然。据《隋书·地理志》载："梁武帝天监十年（511），州二十三，郡三百五十；大同中（535—545）有州一百零七。"所以这260多年间，中国境内究竟有多少州郡，实在不容易搞清楚。我们只知道，上述有籍贯可考的561位文学家，就分布在当时的82个郡国里,平均数为 6.8 人;超过 7 人的郡国有 15 个,分布在六大文化区,见表十一、图四。

表十一　东晋十六国南北朝六大文化区十五郡文学家之分布表

文化区	郡人数	小计	文化区	郡人数	小计
吴越文化区	丹阳尹 98、吴郡 42、吴兴郡 18、晋陵郡 55、南东海郡 10、南盱眙郡 19、南兰陵郡 31、淮南郡 18、会稽郡 82	373	中原文化区	颍川郡 10、陈留郡 8	18
荆楚文化区	南郡 19	19	三晋文化区	河东郡 10	10
齐鲁文化区	琅玡郡 8	8	燕赵文化区	范阳郡 9	9

图四　东晋十六国南北朝文学家之地理分布重心图

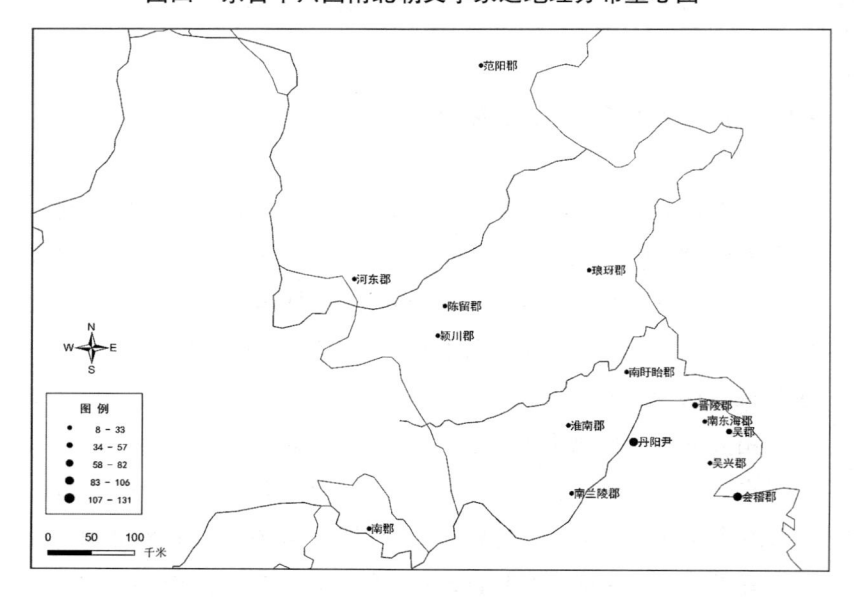

吴越文化区（丹阳尹、吴郡、吴兴郡、晋陵郡、南东海郡、南盱眙郡、南兰陵郡、淮南郡、会稽郡一带）

东南地区的经济和文化，在三国西晋时期，已经奠定坚实的基础；在东晋十六国南北朝时期，则一跃而为全国的重心之所在。这个重心地位的确立，首先要归功于北方人口的南迁，归功于北方先进的生产力和学术文化的直接影响。

东晋政权建立初期，"中州士女避乱江左者十之六七"。北方人口的大量南移，给喘息未定的东晋王朝以巨大的压力。当时江、扬等州都曾发生过大饥荒。三吴（丹阳、吴郡、吴兴）之地，"阖门饿馁，烟火不举"[1]；"江州萧条"，"白骨涂地"；"豫章一郡，十残其八"[2]。为此，东晋王朝采取了一系列得力措施，使北方流民复归于土地，从事耕稼，解决粮荒；许多世家大族也在江南火耕水耨的地域建立他们的庄园，大量地吸收荫附的部曲、佃客以发展他们的庄园经济。南方农民和北方流民的辛勤劳动，加上封建王朝和庄园大地主的开明政策，使江南地区的经济有了空前的发展。太湖流域和会稽、鄱阳湖流域、洞庭湖流域，都成了东晋南朝的粮仓，就连交、广一带，也"恒为丰国"[3]。从刘宋时起，江南稻米的产量已经超过北方。沈约《宋书·孔季恭传论》载："江南之为国盛矣，虽南包象浦，西括邛山，至于外奉贡赋，内充府实，止于荆、扬二州。……地广野丰，民勤本业，一岁或稔，则数郡忘饥。会土带海傍湖，良畴亦数十万顷，膏腴之地，亩值一金，鄠、杜之间不能比也。荆城跨南楚之富，扬郡有全吴之沃，鱼盐杞梓之利，充牣八方；丝绵布

---

[1] 李昉等：《太平御览》卷三五引《王沿集》，第166页。
[2] 房玄龄等：《晋书·王鉴传》，第1889页。
[3] 郦道元：《水经注·温水》，中华书局2009年版，第299页。

帛之饶，覆衣天下。"[1] 当时最富裕的地区，便是荆、扬二州。《宋书·何尚之传》亦云："荆、扬二州，户口半天下。江左以来，扬州根本，委荆以阃外。"[2]

丹阳尹为东晋南朝京师建康所在地。建康自越王勾践的越城以来，便是一座有着悠久历史传统的城市。不过在秦汉时期，这一带的中心地在秣陵、湖熟和丹阳等内陆部，建康本身并没有很大的发展。建康的发展，是在东吴于此建都之后。东吴政权选择建康作为都城，除了它本身具有被称为"龙盘虎踞"的优良的地理条件外，还因为它位于华中交通大动脉长江下游的冲要之处，并且有肥沃的江南为其腹地。赤乌八年（245），孙权"使校尉陈勋作屯田，发屯兵三万，凿句容中道，至云阳西城，以通吴会船舰，号破岗渎。上下一十四埭，通会市，作邸阁。仍于方山南，截淮立埭，号曰方山埭"[3]，从而沟通了建康与吴郡、会稽的联系，大大推动了建康的经济发展，所谓"富中之甿，货殖之选，乘时射利，财丰巨万"[4]。东晋南朝时期的建康，不仅是当时南方的政治中心，也是长江流域南北东西的交通枢纽，货物的重要集散之地，为东南第一大都会。《隋书·地理志》载："丹阳旧京所在，人物本盛，小人率多商贩，君子资于官禄，市廛列肆，埒于二京。"[5] 梁时，建康人口竟达百数十万。[6] 更重要的是，建康是当时的政治中心，参加东晋王朝中枢组织的北方士人，如琅玡王氏、颜氏，陈郡谢氏，就居住在建康周围。

---

[1] 沈约：《宋书·孔季恭传论》，中华书局 1974 年版，第 1540 年。
[2] 沈约：《宋书·何尚之传》，第 1738 页。
[3] 许嵩：《建康实录》卷二，文渊阁四库全书本。
[4] 左思：《吴都赋》，严可均辑：《全上古三代秦汉三国六朝文》，第 1885 页。
[5] 魏徵等：《隋书·地理志》，中华书局 1973 年版，第 887 页。
[6] 乐史：《太平寰宇记》卷九，文渊阁四库全书本。

他们把北方先进的文化带到了这里。所谓"永嘉之后,帝室东迁,衣冠避难,多所萃止,艺文儒术,于斯为盛";[1]所谓"建业(康)自六代为都邑,民物浩繁,人才辈出,实士林之渊薮";所谓"其人士习王谢之遗风,以文章取功名者甚众"。[2]我们看这个时期全国有籍贯可考的文学家共561人,仅丹阳尹就有98人,而丹阳建康一处,就有93人,占全国总数的17%。这些人,有河内司马氏,有琅玡王氏,有陈郡谢氏,等等,许多是北方移民的后人。

吴郡一带,山泽多藏育,风土清且嘉。自然条件很好,开发也比较早。"周时为吴国,太伯初置城……至阖闾迁都于此。"秦时会稽郡,即以此地为郡治;后汉时又以此地为中心,分置吴郡。"孙氏创业,亦肇迹于此。"[3]吴郡地处太湖之滨,这里"川泽沃衍,有海陆之饶;珍异所聚,故商贾并凑"[4]。优越的自然和人文地理条件,孕育了许多杰出人才。从汉时起,吴郡便成为王朝的人才供给地。三国时的陆凯曾上疏曰:"先帝外仗顾陆朱张,内近胡综薛综,是以庶绩雍熙,邦内清肃。"[5]顾陆朱张,便是著名的吴郡四姓。据范成大《吴郡志·人物》载,从汉时陆康到唐时陆桓,吴郡陆氏在朝廷和地方做官的知名人士竟达80多人;顾氏和张氏略少一点,然被列入《吴郡志·人物》的也分别占27人和56人。我们看三国西晋时的文学家,吴郡13人,顾、陆、张三姓便占了9人;东晋南朝时的文学家,吴郡42人,顾、陆、朱、张四姓便占了28人。

---

[1] 杜佑:《通典》卷一八二,中华书局1988年版,第4850页。
[2] 胡朴安:《中华全国风俗志》上编卷二《江宁》引沈立《金陵记》,上海科学技术文献出版社2008年版,第61页。
[3] 李吉甫:《元和郡县图志·江南道一》,中华书局1983年版,第600页。
[4] 魏徵等:《隋书·地理志》,第887页。
[5] 陈寿:《三国志·吴书·陆凯传》,第830页。

吴兴郡，与丹阳郡、吴郡合称三吴。吴兴本是汉时会稽郡的一部分。汉时的会稽郡，至东晋时分为会稽、吴、吴兴、临海、建安、东阳和晋安等七郡，汉时的丹阳郡，至东晋时则分为丹阳、新都、宣城、毗（晋）陵等四郡，仅此一端，便足以证明这一地区经济发展、人口激增之事实。吴兴郡的经济之发展，经历了同丹阳、吴郡同样的过程。这里山水秀发，足鱼、稻、菱、蒲之利。吴兴一带的文化，主要受建康和会稽等地的影响。"人文自江左而后，清流美士，余风遗韵相续。""虽闾阎贱品，处力役之际，吟咏不辍。盖因颜、谢、徐、庾之风扇焉。"[1] 东晋南朝统治者的上层，其出身大半是吴郡、会稽郡和吴兴郡的名门望族。文学家也由名门望族所垄断。我们看这一时期吴兴郡的文学家共18人，武康沈氏就占了10人，乌程丘氏占了6人。

京口（今属江苏镇江）在当时属晋陵郡丹徒县管辖，南东海郡亦治京口。东晋穆帝时（345—361），移南东海七县于京口。[2] "京口东通吴会，南接江湖，西连都邑，亦一都会也。"[3] 早在东吴时代，京口便是一个军事重镇。孙吴政权的版图虽然也包括了长江北岸，但是最终的防御线却在长江，而长江南岸的京口，作为建康的东门，成为极其重要的战略据点。在整个东晋南朝的历史上，京口也是作为军事方面的一个重要地盘而营建的。京口这个地方，因为交通便利，既是一个军事重镇，也是一个经济重心。东吴时，这里便是一个著名的军屯之所。赤乌年中（238—250），"诸郡出部伍，新都都尉陈表、吴郡都尉顾承各率所领人会佃毗陵（京口），男女各数万

---

[1] 杜佑：《通典》卷一八二，第4850页。
[2] 房玄龄等：《晋书·地理志》，第453页。
[3] 魏徵等：《隋书·地理志》，第887页。

口"[1]，进行大规模的屯田。"永嘉之乱"，京口一带的流民最多。当时侨置的南徐州也在京口一带。这里距京城建康极近，又当南北要冲，自广陵开凿邗沟以来，取道山东、苏北的移民南下，这里为必经之地。这个地方本来就有军屯的传统，土地又肥沃，又有这么多北方流民在此开垦，因此农业生产发展得很快。"宋氏以来，桑梓帝宅，江左流寓，多出膏腴。"[2]刘宋朝的开国皇帝刘裕便出生在这里。北方许多著名世家大族如彭城刘氏，沛郡刘氏，东莞刘氏、徐氏，东海徐氏，高平檀氏，河内向氏，平昌孟氏，范阳祖氏和渤海刁氏等，也都寓居在这里。南东海郯县何长瑜、何承天、何逊、何思澄、何子朗这个大家族，实际上也都是京口人。

京口一带，本是一个军事要地，"其人本并习战，号为天下精兵"[3]。但是由于交通方便，经济基础雄厚，吸引了许多北方世家大族在此定居。而由于这些北方世家大族的直接影响，这一带也就渐渐地成了一个"士习诗书"[4]的文献名邦了。我们看东晋南朝时期京口一带，竟出了55位文学家，仅次于丹阳和会稽，在全国居第三位。

盱眙在西晋时本是徐州临淮郡的一个县。义熙七年（411），"以盱眙立盱眙郡，统考城、直渎、阳城三县"[5]，治今江苏盱眙。北方世家大族，陈留考城蔡氏和江氏，便都移居在此，实为今江苏盱眙人。盱眙处淮泗之间，自淮南王刘安时起，即为文献名邦。"士习诗书，民尚孝悌"[6]，有古君子之风。陈留蔡氏和江氏在北方时就出了

---

[1] 裴松之注：《三国志·吴书·诸葛瑾传》引《吴书》，第733页。
[2] 萧子显：《南齐书·州郡志》，中华书局1972年版，第246页。
[3] 魏徵等：《隋书·地理志》，第887页。
[4] 胡朴安：《中华全国风俗志》上编卷二《镇江》引《金坛志》，《中华全国风俗志》，第64页。
[5] 房玄龄等：《晋书·地理志》，第453页。
[6] 魏徵等：《隋书·地理志》。

不少人才，迁居盱眙，遗传犹在，而环境益佳，所以在东晋南朝更是人才辈出。

淮南一带，乃是仅次于三吴（丹阳郡、吴郡、吴兴郡）地区的又一个重要农业区。西晋末年，八王混战，京师洛阳仓廪空虚，而淮南米谷皆积数十年，将欲腐败，于是朝廷从陈敏之议，从淮南漕运以济中州。"及胡寇南侵，淮南百姓皆渡江。成帝初，苏峻、祖约为乱于江淮，胡寇又大至，百姓南渡者转多，乃于江南侨以淮南郡及诸县。"[1]西晋时的淮南郡治在江北（今安徽寿县），东晋南朝时的淮南郡治便移到了江南（今安徽当涂）。所以，东晋南朝时的当涂为今安徽南陵，当时的寿春则为今安徽当涂。北方的世家大族陈郡袁氏和河东裴氏，就分别移居在这两个地方。

会稽郡在整个东晋南朝的历史上都有举足轻重的地位。当时朝廷军事方面的基础地区在京口，经济方面的基础地区则在吴郡、吴兴和会稽。晋元帝立国之前，甚至这样告诫会稽内史诸葛恢："今之会稽，昔之关中，足食足兵，在于良守。"[2]会稽这个地方有着悠久的历史传统，土地丰沃，农业发达，而且风景殊佳，所谓"千岩竞秀，万壑争流，草木蒙笼其上，若云兴霞蔚"[3]。永嘉之后，帝室东迁，会稽成了北方世家大族的一个遁逃薮。尤其是"东晋成、康之后，王、谢、郗、蔡等侨姓士族争相到此抢置田业，经营山庄，卸官后亦遁迹于此，待时而出"[4]。

会稽人物有两个类型。一为会稽土著，一为北方世族。山阴、

---

[1] 房玄龄等：《晋书·地理志》，第463页。
[2] 房玄龄等：《晋书·诸葛恢传》，第2042页。
[3] 刘义庆：《世说新语·言语》，朱铸禹：《世说新语汇校集注》，第132页。
[4] 田余庆：《东晋门阀世族》，北京大学出版社1989年版，第79页。

余姚两县的孔、魏、虞、谢，是孙吴以来会稽郡最为著名的四大家族。孔氏家族中，仅仅是出任太守以上官职的人物就有孔竺、孔恬、孔侃、孔愉、孔安国、孔汪、孔坦、孔严、孔季恭、孔廞、孔琳之、孔冲、孔道民、孔静民、孔福民、孔灵符等近20人。[1]孔氏家族既是大官僚，又是大地主。"家本丰，产业甚广。"至孔灵符时，其庄园竟扩展到了永兴县。余姚虞氏，也出了不少人物，像虞翻、虞忠、虞察、虞潭、虞喜、虞预、虞骏、虞仡、虞谷、虞啸父等，都是当时很有名的人。东晋南朝时，山阴、余姚两县出了32位文学家，作为当地土著的孔、虞两家就占有19人。

当时流寓会稽的北方世族，据王志邦先生研究，共有三批。第一批在西晋末年至东晋元帝时期，主要有北地傅氏、颍川庾氏、高阳许氏和陈郡谢氏等；其中傅氏家于上虞，谢氏家于始宁，许氏、庾氏则家于郡城所在地山阴。第二批在成帝至康帝时期，因避苏峻之乱，一些北方士人从都城建康移到会稽，主要有陈留阮氏、太原王氏和琅玡王氏的一部分。如琅玡王羲之就寓居在会稽山阴。第三批在穆帝时期，主要有太原孙氏、江夏李氏、高平郗氏、谯国戴氏、乐安高氏以及琅玡王氏的一部分。其中孙氏居上虞，李氏居剡县。[2]流寓会稽的士人，有许多是当时的文化名流。如孙绰、李充、支遁皆以"文义冠世"[3]；戴逵"好谈论，善属文，能鼓琴，工书画，其余巧艺靡不毕综"[4]；王羲之一门以书法妙绝著称于世；谢安一门更

---

[1] 房玄龄等：《晋书·孔愉传》，第2051—2063页。
[2] 王志邦：《东晋朝流寓会稽的北方人士研究》，〔日〕谷川道雄编：《日中国际共同研究——地域社会在六朝政治文化上所起的作用》，日本玄文社1989年版。
[3] 房玄龄等：《晋书·王羲之等传》，第2099页。
[4] 房玄龄等：《晋书·隐逸传》，第2457页。

是风流儒雅,"出则渔弋山水,入则言咏属文"[1]。当时的会稽,成了足以同建康媲美的又一个学术文化中心。永和九年(353)三月三日的山阴兰亭修禊,王羲之、孙绰、谢安等41人在此聚会,畅饮赋诗。所谓"群贤毕至,少长咸集",既有会稽土著,又有北方士人,既有文学家,又有宗教家,其规模之大、影响之巨,较之西晋的竹林之游与金谷之会,可谓有过之而无不及。仅此一会,即可见会稽文化繁荣发达之一斑。我们看东晋十六国南北朝有籍贯可考的文学家,全国共561人,而会稽一郡就占了82人,仅次于丹阳而居全国第二位。

荆楚文化区(南郡一带)

西晋时,南阳、襄阳和南郡等地均属荆州管辖,治南郡江陵。永嘉大乱时期,南阳一带遭受很大破坏,于是淯阳乐氏、涅阳宗氏、涅阳刘氏、新野庾氏等世家大族,被迫移居于江陵一带。与此同时,来自更北方的京兆韦氏、杜氏、王氏、吉氏和河东柳氏等世家大族,则向襄阳一带迁徙。为了安定北方流民,东晋刘宋两代在襄阳建立了司、梁、雍、秦、冀、并、豫等侨州郡县,使得襄阳成为当时较大的移民区之一。

襄阳历来为南北接合部的一个军事重镇。《晋书·庾亮传》载亮疏云:"襄阳北接宛许,南阻汉水,其险足固,其土足食。"又同书同卷载庾亮弟庾翼表云:"计襄阳,荆楚之旧,西接益梁,与关陇咫尺,北去洛河,不盈千里,土沃田良,方城险峻,水路流通,转运

---

[1] 房玄龄等:《晋书·谢安传》,第2072页。

无滞,进可以扫荡秦赵,退可以保据上流。"[1]襄阳一带既是一个养殖基地,也是一个畜牧业基地,并且土地肥沃,农业发达。这里交通便利,"四方凑会",为当时南北物资交流的重要据点。作为荆州治所的江陵,不仅是长江上游的政治、军事中心,也是长江上游的经济中心。所谓"荆州物产,雍、岷、交、梁之会"[2]。

荆楚一带的学术文化有着悠久的传统。早在曹操征服荆州之前,通过汉末名士、荆州牧刘表的苦心经营,这里已成为东汉末期屈指可数的学术中心之一。以綦毋闿、宋忠为导师而设立的荆州学校,既突出古文经学的地位,又不限于古文经学,而是具备了比较宽泛的人文学术的性质。这种新型的学术文化不断向吴地和巴蜀一带传播,既积极影响了当时的学风,又对后世文化的发展产生了重要的作用。荆州地区的学术文化传统并未因三国动乱而中断。晋武帝泰始五年(269),羊祜镇守襄阳。"祜率营兵,出镇南夏,开序设序,绥怀远近,甚得江汉之心。"[3]羊祜之后,又有大学者京兆人杜预镇襄阳。"预以天下虽安,忘战必危,勤于讲武,修立泮宫,江汉怀德,化被万里。"[4]据《水经注·沔水》载:襄阳"城南门道东有三碑,一碑为晋太傅羊祜碑,一碑为镇南将军杜预碑,一碑为安南将军刘俨碑,并为学生所立"[5]。由此可见西晋时荆州一带文风之盛。东晋南朝时的荆州,在陶侃、庾亮、桓温和刘义庆镇守期间,号称"多士"。尤其在梁湘东王萧绎出任荆州期间,王宫藏书达十数万卷,[6]幕府文人学

---

[1] 房玄龄等:《晋书·庾亮传》,第 1923、1934 页。
[2] 萧子显:《南齐书·张敬儿传》,第 471 页。
[3] 房玄龄等:《晋书·羊祜传》,第 1014 页。
[4] 房玄龄等:《晋书·杜预传》,第 1031 页。
[5] 郦道元:《水经注·沔水》,第 548 页。
[6] 司马光等:《资治通鉴·梁元帝承圣三年》,第 5121 页。

士众多，像刘之遴、宗懔、颜之推、庾季才等著名文化人均被罗致于中。侯景陷建康时，萧绎于江陵称帝，荆州再次成为全国的又一个学术文化之重心。这个时期，荆州地区（包括江夏、竟陵、建平、南郡、南平五郡和襄阳郡的襄阳县）共出了28位文学家，仅南郡的江陵便有18位，为历代之冠。荆州文化的黄金时代，正在这一时期。

燕赵文化区（范阳郡一带）

东晋十六国南北朝时期，占籍燕赵（河北）的38位文学家（含范阳郡9人）中，只有高阳许询、广平刘遐二人在"永嘉之乱"后迁徙江南，其余36位全是生在燕赵、长在燕赵并仕宦于十六国北朝的文学家。这一点很值得我们注意。这表明，后赵、前燕、前秦、后燕、北魏、东魏、北齐的文化土壤，是可以让文学家生长和发展的。事实也正是如此。我们先看看后赵的开国皇帝石勒的表现。这个当年与刘曜一起陷洛阳、俘晋怀帝、制造了惊天动地的"永嘉之乱"的羯族人，其实也不是一个只知道杀戮、占领和镇压的草莽武夫。在他统一了北方的大部分地区之后，他就开始重用汉族士人，实行胡汉分治，兴学校，制律令，减剥削，劝农桑。他的这些开明做法，后来就被他的替代者前燕君主鲜卑人慕容皝所仿效。这个慕容氏在击败石赵之后，也在自己境内招引流民，垦荒生产，沿用了魏晋时的某些经济手段，使得国力日盛。前燕之后，占领这块土地的便是前秦君主氐族人苻坚。此人的长处之一，是任用汉人王猛。王猛是魏郡人，曾与入关的桓温扪虱而谈，可以称为燕赵名士。他建议苻坚课农桑，减田租，立学校，禁奢侈，惩豪强，苻坚都一一实行。于是国力大增。遗憾的是，苻坚最后志满意骄，不听他的劝阻，在淝水打了一个大败仗。取代前秦的是后燕皇帝慕容垂。此人是匆匆过客，无甚建树，而取代后燕的北魏道武帝鲜卑人拓跋珪，他的孙子魏太武帝拓跋焘、文成帝拓跋濬的遗孀冯太后，以及冯太后的孙子魏孝文帝拓跋宏（元宏），应该说都是一些比较开明的政治领袖。他们的共同特点，就是任用汉族士人，鼓励农桑，发展经济，大兴文教。北魏衰亡之后，继起的东魏、北齐，也都能够任用汉族士人，发展经济，兴办文教事业。所以说，从"永嘉之乱"到隋的统一，燕赵一带虽屡经改朝换代，乱哄哄你方唱罢我登场，但是其经济建设和文化建设总在断断续续地进行。

还有一点值得注意的是，从后赵到北齐的国都，多数都建在燕赵一带。如后赵先后建都襄国（今河北邢台）和邺城（今河北临漳），前燕两任皇帝先后建都蓟城（今北京）和邺城，后燕一、二任帝建都中山（今河北定州），东魏一任帝建都邺城，北齐一任帝建都邺城。从"永嘉之乱"到隋的统一，260多年的时间里，在燕赵一带建都的王朝不少于五个，在襄国、邺城、蓟城、中山建都的时间前后长达115年。相比之下，这一段时间在中原地区建都的王朝只有南燕和北魏，其在滑台（今河南滑县）和洛阳建都的时间只有44年。在人类历史上，大凡都城附近地区即京畿之地的文化都是比较发达的，这主要是由于行政力量的推动或保护。燕赵地区建都的时间比中原地区要长半个多世纪，所以在文化建设、人才培养方面就有许多优势，因此在这260多年间，这里土生土长的文学家竟比中原地区多了六倍。

范阳在燕赵北部，这里受战争的影响较小一些，社会环境较安定一些，发展教育、文化事业的条件也较成熟一些。当然，这里也有一些文化积累。早在东汉时，这里就出了一位著名的经学家兼文学家卢植；西晋时，这里出了一位著名的博物学家兼文学家张华；

十六国北朝时，这里竟出了九位文学家，除了著名的地理学家兼文学家郦道元之外，还有六位卢姓文学家，他们都应该是卢植的后人。这九位都分别在西晋、北魏、北齐、北周政权为官，并没有随"永嘉之乱"的爆发而南迁，可见这里的文化环境对于他们的成长和成功还是有利的。

中原文化区（颍川郡、陈留郡一带）

东晋十六国南北朝时期，占籍中原的 32 位文学家（含颍川郡 10 人，陈留郡 8 人）中，有 26 位在"永嘉之乱"后迁徙江南，真正在中原出生、中原成长并在北方为官做事的只有 6 人，即陈留阮种，陈郡谢衡，陈郡袁翻、袁跃，义阳李充，荥阳郑元礼。

"永嘉之乱"后，这一带除义阳、南阳、南乡三郡，其他如河南、荥阳、陈留、颍川、陈郡、汝南各郡，均沦没于石勒，而这一带又属于后赵与东晋的交兵之地。长期的战争破坏，使这个在东汉、三国和西晋时期经济、文化最为发达的地区变得满目疮痍，人民的生存尚且难保，其教育、文化事业就谈不上了。

由于 32 位文学家里头就有 26 位迁徙江南，占了总数的 81%，这个"分布重心"实际上只有数字上的意义，故此处不予重点考察。

齐鲁文化区（琅玡郡一带）

西晋时，齐鲁一带的清河国属冀州管辖，北海郡、乐安国属青州管辖，泰山郡、鲁国、高平国、济阴郡属兖州管辖，琅玡郡属徐州管辖。"永嘉之乱"后，这些郡国全都沦没于石勒，"是时，幽、冀、青、并、兖五州及徐州之淮北流人相率过江淮，帝并侨立郡县以司牧之"。苏峻之乱平后，于"江北又侨立幽、冀、青、并四州"。

"义熙七年……又以幽、冀合徐州。"[1] 南北朝时，徐州的琅玡侨置建康一带，称南琅玡郡。琅玡王氏先是移居建康，后来王羲之一族又移居会稽。琅玡王氏中的六位文学家（王导、王敦、王旷、王廙、王胡之、王峤）只是出生在琅玡，其成长、仕宦和文学创作则在洛阳和建康等地。

东晋十六国南北朝时期，占籍齐鲁的 22 位文学家（包括琅玡郡 8 人）中，一共有 13 位在"永嘉之乱"后南迁，真正在齐鲁出生、齐鲁成长，并且在北方为官与写作的文学家实际上只有 9 位，即清河崔宏、崔浩父子，北海王猛、王晞、王昕，东清河崔光、崔鸿叔侄，以及济阳温子升和乐安孙搴，这九位文学家分布在齐鲁文化区的五个郡国，在分布格局上实际上并不具备"重心"的意义，故此处从略。

三晋文化区（河东郡一带）

东晋十六国南北朝时期的三晋文化区，先后被后赵、前燕、前秦、后燕、北魏、东魏、北齐等少数民族政权所统治，兵连祸接，战乱频仍。由于在地理上更接近北方游牧民族，故其在经济、文化方面受到的冲击更其严重。虽然北魏曾在平城（今山西大同）建都 96 年，对平城、太原、河东一带的经济和文化建设还是比较重视的，但是总的来看，这一时期的三晋文化区在文化发展水平上似乎不及燕赵一带。

这一时期，占籍三晋的文学家有 23 人，有 11 人在"永嘉之乱"后迁徙江南，其中太原中都孙氏 3 人、太原晋阳王氏 3 人，

---

[1] 房玄龄：《晋书·地理志》，第 453 页。

太原祁县1人，这个郡一共出了7位文学家，全都迁入江南。留在三晋地区的12位文学家，有9位属于河东郡人。他们先后在北魏、北齐、北周做官，对于北魏政府相对开明的文化政策的制定与执行，对于少数民族文化与汉族文化的交流与融合，他们是有重要贡献的。

结语

总之，整个东晋十六国南北朝时期，中国文化的重心由黄河流域移向长江流域，南方文学家的绝对数大大多于北方。这种格局的形成，主要系政治中心的南移和北方衣冠士人的南迁所致。文化人的流寓南方，是一个非常值得注意的因素。由于北方沦陷，经济衰落，文化萧条，文化人随着帝室南迁。而随着南方社会的安定，经济的富庶，文教的兴盛，再加上自然环境的优美宜人，文化人到了南方之后，也就逐渐地扎根下来。永和末年（356），当桓温请还都洛阳时，孙绰立即上疏提出异议："自丧乱以来，六十余年……播流江表，已经数世，存者长子老孙，亡者丘陇成行……植根于江外数十年矣。一朝拔之，顿驱踧于空荒之地，提挈万里，逾险浮深，离坟墓，弃生业，富者无三年之粮，贫者无一飧之饭，田宅不可复售，舟车无从而得，舍安乐之国，适习乱之乡；出必安之地，就累卵之危。"[1] 摆出还都洛阳的种种不便，实际上已是对江南怀有深厚的眷恋了。正是怀着这一份眷恋，北方士人和南方士人一道，致力于南

---

[1] 孙绰：《谏移都洛阳疏》，严可均辑：《全上古三代秦汉三国六朝文》，第635页。

方的经济文化建设，使得南方（尤其是长江中下游流域）不仅成为当时全国的政治中心，同时也成为全国的经济和文化中心。

如果没有北方士人的大量南迁，南方文化当然也会沿着自己的轨道继续发展，但是很难说会在这并不太长的时间内取得如此辉煌的成就。北方士人的南迁，一方面把北方优秀的文化带到了南方，给南方古老的文化输入了新的成分；一方面也吸收了南方文化中的优质因素，促成了自身所属文化的更新和改造。南北方文化的这种交融互摄的结果，便是整个中国文化水准的提高。唯其如此，尽管这个时期南方文学家的绝对数大大多于北方，我们也不能简单地说，这个时期的南方文化优胜于北方文化许多。公允地讲，南方文学家的兴旺蓬勃，乃是南北方文化交融互摄以及整个中国文化水准的提高所致。

第五章 隋唐五代文学家之地理分布
（581—960 年）

第一节 分布格局及其特点

隋唐五代时期的文学家，据谭正璧《中国文学家大辞典》所录，共 844 人，其中有籍贯可考者 728 人，除去占籍今越南、朝鲜者各 1 人，还有 726 人，其地理分布格局见表十二（带△者为隋代文学家，带※者为五代文学家）：

表十二　隋唐五代文学家之地理分布表

序号	姓名	籍贯	今址	各县统计	各郡州府统计	今各省统计	血缘或亲缘
1	费云卿	宣州秋浦	安徽贵池				
2	顾云	宣州秋浦	安徽贵池				
3	李昭象	宣州秋浦	安徽贵池				
4	杨夔	宣州秋浦	安徽贵池				
5	胡楚宾	宣州秋浦	安徽贵池				
6	康骈	宣州秋浦	安徽贵池				
7	张乔	宣州秋浦	安徽贵池				
8	周谣	宣州秋浦	安徽贵池	8			
9	殷文圭	宣州青阳	安徽青阳				

序号	姓名	籍贯	今址	各县统计	各郡州府统计	今各省统计	血缘或亲缘
10※	熊皎	宣州青阳	安徽青阳	2			
11	杜荀鹤	宣州石埭	安徽石台	1			
12	汪遵	宣州宣城	安徽宣城	1			
13	许棠	宣州泾县	安徽泾县	1			
14	张惟俭	宣州当涂	安徽当涂	1			
15	刘太真	宣州	安徽		15		
16	李敬玄	亳州谯县	安徽亳州	1	1		
17	吴少微	歙州	安徽		1		
18	曹松	舒州	安徽		1		
19	张彪	颖州颖上	安徽颖上	1			
20	萧颖士	颖州汝阴	安徽阜阳	1	2		
21※	张泌	淮南	安徽寿县		1		
22※	伍乔	庐州庐江	安徽庐江	1	1		
23△	刘臻	彭城相县	安徽宿州	1	1		
24△	何之元	庐山霍山	安徽霍山	1	1	24	
25	王贞白	饶州上饶	江西广丰	1			
26	吉中孚	饶州鄱阳	江西鄱阳	1	2		
27	卢肇	袁州宜春	江西宜春				
28	王毂	袁州宜春	江西宜春				
29	袁皓	袁州宜春	江西宜春				
30	郑谷	袁州宜春	江西宜春	4	4		
31	沈彬	洪州高安	江西高安				
32	任涛	洪州高安	江西高安	2			
33	刘慎虚	洪州新吴	江西奉新	1			
34	来鹄	洪州豫章	江西南昌	1			
35※	王定保	洪州	江西				
36	孙鲂	洪州	江西				
37※	宋齐丘	洪州	江西		7		
38※	李中	江州九江	江西九江	1			
39	刘驾	江州都昌	江西都昌	1	2		
40	綦毋潜	虔州	江西				

(续)

序号	姓名	籍贯	今址	各县统计	各郡州府统计	今各省统计	血缘或亲缘
41※	廖图	虔州虔化	江西宁都	1	2		
42	吴武陵	信州	江西		1	18	
43	刘绮庄	常州晋陵	江苏常州				
44	刘子翼	常州晋陵	江苏常州				
45	刘祎之	常州晋陵	江苏常州				刘子翼之子
46	喻凫	常州晋陵	江苏常州				
47	高智周	常州晋陵	江苏常州	5			
48△	陈暄	毗陵义兴	江苏宜兴				
49	许景光	常州义兴	江苏宜兴				
50	蒋俨	常州义兴	江苏宜兴				
51	蒋防	常州义兴	江苏宜兴	4			
52	李绅	常州无锡	江苏无锡	1	10		
53	桓彦范	润州丹阳	江苏丹阳				
54	皇甫冉	润州丹阳	江苏丹阳				
55	皇甫曾	润州丹阳	江苏丹阳				皇甫冉之弟
56	汤贲	润州丹阳	江苏丹阳				
57	许浑	润州丹阳	江苏丹阳				
58	陶翰	润州丹阳	江苏丹阳				
59	权德舆	润州丹阳	江苏丹阳				
60	殷遥	润州丹阳	江苏丹阳	8			
61	戴叔伦	润州金坛	江苏金坛	1			
62	包融	润州延陵	江苏金坛				
63	包何	润州延陵	江苏金坛				包融之子
64	包佶	润州延陵	江苏金坛				包何之弟
65	储光羲	润州延陵	江苏金坛				
66	储嗣宗	润州延陵	江苏金坛	5			储光羲之曾孙
67	刘三复	润州句容	江苏句容				
68	刘邺	润州句容	江苏句容				刘三复之子
69	许子儒	润州句容	江苏句容	3			
70	张众甫	润州	江苏				
71	萧瑀	润州江宁	江苏南京				萧岿之子

（续）

序号	姓名	籍贯	今址	各县统计	各郡州府统计	今各省统计	血缘或亲缘
72	萧钧	润州江宁	江苏南京				萧瑀之侄
73△	颜之仪	丹阳江宁	江苏南京				颜协之子
74△	颜之推	丹阳江宁	江苏南京				颜之仪之弟
75△	颜元孙	丹阳江宁	江苏南京				
76△	诸葛颖	丹阳江宁	江苏南京				
77	冷朝阳	润州江宁	江苏南京	7	25		
78	赵嘏	楚州山阳	江苏淮安	1	1		
79	曹宪	扬州江都	江苏扬州				
80	来济	扬州江都	江苏扬州				
81	李善	扬州江都	江苏扬州				
82	李邕	扬州江都	江苏扬州	4			李善之子
83	灵一	扬州	江苏				
84	朱昼	扬州	江苏				
85	王播	扬州	江苏				
86	王起	扬州	江苏				王播之弟
87	邢巨	扬州	江苏				
88	张若虚	扬州	江苏				
89	昙域	扬州	江苏				
90※	冯延巳	扬州	江苏				
91※	李功勋	扬州	江苏		13		
92△	鲍宏	东海	江苏				
93	吴通玄	海州	江苏				
94	吴通微	海州	江苏				吴通玄之弟
95※	徐游	海州	江苏				
96※	何光远	海州东海	江苏连云港	1	5		
97※	司空图	泗州	江苏	1	1		
98△	刘胤之	彭城彭城	江苏徐州				
99	刘延祐	徐州彭城	江苏徐州				
100	刘知几	徐州彭城	江苏徐州				
101	刘贶	徐州彭城	江苏徐州				刘知几长子

(续)

序号	姓名	籍贯	今址	各县统计	各郡州府统计	今各省统计	血缘或亲缘
102	刘餗	徐州彭城	江苏徐州				刘知几次子
103	刘汇	徐州彭城	江苏徐州				刘知几三子
104	刘秩	徐州彭城	江苏徐州				刘知几四子
105	刘迅	徐州彭城	江苏徐州				刘知几五子
106	刘迥	徐州彭城	江苏徐州				刘知几六子
107	刘商	徐州彭城	江苏徐州	10			
108	刘轲	徐州沛县	江苏沛县	1			
109※	李璟	徐州	江苏				
110※	李煜	徐州	江苏		13		李璟之子
111	张籍	苏州	江苏苏州				
112	张祜	苏州	江苏苏州				
113	张旭	苏州吴县	江苏苏州				
114	羊昭业	苏州吴县	江苏苏州				
115	于公异	苏州吴县	江苏苏州				
116	陈子良	苏州吴县	江苏苏州				
117	陈羽	苏州吴县	江苏苏州				
118	归崇敬	苏州吴县	江苏苏州				
119	李郢	苏州吴县	江苏苏州				
120	裴夷直	苏州吴县	江苏苏州				
121	沈既济	苏州吴县	江苏苏州				
122	范摅	苏州吴县	江苏苏州				
123	吴仁璧	苏州吴县	江苏苏州				
124	麹信陵	苏州吴县	江苏苏州				
125△	陆从典	吴郡吴县	江苏苏州				南朝陆琼之子
126	陆士季	苏州吴县	江苏苏州				
127	陆龟蒙	苏州吴县	江苏苏州				
128	陆希声	苏州吴县	江苏苏州				
129	陆畅	苏州吴县	江苏苏州				
130	朱子奢	苏州吴县	江苏苏州	18			
131	朱景元	苏州	江苏苏州				
132△	潘徽	吴郡	江苏苏州				

(续)

序号	姓名	籍贯	今址	各县统计	各郡州府统计	今各省统计	血缘或亲缘
133	杨发	苏州	江苏苏州				
134△	沈颜	苏州	江苏苏州				
135	顾况	苏州	江苏				
136	顾非熊	苏州	江苏			94	顾况之子
137	陆贽	苏州嘉兴	浙江嘉兴				
138	陆宸	苏州嘉兴	浙江嘉兴				
139	丘为	苏州嘉兴	浙江嘉兴				
140	丘丹	苏州嘉兴	浙江嘉兴				
141	刘禹锡	苏州嘉兴	浙江嘉兴				
142	殷尧藩	苏州嘉兴	浙江嘉兴	6			
143△	陈叔宝	吴郡长城	浙江长兴		33		
144	陈叔达	湖州长城	浙江长兴				陈叔宝之弟
145	徐孝德	湖州长城	浙江长兴				
146	徐齐聃	湖州长城	浙江长兴				徐孝德之子
147	徐惠	湖州长城	浙江长兴				徐孝德之女
148	徐坚	湖州长城	浙江长兴				徐齐聃之子
149	皎然	湖州长城	浙江长兴	7			
150△	姚察	余杭武康	浙江德清				
151	姚思廉	湖州武康	浙江德清				姚察之子
152	孟郊	湖州武康	浙江德清	2			
153	沈婺华	湖州	浙江湖州				陈叔宝之妻
154	沈亚之	湖州	浙江湖州				
155	沈光	湖州	浙江湖州				
156	沈千运	湖州	浙江湖州				
157	沈栖远	湖州	浙江湖州				
158	李冶	湖州	浙江湖州				
159	钱起	湖州	浙江湖州				
160	钱翊	湖州	浙江湖州				钱起之孙
161	严恽	湖州	浙江湖州				
162	陈商	湖州	浙江湖州		19		
163	皇甫湜	睦州新安	浙江淳安				

(续)

序号	姓名	籍贯	今址	各县统计	各郡州府统计	今各省统计	血缘或亲缘
164	皇甫松	睦州新安	浙江淳安	2			
165	许彬	睦州	浙江				
166	喻坦之	睦州	浙江				
167	李频	睦州清溪	浙江淳安	1			
168	翁洮	睦州寿昌	浙江建德	1			
169	章八元	睦州桐庐	浙江桐庐				
170	章孝标	睦州桐庐	浙江桐庐				
171	章碣	睦州桐庐	浙江桐庐				章孝标之子
172	方干	睦州桐庐	浙江桐庐				
173	崔涂	睦州桐庐	浙江桐庐				
174	周朴	睦州桐庐	浙江桐庐	6			
175	施肩吾	睦州分水	浙江桐庐				
176	徐凝	睦州分水	浙江桐庐	2	14		
177	冯宿	婺州东阳	浙江东阳				
178	舒元舆	婺州东阳	浙江东阳				
179	滕珦	婺州东阳	浙江东阳	3			
180	张志和	婺州金华	浙江金华	1			
181	贯休	婺州兰溪	浙江兰溪	1			
182	骆宾王	婺州义乌	浙江义乌	1			
183※	刘昭禹	婺州	浙江		7		
184	孙郃	明州奉化	浙江奉化	1	1		
185	许敬宗	杭州新城	浙江富阳				
186	许彦伯	杭州新城	浙江富阳				许敬宗之子
187	袁不约	杭州新城	浙江富阳				
188	罗邺	杭州新城	浙江富阳				
189※	罗隐	杭州新城	浙江富阳	5			
190	郑巢	杭州钱塘	浙江杭州				
191	褚亮	杭州钱塘	浙江杭州				
192	褚遂良	杭州钱塘	浙江杭州	3	8		褚亮之子
193	徐安贞	衢州龙丘	浙江龙游	1	1		
194	灵彻	越州会稽	浙江绍兴				

(续)

序号	姓名	籍贯	今址	各县统计	各郡州府统计	今各省统计	血缘或亲缘
195	罗让	越州会稽	浙江绍兴				
196	秦系	越州会稽	浙江绍兴				
197	清江	越州会稽	浙江绍兴				
198	孙德绍	越州会稽	浙江绍兴				
199	康希铣	越州会稽	浙江绍兴	6			
200 △	孔范	会稽山阴	浙江绍兴				
201	孔绍安	越州山阴	浙江绍兴				孔范之子
202	崔国辅	越州山阴	浙江绍兴				
203	贺德仁	越州山阴	浙江绍兴				
204	吴融	越州山阴	浙江绍兴				
205	严维	越州山阴	浙江绍兴	6			
206 △	虞绰	越州余姚	浙江余姚				南朝虞荔之子
207	虞世南	越州余姚	浙江余姚	2			
208	栖白	越州	浙江绍兴				
209	朱可久	越州	浙江绍兴				
210	贺朝	越州	浙江绍兴				
211	万齐融	越州	浙江绍兴				
212	徐浩	越州	浙江绍兴				
213	贺知章	越州永兴	浙江萧山	1	20		
214	张谭	温州永嘉	浙江温州	1	1		
215	罗虬	台州	浙江				
216	项斯	台州乐安	浙江仙居	1	2		
217※	杜光庭	括州缙云	浙江缙云	1	1	81	
218	唐求	蜀州青城	四川崇州	1			
219※	尹鹗	益州成都	四川成都				
220	闾丘均	益州成都	四川成都	2	2		
221	可朋	眉州丹棱	四川丹棱	1	1		
222	鲜于向	阆州新政	四川南部				
223※	罗衮	邛州临邛	四川邛崃	1	1		
224※	李珣	梓州	四川				
225※	李舜弦	梓州	四川				李珣之妹

(续)

序号	姓名	籍贯	今址	各县统计	各郡州府统计	今各省统计	血缘或亲缘
226	陈子昂	梓州射洪	四川射洪				
227	陈光	梓州射洪	四川射洪	2	4		陈子昂之子
228	李白	绵州彰明	四川江油	1	1		
229	周贺	蜀	四川				
230	符载	蜀	四川				
231	朱湾	蜀	四川				
232	刘湾	蜀	四川				
233	苏涣	蜀	四川				
234	姚鹄	蜀	四川				
235※	毛熙震	蜀	四川				
236※	王嵒	蜀	四川			19	
237	李远	夔州云阳	重庆云阳				
238	雍陶	夔州云安	重庆云阳	2	2	2	
239	郝处俊	安州安陆	湖北安陆	1	1		
240	陆羽	复州竟陵	湖北天门				
241	皮日休	复州竟陵	湖北天门	2	2		
242	李碏	鄂州江夏	湖北武汉	1	1		
243	崔橹	荆南	湖北荆州				
244	岑文本	荆州江陵	湖北江陵				
245	岑参	荆州江陵	湖北江陵				岑文本曾孙
246	蔡允恭	荆州江陵	湖北江陵				
247	慧赜	荆州江陵	湖北江陵				
248	刘洎	荆州江陵	湖北江陵	5			
249	毛钦一	荆州长林	湖北荆门	1			
250	崔道融	荆州	湖北				
251	段文昌	荆州	湖北				
252	段成式	荆州	湖北				段文昌之子
253	刘孝孙	荆州	湖北		11		
254△	柳晋	襄州襄阳	湖北襄阳				
255	柳浑	襄州襄阳	湖北襄阳				

(续)

序号	姓名	籍贯	今址	各县统计	各郡州府统计	今各省统计	血缘或亲缘
256	杜易简	襄州襄阳	湖北襄阳				
257	孟浩然	襄州襄阳	湖北襄阳				
258	张继	襄州襄阳	湖北襄阳				
259	席豫	襄州襄阳	湖北襄阳				
260	张柬之	襄州襄阳	湖北襄阳				
261	孙子容	襄州襄阳	湖北襄阳				
262	朱朴	襄州襄阳	湖北襄阳				
263	朱放	襄州襄阳	湖北襄阳	10	10	25	
264	刘蜕	潭州长沙	湖南长沙				
265	欧阳询	潭州长沙	湖南长沙				
266※	徐仲雅	潭州长沙	湖南长沙				
267	齐己	潭州长沙	湖南长沙	4			
268	欧阳彬	潭州衡山	湖南衡山	1	5		
269	吴德光	朗州武陵	湖南常德	1	1		
270	廖凝	衡州衡阳	湖南衡阳	1	1		
271	胡曾	邵州邵阳	湖南邵阳	1	1		
272	李宣古	澧州澧阳	湖南澧县				
273	李群玉	澧州澧阳	湖南澧县	2	2	10	
274	张九龄	韶州曲江	广东韶关	1			
275	张仲方	韶州始兴	广东始兴				
276	邵谒	韶州翁源	广东翁源	1	3		
277※	黄损	连州	广东		1	4	
278	曹邺	桂州阳朔	广西阳朔	1			
279	曹唐	桂州桂林	广西桂林	1			
280	裴说	桂州	广西		3		
281	翁宏	贺州桂岭	广西贺县	1	1	4	
282	林嵩	福州长溪	福建霞浦	1			
283	王棨	福州福清	福建福清				
284	翁承赞	福州福清	福建福清	2			
285	陈诩	福州闽县	福建闽侯				

(续)

序号	姓名	籍贯	今址	各县统计	各郡州府统计	今各省统计	血缘或亲缘
286	欧阳衮	福州闽县	福建闽侯				
287	郑諴	福州闽县	福建闽侯	3			
288	陈去疾	福州侯官	福建闽侯				
289	林宽	福州侯官	福建闽侯	2	8		
290※	江文蔚	建州建阳	福建建阳				
291※	江为	建州建阳	福建建阳				
292※	孟贯	建州建阳	福建建阳	3			
293※	王威化	建州	福建		4		
294	欧阳詹	泉州晋江	福建晋江	1			
295	陈黯	泉州南安	福建南安				
296	王虬	泉州南安	福建南安	2			
297	黄滔	泉州莆田	福建莆田				
298	林藻	泉州莆田	福建莆田				
299	林蕴	泉州莆田	福建莆田				林藻之弟
300	徐寅	泉州莆田	福建莆田				
301	郑准	泉州莆田	福建莆田	5			
302	郑良士	泉州仙游	福建仙游	1			
303※	谭峭	泉州	福建				
304※	颜仁郁	泉州	福建		11		
305	林滋	闽	福建				
306	张为	闽	福建			25	
307	吕向	泾州	甘肃		1		
308△	牛弘	金城狄道	甘肃临洮				
309	牛僧儒	兰州狄道	甘肃临洮				
310※	牛峤	兰州狄道	甘肃临洮				牛僧儒之后
311※	牛希济	兰州狄道	甘肃临洮	4	4		牛峤之侄
312	康洽	肃州酒泉	甘肃酒泉	1	1		
313	权若讷	略阳	甘肃	1	1		
314	李朝威	秦州	甘肃				
315	李公佐	秦州	甘肃				

(续)

序号	姓名	籍贯	今址	各县统计	各郡州府统计	今各省统计	血缘或亲缘
316	李复言	秦州	甘肃				
317	李拯	秦州	甘肃				
318	董挺	秦州	甘肃				
319※	王仁裕	秦州	甘肃		6		
320	李益	凉州姑臧	甘肃武威	1	1		
321	赵彦昭	甘州张掖	甘肃张掖	1	1	15	
322	乔知之	同州冯翊	陕西大荔				
323	乔侃	同州冯翊	陕西大荔				乔知之之弟
324	乔备	同州冯翊	陕西大荔				乔侃之弟
325	杨凝式	同州冯翊	陕西大荔	4	4		
326	杨炎	岐州天兴	陕西凤翔	1			
327	窦威	岐州	陕西				
328	元载	岐州岐山	陕西岐山	1			
329	杨衡	岐州陈仓	陕西宝鸡	1	4		
330	田游岩	京兆三原	陕西三原	1			
331	于志宁	京兆高陵	陕西高陵				
332	于休烈	京兆高陵	陕西高陵	2			
333	邓玄挺	京兆蓝田	陕西蓝田	1			
334	富嘉谟	京兆武功	陕西武功				
335	苏颋	京兆武功	陕西武功				
336	苏源明	京兆武功	陕西武功				
337	苏鹗	京兆武功	陕西武功	4			
338	李世民	京兆长安	陕西西安				
339	李泰	京兆长安	陕西西安				李世民之子
340	李治	京兆长安	陕西西安				李世民之子
341	李贤	京兆长安	陕西西安				李治之子
342	李显	京兆长安	陕西西安				李治之子
343	李旦	京兆长安	陕西西安				李治之子
344	李隆基	京兆长安	陕西西安				李旦之子
345	李适	京兆长安	陕西西安				德宗皇帝

(续)

序号	姓名	籍贯	今址	各县统计	各郡州府统计	今各省统计	血缘或亲缘
346	李昂	京兆长安	陕西西安				文宗皇帝
347	李晔	京兆长安	陕西西安				昭宗皇帝
348	李适之	京兆长安	陕西西安				
349	李约	京兆长安	陕西西安				
350	李道右	京兆长安	陕西西安				
351	李程	京兆长安	陕西西安				
352	李廓	京兆长安	陕西西安				
353	李巨川	京兆长安	陕西西安				
354	李郢	京兆长安	陕西西安				
355	李昂	京兆长安	陕西西安				
356	刘得仁	京兆长安	陕西西安				
357	常得志	京兆长安	陕西西安				
358	常衮	京兆长安	陕西西安				
359	于濆	京兆长安	陕西西安				
360	于邺	京兆长安	陕西西安				
361	韦鼎	京兆长安	陕西西安				
362	韦绚	京兆长安	陕西西安				
363	韦蟾	京兆长安	陕西西安				
364	崔祐甫	京兆长安	陕西西安				
365	韩休	京兆长安	陕西西安				
366	韩滉	京兆长安	陕西西安				韩休之子
367※	刘兼	京兆长安	陕西西安				
368	唐临	京兆长安	陕西西安				
369	柳宗元	京兆长安	陕西西安				
370	肖德言	京兆长安	陕西西安				
371	薛涛	京兆长安	陕西西安				
372	鱼玄机	京兆长安	陕西西安				
373	袁朗	京兆长安	陕西西安				
374	郑嵎	京兆长安	陕西西安				
375	刘长卿	京兆长安	陕西西安				

(续)

序号	姓名	籍贯	今址	各县统计	各郡州府统计	今各省统计	血缘或亲缘
376	戌昱	京兆长安	陕西西安				
377	杜元志	京兆长安	陕西西安				
378	杜元颖	京兆长安	陕西西安	41			
379	杜佑	京兆万年	陕西西安				
380	杜牧	京兆万年	陕西西安				杜佑之孙
381	王昌龄	京兆万年	陕西西安				
382	韩偓	京兆万年	陕西西安				李商隐姨侄
383	李适	京兆万年	陕西西安				
384※	李涛	京兆万年	陕西西安				
385※	李瀚	京兆万年	陕西西安				
386	颜师古	京兆万年	陕西西安				颜之推之孙
387	颜真卿	京兆万年	陕西西安				颜师古从曾孙
388	元稹	京兆万年	陕西西安				
389	姚琦	京兆万年	陕西西安				
390	于邵	京兆万年	陕西西安				
391	韦述	京兆万年	陕西西安				
392	韦元甫	京兆万年	陕西西安				
393	韦皋	京兆万年	陕西西安				
394	韦武	京兆万年	陕西西安				
395	韦渠牟	京兆万年	陕西西安				
396	韦纯	京兆万年	陕西西安				
397	韦处厚	京兆万年	陕西西安				
398	韦瓘	京兆万年	陕西西安				
399	韦应物	京兆万年	陕西西安				
400	韦庄	京兆万年	陕西西安				韦应物四世孙
401	韦霭	京兆万年	陕西西安	23			韦庄之弟
402	牛肃	京兆万年	陕西泾阳	1			
403	令狐德棻	京兆华原	陕西耀县				
404	令狐楚	京兆华原	陕西耀县				
405	柳公绰	京兆华原	陕西耀县				

(续)

序号	姓名	籍贯	今址	各县统计	各郡州府统计	今各省统计	血缘或亲缘
406	柳公权	京兆华原	陕西耀县				柳公绰之弟
407	柳仲郢	京兆华原	陕西耀县	5			柳公绰之子
408	窦叔向	京兆金城	陕西兴平				
409	窦常	京兆金城	陕西兴平				窦叔向之子
410	窦牟	京兆金城	陕西兴平				窦常之弟
411	窦群	京兆金城	陕西兴平				窦牟之弟
412	窦庠	京兆金城	陕西兴平				窦群之弟
413	窦巩	京兆金城	陕西兴平	6			窦庠之弟
414	李洞	京兆鄠县	陕西户县				
415	温庭筠	京兆鄠县	陕西户县				温彦博之孙
416	温宪	京兆鄠县	陕西户县				温庭筠之子
417	殷闻礼	京兆鄠县	陕西户县	4			
418	李沁	京兆	陕西				
419	司空曙	京兆	陕西				
420	苑咸	京兆	陕西				
421	马逢	京兆	陕西		92		
422	姚南仲	华州下邽	陕西渭南	1			
423	孟利贞	华州华阴	陕西华阴				
424	吴筠	华州华阴	陕西华阴				
425	玄琬	华州华阴	陕西华阴				
426	严武	华州华阴	陕西华阴				
427 △	杨素	京兆华阴	陕西华阴				
428 △	杨广	京兆华阴	陕西华阴				
429 △	杨暕	京兆华阴	陕西华阴				杨广之子
430	杨炯	华州华阴	陕西华阴				
431	杨续	华州华阴	陕西华阴				
432	杨师道	华州华阴	陕西华阴				杨续之弟
433	杨元亨	华州华阴	陕西华阴	11	12		
434	冯贽	延州金城	陕西延安	1	1		
435	皇甫枚	邠州三水	陕西旬邑	1	1		

第五章 隋唐五代文学家之地理分布 | 161

(续)

序号	姓名	籍贯	今址	各县统计	各郡州府统计	今各省统计	血缘或亲缘
436※	顾琼	鄜州	陕西		1		
437	长孙佐辅	夏州朔方	陕西靖边	1	1	116	
438	樊泽	蒲州	山西				
439	樊宗师	蒲州	山西				樊泽之子
440	吕温	蒲州	山西				
441	阎防	蒲州	山西				
442	杨巨源	蒲州	山西				
443	王驾	蒲州	山西				
444	卢纶	蒲州	山西				
445	张嘉贞	蒲州猗氏	山西临猗	1			
446△	薛道衡	河东汾阴	山西临猗	1			
447	薛收	蒲州宝鼎	山西临猗				薛道衡之子
448	薛元超	蒲州宝鼎	山西临猗				薛收之子
449	薛曜	蒲州宝鼎	山西临猗				薛元超之子
450	薛稷	蒲州宝鼎	山西临猗				薛收之孙，魏徵外孙
451	薛德音	蒲州宝鼎	山西临猗				
452	薛存诚	蒲州宝鼎	山西临猗				
453	薛据	蒲州宝鼎	山西临猗				
454	薛调	蒲州宝鼎	山西临猗				
455※	薛昭蕴	蒲州宝鼎	山西临猗	9			
456	王维	蒲州河东	山西永济				
457	王缙	蒲州河东	山西永济				王维之弟
458	畅当	蒲州河东	山西永济				
459	耿湋	蒲州河东	山西永济				
460	薛逢	蒲州河东	山西永济				
461	薛廷珪	蒲州河东	山西永济				薛逢之子
462	薛用弱	蒲州河东	山西永济	7			
463	柳冕	蒲州解县	山西运城				
464	柳并	蒲州解县	山西运城				

(续)

序号	姓名	籍贯	今址	各县统计	各郡州府统计	今各省统计	血缘或亲缘
465	柳谈	蒲州解县	山西运城				柳并之弟
466	柳珵	蒲州解县	山西运城	4	29		
467 △	王通	绛州龙门	山西河津				
468	王度	绛州龙门	山西河津				王通之弟
469	王绩	绛州龙门	山西河津				王度之弟
470	王勃	绛州龙门	山西河津				王通之孙
471	王助	绛州龙门	山西河津	5			王勃之弟
472	裴行俭	绛州闻喜	山西闻喜				
473	裴耀卿	绛州闻喜	山西闻喜				裴行俭之子
474	裴倩	绛州闻喜	山西闻喜				裴行俭之孙
475	裴迪	绛州闻喜	山西闻喜				
476	裴潾	绛州闻喜	山西闻喜				
477	裴度	绛州闻喜	山西闻喜				
478	裴諴	绛州闻喜	山西闻喜	7			裴度之侄
479	王之涣	绛州	山西	1	13		
480	尚颜	汾州	山西				
481	宋之问	汾州	山西				
482	薛能	汾州	山西		3		
483 △	王頍	太原祁县	山西祁县				
484	王仲舒	太原祁县	山西祁县				
485	王初	太原祁县	山西祁县				王仲舒之子
486	王涯	太原祁县	山西祁县				
487	温彦博	太原祁县	山西祁县	5			
488	唐次	太原晋阳	山西太原				
489	唐彦谦	太原晋阳	山西太原				
490	王翰	太原晋阳	山西太原				
491	孙逖	太原晋阳	山西太原	4			
492	李敬方	太原文水	山西文水				
493	武则天	太原文水	山西文水				
494	武甄	太原文水	山西文水	3			

第五章　隋唐五代文学家之地理分布 | 163

(续)

序号	姓名	籍贯	今址	各县统计	各郡州府统计	今各省统计	血缘或亲缘
495	王泠然	太原	山西				
496	狄仁杰	太原	山西		14		
497	苗发	潞州壶关	山西壶关	1	1	60	
498	邵说	相州安阳	河南安阳	1			
499	傅奕	相州邺县	河南安阳	1			
500	魏徵	相州内黄	河南内黄				
501	沈佺期	相州内黄	河南内黄	2			
502	谷倚	相州	河南		5		
503	杜审言	河南巩县	河南巩义				
504	杜甫	河南巩县	河南巩义				杜审言之孙
505	刘允济	河南巩县	河南巩义	3			
506	房琯	河南河南	河南洛阳				
507	房千里	河南河南	河南洛阳				
508	刘方平	河南河南	河南洛阳				
509※	刘崇远	河南河南	河南洛阳				
510	陆据	河南河南	河南洛阳				
511	孟云卿	河南河南	河南洛阳				
512	王季友	河南河南	河南洛阳				
513	萧昕	河南河南	河南洛阳				
514	元澹	河南河南	河南洛阳				
515	赵弘智	河南河南	河南洛阳	10			
516	独孤及	河南洛阳	河南洛阳				
517	法琳	河南洛阳	河南洛阳				
518	贾曾	河南洛阳	河南洛阳				
519	贾至	河南洛阳	河南洛阳				贾曾之子
520	李涉	河南洛阳	河南洛阳				
521※	李雄	河南洛阳	河南洛阳				
522※	李莹	河南洛阳	河南洛阳				
523	刘崇望	河南洛阳	河南洛阳				
524	卢鸿	河南洛阳	河南洛阳				

(续)

序号	姓名	籍贯	今址	各县统计	各郡州府统计	今各省统计	血缘或亲缘
525	王湾	河南洛阳	河南洛阳				
526	宇文弼	河南洛阳	河南洛阳				
527	元万顷	河南洛阳	河南洛阳				
528	元希声	河南洛阳	河南洛阳				
529	张说	河南洛阳	河南洛阳				
530	张均	河南洛阳	河南洛阳				张说之子
531	祖咏	河南洛阳	河南洛阳				
532	羊士谔	河南洛阳	河南洛阳				
533	鲍防	河南洛阳	河南洛阳	18			
534	韩愈	河南河阳	河南孟县				
535	韩湘	河南河阳	河南孟县	2			韩愈之侄
536	司马锽	河南温县	河南温县	1			
537	李贺	河南福昌	河南宜阳	1			
538	武就	河南缑氏	河南偃师				武甄之子
539	武元衡	河南缑氏	河南偃师				武就之子
540	武儒衡	河南缑氏	河南偃师				武元衡从弟
541	玄奘	河南缑氏	河南偃师	4			
542	李颀	河南颍阳	河南登封	1			
543	梁肃	河南陆浑	河南嵩县				
544	丘悦	河南陆浑	河南嵩县	2			
545	卢仝	河南济源	河南济源	1			
546	独孤霞	河南	河南				
547	聂夷中	河南	河南				
548	马异	河南	河南		46		
549※	王延彬	光州固始	河南固始	1	1		
550※	郑邀	滑州白马	河南滑县	1	1		
551	谢偃	卫州卫县	河南淇县	1			
552	王梵志	卫州黎阳	河南浚县	1	2		
553△	王贞	梁郡陈留	河南开封	1	1		
554	白履忠	汴州浚仪	河南开封				

(续)

序号	姓名	籍贯	今址	各县统计	各郡州府统计	今各省统计	血缘或亲缘
555	吴竞	汴州浚仪	河南开封				
556	于邈	汴州浚仪	河南开封	3			
557	李登之	汴州尉氏	河南尉氏	1			
558※	高颋	汴州雍丘	河南杞县	1			
559	崔颢	汴州	河南		6		
560	元德秀	汝州鲁山	河南鲁山				
561	元结	汝州鲁山	河南鲁山	2			
562	刘希夷	汝州	河南		3		
563	杨凭	虢州弘农	河南灵宝				
564	杨凝	虢州弘农	河南灵宝				杨凭之弟
565	杨凌	虢州弘农	河南灵宝				杨凝之弟
566	杨敬之	虢州弘农	河南灵宝				杨凌之子
567	杨汝士	虢州弘农	河南灵宝				
568	杨牢	虢州弘农	河南灵宝	6			
569	杨仲昌	虢州阌乡	河南灵宝	1	7		
570△	刘斌	南阳南阳	河南南阳				
571	张孝嵩	邓州南阳	河南南阳				
572	张登	邓州南阳	河南南阳				
573	张贲	邓州南阳	河南南阳				
574	韩翃	邓州南阳	河南南阳	5	5		
575	范履冰	怀州河内	河南沁阳				
576	李商隐	怀州河内	河南沁阳				
577	穆员	怀州河内	河南沁阳				
578	温造	怀州河内	河南沁阳				
579	张谓	怀州河内	河南沁阳	5	5		
580	袁郊	豫州朗山	河南确山	1	1		
581	上官仪	陕州陕县	河南陕县	1			
582	姚崇	陕州硖石	河南陕县				
583	姚系	陕州硖石	河南陕县				姚崇之曾孙
584	姚合	陕州硖石	河南陕县	3	4		

(续)

序号	姓名	籍贯	今址	各县统计	各郡州府统计	今各省统计	血缘或亲缘
585	刘宪	宋州宁陵	河南宁陵	1			
586	高适	宋州宋城	河南商丘	1			
587	王涣	宋州	河南				
588	崔曙	宋州	河南		4		
589※	王衍	许州舞阳	河南舞阳	1			
590	王建	许州临颍	河南临颍	1			
591※	魏承班	许州	河南				
592△	庾自直	颍川鄢陵	河南鄢陵				
593	崔知悌	许州鄢陵	河南鄢陵	2	5		
594	白居易	郑州新郑	河南郑州				
595	白行简	郑州新郑	河南郑州	2			白居易之弟
596	韦承庆	郑州阳武	河南原阳	1			
597	郑虔	郑州荥阳	河南荥阳				
598	郑余庆	郑州荥阳	河南荥阳				
599	郑澣	郑州荥阳	河南荥阳				郑余庆之子
600	郑纲	郑州荥阳	河南荥阳				
601	郑处晦	郑州荥阳	河南荥阳				
602	郑畋	郑州荥阳	河南荥阳				
603	郑綮	郑州荥阳	河南荥阳				
604	郑世翼	郑州荥阳	河南荥阳	8			
605	李玄道	郑州	河南		12	108	
606△	杜台卿	博陵恒阳	河北曲阳				
607△	杜之松	博陵恒阳	河北曲阳	2			
608	李义府	深州饶阳	河北饶阳	1			
609△	李德林	博陵安平	河北安平				
610	李百药	深州安平	河北安平				李德林之子
611	李安期	深州安平	河北安平				李百药之子
612△	崔廓	博陵安平	河北安平				
613△	崔赜	博陵安平	河北安平	5			崔廓之子
614	魏知古	深州陆泽	河北深县				

(续)

序号	姓名	籍贯	今址	各县统计	各郡州府统计	今各省统计	血缘或亲缘
615	张鹫	深州陆泽	河北深县				
616	张荐	深州陆泽	河北深县				张鹫之孙
617	张又新	深州陆泽	河北深县				张荐之子
618	张读	深州陆泽	河北深县	5	13		张荐之孙
619	齐瀚	定州义丰	河北安国				
620	齐抗	定州义丰	河北安国	2			
621	崔湜	定州安喜	河北定县				
622	崔液	定州安喜	河北定县				崔湜之弟
623	崔良佐	定州安喜	河北定县				
624	崔鹏	定州安喜	河北定县				崔良佐之子
625	崔兴宗	定州安喜	河北定县				
626	崔令钦	定州安喜	河北定县				
627	崔护	定州安喜	河北定县	7			
628	郭正一	定州鼓城	河北晋县				
629	赵冬曦	定州鼓城	河北晋县	2			
630	郎颖	定州新乐	河北新乐				
631	郎余庆	定州新乐	河北新乐	2			郎颖之孙
632	郎士元	定州	河北		14		
633	崔行功	恒州井陉	河北井陉				
634	崔峒	恒州井陉	河北井陉	2	2		
635	郑愔	沧州	河北				
636※	冯道	沧州景城	河北沧州	1			
637	苗神客	沧州东光	河北东光	1			
638	贾耽	沧州南皮	河北南皮	1	4		
639	张大素	魏州昌乐	河北南乐	1			
640	郭震	魏州贵乡	河北大名	1			
641	公乘亿	魏州	河北		3		
642△	许善心	河间高阳	河北高阳				
643※	毛文锡	瀛洲高阳	河北高阳	2			
644△	刘善经	河间河间	河北河间				

(续)

序号	姓名	籍贯	今址	各县统计	各郡州府统计	今各省统计	血缘或亲缘
645△	尹式	河间河间	河北河间				
646	张仲素	瀛洲河间	河北河间				
647	张浚	瀛洲河间	河北河间	4			张仲素之孙
648	尹元凯	瀛洲乐寿	河北献县	1	7		
649	周思茂	贝州漳南	河北故城	1			
650	崔珏	贝州清河	河北清河	1			
651	宋若莘	贝州清阳	河北清河				
652	宋若昭	贝州清阳	河北清河				宋若莘之妹
653	宋若宪	贝州清阳	河北清河	3			宋若莘之妹
654△	崔儦	清河武城	河北武城				
655	张文琮	贝州武城	河北武城	2	7		
656	刘言史	洺州邯郸	河北邯郸	1			
657	刘伯刍	洺州鸡泽	河北鸡泽	1	2		
658	孔颖达	冀州衡水	河北衡水				
659	张昌龄	冀州南宫	河北南宫	1			
660△	孙万寿	信都武强	河北武强				
661	刘幽求	冀州武强	河北武强	2			
662	孙偓	冀州武邑	河北武邑	1	5		
663	魏謩	邢州巨鹿	河北巨鹿	1			
664	李怀远	邢州柏仁	河北隆尧	1			
665※	孟昶	邢州龙冈	河北邢台	1			
666	宋璟	邢州南和	河北南和	1	4		
667	李乂	赵州房子	河北临城	1			
668	李峤	赵州赞皇	河北赞皇				
669	李华	赵州赞皇	河北赞皇				
670	李翰	赵州赞皇	河北赞皇				李华之子
671	李绛	赵州赞皇	河北赞皇				
672	李吉甫	赵州赞皇	河北赞皇				

(续)

序号	姓名	籍贯	今址	各县统计	各郡州府统计	今各省统计	血缘或亲缘
673	李德裕	赵州赞皇	河北赞皇	6			李吉甫之子
674	苏味道	赵州栾城	河北栾城				
675	阎朝隐	赵州栾城	河北栾城	2			
676	李嶷	赵州	河北				
677	李阳冰	赵州	河北				李白之从叔
678	李翱	赵州	河北				
679	李嘉祐	赵州	河北				
680	李端	赵州	河北				
681	李虞仲	赵州	河北				李端之子
682※	符蒙	赵州	河北		16		
683	高迈	渤海	河北	3	3		
684	高适	渤海蓨县	河北景县				
685	封敖	渤海蓨县	河北景县		3		
686△	杜正玄	魏郡邺县	河北临漳				
687△	杜正藏	魏郡邺县	河北临漳				杜正玄之弟
688	杜正伦	相州邺县	河北临漳	3			杜正藏之弟
689△	陆爽	魏郡临漳	河北临漳				
690	卢从愿	相州临漳	河北临漳				
691	卢僎	相州临漳	河北临漳	3			
692	张蕴古	相州洹水	河北魏县	1	7		
693△	祖君彦	上谷遒县	河北容城	1	1		
694※	刘昫	幽州归义	河北容城	1			
695	贾岛	幽州范阳	河北涿县				
696	无可	幽州范阳	河北涿县				
697	卢照邻	幽州范阳	河北涿县				
698	卢藏用	幽州范阳	河北涿县				
699	卢殷	幽州范阳	河北涿县				
700	卢延让	幽州范阳	河北涿县				

(续)

序号	姓名	籍贯	今址	各县统计	各郡州府统计	今各省统计	血缘或亲缘
701※	厘载	幽州范阳	河北涿县				
702	可止	幽州范阳	河北涿县	8			
703	张南史	幽州	河北				
704	王适	幽州	河北				
705	高骈	幽州	河北			100	
706※	高越	幽州燕州	北京怀柔	1			
707	刘蕡	幽州昌平	北京昌平	1	14	2	
708	孟简	德州平昌	山东宁津				
709	孟迟	德州平昌	山东宁津	2			
710	赵璘	德州平原	山东平原	1	3		
711※	和凝	郓州须昌	山东东平	1	1		
712	任希古	棣州	山东		1		
713	崔融	齐州全节	山东济南				
714	员半千	齐州全节	山东济南	2	2		
715	王无竞	莱州	山东		1		
716	梁载言	博州聊城	山东聊城	1			
717	王季子	齐郡历城	山东济南		1		
718	崔咸	博州茌平	山东茌平				
719	马周	博州茌平	山东茌平	2	3		
720※	孙晟	密州	山东		1		
721	房玄龄	青州临淄	山东淄博	1			
722	刘沧	青州临朐	山东临朐	1	2		
723	郜纯	兖州金乡	山东金乡	1			
724	卢象	兖州平陆	山东汶上	1			
725	徐洪	兖州瑕丘	山东兖州	1			
726	张建封	兖州	山东		4	19	
727	广宣	交州	越南		1	1	
728	崔致远	高丽	朝鲜		1	1	

表十三　隋唐五代籍贯未详之文学家简表

序号	姓名	序号	姓名	序号	姓名	序号	姓名
729	于良史	758	张碧	787	宋言	816※	鹿虔扆
730	于鹄	759	张瀛	788	雍裕之	817※	谭用之
731	丰干	760	张俊	789	郑常	818※	滕白
732	子兰	761	张友正	790	郑宾	819	阎士和
733	马戴	762	张玄晏	791	郑还古	820※	阎选
734	元海	763	张鼎	792※	郑起	821※	尉迟偓
735	王翃	764※	张泌	793	崔敏	822	裴铏
736	王叡	765	来择	794	崔涯	823	夏侯审
737※	王周	766	庄南杰	795	崔郊	824※	成彦雄
738	古之奇	767△	陆敬	796	崔葆	825	处默
739	司马扎	768	陆迅	797	严郾	826	栖隐
740	乐朋	769	陈汀	798	严从	827	栖蟾
741	刘光远	770	陈上美	799	严子休	828	戴思颜
742	刘威	771	陈玄祐	800	康玄辩	829	程晏
743	刘复	772	陈鸿	801	康国安	830	黄台
744	刘栖楚	773	陈标	802	赵博	831	护国
745	刘肃	774	陈陶	803	赵牧	832	寒山子
746	刘叉	775	陈越石	804	韦楚老	833	鲍溶
747	吕岩	776	拾得	805※	高彦休	834	鲍君徽
748※	卢士让	777※	田霖	806	高蟾	835	贾驰
749※	左偃	778	柳谈	807	秦韬玉	836	薛莹
750	李观	779	常建	808	谢良辅	837	郁浑
751	李甘	780	常达	809	谢蟠隐	838	蒋凝
752	李咸用	781	贺兰进明	810	周慎辞	839	翁绶
753	李山甫	782△	沈叔安	811	唐备	840	褚载
754	李景亮	783△	侯夫人	812	法振	841	修睦
755	李肇	784	许尧佐	813	韩琮	842	纪唐夫
756	李善夷	785	长孙辅佐	814	杜颁	843	牟融
757※	李存勖	786	孙樵	815	任蕃	844	钟辂

说明：张瀛系张碧之子。

隋唐五代时期文学家的地理分布呈现如下四个突出特点：

一是南北文学家所占比例再次发生重大变化。东晋十六国南北朝时期，南北文学家之比为 7.7∶2.3，隋唐五代时期，南北之比为 4.2∶5.8。北方文学家明显增多，南方文学家明显减少。南北之比再次发生重大变化的主要原因在于国家的统一，国都回迁到北方，北方的文化环境再次优于南方。

二是南方文学家所占比例虽然下降，但是仍然高于周秦、两汉和三国西晋时期的水平。周秦时期，南北之比为 3.1∶6.9；两汉时期，南北之比为 2.5∶7.5；三国西晋时期，南北之比为 3∶7，而隋唐五代时期，南北之比为 4.2∶5.8。这表明，南方的文化环境经过东晋南朝长达 260 年的建设，已经远远优于周秦、两汉和三国西晋时期。南方的文化土壤已经厚实起来，因此到了隋唐，虽然国都回迁北方，国家的文化中心再次转移到北方，但是已经发展起来的南方文化仍然保持自己相当的优势。当然，"安史之乱"后，尤其是五代时期，一部分士人迁徙南方也是原因之一。

三是文学家族的数量有所减少。东晋十六国南北朝时期有文学家族 77 个，隋唐五代只有 60 个（其中还包括南朝传下来的七个，北朝传下来的一个）。家族的规模也变小了。东晋十六国南北朝时期的文学家族多为世家大族，家族成员中有影响的文学家在三个以上者不下于 29 个，而隋唐五代的文学家族除了少数世家大族，还有不少庶族或者寒门，家族成员中有影响的文学家在三个以上者只有 20 个左右。这与自武则天以后，世家大族不断受到打击和削弱有关系。

四是文学家版图由长江流域向珠江流域扩大。东晋十六国南北朝时期，今四川省境内、福建省境内、广东省境内、广西自治区境内，均没有出现一个文学家，今湖南省境内只出了一个文学家，而隋唐五代时期，今四川省境内出了 19 个文学家，福州省境内出了 25 个，广东省境内出了 4 个，广西自治区境内出了 4 个，湖南省境内则出了 10 个。文学家版图由长江流域向珠江流域扩大，表明隋唐五代时期，南方地区的文化建设也是卓有成就的。

第二节 "关中本位政策"与"安史之乱"对南北文学格局的影响

隋唐五代时期，南北文学家的分布格局再次发生重大变化，无疑是一个值得注意的问题。在这里，我们拟先就这一问题做一个简略的探讨，然后再就南北各地文学家的分布重心及其成因问题予以考察。

李渊、李世民父子赖以取天下的基本力量，是关陇贵族军事集团。因此，唐初中央政府在其人员构成方面有两个显著的特点，一是武臣占优势，一是北方人士占优势。据《旧唐书·刘文静传》：武德九年十月，唐太宗对唐初创业功臣论功行赏，按等级开列了一个长达 43 人的名单，计有裴寂、长孙无忌、王君廓、尉迟敬德、房玄龄、杜如晦、长孙顺德、柴绍、罗艺、赵郡王孝恭、侯君集、张公瑾、刘师立、李勣、刘弘基、高士廉、宇文士及、秦叔宝、程知节、安兴贵、安修仁、唐俭、窦轨、屈突通、肖瑀、封德彝、刘义节、钱九陇、樊兴、公孙武达、李孟尝、段志玄、庞卿恽、张亮、李药师、杜淹、元仲文、张长逊、张平高、李安远、李子和、秦行师、马三宝。在这 43 名定食实封功臣当中，只有裴寂、长孙无忌、房玄龄、杜如晦、高士廉、唐俭、肖瑀、封德彝、张亮、李药师、杜淹等 11 人为文臣,其余 32 人皆为武将。[1] 又据《旧唐书·褚亮传》:太宗"既平寇乱,留意儒学,乃至宫城西起文学馆,以待四方文士"[2]。在太宗所延揽的文士中,以杜如晦、房玄龄、于志宁、苏世长、薛收、褚亮、姚思廉、陆德明、孔颖达、李道玄、李守素、虞世南、蔡允恭、颜相对、许敬宗、薛元敬、盖文达、苏勖"十八学士"最为知名,而这"十八学士"中,只有褚亮、陆德明、虞世南、许敬宗 4 人为南方人士,其余 14 人皆为北方关中和关东人士。

事实上,并非南方文风不盛、文士不多,而是唐初君臣对南方士人和南方文化怀有偏见。譬如虞世南和薛收二人,当时并为南北名士。虞世南系越州余姚(今浙江余姚)人,薛收为蒲州宝鼎(今山西临猗)人。虞世南为"当代名臣,人伦准的"[3],文名甚著;薛收"辩对纵横","言辞敏速"[4],然量其文才,则在虞世南之下,但是他在政治上却与房玄龄、杜如晦一样"特蒙殊礼,受心腹之寄"[5]。唐高祖授太宗策上将、上书令,太宗命薛收和虞世南同时起草让表,最后只用薛收表而将虞世南表弃置不用。又譬如唐太宗尝"以经籍去圣久远,文字讹谬,令师古于秘书省考定五经"[6],预其事者还有孔颖达、司马才章、王恭等人。颜师古为京兆万年(今陕西西安)人,孔颖达为冀州衡水(今河北衡水)人,司马才章为魏州贵乡(今河北魏县)人,王恭为滑州白马(今河南滑县)人,均为当时北方名儒。"时校书郎王玄度注《尚书》、《毛诗》,毁孔、郑旧义,

---

[1] 刘昫等:《旧唐书·刘文静传》,中华书局 1975 年版,第 2294—2295 页。
[2] 刘昫等:《旧唐书·褚亮传》,第 2582 页。
[3] 刘昫等:《旧唐书·虞世南传》,第 2570 页。
[4] 刘昫等:《旧唐书·薛收传》,第 2587 页。
[5] 同上书,第 2588 页。
[6] 刘昫等:《旧唐书·颜师古传》,第 2594 页。

上表请废旧注，行己所注者。诏礼部集诸儒详议，玄度口辩，诸博士皆不能诘之，郎中许敬宗请付秘阁藏其书，河间王孝恭持请与孔、郑并行。仁师以玄度穿凿不经，乃条其不合大义，驳奏请罢之，诏竟依仁师议，玄度遂废。"王玄度注《尚书》、《毛诗》，受到南方士人许敬宗（杭州新城，今浙江富阳人）的支持，但终为北方士人崔仁师（定州安喜，今河北定县人）所抑，未能行之于世；而孔颖达、颜师古等的《五经正义》，则成为当时和后世应举者读经、解经之范本。

据陈寅恪先生研究，李世民贬抑南方士人而擢拔北方士人尤其是关中士人，有着深刻的历史原因。陈先生指出，北朝时，"宇文泰率领少数西迁之胡人及胡化汉族割据关陇一隅之地，欲与财富兵强之山东高氏及神州正朔所在之江左萧氏共成一鼎峙之局，而其物质及精神二者力量之凭借，俱远不如其东南二敌，故必别觅一途径，融合其所割据关陇区域内之鲜卑六镇民族，及其他胡汉土著之人为一不可分离之集团，非独物质上应处同一利害之环境，即精神上亦必具同出一渊源之信仰，同受一文化之熏习，始能内安反侧，外御强邻"。"此新途径即就其割据之土依附古昔，称为汉化发源之地，不复以山东江左为汉化之中心也。"简言之，便是"关中本位政策"。宇文泰改易西迁关陇汉人中之山东郡望为关内郡望，以断绝其乡土之思，就是一个典型的例子。陈先生指出："隋唐两朝继承宇文氏之遗业，仍旧施行'关中本位政策'，其统治阶级自不改其歧视山东人之观念。"唐代"自高祖、太宗创业至高宗统御之前期，其将相文武大臣大抵承西魏、北周及隋以来之世业，即宇文泰'关中本位政策'下所结集团体之后裔也"[1]。唐太宗以修《贞观氏族志》来贬抑山东

---

[1] 陈寅恪：《唐代政治史述论稿》上篇，上海古籍出版社1997年版，第18页。

门阀士族,建立以李氏皇室为首、以唐朝功臣(主要是传统的关陇门阀和新贵)为核心的新的门阀体系,其意正在于此。而其重薛收而轻虞世南,重崔仁师而轻许敬宗,只不过是他奉行"关中本位政策"的两个小例而已。

古代的中国殊少专业的文学家,文学家的结构主体是官僚士大夫。既然关东尤其是江左旧士族在隋代和唐代前期名位不显,则在总体上,南方文学家不及北方文学家之多,在东晋十六国南北朝时期已然形成的南北分布格局至隋唐五代又发生大的变化,至少可以通过"关中本位政策"找到一个重要的原因了。

"关中本位政策"只是到了武则天当权时,才被逐渐地破坏掉。"武则天为遂其创业垂芳之目的,大崇文武之道,破格用人,于是创于隋代的进士科成为当时欲进者竞趋之鹄的,而当时山东、江左人民之中,有虽工于为文,但以不预关中团体之故,致遭屏抑者,亦因此政治变革之机会,得以上升朝列,而西魏、北周、杨隋及唐初将相旧家之政权尊位遂不得不为此新兴阶级所攘夺替代。""武周统治时期不久,旋复为唐,然其开始改变'关中本位政策'之趋势,仍继续进行。迄至唐玄宗之世,遂完全破坏无遗。"[1] 据《资治通鉴》"开元三年"载,唐玄宗尝"谓宰相曰:'朕每读书有所疑滞,无从质问,可选儒学之士,日使入内侍读。'卢怀慎荐太常卿马怀素。九月戊寅,以怀素为左散骑常侍,便与右散骑常侍褚无量更日侍读"。马怀素为润州丹徒人,褚无量为杭州盐官人。唐玄宗的两位侍读均为江南名儒,可见至玄宗时,南方文化已在帝国文化中占据重要地位,南方士人也非太宗时所能比拟了。

---

[1]　陈寅恪:《唐代政治史述论稿》上篇,第18页。

当然，导致南北文学家之分布格局再次发生变化的更重要的原因，还是"安史之乱"。这个长达八年的大动乱，使得北方一片疮痍，不少士人纷纷南迁，北方文化的发展大受影响，甚至出现停滞状态，而南方文化则由于社会的安定、经济的发达以及南北士人的共同努力而呈相当活跃之局面。随着南方文化的发展，南方士族的代表人物终于在学术上压倒北方士族。中唐以后，世称儒家、代修国史者首推蒋乂、柳澄、沈传师三家。"蒋乂字德源，常州义兴人也……蒋氏世以儒称，与柳氏、沈氏父子相继修国史实录，时推良史，京师云蒋氏日历，士族靡不家藏焉。"[1]柳澄字成伯，蒲州（今属山西）人；沈传师字子言，吴（今属江苏）人。三家良史，就有两家出于南方。又据《唐摭言》"会昌五年举格文节"条载：唐武宗会昌五年（845），唐王朝曾就各州选送赴京应试科举的人数作出一项明确的新的规定。这项规定首先把全国各州分为三级，每州进士15人，明经20人，为第一级；进士10人，明经15人，为第二级；进士7人，明经10人，为第三级。而当时南方的大部分州被列为第一级，北方尤其是关东地区大部分州则被列为第二级。[2]由此可见，中唐以后南方文化的发展水平已经超过北方。

官僚队伍的结构主体发生变化，使得文学家的结构主体也随之发生相应的变化。有学者根据《新唐书》"儒学"、"文艺"两传所载唐代人物的籍贯进行统计，发现有籍贯可考者123人，其中唐前期81人，南方为27人，占总数的33%；唐后期42人，南方为23人，占总数的55%。[3]还有学者根据元人辛文房所著《唐才子传》一书所列

---

[1] 刘昫等：《旧唐书》卷一四九，第4026—4029页。
[2] 王定保：《唐摭言》，古典文学出版社1957年版。
[3] 赵文遹主编：《隋唐文化史》，陕西师范大学出版社1992年版，第363页。

的唐代文学家的籍贯进行统计,发现有籍贯可考的文学家共221人(不含主要生活在五代的9人),唐前期61人,长江流域26人,占总数的42.6%;唐后期160人,长江流域84人,占总数的52.5%。[1]

以上数据都可以供我们参考。尽管就总体而言,隋唐五代文学家的地理分布是北方多于南方,但是在这个大的时间段内,还是有着前后之别的。隋和唐代前期,北方文学家多于南方,这个局面主要是唐王朝的"关中本位政策"造成的;唐后期和五代时,则南方略多于北方,这个局面主要是"安史之乱"造成的。明白了这个背景,再来考察隋唐五代时期南北各地文学家的分布重心及其成因,就要方便得多。

第三节　分布重心及其成因

由表十二、表十三可知,谭正璧编《中国文学家大辞典》收录隋唐五代时期的文学家共844人(含占籍今越南、朝鲜的2人),其中隋代45人,占总数的5.3%;五代67人,占总数的7.9%;唐代则732人,占总数的86.7%。因此我们这一章,以考察唐代文学家的地理分布为主,附带论及隋代和五代。

隋唐五代时期的郡、州、府,以唐开元二十九年(741)之行政区划为据,约有328个。这个时期有籍贯可考的文学家共726人,分布在121个郡(州、府),平均数为6人;超过6人的郡(州、府)有31个,分布在七大文化区。见表十四、图五。

---

[1] 李学勤、徐吉军主编:《长江文化史》,江西教育出版社1995年版,第554页。

表十四　隋唐五代七大文化区三十一州府文学家之分布统计表

文化区	州府人数	小计	文化区	州府人数	小计
关中文化区	京兆府92、华州12	104	荆楚文化区	荆州11、襄州10	21
三晋文化区	太原府14、绛州13、河东（蒲州）29	56			
燕赵文化区	博陵（深州）13、定州14、河间（瀛州）7、贝州7、赵州16、魏郡（相州）7、幽州14	78	吴越文化区	徐州13、扬州13、丹阳（润州）25、毗陵（常州）10、吴郡（苏州）33、杭州8、湖州19、会稽（越州）20、睦州14、婺州7、洪州7、宣州15	184
中原文化区	河南府46、郑州12、虢州7	65	闽文化区	福州8、泉州11	19

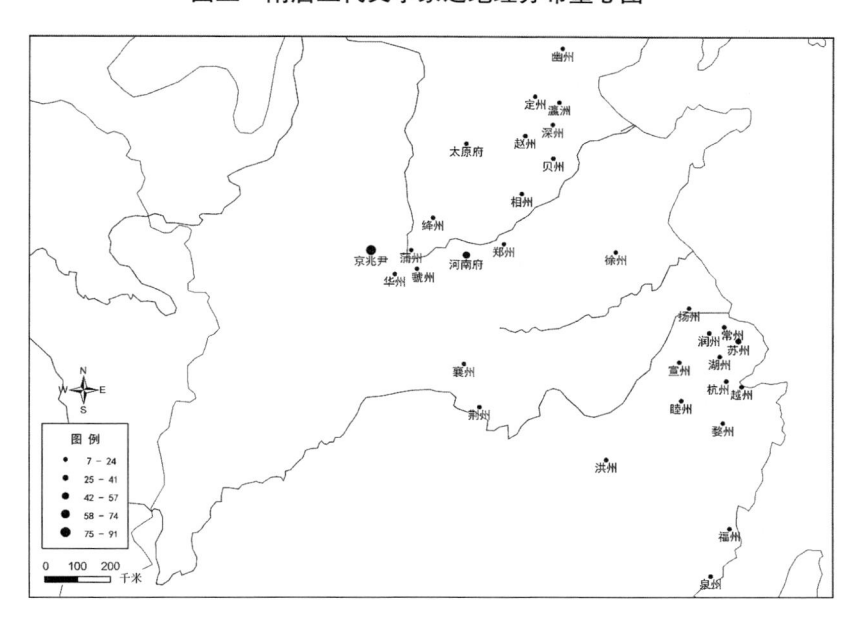

图五　隋唐五代文学家之地理分布重心图

关中文化区（京兆府、华州一带）

唐以前的关中，本是一个天府之国，战国时属于秦国。公元前338年，苏秦尝谓秦王曰：秦国"田肥美，民殷富，战车万乘，奋击百万，沃野千里，蓄积饶多，地势形便，此所谓天府，天下之雄国也"[1]。秦汉之际，"关中之地，于天下三分之一，而人众不过什三，然量其富，什居其六"[2]。直到隋唐之际，关中仍号称天府，如李密就曾对杨玄感云："关中四塞，天府之国。"[3]"安史之乱"后，郭子仪闻知唐代宗欲避吐蕃之扰而迁都洛阳，剀切地阐述了关中作为九朝之都的意义所在："臣闻雍州之地，古称天府，右控陇蜀，左拒殽函，前有终南、太华之险，后有清渭、浊河之固，神明之奥，王者所都。地方数千里，带甲十余万，兵强士勇，雄视八方，有利则出攻，无利则入守。此用武之国，非诸夏所同，秦汉因之，卒成帝业。其后或处之而泰，去之而亡，前史所书，不唯一姓。及隋氏季末，炀帝南迁，河洛丘墟，兵戈乱起。高祖唱义，亦先入关，唯能翦灭奸雄，底定区宇。以至于太宗、高宗之盛，中宗、玄宗之明，多在秦川，鲜居东洛。间者羯胡构乱，九服分崩，河北、河南尽从逆命，然而先帝仗朔方之从，庆绪奔亡；陛下借西土之师，朝义就戮。岂唯天道助顺，抑亦地形使然。"[4]这番话自然是精辟的，需要指出的是，在郭子仪讲这番话的中唐时期，关中地区似乎只存有军事、政治方面的优势，而在经济方面，它的"天府"的光彩则在黯然失去。

事实上，关中的经济，自魏晋时即开始衰落。西魏大统二年

---

[1] 刘向集录：《战国策·秦策》，第78页。
[2] 司马迁：《史记·货殖列传》，第3262页。
[3] 刘昫等：《旧唐书·李密传》，第2208页。
[4] 刘昫等：《旧唐书·郭子仪传》，第3457页。

(536),"关中大饥,人相食,死者十七八"[1]。隋文帝时,"天下户口岁增,京辅及三河,地少而人众,衣食不给"[2]。唐贞观之治,号称"太平盛世",然贞观元年十二月,"关中饥,至有鬻男女者"[3]。正因为关中经济大不如秦汉之时,所以弘道元年(683)十二月高宗病死,陈子昂上书谏灵驾不可入京。其理由是:"顷遭荒馑,人被荐饥。自河而西,无非赤地。循陇以北,罕逢青草。莫不父兄转徙,妻子流离,委家丧业,膏原润莽。"[4]不过,关中的人口,在全国却是首屈一指的。开元十四年,全国有户7069565,口41419712;而京兆府所辖23县,便拥有户362990。[5]开元时,全国有州(府、郡)共328个,另外还有856个羁縻都督府和州,而京兆一府,便拥有全国1184个州(府、郡)的5%的人口。就整个关中而言,贞观十三年(639),关内道中的京兆、华州、同州、凤翔、邠州有口1417309;天宝元年(742),更增至3098219。[6]

关中人口的剧增,主要不是基于经济力量的作用,而是基于行政力量的作用。仅以京师长安而言。首先,这里是官僚、贵族密集的地区。关中贵族于志宁尝云:"臣家自周魏以来,世居关中,赀业不坠。"[7]可见自西魏、北周以来,即有一批关中贵族世代居住在这里。隋朝虽亡,然其朝臣之家口则一向在这里。唐初,高祖下诏曰:"其隋代公卿……身往江都,家口在此,不预义师者,所有田

---

[1] 司马光等:《资治通鉴》卷一五七,中华书局1956年版,第4875页。
[2] 杜佑:《通典》卷七,第40页。
[3] 刘昫等:《旧唐书·太宗本纪》,第23页。
[4] 陈子昂:《谏灵驾入京书》,《陈子昂集》,中华书局1960年版。
[5] 李吉甫:《元和郡县图志》,第1页。
[6] 郭琦主编:《陕情要览》,陕西人民出版社1986年版。
[7] 欧阳修等:《新唐书·于志宁传》,中华书局1975年版,第4005页。

宅，并勿追收。"[1] 至于唐朝寓居长安的贵族官员人数之多，自然不言而喻。其次，这里也是西域流人荟萃的地区。贞观初，突厥既平，从温彦博议，迁突厥于朔方，降人入居长安者乃近万家。[2] 又据《资治通鉴·德宗纪》"贞元三年"载："初，河陇既没于吐蕃，自天宝以来，安西、北庭奏事及西域使人在长安者归路既绝，人马皆仰给于鸿胪礼宾，委府县长供之，于度支受直。度支不时付值，长安市肆不胜其弊。李泌知胡客留长安久者或四十余年，皆有妻子，买田宅，举质取利，安居不欲归，命检括胡客有田宅者停其给，凡得四千人。"[3] 这四千人因此就入了长安户籍。据向达先生研究，唐代流寓长安之西域人，大致不出四类："魏周以来入居中夏，华化虽久，其族姓犹皎然可寻者，一也；西域胡商逐利东来，二也；异教僧侣传道中土，三也；唐时异族畏威，多遣子侄为质入唐，入充侍卫，因而久居长安，并有即留长安入籍为民者，四也。"[4] 像于阗尉迟氏，疏勒裴氏，龟兹白氏，昭武九姓胡人康氏、安氏、曹氏、石氏、米氏、何氏、火寻氏、戊地氏、史氏等，都是当时西域入居长安的著名家族。其三，这里驻有大批的军队。唐初府兵十二军分布于关中各地，有的在城坊中安家，有的在乡团中安家。贞观十年设置折冲府，总数634府，关中置261府，拥兵26万，约占军府和兵力总数的40%。[5]

古代的中国，由于文化传媒的不发达，文化的传播是通过人口的迁徙而实现的。人，几乎是文化传播的唯一载体。东晋十六国南

---

[1] 李渊：《加恩隋公卿民庶诏》，《全唐文》，上海古籍出版社1990年版，第3页。
[2] 参见王溥：《唐会要》，中华书局1955年版，第1313页。
[3] 司马光等：《资治通鉴·德宗纪》"贞元三年"，第7492—7493页。
[4] 向达：《唐代长安与西域文明》，河北教育出版社2007年版，第10页。
[5] 参见谷霁光：《府兵制度考释》，上海人民出版社1978年版。

第五章　隋唐五代文学家之地理分布

北朝时期，中国的政治中心在南方，衣冠士人大量南迁，文化中心也逐渐转移，是以南方文学家的绝对数大大超过北方。隋唐时期，由于政治中心在北方，"辞人才士总萃京师"[1]，因而文化中心也随之北返，所谓"文物衣冠尽入秦，六朝繁盛忽埃尘"[2]。《全唐诗》所录48900余首诗的2200多位作者，几乎都到过长安。据考察，杜甫曾住长安城南的少陵原，褚遂良住过平康坊，陈子昂住过宣阳坊，柳宗元住过亲仁坊，白居易住过宣平、新昌、昭国、常乐四坊，欧阳询、颜师古住过敦化坊，元稹住过永崇坊的华阳观，贾岛、韩愈、刘禹锡住过延寿、靖安、光福、安仁、光德诸坊，王维住过长安城东南蓝田县境内的辋川，李商隐住过务本坊，王建住过咸阳原上；[3] 王勃在这里写有《送杜少府之任蜀川》，卢照邻写过《长安古意》，杨炯曾待制弘文馆，骆宾王当过长安县主簿，写有《帝京篇》，孟浩然年四十而游京师，高适年二十而"西游长安城"，岑参在长安做过右内率府兵曹参军，李白曾在翰林院供职，王翰写过《奉和圣制同二相以下群官东游原宴》，李颀写过《望秦川》，祖咏写过《终南望余雪》，王昌龄曾经"独饮灞上亭"，常建曾经"梦太白西峰"，孟郊曾经"一日看尽长安花"，苏颋、李峤、张说、沈佺期、宋之问、杜审言、崔融做过唐朝宫廷诗人，张九龄、贺知章当过集贤殿学士，皮日休参加过黄巢农民政权。又如著名画家展子虔、董伯任都曾到过长安，阎立德、阎立本兄弟都曾在此亲历过"贞观之治"，吴道子曾在长安兴善寺作画，李思训曾在兴庆宫内的大同殿画嘉陵山水，韩干曾遵玄宗之旨向陈闳学习画马，张萱曾作《虢国夫人游春图》。

---

[1]　魏徵等：《隋书》，第1091页。
[2]　孙元晏：《淮水》，彭定求等编：《全唐诗》卷七六七，中华书局1960年版，第8711页。
[3]　徐松：《唐两京城坊考》，中华书局1985年版，第93—127页。

正是这些天才的文化人在长安的学习、生活、创作和为官，把江南和关东的文化带到了这里，促成了中国南北文化再一次的大融合，促成了长安文化高潮的到来。

唐时长安，不仅是南北文化融合的中心，也是当时中西文化融合的中心。向达先生指出："李唐起自西陲，历事周隋，不唯政制多袭前代之旧，一切文物亦复不间华夷，兼收并蓄。第七世纪以降之长安，几乎为一国际的都会，各族人民，各种宗教，无不可于长安得之。""开元、天宝之际，天下升平……异族入居长安者多，于是长安胡化盛极一时。此种胡化大率为西域风之好尚，服饰、饮食、宫室、乐舞、绘画，竞事纷泊，极其社会各方面，隐约皆有所化，好之者盖不仅帝王及一二贵戚达官而已。"[1]

南北文化在这里汇合，中西文化在这里荟萃，使古都长安成为当时的文化中心。诗歌、散文、小说、音乐、舞蹈、绘画、书法、杂技、宗教、学术等，都在这里呈现出辉煌的光彩，从而把几千年以来的中国农业文明推向高峰。隋唐五代时期，系籍于京兆和华州的 100 多位文学家，就生活成长在这种厚实而博大的文化土壤之上，王昌龄、杜牧、韦应物、韦庄、杨炯、韩偓、薛涛、常建、颜师古、颜真卿等一大批卓越的诗人、学者和艺术家，就是出生在这块土壤之上的令人目眩的文化之树！

中原文化区（河南府、郑州、虢州一带）

隋时，河南、河内、河东三郡，统称"三河地区"。《隋书·食货

---

[1]　向达：《唐代长安与西域文明》，第 42 页。

志》谓:"京辅及三河,地少而人众。"[1]当时的"三河"与京辅一样,都是全国人口最为密集的地区。唐武德元年,原河南陕县被分离出来,与硖石、灵宝、夏县、安邑、平陆、芮城、垣县等组成陕州;隋河内郡,亦于唐武德二年改为怀州。贞观中,河南、怀州、陕州三地,仍然是河南、河北一带人口最为密集的地区。

这一带人口的密集,乃是由当地经济的发达造成的,与关中一带因政治力量的作用(如各地移民、西域人口流寓、驻军等)而导致的人口密集并不一样。陕、怀二州,地傍黄河,为关东、关中之间漕运的枢纽地带。隋大业元年修通济渠,"自板渚引河,达于淮海,谓之御河"[2],唐时谓之汴水。而郑、汴、宋、亳诸州,就是汴水流经的地域。唐时河南道的人口,主要就集中在沿黄河一线的河南、陕、怀等一府二州,以及汴河上游的郑、汴二州。人口较为密集的地区,战乱破坏的程度有限,经济恢复的速度也较快。

这一带的最大都市是洛阳。洛阳为隋唐时仅次于长安的全国第二大政治、文化中心。隋炀帝和武则天时,洛阳曾取代长安成为首都,五代时的后梁和后唐,也曾建都于此。洛阳城既是河南、洛阳二县的治所,又是隋初的洛州、大业初的豫州、大业三年后的河南郡、唐初的洛州、开元以后的河南府的治所。隋初,汉晋时的洛阳城已经倾颓,炀帝下诏营东京。为了充实这个新都,炀帝下令移来"豫州郭下"居民和天下富商大贾数万家,又征集天下鹰师万余人,以及魏、齐、周、陈各朝的乐人等毕集于此,并以此为中心,开凿了一个东南经河淮、江淮间平原通向太湖、浙江,东北经河北平原

---

[1] 魏徵等:《隋书·食货志》,第682页。
[2] 同上书,第686页。

达于涿郡，西通关中的巨大的运河系统，因而炀帝时的洛阳曾经盛极一时。隋唐之际，洛阳两遭兵燹（一次为李密攻东都，一次为李世民攻王世充），但破坏的程度不是很大。唐初，洛阳附近的农民涌入城内，无业游民增多，以至"人多浮伪"。贞观二年，窦轨为洛州都督，"并遣务农，各令属县有游手惰者皆按之"[1]。同年八月，"扬州都督李靖运江淮之米，以实洛阳"[2]。这些举措，使得洛阳及洛州其他属县的经济得以迅速恢复和发展。高宗咸亨元年（670），"关中旱饥，九月丁丑，诏以明年正月幸东都"，高宗率百官至洛阳就食；永淳元年（682），"关中饥馑，斗米三百"[3]，高宗又率百官至洛阳就食。实际上，自显庆二年（657）罢洛州都督府而置东都于此之后，高宗就经常往来于长安和洛阳之间，以这两地为他的"东西二宅"。武后称制，于光宅元年（684）改东都为神都，洛阳于是成为首都。至神龙元年（705）中宗即位，才复称东都，而将首都迁回长安。玄宗在开元二十四年（737）以前，曾经五次居洛阳，前后达10年之久，这一切，均表明同长安相比，洛阳在经济方面要富庶得多。在最高统治者就食洛阳的同时，关中居民也大批出潼关，避难于河南。时关内各州"卫士、杂色人等"未经官府批准，私自逃往洛阳及洛州所属其他县，以及郑、汴、许、汝等州者甚多。不少官员子弟，父兄去任，不随之而去，而继续留居上述地区者亦不在少数。此外，"雍、同等州"，亦"先有工商户在洛者甚众"。[4] 为了安置这些人，洛阳曾专门设有"客户坊"。朝廷甚至于天授二年

---

[1] 刘昫等：《旧唐书·窦轨传》，第2366页。
[2] 王钦若等：《册府元龟》卷四九八，凤凰出版社2006年版，第5659页。
[3] 司马光等：《资治通鉴》卷二〇一、卷二〇三，第6365、6407页。
[4] 徐坚：《请停募关西户口疏》，《全唐文》卷二七二，中华书局1983年版。

(691)组织大规模的移民,"徙关内雍、同等七州户数十万以实洛阳"及洛阳郊区。[1]洛阳地区的移民当中,还有为数可观的外国商人。延载元年(694),番客胡商竟"聚钱百万亿"为武则天铸铜铁"天枢"以铭记她的功德。

经济的富庶与交通的发达,为洛阳地区文化的繁荣奠定了坚实的基础。当时许多文化名人都曾在洛阳居住过。如隋时薛道衡居安业坊,唐时许敬宗居修业坊,魏徵居劝善坊,宋璟居明教坊,姚崇居慈惠坊,张说居康裕坊,崔融居明教坊,陆象先居敦化坊,崔湜居道化坊,裴度先后居崇业坊、集贤坊,温彦博居旌善坊,狄仁杰居尚贤坊,李绅居宣教坊,白居易居履道坊,元稹居履信坊,牛僧孺居归仁坊,王茂元居崇让坊,苏味道居宣风坊,李翱居旌善坊……[2]正是这些文化名人在洛阳的仕宦、创作和生活,把各地的优秀文化带到了这里,从而促成了洛阳地区文化的繁荣。整个隋唐五代时期,河南府共有文学家46名,而河南、洛阳两县(均治洛阳城)的文学家便有28名,占总数的61%。

随着南北各地经济的恢复和发展,运河的日益繁忙,河南府附近各州的经济也日益发达。例如河南府东边的郑州在贞观十三年(639)领口93937,至天宝十一年(752)领口367881,人口增加了3.9倍;河南府西南边的虢州在贞观十三年领口31900,至天宝十一年领口88845,人口增加了2.3倍。[3]人口的激增反映了这一线上经济的快速发展,而经济的快速发展,导致文化也随之发展起来。唐时的郑州辖管城、荥阳、荥泽、原武、阳武、新郑、中牟七县,自

---

[1] 司马光等:《资治通鉴》卷二〇四,第6473页。
[2] 徐松:《唐两京城坊考》,中华书局1985年版,第147—178页。
[3] 赵文林、谢淑君:《中国人口史》,人民出版社1988年版,第184页。

汉代以来，这里只出过3位文学家，即东汉服虔（荥阳人），西晋潘岳、潘尼父子（中牟人），而在唐代，这里竟出了12位文学家，仅荥阳郑氏就出了8位！唐时的虢州管弘农、卢氏、阌乡、玉城、朱阳、湖城六县，自古以来就没有出过文学家，但是在唐代竟然出了7位文学家，仅弘农杨氏就出了6位！

燕赵文化区（深州、定州、贝州、赵州、瀛州、相州、幽州一带）

燕赵一带的文化有着悠久的传统，出过若干有影响的学者和文学家，例如战国时的荀况，西汉时的韩婴、董仲舒，东汉时的高诱、卢植、崔骃，西晋时的张华，北魏时的郦道元等，但是其总体水平较之关中、河南、齐鲁和东南文化区，并不算高。然而在隋唐五代时期，这里的文化却出现了一个飞跃，真可以说是人才济济。仅仅是深州、定州、贝州、赵州、瀛州、相州和幽州一带（即河北道南部），就出了84位文学家，在黄河流域居第三位，仅次于关中和中原文化区，远远超过了齐鲁文化区。像孔颖达、卢照邻、宋璟、李华、李阳冰、崔令钦、李吉甫、李德裕、崔护、贾岛、李翱、刘蕡、冯道、毛文锡等，都是这个时期很有影响的政治家和文学家。

文化的发展，首先有赖于经济力量的壮大。经济力量壮大了，才有可能兴办文教。早在后赵、前燕、前秦、后燕、北魏、东魏、北齐时期，这里的少数民族统治者就比较重视农业生产。唐朝时，这一带的地方官员为了当地的经济，更是做了很多卓有成效的工作。首先是兴修水利，发展农业。贞观中，瀛州刺史贾敦颐为滹沱、滱二水修堤堰；贞观二十一年，刺史朱谭又在河间县开长丰渠；贞观十一年，冀州刺史李兴公引赵照渠水注葛荣陂；载初中，衡水县令羊元珪引漳水注入隍水；延载中，又开通利渠；永徽五年，赵州平棘令开毕泓以蓄泄水利；上元中，瘿陶县令程处默引浚水出城以溉田；仪凤三年，象城县令李玄于城下开汧水渠。河北道本是宽乡，客观上具备实行均田制的条件，加之这里的徭役和赋税较轻，农田水利建设又卓有成就，所以这一带农业经济的发展速度比较快。贞观十八年征高丽时所需军粮，主要就是由河北道提供的。据《册府元龟》卷四九八"漕运"载："贞观十七年，时征辽东，先遣太常卿韦挺于河北诸州征军粮，贮于营州。"[1] 除了供应军粮，河北道的粮食还有不少漕运京师。其次是利用这里的桑蚕资源发展商品经济。河北道的桑蚕业与河南道一样，居全国之首。尤其是贝、瀛、冀等州，盛产绢帛和麻布，且源源不断地运往长安。也正因为这样，中宗朝的权贵如宗楚客、纪处讷、武廷秀、韦温等"封户多在河南河北"[2]。

经济的富庶导致文教的勃兴。据丁文江先生《历史人物与地理的关系》一文统计，二十四史所载河北（直隶）地区的"人物"共619人，其中西汉时21人，东汉时28人，唐时223人，北宋212人，南宋7人，明时128人。[3] 唐时最多，占总数的36%。再就新旧《唐书》所载"人物"来看，关中一带261人，燕赵一带223人，三晋一带182人，中原一带219人。唐时，这四个文化区出人才最多，河北则仅次于关中而居全国第二位。

三晋文化区（太原府、绛州、蒲州一带）

三晋文化区是中华民族的发祥地之一，这里有着悠久的历史传

---

[1] 王钦若等：《册府元龟》卷四九八，第5659页。
[2] 欧阳修等：《新唐书·张廷珪传》，第4261页。
[3] 丁文江：《历史人物与地理的关系》，《丁文江学术文化随笔》，中国青年出版社2000年版，第103页。

统和深厚的文化根基。在这块古老而丰腴的文化土壤之上，产生了一代又一代的杰出人才。隋唐五代之际，三晋文化区的人才又以太原、绛州、蒲州三处为最盛。据二十四史人物志及刘伟毅主编《山西历史人物传》、李之杰等编《山西名人》等资料统计，隋唐五代时，太原府的人才（包括政治军事人才、科学技术人才和文化艺术人才）共32人，绛州共17人，蒲州共19人，位于三晋文化区各州府的前三名。

文化的发达，离不开这样三个基本条件：一是社会安定，二是经济富庶，三是交通便利。尽管文化的发展有它自己的规律，有它的稳定性，不会因社会、经济和交通环境的改变而立刻随之改变，但是，文化的繁荣最终还是以社会的安定，经济的富庶和交通的便利为前提。文化的基本载体是人，文化人的出现和成长有赖于此。隋唐五代时期的太原、绛州和蒲州，正是为文化人的出现和成长提供了相应的优越条件。

唐时的太原府为隋时的并州，是黄河流域仅次于长安和洛阳的第三个政治军事中心。隋时置并州总管府，"自山以东，至于沧海，南距黄河，五十二州皆隶焉"[1]。隋炀帝大业三年（607）改为太原郡。隋末李渊正是以太原为根据地，起兵渡河，进入长安，抚定关陇，建立唐朝的。五代时，又有后唐、后晋、后汉三个王朝以太原为根据地，建立自己的政权。李唐王朝把太原，进而把整个河东地区视为根本。武德二年，李世民即指出："太原，王业所基，国之根本；河东富实，京邑所资。"[2] 三晋（河东）一带在隋朝时就盛产

---

[1] 魏徵等：《隋书·庶人谅传》，第1244页。
[2] 司马光等：《资治通鉴》卷一八七，第5868页。

粮食。隋开皇三年（583），尝"漕关东及汾晋之粟，以给京师"[1]。唐初，关中地区遭到巨大破坏，河东地区的粮食对稳固新兴的唐朝政权发挥了重要的作用。据《册府元龟》卷五〇三"屯田"载：武德元年至二年，"窦静为并州（太原府）大总管府长史。时突厥为边患，师旅岁兴，军粮不属。静上表，请于太原多置屯田，以省馈运……竟从静议，岁收数十万斛。高祖善之。六年，秦王又奏请益置屯田于并州界，高祖从之"[2]。唐时河东所产粮食，不仅用作军粮，而且大量入京供应王室。如总章二年（669）十一月，就曾"发九州人夫，转发太原仓米粟入京"[3]。

蒲州界内有涑水流过，南界黄河，与渭水连接。隋文帝时，"引渭水，自大兴城东至潼关三百余里，名曰'广通渠'"[4]。关东漕运于是改由这条水路至长安，而蒲州恰好居广通渠之要冲。故沈亚之指出："蒲、河（蒲州、河中府）中界三京（长安、洛阳、太原），左雍三百里，且以天子在雍，故其地益雄。"[5]蒲州地区不仅土地肥沃，盛产粮食，而且矿藏丰富，有大盐池，出盐很多。"蒲盐田居解邑，下岁出利流给雍、洛二都三十郡。""今（解县）大池，与安邑县池总谓之两池，官置吏以领之，每岁收利纳一百六十万贯。"蒲州的商业也很发达，"其所会贸，皆天下豪商滑贾"。[6]经济的繁荣，使得"蒲州户口殷剧"[7]，其人口密度在唐前期仅次于益、隆二州而居

---

[1] 魏徵等：《隋书·食货志》，第683页。
[2] 王钦若等：《册府元龟》卷五〇三，第5720页。
[3] 刘昫等：《旧唐书·高宗纪》，第93页。
[4] 魏徵等：《隋书·食货志》，第684页。
[5] 沈亚之：《河中府参军厅记》，李昉等纂：《文苑英华》卷八〇四，中华书局1966年版，第4251页。
[6] 沈亚之：《解县令厅壁记》，李昉等纂：《文苑英华》卷八〇五，第4255页。
[7] 刘昫等：《旧唐书》卷一八五，第4801页。

全国第三位。

同蒲州一样，绛州也属于晋南区。绛州境内有汾水流过，还有绛水、浍水、涑水、古堆水等多条河流，土地平旷，交通便利，经济繁荣。

由于在社会、经济、交通、地理诸方面具备许多优越条件，因而"河东魏晋以降，文学盛兴，闾井之间，习于成法"[1]。太原则"人物辈出，代不乏人"[2]，蒲州则"人文辈出"[3]；绛州则"勤耕织，知向学"[4]。隋唐五代时期，河东地区出了60位文学家，仅太原、蒲州、绛州三地就多达56位。像王翰（太原晋阳）、王维（蒲州河东）、王勃（绛州龙门）、王之涣（绛州）等，都是唐代享有盛誉的诗人；至于绛州闻喜的裴氏一门，更是三晋望族，源于魏晋、显于南北朝而鼎盛于唐，千余年中冠裳不绝。据《山西概况》一书统计，裴氏家族仅仅是做过宰相的就有59人之多，做过将军、尚书、御史的则有200多人。隋唐时期的裴迪、裴度，便是著名的政治家和文学家。

荆楚文化区（荆州、襄州一带）

荆州为长江中游流域东西水运和南北陆路的交会点。所谓"右控巴蜀，左联吴越，南通五岭，北走上都"[5]。东晋南朝时期，荆州"居上流之重，地广兵强，资实兵甲，居朝廷之半"[6]。唐代前期，国家的政治和军事重心在北方，荆州的战略地位不再像过去那

---

[1] 胡朴安：《中华全国风俗志》，第31页。
[2] 同上书，第34页。
[3] 同上书，第45页。
[4] 同上书，第50页。
[5] 颜真卿：《谢荆南节度使表》，《全唐文》卷三三六，第1505页。
[6] 沈约：《宋书·刘义庆传》，第1475—1477页。

样重要，但是它的经济地位却未曾下降，甚至不断上升。唐初，河间王孝恭曾在荆州开垦屯田；[1]"（贞元）八年三月，嗣曹王皋为荆南节度使观察。先是，江陵东北七十里，废田旁汉古堤，坏决凡三处，每夏则为浸溢，皋使命塞之，广良田五千顷，亩收一钟。又规江南废洲为庐舍，架江为二桥，流人自占者二千余户"[2]。土地的垦辟、水利的兴修以及稻麦的复种，使得荆州地区的农业经济在东晋南朝的基础上得到进一步的发展。开元间，诗人张说即写有《送任御史江南发粮以赈河北百姓》一诗，称"河朔人无岁，荆南义廪开"[3]。"安史之乱"后，随着这一带经济的发展和两京襄邓间人口的涌入，荆州人口"十倍其初"[4]。这个时期，由于运河漕路经常被阻，江汉漕运线地位上升，江淮租赋有一半以上由江陵转陆运至襄州再北输长安，荆州因此成为重要的财货集结地和转运地。优越的地理条件，使得荆州的商品经济也发展起来。中唐以后的荆州城四周，有了后湖、草市、沙头、马头、曾口市等多处市镇。尤其是沙头市，店铺林立，街衢闐咽，发展迅速。及至北宋熙宁年间，它的商税便已超过江陵府城而跃居本府第一位。[5]

优越的地理环境和发达的社会经济，促使荆州地区的文化继汉末和南朝之后再度兴盛起来。开元十七年，荆州解童萧同和兄弟同时及第。[6]刘洎、段文昌等人甚至官至宰相。[7]"安史之乱"后，"避

---

[1] 刘昫等：《旧唐书·河间王孝恭传》，第2348页。
[2] 王溥：《唐会要》卷八九，第1619页。
[3] 张说：《送任御史江南发粮以赈河北百姓》，《全唐诗》卷八七，第949页。
[4] 刘昫等：《旧唐书·地理志》，第1552页。
[5] 徐松：《宋会要辑稿·食货》，中华书局1957年影印本。
[6] 徐松：《登科记考》，孟二冬：《登科记考补正》，北京燕山出版社2003年版，第297页。
[7] 欧阳修等：《新唐书·宰相世系表》，第3400页。

地衣冠尽向南",荆州江陵一带号为"衣冠薮泽",前来寓居的北方士人多如过江之鲫,[1]进一步推动了荆州一带文化的发展。据日本学者平冈武夫等编撰的《唐代的散文作家》和《唐代的诗人》二书统计,安史乱前,荆州有散文作家和诗人10名,安史乱后,则增至18名。[2]

襄州为荆州之屏障,地理位置同样优越,所谓"朕兹樊邓,是称汉沔,惟城池之枕倚,乃川陆之雄要"[3]。这一带的经济开发比较早。西汉时的召信臣和东汉时的杜诗都曾在这里兴修水利,良田"岁岁增加,多至三万顷"[4]。隋末战乱,"朱粲起于襄、邓间。岁饥,米斛万钱,亦无得处,人民相食"[5]。不过,由于襄州地处南北要冲,交通便利,隋时人口较多,基础较好,所以恢复起来比较快。早在贞观年间,襄邓一带就以粮储丰富著称。太宗、高宗时,曾经两次接纳来自关内六州的逐食饥民。中唐以后,这里的农业经济更加繁荣。大中八年(854),李频及第后还乡,过襄阳岘山,曾经非常激动地记叙当地丰衣足食的情景:"魏驮山前一片花,岭西更有数千家。石斑鱼鲊香冲鼻,浅水沙田饭饶牙。"[6]

襄州地区的文化自东汉末年以来就有着良好的基础,隋唐五代时期,由于经济的进一步发展,其文化水准得到进一步的提升。这个时期,襄州地区出了13名进士,其绝对数超过荆、邓二州,襄阳杜氏、皮氏,往往一门之中数人及第;襄阳张柬之,高宗时位居

---

[1] 李昉等编:《太平广记》卷二六六,中华书局1961年版,第2090页。
[2] 参见陈正祥:《中国文化地理》,生活·读书·新知三联书店1983年版。
[3] 唐玄宗:《授邠王守礼襄州刺史制》,《全唐文》卷二一,第104页。
[4] 班固:《汉书·召信臣传》,第3642页;范晔《后汉书·杜诗传》,第1094页。
[5] 张鷟:《朝野佥载》,《隋唐嘉话》,三秦出版社2004年版,第52页。
[6] 李频:《及第后还家过岘岭》,《全唐诗》卷五八七,第6812页。

宰相。

荆楚文化区拥有楚文化的优良传统，这里的文学家不仅数量较多，而且影响很大。唐代山水田园诗派和边塞诗派的代表人物孟浩然（襄州襄阳人）、岑参（荆州江陵人）均出自这里。

吴越文化区（徐州、扬州、润州、常州、苏州、杭州、湖州、越州、睦州、婺州、洪州、宣州一带）

"安史之乱"以前，唐朝的政治、经济和文化中心都在北方；"安史之乱"以后，尽管政治中心仍在北方，但是经济中心开始南移，南方的文化也再度繁荣起来。

导致这一转变的契机是北方人口的南迁。这次人口南迁是"永嘉之乱"后中国境内的第二次大规模移民。所谓"三川北虏乱如麻，四海南奔似永嘉"[1]。唐代文史资料中关于这次移民的记载很多。如顾况《送宣歙李衙推八郎使东都序》载："天宝末，安禄山反；天子去蜀，多士奔吴为人海。"[2]《旧唐书·权德舆传》："两京蹂于胡骑，士君子多以家渡江东。"[3] 这一次的士人南迁，其投奔地主要集中在东南地区。梁肃《吴县令厅壁记》云："自京口南，被于淛河，望县十数，而吴为大。国家当上元之际，中更多难，衣冠南避，寓于兹土。参编户之一。"[4]"安史之乱"中，吴郡外来人士竟占了当地编户的三分之一。李华《送张十五往吴中序》云："今贤士君子多在江淮间。"[5] 权德舆《与睦州杜给事书》云："今江南多士所凑，埒

---

[1] 李白：《永王东巡歌》，《全唐诗》卷一六七，第 1725 页。
[2] 顾况：《送宣歙李衙推八郎使东都序》，《全唐文》卷五二九，第 2378 页。
[3] 刘昫等：《旧唐书·权德舆传》，第 4002 页。
[4] 梁肃：《吴县令厅壁记》，《全唐文》卷一五九，第 2335 页。
[5] 李华：《送张十五往吴中序》，《全唐文》卷三一五，第 1415 页。

于上国。"[1] 穆员《鲍方碑》亦称当时南渡士人"登会稽者如鳞介之集渊薮"[2]。

　　北方士人南迁，推动了南方地区文教事业的进一步发展。如"王质字华卿，太原祁人，五代祖通字仲淹，隋末大儒，号文中子……少负志操，以家世官早，思立名于世，以大其门。寓居寿春，躬耕以养母，专以讲学为事，门人受业者大集其门"[3]。又如"杨收字藏之，同州冯翊人，自言隋越公之后……父遗直，位终濠州录事参军，家世为儒。遗直客于苏州，讲学为事，因家于吴"[4]。东南地区的私人讲学之风本来就比较流行，又得到北方南迁士人的推动，因而讲学之风大盛，至五代宋时，东南乃至整个南方地区便出现了以私人讲学为主要形式的书院。

　　北方士人的南迁，一方面推动了南方地区文化的发展，一方面也通过对南方文化的吸收，促成了北方文化的更新和提高。中唐以后的南方文化，是南方士人和北方士人共同创造的结果。这个时期的南方文化，继东晋南朝之后，再次形成新的高潮。据陈正祥《中国文化地理》一书列图所示，唐天宝十四年以前，全国有进士275人，其中20人以上的州（府）全在北方。京兆府最多，30人以上；洛阳其次，20人以上。天宝十四年以后，全国有进士713人，其中30人以上的州（府）全在南方。苏州最多，40人以上；袁州、福州其次，30人以上。[5] 如果说在封建社会人口分布的多寡最能反映一个地区经济状况的盛衰的话，那么，人才分布的多寡则最能反映一

---

[1]　权德舆：《与睦州杜给事书》，《全唐文》卷四八九，第2210页。
[2]　穆员：《鲍方碑》，《全唐文》卷七八三，第3630页。
[3]　刘昫等：《旧唐书·王质传》，第4267页。
[4]　刘昫等：《旧唐书·杨收传》，第4595页。
[5]　陈正祥：《中国文化地理》，第22—23页。

个地区文化水平的高低。

南方文化的再度繁荣，也与南方社会的稳定、交通条件的优越，尤其是初盛唐以来经济的迅速发展密切相关。唐初，黄河流域号称殷饶，百姓富实，人口众多。唐开元间的州郡等级，有所谓六雄（陕、怀、郑、汴、魏、绛）和十望（虢、汝、汾、晋、宋、许、滑、卫、相、洛），这些"雄"、"望"之地全在北方；当时全国属于"望"级的县共有85个，北方占了65个，南方只占20个，而在这20个县中，四川就占了9个，吴越地区和荆襄地区只占11个。直到天宝八年（747），全国各道所储粮食，仍以河南、河北两道为最多，其次为关内、河东两道，再次才轮到东南地区（江南、淮南）。唐朝初年，鉴于江南人口稀少，曾"移高丽户二万八千二百"，"量配于江淮以南及山南"诸州空闲处安置。[1]

"安史之乱"，使得南北的经济格局发生根本性的变化。"安史之乱"长达八年之久，给富庶的北方经济以严重的破坏；"安史之乱"结束后，又是长期的藩镇割据，加上外患频仍，北方陷入深重的灾难之中。据《旧唐书·郭子仪传》载："东周之地，久陷贼中，宫室焚烧，十不存一；百曹荒废，曾无尺椽；中间畿内，不满千户；井邑榛棘，豺狼所嗥；既乏军储，又鲜人力。东至郑汴，达于徐方，北自覃怀，经于相土，人烟断绝，千里萧条。"[2] 又据《新唐书·食货志》："（关中）北至河曲，人户无几。"京兆府的人口，开元时达362990户，至元和时，也只是恢复到241220户，减少了1/3；河南府的人口，开元时达127440户，元和时，仅有18799户，减少了6/7。

---

[1] 参见杜佑：《通典·食货》，第70—71页。
[2] 刘昫等：《旧唐书·郭子仪传》，第3457页。

与此相反，南方的人口则显著增加。譬如苏州，开元时为 68093 户，元和时达 100880 户。[1]

"安史之乱"后，号称殷饶的北方黄河流域，开始"辇越而衣，漕吴而食"[2]。每年由"东南邑郡""运米二百万石输关中"[3]。中央政府的财政收入，几乎全部仰给东南。唐宪宗元和十四年（819）七月上尊号时所下赦书云："天宝以后，戎事方殷，两河宿兵，户赋不加，军国费用，取资江淮。"韩愈《送陆歙州诗序》更云："赋出天下而江南居十九。"[4] 具体来讲，当时的浙东西又居江南十分之九，苏、松、常、嘉、湖五府又居浙东西十分之九，而苏州尤甚。苏州之田，约居天下八十八分之一，而赋约居天下十分之一。

当时的吴越文化区，经济和文化都得到迅速发展的是河南道的徐州，淮南道的扬州，江南东道的润州、常州、苏州、杭州、湖州、越州、睦州、婺州，以及江南西道的洪州、宣州等州，下面具体申述之。

隋唐五代时的徐州，据谭正璧《中国文学家大辞典》所录，有 13 位文学家，仅仅是刘知几父子两代，就有 7 人。刘知几虽为徐州彭城人，但弱冠即举进士，在他 60 年生涯中，领国史垂 30 年，此外还做过凤阁舍人、著作佐郎、太子中允、率更令、修文馆学士等，都是京官，去世的那一年才外放，做安州别驾。这样看来，他的 6 个儿子，究竟是生长在京师长安，还是生长在老家彭城，尚未可知。因此，关于徐州地区人文地理环境的考察，这里从略。

---

[1] 李吉甫：《元和郡县图志》，卷一第 1 页，卷五第 129 页，卷二五第 600 页。
[2] 吕温：《故太子少保赠尚书左仆射京兆府君神道碑》，《全唐文》卷六三〇，第 2815 页。
[3] 李肇：《国史补》，上海古籍出版社 1979 年版，第 62 页。
[4] 韩愈：《送陆歙州诗序》，《全唐文》卷五五五，第 2485 页。

隋唐时的扬州取代了六朝建康的地位，成为长江下游最大的政治和经济中心。隋炀帝曾三次巡幸至此。唐时镇扬州者，如杜佑、李吉甫、裴度、牛僧孺、李德裕等，皆为一代重臣。"安史之乱"后，唐朝政府的财赋收入主要仰给于江南，而江南的物资都要先在扬州集中，然后起运北上或转输各地。扬州不仅是全国最大的物资转运站和集散地，而且是当时最发达的工商业城市。宋洪迈《容斋随笔》载："唐时盐铁转运使在扬州，尽斡利权，判官多至数十人，商贾如织。故谚称'扬一益二'，谓天下之盛，扬为一而蜀次之也。"[1] 唐后期，扬州更成为一座国际贸易商城，来此贸易的有波斯、大食、新罗、日本、昆仑国、占婆、狮子国等国的商人。主要经营珠宝、香料和药品。扬州的制铜业、纺织业和造船业相当发达，金融业也相当活跃。早在六朝时，扬州便是一个"车挂轊，人驾肩，廛闱扑地，歌吹拂天"[2] 的繁华之地。隋唐五代时，这里更是一个"春风荡城郭，满耳是笙歌"[3] 的热闹之乡。这样一种人文地理环境，自然有利于文化学术的孕育和发展，著名学者李善、著名诗人张若虚、著名词人冯延巳就诞生在这块土地之上。

润州为江东重镇，辖丹徒、丹阳、金坛、延陵、上元、句容六县，即东晋南朝时丹阳尹之故地。此地在六朝时已经得到很好的开发。天宝年间，润州的人口仅次于婺、宣、常三州而居东南地区第四位，达102023户。[4] 润州在唐时的发展不似宣州那样快，但是实力雄厚。兴元元年（784），李怀光叛，德宗奔梁州时，镇海军节度

---

[1] 洪迈：《容斋随笔》，上海古籍出版社1996年版，第122页。
[2] 鲍照：《芜城赋》，萧统编、李善注：《文选》卷一一，上海古籍出版社1986年版，第503页。
[3] 姚合：《扬州春词三首》，《全唐诗》卷四九八，第5666页。
[4] 欧阳修等：《新唐书·地理志》，第1056页。

使（驻润州）韩滉"遣使献绫罗四十担诣行在"，"又运米百艘以饷李晟"[1]；元和十年（815），宪宗平淮西，润州刺史李杨又"设法鸠聚财货。淮西用兵，颇赖其赋"[2]。凡此，都反映出润州地区的经济力量之强大。唐后期，润州的丝织业和金属加工业都比较发达。六朝时，这一地区为全国的政治和文化中心之所在，"衣冠避难多所萃止，艺文儒术斯之为甚"[3]。隋统一后，尽管"文物衣冠尽入秦，六朝繁盛忽埃尘"，许多文化人又播迁北方，但是仍有一部分人士在此定居，如皇甫氏。更重要的是，文化的发展有其自身的规律，不会因政治中心的改变而随之改变。这一带的文化根基是深厚的。隋唐五代时期，这一带比较有成就有影响的文学家仍达 23 人，仅次于苏州而居东南地区第二位，像许浑、包融、储光羲、戴叔伦等，都曾经名重一时。

常州在六朝为晋陵郡，系当时的军事和经济重心之所在。唐时，常州的地位亦很重要，独孤及尝云"江东之州，常最为大"[4]；李华亦称其"望高地剧"，为"关外名郡"[5]。开元、天宝时期，常州有户 102633，略多于润州。"安史之乱"后，北人南迁，常州民户有所增加。常州的"大小香秔"很有名气，常州义兴的"紫笋茶"名气更大。六朝时，常州一带亦为文献名邦，"宋氏以来，桑梓帝宅；江左流寓，多出膏腴"[6]。隋唐五代时期，这里的文化亦较发达，出了不少文化名人，像诗人李绅、小说家蒋防等，都在文学史上占有相

---

[1] 司马光等：《资治通鉴》卷二三一，第 7428 页。
[2] 刘昫等：《旧唐书·李翰传》，第 4241 页。
[3] 杜佑：《通典》卷一八二，第 965 页。
[4] 独孤及：《常州刺史谢上表》，《文苑英华》卷五八六，第 3035 页。
[5] 李华：《常州刺史厅壁记》，《全唐文》卷三一六，第 1418 页。
[6] 萧子显：《南齐书·州郡志》，第 246 页。

当的地位。

苏州这个地方在六朝时便是一个海陆丰饶、商贾并凑的富庶之区,当时称作吴郡。唐时,这一带的经济发展很快。开元天宝间,苏州民户只有六七万,元和中,竟突破10万。所谓"版图十万户,兵籍五千人"[1],其发展速度非润、常二州所能比。苏州的农业经济很发达。嘉兴县的"嘉禾屯"产粮尤多。李翰《苏州嘉兴屯田纪绩颂并序》称"浙西有三屯,嘉禾为大"。"嘉禾土田二十七屯,广轮曲折,千有余里。"并引民谚云:"嘉禾一穗,江淮为之康;嘉禾一欠,江淮为之俭。"[2]苏州不仅拥有浙西最大的屯田,而且还拥有整个东南地区最大的盐监。所谓"淮海闽骆,其监十焉,嘉兴为首"[3]。苏州自汉时起,历三国、东晋、南朝,一直是封建王朝的一个重要的人才供给地。隋唐五代时期,由于这一带的农业和商业经济都很发达,加上"安史之乱"后,不少"衣冠南避,寓于兹土",使得这一带的文风更盛。除了早已蜚声海内的顾氏、张氏和陆氏继续涌现优秀人才外,其他家族也出了不少人才,仅谭编《中国文学家大辞典》所录之文学家就有33人,居东南地区各州之首。

杭州在南朝陈时为钱塘郡,隋平陈后,废郡,置杭州。当时的杭州(包括属县)仅15000户,至唐贞观年间,增至30571户;至开元年间,更增至86000多户;[4]至晚唐时,它已是一个"咽喉吴越,势雄江海"的东南名都了。杭州的地理位置优越,自然山水清嘉。它既是江浙的枢纽,又是入海的门户。其境内有浙江,又有西

---

[1] 白居易:《自到郡斋仅经旬日……》,《全唐诗》卷四四七,第5020页。
[2] 李翰:《苏州嘉兴屯田纪绩颂并序》,《全唐文》卷四三〇,第1937页。
[3] 顾况:《嘉兴监记》,《全唐文》,第2379页。
[4] 周淙:《乾道临安志》卷二,中华书局1985年版,第25页。

湖。浙江"江涛每日昼夜再上，常以月十日、二十五日最小，月三日、十八日极大，小则水渐涨不过数尺，大则涛涌高至数丈。每年八月十八日，数百里士女，共观舟人渔子泝涛触浪，谓之弄潮"[1]。杭州西湖在唐时已很有名。白居易任杭州刺史时，曾主持修筑了白堤，把西湖分为上湖和下湖。他写过《西湖晚归》、《早春西湖闲游》和《西湖留别》等多首作品，赞美两湖的旖旎风光。他的《春题湖上》一诗写道："湖上春来似画图，乱峰围绕水平铺。松排山面千重翠，月点波心一颗珠。碧毯线头抽早稻，青罗裙带展新蒲。未能抛得杭州去，一半勾留是此湖。"[2] 正是由于杭州风光绝佳，吸引了天下游人，从而促进了杭州商业经济的发展。尤其是唐后期，这里是"骈樯二十里，开肆三万室"[3]，每年的商税收入达 50 万缗，[4] 占当时全国财政收入的 4%。杭州的美丽和繁荣，更吸引了许多文化人到来，像白居易、张籍、杜牧、韦处厚、柳鹏举、徐凝、杨巨源等都曾到过杭州，游过西湖、天竺、灵隐等胜迹。文化人的到来，推动了杭州文化的发展。杭州文化走向繁荣，是从唐代开始的。早期的许敬宗，褚遂良，后期的罗邺、罗隐，都是这块土地上诞生的著名文化人士。

湖州即东晋刘宋时的吴兴郡，与当时的丹阳、吴郡合称三吴，为东晋南朝时经济最发达的地区之一。唐天宝中，湖州人口有 72202 户，至大中年间，则达 10 万余户。所谓"十万户州，天下根本之地"[5]。"安史之乱"后，湖州的社会局势比较稳定，所谓"自兵兴

---

[1] 李吉甫：《元和郡县图志》卷二五，第 603 页。
[2] 白居易：《春题湖上》，《全唐诗》卷四六六，第 5003 页。
[3] 李华：《杭州刺史厅壁记》，《全唐文》卷三一六，第 1417 页。
[4] 杜牧：《上宰相求杭州启》，《全唐文》卷七五三，第 3459 页。
[5] 杜牧：《上宰相求湖州第一启》，《全唐文》卷七五三，第 3458 页。

十五载,事隳宿贯,守国之法制、禀朝之政令者由关而东,郡亦无几,唯吴兴遵国经、体旧章,上下谦敬,确然不谕"[1]。社会的安定,为湖州地区的经济发展提供了最基本的保证。湖州的粮食品种较多,湖州长城县顾渚山的紫笋茶更是天下闻名。"贞元以后,每岁以进奉顾渚山紫笋茶,役工三万人,累月方毕。"[2] 茶圣陆羽就曾经置园顾渚山下,"岁取租茶,自判品第"[3],并撰成《茶经》一书。受建康和会稽等地文化的影响,东晋南朝时,这一带出现过不少人才,武康沈氏、乌程丘氏更是人才辈出。唐时,这里的文风亦很盛,诗评家皎然,诗人孟郊、钱起,在中唐以后的诗坛影响颇大。

越州在春秋时为越国,"秦以其地并吴立为会稽郡"。东汉顺帝时,"分浙江以西为吴郡,东为会稽郡"。隋大业元年,改为越州。越州在东晋南朝时期有着举足轻重的地位。这里土地丰饶,农业发达,为南方重要的经济富庶之区。越州州治所在的会稽、山阴二县,人口最多,也最富裕。所谓"会稽山阴,编户三万,号为天下繁剧"[4]。开元天宝间,越州白编、吴绫、交梭白绫名气很大。贞元以后,越州所贡异文吴绫、花皱歇单丝吴绫、吴朱纱等纤丽之物,凡数十种。越州剡县的藤纸亦为当时名产。越州经济发达,风景优美,自东晋时起,就吸引了大批的北方士人,琅玡王氏,陈郡谢氏,太原王氏、孙氏等北方著姓,都曾寓居于此。唐天宝后期的"安史之乱"再一次迫使大批的北方士人南迁,当时"登会稽者如鳞介之集渊薮"[5]。越州文化由于上述种种条件再次繁荣起来。整个隋唐五代

---

[1] 杨夔:《湖州录事参军新厅记》,《文苑英华》卷八〇三,第4248页。
[2] 李吉甫:《元和郡县图志》卷二五,第606页。
[3] 欧阳修:《新唐书·隐逸传》,第5613页。
[4] 李吉甫:《元和郡县图志》卷二六,第618页。
[5] 穆员:《鲍防碑》,《全唐文》卷七八三,第3630页。

时期，越州地区的文学家，仅谭编《中国文学家大辞典》就收录了20人，其中会稽、山阴两县就占了12人。

隋唐五代时的睦州出了14位文学家。当时睦州的经济并不怎么发达，它的文化如此之盛，可能是由于毗邻杭、越二州，受了两地文风的直接影响。这种情况也告诉我们，经济对文化虽有最终的支配作用，但是这种作用有时候并不是直接的。

婺州为东南地区一个新兴的经济、文化重镇。这里的丝织业、陶瓷业都比较发达。唐时，这里的科举人才数量与杭、越二州不相上下。两《唐书》所载婺州人物，有张志和、骆宾王、冯宿、冯定、冯审、舒元舆等六人；谭编《大辞典》所载婺州文学家，则有冯宿、滕珦、贯休、骆宾王、刘昭禹等七人，其中骆宾王、张志和、舒元舆都是在唐代诗坛享有盛誉的诗人。

洪州（今南昌）为江西观察使之治所。经过东晋南朝二百多年的发展，唐代的江西已是一个地广人多、经济发达的地区，粮食、手工产品和矿产品都很丰富。这里的矿业、造船业、陶瓷业、纺织业、造纸业、酿酒业、制茶业等都处于全国先进行列。洪州是一个地理环境优越、经济发达、人文荟萃的城市。王勃《滕王阁序》云："南昌故郡，洪都新府。星分翼轸，地接衡庐。襟三江而带五湖，控蛮荆而引瓯越。物华天宝，龙光射牛斗之墟；人杰地灵，徐孺下陈蕃之榻。"唐高祖李渊的儿子李元婴曾任洪州都督，唐宗室李皋曾任江南西道节度使。曾任宰相的张镐、齐映，以及杜亚、魏少游、路嗣恭、鲍防、严正海、李兼、韦丹、殷侑、韦宙、杨收、罗让、令狐垣等，都曾担任过江西观察使，杜佑做过江西青苗使。这些人对于洪州文化的发展是有重要贡献的。例如初唐时，洪州都督阎公曾在滕王阁举行文酒之会，所谓"胜友如云"，"高朋满座"，因而催生了王勃的千古名作《滕王阁序》。又如曾任洪州刺史的钟传，"虽起于商贩，尤好学重士"[1]，"故士不远千里走传府"。"时江西士流有名第者，多因传荐，四远腾然，谓之曰英明。"[2] 东晋南朝时，江西出了10位文学家，包括东晋最伟大的文学家陶渊明。唐代，这里又出了18位文学家，其中洪州就占了7名。

宣州为宣歙观察使之治所，在唐代亦为一大会府，所谓"地横瑶阜，壤带金陵，廊巨镇于三吴，走通庄于百越"[3]。天宝以后，唐王朝的财赋中心移向东南一带，时"每岁县赋入倚办，止于浙西、浙东、宣歙、淮南、江西、鄂岳、福建、湖南等道"[4]。宣歙为当时的江南八道之一，对支撑唐中后期的经济财政发挥了重要作用。有唐一代，宣州人口增长最快。唐初，宣州旧有户22000，口95000；天宝间，户增至121000，口增至880000。[5] "安史之乱"后，全国人口呈普遍下降之势，然宣州仍是人口密集的大州。顾况《宛陵公署记》云："夫宣户五十万，一户二丁，不待募于旁郡，而宣男之半已五十万矣。"[6] 这个数字只是宣男之半，尚不包括老人和妇孺。人口的激增从一个侧面反映出一个地区的经济发展速度。宣州有丰富的自然资源，具备多方面的生产能力。宣州的农业相当发达，所谓"万家间井俱安寝，千里农桑竞起耕"[7]；所谓"万畦香稻蓬葱绿，九朵奇峰扑亚青"[8]。此外，宣州的茶叶畅销全国；宣州的铜、绫、

---

[1] 陶岳：《五代史补》"钟传重士"，文渊阁四库全书本。
[2] 欧阳修等：《新唐书·钟传传》，第5487页。
[3] 李峤：《宣州大云寺碑》，《全唐文》卷二四八，第1108页。
[4] 王溥：《唐会要》卷八四，第1551—1552页。
[5] 刘昫等：《旧唐书·地理志》，第1101—1102页。
[6] 顾况：《宛陵公署记》，《文苑英华》卷八〇七，第4267页。
[7] 李频：《宣州献从叔大夫》，《全唐诗》卷五八七，第6811页。
[8] 殷文圭：《九华贺雨吟》，《全唐诗》卷七〇七，第8136页。

弩均为全国之冠；宣州的纸和笔更是独占鳌头，名扬天下。宣州文化，正是以此优越的地理环境和雄厚的经济基础为依托而发展起来的。所谓"衣冠俊杰，满旧国之风瑶；物产珍奇，倾神州之韫椟"[1]，正好说明了文化和经济二者之关系。

闽文化区（福州、泉州一带）

闽文化区原是吴越文化区的一部分，它的范围相当于今天的福建省全境。在两汉、三国、东晋时期，这一带属扬州管辖；隋时，属建安郡管辖；唐时，属福建观察使管辖；五代十国时，属于闽国的版图。

唐时，闽地的经济是比较发达的。以泉州为例，唐代泉州及其所属各县，农业生产有显著发展，手工业发展得尤其好，它的制瓷业、造船业和纺织业水平都很高。更重要的是，泉州的商业贸易相当繁荣，与交州、广州和扬州同为中国对外四大贸易港，与阿拉伯、波斯和东南亚各国往来频繁。隋唐时侨居泉州的外国人很多。据说，唐武德年间，阿拉伯伊斯兰教创始人穆罕默德有四个门徒来中国传教，其中有两人就死在泉州。中唐以后，阿拉伯商人来居者更多。五代时，泉州一带的农业、手工业和海外贸易得到进一步的发展。王延彬任泉州刺史"凡三十年，仍岁丰稔，每发蛮舶，无失坠者，人因谓之招宝侍郎"。其"陶器、铜铁，远泛蕃国，取金贝而返，民甚称便"。

值得注意的是，经济的发达只是为文化的发达提供了一定的物质条件，并不意味着经济一旦发达，文化也随之发达起来。在经济

---

[1] 李峤：《宣州大云寺碑》，《全唐文》卷二四八，第1108页。

和文化之间实际上还有一个重要的中介,这便是教育。初、盛唐时的福州、泉州一带,虽然在经济上比较发达,但是在文化方面还是很落后的,故有"闽人未知学"之说。直到唐德宗建中元年(780)关中人常衮为福建观察使以后,这种经济发达而文化落后的状况才开始发生根本性的改变。《新唐书·常衮传》载:"始,闽人未知学。衮至,为设乡校,使作为文章,岁贡士与内州等。"[1] 常衮任福建观察使的作用,类似于西汉时文翁任蜀郡太守的作用。在常衮等人的教化、影响之下,闽地"一年人知敬学,二年学者倍功,三年而生徒祁祁,贤不肖竞劝。家有洙泗,户有邹鲁,儒风济济,被于庶政"[2]。至贞元七、八年(791—792),莆田人林藻、晋江人欧阳詹相继进士及第,一洗闽地"缦胡之缨"之耻。在林藻、欧阳詹的影响之下,闽县人陈通方、陈诩、邵楚苌,晋江人许稷等四人也相继成为德宗朝的进士。而在唐文宗开成三年(838),闽地居然有萧膺等四人同科登第,当时朝士有诗云:"几人天上争仙桂,一岁江南折四枝。"在唐昭宗时,闽地竟出了黄滔等十余名进士。闽地由此获得了"文儒之乡"的称号。[3] 据统计,闽地在唐代一共出了75名进士,[4] 而福州、泉州两地就多达60余名,其人数之多,在南方仅次于苏州,而在北方诸州之上。[5] 正是因为有了发达的经济,又有了较好的文化环境,文学家才能应运而生。唐时,闽地出了25位文学家,仅福州和泉州两处,就出了19位。

---

[1] 欧阳修:《新唐书·常衮传》,第4810页。
[2] 独孤及:《福州都督府新学碑铭》,《毗陵集》,上海古籍出版社1993年版,第69页。
[3] 陈寿祺等:《福建通志》卷一引《八闽通志》,同治十年重刊本。
[4] 雷丽霞:《唐代福建文化述略》,《福建论坛》1990年第1期。
[5] 刘海峰:《唐代福建的教育与科举活动》,《福建论坛》1991年第5期。

结语

隋唐五代时的文学家,总的来讲是北方居多数。这种情形在中唐以后有所改变,北方文学家开始减少,而南方文学家则开始增多。中唐以前,国家的政治中心在北方,经济和文化中心也在北方,唐朝早先的几个皇帝又非常重视北方士人,这一切是导致北方文学家多于南方的主要原因。中唐以后,尽管国家的政治中心仍在北方,但是经济中心开始向南方转移,北方士人也大批向南方迁徙,这就使得中唐以后南方的文学家开始增多,同时也为两宋时期中国文化重心的南移奠定了基础。

第六章 宋辽金文学家之地理分布
（960—1276年）

第一节 分布格局及其特点

宋辽金时期的文学家，据谭正璧《中国文学家大辞典》所录，共1170人，有籍贯可考者1103人。其中辽北宋时期有文学家415人，有籍贯可考者398人；金南宋时期有文学家755人，有籍贯可考者705人，见表十五、表十六（带△者为北宋和辽朝文学家）：

表十五 宋辽金文学家之地理分布统计表

序号	姓名	籍贯	今址	各县统计	各府州统计	今各省统计	血缘或亲缘
1△	吴开	滁州	安徽				
2△	张泊	滁州全椒	安徽全椒	1	2		
3△	郭祥正	太平当涂	安徽当涂				
4△	王逢	太平当涂	安徽当涂	2	2		
5	王万	濠州	安徽		1		
6	王铚	颍州汝阴	安徽阜阳				
7	王明清	颍州汝阴	安徽阜阳	2	2		王铚之子
8	华岳	池州贵池	安徽贵池	1	1		
9	虞俦	宁国宁国	安徽宁国	1			

(续)

序号	姓名	籍贯	今址	各县统计	各府州统计	今各省统计	血缘或亲缘
10	方岳	宁国祁门	安徽祁门	1			
11 △	梅尧臣	宣州宣城	安徽宣城				
12	周紫芝	宁国宣城	安徽宣城	2			
13	吴渊	宁国	安徽				
14 △	舒雅	宁国旌德	安徽旌德	1	6		
15 △	李公麟	舒州	安徽				
16	朱翌	安庆怀宁	安徽潜山				
17	刘著	安庆怀宁	安徽潜山	2			
18 △	杨杰	无为无为	安徽无为	1			
19	王之道	无为濡须	安徽无为	1	2		
20 △	赵瞻	亳州永城	安徽永城	1			
21	刘瞻	亳州	安徽		2		
22	郭象	和州	安徽				
23	张即之	和州	安徽				
24	张邵	和州历阳	安徽和县	1			
25	张孝忠	和州乌江	安徽和县				张邵之子
26	张孝祥	和州乌江	安徽和县	2	5		
27 △	姚铉	庐州合肥	安徽合肥				
28 △	杨察	庐州合肥	安徽合肥				
29 △	杨寘	庐州合肥	安徽合肥	3			杨察之弟
30	阮阅	庐州舒城	安徽舒城	1	4		
31 △	吕夷简	寿州	安徽		1		
32	程元凤	徽州	安徽				
33	胡仔	徽州绩溪	安徽绩溪				
34	汪晫	徽州绩溪	安徽绩溪				
35	汪梦斗	徽州绩溪	安徽绩溪	3			汪晫之孙
36 △	查道	歙州休宁	安徽休宁				
37	金安节	徽州休宁	安徽休宁				
38	王莘	徽州休宁	安徽休宁				
39	程大昌	徽州休宁	安徽休宁				

(续)

序号	姓名	籍贯	今址	各县统计	各府州统计	今各省统计	血缘或亲缘
40	程珌	徽州休宁	安徽休宁				
41	吴儆	徽州休宁	安徽休宁				
42	吴锡畴	徽州休宁	安徽休宁				
43	詹初	徽州休宁	安徽休宁	8			
44 △	聂冠卿	歙州	安徽				
45 △	吴文仲	歙州	安徽				
46	罗愿	徽州歙县	安徽歙县				
47	汪若海	徽州歙县	安徽歙县				
48	吴龙翰	徽州歙县	安徽歙县				
49	杨公远	徽州歙县	安徽歙县				
50	赵善璙	徽州歙县	安徽歙县	5			宋太宗七世孙
51 △	丘璿	歙州黟县	安徽黟县				
52	汪纲	歙州黟县	安徽黟县	2	52		
53	朱松	徽州婺源	江西婺源				
54	朱槔	徽州婺源	江西婺源				朱松之弟
55	朱弁	徽州婺源	江西婺源				朱松之子
56	王炎	徽州婺源	江西婺源				
57	胡次焱	徽州婺源	江西婺源	5	26		
58 △	刘弇	吉州安福	江西安福	1			
59	欧阳守道	吉州	江西				
60	胡铨	吉州庐陵	江西吉安				
61	李洪	吉州庐陵	江西吉安				
62	李漳	吉州庐陵	江西吉安				李洪之弟
63	李泳	吉州庐陵	江西吉安				李漳之弟
64	李浙	吉州庐陵	江西吉安				李泳之弟
65	李洤	吉州庐陵	江西吉安				李浙之弟
66	刘才邵	吉州庐陵	江西吉安				
67	刘㝢	吉州庐陵	江西吉安				
68	孙奕	吉州庐陵	江西吉安				
69	罗大经	吉州庐陵	江西吉安				

(续)

序号	姓名	籍贯	今址	各县统计	各府州统计	今各省统计	血缘或亲缘
70	王庭珪	吉州庐陵	江西吉安				
71	杨炎正	吉州庐陵	江西吉安				
72	周必大	吉州庐陵	江西吉安	13			
73	王子俊	吉州吉水	江西吉水				
74	杨万里	吉州吉水	江西吉水				
75	曾敏行	吉州吉水	江西吉水	3			
76	刘过	吉州太和	江西太和	1			
77 △	欧阳修	吉州永丰	江西永丰	1	20		
78 △	熊本	饶州鄱阳	江西鄱阳				
79 △	彭汝砺	饶州鄱阳	江西鄱阳				
80	王大受	饶州鄱阳	江西鄱阳				
81	洪皓	饶州鄱阳	江西鄱阳				
82	洪适	饶州鄱阳	江西鄱阳				洪皓之子
83	洪遵	饶州鄱阳	江西鄱阳				洪适之弟
84	洪迈	饶州鄱阳	江西鄱阳				洪遵之弟
85	洪芹	饶州鄱阳	江西鄱阳				洪适之曾孙
86	姜夔	饶州鄱阳	江西鄱阳				
87	章甫	饶州鄱阳	江西鄱阳				
88	赵彦端	饶州鄱阳	江西鄱阳				
89	张辑	饶州鄱阳	江西鄱阳				
90	张世南	饶州鄱阳	江西鄱阳	13			
91 △	张扩	饶州德兴	江西德兴				
92	汪藻	饶州德兴	江西德兴	2			
93 △	金君卿	饶州浮梁	江西景德镇				
94	朱翌	饶州浮梁	江西景德镇	2			
95	王刚中	饶州乐平	江西乐平	1			
96	柴中行	饶州余干	江西余干				
97	李伯玉	饶州余干	江西余干				
98	赵汝愚	饶州余干	江西余干	3			
99	计有功	饶州安仁	江西余江				

(续)

序号	姓名	籍贯	今址	各县统计	各府州统计	今各省统计	血缘或亲缘
100	汤汉	饶州安仁	江西余江	2	23		
101	何异	抚州崇仁	江西崇仁				
102	李刘	抚州崇仁	江西崇仁				
103	陈元晋	抚州崇仁	江西崇仁				
104	欧阳澈	抚州崇仁	江西崇仁	4			
105 △	饶节	抚州	江西				
106	陈郁	抚州临川	江西抚州				
107 △	王安石	抚州临川	江西抚州				
108 △	王安国	抚州临川	江西抚州				王安石之弟
109 △	王安礼	抚州临川	江西抚州				王安石之弟
110 △	王雱	抚州临川	江西抚州				王安石之子
111 △	谢逸	抚州临川	江西抚州				
112 △	谢过	抚州临川	江西抚州				谢逸从弟
113 △	晏殊	抚州临川	江西抚州				
114 △	晏几道	抚州临川	江西抚州				晏殊之子
115	俞国宝	抚州临川	江西抚州				
116	曾极	抚州临川	江西抚州				
117	危稹	抚州临川	江西抚州				
118	危和	抚州临川	江西抚州				危稹之弟
119	吴镒	抚州临川	江西抚州				
120	李塗	抚州临川	江西抚州	15			
121	陆九韶	抚州金溪	江西金溪				
122	陆九渊	抚州金溪	江西金溪	2			陆九韶之弟
123	曾丰	抚州乐安	江西乐安	1			
124 △	乐史	抚州宜黄	江西宜黄				
125 △	乐黄目	抚州宜黄	江西宜黄	2	25		乐史之子
126 △	夏竦	江州德安	江西德安				
127 △	王宷	江州德安	江西德安				
128	王阮	江州德安	江西德安	3	3		
129	曹彦约	南康都昌	江西都昌	1			

(续)

序号	姓名	籍贯	今址	各县统计	各府州统计	今各省统计	血缘或亲缘
130 △	李常	南康建昌	江西永修	1	2		
131	王武子	隆兴丰城	江西丰城				
132	邓元	隆兴丰城	江西丰城				
133	范应铃	隆兴丰城	江西丰城				
134	黄彦平	隆兴丰城	江西丰城				黄庭坚之侄
135	黄畴若	隆兴丰城	江西丰城				
136	刘德秀	隆兴丰城	江西丰城				
137	徐鹿卿	隆兴丰城	江西丰城				
138	徐经孙	隆兴丰城	江西丰城	8			
139 △	善权	洪州靖安	江西靖安				
140	舒邦佐	隆兴靖安	江西靖安	2			
141	赵善括	隆兴	江西南昌				宋太宗七世孙
142	赵善扛	隆兴	江西南昌				宋太宗七世孙
143 △	洪朋	洪州南昌	江西南昌				黄庭坚之舅
144 △	洪刍	洪州南昌	江西南昌				洪朋之弟
145 △	洪炎	洪州南昌	江西南昌				洪刍之弟
146 △	洪羽	洪州南昌	江西南昌				洪炎之弟
147	道璨	隆兴南昌	江西南昌				
148	石孝友	隆兴南昌	江西南昌				
149	宋自逊	隆兴南昌	江西南昌				
150	京镗	隆兴南昌	江西南昌				
151	袁去华	隆兴南昌	江西南昌	9			
152	邢凯	隆兴武宁	江西武宁	1			
153	裘万顷	隆兴新建	江西新建	1			
154 △	黄庠	洪州分宁	江西修水				
155 △	黄庶	洪州分宁	江西修水				
156 △	黄庭坚	洪州分宁	江西修水				黄庶之子
157	黄谈	洪州分宁	江西修水				黄庭坚侄孙
158	吴可	隆兴分宁	江西修水				
159	徐俯	隆兴分宁	江西修水				

(续)

序号	姓名	籍贯	今址	各县统计	各府州统计	今各省统计	血缘或亲缘
160	陈杰	隆兴分宁	江西修水	7	30		
161	任询	赣州	江西				
162	肖立之	赣州宁都	江西宁都	1			
163 △	李朴	虔州兴国	江西兴国				
164	王质	虔州兴国	江西兴国	2	4		
165 △	彭乘	筠州高安	江西高安				
166	幸元龙	筠州高安	江西高安				
167	惠洪	筠州高安	江西高安				
168	姚勉	筠州高安	江西高安	4			
169 △	刘恕	筠州	江西		5		
170	张继先	信州贵溪	江西贵溪	1			
171	陈文蔚	信州上饶	江西上饶				
172	韩淲	信州上饶	江西上饶				
173	施师点	信州上饶	江西上饶				
174	徐元杰	信州上饶	江西上饶	4			
175	汪应辰	信州玉山	江西玉山	1			
176	陈康伯	信州弋阳	江西弋阳	1	7		
177	包恢	建昌	江西				
178 △	李彭	建昌	江西				
179 △	陈彭年	建昌南城	江西南城				
180 △	李觏	建昌南城	江西南城				
181 △	吕南公	建昌南城	江西南城				
182 △	王无咎	建昌南城	江西南城				曾巩之妹夫
183	蔡楠	建昌南城	江西南城				
184	黄人杰	建昌南城	江西南城	6			
185 △	曾致尧	建昌南丰	江西南丰				
186 △	曾巩	建昌南丰	江西南丰				曾致尧之孙
187 △	曾肇	建昌南丰	江西南丰				曾巩之弟
188	曾纡	建昌南丰	江西南丰				曾布、魏夫人之子

(续)

序号	姓名	籍贯	今址	各县统计	各府州统计	今各省统计	血缘或亲缘
189	曾纮	建昌南丰	江西南丰				曾巩之侄
190	曾季貍	建昌南丰	江西南丰				曾巩之侄孙
191	曾惇	建昌南丰	江西南丰				曾纡之子
192	曾思	建昌南丰	江西南丰				曾纮之子
193	曾协	建昌南丰	江西南丰				曾肇之孙
194	赵长卿	建昌南丰	江西南丰				
195	赵崇磻	建昌南丰	江西南丰				宋太宗九世孙
196	杨至质	建昌南丰	江西南丰	12	20		
197	郭应祥	临江	江西				
198	刘清之	临江	江西				
199	何子堙	临江	江西				
200	肖泰来	临江	江西				
201	徐得之	临江	江西				
202	彭龟年	临江清江	江西樟树				
203	杨无咎	临江清江	江西樟树				
204	张洽	临江清江	江西樟树	3			
205 △	孔文仲	临江新喻	江西新余				
206 △	孔武仲	临江新喻	江西新余				孔文仲之弟
207 △	孔平仲	临江新喻	江西新余				孔武仲之弟
208 △	刘敞	临江新喻	江西新余				
209 △	刘攽	临江新喻	江西新余				刘敞之弟
210 △	肖贯	临江新喻	江西新余				
211	谢谔	临江新喻	江西新余	7			
212 △	赵师侠	临江新淦	江西新干		16		燕王德昭七世孙
213	赵汝鐩	袁州	江西				太宗八世孙
214	赵希鹄	袁州宜春	江西宜春	1	2	162	
215	顾禧	平江	江苏				
216	赵公豫	平江常熟	江苏常熟	1			
217 △	滕茂实	苏州	江苏				
218 △	范仲淹	苏州吴县	江苏苏州				

(续)

序号	姓名	籍贯	今址	各县统计	各府州统计	今各省统计	血缘或亲缘
219 △	范纯仁	苏州吴县	江苏苏州				范仲淹之子
220 △	范正平	苏州吴县	江苏苏州				范纯仁之子
221	范周	平江吴县	江苏苏州				范仲淹之侄孙
222	范公偁	平江吴县	江苏苏州				范仲淹之曾孙
223	范成大	平江吴县	江苏苏州				
224	李弥逊	平江吴县	江苏苏州				
225	施岳	平江吴县	江苏苏州				
226 △	许洞	苏州吴县	江苏苏州				
227	叶梦得	平江吴县	江苏苏州				
228 △	仲殊	苏州吴县	江苏苏州				
229	周南	平江吴县	江苏苏州				
230 △	朱长文	苏州吴县	江苏苏州	13			
231	胡与可	平江	江苏苏州				
232 △	丁谓	苏州长洲	江苏苏州				
233	王楙	平江长洲	江苏苏州	2			
234	沈义父	平江吴江	江苏吴江	1			
235	陈三聘	平江	江苏苏州		21		
236 △	张景修	常州	江苏				
237 △	张守	常州晋陵	江苏常州				
238 △	邹浩	常州晋陵	江苏常州				
239	孙觌	常州晋陵	江苏常州	3			
240 △	葛宫	常州江阴	江苏江阴				
241	丘崈	江阴江阴	江苏江阴				
242	吴枋	江阴江阴	江苏江阴	3			
243	费衮	常州无锡	江苏无锡				
244	尤袤	常州无锡	江苏无锡				
245	尤焴	常州无锡	江苏无锡	3			尤袤之孙
246 △	蒋堂	常州宜兴	江苏宜兴				
247 △	蒋之奇	常州宜兴	江苏宜兴				蒋堂之侄
248 △	慕容彦逢	常州宜兴	江苏宜兴				

(续)

序号	姓名	籍贯	今址	各县统计	各府州统计	今各省统计	血缘或亲缘
249	周葵	常州宜兴	江苏宜兴	4	14		
250	周孚	镇江丹徒	江苏镇江				
251	施枢	镇江丹徒	江苏镇江	2			
252 △	蔡肇	润州丹阳	江苏丹阳				
253	陈东	镇江丹阳	江苏丹阳				
254	葛胜仲	镇江丹阳	江苏丹阳				
255	葛立方	镇江丹阳	江苏丹阳				葛胜仲之子
256	葛郯	镇江丹阳	江苏丹阳				葛胜仲之孙
257	葛邲	镇江丹阳	江苏丹阳				葛胜仲之孙
258 △	苏庠	润州丹阳	江苏丹阳				
259	洪拟	镇江丹阳	江苏丹阳				
260	洪兴祖	镇江丹阳	江苏丹阳				
261 △	吴淑	润州丹阳	江苏丹阳				
262 △	祖可	润州丹阳	江苏丹阳				
263	翟汝文	镇江丹阳	江苏丹阳	12			
264	陈从古	镇江金坛	江苏金坛				
265	刘宰	镇江金坛	江苏金坛				
266	张纲	镇江金坛	江苏金坛	3			
267	张榘	镇江	江苏		18		
268 △	李淑	徐州丰县	江苏丰县				
269	宋汝为	徐州丰县	江苏丰县				
270	姚孝锡	徐州丰县	江苏丰县	3			
271 △	陈洎	徐州彭城	江苏徐州				
272 △	陈师道	徐州彭城	江苏徐州				陈洎之孙
273 △	晁迥	徐州彭城	江苏徐州	3	6		
274 △	陈知微	高邮高邮	江苏高邮				
275	陈造	高邮高邮	江苏高邮				
276 △	秦观	高邮高邮	江苏高邮				
277 △	孙觉	高邮高邮	江苏高邮				
278	张邦基	高邮高邮	江苏高邮	5	5		

(续)

序号	姓名	籍贯	今址	各县统计	各府州统计	今各省统计	血缘或亲缘
279 △	王观	泰州如皋	江苏如皋	1			
280	王正德	泰州海陵	江苏海陵				
281	周麟	泰州海陵	江苏海陵	2	3		
282	崔敦礼	通州静海	江苏南通				
283	崔敦诗	通州静海	江苏南通	2	2		崔敦礼之弟
284 △	张耒	楚州淮阴	江苏淮安	1			
285	王洋	楚州山阳	江苏淮安				
286 △	徐积	楚州山阳	江苏淮安	2			
287 △	何涉	楚州	江苏		4		
288	仲并	扬州江都	江苏江都				
289 △	王令	扬州江都	江苏江都				
290	徐铉	扬州江都	江苏江都				
291 △	徐锴	扬州江都	江苏江都				徐铉之弟
292	陈亚	扬州江都	江苏江都	5			
293	李正民	扬州	江苏				
294	李洪	扬州	江苏				李正民之子
295 △	马永卿	扬州	江苏				
296	张侃	扬州	江苏		9		
297 △	洪湛	江宁上元	江苏南京	1			
298 △	刁衎	江宁	江苏				
299 △	张齐贤	江宁句容	江苏句容	1			
300	李处权	建康溧阳	江苏溧阳				
301 △	李处全	建康溧阳	江苏溧阳	2	5	87	
302 △	李如笴	处州丽水	浙江丽水				
303 △	林越	处州丽水	浙江丽水				
304	俞文豹	处州丽水	浙江丽水				
305	真山民	处州丽水	浙江丽水				
306	姜特立	处州丽水	浙江丽水				
307	王信	处州丽水	浙江丽水				
308	章良能	处州丽水	浙江丽水	7			

(续)

序号	姓名	籍贯	今址	各县统计	各府州统计	今各省统计	血缘或亲缘
309	项安世	处州松阳	浙江丽水	1			
310 △	周启明	处州	浙江				
311 △	鲍由	处州龙泉	浙江龙泉				
312	管鉴	处州龙泉	浙江龙泉				
313	季陵	处州龙泉	浙江龙泉				
314	叶绍翁	处州龙泉	浙江龙泉	4			
315	陈棣	处州青田	浙江青田	1			
316	裴颐正	处州遂昌	浙江遂昌	1	15		
317	江少虞	衢州常山	浙江常山	1			
318	柴望	衢州江山	浙江江山				
319	柴随亨	衢州江山	浙江江山				柴望之从弟
320	柴元亨	衢州江山	浙江江山				柴望之从弟
321	柴元彪	衢州江山	浙江江山				柴望之从弟
322 △	毛滂	衢州江山	浙江江山	5			
323	程俱	衢州开化	浙江开化	1			
324 △	赵湘	衢州西安	浙江衢州				
325 △	赵抃	衢州西安	浙江衢州				赵湘之孙
326 △	方千里	衢州西安	浙江衢州				
327	毛开	衢州西安	浙江衢州	4			
328	毛珝	衢州	浙江衢州				
329	徐伸	衢州	浙江		13		
330	刘珏	湖州长兴	浙江长兴	1			
331	沈与求	湖州德清	浙江德清				
332	吴潜	湖州德清	浙江德清				
333	李莱老	湖州德清	浙江德清	3			
334	刘一止	湖州归安	浙江湖州				
335	刘宁止	湖州归安	浙江湖州				刘一止之从弟
336 △	莫君陈	湖州归安	浙江湖州				
337	倪偶	湖州归安	浙江湖州				
338	沈瀛	湖州归安	浙江湖州				

(续)

序号	姓名	籍贯	今址	各县统计	各府州统计	今各省统计	血缘或亲缘
339	沈端节	湖州归安	浙江湖州	6			
340	沈作喆	湖州	浙江湖州				
341	宋伯仁	湖州	浙江湖州				
342	吴淑姬	湖州	浙江湖州				
343	周晋	湖州	浙江湖州				
344 △	陈舜俞	湖州乌程	浙江湖州				
345 △	叶清臣	湖州乌程	浙江湖州				
346 △	张先	湖州乌程	浙江湖州				
347 △	朱服	湖州乌程	浙江湖州				
348 △	朱彧	湖州乌程	浙江湖州	5	19		朱服之子
349	方逢辰	严州淳安	浙江淳安				
350	钱时	严州淳安	浙江淳安				
351	何梦桂	严州淳安	浙江淳安	3			
352	杨缵	严州桐庐	浙江桐庐	1	4		
353 △	舒亶	明州慈溪	浙江慈溪				
354	黄震	庆元慈溪	浙江慈溪				
355	孙梦观	庆元慈溪	浙江慈溪				
356	杨简	庆元慈溪	浙江慈溪	4			
357	舒璘	庆元奉化	浙江奉化	1			
358	赵与欢	庆元	浙江				
359	赵善湘	庆元鄞县	浙江宁波				濮安懿王五世孙
360	陈允平	庆元鄞县	浙江宁波				
361	刘应时	庆元鄞县	浙江宁波				
362	王澡	庆元鄞县	浙江宁波				
363	翁元龙	庆元鄞县	浙江宁波				
364	吴文英	庆元鄞县	浙江宁波				翁元龙之弟
365	陈著	庆元鄞县	浙江宁波				
366	楼钥	庆元鄞县	浙江宁波				
367	楼扶	庆元鄞县	浙江宁波				
368	楼采	庆元鄞县	浙江宁波				

(续)

序号	姓名	籍贯	今址	各县统计	各府州统计	今各省统计	血缘或亲缘
369	史浩	庆元鄞县	浙江宁波				
370	史弥宁	庆元鄞县	浙江宁波				史浩从子
371	汪大猷	庆元鄞县	浙江宁波				
372	袁文	庆元鄞县	浙江宁波				
373	袁燮	庆元鄞县	浙江宁波				
374	袁甫	庆元鄞县	浙江宁波				
375	郑清之	庆元鄞县	浙江宁波	17	23		
376	葛洪	婺州东阳	浙江东阳				
377	黄机	婺州东阳	浙江东阳				
378	乔行简	婺州东阳	浙江东阳				
379	王霆	婺州东阳	浙江东阳				
380	俞成	婺州东阳	浙江东阳	5			
381	吴祖谦	婺州	浙江				
382 △	方勺	婺州金华	浙江金华				
383	陈岩肖	婺州金华	浙江金华				
384	杜旃	婺州金华	浙江金华				
385	杜旟	婺州金华	浙江金华				杜旃之弟
386	杜旘	婺州金华	浙江金华				杜旟之弟
387	杜㫤	婺州金华	浙江金华				杜旘之弟
388	杜斿	婺州金华	浙江金华				杜㫤之弟
389	潘良贵	婺州金华	浙江金华				
390	唐士耻	婺州金华	浙江金华				
391	王柏	婺州金华	浙江金华				
392	王埜	婺州金华	浙江金华				
393	王同华	婺州金华	浙江金华				
394	郑刚中	婺州金华	浙江金华	13			
395	范浚	婺州兰溪	浙江兰溪				
396	徐钧	婺州兰溪	浙江兰溪	2			
397	高定子	婺州浦江	浙江浦江				
398	倪朴	婺州浦江	浙江浦江	2			

(续)

序号	姓名	籍贯	今址	各县统计	各府州统计	今各省统计	血缘或亲缘
399	徐侨	婺州义乌	浙江义乌				
400	喻良能	婺州义乌	浙江义乌				
401	宗泽	婺州义乌	浙江义乌	3			
402	陈亮	婺州永康	浙江永康				
403	林大中	婺州永康	浙江永康	2	28		
404 △	谢绛	杭州富阳	浙江富阳	1			
405 △	卢稹	杭州	浙江				
406	董嗣杲	临安	浙江				
407	俞灏	临安	浙江				
408 △	林逋	杭州钱塘	浙江杭州				
409	曹良史	临安钱塘	浙江杭州				
410	关注	临安钱塘	浙江杭州				
411 △	钱惟演	杭州钱塘	浙江杭州				
412 △	钱易	杭州钱塘	浙江杭州				钱惟演从弟
413	钱恂	临安钱塘	浙江杭州				
414 △	强至	杭州钱塘	浙江杭州				
415 △	沈括	杭州钱塘	浙江杭州				
416 △	沈遘	杭州钱塘	浙江杭州				沈括之侄
417 △	沈辽	杭州钱塘	浙江杭州				沈遘之弟
418 △	韦骧	杭州钱塘	浙江杭州				
419 △	文莹	杭州钱塘	浙江杭州				
420	吴礼之	临安钱塘	浙江杭州				
421	吴自牧	临安钱塘	浙江杭州				
422 △	元绛	杭州钱塘	浙江杭州				
423	张九成	临安钱塘	浙江杭州				
424 △	周邦彦	杭州钱塘	浙江杭州				
425	周辉	临安钱塘	浙江杭州				
426	朱淑真	临安钱塘	浙江杭州	19			
427	张镃	临安	浙江杭州				
428	张枢	临安	浙江杭州				张镃之孙

(续)

序号	姓名	籍贯	今址	各县统计	各府州统计	今各省统计	血缘或亲缘
429	史达祖	临安	浙江杭州				
430 △	盛度	杭州余杭	浙江杭州				
431	赵汝谈	临安余杭	浙江杭州	2			宋太宗八世孙
432	施德操	临安盐官	浙江海宁	1			
433 △	道潜	杭州于潜	浙江临安				
434	洪咨夔	临安于潜	浙江临安				
435	李廷忠	临安于潜	浙江临安	3	32		
436	车若水	台州黄岩	浙江黄岩				
437	戴复古	台州黄岩	浙江黄岩				
438	杜范	台州黄岩	浙江黄岩				
439	王居安	台州黄岩	浙江黄岩	4			
440	陈克	台州临海	浙江临海				
441	陈公辅	台州临海	浙江临海				
442	陈骙	台州临海	浙江临海				
443	陈耆卿	台州临海	浙江临海				
444	吴子良	台州临海	浙江临海				
445 △	杨蟠	台州临海	浙江临海	6			
446	方岳	台州宁海	浙江宁海				
447	舒岳祥	台州宁海	浙江宁海				
448	谭处端	台州宁海	浙江宁海	3			
449	戴敏	台州天台	浙江天台				
450	戴复古	台州天台	浙江天台				戴敏之子
451	戴昺	台州天台	浙江天台				戴复古从孙
452	葛绍体	台州天台	浙江天台				
453	刘澜	台州天台	浙江天台				
454 △	张伯端	台州天台	浙江天台	6			
455	吴芾	台州仙居	浙江仙居	1	20		
456	刘黻	温州乐清	浙江乐清				
457	王十朋	温州乐清	浙江乐清				
458	赵希迈	温州乐清	浙江乐清	3			燕王德昭八世孙

(续)

序号	姓名	籍贯	今址	各县统计	各府州统计	今各省统计	血缘或亲缘
459	陈桷	温州平阳	浙江平阳				
460	陈昉	温州平阳	浙江平阳				
461	郭用中	温州平阳	浙江平阳				
462	毛麾	温州平阳	浙江平阳				
463	王琢	温州平阳	浙江平阳				
464	张邦彦	温州平阳	浙江平阳				
465	肖振	温州平阳	浙江平阳	7			
466	陈傅良	温州瑞安	浙江瑞安				
467	徐景衡	温州瑞安	浙江瑞安	2			
468	戴栩	温州永嘉	浙江温州				
469	林季仲	温州永嘉	浙江温州				
470 △	刘安节	温州永嘉	浙江温州				
471	刘安上	温州永嘉	浙江温州				刘安节之从弟
472	卢祖皋	温州永嘉	浙江温州				楼钥之甥
473	倪涛	温州永嘉	浙江温州				
474	翁卷	温州永嘉	浙江温州				
475	夏元鼎	温州永嘉	浙江温州				
476	徐照	温州永嘉	浙江温州				
477	徐玑	温州永嘉	浙江温州				
478	徐及之	温州永嘉	浙江温州				
479	薛季宣	温州永嘉	浙江温州				
480	薛师古	温州永嘉	浙江温州				
481	薛梦桂	温州永嘉	浙江温州				
482	薛嵎	温州永嘉	浙江温州				
483	叶适	温州永嘉	浙江温州				
484	赵师秀	温州永嘉	浙江温州				宋太祖八世孙
485	郑伯熊	温州永嘉	浙江温州				
486 △	周行己	温州永嘉	浙江温州				
487	林正大	温州永嘉	浙江温州	20	32		
488	李光	绍兴上虞	浙江上虞				

(续)

序号	姓名	籍贯	今址	各县统计	各府州统计	今各省统计	血缘或亲缘
489	李孟传	绍兴上虞	浙江上虞	2			李光之子
490 △	华镇	越州会稽	浙江绍兴				
491 △	孙甫	越州会稽	浙江绍兴	2			
492	高观国	浙江山阴	浙江绍兴				
493 △	陆佃	越州山阴	浙江绍兴				
494	陆淞	绍兴山阴	浙江绍兴				陆佃之孙
495	陆游	绍兴山阴	浙江绍兴				陆淞之弟
496	苏润	绍兴山阴	浙江绍兴				
497	尹焕	绍兴山阴	浙江绍兴	6			
498	陈恕可	绍兴	浙江				
499	吕定	绍兴新昌	浙江新昌	1			
500	高翥	绍兴余姚	浙江余姚				
501	孙应时	绍兴余姚	浙江余姚	2			
502	姚镛	绍兴嵊县	浙江嵊州				
503	姚宽	绍兴嵊县	浙江嵊州	2	16		
504	许棐	嘉兴海盐	浙江海盐	1			
505 △	谢炎	秀州嘉兴	浙江嘉兴				
506	岳珂	嘉兴嘉兴	浙江嘉兴				岳飞之孙
507	陈垲	嘉兴嘉兴	浙江嘉兴				
508	鲁应龙	嘉兴嘉兴	浙江嘉兴				
509	吕滨志	嘉兴嘉兴	浙江嘉兴				
510	张尧同	嘉兴嘉兴	浙江嘉兴	6		209	
511	卫泾	嘉兴华亭	上海				
512	许尚	嘉兴华亭	上海	2	9	2	
513 △	宋庠	安州安陆	湖北安陆				
514 △	宋祁	安州安陆	湖北安陆				宋庠之弟
515 △	王得臣	安州安陆	湖北安陆				
516 △	张君房	安州安陆	湖北安陆				
517 △	郑獬	安州安陆	湖北安陆	5	5		
518	王之望	襄阳谷城	湖北谷城	1			

(续)

序号	姓名	籍贯	今址	各县统计	各府州统计	今各省统计	血缘或亲缘
519 △	米芾	襄州襄阳	湖北襄阳				
520	米友仁	襄阳襄阳	湖北襄阳				米芾之子
521 △	魏夫人	襄州襄阳	湖北襄阳				曾布之妻
522 △	魏泰	襄州襄阳	湖北襄阳				魏夫人之弟
523	张嵲	襄阳襄阳	湖北襄阳	5	6		
524	吴炯	兴国永兴	湖北阳新	1			
525 △	潘大临	黄州黄冈	湖北黄冈				
526 △	潘大观	黄州黄冈	湖北黄冈	2	2		潘大临之弟
527 △	崔遵度	江陵江陵	湖北江陵				
528 △	夏侯嘉正	江陵江陵	湖北江陵				
529	杨冠卿	江陵江陵	湖北江陵	3			
530 △	高荷	江陵	湖北		4		
531 △	黄休复	鄂州江夏	湖北武汉	1	1		
532 △	林敏功	蕲州蕲春	湖北蕲春				
533 △	林敏修	蕲州蕲春	湖北蕲春	2			林敏功之弟
534 △	夏倪	蕲州	湖北		3	22	夏竦之孙
535 △	狄遵度	潭州长沙	湖南长沙				
536	刘翰	潭州长沙	湖南长沙				
537	王观国	潭州长沙	湖南长沙				
538	易祓	潭州长沙	湖南长沙				
539	钟将之	潭州长沙	湖南长沙	5			
540	邓深	潭州湘阴	湖南湘阴	1			
541	王以宁	潭州湘潭	湖南湘潭	2			
542	吴猎	潭州醴陵	湖南醴陵				
543 △	朱昂	潭州	湖南				
544	赵淇	潭州	湖南				
545	赵潘	潭州衡山	湖南衡山	1	11		
546 △	周敦颐	道州营道	湖南营道	1			
547 △	周尧卿	道州永明	湖南江永	1			
548	乐雷发	道州宁远	湖南宁远	1	3		

(续)

序号	姓名	籍贯	今址	各县统计	各府州统计	今各省统计	血缘或亲缘
549	廖行之	衡州	湖南		1		
550 △	陶弼	永州	湖南				
551 △	路振	永州祁阳	湖南祁阳	1	2		
552	戴埴	常德桃源	湖南桃源	1	1	18	
553	李蘩	崇庆晋原	四川崇州	1			
554 △	张商英	蜀州新津	四川新津	1	2		
555 △	冯山	普州安岳	四川安岳	1			
556	刘凤仪	普州	四川		2		
557 △	陈充	成都成都	四川成都				
558	郭印	成都成都	四川成都				
559 △	吕陶	成都成都	四川成都	3			
560 △	范镇	成都华阳	四川成都				
561 △	范祖禹	成都华阳	四川成都				范镇从孙
562 △	句中正	成都华阳	四川成都				
563 △	梁鼎	成都华阳	四川成都				
564 △	罗处约	成都华阳	四川成都				
565 △	欧阳炯	成都华阳	四川成都				
566 △	上官融	成都华阳	四川成都				
567 △	王琪	成都华阳	四川成都				
568 △	王珪	成都华阳	四川成都				王琪之弟
569	宇文虚中	成都华阳	四川成都	10			
570	勾涛	成都新繁	四川新都	1	14		
571	高斯得	邛州蒲江	四川蒲江				
572	魏了翁	邛州蒲江	四川蒲江	2	2		
573 △	唐庚	眉州丹棱	四川丹棱				
574	李焘	眉州丹棱	四川丹棱	2			
575 △	程垓	眉州眉山	四川眉山				苏轼之中表
576	史绳祖	眉州眉山	四川眉山				
577 △	苏洵	眉州眉山	四川眉山				
578 △	苏轼	眉州眉山	四川眉山				苏洵之子

(续)

序号	姓名	籍贯	今址	各县统计	各府州统计	今各省统计	血缘或亲缘
579 △	苏辙	眉州眉山	四川眉山				苏轼之弟
580 △	苏元老	眉州眉山	四川眉山				苏轼之族孙
581	苏过	眉州眉山	四川眉山				苏轼之子
582	苏籀	眉州眉山	四川眉山				苏辙之孙
583	杨恢	眉州眉山	四川眉山				
584 △	朱台符	眉州眉山	四川眉山	10			
585	李肩吾	眉州	四川				
586	史尧弼	眉州	四川				
587	杨文仲	眉州彭山	四川彭山	1			
588	杨泰之	眉州青神	四川青神	1	16		
589	李流谦	汉州德阳	四川德阳	1			
590 △	杨绘	汉州绵竹	四川绵竹				
591	张浚	汉州绵竹	四川绵竹				
592	张栻	汉州绵竹	四川绵竹	3	4		张浚之子
593	文及翁	绵州	四川				
594 △	徐氏	永康青城	四川都江堰				
595	杨栋	永康青城	四川都江堰	2	2		
596	安丙	广安广安	四川广安	1	1		
597	李芸子	利州	四川				
598	田锡	嘉州洪雅	四川洪雅	1	1		
599	许奕	简州	四川				
600 △	刘泾	简州阳安	四川简阳				
601	刘光祖	简州阳安	四川简阳	2	3		
602 △	何群	果州西充	四川西充	1	1		
603	刘昂	兴州	四川			1	
604	李舜臣	隆州井研	四川井研				
605	李心传	隆州井研	四川井研	2			李舜臣之子
606 △	孙光宪	隆州贵平	四川仁寿	1			
607	韩驹	隆州仁寿	四川仁寿				
608	虞允文	隆州仁寿	四川仁寿				

(续)

序号	姓名	籍贯	今址	各县统计	各府州统计	今各省统计	血缘或亲缘
609	员兴宗	隆州仁寿	四川仁寿	3	6		
610	李新	仙井	四川仁寿		1		
611	居简	潼川	四川				
612 △	杨恬	梓州	四川				
613	姚希得	潼川	四川				
614 △	苏易简	梓州铜山	四川中江				
615 △	苏舜元	梓州铜山	四川中江				苏易简之孙
616 △	苏舜钦	梓州铜山	四川中江	3			苏舜元之弟
617	吴泳	潼川中江	四川中江		7		
618 △	重显	遂州	四川				
619	王灼	遂宁遂宁	四川潼南	1	2		
620 △	文同	剑州梓潼	四川梓潼	1	1		
621	程公许	叙州宣化	四川宜宾	1	1		
622 △	陈尧佐	阆州阆中	四川阆中				
623 △	陈渐	阆州阆中	四川阆中	2	2		陈尧佐之从子
624	李石	资州盘石	四川资中	1			
625	赵逵	资州	四川		2	73	
626	冯时行	重庆璧山	重庆璧山	1	1		
627	度正	合州	重庆				
628	阳枋	合州巴川	重庆铜梁	1	2	3	
629	陈槱	福州长乐	福建长乐				
630	赵以夫	福州长乐	福建长乐	2			宗室德君七世孙
631	陈藻	福州福清	福建福清				
632	林亦之	福州福清	福建福清				
633	林希逸	福州福清	福建福清				
634	林同	福州福清	福建福清				
635 △	刘诜	福州福清	福建福清				
636	王蘋	福州福清	福建福清				
637 △	郑侠	福州福清	福建福清	7			
638 △	黄夷简	福州	福建				

(续)

序号	姓名	籍贯	今址	各县统计	各府州统计	今各省统计	血缘或亲缘
639 △	赵汝腾	福州	福建				宋太宗八世孙
640	陈善	福州罗源	福建罗源	1			
641 △	刘彝	福州闽县	福建闽侯				
642 △	黄干	福州闽县	福建闽侯				
643	潘牥	福州闽县	福建闽侯				
644	许应龙	福州闽县	福建闽侯	4			
645 △	陈襄	福州侯官	福建闽侯				
646	陈长方	福州侯官	福建闽侯				
647	黄洽	福州侯官	福建闽侯				
648	林之奇	福州侯官	福建闽侯				
649 △	王回	福州侯官	福建闽侯	5			
650	葛长庚	福建闽清	福建闽清				
651	萧德藻	福建闽清	福建闽清				
652	黄孝迈	福建闽清	福建闽清	3			
653	黄定	福州永福	福建永泰				
654	张元干	福州永福	福建永泰	2	26		
655	胡安国	建宁崇安	福建武夷山				
656	胡寅	建宁崇安	福建武夷山				胡安国之侄
657	胡宏	建宁崇安	福建武夷山				胡安国之子
658	刘子翚	建宁崇安	福建武夷山				
659	刘子箕	建宁崇安	福建武夷山				刘子翚之女
660 △	柳永	建宁崇安	福建武夷山				
661	翁孟寅	建宁崇安	福建武夷山	7			
662	范如珪	建宁建阳	福建建阳				
663	刘爚	建宁建阳	福建建阳				
664	刘子寰	建宁建阳	福建建阳				
665	刘清夫	建宁建阳	福建建阳				
666	吕胜己	建宁建阳	福建建阳				
667	熊克	建宁建阳	福建建阳				
668 △	游酢	建宁建阳	福建建阳				

(续)

序号	姓名	籍贯	今址	各县统计	各府州统计	今各省统计	血缘或亲缘
669	游九言	建宁建阳	福建建阳				
670	卓田	建宁建阳	福建建阳	9			
671	蔡梦弼	建宁建安	福建建瓯				
672	黄简	建宁建安	福建建瓯				
673	黄昇	建宁建安	福建建瓯				
674 △	李虚己	建宁建安	福建建瓯				
675	李演	建宁建安	福建建瓯				
676	马庄父	建宁建安	福建建瓯				
677	孙道绚	建宁建安	福建建瓯				黄铢之母
678	魏庆之	建宁建安	福建建瓯				
679	陈应行	建宁建安	福建建瓯				
680 △	吴育	建宁建安	福建建瓯				
681	严有翼	建宁建安	福建建瓯				
682	游次公	建宁建安	福建建瓯				
683	袁说友	建宁建安	福建建瓯	13			
684	吴激	建宁瓯宁	福建建瓯	1			
685 △	何蘧	建宁浦城	福建浦城				
686 △	黄鉴	建宁浦城	福建浦城				
687 △	黄亢	建宁浦城	福建浦城				
688 △	杨徽之	建宁浦城	福建浦城				
689 △	杨亿	建宁浦城	福建浦城				
690 △	章望之	建宁浦城	福建浦城				
691 △	章窸	建宁浦城	福建浦城				
692	张建	建宁浦城	福建浦城				
693	真德秀	建宁浦城	福建浦城	9	39		
694	李吕	邵武光泽	福建光泽	1			
695	危昭德	邵武邵武	福建邵武				
696	黄长睿	邵武邵武	福建邵武				
697	李纲	邵武邵武	福建邵武				
698	施宜生	邵武邵武	福建邵武				

(续)

序号	姓名	籍贯	今址	各县统计	各府州统计	今各省统计	血缘或亲缘
699 △	吴处厚	邵武邵武	福建邵武				
700	严羽	邵武邵武	福建邵武				
701	严仁	邵武邵武	福建邵武				
702	严参	邵武邵武	福建邵武	8	9		
703	杨时	南剑将乐	福建将乐	1			
704	廖德明	南剑	福建				
705	朱熹	南剑尤溪	福建尤溪	1			朱松之子
706	黄裳	南剑剑浦	福建南平				
707	冯取洽	南剑剑浦	福建南平	2			
708 △	陈瓘	南剑沙县	福建沙县				
709	陈渊	南剑沙县	福建沙县				陈瓘侄孙
710	邓肃	南剑沙县	福建沙县				
711	罗从彦	南剑沙县	福建沙县	4			
712 △	廖刚	南剑顺昌	福建顺昌	1	10		
713 △	陈从易	泉州晋江	福建晋江				
714	洪天锡	泉州晋江	福建晋江				
715	梁克家	泉州晋江	福建晋江				
716	林外	泉州晋江	福建晋江				
717	曾恺	泉州晋江	福建晋江				
718 △	谢希孟	泉州晋江	福建晋江	6			
719 △	钱熙	泉州南安	福建南安				
720 △	苏颂	泉州南安	福建南安	2			
721	留正	泉州永春	福建永春	1	9		
722 △	郑文宝	汀州宁化	福建宁化	1	1		
723 △	蔡傅	兴化莆田	福建莆田				蔡襄之孙
724 △	蔡伸	兴化莆田	福建莆田				蔡襄之孙
725	蔡戡	兴化莆田	福建莆田				
726	方信孺	兴化莆田	福建莆田				
727	方大琮	兴化莆田	福建莆田				
728	黄彻	兴化莆田	福建莆田				

(续)

序号	姓名	籍贯	今址	各县统计	各府州统计	今各省统计	血缘或亲缘
729	黄公度	兴化莆田	福建莆田				
730	林光朝	兴化莆田	福建莆田				
731	刘克庄	兴化莆田	福建莆田				
732 △	潘慎修	兴化莆田	福建莆田				
733 △	徐昌图	兴化莆田	福建莆田				
734	郑樵	兴化莆田	福建莆田				
735	陈居仁	兴化莆田	福建莆田				
736	陈俊卿	兴化莆田	福建莆田				
737	陈宓	兴化莆田	福建莆田	15			陈俊卿之子
738 △	蔡襄	兴化仙游	福建仙游				
739 △	蔡绦	兴化仙游	福建仙游				蔡京之子
740	王迈	兴化仙游	福建仙游	3	18		
741	高登	漳州漳浦	福建漳浦	1			
742	陈淳	漳州龙溪	福建漳州	1	2	114	
743	陈经国	潮州海阳	广东潮州	1	1		
744	李昂英	广州番禺	广东广州	1			
745	刘镇	广州南海	广东广州	1	2		
746 △	余靖	韶州曲江	广东曲江	1	1		
747 △	孟连宾	连州	广东		1	5	
748 △	契嵩	藤州镡津	广西藤县	1	1	1	
749	赵昇	琼州文昌	海南文昌	1	1	1	
750 △	萧韩家奴	涅剌部	黑龙江大庆		1		
751	徒单镒	上京会宁	黑龙江阿城	1	1	2	
752 △	耶律良	乾州	辽宁		1		
753	刘仲尹	盖州	辽宁		1		
754	王庭筠	卢州熊岳	辽宁盖县	1			
755	李经	锦州	辽宁		1	4	
756	边元鼎	丰州	内蒙古呼和浩特	1			
757	冯子翼	大定	内蒙古宁城				
758	郑子聃	大定	内蒙古宁城	2			

第六章　宋辽金文学家之地理分布 | 235

(续)

序号	姓名	籍贯	今址	各县统计	各府州统计	今各省统计	血缘或亲缘
759 △	耶律倍	临潢	内蒙古巴林左旗				辽太祖长子
760 △	耶律隆先	临潢	内蒙古巴林左旗				耶律倍之子
761 △	耶律庶成	临潢	内蒙古巴林左旗				
762 △	耶律蒲鲁	临潢	内蒙古巴林左旗				耶律庶成之侄
763 △	耶律谷欲	临潢	内蒙古巴林左旗				
764 △	耶律孟简	临潢	内蒙古巴林左旗				
765 △	耶律昭	临潢	内蒙古巴林左旗				
766 △	耶律资忠	临潢	内蒙古巴林左旗				
767	耶律履	临潢	内蒙古巴林左旗				耶律倍之七世孙
768	耶律楚材	临潢	内蒙古巴林左旗				耶律履之子
769 △	萧柳	临潢	内蒙古巴林左旗				
770 △	萧孝穆	临潢	内蒙古巴林左旗				
771 △	萧观音	临潢	内蒙古巴林左旗				辽道宗耶律洪基之皇后
772 △	萧瑟瑟	临潢	内蒙古巴林左旗		14	17	辽天祚帝耶律延禧之妃
773	师拓	平凉平凉	甘肃平凉	1	1		
774	张中孚	宁州安定	甘肃宁县	1	1	2	
775	利登	金州西城	陕西安康	1	1		
776 △	张舜民	邠州	陕西		1		
777	党怀英	同州冯翊	陕西大荔				
778 △	杨希闵	同州冯翊	陕西大荔	2			
779 △	张升	同州韩城	陕西韩城	1	3		
780	岳行甫	鄜州洛川	陕西洛川	1	1		
781 △	杨偕	坊州中部	陕西黄陵	1	1		
782	王尚恭	洋州	陕西		1		
783	张建	华州蒲城	陕西蒲城				
784 △	寇准	华州下邽	陕西渭南	1			
785 △	李廌	华州	陕西				
786	景覃	华州华阴	陕西华阴	1	4		

(续)

序号	姓名	籍贯	今址	各县统计	各府州统计	今各省统计	血缘或亲缘
787 △	杨砺	京兆鄠县	陕西户县	1			
788 △	吕大忠	京兆蓝田	陕西蓝田				
789 △	吕大防	京兆蓝田	陕西蓝田				吕大忠之弟
790 △	吕大钧	京兆蓝田	陕西蓝田				吕大防之弟
791 △	吕大临	京兆蓝田	陕西蓝田	4			吕大钧之弟
792 △	韩溥	京兆长安	陕西西安				
793 △	李复	京兆长安	陕西西安				
794 △	宋湜	京兆长安	陕西西安				
795 △	王诜	京兆长安	陕西西安				
796 △	张载	京兆长安	陕西西安	5			
797 △	杜安世	京兆	陕西				
798 △	李建中	京兆	陕西				
799	史肃	京兆	陕西				
800	萧贡	京兆咸阳	陕西咸阳	1	14		
801	杨奂	乾州奉天	陕西乾县	1			
802	杜仝	乾州武功	陕西武功	1	2	28	
803	李献能	河中	山西				
804	李献甫	河中	山西				李献能之从弟
805	张琚	河中	山西				
806	麻革	河中虞乡	山西永济	1	4		
807 △	李遵勖	隆德上党	山西长治	1			
808	王良臣	潞州	山西		2		
809 △	毕士安	大同云中	山西大同				
810 △	毕仲游	大同云中	山西大同				毕士安之曾孙
811	曹之谦	大同云中	山西大同				
812	刘勋	大同云中	山西大同	4	4		
813	王特起	代州崞县	山西代县	1	1		
814	孙九鼎	忻州定襄	山西定襄				
815	赵元	忻州定襄	山西定襄	2			
816	何宏中	忻州	山西				

(续)

序号	姓名	籍贯	今址	各县统计	各府州统计	今各省统计	血缘或亲缘
817	王万钟	忻州秀容	山西忻县				
818	元德明	忻州秀容	山西忻县				
819	元好古	忻州秀容	山西忻县				元德明之子
820	元好问	忻州秀容	山西忻县	4	7		元好古之弟
821	李晏	泽州高平	山西高平				
822	李仲略	泽州高平	山西高平				李晏之子
823	赵可	泽州高平	山西高平				
824	晁会	泽州高平	山西高平	4			
825	李俊民	泽州	山西				
826	秦略	泽州陵川	山西陵川	1	6		
827	乔庭	平阳洪洞	山西洪洞	1			
828	王琢	平阳	山西				
829	郭用中	平阳	山西				
830	张邦彦	平阳	山西				
831	毛麾	平阳	山西		5		
832 △	孙复	晋州	山西		1		
833	雷渊	应州浑源	山西浑源				
834	刘汲	应州浑源	山西浑源				
835	刘从益	应州浑源	山西浑源				
836	刘祁	应州浑源	山西浑源	4	4		刘从益之子
837	冯延登	耿州吉乡	山西吉县	1	1		
838	马天来	汾州介休	山西介休				
839 △	文彦博	汾州介休	山西介休	2			
840 △	王嗣宗	汾州	山西		3		
841	李愈	绛州正平	山西新绛				
842	张戒	绛州正平	山西新绛	2			
843	梁持胜	绛州	山西				
844	陈规	绛州稷山	山西稷山				
845	段复之	绛州稷山	山西稷山				
846	段诚之	绛州稷山	山西稷山	3	6		段复之之弟

(续)

序号	姓名	籍贯	今址	各县统计	各府州统计	今各省统计	血缘或亲缘
847 △	司马光	陕州夏县	山西夏县	1			
848	赵鼎	解州闻喜	山西闻喜	1			
849	刘祖谦	解州安邑	山西运城	1	3		
850	王元节	弘州	山西				
851	王国纲	弘州	山西		2		王元节之孙
852	王安中	太原阳曲	山西太原	1			
853 △	高若讷	太原榆次	山西榆次	1			
854 △	王溥	太原祁县	山西祁县	1			
855	胡仲参	太原清源	山西清徐				
856	胡仲弓	太原清源	山西清徐				胡仲参之弟
857	庄绰	太原清源	山西清徐	3			
858	李汾	太原平晋	山西太原	1			
859	郝俣	太原	山西				
860 △	王诜	太原	山西				
861	王渥	太原	山西		10	59	
862	韩琦	相州安阳	河南安阳				
863	刘彧	相州安阳	河南安阳				
864	郦权	相州安阳	河南安阳	3			
865 △	魏丕	相州	河南				
866	王竞	相州	河南				
867	岳飞	相州汤阴	河南汤阴	1	6		
868 △	万适	陈州宛丘	河南淮阳	1	1		
869 △	贺铸	卫州共城	河南辉县	1			
870 △	赵鼎臣	卫州	河南		2		
871	傅察	孟州济源	河南济源	1	1		
872 △	王拱辰	开封咸平	河南通许	1			
873 △	陈越	开封尉氏	河南尉氏	1			
874 △	李献民	开封延津	河南延津	1			
875 △	崔鹏	开封雍丘	河南杞县				
876 △	韩绛	开封雍丘	河南杞县				

(续)

序号	姓名	籍贯	今址	各县统计	各府州统计	今各省统计	血缘或亲缘
877 △	韩维	开封雍丘	河南杞县				韩绛之弟
878 △	韩缜	开封雍丘	河南杞县				韩维之弟
879 △	宋准	开封雍丘	河南杞县				
880	李祁	开封雍丘	河南杞县	6			
881 △	郭贽	开封襄邑	河南睢县				
882 △	许颃	开封襄邑	河南睢县				
883	许翰	睢州襄邑	河南睢县				
884 △	张去华	开封襄邑	河南睢县				
885 △	张师德	开封襄邑	河南睢县				张去华之子
886	张良臣	睢州襄邑	河南睢县	6			
887 △	江休复	开封陈留	河南陈留				
888 △	江端友	开封陈留	河南陈留				江休复之孙
889 △	江端本	开封陈留	河南陈留	3			江端友之弟
890 △	刘师道	开封东明	河南开封				
891	王鹗	开封东明	河南开封	2			
892 △	和岘	开封祥符	河南开封				五代和凝之子
893 △	和㟧	开封祥符	河南开封				和岘之弟
894	薛居正	开封祥符	河南开封	3			
895	孟宗献	开封开封	河南开封				
896	孙惟信	开封开封	河南开封				
897 △	王直方	开封开封	河南开封				
898 △	何敏中	开封开封	河南开封				
899	张淏	开封开封	河南开封				
900	张抡	开封开封	河南开封				
901 △	郑兴裔	开封开封	河南开封				
902 △	金盈之	开封开封	河南开封				
903	李廖	开封开封	河南开封				
904	王硐	开封开封	河南开封				
905	王世赏	开封开封	河南开封				
906	吴琚	开封开封	河南开封				

(续)

序号	姓名	籍贯	今址	各县统计	各府州统计	今各省统计	血缘或亲缘
907 △	赵令畤	开封开封	河南开封				宋宗室燕懿王玄孙
908 △	赵佶	开封开封	河南开封				宋神宗第十一子
909	赵构	开封开封	河南开封				赵佶第九子
910 △	吕公著	开封开封	河南开封				吕夷简之子
911 △	吕希哲	开封开封	河南开封				吕公著之子
912 △	吕本中	开封开封	河南开封	18	41		吕公著之孙
913 △	安德裕	河南河南	河南洛阳				
914 △	程颢	河南河南	河南洛阳				
915 △	程颐	河南河南	河南洛阳				程颢之弟
916 △	富弼	河南河南	河南洛阳				
917 △	王曙	河南河南	河南洛阳				
918 △	尹洙	河南河南	河南洛阳				
919 △	尹源	河南河南	河南洛阳				尹洙之弟
920	尹焞	河南河南	河南洛阳	8			尹源之孙
921	陈与义	河南洛阳	河南洛阳				
922 △	冯吉	河南洛阳	河南洛阳				
923 △	郭忠恕	河南洛阳	河南洛阳				
924 △	李度	河南洛阳	河南洛阳				
925 △	吕蒙正	河南洛阳	河南洛阳				
926 △	邵雍	河南洛阳	河南洛阳				
927 △	邵伯温	河南洛阳	河南洛阳				邵雍之子
928	邵博	河南洛阳	河南洛阳				邵伯温之子
929 △	王承衍	河南洛阳	河南洛阳				
930 △	王承衎	河南洛阳	河南洛阳				王承衍之弟
931 △	赵安仁	河南洛阳	河南洛阳				
932 △	种放	河南洛阳	河南洛阳				
933	朱敦儒	河南洛阳	河南洛阳	13			
934	曾几	河南	河南				
935	谢懋	河南偃师	河南偃师	1			

(续)

序号	姓名	籍贯	今址	各县统计	各府州统计	今各省统计	血缘或亲缘
936 △	钱若水	河南新安	河南新安				
937	汪澈	河南新安	河南新安				
938	吴箕	河南新安	河南新安	3			
939 △	朱之才	河南福昌	河南宜阳				
940	朱澜	嵩州福昌	河南宜阳				朱之才之子
941	辛愿	嵩州福昌	河南宜阳	3	29		
942 △	梁周翰	郑州管城	河南郑州	1			
943	张端义	郑州	河南				
944	赵蕃	郑州	河南				
945 △	杨璞	郑州新郑	河南新郑	1	4		
946	陈鹄	邓州南阳	河南南阳	1	1		
947	程迥	归德宁陵	河南宁陵	1			
948	徐度	归德谷熟	河南商丘	1			
949 △	杨佶	应天宋城	河南商丘				
950 △	张方平	应天宋城	河南商丘				
951 △	蔡挺	应天宋城	河南商丘				
952 △	石延年	应天宋城	河南商丘				
953 △	王洙	应天宋城	河南商丘				
954 △	杨大雅	应天宋城	河南商丘				
955	滕康	归德宋城	河南商丘	7			
956 △	戚纶	应天楚丘	河南商丘	1	10		
957	康与之	滑州	河南		1		
958 △	向镐	怀州河内	河南沁阳	1			
959	李曾伯	怀州	河南		2		
960 △	孙何	蔡州汝阳	河南汝阳				
961 △	孙仅	蔡州汝阳	河南汝阳	2			孙何之弟
962 △	祖无择	蔡州上蔡	河南上蔡				
963	谢伋	蔡州上蔡	河南上蔡	2	4		
964 △	魏野	陕州陕县	河南三门峡	1	1		
965	韩元吉	许州	河南		1		

(续)

序号	姓名	籍贯	今址	各县统计	各府州统计	今各省统计	血缘或亲缘
966 △	曹组	钧州阳翟	河南禹县				
967	曹勋	颍昌阳翟	河南禹县	2	2	106	曹组之子
968 △	扈蒙	幽州安次	河北安次	1	1		
969	杜瑛	霸州信安	河北霸县	1	1		
970	田紫芝	沧州	河北				
971 △	贾黄中	沧州南皮	河北南皮	1	2		
972	赵秉文	磁州滏阳	河北滏阳	1			
973	董师中	磁州邯郸	河北邯郸	1			
974	胡砺	磁州武安	河北武安	1	3		
975 △	刘筠	大名大名	河北大名				
976 △	柳开	大名大名	河北大名				
977 △	宋白	大名大名	河北大名				
978	史公奕	大名大名	河北大名	4			
979 △	王沿	大名馆陶	河北馆陶	1			
980 △	师顽	大名内黄	河北内黄	1			
981 △	范质	大名宗城	河北威县				
982 △	范旻	大名宗城	河北威县	2			范质之子
983 △	李沁臣	大名魏县	河北魏县	1			
984	刘涛	大名夏津	河北夏津				
985	宋九嘉	大名夏津	河北夏津	2	11		
986 △	刘挚	永静东光	河北东光				
987 △	刘跂	永静东光	河北东光				刘挚之子
988 △	刘跡	永静东光	河北东光	3			刘挚之子
989	刘豫	景州阜城	河北阜城	1	4		
990	权邦彦	河间河间	河北河间	1			
991 △	李之仪	河间乐寿	河北献县				
992	许安仁	献州乐寿	河北献县				
993	许古	献州乐寿	河北献县	3	4		许安仁之子
994 △	贾昌朝	真定获鹿	河北获鹿	1			

(续)

序号	姓名	籍贯	今址	各县统计	各府州统计	今各省统计	血缘或亲缘
995	李至	真定真定	河北正定				
996	王举正	真定真定	河北正定				
997	蔡松年	真定真定	河北正定				
998	蔡珪	真定真定	河北正定				蔡松年之子
999	冯璧	真定真定	河北正定				
1000	高鸣	真定真定	河北正定				
1001	周昂	真定真定	河北正定	7			
1002	王若虚	真定藁城	河北藁城				
1003	杨柏仁	真定藁城	河北藁城	2			
1004	李遹	真定栾城	河北栾城				
1005	李冶	真定栾城	河北栾城	2	12		
1006	路铎	冀州	河北				
1007△	田况	冀州信都	河北冀县	1			
1008	吕中孚	冀州南宫	河北南宫	1			
1009	刘铎	冀州枣强	河北枣强	1	4		
1010	王元粹	平州	河北		1		
1011	桑之维	恩州	河北				
1012	马纯	恩州武城	河北武城	1	2		
1013	李若水	洺州曲周	河北曲周	1	1		
1014△	李昉	深州饶阳	河北饶阳				
1015△	李宗谔	深州饶阳	河北饶阳	2	2		李昉之子
1016	杨果	祁州蒲阴	河北安国	1	1		
1017	刘秉忠	邢州	河北				
1018	张师正	邢州龙冈	河北邢台	1	2		
1019	李纯甫	弘州襄阴	河北阳原	1			
1020	魏初	弘州顺圣	河北阳原	1			
1021	魏道明	易州易县	河北易县				
1022	张庭玉	易州易县	河北易县	2			

(续)

序号	姓名	籍贯	今址	各县统计	各府州统计	今各省统计	血缘或亲缘
1023	麻九畴	易州	河北	3			
1024 △	李上交	赵州赞皇	河北赞皇				
1025	杨云翼	沃州赞皇	河北赞皇	2			
1026 △	宋敏求	沃州平棘	河北赵县	1			
1027	刘仲尹	沃州	河北		4		
1028 △	赵上交	涿州范阳	河北涿县	1			
1029 △	王鼎	涿州	河北		2		
1030	王寂	蓟州玉田	河北玉田	1			
1031	张斛	蓟州渔阳	河北蓟县				
1032	刘中	蓟州渔阳	河北蓟县	2	3	65	
1033	完颜永成	燕京	北京				金世宗完颜雍之子
1034	完颜璹	燕京	北京		2	2	金世宗完颜雍之孙
1035	杜仁杰	济南长清	山东济南	1			
1036 △	李格非	齐州章丘	山东章丘				
1037	李清照	齐州章丘	山东章丘	2			李格非之女
1038 △	李昭玘	齐州	山东				
1039	李之翰	济南	山东				
1040	吕同老	济南	山东				
1041	周驰	济南	山东				
1042 △	田诰	齐州历城	山东济南				
1043 △	李冠	齐州历城	山东济南				
1044	卫博	济南历城	山东济南				
1045	辛弃疾	济南历城	山东济南	4			
1046	吕颐浩	齐州	山东		12		
1047 △	庞元英	单州	山东				
1048 △	祝简	单州	山东				

(续)

序号	姓名	籍贯	今址	各县统计	各府州统计	今各省统计	血缘或亲缘
1049	张表臣	单州单父	山东单县	1	3		
1050 △	刘潜	广济定陶	山东定陶	1	1		
1051 △	柴成务	兴仁济阴	山东定陶				
1052 △	王博文	兴仁济阴	山东定陶	2	2		
1053 △	张子羽	郓州东阿	山东东阿	1			
1054 △	李元膺	郓州	山东				
1055	王千秋	东平	山东				
1056	赵讽	东平	山东				
1057	赵磻老	东平	山东				
1058 △	龚鼎臣	郓州须城	山东东平				
1059 △	梁颢	郓州须城	山东东平				
1060 △	梁固	郓州须城	山东东平				
1061 △	赵邻几	郓州须城	山东东平	4			
1062 △	穆修	郓州	山东				
1063	周文璞	东平阳谷	山东阳谷	1			
1064	周弼	东平汶阳	山东汶上	1	12		
1065	綦崇礼	密州高密	山东高密				
1066 △	鞠常	密州高密	山东高密	2			
1067	侯寘	密州诸城	山东诸城	1	3		晁谦之外甥
1068	张行简	莒州日照	山东日照	1	1		
1069 △	杨适	棣州	山东				
1070	朱自牧	棣州厌次	山东惠民	1	2		
1071 △	吕祐之	济州巨野	山东巨野				
1072 △	王禹偁	济州巨野	山东巨野				
1073 △	夏侯峤	济州巨野	山东巨野				
1074 △	晁端礼	济州巨野	山东巨野				
1075 △	晁补之	济州巨野	山东巨野				晁端礼之侄
1076 △	晁说之	济州巨野	山东巨野				晁端礼之侄

(续)

序号	姓名	籍贯	今址	各县统计	各府州统计	今各省统计	血缘或亲缘
1077 △	晁咏之	济州巨野	山东巨野				晁说之之弟
1078	晁冲之	济州巨野	山东巨野				晁说之之弟
1079	晁公武	济州巨野	山东巨野				晁冲之之子
1080	晁公遡	济州巨野	山东巨野	10			晁公武之弟
1081	李邴	济州任城	山东济宁	1	11		
1082 △	王旦	大名莘县	山东莘县				
1083 △	王巩	大名莘县	山东莘县	2	2		
1084 △	张昭	濮州范县	山东范县	1			
1085 △	张咏	濮州鄄城	山东鄄城	1			
1086	赵闻礼	濮州临濮	山东鄄城	1	3		
1087	刘迎	莱州	山东				
1088	辛次	莱州	山东				
1089	林淳	莱州	山东				
1090	张仲宗	莱州	山东				
1091	郑域	莱州	山东		5		
1092	郭长清	宁海文登	山东文登	1	1		
1093	丘处机	登州栖霞	山东栖霞	1	1		
1094 △	石介	兖州奉符	山东泰安	1	1		
1095 △	韩熙载	潍州北海	山东潍坊				
1096	王嵎	潍州北海	山东潍坊				
1097	史虚白	潍州北海	山东潍坊	3	3		
1098 △	孙唐卿	青州	山东				
1099 △	王辟之	青州	山东				
1100 △	王曾	青州益都	山东益都	1			
1101 △	赵师民	青州临淄	山东淄博	1	4		
1102 △	马定国	博州茌平	山东茌平	1	1		
1103 △	颜太初	鲁	山东	4	7	68	

表十六　宋辽金籍贯未详之文学家简表

序号	姓名	序号	姓名	序号	姓名	序号	姓名
1104	王德信	△1121	宋齐愈	1138	少嵩	1155	赵与芘
1105	王郁	1122	冯艾子	1139	卢炳	1156	赵彦卫
1106	王辅	1123	周文玘	△1140	毕仲询	1157	赵善扛
1107	王宾	1124	周守忠	△1141	何承裕	1158	赵与麟
△1108	万俟咏	△1125	刘斧	1142	叶大庆	1159	赵汝芜
△1109	李铎	△1126	刘辉	1143	高士谈	1160	沈会道
1110	李重元	△1127	马应	△1144	高晦叟	1161	沈俶
1111	李洛	1128	马宁祖	1145	史旭	1162	朱雍
1112	李叔献	1129	张公药	1146	高庭玉	△1163	郭昱
1113	李彭老	1130	张子益	1147	高宪	1164	吴聿
1114	李莱老	1131	张知甫	△1148	杨延龄	△1165	秦再思
1115	李好古	△1132	黄朝英	△1149	杨符	1166	孟元老
1116	韩防	1133	魏子敬	1150	黄可道	△1167	聂田
1117	萧永祺	1134	魏搏霄	△1151	鲁逸仲	1168	商道
△1118	潘佑	1135	董解元	1152	谭宣子	1169	庞铸
1119	陈日华	1136	洪琰	1153	韩玉	1170	奚㵄
1120	韩曈	1137	强行文	1154			

宋辽金时期的文学家在分布格局上有以下八个突出特点：

一是南北文学家所占比例第三次发生重大变化。东晋十六国南北朝时期，南北文学家之比为7.7∶2.3，文学家的分布重心首次移向南方；隋唐五代时期，南北之比为4.2∶5.8，文学家的分布重心回到北方；而宋辽金时期，南北之比为6.8∶3.2。具体来讲，辽北宋时期有籍贯可考的文学家共398人，其中南方232人，北方166人，南北之比为5.8∶4.2；金南宋时期有籍贯可考的文学家共705人，其中南方517人，北方188人，南北之比为7.3∶2.7。文学家的分布重心再次移向南方。

二是江西文坛异军突起。隋唐五代时期，江西境内文学家的分布超过全国平均数的州府只有一个洪州；宋辽金时期，超过平均数的州府有吉州、饶州、抚州、洪州（隆兴）、信州、建昌、临江七个。隋唐五代时期，江西有籍贯可考的文学家只有18位，仅占全国总数的2.5%；宋辽金时期，这里有籍贯可考的文学家多达162人，占全国总数的15%。这个时期占籍江西的文学家不仅数量大增，而且影响深远。例如：隋唐五代时期占籍江西的文学家没有一个被写进袁行霈主编的《中国文学史》，宋辽金时期占籍江西的文学家被写进这部文学史的有晏殊、晏几道、欧阳修、王安石、曾巩、黄庭坚、杨万里、刘过、姜夔、洪迈、罗大经、汪藻、文天祥、李刘、谢枋得等十数位。

三是巴蜀文坛如日中天。巴蜀一带的文学家素来不以数量取胜。两汉时期，这里只出了7位文学家；三国西晋时期，这里只出了3位；东晋十六国南北朝时期，这里一个都没有；隋唐五代时期，这里也只出了21位，没有一个州府达到全国的平均数；宋辽金时期，这里竟然出了76位文学家，在数量上不仅空前，而且绝后（元代只有6位，明代只有12位，清代也只有21位），所以称为"如日中天"。值得注意的是，巴蜀文坛的文学家虽然数量不多，但是质量特别高。汉代的司马相如，是全国最卓越的赋家；唐代的李白，是全国最卓越的诗人；宋代的苏轼，则是全国最卓越的诗人和散文家。宋代的巴蜀文坛，不仅出了眉山三苏（苏洵、苏轼、苏辙），还出了铜山三苏（苏易简、苏舜元、苏舜钦）。眉山三苏为父子三人，铜山三苏为祖孙三人。巴蜀文坛自宋代出了苏轼之后，直到清代，再也没有出现过大文学家。明代的杨慎虽然博学多才，著述宏富，当时推为第一，但是在文学作品的创新性与影响力方面，不仅不能和司马相如、李白、苏轼相比，也不能和扬雄、陈子昂、苏舜钦相比。所以从质量上讲，巴蜀文坛到了宋代，也是"如日中天"。

四是福建文坛进入佳境。唐代以前，福建地区没有一个文学家，隋唐五代时期虽然出了25位，但是影响并不大。例如，隋唐五代时期占籍福建的文学家没有一个被写进袁行霈主编的《中国文学史》，宋辽金时期占籍福建的文学家多达114位，被写进这部文学史的则有杨亿、柳永、李纲、张元干、萧德藻、朱熹、严羽、胡寅、陈人杰、真德秀、刘克庄、谢翱等10多位，尤其是柳永，他在宋代词坛的影响无人可及。

五是江淮文化区内歙州（徽州）的文学家超过了全国平均数的4倍（26人），这个事实从一个侧面表明，早在宋代，徽州文化就已经很先进了。现在许多人讲徽州文化，往往只把目光盯在明清这一时段，不能不说是一个很大的局限。

六是辽国都所在地的临潢府成为一个亮点。辽享国218年，在临潢府（今内蒙古巴林左旗）建都的时间竟长达205年。在这200多年里，临潢府出了14位有影响的文学家，这是金所不能比拟的。金享国120年，先后在会宁（今黑龙江阿城）、燕京（今北京）、汴京（今开封）、蔡州（今河南汝南）等处建都，甚至在北京待了62年，但是只在会宁（待了39年）出了2位文学家。当然，金国在文化建设方面也有一定的成就，但是和辽国相比，它还有些逊色。

七是两宋的词人84%以上分布于南方各地。有学者根据《全宋词》（唐圭璋编）和《全宋词补辑》（孔凡礼补辑）进行统计，得知宋词作者共1421人，有籍贯可考者880人，其中浙江200人，江西183人，福建140人，江苏83人，四川57人，安徽40人，湖北15人，湖南13人，广东7人，广西3人，上海5人，河南69人，山东36人，陕西13人，山西9人，河北6人，北京1人。这个统计结果表明，南方各省（市、自治区）有宋词作者 746 人，占总数的 84.8%；北方各省（市）有宋词作者 134 人，占总数的 15.2%。需要说明的是：第一，这个统计的口径是很宽的，连那些只存有一首词的作者都统计进来了；第二，这个统计是按作者的祖籍进行的，例如张炎，"世居临安，但其祖籍为陕西凤翔，仍作陕西人统计"。尽管存在这样两个问题，但是这个统计所反映的宋代词人的分布格局，与笔者据谭编《大辞典》统计所反映的宋代文学家的分布格局是大体吻合的。[1] 由于宋词的作者绝大多数也是宋诗、宋文的作者，而词往往只是其创作的一部分，真正以"词人"名世的文学家并不多，故笔者未能在统计表和有关考察中予以特别注明。

八是文学家族的数量超过以往任何一个时期。东晋十六国南北朝时期，全国有文学家族 77 个，隋唐五代降至 60 个，略有减少，而宋辽金时期则增至 88 个。不过总的来看，文学家族的规模都不及东晋十六国南北朝时期，而且多数并非世家大族。这是文学走向大众化的一个重要表现。

第二节 "靖康之难"与文化重心的第二次南移

宋辽金时期，我国文学家在分布格局上的最大特点，莫过于南北方文学家比例的重大变化。如上所述，隋唐五代时期，南北文学家之比为 4.2∶5.8；而宋辽金时期，南北文学家之比则为 6.8∶3.2。

如果说，东晋十六国南北朝时期南北文学家之比为 7.7∶2.3 的格

---

[1] 参见王兆鹏、刘学：《宋词作者的统计分析》，《文艺研究》2003 年第 6 期。

局是由西晋末年的"永嘉之乱"造成的,那么,宋辽金时期南北文学家之比为5.8∶4.2的格局,则主要是由唐天宝末年的"安史之乱"和北宋末年的"靖康之难"造成的。

北宋160余年间,国家的政治中心在北方,但是北方的文学家不及南方多,这个时期的南北之比为6∶4。这是什么原因造成的呢?显然是唐代天宝末年的"安史之乱"。"安史之乱"的影响实在是太大了,使得北方以王朝政治中心所在地的优势,经过160余年的发展,还没有改变这个格局。及至北宋末年,又发生了"靖康之难",使得南北之间已经拉开的距离进一步加大,到南宋时期,南北文学家之比竟然扩大为7.3∶2.7,南方文学家是北方文学家的2.7倍!

诚然,政治对文学的影响并非那么直接。但是,政治格局的变化会影响到经济格局的变化,经济格局的变化会影响到文教格局的变化,文教格局的变化则会影响到文学格局的变化。导致文学家的南北之比发生重大变化的直接原因,无疑是文化重心的再次南移;而文化重心的再次南移,则起因于经济重心的南移。北宋末年政治重心的南移,又进一步加速了经济和文化重心南移的进程。

我国经济重心的南移,实际上从中唐就开始了。"安史之乱"既是唐帝国衰败和崩溃的起点,又是古代经济南盛北衰的一个转捩点。由于战争的破坏,北方黄河流域的经济一派萧条,北方人口继"永嘉之乱"后,又一次向南方作大的迁徙,这就促使南方的农业和手工业在原有的基础上得到进一步发展。这时候唐帝国的财政来源,主要在江南八道。所谓"赋出天下,江南居十九"[1]。五代十国时期,黄河流域军阀混战连年,北方边境又受到契丹的劫夺和破坏,加之河道多

---

[1] 韩愈:《送陆歙州诗序》,《全唐文》卷五五五,第2485页。

次溃决，可耕种面积急剧缩小，人民流离失所，经济衰竭。而南方由于较少受到战争的破坏，能够在相对安定的环境里兴修水利，奖励耕织，发展经济，因而同北方的距离进一步拉大，为两宋时期经济重心的完全南移奠定了坚实的基础。

北宋王朝的统一战争是按照"先南后北"的方针进行的。赵匡胤曾经指出："中国自五代以来，兵连祸接，帑藏空虚，必先取巴蜀，次及广南江南，即国用饶矣。"[1]南方地区雄厚的经济实力，为北宋王朝的统一事业提供了可靠的保障。北宋统一之后，继续奉行中唐以来的"竭东南以奉西北"的政策，一方面加剧了对南方的掠夺，一方面也采取了一些比较有效的措施，加速了南方经济的发展。南优北劣的局面已经形成。唐时，南方向北方漕运的最高年额，也只是三百万石，北宋时的最高年额竟达七百万石，平均年额也在六百万石左右。唐开元年间的州郡等级，有所谓"六雄"、"十望"，全在北方；北宋时，人口数目超过20万的州郡，全国共55处，其中南方就占了44处，北方只占11处。[2]贡献的大小与人口的多寡，仅此两点，便足以表明南北方经济的盛衰程度了。

靖康元年（1126）冬，金人破东京，俘徽、钦二帝及宗室后妃等数千人北上，东京城中公私财物被洗劫一空，北宋灭亡。建炎元年（1127）五月，高宗赵构在南京（河南商丘）即位，七月宣布"巡幸"东南。至绍兴八年（1138）正式定都临安。宋王朝的政治重心彻底移向东南。

政治重心的南移引起连锁反应。首先是北方人口的南迁。这是

---

[1]　王偁：《东都事略》，《宋史资料萃编第一辑》，文海出版社1979年版，第405页。
[2]　脱脱等：《宋史·地理志》，中华书局1977年版，第2093—2252页。

继"永嘉之乱"、"安史之乱"后的第三次北方人口大迁徙。据张家驹先生研究,整个南宋时期,人口迁徙可分为三个阶段。一为靖康南渡之役,主要是黄河流域人口向长江流域迁徙;二为金完颜亮南侵之役,主要是淮河流域人口向长江流域迁徙;三为蒙古南侵之役,主要是长江流域人口向珠江流域迁徙。"其中自以第一阶段的规模为最大,对我国户口数的南北升降,以及经济文化重心的转移,所起的作用尤大。"[1]而当时的东南和四川,则成了流亡者的"乐土"。这一点,我们在下文再作介绍。

值得我们高度重视的是,随着政治重心的南移,大批的文化人也随之南下,从而直接促成了文化重心的南移。

在此之前,尽管南方的文学家在数量上多于北方,但是文化重心却不在南方。这一点,从文化人的地位上可以看出来。宋太祖起自中原,他所依靠的政治力量,主要是北方士大夫,因而在他黄袍加身之后,便在政治文化各个方面实施与北方士大夫分享的政策。北宋王朝的将相和大官僚的人选,几乎全是北方人。如石守信为开封人,王审琦为辽西人,高怀德为真定人,张令铎为棣州人,韩令坤为磁州人,慕容延钊为太原人,范质为大名人,王溥为并州人,魏仁浦为卫州人,赵普为幽州人。直到真宗先后用临江人王钦若和苏州人丁谓为相,才打破了南人不为相的传统。据杨远教授统计,北宋一代共有宰相71人,北方占了40人,占总数的56%。[2]南渡之后,情况就不一样了。由于政治重心移向南方,朝廷的财政全部仰仗于南方,所以公卿将相多是江、浙、闽、蜀人选。据张家驹先生统计,南宋宰相共

---

[1] 张家驹:《两宋经济重心的南移》第3章,湖北人民出版社1957年版。
[2] 杨远:《北宋宰辅人物的地理分布》,香港中文大学《中国文化研究所学报》第13卷(1982年)。

62人，其中北方只有3人，南方竟有59人，占总数的95%。

南方官僚士大夫地位的提高，对南方的一般文人是一个很大的激励。一个重要的标志，便是南方文人的数量占绝对优势。如前所述，金南宋时期有籍贯可考的文学家，据谭编《大辞典》所录，共705人，其中南方就占了517人，为总数的73%。又据《古今图书集成·画部·名流列传》所载南北宋画家有籍贯可考者为595人，北宋367人，其中北方194人，南方173人，南北比率为4.7∶5.3；南宋228人，其中北方60人，南方168人，南北比率为7.4∶2.6。如果说，人口的多寡可以反映一个地区经济的盛衰的话，那么，文化人的多寡则可以反映一个地区的文化发展水平的高低。金南宋时期，南方文人的地位显著提高，文人的绝对数和所占比例都大幅度上升，仅此两点，便足以说明我国文化重心南移了。

当然，由于南北方地域广阔，自然和人文地理环境各有不同，因而南北方区域内各地区之间的经济发展水平也是不平衡的。以北方而论，虽然总体水平不及南方，但是像河南、河北、河东、关中和齐鲁地区，由于经过自周秦以来一千多年的发展，其生产力水平和劳动力素质还是比较高的。就南方来讲，虽然总体水平超过了北方，但是真正称得上富裕的地区，也只是长江上游流域的巴蜀，下游流域的江淮和两浙。当时的川、淮、江、浙都是重要的产粮区，而且手工业发达，人口稠密，都市繁华。福建地区经过五代时的开发，也有了很大的进步，其农业生产虽不及江、浙，却胜于两广。但是长江中游的两湖地区却相对落后，上既不及成都，下亦不及江浙，而珠江流域的发展，仍然远不及长江流域。经济发展水平的不平衡，影响文化发展水平的不平衡，从而导致文学家的地理分布格局的不平衡。下面具体申论之。

第三节　分布重心及其成因

宋辽金时期的府（州、军、监）很多，除去重复，还有 180 个。这个时期的 1103 位有籍贯可考的文学家，就分布在这 180 个府（州、军、监）里，平均每个府（州、军、监）有 6.1 人，超过平均数的府（州、军、监）有 45 个，分布在中原、燕赵、三晋、关中、齐鲁、上京、蜀、湖湘、赣、闽、越、吴等 12 个文化区。见表十七、图六。

表十七　宋辽金十二大文化区四十五州府文学家之分布表

文化区	州府人数	小计	文化区	州府人数	小计
中原文化区	开封府 41、河南府（嵩州）29、应天府（归德）10	80	蜀文化区	成都府 14、眉州 16、梓州（潼川）7	37
燕赵文化区	大名府 11、真定府 12	23	湖湘文化区	潭州 11	11
三晋文化区	忻州 7、太原府 10	17	赣文化区	吉州 20、饶州 23、抚州 25、洪州（隆兴）30、信州 7、建昌军 20、临江军 16	141
关中文化区	京兆府 14	14	闽文化区	福州 26、兴化军 18、泉州 9、建州（建宁）39、邵武军 9、南剑州 10	111
齐鲁文化区	齐州（济南）12、郓州（东平）12、济州 10	34	越文化区	杭州（临安）32、秀州（嘉兴）9、湖州 19、越州（绍兴府）16、明州（庆元）23、台州 20、温州 32、处州 15、婺州 28、衢州 13	207
上京文化区	临潢府 14	14	吴文化区	徐州 7、扬州 9、润州（镇江）18、常州 14、苏州（平江）21、歙州（徽州）26	95

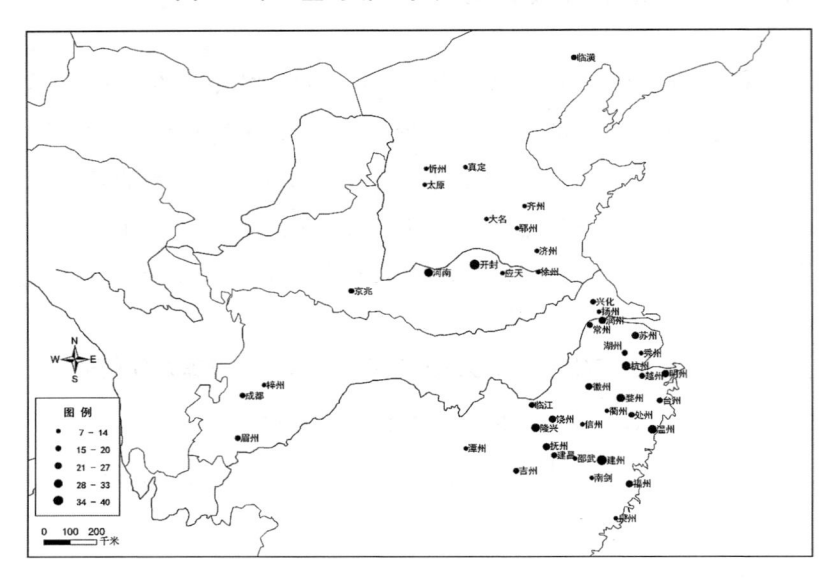

图六　宋辽金时期文学家之地理分布重心图

需要说明的是，由于南方文学家的人数显著增多，分布区域进一步扩大，为具体而深入起见，我们把周秦以来的吴越文化区析为若干个文化区。也就是说，在这一节里，我们除了考察北方的中原、燕赵、三晋、关中、齐鲁和上京等六个文化区，考察西南的蜀文化区，南方的湖湘文化区外，还要把吴越文化区析分为吴、越、赣、闽四个文化区来考察。

中原文化区（开封府、河南府、应天府一带）

宋辽金时期，中原文化最发达的地方为三京，即东京开封府、西京河南府和南京应天府（北京大名府的文化也比较繁荣，留待下文再叙）。

开封古称大梁,又名汴梁。战国时的魏国、五代十国时的后梁、后晋、后汉和后周都在这里建都。开封地处黄河中下游的大平原上,无险可守,历来被兵家称为四战之地。北宋开国之际,赵匡胤曾有迁都洛阳之意,理由是"欲据山河之固",但是遭到其弟晋王赵光义的反对,赵光义认为一个王朝的稳固"在德不在险"。实际上,则是由于开封为汴河所经,漕运便利,而洛阳一带不仅经济凋敝,一时难以恢复,并且交通诸多不便。早在隋代,由于大运河的开通,居于汴河(隋时通济渠)上游的开封就成了一个"水陆所凑"之地,江南财赋正是通过这个咽喉地段而输往洛阳和长安。唐后期,开封为宣武军节度所在地。依靠汴河的有利条件,开封曾经雄视一方。唐末朱温正是以此为根据地,建立了他的后梁王朝。周世宗时,为了统一全国,又对汴河、五丈河和蔡河进行疏浚,开封的交通运输更加发达,所谓"东京华夷辐辏,水陆会通"[1],"工商外至,络绎无穷"[2]。北宋建都开封后,每年都要对汴河进行清理,以保证水运畅通。据记载,宋太宗时,汴河的漕船达五六千只,每年从江淮地区运粮四五百万石,最多时达七八百万石。五丈河(由开封至山东)和蔡河(由开封至蔡州、淮水)每年各运六十万石左右。这三条河被宋太宗称为"三条锦带"。尤其是汴河,"横亘中国,首承大河,漕引江湖,利尽南海,半天下之财赋,并山泽之百货,悉由此路而进"[3]。

交通的发达,为开封地区经济文化的发展提供了最重要的前提和保证。宋太宗太平兴国年间,据《太平寰宇记》载,开封16县,主

---

[1] 刘昫等:《旧唐书·李勉传》,第3633页。
[2] 王溥:《五代会要·城郭》,中华书局1998年版,第320页。
[3] 脱脱等:《宋史·河渠志》,第2321页。

客户共 178000 余户；神宗元丰年间，据《元丰九域志》载，主客户共 206000 余户；徽宗崇宁年间，据《宋史·地理志》载，有户（不分主客）261117。在中国封建时代，人口的递增，直接反映出经济的发展过程。北宋时的开封，商品经济达到鼎盛阶段。仅就开封府治所在的东京而言，据周宝珠先生考证，元丰年间（1078—1085），在那里经商的就有 15000 来户。[1] 这个数字在当时国内的所有城市中是首屈一指的。早在大中祥符年间（1008—1016），"京城资产百万者至多，十万而上，比比皆是"[2]。熙宁十年（1077）以前，东京每年的商税、酒税各在 40 万贯以上，开封府（不含东京）每年的商税在 10 万贯以上，酒税则在 30 万贯以上，仅次于东京。这些数字在当时国内所有地区中也是首屈一指的。[3] 至元丰八年（1085），东京商税更增至 55 万贯以上，而官府直接经营的其他工商业收入还不包括在内。

同唐时的长安一样，北宋时的开封也是一个重要的国际贸易中心。所谓"四夷朝贡，曾无虚日"[4]。这里的四夷，包括今中国境内的其他各族和境外的亚非诸国；这里所谓朝贡，已经不单是一种进贡。由于宋王朝大都按贡物估值予以回赐，所以这种朝贡已经是一种商业行为。据记载，宋王朝的贸易伙伴，中国境内的有西夏、大理、于阗、高昌、龟兹等王国以及吐蕃、女真、鞑靼、西南蕃等民族；中国境外的则有高丽、交趾、占城、三佛齐、大食、注辇、蒲端、阇婆、丹流眉、渤泥、林拂诸国。当时各国派遣到开封来的贸

---

[1] 周宝珠：《宋代东京城市经济的发展及其在中外经济文化交流中的地位》，《中国史研究》1981 年第 2 期。

[2] 李焘：《续资治通鉴长编·大中祥符八年》，中华书局 1985 年版，第 1956 页。

[3] 马端临：《文献通考》卷一四，中华书局 1986 年版，第 145—148 页；卷一七，第 169—170 页。

[4] 徐松：《宋会要辑稿·蕃夷》。

易使团，人数相当可观。譬如高丽，每次少则几十人，最多时达293人。当时的"贸易成交额"也很大，如熙宁十年，注辇国王地华加罗派奇罗罗等27人来开封，带有贡物多种，北宋政府除对使臣"各赐衣服器币有差"外，还回赐给国王钱81800贯，银52000两。这个银钱数便是这一次注辇国的贡物所值数。[1]

开封的手工业发展程度之高，门类之多，分工之细，规模之大，也为以前的各代首都所不及。开封的官营手工业有工匠8万多人。它的军器、纺织、陶瓷、制茶、酿酒、印刷等行业，都非常发达。开封既为全国四大印刷中心之一（其他三处为杭州、四川、福建），又为全国五大名窑之首（其他四大名窑为河南汝窑、浙江哥窑、河北定窑、河南钧窑）。

北宋时开封地区商业与手工业经济的繁荣，在很大程度上是由政府的行政力量促成的。这种行政力量在文教事业方面也取得了显著的成效。北宋时的全国最高学府国子监，在徽宗崇宁元年（1102）招收学生竟达3800人，相当于20世纪80年代我国一所普通高校的招生规模。太学之外，还有律学、武学、算学、书学、画学、医学等各类专科学校，均设在京师，招收和培养来自全国各地的各方面的专业人才。在京师开封，还建有全国最大的图书馆崇文院，宋初藏书即达万余卷。仁宗命学士张观等编四库书为《崇文总目》46类，30669卷，史馆15000余卷。至徽宗时，总开国以来所撰集之目，为部6605，为卷73877。北宋政府利用这些藏书，组织编纂了《太平御览》、《太平广记》、《文苑英华》和《册府元龟》四部卷帙浩繁的文化典籍，后人称为"宋汇部四大书"。北宋时，这一地区的私人藏

---

[1] 脱脱等：《宋史·注辇传》，第14098—14099页。

书之风也很盛行。著名学者宋敏求（沃州平棘人），住开封春明坊，藏书3万卷。许多读书人为便于向他借书，竟纷纷搬迁到宋宅附近居住，以致那里的房地产增值一倍以上。

封建王朝的国都所在地，对人才有着巨大的吸引力。封建时代的士子总是视科举为重要的晋升之阶，而科举考试的最后程序，总在国都完成，于是近水楼台先得月。司马光《乞贡院逐路取人札子》尝云："近岁三次科场，比较在京及诸路举行，得失多少之数，显然不均。每次科场及第进士，大率是国子监开封府解送之人。"因为"每次科场所差试官，率皆两制三馆之人，其所好尚，即成风俗，在京举人，追趋时好，易知体面，渊源渐染，文采自工"。故"非游学京师者，不善为诗赋论策"。这就使得"四方学士，皆弃背乡里，违去二亲，老于京师，不复更归"[1]。而住在京师和京师附近的士人，在考试和晋升方面，往往就占了很大的便宜。

北宋京师开封，既是"众兵驻扎之本根"，又是"天下贾贩之要区"；既是水陆交通之枢纽，又是文化学术之中心。这些因素，为开封地区的文学家的出现和成长，提供了最好的环境和条件。据谭正璧《中国文学家大辞典》所载，整个宋辽金时期，开封府及其属县共有文学家41人，以卒年为限，属于北宋时的文学家就有27人。还有不少人是生长在承平时的开封，然后移居南方的。

宋辽金时期，北中国的文学家，以京师开封及其属县为最多，其次便是河南府，即当时的西京所在地。河南府的文学家，主要集中在河南和洛阳两县。其中河南县（河南府治）8人，洛阳13人，新安3人，福昌3人，偃师1人，未详县名者1人，计29人。唐时

---

[1] 司马光：《乞贡院逐路取人札子》，吕祖谦：《宋文鉴》卷四八，四部丛刊本。

的洛阳，其政治和文化地位与长安差不多相等，其经济地位则超过长安。北宋时的洛阳，在交通条件方面不及东京开封，但是比起长安，则要优越得多。就人文环境而言，洛阳的园林可谓甲于天下。洛阳的园林向来很有名。远在汉代，梁冀就曾令人"采土筑山，十里九阪，以象二崤"。西晋时，石崇在洛阳附近之河阳筑金谷园。隋唐时，东都洛阳一派繁荣，著名的园林更多。至宋代，洛阳虽非都城，但园林更盛，李格非作《洛阳名园记》，载之甚详。如号称"财雄洛阳"的童氏，就在洛阳城中修有"东园"和"西园"。又如富弼的"富郑公园"，景物亦绝佳。洛阳牡丹甲天下，洛阳园林中无不种植牡丹。如"天王院花园事"，有牡丹数十万株，至牡丹花开时，张幕幄，列市肆，管弦其中。城中士女，绝烟火游之。又有"归仁园"，占尽一坊之地，有牡丹千株，竹数百亩。又有"李氏园"，洛中花木无不有。是以著名散文家苏辙尝谓洛阳"园囿亭观之盛实甲天下"。著名哲学家邵博也谓"洛阳名公卿园林，为天下第一"。当时许多学者名流会集洛阳，一半的原因在洛阳园林。这就使得宋代的洛阳虽不是都城，但仍为当时的文化学术中心之一。理学大师程颢、程颐兄弟就是洛阳人，他们的学派称为"洛学"。系籍于洛阳的文化名人还有邵雍、邵伯温、邵博、朱敦儒和陈与义。此外，欧阳修也"曾是洛阳花下客"[1]。司马光则一居洛阳15年，他的名著《资治通鉴》就是在这里完成的。洛阳的文化学术氛围影响到附近地区，使得当时河南府治河南县和其他属县也出了不少文化人才，所谓"士向诗书，民习礼义，务本立业，有周、召遗风"[2]。

---

[1] 欧阳修：《戏答元珍》，《欧阳文忠公文集·居士集》卷一一，四部丛刊本。
[2] 脱脱等：《宋史·地理志》，第2115—2117页。

应天府为北宋京东西路治所。大中祥符七年（1014）建为南京。金天会八年（1130）改名归德府。应天府毗邻淮南富庶之区，境内有汴河、涣水、古汴渠和睢水等多条水流通过，经济比较发达，交通非常通畅，故而这里的文教事业颇为兴盛。宋代著名的应天府书院就坐落在这里。大中祥符二年，应天府富民曹诚捐资，于五代末儒士戚同文之旧居旁兴建睢阳书院，聚书1000余卷，广招生徒，讲习颇盛。朝廷赐"应天府书院"额，命戚同文之孙戚舜宾主持，凡讲课、考试、劝督、赏罚，皆为立法；休假探亲，亦有规定，曲尽人情，士人皆愿入学。这种崇文崇教的风气，对文化人才的成长自然十分有利。据香港杨远教授《北宋宰辅人物的地理分布》一文统计，北宋时的宰相和执政（副宰相）共311人，其中开封府籍的有25人，河南府籍的有17人，应天府籍的有11人，分别为全国各府（州、军、监）的前一、二、三名。[1]文学家的地理分布，就河南地区而言，也是以这三处为多，分别为41人、29人和10人。这表明，京师和府治所在地既是文化最为发达的地方，也是文学家最多的地方。

燕赵文化区（大名府、真定府一带）

宋辽金时期，燕赵（河北路）一带的农牧业经济很发达。"河北郡县，地形倾注，诸水所经"[2]，水资源相当丰富。就整个河北路而言，西部沿太行山一带，饶林木铁炭；东部沿海一带，富渔盐之利。王安石变法时，曾在河北大修水利。据《宋会要辑稿·食货》载，熙

---

[1] 杨远：《北宋宰辅人物的地理分布》，香港中文大学《中国文化研究所学报》第13卷（1982年）。
[2] 徐松：《宋会要辑稿·食货》。

宁三年至九年，河北诸路新修水利田达45处，凡5966060亩，占全国总数的16.5%，河北田地总数的21.3%。[1]水利事业的大发展，使得水稻种植得以推广，单产和总产均获得大幅度提高。据《文献通考·田赋》载，河北地区在元丰初年垦田27906056亩，为全国第七位，而二税之额则为9152000贯、石、匹、两，为全国第一位，高于淮南、两浙一倍以上。[2]由此可见，河北一带的农业经济在全国是第一流的。河北的畜牧业在全国来讲，也是首屈一指。河北气候凉爽，水草充足，南近京都，北临边防线，为宋时官方最大的牧马之地。"诸牧监多在此路，所占草地多是肥沃。"[3]金朝时，这一带畜牧更盛。南宋人楼钥出使金国，尝至河北，言此地"家家有马……不知几万万匹"[4]。大牲畜的发展，为农业、运输业提供了巨大的生产力，其本身的经济价值更不待言。

河北是当时全国最大的产铁基地，其钢铁冶炼技术水平也很高，著名科学家沈括曾在《梦溪笔谈》卷三里高度称赞磁州银坊的冶炼工艺。河北的纺织业历史悠久，产量甚大，质量甚优。据《元丰九域志》载，当时全国各地上贡的丝织品中，仅河北就有28个州（军）上贡绢、绝、绸、罗、纱、绫、平绸、花绝、绵等九个品种，为上贡丝织品最多的地区。这里特别值得注意的是河北的制墨业。河北的制墨，以真定府最为有名。据何薳《春渚纪闻·陈赡传异人胶法》一文载："真定人陈赡，精于和胶法，所制墨宣和时每斤值钱五万。"[5]又据蔡绦《铁围山丛谈》卷五载，真定另一制墨名家张滋，

---

[1] 徐松：《宋会要辑稿·食货》。
[2] 马端临：《文献通考·田赋》，第58—60页。
[3] 王安石：《相度牧马所举薛向札子》，《王临川全集》卷四二，扫叶山房石印本。
[4] 楼钥：《北行日录》，《攻媿集》卷一一二，武英殿聚珍本。
[5] 何薳：《春渚纪闻·陈赡传异人胶法》，中华书局1983年版，第121—122页。

"善和墨,色光黳,胶法精绝,举胜江南李廷珪……其墨积大观库无虑数万斤"[1]。大观库为皇家库藏,这里储有张滋所制墨数万斤,可见其质量之优,产量之巨。文具业的发达,从一个侧面反映了当地的文化发展水平,一如宋元明清时期徽州、宣州一带的纸和砚之发达,正好反映出徽、宣一带文教事业的繁荣。

河北经济的发达,为其文化的发展奠定了坚实的基础。宋辽金时期,河北涌现了不少人才。尤其是北宋时期,这一带的人才仅次于河南而居全国第二。据丁文江先生《历史人物与地理的关系》一文统计,《宋史》列传共收北宋人物有籍贯可考者1461人,其中河南地区324人,居全国第一;河北地区212人,居全国第二。[2]又据杨远教授《北宋宰辅人物的地理分布》一文统计,北宋宰执共311人,河南73人,居全国第一,河北40人,居全国第二。仅就河北而言,又以幽州(8人)、大名(6人)、真定(7人)和沧州(5人)四处为多。这个分布格局同文学家的分布格局也基本上一致。大名府有文学家11人,真定府12人,居河北之首。

三晋文化区(太原府、忻州一带)

晚唐五代时期,三晋(河东)一带频遭战乱。五代时的五个朝代,有三个朝代是以太原府为根据地的沙陀人建立的。一是李存勖建立的后唐,一是石敬瑭建立的后晋,一是刘知远建立的后汉。后唐都洛阳,仍把太原府建为北都,又称北京;后晋、后汉建都开封,太原仍为北京。由此可见,河东地区在军事方面有着重要的地位。

---

[1] 蔡绦:《铁围山丛谈》,中华书局1983年版,第95页。
[2] 丁文江:《历史人物与地理的关系》,《丁文江学术文化随笔》,第103页。

河东地处黄土高原的东部，对河南、河北和关中地区而言，它具有一种居高临下的优势。加之这一时期盘踞河东的割据势力大都是强悍的少数民族，他们武力强大，能攻能守，因而长期割据称雄。

北宋统一后，河东不再是割据中心，其政治军事地位不再那么重要，但是它的经济文化却发展得比较好。整个河东地区在宋辽金时期的文学家，就谭编《大辞典》所录，共59人，其中辽北宋时期10人，金南宋时期达49人。也就是说，这一时期河东的文学家以金人统治期间为最多。

入宋以后，河东的社会经济发展比较稳定。金时，这一带的社会经济较其邻近地区则要发达得多。据《金史·地理志》载，当时全国19路中，以河东北路和河东南路的人口为最多。尤其是"平阳一路，地狭人稠"[1]。从人口密度，可以得知当时河东的农业发展状况。

河东（三晋）的文化在此之前已经有了比较好的基础。宋时，这里的府州县学达25所，书院达300余所。金时，这里的府州县学更多，达40所左右。宋金对峙时期，南方的印刷中心在首都临安（今杭州），北方的印刷中心却不在中都（今北京），而在河东南路的平阳（今临汾）。印刷中心也就是文化中心。印刷方便，图书得以广泛流传，文化人的读书、讲学和写作便有了优越的条件。事实上，金人统治期间，河东地区的人才（包括进士、举人、贡生和有著作传世者）达140人，比宋时还多了16人。[2] 金政府在全国19路中，一共开设了10个考区。文化发达的地区，一个路设一个考区，文化不发达的地区，则近邻的几个路共设一个考区。西京路、河东北路

---

[1] 脱脱等：《金史·食货志》，中华书局1975年版，第47卷。
[2] 王尚义、徐宏平：《宋元明清时期山西各县文人统计表》，《山西大学学报》1988年第3期。

和河东南路这三路，每一路都设有一个考区。由此可见这一地区的文化之发达。

宋辽金时期，河东（三晋）不仅文化人很多，而且还出了不少文化大家。司马光，陕州夏县人，中国历史上第一流的史学家，一生著述宏富。除294卷《资治通鉴》外，尚有《传家集》80卷以及《涑水纪闻》、《续诗话》、《稽古录》等多种。尤其是《资治通鉴》，网罗宏富，体大思精，实编年体之大观。元好问，忻州秀容人，金代最杰出的史学家和文学家，有《遗山诗集》20卷，乐府5卷，《续夷坚志》4卷。其所编撰之《中州集》和《壬辰杂编》，为后人撰《金史》提供了第一手极为难得的史料。刘祁，应州浑源人。金朝灭亡后，刘祁从汴京辗转两千余里，回到故乡浑源写作《归潜志》，记叙自己所熟悉的人和事。该书对了解金末文人及其所处社会状况，具有极高的史料价值。

这里有必要顺便讲一讲金朝的文化政策。金王朝是由女真完颜氏所建立的。女真族本是一个比较落后的部族，但是自从和辽、宋接触以后，经过长时间的文化交流，这个原来连文字都没有的部族，文化得到逐步提高。尤其是其统治者，懂得了用文治来维系和巩固自己的政权。自太祖阿骨打开始，金朝统治者尽力罗致早先留居于辽地的汉族知识分子和北宋的文化人，如韩昉、胡砺、宇文虚中、蔡松年、吴激、高士谈等，都受到皇帝的礼遇。熙宗完颜亶、海陵王完颜亮时代，金政府在京师设太学、国子监，各州镇地置教官，同时规定以诗赋和经义取士。世宗完颜雍更考选官吏中的文理优赡者，予以升迁；章宗完颜璟亦旁求文学之士，以备侍从。这些举措，对于文化的发展是很有积极意义的。金代出现了不少有成就的文学家，如元好问、党怀英、赵秉文、蔡松年、吴激、王若虚、辛愿、李汾、麻知己等，这应该说与金朝开明的文化政策大有关系。金朝统治北中国达120年之久，其文化则直接承唐、五代和北宋之绪，并且有所发展，所谓"程学盛于南，苏学盛于北"[1]。金文化是中国传统文化的一个重要组成部分，可惜长期以来学术界对金文化的研究相当薄弱，至于对金王朝版图之内的各区域文化之研究，更是一片空白。

关中文化区（京兆府一带）

宋辽金时期，关中地区有28位文学家见录。这个数字不应算少，但是比起隋唐五代时期，却是一个不小的退步。隋唐五代时期，就谭编《大辞典》所录，关中地区有116位文学家，仅京兆一地，就有92位，而宋辽金时期的京兆府，不过14人而已。

这里的重要原因便是关中经济文化的衰落。我们在上一章里讲过，即便是在"安史之乱"以前，关中的情况就不见佳，常常闹饥荒，以致大唐天子不得不多次带着他的臣民去东都洛阳就食。"安史之乱"以后，全国的经济重心由黄河流域移向长江流域，"天下大计，仰于东南"[2]，关中地区相距遥远，黄河和渭河的水运都颇为不易，城市的供给日益艰难，因而国家的政治和文化中心开始逐步地向东移动。早在"安史之乱"时，关中一带就遭受到一场浩劫，所谓"中间畿内，不满千户。井邑榛棘，豺狼所嗥。既乏军储，又鲜人力"[3]。僖宗乾符二年（875），王仙芝、黄巢揭竿而起。六年后，黄巢率六十万义军攻占长安，僖宗逃往四川。又三年，黄巢因兵疲

---

[1] 翁方纲：《石洲诗话》，《谈龙录》，人民文学出版社1981年版，第153页。
[2] 欧阳修等：《新唐书·权德舆传》，第5076页。
[3] 刘昫等：《旧唐书·郭子仪传》，第3457页。

粮尽而退出长安。黄巢退时,"九衢三内,宫室宛然"[1],但闯入长安的十万唐军却穷凶极恶,肆意烧杀抢掠,长安一片火海,"室屋及民所存无几"[2]。黄巢败后,大小军阀混战愈烈。昭宗天复三年(903),朱全忠率七万虎狼之兵进入关中。次年,朱全忠劫持昭宗迁都洛阳,强令长安市民"按籍迁居",把长安城内的宫室庐舍尽行拆毁,收取木材,运往洛阳。闻名世界的长安,从此一片废墟。

关中地区在唐初及盛唐时,就不再具备早先的地理优势,水旱相仍,饥荒时起,漕运又不便。经过"安史之乱"和此后的多次浩劫,其政治和文化中心的地位逐渐丧失。北宋统一后,经过多年的休养生息,至元丰年间,京兆府的人口(包括主客户)也只有 233312 户,仅占唐开元年间京兆府人口(262990 户)的 60%。而就当时全国的人口来看,已达 17211713 户,比唐开元间的人口(7069565 户)增多了近 60%。[3] 至于长安城中的人口,则不过数万家而已。

地理、政治和经济优势的丧失,使得这一地区的文化也逐渐衰落,一个显著的表现便是人才的减少。据杨远教授《北宋宰辅人物的地理分布》一文统计,北宋宰执共 311 人,关中地区不过 8 人,而河南地区则达 73 人,河北地区达 40 人。文学家的分布也同此格局。北宋时,关中地区的文学家才 18 人,仅及河南地区(59 人)的 30%。就整个宋辽金时期而言,这一地区更不乐观,总共才 28 人,尚不及河南地区(106 人)的 27%。

---

[1] 刘昫等:《旧唐书·僖宗纪》,第 723 页。
[2] 司马光等:《资治通鉴》卷二五五,第 8294 页。
[3] 马端临:《文献通考·户口》,第 113—117 页。

齐鲁文化区（齐州、郓州、济州一带）

齐鲁一带历来人才辈出。自周秦，历两汉、三国西晋、东晋十六国南北朝、隋唐五代，以迄宋辽金时期，这里都是一个相当重要的人才基地。从人文地理学的角度来看，这个地方的优势主要就在于文化传统的悠久和文化根基的深厚。就政治条件而言，齐鲁一带作为政治中心的历史已经过去很久了。成汤建商时，都于营丘，即今山东曹县，那是公元前1300年以前的事。公元前1300年左右，商朝第二十代国君盘庚即把他的王朝由山东迁到了殷，即今河南安阳。周时，有两个诸侯国在这一带，一为齐国，都临淄；一为鲁国，都曲阜。鲁享国870余年，于公元前249年为楚所灭；齐享国800余年，于公元前220年为秦所灭。从此之后，齐鲁地区不再为政治中心之所在，也就是说，就人才而言，齐鲁地区不具备国都所在地的那种强大的凝聚力。就经济条件而言，齐鲁地区地处黄河中下游，自然环境较好，尤其是齐国旧都临淄一带，在战国时期，"粟如丘山"，"车毂击，人肩摩，连衽成帷，举袂成幕，挥汗成雨，家敦而富"[1]，确实非一般的诸侯国所能比肩。不过，这也是秦统一之前的事了。此后的齐鲁大地，多次遭受战争的创伤，经济虽然没有完全衰败，但至少在全国不占重要位置。齐鲁文化的历久不衰，主要在于传统的积极作用。齐鲁之地为文献名邦，尤其是鲁国曲阜，为中国文化的圣地所在，历代统治者尊崇孔子，崇尚儒学，对这一带学术文化的发展有很大的激励作用。这一带的民风尚学，亦非其他地方可比。请看有关史书、地方文献和文人作品的记载（仅摘录与本章有关之州县的资料）：

---

[1] 刘向集录：《战国策·齐策》，第337页。

齐郡风俗，男子多务农桑，崇尚学业。(《隋书·地理志》)

重农桑，崇学业……多秀雅而文。(《历城县志》)

地近邹鲁，士知自重……其俗俭朴深沉，崇尚文雅。(《东阿县志》)

其土沃衍，其民乐阜。其君子好礼，其小人趋本。其俗习于周公、孔子之流风余教，可驯以诗书，故多士族。(《东平州志》)

至今东鲁遗风在，十万人家尽读书。(苏轼《刺密州诗》)

敦淳朴，习礼义，崇俭约，婚丧交相为助。好学尚儒。(《诸城县志》)

濒海之民，尚朴素，务耕读……士子闭户读书，以德行文章相推重。(《日照县志》)

士颇读书，重廉耻，不事外饰。(《巨野县志》)

士渐邹鲁风，民习莘郊俗。(《莘县县志》)

一个地区如果文化根基深厚，民风好学，加之交通比较发达，便于人才的求学与交流，经济上不至贫困，可供人才培养的一般费用，也是可以出现许多人才的。宋辽金时期，齐鲁的文学人才以齐州（济南）、郓州（东平府）和济州三处为最多，共34人，占了整个齐鲁文学家（68人）的一半。而这三个地区，正是交通发达、经济比较富庶的地方。著名的济水从这三个地区穿境而过，山东境内最大的湖泊梁山泺处于郓州（东平府）和济州之间，灌溉着大片的良田。即以郓州（东平府）而言，北翊燕赵，南控江淮，运河穿越其间，自隋以来，即为水陆交通要区。金元之交，中原大乱，东平府一带则保持着相对的繁荣和稳定，"治为诸道第一"。金朝大诗人元好问曾数游东平,并写有《出东平》一诗,赞美东平的繁华与富庶。及至元代,这里的发展更为可观,详见下章。

上京文化区(临潢府)

上京为916—1125年间契丹族的政治、经济和文化中心。契丹原为东胡族的一支,居今辽河上游西拉木伦河一带。北魏时自号契丹,分属八部。唐时于此置松漠都督府。唐末耶律阿保机统一各部,于916年在临潢(今内蒙古巴林左旗)称帝,改国号为辽,称临潢为上京。"辽居松漠,最为强盛……东西朔南,何啻万里。"[1] 当其盛时,其辖境东北至今日本海,南抵河北、山西,北到外兴安岭、鄂霍次克海,西及天山。辽自916年建国,到1125年为金所灭,与五代和北宋对峙达209年之久。

契丹原是一个"刻木为契,穴地为牢"[2]的游牧民族,然自建国之初,即开始引进和吸收汉族文化。《辽史·耶律倍传》载,太祖耶律阿保机尝"问侍臣曰:'受命之君,当事天敬神。有大功德者,朕欲祀之,何先?'皆以佛对。太祖曰:'佛非中国教。'倍曰:'孔子大圣,万世所尊,宜先。'太祖大悦,即于上京建孔子庙,诏皇太子春秋释奠"。耶律阿保机之后,历耶律德光、耶律阮、耶律璟、耶律贤、耶律隆绪、耶律宗真、耶律洪基、耶律延禧诸帝,都曾亲谒孔庙。耶律隆绪更令诸州修复孔庙,同时在上京设立太学;耶律洪基则颁布五经传疏,设学养士。一方面崇尚儒学,一方面吸收汉族知识分子参预政府,如康默记、韩延徽、韩知古、张砺、高勋等,都

---

[1] 脱脱等:《辽史·属国表》,中华书局1974年版,第1125页。
[2] 脱脱等:《辽史·太祖纪赞》,第24页。

被辽统治者罗致麾下，参与军政，制订礼仪，推行教化。儒学的提倡和汉族知识分子的引进，大大地提高了契丹族统治者的文化素质，像耶律阿保机、耶律倍、耶律德光、耶律隆先、耶律道隐等，都因此而成为本民族杰出的军政和文化人才。

契丹族的文化人才，以皇族耶律氏最为兴盛。这是因为他们居国都上京，有机会接触优秀的汉族知识分子，有条件接受汉文化的熏陶。如耶律阿保机说得一口流利的汉语；阿保机的三弟迭剌，参与"制契丹字数千，以代刻木之约"[1]；阿保机的长子耶律倍"通阴阳"，"精医药砭焫之术"，他曾"市书数万卷，藏于医巫闾绝顶之望海堂"，又曾用契丹文翻译《阴符经》，并且作有大量诗文[2]；耶律屋质"博学，知天文"[3]；耶律辖底之子迭里特"尤神于医"[4]；耶律德光所制诔文，能令"读者悲之"[5]；耶律倍之子耶律隆先，"博学能诗，有《阆苑集》行于世"[6]；"圣、兴、道（耶律隆绪、耶律宗真、耶律洪基）三宗，雅好词翰，咸通音律"[7]；耶律世良"练达国朝典故及世谱"[8]；耶律俨"修《皇朝实录》七十卷"[9]；耶律谷欲参与编撰诸帝实录；耶律孟简尝"编耶律曷鲁、屋质、休哥三人行事以进"[10]；耶

---

[1]　厉鹗：《辽史拾遗》卷一引陶宗仪《书史会要》，文渊阁四库全书本。
[2]　脱脱等：《辽史·义宗倍传》，第 1209 页。
[3]　脱脱等：《辽史·耶律屋质传》，第 1255 页。
[4]　脱脱等：《辽史·耶律辖底传·附传》，第 1499 页。
[5]　脱脱等：《辽史·太宗纪》，第 37 页。
[6]　脱脱等：《辽史·义宗倍传》，第 1212 页。
[7]　沈德潜：《辽诗话序》，周春辑：《辽诗话》，见《清诗话》，上海古籍出版社 1978 年版，第 787 页。
[8]　脱脱等：《辽史·耶律世良传》，第 1385 页。
[9]　脱脱等：《辽史·耶律俨传》，第 1416 页。
[10]　脱脱等：《辽史·耶律孟简传》，第 1456 页。

律学古工诗[1]；耶律乌不吕"善属文"[2]；耶律资忠有《西亭集》[3]；耶律国留"在狱著《兔赋》、《寤寐歌》"；耶律昭"博学，善属文"[4]，耶律庶成"于诗尤工"[5]；女性如耶律常哥，"能诗文，不苟作"[6]；耶律洪基的皇后萧观音，"工诗，善谈论，自制歌词"[7]；耶律延禧的文妃萧瑟瑟，"善歌诗"[8]。此外，像耶律贤好音律，耶律题事工画等，一时难以遍举。

历代皇族，无论嫡庶，总是享用着当时最先进的物质文明和精神文明的成果，总是居住在经济富庶、交通方便的京师或各封国的首府，总有机会接触当时最优秀的文化人，总有条件一展自己之所学，所以历代皇族既是政治上的特权阶层，也是文化上的优胜者。无论是汉族的皇族，还是少数民族的皇族，都是如此。辽代的文化，在整个中国文化史上，并不算辉煌；辽代的文学，在整个中国文学史上，也不算发达。总的来讲，它们还比较落后。但是，如果把目光投射在辽的版图之内，还是得承认，皇族是最为突出的，原因就在于他们可以享受到别人所享受不到的文化熏陶。我们看宋辽金时代的文学家，就契丹族而言，不过15人，而皇族就占了14人。

蜀文化区（成都府、眉州、梓州一带）

蜀文化是以春秋战国时期的蜀国为地理依托的一种古老的地域

---

[1] 脱脱等：《辽史·耶律学古传》，第1303页。
[2] 脱脱等：《辽史·耶律乌不吕传》，第1304页。
[3] 脱脱等：《辽史·耶律资忠传》，第1344页。
[4] 脱脱等：《辽史·耶律昭传》，第1454页。
[5] 脱脱等：《辽史·耶律庶成传》，第1349页。
[6] 脱脱等：《辽史·耶律氏常哥传》，第1472页。
[7] 脱脱等：《辽史·道宗皇后萧氏传》，第1205页。
[8] 脱脱等：《辽史·天祚文妃萧氏传》，第1206页。

文化。

自战国以来，蜀地便是一个农业发达之区。秦昭襄王后期，李冰为蜀守，修建了都江堰这一伟大的水利工程。都江堰建成后，溉蜀、广汉、犍为三郡，于是蜀地"沃野千里，号为陆海，旱则引水浸润，雨则杜塞水门，故记曰：水旱从人，不知饥馑，时无荒年，天下谓之天府也"[1]。秦汉时，这里的工商业发展很快，不少人以经营盐铁朱砂而致富。如寡妇清，以经营朱砂而致富，"礼抗万乘，名显天下"，秦始皇"为筑女怀清台"[2]。卓王孙在临邛"即铁山鼓铸，运筹策，倾滇蜀之民，富至僮千人"[3]。程郑"亦治铸，贾椎髻之民，富埒卓氏"[4]。三国时，刘备在这里建立蜀汉政权，奖励耕织，兴修水利，着力开发当地资源，发展工商业。当时的蜀锦最为有名。所谓"阛阓之里，伎巧之家，百室离房，机杼相和，贝锦斐成，濯色江波"[5]。大批的蜀锦销往魏、吴两国。蜀国灭亡后，府库中还存有锦绮彩绢各二十万匹。[6] 十六国时期，李雄在这里建立成汉政权。"时海内大乱，而蜀独无事，故归之者相寻……事少役稀，百姓富实，闾门不闭，无相侵盗。"[7] 蜀地经济得到进一步发展。南朝时，蜀地政局亦比较稳定，经济仍呈上升之势。梁武帝第八子武陵王萧纪为都督益州刺史，"在蜀十七年……外通商贾远方之利，总能殖其财用……既东下，黄金一斤为饼，百饼为簉，至有百簉，银五倍之，

---

[1] 常璩：《华阳国志·蜀志》，文渊阁四库全书本。
[2] 司马迁：《史记·货殖列传》，第3260页。
[3] 同上书，第3277页。
[4] 同上书，第3278页。
[5] 左思：《蜀都赋》，严可均辑：《全上古三代秦汉三国六朝文》，第1883页。
[6] 裴松之注：《三国志·蜀志·后主传》引《蜀记》，第538页。
[7] 房玄龄等：《晋书·李雄载记》，第3040页。

其他锦罽缯采称是"[1]。隋唐五代时期，蜀中堪称富庶。唐初，"天下饥乱，唯蜀中丰静"[2]。李渊尝谓"京师仓库军国支用，间以恤民，便缺支拟。今岷嶓款服，蜀汉沃饶，闾里富有绮陶，菽粟同于水火，昔者储蓄，征敛实繁，帑藏尤殷"[3]，因命关中饥民去蜀中就食。天宝十四年，安禄山、史思明在范阳叛变，很快据有东都、潼关，入关粮道被截断，唐玄宗去"岁稔民安，储供无阙"的蜀中避乱。[4] 唐末，黄巢义军直指长安，唐僖宗又向"府库充实"的蜀中奔逃。[5] 从中晚唐开始，全国的经济重心向南移动，至南宋，则完全移到江南。"当此之时，蜀中号为优裕"[6]，成为宋廷重要的财政支柱。

就蜀地内部而言，其经济发展水平也是不平衡的。"古所称蜀地肥饶，及沃野千里，号为陆海之说，大抵指成都近地言之。而巴、阆、邛、僰间，穷谷嵌岩，去水泽绝远，类多硗瘠之区，自不能如江东、浙西之湖田、圩田，衍至数倍也。"[7] 比较而言，四川盆地西部的成都平原最为优越，中部的丘陵次之，盆地边缘的山地和高原则最差。唐天宝年间，全国四个户口最多的州府当中，黄河流域占了三个，唯一属于长江流域的便是成都府。[8] 宋时，川陕四路人口的半数集中在成都府路。[9]

蜀地经济长期稳定的发展，为该地区文化事业的繁荣奠定了坚

---

[1] 李延寿：《南史·梁武陵王纪传》，中华书局1975年版，第1332页。
[2] 慧立、彦悰：《大慈恩寺三藏法师传》，中华书局1983年版，第7页。
[3] 李渊：《定户口令》，《全唐文》卷一，第1页。
[4] 刘昫等：《旧唐书·玄宗本纪》，第230页。
[5] 司马光等：《资治通鉴·中和元年》，第155页。
[6] 李心传：《建炎以来朝野杂记》甲集卷一七，文渊阁四库全书本。
[7] 常明等：《四川通志·田赋》，嘉庆二十一年本。
[8] 黄盛璋：《唐代户口的分布与变迁》，《历史研究》1980年第6期。
[9] 贾大泉：《宋代四川经济述论》，四川省社会科学院出版社1985年版。

实的基础。更为重要的是,蜀地在长期的开发建设过程中,形成了良好的文化传统。早在西汉"景、武间,文翁为蜀守"时,即"教民读书法令"。不久,即有"司马相如游宦京师诸侯,以文辞显于世,乡党慕循其迹,后有王褒、严遵、扬雄之徒,文章冠天下"[1]。东汉一世,这里文教兴盛,人才更多。所谓"建武之后,爰迄灵献,文化弥纯,道德弥臻。赵志伯三迁台衡,子柔兄弟相继元辅,司空张公宣融皇极,太常仲经为天下材英,广陵太守张文纪号'天下整理',武陵太守杜伯诗能决天下所疑,王稚子震名华夏,常茂尼流芳京尹。其次,张俊、秦宓英辩博通,董扶、杨厚究知天文,任定祖训徒同风洙泗……搢绅邵右之畴比肩而进,世载其美"[2]。东汉末,蜀地接纳了南阳与三辅地区的数万户流民。这些流民中有不少是文化人,如扶风法正、孟达,南郡董和等。刘备入蜀,又带进一大批士人。有学者统计,《蜀志》列传士人中,客籍达34人,土著只有17人。[3]大量北方士人入蜀,对当地文化的发展有很大的促进作用;加之蜀汉政权也积极兴办太学与地方官学,使得当地出了不少人才,所谓"今之益部,士美民丰"[4]。隋唐五代时,这一带文风亦颇盛,出现了陈子昂、陈光父子和李珣、李舜弦兄妹,大诗人李白也在这里度过了他的青少年时代。尤其是五代十国之时,中原为戎虏盗贼角逐之区,兵祸之下,生民涂炭,唐末之诗书门第功臣子弟多奔蜀以避乱。《新五代史·王建传》载:"蜀恃险而富,当唐之末,士人多欲依建以避乱。建虽起盗贼,而为人多智诈,善待士。"[5]故中原

---

[1] 班固:《汉书·地理志》,第1645页。
[2] 常璩:《华阳国志·蜀志》,文渊阁四库全书本。
[3] 卢云:《三国西晋时期的文化区域与文化重心》,《历史地理》第6辑。
[4] 裴松之注:《三国志·蜀志·许靖传》引《益部耆旧传》,第576页。
[5] 欧阳修:《新五代史·王建传》,中华书局1974年版,第787页。

地区著名的文人士大夫如韦庄、郑蹇等，均得到重用。据统计，中原地区逃亡蜀地的士人有60余人，像高阳毛文锡、鄜州顾琼、杜陵韦庄、狄道牛峤、牛希济等，都是五代十国时西蜀地区的著名词人，他们奉晚唐词人温庭筠为鼻祖，形成了一个别具特色的文学流派——花间词派，对两宋词的发展产生了极为重要的影响。

蜀文化高潮的出现是在宋辽金时期。据谭正璧《中国文学家大辞典》所录，从先秦迄五代十国，蜀地文学家只有32人，而宋辽金时期，则达到76人，仅成都、眉州、梓州（潼川）、隆州、汉州五处，就有47人。这个时期的蜀地，不仅人才辈出，而且名家迭起，像苏洵、苏轼、苏辙、苏易简、苏舜元、苏舜钦、李焘、李心传、文同、陈尧佐等，都是当时第一流的散文家、诗人、画家和史学家。

宋辽金时期蜀文化的繁荣，最主要的原因即在于经济的富庶、社会的安定、文化传统的悠久以及五代十国时北方士人的入蜀，此外还有一个因素也不应忽视，这就是在这个时期，蜀地文化人在朝廷的地位大大提高，像陈尧佐、王珪、张商英、何栗、苏易简、陈尧叟、孙抃、苏辙、范百禄、安惇、邓洵武、邓洵仁、宇文粹中、宇文虚中、冯澥等人都曾先后为宰执，他们对故乡士人的提拔、奖掖和激励，都是相当重要的。

湖湘文化区（潭州一带）

湖湘文化区属于古代楚文化区的一部分，和北部的荆楚文化相比，处于南部的湖湘文化是相当落后的，古人所讲的"南蛮之地"，就是指从洞庭湖往南的大片地区。湖湘文化的发展经历了一个漫长的过程。

宋辽金时期的湖湘文化，以潭州（治长沙）一带较为先进。潭州为"湘岭要剧",所谓"湘川之奥,人丰土辟,南通岭峤,唇齿荆雍"[1]。其地理位置和交通条件都比较好,在唐时,其商业即号称"繁盛"[2]。两宋时,湖南的书院教育比较发达,有53所,仅次于江西和两浙,居全国第三位,并且出现了像周敦颐这样的第一流的哲学家,建立了像岳麓书院这样的名列全国四大书院之一的学府。两宋时期,潭州一带文化学术的繁荣与文学家的崛起,与这里堪称发达的书院教育是有重要关系的。

赣文化区（吉州、饶州、抚州、洪州、信州、建昌军、临江军一带）

赣文化区也可以称为江西文化区,原是吴越文化区的一部分,其地理范围相当于今江西省全境。东晋以前,这一带一直属于扬州管辖,东晋、南朝时属江州管辖。赣文化的发展,经历了一个较长的过程。

"安史之乱"后,随着中国经济重心的逐步南移,随着北方士庶的大批南迁,江西的经济、文化的发展获得了有史以来最好的机遇。以进士的分布为例。据徐松《登科记考》载,中唐以前,江西的洪、袁、江、信、吉、虔六州,只有一个进士,中唐以后,竟达到74个。[3]

五代十国时,江西属于南唐的版图。南唐享国虽只39年,但是由于统治者"生长兵间,知民厌乱",故"兵不妄动,境内赖以休息"。南唐政府大力推行轻徭薄赋、奖励农桑的政策,使得境内"比

---

[1] 杜佑:《通典》卷一八三,第973页。
[2] 李昉等编:《太平广记》卷四七〇,第3874页。
[3] 徐松:《登科记考》,孟二冬:《登科记考补正》。

他国最为富饶，山泽之利，岁入不赀"[1]。江西属于当时发展得最好的地区，以至于南唐后期，朝廷竟有迁都豫章之议。

　　江西境内的交通十分发达。自唐张九龄开凿大庾岭梅关故道之后，赣水成为中原通往岭南和海外的主要水道。这里同东南地区的联系也相当方便。既可由洪州沿赣水过鄱阳湖至江州，再顺江东下历池州、和州、江宁、润州而至扬州；也可由洪州沿赣水越鄱阳湖入饶州余水至信州，东行历衢州、睦州、杭州入运河，过苏州、常州至润州，然后渡江至扬州。扬州是个交通枢纽。到了扬州，便可循运河经汴水而西至两京了。江西境内，"郡邑无不通水"[2]。由于水路畅通，江西的内河航运和造船业相当发达。宋真宗时，全国年产纲船 2910 余艘，其中虔州和吉州就达 1130 艘。航运业的发达，又进一步促进了江西地区手工业的发展。宋时，信州盛产铅铜，"常募集十余万人，昼夜采凿，得铜、铅数千万斤"[3]。饶州景德镇的瓷器，"尤光致茂美，当时则效著行海内，于是天下咸称景德镇瓷器"[4]。江西地区手工业的发展，又使得当时的新型农具得以面世。例如一直沿用到今天的筒车和龙骨水车，在北宋时的江西就已得到普遍的推广。新型农具的使用，又进一步推动了江西农业的发展。两宋时，东南地区人口最多。以元丰三年（1080）的人口统计为例，当时全国总户 14852684，东南地区占 8448550 户，为总数的 57%；而在东南地区，仅江南西路（今江西大部分地区）便有 1365533 户，占东南九路（两浙、淮南、江南东、江南西、荆湖南、荆湖北、福

---

[1] 马令：《南唐书·烈祖本纪》，文渊阁四库全书本。
[2] 李肇：《唐国史补》，第 62 页。
[3] 徐松：《宋会要辑稿·食货》。
[4] 蓝浦、郑廷桂：《景德镇陶录》卷五，上海神州国光社影印本。

建、广南东、广南西）的16%，仅次于两浙（1830096）而居东南第二位。[1]

　　社会的安定，经济的富庶以及交通的发达，为江西文化教育事业的发展提供了最基本的前提。两宋时期，全国有书院719所，仅江西地区就达224所，占总数的31%，居全国之首。[2]这里有由朱熹主持重建的全国四大书院之一的白鹿洞书院，有陆九渊讲学的象山书院，有周敦颐讲学的濂溪书院，有李觏讲学的盱江书院，有朱熹、陆九渊、吕祖谦等一代名流齐集讲学的鹅湖书院。书院既是一个教育机构，又是一个学术研究机构。书院的创建者或主持人，大多是一方名儒。书院的教学实行"门户开放"的政策，听讲者可以不受地域和学派的限制。书院的学术研究，也体现了稷下学宫的"百家争鸣"的精神，不同的学派可以在这里展开辩论。书院是理学的研究和传播基地，以"四书"、"五经"为基本教材，同时也以《楚辞》、《韩文》等为重要读物。后来王守仁甚至主张把课程分为三类：一是诗歌，二是习礼，三是读书。书院的主持人有不少即是文章大家。如宋时的朱熹，一生著述宏富；陆九渊不以文章传世，但文章写得很好；吕祖谦也长于文章。书院培养了不少文章大家。如唐宋散文八大家之一的曾巩，就出身于盱江书院。书院的文风很好。晚唐五代直至宋初，天下文士"多涉浮华"。宋仁宗于天圣七年（1024）下诏，强调"文章所宗，必以理实为要"[3]。嘉祐二年（1057），欧阳修知贡举，废黜"时文"，曾巩等一大批江西士子多曾在书院研读"四书"、"五经"，习谙韩柳文章，长于古文，因而一举及第。

---

[1]　马端临：《文献通考》卷——，第114—115页。
[2]　王炳照：《中国古代书院》，商务印书馆1998年版，第202—203页。
[3]　徐松：《宋会要辑稿》。

宋时的江西,因为书院发达,讲学成风,因此成了哲学家的摇篮。宋代哲学有唯物主义和唯心主义两大阵营。前者如李觏、王安石、张载、陈亮、叶适,后者如周敦颐、邵雍、程颐、程颢、朱熹、陆九渊等,便是这两大阵营的代表人物;而这十一位代表人物,江西籍的便占了三位(李觏、王安石、陆九渊)。其他几位虽不是江西籍,但其主要学术活动却在江西,或者说,其学术思想主要形成于江西。

宋时的江西,不仅是哲学家的摇篮,而且是文学家的大本营。以数量而论,隋唐五代时,占籍江西的文学家不过18人,至宋辽金时期,竟达到162人,超过隋唐五代九倍!以质量(水平、成就和影响力)而论,唐宋散文八大家中,有三大家(欧阳修、王安石、曾巩)是江西人。支配和影响宋仁宗庆历以后的中国诗坛达几百年之久的江西诗派,其主将如黄庭坚、谢逸、洪刍、洪炎、洪朋、饶节、徐俯、李彭、善权等都是江西人。北宋词坛的主将晏殊、晏几道父子为抚州临川人,南宋中期格律派词人领袖姜夔为饶州鄱阳人。

两宋时期,江西涌现出如此之多的文学人才,与江西籍文人在朝廷的得势也大有关系。这个时期,江西出了16位宰相,北宋6位,南宋10位,占全国总数(133)的12%。临江人王钦若在真宗时为宰相,打破了历来南人不为相的传统。抚州临川人晏殊"平居好贤","及为相,益务进贤材"[1]。抚州临川人王安石为相,多用南方人,如建昌南丰人曾布就曾得到重用。曾布后来又位至宰相。吉州永丰人欧阳修任执政前,尝知贡举,曾巩即出其门下。北宋时,士大夫之间的"南北之见"很深。王安石为相多用南人,司马光为相

---

[1] 脱脱等:《宋史·晏殊传》。

则多用北人。这种南北之争往往酿成朝廷的党争。这种褊狭的地方主义并不可取。但是在客观上，对当地年轻人的读书上进却是一种很大的激励。饶州人洪迈《容斋随笔》载："嘉祐中吴孝宗子经者，作《余干县学记》，云古者江南不能与中土等；宋受天命，然后七闽二浙，与江之西东，冠带诗书，翕然大肆，人才之盛，遂甲于天下。江南既为天下甲，而饶人喜事，又甲于江南。盖饶之为州，壤土肥而养生之物多，其民家富而户羡，蓄百金者不在富人之列。又当宽平无事之际，而天性好善，为父兄者以其子与弟不文为咎，为母妻者以其子与夫不学为辱。"[1] 这个记载很能说明问题。为父兄、为母妻者以其子弟、子夫不学为耻辱，正好表明了那种"学而优则仕"的价值观念在这个地区已经牢固地树立。而这一点，又得益于本地区先贤和时贤的示范。

闽文化区（福州、兴化军、泉州、建州、邵武军、南剑州一带）

宋辽金时期，南方有五个地区的文化最为发达。一是吴，一是越，一是蜀，一是赣，一是闽。据谭编《大辞典》所载，福建在隋唐五代时期有文学家25人，至宋辽金时期，增至114人，增长了4.6倍。其增幅虽不及江西，却高于两浙和巴蜀。

这一带的经济，在王审知据闽时，得到进一步的发展。由于推行"轻徭薄敛，与民休息"的政策，使得"三十年间，一境晏然"[2]。宋时，福建的种植业发展很好，不仅"土多秔稻"[3]，而且盛产佛手柑、金橘、荔枝、龙眼、甘蔗、蕉、橄榄、杨桃、枇杷等多种果品。

---

[1] 洪迈：《容斋随笔》，第665—666页。
[2] 薛居正等：《旧五代史·王审知传》，中华书局1976年版，第1792页。
[3] 脱脱等：《宋史·食货志》，第4477页。

茶叶本是南方很普遍的农产品，但以建安的龙凤团茶最为有名，所谓"建安茶品甲于天下"[1]。福建的海外贸易也很发达。泉州为当时国内两个最大的贸易港之一（另一个为广州），"这里经常有商船往来中国、高丽海面间。高丽的国都开城，有侨居的华人数百，多半是来自福建的"[2]。至南宋末，泉州更成为当时南方最大的商港。由于山东半岛沦陷，南宋王朝和日本、高丽等东方国家的交通、航运起点全部南移，泉州和广州成了全国海外贸易的两个重要基地。据统计，绍兴末年，泉州和广州两个市舶司的总岁收达到二百万贯。

经济发展的重要标志之一便是人口的增加。从五代始，福建人口一直呈上升趋势。南宋时，人口上升更多。据统计，南渡前，福建路人口为2043032，南渡后，增至2808851，其增幅仅次于潼川府而居全国第二。仅以邵武县为例，北宋元丰时，人口为87900，南宋庆元间，增至142100，多了54200多人。这些人中，有不少是"靖康之难"后的北方移民，也有不少是金兵渡江南犯时的两浙和江西移民。事实上，早在五代末，由于"公私富实，境内以安"[3]，加之气候温润，山水清嘉，这里（尤其是武夷山一带）已是北方士人的一个逋逃薮。

社会安定，经济富庶，又有不少北方士人寓居于此，这就为福建教育事业的发展创造了很好的条件。这个时期，福建的书院达85所，仅次于江西、浙江而居全国第三位。[4] 福建的人才也很可观，所谓"七闽山水多才俊"[5]。以宰相而言，北宋时出了10个，南宋时

---

[1] 宋子安：《东溪试茶录》，《古今图书集成》本。
[2] 张家驹：《两宋经济重心的南移》。
[3] 司马光等：《资治通鉴》卷二六七，第8717页。
[4] 王炳照：《中国古代书院》，第202—203页。
[5] 宋真宗赵恒：《赐神童诗》，《全宋诗》卷一〇四，北京大学出版社1995年版。

则出了8个,仅次于河南、浙江而居全国第三。福建的文化名流也很多,像朱熹的理学,袁枢、郑樵的史学,蔡襄、蔡京的书法,黄齐、惠崇的绘画,柳永、刘克庄的诗词,都是全国很有影响的。无怪乎当时人要说:"今世言衣冠文物之盛,必称七闽。"[1]

两宋时期闽地的人才,以建州(建宁)为最。除了上述条件,这里的刻书事业之发达,也是一个重要因素。如建阳刘仲吉、建安蔡梦弼、黄善夫、刘元起、蔡琪等著名刻书家,建阳龙山书堂、建安余氏勤有堂、江仲达群玉堂、建宁黄三八郎书铺、陈三八郎书铺等著名书肆,都刻过不少文史名著,从而有力地促进了此地文化的发展。

越文化区(秀州、湖州、杭州、越州、明州、台州、温州、处州、婺州、衢州一带)

越文化区是吴越文化区的一部分,其地理范围相当于两宋时两浙东路和两浙西路的南部,也就是今天的浙江省全境。

北宋时的两浙路,即为全国的首富之区。苏轼尝云:"两浙之富,国用所恃,岁漕都下米百五十万石,其他财富供馈,不可胜数。"[2]南宋时,随着全国经济重心的南移,两浙地区的经济达到全面繁荣。李光云:"二浙每岁秋租大数不下百五十万斛,苏、湖、明、越,其数大半,朝廷经费之源,实本于此。"[3]无论是农业还是手工业(纺织、造纸、陶瓷、造船),抑或对外贸易,均居全国之首。南宋初,号称繁华的大城市全国共40个,两浙就占了23个。

---

[1] 《南宋群贤小集·端溪吟稿序》,顾修读画斋刊本。
[2] 苏轼:《进单锷吴中水利书状》,《苏东坡全集》卷五九,北京燕山出版社2009年版。
[3] 徐松:《宋会要辑稿·食货》。

经济的发达，促使这一带的书籍印刷业迅速臻于繁荣。早在晋代，这里的"剡藤纸"就颇有名气；至北宋，会稽的竹纸更是名扬天下；至南宋，除了会稽竹纸，它如黄岩的藤纸、天台的玉版、钱塘的油纸、四明的盐钞、温州的蠲纸、富阳的谢公笺和赤亭纸等，均擅名海内。造纸业的发达，直接促成了印刷业的兴旺。北宋时，杭州已成为全国四大印刷中心之一。"北宋刊本，刊于杭者，殆居大半。"南宋时，绍兴府的"刊书之多，几与临安（北宋杭州）埒"[1]。除了杭州（临安）和绍兴，它如婺州、衢州和台州等地的刻书（印刷）业也都很盛。这一带不仅书坊最多，而且质量最好。所谓"今天下印书，以杭州为上，蜀本次之"[2]。

印刷业的发达，使得这一带成为全国藏书最富的地区之一。像海盐许棐、于潜洪咨夔、吴兴叶梦得、鄞县楼钥、楼郁、镇海曹盅、安吉陈振孙、上虞李光、义乌何恪、会稽诸葛行仁、新昌石公弼、山阴陆宰、陆游、婺州吕祖谦、永嘉薛季宣等，都是当时非常著名的藏书家。与图书的收藏有直接因果关系的，便是书院的发达。据统计，两宋时全国有书院719所，仅浙江就有156所，占总数的22%，居全国第二位。[3] 书院的工作，主要便是藏书、供祀和讲学。如大学者吕祖谦就曾讲学于金华的丽泽书院，杨简也曾讲学于慈溪的杜洲书院。书院之外，这一带的官学和其他形式的教育也比较发达。南宋的临安"自有文、武两学、宗学、京学、县学之外，其余乡校、家塾、舍馆、书会，每一里巷须一二所，弦诵之声，往往相

---

[1] 王国维：《两浙古刊本考序》，《王国维全集》卷七，浙江教育出版社、广东教育出版社2009年版，第3页。
[2] 叶梦得：《石林燕语》，中华书局1984年版，第116页。
[3] 王炳照：《中国古代书院》，第202—203页。

闻"[1]；绍兴"自宋以来，益知向学、尊师、择友。南渡以后，弦诵之声，比屋相闻"[2]；甬句之"学者，鼎撑角立，雨戴笠，宵续灯，互相过从，以资攻错，书带之草，异苔同岑，其亦盛哉"[3]；湖州"自宝元间，滕宗谅为守，首建学校，时安定胡瑗为教授，讲明体用之学，东南文物之盛，以湖为首称"[4]。教育事业的发达与学风的淳厚，为当地人才的涌现提供了最直接的保障。

这一带自东晋以来，文化基础就比较好。"靖康之难"以后，由于社会稳定，经济富庶，交通发达，加之政治中心南移临安，又吸引了北方地区大批文化人到来。当时"四方之民，云集二浙，百倍常时"，而"常、润、湖、杭、明、越，号为士大夫渊薮，天下贤俊，多避地于此"[5]。像拱州赵鼎、许翰、许忻，许昌韩元吉，开封向沈、罗靖、苏汉臣、王应麟、刘宗古，山东焦瑗，赵州宋驹，郑州赵蕃，相州韩冠卿，涿州赵希侣，洛阳陈与义，济南李清照、辛弃疾，河南朱敦儒，郓州王质，河中李唐、李迪，楚州廉布，河北朱锐等一大批著名的哲学家、文学家和艺术家，都曾荟萃于两浙。他们把中原地区优秀的文化学术带到了这里。所谓"中原正气，群聚一隅。孔端友负孔子圣像而居衢县，号称南宗；颜复家石门，子孙自为家落，号陋巷村；孟载扈跸临安，而家诸暨；吕朋中卜居婺州，得中原文献之传，先子东莱，既为浙东理学之宗，更开浙东史

---

[1] 耐得翁：《都城纪胜·三教外地》，《东京梦华录（外四种）》，上海古典文学出版社 1956 年版。
[2] 董钦德：《康熙会稽县志·风俗记》，绍兴县地方志编纂委员会 1992 年重印。
[3] 全祖望：《同谷三先生书院记》，詹海云：《鲒埼亭集校注》外编卷一六，鼎文书局 2003 年版。
[4] 栗祁：《万历湖州府志·风俗》，文渊阁四库全书本。
[5] 李心传：《建炎以来系年要录》卷一五八、卷二〇，中华书局 1956 年版。

学之渐"[1]。这些人的南迁，同"永嘉之乱"、"安史之乱"后的士人南迁一样，初衷在于避乱，但是他们到来之后，却给当地文化的迅速发展带来最好的契机，因为无论何时何地，人总是文化的第一载体；而在古代，人几乎成了文化的唯一载体。章乃羹指出："予推究两浙文化，由勾践之摧强敌，会盟中国，中原文化始传播两浙。至晋室都江左，赵宋都临安，中原人物，翩然莅至，由流寓而著籍，吾浙人物所以殷盛，要由寓贤始。"[2] 这个时期的越文化，正是由当地土著和北方流寓所共同创造的；越地人英，正是当地文化和中原文化相融合的产物。

一个地区文学家群体的大小，文学创作水平的高低，与该地区整体的文化学术状况的盛衰有着绝大关系。文学现象从来不是一种孤立的现象，它是一个时代一个地区文化的一种表征。两宋时期，越地文学繁荣的同时，学术领域也出现了前所未有的盛况。这个时期是中国历史上学术文化最为发达的时期，而越地则是宋代学术的发源地之一。早在仁宗景祐年间，当晋州人孙复讲学于泰山时，泰州人胡瑗便已在湖州建立"湖学"了，其弟子达1700多人，盛况非孙复所能及。在胡瑗讲学湖州的前后，范仲淹、王安石等人纷纷在浙江讲学；杭州的吴师仁、明州的杨适、杜醇以及永嘉的王开祖、丁昌期等人也纷纷在浙江倡学。自胡瑗在浙江首创"湖学"之后，宋学逐渐兴盛。"庆历之际，学统四起。齐、鲁则有士建中、刘颜夹辅泰山而兴；浙东则有明州杨、杜五子，永嘉之儒志、经行二子；浙西则有杭之吴存中，皆与安定湖学相应；闽中又有章望之、黄晞，

---

[1] 章乃羹：《两浙人英传》，加利福尼亚大学1988年印行。
[2] 同上书。

亦古灵一辈人也；关中之申、侯二子，实开横渠之先；蜀有宇文止，实开范正献公之先。筚路蓝缕，用启山林。"[1]北宋末叶，当程颢、程颐在洛阳创立"洛学"，张载在关中创立"关学"，三苏父子在蜀中创立"蜀学"，周敦颐在湖南创立"濂学"时，越地也出现了"元丰九先生"。南宋时，"浙东儒学极盛"[2]。当时瓯江、灵江、钱塘和甬江等流域，都是儒学的分布重心之所在。这个时候，越地儒者达400人左右，几为江西、福建的一倍，四川的五倍多，中原的十倍，湖湘的十三倍，关中的五十多倍。[3]也正是在这个时候，出现了与"朱学"、"陆学"鼎足而三的"浙学"。"浙学"主要产生于浙东，故又称"浙东学派"。"浙东学派"主要包括以吕祖谦为代表的婺学，以薛季宣、陈傅良和叶适为代表的永嘉学及以陈亮为代表的永康学。"陆学"虽产生于江西，"然其学脉流传，偏在浙东"[4]。"朱学"产生于福建，然"除闽地外，朱学在外地的影响以浙江为最"[5]。

两宋时期，越地的著名学者如吕祖谦、陈亮、陈傅良、薛季宣、许景衡、叶适、周行己等，同时也是当时颇负盛名的文学家；著名文学家张先、周邦彦、陆游、吴文英、戴复古等，也都很有学问。学术文化给予文学的恩惠是难以估计的。越地的文学家，就生活和成长在这样一个学术文化气氛相当浓郁的人文地理环境之中。

两宋时，浙江一带的文学家就谭编《大辞典》所录，共209人，居全国之首。其中南宋占了173人，为总数的83%。这个数

---

[1] 黄宗羲：《宋元学案·序录》，中华书局1986年版，第2页。
[2] 黄宗羲：《宋元学案》卷四九。
[3] 余瑛：《宋代儒者地理分布的统计》，《禹贡》1934年5月第1期。
[4] 黄宗羲：《宋元学案·槐堂诸儒学案》卷七七，第2571页。
[5] 徐吉军：《宋代浙江学风概述》，《浙江学刊》1989年第1期。

字表明，浙江一带文学家的急剧增多，与南宋时政治、经济和文化中心的南移是有重要关系的。而在209位浙江文学家中，杭州（临安）府占了32位，其中南宋17位，这与临安作为京师所在地也有一定的关系。

吴文化区（徐州、扬州、润州、常州、苏州、歙州一带）

吴文化是吴越文化的一部分，其地理范围相当于两宋时的淮南东路、江南东路，以及淮南西路的东部和两浙西路的北部，也就是今天的江苏、安徽和上海全境。

两宋时期，占籍吴文化区（今江苏、安徽、上海）的文学家达141人，虽然不及越文化区（今浙江）和赣文化区（今江西），只与闽文化区（今福建）相当，但也是南方文学家的一个分布重心。这里以扬州、苏州（平江府）、歙州（徽州）为例，略加考察。

江北的扬州，是唐代最为繁华的大都市之一，关系着王朝的财政命脉。晚唐的高骈、秦彦、毕师铎之乱，使得这个"歌钟之地""庐舍焚荡，民户丧亡"[1]。杨行密定江淮后，"招合遗散，与民休息"[2]，致力于经济的恢复和发展。不过三年时间，扬州又成了富雄之地。据史氏《钓矶立谈》载："吴王称号淮南时，广陵殷盛，士庶骈闐。"[3]北宋时的扬州位于水陆交通的中心，从这里出发前往汴京的舟车每天数以十百计。司马光曾以"万商落日舡交尾，一市春风酒并垆"[4]的诗句，来赞美扬州的繁华。南宋初年，扬州两次遭到金

---

[1] 刘昫等：《旧唐书·秦彦传》，第4716页。
[2] 薛居正等：《旧五代史·杨行密传》，第1781页。
[3] 史氏：《钓矶立谈》，文渊阁四库全书本。
[4] 司马光：《送杨秘丞通判扬州》，《司马文正公传家集》卷一三，商务印书馆《万有文库》本。

兵的洗劫，"四顾萧条，寒水自碧；暮色渐起，戍角悲吟"，词人姜夔曾经非常沉痛地写到扬州的残破。[1] 不过自淳熙以后，扬州又逐渐得到恢复。至宋末元初，这里也称"城颇强盛……恃工商为活，制造骑尉战士之武装甚多"[2]，可见这里的商业和手工业都相当活跃。唐五代时的扬州是一个人文荟萃的地方，出现了像李善这样的大学者和张若虚这样的大诗人，宋时的扬州，尽管没有大的发展，但也保持了这一人文传统。宋初的徐铉、徐锴兄弟，仁宗时的王令，都颇有名。扬州地处交通要冲，经济又比较富庶，如果不是屡经战乱，如果有一个长时间的安定的人文环境，这里的文化当会发展得更蓬勃一些，这里的文学也会更兴盛一些。

江南的润州、常州、苏州，在唐五代时就很发达。两宋时，这里的繁华程度与杭州（临安）、秀州（嘉兴）、湖州相埒。欧阳修《有美堂记》云："若乃四方之所聚，百货之所交，物盛人众，为一都会，而又能兼山水之美，以资富贵之娱者，惟金陵、钱塘。"在他看来，北宋时的江宁（金陵）、杭州（钱塘），可谓天下最美之处。这种美，既包含了人文环境，也包含了自然环境。事实上，在吴文化区内，还有一处比江宁（金陵）更美的地方，这就是苏州。"上有天堂，下有苏杭"这话，正是宋人讲出来的，原话是："天上天堂，地下苏杭。"[3] 有人甚至认为，苏州比杭州还要美。例如苏辙就认为："姑苏之饶，冠于吴越。"[4] 龚明之讲得更具体。他说："姑苏自刘（禹锡）、白（居易）、韦（应物）为太守时，风物雄丽，为东南之冠。

---

[1] 姜夔：《扬州慢》，夏承焘：《姜白石词编年笺注》，上海古籍出版社1981年版，第1页。
[2] 马可·波罗：《马可·波罗游记》，福建科学技术出版社1982年版，第167页。
[3] 高斯得：《宁国府劝农文》，《耻堂存稿》卷五，文渊阁四库全书本。
[4] 苏辙：《刘淑苏州胡宗哲宿州》，《栾城集》卷二八，上海古籍出版社1987年版，第590页。

乾符间，大盗蜂起，而武肃钱王，以破黄巢，诛董昌，尽有浙东西。五代分裂，诸藩据数州而王，独钱氏常顺事中国。本朝既受命，尽籍土地府库，帅其属朝京师，遂去其国。盖自长庆以来，更七代三百年，吴人老死不见兵革。"[1]这种优美的自然环境，加上安定而富庶的人文环境，最宜于教育的施行与人才的培养，所谓"庠序之风，师儒之说，始于邦，达于乡，至于室，莫不有学"[2]；所谓"文物之盛，绝异曩时"[3]。两宋时期，占籍苏州（平江府）的文学家达21人，不仅数量可观，而且还出了像范仲淹、范成大、叶梦得这样的名家。

歙州一带，在中唐以后本是一个富庶的农业区。两宋时，由于人口剧增而地力有限，于是这里的经济形态发生变化，由以农业为主转为以手工业和商业为主。北宋时，歙州的白滑表纸、砑纸、凝霜、于心等优质纸，同宣州的栗纸和笔一样，均极有名。北宋宣和三年（1121），歙州更名为徽州，其手工业和商业的发展更有成效，明清时期蜚声海内外的"徽商"，实际上肇始于两宋。徽商的特点是"贾而好儒"，或是"先儒后贾"，或是"先贾后儒"，或是"亦贾亦儒"。"贾为厚利，儒为名高"。徽商中，以汪程二氏最为有名。明清时期，汪程二氏出了许多有名的文学家。实际上，这个文化传统也是肇始于两宋。我们看这个时期徽州出了26位文学家，而汪程二姓就占了8位。值得注意的是，南宋最大的学者朱熹，其祖籍也在徽州。朱氏家族出了朱松、朱槔、朱弁、朱熹等4位文学家。

---

[1] 龚明之：《中吴纪闻》，上海古籍出版社1986年版。
[2] 张伯玉：《吴郡州学六经阁记》，《宋文鉴》卷七九，文渊阁四部丛刊本。
[3] 朱熹：《常熟县丹阳公祠堂记》，范成大：《吴郡志》卷四，江苏古籍出版社1986年版。

结语

总之，宋辽金时期，文化的重心在南方，文学家的分布重心也在南方。当是时，文学家的拥有量超过平均数（6 人）的府、州、军、监，全国共有 45 个，南方就占了 33 个。从此以后，这个分布格局就这样稳定下来，历元、明、清三代而不变。

需要强调的是，南方文学人才的兴盛，虽然与社会环境的相对安定、经济的繁荣、教育的发达等有关，但是还有一个非常直接的原因，就是南方刻书、藏书事业的蓬勃。这一点对人才的培养是至关重要的。苏轼尝云："余犹及见老儒先生，自言其少时，欲求《史记》、《汉书》而不可得，幸而得之，皆手自书，日夜诵读，唯恐不及。近岁市人转相摹刻诸子百家之书，日传万纸。学者之于书，多且易致如此，其文词学术，当倍蓰于昔人。"[1] 这一段话可以说是非常有见解的。

---

[1] 苏轼：《李氏山房藏书记》，《苏轼文集》，中华书局 1986 年版，第 359 页。

第七章 元代文学家之地理分布
（1276—1368 年）

第一节 分布格局及其特点

谭正璧编《中国文学家大辞典》收录元代文学家共 594 人，其中有籍贯可考者 514 人（除去占籍今蒙古者 1 人，占籍今越南者 2 人，还有 511 人），籍贯未详者 80 人，见表十八、表十九。

表十八 元代文学家之地理分布统计表

序号	姓名	籍贯	今址	各州县统计	各路府统计	今各省统计	血缘或亲缘
1	李汶	太平当涂	安徽当涂	1	1		
2	潘纯	庐州合肥	安徽合肥				
3	余阙	庐州合肥	安徽合肥	2			
4	吴志淳	庐州无为	安徽无为	1	3		
5	陈岩	池州青阳	安徽青阳	1	1		
6	王珍	宁国太平	安徽太平	1			
7	贡奎	宁国宣城	安徽宣城				
8	贡师泰	宁国宣城	安徽宣城				贡奎之子
9	王圭	宁国宣城	安徽宣城	3	4		
10	孟汉卿	归德亳州	安徽亳州	1	1		
11	曹伯启	济宁砀山	安徽砀山	1	1		

(续)

序号	姓名	籍贯	今址	各州县统计	各路府统计	今各省统计	血缘或亲缘
12	陈栎	徽州休宁	安徽休宁				
13	倪士毅	徽州休宁	安徽休宁				
14	吴讷	徽州休宁	安徽休宁				
15	朱升	徽州休宁	安徽休宁	4			
16	方回	徽州歙县	安徽歙县				
17	洪焱祖	徽州歙县	安徽歙县				
18	唐元	徽州歙县	安徽歙县				
19	郑玉	徽州歙县	安徽歙县				
20	郑潜	徽州歙县	安徽歙县	5		20	
21	许月卿	徽州婺源	江西婺源				
22	胡炳文	徽州婺源	江西婺源				
23	汪炎昶	徽州婺源	江西婺源				
24	王泽民	徽州婺源	江西婺源	4	13		
25	刘闻	吉安安福	江西安福				
26	王炎午	吉安安福	江西安福	2			
27	罗公升	吉安永丰	江西永丰	1			
28	惟则	吉安永新	江西永新	1			
29	王沂	吉安太和	江西泰和	1			
30	周巽	吉安	江西				
31	刘鹗	吉安	江西				
32	文天祥	吉安庐陵	江西吉安				
33	刘辰翁	吉安庐陵	江西吉安				
34	刘将孙	吉安庐陵	江西吉安				刘辰翁之子
35	刘诜	吉安庐陵	江西吉安				
36	赵文	吉安庐陵	江西吉安				
37	邓剡	吉安庐陵	江西吉安				
38	张昱	吉安庐陵	江西吉安				
39	周闻孙	吉安庐陵	江西吉安	8			
40	李珏	吉安吉水	江西吉水				
41	刘岳申	吉安吉水	江西吉水				

(续)

序号	姓名	籍贯	今址	各州县统计	各路府统计	今各省统计	血缘或亲缘
42	杨允孚	吉安吉水	江西吉水	3	18		
43	周伯琦	饶州	江西				
44	汪元亨	饶州	江西	2			
45	徐明善	饶州鄱阳	江西鄱阳	1			
46	马廷鸾	饶州乐平	江西乐平				
47	赵善庆	饶州乐平	江西乐平	2			
48	李思衍	饶州余干	江西余干				
49	甘复	饶州余干	江西余干	2			
50	吴全节	饶州安仁	江西贵溪				
51	李存	饶州安仁	江西贵溪				
52	倪道元	饶州安仁	江西贵溪				
53	黄复圭	饶州安仁	江西贵溪	4	11		
54	薛玄曦	信州贵溪	江西贵溪	1			
55	王奕	信州玉山	江西玉山	1			
56	谢枋得	信州弋阳	江西弋阳	1	3		
57	甘泳	抚州崇仁	江西崇仁				
58	吴澄	抚州崇仁	江西崇仁				
59	吴当	抚州崇仁	江西崇仁				吴澄之孙
60	虞集	抚州崇仁	江西崇仁	4			
61	艾性夫	抚州	江西				
62	陈世崇	抚州临川	江西抚州				南宋陈郁之子
63	查居广	抚州临川	江西抚州				
64	朱思本	抚州临川	江西抚州				
65	元淮	抚州临川	江西抚州				
66	吴皋	抚州临川	江西抚州	5			
67	何希之	抚州乐安	江西乐安				
68	何中	抚州乐安	江西乐安	2	12		
69	王义山	龙兴富州	江西丰城				
70	熊梦祥	龙兴富州	江西丰城				
71	揭傒斯	龙兴富州	江西丰城	3			

(续)

序号	姓名	籍贯	今址	各州县统计	各路府统计	今各省统计	血缘或亲缘
72	大䜣	龙兴南昌	江西南昌				
73	熊太古	龙兴南昌	江西南昌				
74	薛昂夫	龙兴南昌	江西南昌	3	6		
75	姚云	瑞州高安	江西高安				
76	圆至	瑞州高安	江西高安				
77	周德清	瑞州高安	江西高安	3	3		
78	揭祐民	建昌广昌	江西广昌	1	1		
79	刘壎	南丰	江西南丰				
80	刘麟瑞	南丰	江西南丰	2	2		刘壎之子
81	范梈	临江清江	江西樟树				
82	杜本	临江清江	江西樟树				
83	宋沂	临江清江	江西樟树	3			
84	傅若金	临江新喻	江西新余				
85	赵壎	临江新喻	江西新余				
86	胡行简	临江新喻	江西新余	3	6		
87	龚敩	铅山	江西铅山		1		
88	燕公楠	南康建昌	江西永修	1			
89	于立	南康	江西		2		
90	刘清叟	江西	江西				
91	李术鲁翀	江西	江西			71	
92	孙逊	平江吴县	江苏苏州				
93	善住	平江吴县	江苏苏州				
94	陆友仁	平江吴县	江苏苏州				
95	郭麟孙	平江吴县	江苏苏州				
96	宋无	平江吴县	江苏苏州				
97	俞琰	平江吴县	江苏苏州				
98	龚璛	平江吴县	江苏苏州				
99	陈谦	平江吴县	江苏苏州				
100	妙声	平江吴县	江苏苏州				
101	沈石	平江吴县	江苏苏州	10			

(续)

序号	姓名	籍贯	今址	各州县统计	各路府统计	今各省统计	血缘或亲缘
102	袁易	平江长洲	江苏苏州				
103	虞堪	平江长洲	江苏苏州				
104	傅著	平江长洲	江苏苏州				
105	谢徽	平江长洲	江苏苏州				
106	谢恭	平江长洲	江苏苏州				谢徽之弟
107	李瓒	平江长洲	江苏苏州	6			
108	陈深	平江	江苏				
109	陈植	平江	江苏				陈深之子
110	于文傅	平江	江苏				
111	钱良右	平江	江苏				
112	吴朴	平江	江苏				
113	郑允端	平江	江苏				
114	郭翼	平江昆山	江苏太仓				
115	姚文奂	平江昆山	江苏太仓				
116	马麐	平江昆山	江苏太仓				
117	吕诚	平江昆山	江苏太仓				
118	殷奎	平江昆山	江苏太仓				
119	瞿智	平江昆山	江苏太仓	6			
120	黄公望	平江常熟	江苏常熟	1	29		
121	吴克恭	常州晋陵	江苏常州	1			
122	陈肃	常州无锡	江苏无锡	1			
123	蒋捷	常州宜兴	江苏宜兴	1	3		
124	彭寀	扬州江都	江苏江都				
125	莫仑	扬州江都	江苏江都	2			
126	孙子羽	扬州真州	江苏仪征	1			
127	郝经	扬州海陵	江苏泰州				
128	马玉麟	扬州海陵	江苏泰州	2			
129	睢景臣	扬州	江苏				
130	睢玄明	扬州	江苏				睢景臣之子
131	陆登善	扬州	江苏				

(续)

序号	姓名	籍贯	今址	各州县统计	各路府统计	今各省统计	血缘或亲缘
132	成廷珪	扬州	江苏				
133	张鸣善	扬州	江苏		10		
134	郭畀	镇江丹徒	江苏镇江				
135	陈方	镇江丹徒	江苏镇江	2			
136	梁栋	镇江	江苏		3		
137	汤炳龙	淮安山阳	江苏淮安				
138	卞思义	淮安山阳	江苏淮安	2			
139	陈柏	淮安泗州	江苏盱眙	1			
140	盍志	淮安盱眙	江苏盱眙	1			
141	施子安	淮安	江苏		5		
142	谢宗可	集庆江宁	江苏南京	1			
143	廖毅	集庆上元	江苏南京				
144	杨翮	集庆上元	江苏南京	2			
145	偰玉立	集庆溧阳	江苏溧阳	1	4		
146	陆文圭	江阴	江苏江阴				
147	缪鉴	江阴	江苏江阴				
148	张端	江阴	江苏江阴	3	3	57	
149	钱霖	松江	上海				
150	顾德润	松江	上海				
151	顾廷玉	松江	上海				
152	李用之	松江	上海				
153	陆居仁	松江华亭	上海				
154	卫仁近	松江华亭	上海				
155	管讷	松江华亭	上海	3	7	7	
156	孟宗宝	杭州	浙江				
157	范康	杭州	浙江				
158	胡正臣	杭州	浙江				
159	施惠	杭州	浙江				
160	张渥	杭州	浙江				
161	沈和	杭州	浙江				

(续)

序号	姓名	籍贯	今址	各州县统计	各路府统计	今各省统计	血缘或亲缘
162	范居中	杭州	浙江				
163	黄天泽	杭州	浙江				
164	沈拱	杭州	浙江				
165	鲍天祐	杭州	浙江				
166	陈以仁	杭州	浙江				
167	吴本世	杭州	浙江				
168	俞仁夫	杭州	浙江				
169	金仁杰	杭州	浙江				
170	杨瑀	杭州	浙江				
171	萧德祥	杭州	浙江				
172	王晔	杭州	浙江				
173	王仲元	杭州	浙江				
174	英	杭州钱塘	浙江杭州				
175	汪元量	杭州钱塘	浙江杭州				
176	范晞文	杭州钱塘	浙江杭州				
177	邓牧	杭州钱塘	浙江杭州				
178	仇远	杭州钱塘	浙江杭州				
179	白珽	杭州钱塘	浙江杭州				
180	白贲	杭州钱塘	浙江杭州				白珽之子
181	马臻	杭州钱塘	浙江杭州				
182	德静	杭州钱塘	浙江杭州				
183	明本	杭州钱塘	浙江杭州				
184	吾邱衍	杭州钱塘	浙江杭州				
185	张雨	杭州钱塘	浙江杭州				
186	钱惟善	杭州钱塘	浙江杭州	13			
187	张炎	杭州临安	浙江杭州	1			张枢之子
188	文珦	杭州于潜	浙江临安	1	33		
189	朱晞颜	湖州长兴	浙江长兴				
190	沈贞	湖州长兴	浙江长兴	2			
191	牟巘	湖州	浙江				

(续)

序号	姓名	籍贯	今址	各州县统计	各路府统计	今各省统计	血缘或亲缘
192	张以仁	湖州	浙江				
193	钱选	湖州	浙江				
194	赵孟𫖯	湖州	浙江				
195	管道升	湖州	浙江				赵孟𫖯之妻
196	赵雍	湖州	浙江				赵孟𫖯之子
197	王德琏	湖州	浙江				赵孟𫖯之婿
198	沈梦麟	湖州	浙江				
199	沈禧	湖州	浙江				
200	文公谆	湖州	浙江				
201	郯韶	湖州	浙江				
202	周密	湖州	浙江		14		
203	李孝光	温州乐清	浙江乐清	1			
204	林景熙	温州平阳	浙江平阳				
205	郑东	温州平阳	浙江平阳				
206	郑采	温州平阳	浙江平阳				郑东之弟
207	陈高	温州平阳	浙江平阳	4			
208	陈秀民	温州	浙江				
209	俞德邻	温州永嘉	浙江温州				
210	薛汉	温州永嘉	浙江温州				
211	张天英	温州永嘉	浙江温州				
212	沙可学	温州永嘉	浙江温州				
213	郑洪	温州永嘉	浙江温州	5			
214	高明	温州瑞安	浙江瑞安	1	12		
215	王沂孙	绍兴会稽	浙江绍兴				
216	钱宰	绍兴会稽	浙江绍兴	2			
217	王易简	绍兴山阴	浙江绍兴				
218	肖国宝	绍兴山阴	浙江绍兴				
219	张宪	绍兴山阴	浙江绍兴				
220	韦圭	绍兴山阴	浙江绍兴	4			
221	韩性	绍兴	浙江				

(续)

序号	姓名	籍贯	今址	各州县统计	各路府统计	今各省统计	血缘或亲缘
222	月鲁不花	绍兴	浙江				
223	潘音	绍兴新昌	浙江新昌	1			
224	岑安卿	绍兴余姚	浙江余姚				
225	屠性	绍兴余姚	浙江余姚				
226	宋禧	绍兴余姚	浙江余姚	3			
227	王艮	绍兴诸暨	浙江诸暨				
228	王冕	绍兴诸暨	浙江诸暨	2			
229	吴大有	绍兴嵊县	浙江绍兴	1	15		
230	赵偕	庆元慈溪	浙江慈溪				
231	黄玠	庆元慈溪	浙江慈溪	2			
232	俞远	庆元定海	浙江宁波				
233	文质	庆元定海	浙江宁波				
234	顾盟	庆元定海	浙江宁波	3			
235	任昱	庆元鄞县	浙江宁波				
236	迺贤	庆元鄞县	浙江宁波				
237	祖伯	庆元鄞县	浙江宁波				
238	袁士元	庆元鄞县	浙江宁波				
239	傅恕	庆元鄞县	浙江宁波				
240	张文海	庆元鄞县	浙江宁波	6			
241	戴表元	庆元奉化	浙江奉化				
242	任士林	庆元奉化	浙江奉化				
243	祖铭	庆元奉化	浙江奉化	3			
244	王应麟	庆元	浙江				
245	袁桷	庆元	浙江				
246	程端礼	庆元	浙江				
247	程端学	庆元	浙江				程端礼之弟
248	张可久	庆元	浙江				
249	汪勉之	庆元	浙江				
250	张仲深	庆元	浙江		21		
251	张观光	婺州东阳	浙江东阳				

(续)

序号	姓名	籍贯	今址	各州县统计	各路府统计	今各省统计	血缘或亲缘
252	陈樵	婺州东阳	浙江东阳				
253	李序	婺州东阳	浙江东阳				
254	胡助	婺州东阳	浙江东阳				
255	李裕	婺州东阳	浙江东阳	5			
256	许谦	婺州金华	浙江金华	1			
257	金履祥	婺州兰溪	浙江兰溪				
258	于石	婺州兰溪	浙江兰溪				
259	吴师道	婺州兰溪	浙江兰溪				
260	吴景奎	婺州兰溪	浙江兰溪	4			
261	张丁	婺州浦江	浙江浦江				
262	方凤	婺州浦江	浙江浦江				
263	柳贯	婺州浦江	浙江浦江				
264	吴莱	婺州浦江	浙江浦江	4			
265	黄溍	婺州义乌	浙江义乌				
266	金涓	婺州义乌	浙江义乌				
267	朱廉	婺州义乌	浙江义乌	3			
268	胡长孺	婺州永康	浙江永康	1	18		
269	陈德永	台州黄岩	浙江黄岩				
270	潘伯修	台州黄岩	浙江黄岩				
271	郑守仁	台州黄岩	浙江黄岩				
272	方行	台州黄岩	浙江黄岩	4			
273	陈孚	台州临海	浙江临海				
274	项炯	台州临海	浙江临海				
275	杨敬惠	台州临海	浙江临海				
276	行端	台州临海	浙江临海				
277	泰不华	台州临海	浙江临海	5			
278	黄庚	台州天台	浙江天台				
279	丁复	台州天台	浙江天台				
280	曹文晦	台州天台	浙江天台				
281	刘仁本	台州天台	浙江天台				

(续)

序号	姓名	籍贯	今址	各州县统计	各路府统计	今各省统计	血缘或亲缘
282	子贤	台州天台	浙江天台	5			
283	柯九思	台州仙居	浙江仙居	1	15		
284	张伯淳	嘉兴崇德	浙江桐乡	1			
285	赵孟坚	嘉兴海盐	浙江海盐				
286	杨梓	嘉兴海盐	浙江海盐	2			
287	吴镇	嘉兴嘉兴	浙江嘉兴				
288	徐再思	嘉兴嘉兴	浙江嘉兴				
289	本诚	嘉兴嘉兴	浙江嘉兴	3	6		
290	郑陶孙	处州	浙江				
291	周权	处州	浙江				
292	陈绎曾	处州	浙江				
293	陈镒	处州丽水	浙江丽水				
294	王镒	处州丽水	浙江丽水	2			
295	张玉娘	处州松阳	浙江松阳	1			
296	尹廷高	处州遂昌	浙江遂昌				
297	郑元祐	处州遂昌	浙江遂昌	2	8		
298	方夔	建德淳安	浙江淳安				
299	何景福	建德淳安	浙江淳安				
300	徐尊生	建德淳安	浙江淳安	3			
301	周文质	建德建德	浙江建德				
302	姚桐寿	建德建德	浙江建德	2			
303	徐舫	建德桐庐	浙江桐庐	1	6		
304	鲁贞	衢州开化	浙江开化	1	1	149	
305	滕斌	黄州黄冈	湖北黄冈	1	1		
306	程从龙	武昌嘉鱼	湖北嘉鱼	1	1		
307	李士瞻	荆门	湖北	1	1		
308	程文海	安陆京山	湖北京山	1	1	4	
309	陈仁子	茶陵	湖南茶陵				
310	陈泰	茶陵	湖南茶陵	2	2		
311	胡承龙	平江	湖南平江	1	1		

(续)

序号	姓名	籍贯	今址	各州县统计	各路府统计	今各省统计	血缘或亲缘
312	文矩	天临长沙	湖南长沙	1			
313	冯子振	天临攸州	湖南攸县	1			
314	欧阳玄	天临浏阳	湖南浏阳	1	3	6	
315	张翥	成都灌州	四川都江堰	1	1		
316	家铉翁	嘉定眉州	四川眉州				
317	蒲道源	嘉定眉州	四川眉州	2	2		
318	邓文原	潼川绵州	四川绵阳	1			
319	谢瑞	潼川遂宁	四川遂宁	1	2		
320	刘时中	重庆泸州	四川泸州	1	1	6	
321	张翥	中庆晋宁	云南晋宁	1	1	1	
322	赵必瑑	广州东莞	广东东莞	1			
323	罗蒙正	广州新会	广东新会	1	2	2	
324	姚燧	柳州柳成	广西柳州	1	1	1	
325	郑思肖	福州连江	福建连江	1			
326	陈昔	福州宁德	福建宁德	1			
327	谢翱	福州福宁	福建霞浦				
328	陈天锡	福州福宁	福建霞浦				
329	王都中	福州福宁	福建霞浦	3			
330	林泉生	福州永福	福建永泰	1	6		
331	黄仲元	兴化莆田	福建莆田				
332	洪岩虎	兴化莆田	福建莆田				
333	洪希文	兴化莆田	福建莆田				洪岩虎之子
334	方澜	兴化莆田	福建莆田				
335	陈旅	兴化莆田	福建莆田	5			
336	郑杓次	兴化兴化	福建莆田	1	6		
337	蒲寿	泉州	福建				
338	大圭	泉州晋江	福建晋江	1			
339	卢琦	泉州惠安	福建惠安	1	3		
340	彭炳	建宁崇安	福建武夷山				
341	蓝仁	建宁崇安	福建武夷山				

(续)

序号	姓名	籍贯	今址	各州县统计	各路府统计	今各省统计	血缘或亲缘
342	蓝智	建宁崇安	福建武夷山	3			蓝仁之侄
343	熊禾	建宁建阳	福建建阳	1			
344	刘边	建宁建安	福建建瓯				
345	毛直方	建宁建安	福建建瓯	2			
346	杨载	建宁浦城	福建浦城	1	7		
347	黄镇成	邵武邵武	福建邵武				
348	黄清老	邵武邵武	福建邵武				
349	黄公绍	邵武邵武	福建邵武	3			
350	黄元实	邵武泰宁	福建泰宁	1	4		
351	陈宜甫	闽	福建			27	
352	张桂	秦州成纪	甘肃天水	1	1	1	
353	萧㪺	奉元	陕西				
354	同恕	奉元蒲城	陕西蒲城				
355	李庭	奉元蒲城	陕西蒲城	2			
356	王爱山	奉元长安	陕西西安				
357	红字李二	奉元长安	陕西西安				
358	李材	奉元长安	陕西西安	3	6		
359	刘汶	延安鄜州	陕西富县	1	1		
360	李源道	关中	陕西			8	
361	郝经	晋宁陵川	山西陵川	1			
362	李孟	晋宁上党	山西长治	1			
363	宋衟	晋宁长子	山西长子	1			
364	王克敬	晋宁大宁	山西大宁	1			
365	房皞	晋宁临汾	山西临汾				
366	王士元	晋宁临汾	山西临汾	2			
367	李行甫	晋宁绛州	山西新绛	1			
368	郑光祖	晋宁襄陵	山西襄汾	1			
369	石君宝	晋宁	山西				
370	于伯渊	晋宁	山西				
371	赵公辅	晋宁	山西				

(续)

序号	姓名	籍贯	今址	各州县统计	各路府统计	今各省统计	血缘或亲缘
372	孔文卿	晋宁	山西				
373	狄君厚	晋宁	山西				
374	陈赓	晋宁	山西				
375	李元珪	晋宁河东	山西	1	15		
376	吕思诚	冀宁平定	山西平定	1			
377	李寿卿	冀宁阳曲	山西太原				
378	刘唐卿	冀宁阳曲	山西太原				
379	乔吉	冀宁阳曲	山西太原				
380	王守诚	冀宁阳曲	山西太原				
381	郝天挺	冀宁阳曲	山西太原	5			
382	萨都剌	冀宁雁门	山西代县	1	7		
383	高克恭	大同大同	山西大同				
384	吴昌龄	大同大同	山西大同	2			
385	崔斌	大同马邑	山西朔县	1	3	25	
386	赵天锡	汴梁	河南				
387	班惟志	汴梁	河南				
388	陆显之	汴梁	河南				
289	钟嗣成	汴梁	河南				
390	甘立	汴梁陈留	河南开封	1			
391	徐世隆	汴梁西华	河南西华	1			
392	陈思济	汴梁柘城	河南柘城	1	7		
393	陆仁	河南	河南				
394	姚燧	河南洛阳	河南洛阳				
395	姚守中	河南洛阳	河南洛阳	2			姚燧之侄
396	罗璧	河南新安	河南新安	1	4		
397	马视常	汝宁光州	河南潢州	1	1		
398	朱德润	归德睢阳	河南商丘	1	1		
399	郑廷玉	彰德	河南				
400	赵文殷	彰德	河南				

(续)

序号	姓名	籍贯	今址	各州县统计	各路府统计	今各省统计	血缘或亲缘
401	郭昂彰	彰德林州	河南林州	1			
402	许有壬	彰德汤阴	河南汤阴				
403	许有孚	彰德汤阴	河南汤阴	2	5		许有壬之弟
404	卢亘	卫辉汲县	河南卫辉				
405	王恽	卫辉汲县	河南卫辉	2	2		
406	张弘范	怀庆河内	河南沁阳	1	1		
407	宫天挺	大名开州	河南濮阳	1			
408	伯颜	大名濮阳	河南濮阳	1		23	
409	王鼎	大名	河北				
410	李进取	大名	河北				
411	陈宁甫	大名	河北				
412	张立道	大名	河北大名				
413	元明善	大名清河	河北清河	1	7		
414	何荣祖	广平广平	河北广平	1			
415	王磐	广平永年	河北邯郸	1			
416	张之翰	广平邯郸	河北邯郸				
417	张埜	广平邯郸	河北邯郸	2			张之翰之子
418	胡祗遹	广平武安	河北武安	1	5		
419	李文蔚	真定真定	河北正定				
420	尚仲贤	真定真定	河北正定				
421	戴善甫	真定真定	河北正定				
422	江泽民	真定真定	河北正定				
423	侯克中	真定真定	河北正定				
424	史九散人	真定真定	河北正定				
425	瞻思	真定真定	河北正定				
426	王约	真定真定	河北正定				
427	王沂	真定真定	河北正定				
428	王鉴	真定真定	河北正定				
429	白朴	真定真定	河北正定				

(续)

序号	姓名	籍贯	今址	各州县统计	各路府统计	今各省统计	血缘或亲缘
430	苏天爵	真定真定	河北正定	11			
431	安熙	真定藁城	河北藁城	1			
432	王思廉	真定获鹿	河北鹿泉	1			
433	董君瑞	真定翼州	河北翼州	1	15		
434	滕安上	中山安嘉	河北定州	1	1		
435	吴弘道	保定蒲阴	河北安国	1			
436	李好古	保定	河北				
437	彭伯成	保定	河北				
438	王结	保定定兴	河北定兴	1			
439	刘因	保定容城	河北容城	1	5		
440	李京	河间河间	河北河间				
441	高克礼	河间河间	河北河间	2			
442	张时起	河间长芦	河北沧州	1	3		
443	武恪	上都宣德	河北宣化	1	1		
444	荆汉臣	永平昌黎	河北昌黎	1	1		
445	王伯成	大都涿州	河北涿州				
446	高茂卿	大都涿州	河北涿州	2		38	
447	曹鑑	大都宛平	北京	1			
448	关汉卿	大都	北京				
449	费君祥	大都	北京				
450	费唐臣	大都	北京				费君祥之子
451	梁进之	大都	北京				
452	杨显之	大都	北京				
453	庚天锡	大都	北京				
454	马致远	大都	北京				
455	王实甫	大都	北京				
456	王仲文	大都	北京				
457	纪君祥	大都	北京				
458	李时中	大都	北京				

(续)

序号	姓名	籍贯	今址	各州县统计	各路府统计	今各省统计	血缘或亲缘
459	李子中	大都	北京				
460	张国宾	大都	北京				
461	赵明道	大都	北京				
462	孙仲章	大都	北京				
463	李宽甫	大都	北京				
464	石子章	大都	北京				
465	秦简夫	大都	北京				
466	宋本	大都	北京				
467	宋褧	大都	北京				宋本之弟
468	曾瑞	大都	北京				
469	何失	大都	北京				
470	贯云石	大都	北京				
471	高拭	大都	北京			25	
472	鲜于枢	大都渔阳	天津蓟县				
473	鲜于必仁	大都渔阳	天津蓟县	2	29	2	鲜于枢之子
474	高文秀	东平	山东				
475	张寿卿	东平	山东				
476	顾仲清	东平	山东				
477	王构	东平	山东				
478	王士熙	东平	山东				王构之子
479	王桢	东平	山东				
480	徐琬	东平	山东				
481	陈无妄	东平	山东				
482	李显卿	东平	山东				
483	王旭	东平	山东	1			
484	赵良弼	东平	山东				
485	李之绍	东平平阴	山东平阴	1			
486	曹元用	东平汶上	山东汶上	1	13		
487	康进之	济南棣州	山东惠民	1			

(续)

序号	姓名	籍贯	今址	各州县统计	各路府统计	今各省统计	血缘或亲缘
488	武汉臣	济南	山东				
489	岳伯川	济南	山东				
490	张起岩	济南	山东				
491	张养浩	济南历城	山东济南	1			
492	刘敏中	济南章丘	山东章丘	1	6		
493	王廷秀	益都益都	山东青州				
494	李齐贤	益都益都	山东青州	2			
495	李洞	益都滕州	山东滕县	1			
496	孙周卿	益都峄州	山东枣庄				
497	孙蕙兰	益都峄州	山东枣庄	2	5		孙周卿之女
498	董养性	河间东陵	山东东陵	1			
499	杨朝英	河间青城	山东高青	1	2		
500	杨宏道	般阳淄川	山东淄博	1	1		
501	周驰	东昌聊城	山东聊城	1	1		
502	严忠济	泰安长清	山东济南	1	1		
503	阎复	高唐高唐	山东高唐				
504	王懋德	高唐高唐	山东高唐	2	2		
505	商挺	曹州济阴	山东菏泽	1	1		
506	马绍	济宁金乡	山东金乡	1	1		
507	陈德武	莱州	山东莱州				
508	刘获	莱州	山东莱州	2	2	35	
509	司马九皋	畏兀儿	新疆			1	
510	乌古孙良桢	临潢	内蒙古巴林左旗				
511	耶律铸	临潢	内蒙古巴林左旗		2	2	
512	阿鲁威	蒙古	蒙古			1	
513	黎崱	安南	越南				
514	陈益稷	安南	越南			2	

表十九　元代籍贯未详之文学家简表

序号	姓名	序号	姓名	序号	姓名	序号	姓名
515	不忽木	535	李茂之	555	张子友	575	雅琥
516	王仲诚	536	李爱山	556	张子坚	576	蔡正孙
517	王元鼎	537	李邦杰	557	苏彦文	577	起子祥
518	王思顺	538	李致远	558	冯华	578	梦简
519	王举之	539	李伯瞻	559	屈彦英	579	童童
520	王庸	540	李直夫	560	屈恭之	580	唐毅夫
521	元文苑	541	李伯瑜	561	赵与仁	581	景元启
522	卫中立	542	李德载	562	赵天麟	582	秦竹村
523	全子仁	543	宋方壶	563	赵显宏	583	金哈剌
524	丘士元	544	陈子原	564	赵彦辉	584	栗元启
525	吕天用	545	陈叙实	565	高安道	585	程景初
526	吕济民	546	陈德和	566	高可通	586	曹明善
527	吕止庵	547	邓玉宾	567	沙正卿	587	武林隐
528	吕元礼	548	邓学可	568	孙叔顺	588	清琪
529	朱廷玉	549	吴西逸	569	杜遵礼	589	杨立斋
530	朱凯	550	刘宣子	570	蒋子正	590	至仁
531	马彦良	551	刘聪	571	查德卿	591	连文凤
532	马谦斋	552	张宁	572	詹玉	592	郭豫亨
533	花李郎	553	张磐	573	欧良	593	聂古柏
534	阿里耀卿	554	蒲察善长	574	奥敦希鲁	594	阿里西瑛

说明：屈恭之为杂剧作家，与汴梁钟嗣成同窗，系院本作家屈彦英之侄。

元代文学家在分布格局方面有以下六个突出特点：

一是南北文学家在全国所占的比重基本上没有发生什么变化。

如上所述，宋辽金时期，南北文学家之比为6.8∶3.2。具体来讲，辽北宋时期的南北之比为5.8∶4.2，金南宋时期的南北之比为7.3∶2.7，而在元代，南北之比则为6.9∶3.1（南方351人，北方160人）。也就是说，南方的文学家仍然占了绝大多数。和金南宋相比，元代南方文学家所占比例虽然下降了4%，但是和辽北宋相比，则上升了10%。这一点很值得注意。如果说，辽北宋时期两个封建王朝的政治中心都在北方，金南宋时期两个封建王朝的政治中心一个在北方一个在南方，那么在元代，唯一的封建王朝的政治中心则在北方，不在南方。也就是说，南方已经没有了政治上的优势。在没有了政治优势的前提下，南方的文学家依然远远地多过北方，这就表明王朝的政治中心虽然北返了，但是南方已然形成的文化优势并没有因此而削弱。由此可见文化是具有相对的稳定性的，它不会因为政治环境的改变而立刻改变。

二是北方文学家的分布重心，不再是关中、中原地区，而是转移到了黄河以北，即燕赵、河东地区。文学家分布重心的变化，反映了文化重心的变化。也就是说，继关中文化衰落之后，中原文化也开始衰落了。从前的关中（长安）—中原（洛阳、开封）—齐鲁（济南）这一东西走向的文化轴心，已经由燕赵（北京）—河东（太原）—齐鲁（东平）—吴越（苏州、杭州）这一南北走向的文化轴心所取代。

三是南方文学家的分布重心也在发生若干变化。巴蜀、荆楚、湖湘、赣、闽等文化区的文学家在全国所占的比重都在减少，只有吴越文化区文学家的比重在增长。这表明吴越的文化底蕴及其发展势头，既非北方文化区所能比拟，也非南方其他文化区所能比拟。

四是吴越文化区内松江府（今属上海）的文学家第一次超过全

国的平均数（7人），这个事实从一个侧面表明，上海的文学虽然可以追溯到西晋时的陆氏三兄弟（陆机、陆云、陆景），但是它第一次达到一定的规模，却是在元代。

　　五是北方文学家在数量上虽然不及南方，但是作为"一代之文学"的元杂剧的作家，却大大地超过南方。王国维《宋元戏曲史》谓元杂剧作家之有籍贯者六十二人，"六十二人中，北人四十九，而南人十三"[1]。南北之比为2.1∶7.9。笔者据谭编《大辞典》统计，并参考有关学者的研究成果，得知元杂剧作家之有籍贯可考者实有80人，籍贯不详者4人（即朱凯、花李郎、李直夫、屈恭之）。这80人中，北方为62人，南方为18人，南北之比为2.2∶7.8。王国维又讲，北方"四十九人中，其十分之九，为第一期之杂剧家"。他所讲的第一期，是指"自太宗取中原以后，至至元一统之初"。这个时期的杂剧代表了元杂剧的最高成就，所谓"元剧之杰作大抵出于此期"[2]。由此看来，北方杂剧作家不仅在数量上远远超过南方杂剧作家，而且在创作水平和影响力方面也远远超过南方杂剧作家。

　　六是文学家族大为减少。宋辽金时代的文学家族有88个，其中南方54个，北方34个，南北之比为6.1∶3.9；元代文学家族只有23个（含南宋传下来的2个，金朝传下来的1个），其中南方13个，北方10个，南北之比为6∶4。文学家族的南北之比与文学家的南北之比是基本吻合的。文学家族的兴衰，反映了文学本身的荣枯。元代文学家族的数量只占宋代的四分之一左右，一是因为元代享国的时间只有宋代的四分之一左右，而文学家族是需要相当长的时间来培育的。

---

[1]　王国维：《宋元戏曲史》，第76页。
[2]　同上书，第77、74—75页。

二是因为元代采取了一些践踏文化、践踏文学的做法，这些做法对文学家族的损害是很大的。例如南宋的张炎这个家族，从曾祖张镃到祖父张濡、父亲张枢，再到张炎这一代，已经是第四代。这个家族在南宋是一个很有影响的词人之家，但是自从德祐二年（1276）元兵攻陷临安，祖父张濡被杀、家被抄之后，这个著名的四代词人之家就被毁了，张炎从此流落江湖，他之后，就没有出现第五代词人了。

第二节　分布重心及其成因

元代的疆域很大，行政架构也很复杂。行省下面有路（直隶府、直隶州、司、军），路一般辖县，有的也辖府、州，府、州下辖县。以至顺元年（1330）的行政区划为据，仅仅是路就有189个，直隶府有22个，直隶州有54个，司、军且不计。而元代有籍贯可考的511位文学家，就分布在当时的90个路和直隶府中，平均数为5.6人。超过6人的路府有23个，分布在六大文化区里，见表二十、图七。

表二十　元代六大文化区二十三路府文学家之分布表

文化区	路府人数	小计	文化区	路府人数	小计
燕赵文化区	大都路29、真定路15、大名路7	51	赣文化区	吉安路18、抚州路12、饶州路11	41
三晋文化区	晋宁路15、冀宁路7	22	吴越文化区	扬州路10、平江路29、松江府7、湖州路14、杭州路33、绍兴路15、庆元路21、婺州路18、台州路15、处州路8、温州路12、建宁路7、徽州路13	202
齐鲁文化区	东平路13	13
中原文化区	汴梁路7	7

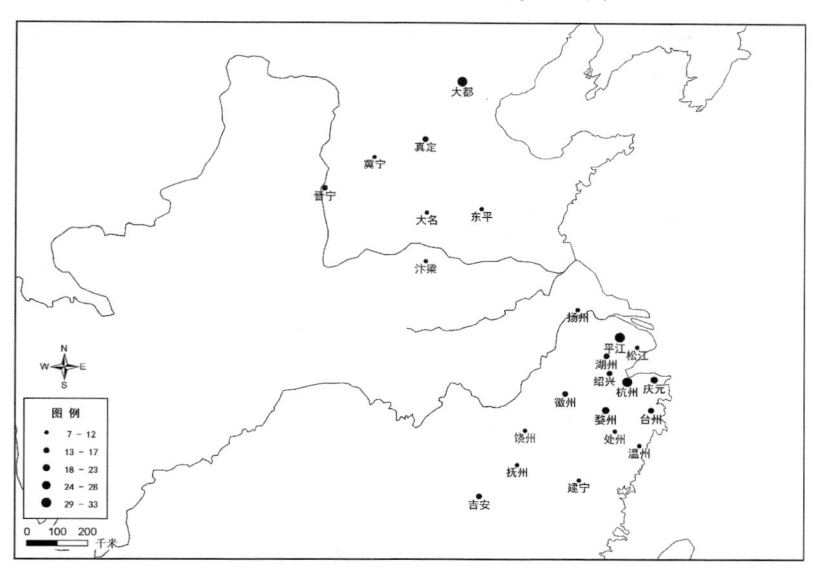

图七　元代文学家之地理分布重心图

需要说明的是，元朝的吴文化区和闽文化区，均不及两宋时发达，且缺乏特色，故在这一节里，我们再次把这两个文化区和越文化区放在一块予以考察，统称吴越文化区。

燕赵文化区（大都路、真定路、大名路一带）

宋金对峙时期，燕赵（河北）一带属于金王朝的版图。金人视河北、河东为其统治北方的基地，往往劫夺河南等地的人口和财赋来充实两河地区。在北方人口普遍下降的情况下，唯有两河地区的人口在增长。相对而言，这两个地区的社会环境要安定一些，经济上也要富庶一些。元朝初年的情形亦复如此。

元大都作为元王朝的国都所在地，它的政治、经济和文化地位在北方是首屈一指的。这个城市的建置有着悠久的历史。早在战国时期，它便是七雄之一的燕国的都城，称蓟城。作为一个诸侯国的政治、经济和文化中心，蓟城也列居"富冠天下"的名城之一，堪与赵国的邯郸、齐国的临淄、楚国的宛等大城市媲美。秦统一后，蓟城又成为全国六郡之一的广阳郡的治所。十六国时期，蓟城为前燕的统治中心，后来又成为慕容部的故都龙城（今辽宁朝阳）和新都邺城（今河南安阳）之间的交通枢纽。隋时，蓟城为涿郡治所；唐时，蓟城又为幽州治所。辽太宗十一年（936），契丹人占据幽州，在蓟城建陪都，称南京，又称燕京。在辽的五个京城（上京临潢府、中京大定府、东京辽阳府、西京大同府和南京析津府）中，规模最大的是南京城。金贞元元年（1153），完颜亮由会宁迁都于此，改辽的南京为中都，这里开始成为一个封建王朝的政治中心之所在。元中统元年（1260），忽必烈来到燕京近郊，即汗位于开平，以燕京为陪都。至元八年（1271）迁都燕京，改称大都。

这个城市的经济也有着悠久的历史。早在70万年以前，这里就有人类活动，考古学上称为"北京人"。其有文字可考的历史，也在公元前1000多年的战国便开始了。至燕昭王时，因礼贤下士，吊死问孤，筑黄金台以求贤者，于是"乐毅自魏往，邹衍自齐往，剧辛自赵往，士争趣燕"，不到三十年而"燕国殷富"。西汉时，蓟城为国内著名的商业都会。司马迁云："夫燕亦渤、碣之间一都会也。南通齐、赵，东北边胡。上谷至辽东，地绰远，人民希，数被寇，大与赵、代俗相类……有鱼盐枣栗之饶。北邻乌丸、夫余，东绾秽貉、朝鲜、真番之利。"[1] 至唐时，幽州人口达80万。开元年间，张说领

---

[1] 司马迁:《史记·货殖列传》，第3265页。

幽州时,每年都有大量的"偏调缯布"从这里运往长安。幽州城的经济臻于繁荣。辽时,燕京城内"城北有市,陆海百货聚于其中","水甘土厚,人多技艺",其"锦绣组绮,精绝天下"[1]。金时,中都城内水陆交通发达,物资丰盛,人口剧增。手工业、商业都有很大发展。章宗承安初,中都商税达21.4万贯。元时的大都,其繁华的程度为此前所未有。意大利旅行家马可·波罗以惊赞的口吻讲述道:"汗八里城内以及和十二个城门相对应的十二个近城居民之多,以及房屋的鳞次栉比,真是非想象所能知其梗概的……城郊也和城内一样繁华,也有城内那样的华丽的住宅和雄伟的大厦……无数商人和其他旅客为朝廷所吸引,不断地来来往往,络绎不绝……凡世界上最为稀奇珍贵的东西,都能在这座城市找到……这里出售的商品数量,比其他任何地方都多。根据登记表明,用马车和驮马载运生丝到京城的,每日不下一千辆次。丝织物和各种丝线,都在这里大量生产。"[2]

　　大都的学术文化,正是以这个无论在政治上还是在经济上都在全国占有重要地位的大都市为地理依托而发展起来的。这里的文化根基比较深厚。早在西汉文帝时,这里就出了一位学业精博、名气很大的韩婴博士。韩婴为"韩诗"的创始人,"韩诗"为著名的《诗经》三派之一(其他两派为鲁人申培的"鲁诗"与齐人辕固生的"齐诗")。东汉时,又有一位大学者卢植,在蓟城附近的上谷军都山著书讲学,名著海内。唐时,许多著名文化人如陈子昂、贾至、高适、李白、李益、刘蕡等,都曾到过幽州城,并且留下许多传世的

---

[1] 叶隆礼:《契丹国志》,上海古籍出版社1985年版。
[2] 马可·波罗:《马可·波罗游记》,第110—111页。

佳作；幽州近郊也曾产生了卢照邻、贾岛、卢仝、司空曙等十多位颇有影响的文学家。辽时，皇族耶律氏出了不少文学家，他们中也有人是生长在南京析津府。金代的中都城是当时重要的文化学术中心之一，著名文人如韩昉、宇文虚中、蔡珪、党怀英、赵秉文、元好问、董解元等都曾在这里生活过，并且留下了不少名篇佳作。

大都文化的繁荣，则是在忽必烈在此建都之后。这是一个集中了大批的王公贵族、官僚和富豪的消费性城市。为了满足这些特权阶级的精神文化生活之需，这里聚集了许多的剧作家和艺人，使之成为当时全国最大的北杂剧的创作和演出中心。据钟嗣成《录鬼簿》载，当时的北杂剧作家，属于大都籍的竟有19人之多。笔者根据谭编《大辞典》统计，并参考有关学者的研究成果，得知有元一代，属于大都籍的文学家有29人，其中北杂剧作家就占了22人，即王伯成、高茂卿、关汉卿、费君祥、费唐臣、梁进之、杨显之、庚天锡、马致远、王实甫、王仲文、纪君祥、李时中、李子中、张国宾、赵明道、孙仲章、李宽甫、石子章、曾瑞、贯云石、秦简夫。其中像关汉卿、马致远、王实甫、纪君祥、杨显之和秦简夫，可以说是元代最杰出的北杂剧作家。又据《青楼集》载，当时北杂剧的著名演员经常在大都演出者也有20多人，包括声名卓著的珠帘秀、顺时秀、天然秀和司燕奴等。在这里，有众多的瓦肆勾栏可供演员经常演出；又有众多的"观者挥金与之"，可以保证演员的日常生活之需；更重要的是，除了特权阶级，还有广大的市民群众，包括各色工匠、经纪人、买卖人、小贩、小吏、侍从、奴仆、医卜星相、兵士等，他们对北杂剧的欣赏需求，也在客观上激励了剧作家和演员的艺术热情。

元时大都文化的繁荣，主要表现为戏剧文化的繁荣；元时大都文学家的兴盛，主要表现为戏剧作家的兴盛。

元时的真定路（今石家庄市所在地），乃是一个交通发达、人口稠密的地区。元朝政府在这里设有总管府，辖一府十九州，作为向南用兵的重要基地，大量的财富被集中到这里。

真定路的传统文化根基也比较深厚，民间艺术也比较活跃。据《旧唐书·音乐志》载：且歌且舞的"踏摇娘"就产生于此。北宋时，这里的大曲歌舞可谓盛极一时。及至金朝，这里的民间还保存着北宋时的大曲歌舞。南宋诗人范成大出使金朝时，路过真定，就看过这种歌舞，他深有感触地说："房乐悉变中华，唯真定有京师旧乐工，尚舞高平曲破。"他的《真定舞》一诗写道："紫袖当棚雪鬓凋，曾随广乐奏云韶。老来未忍耆婆舞，犹倚黄钟衮六么。"[1] 元时，这里是北杂剧的另一个演出中心。"真定路之南门曰阳和……左右挟二瓦市，优肆倡门，酒垆茶灶，豪商大贾，并集于此。大抵真定极为繁丽者。"[2] 北杂剧的唱调有"中州调"和"冀州调"之分，而冀州在元时就属于真定路管辖。杂剧演出的活跃，最宜于杂剧作家的产生。据《录鬼簿》载，北杂剧的早期作家，仅真定就占有 8 人。王国维《宋元戏曲史》考证真定籍的杂剧作家为 7 人，即李文蔚、尚仲贤、戴善甫、江泽民、侯克中、史九散人、白朴。其中李、尚、戴、白四位，乃是元杂剧第一期的优秀作家。

在宋金对峙时期，大名府是北方少数几个人口得到增长的地区之一。元时，这里的经济、文化都得到发展。在河北一带，除了大都路和真定路，大名路也是一个产生杂剧作家的地方。谭编《大辞

---

[1] 范成大：《真定舞》，《石湖诗集》，上海古籍出版社 2006 年版，第 154 页。
[2] 纳新：《河朔访古记》卷上，文渊阁四库全书本。

典》收录有元一代大名籍的文学家共 7 人,其中杂剧作家就占了 3 人,即陈宁甫、李进取和宫天挺。

当然,燕赵(河北)文化区内除了杂剧作家,还有不少诗文作家。这一点,与当地文教事业的兴盛和传统文化根基的深厚有着直接的关系。我们在上一章里讲过,北宋时,河北的人才仅次于河南而居全国第二,其中真定和大名二府的文学家则居本地区之前三名。据何佑森先生统计,有元一代,河北地区的书院多达 20 所,仅次于齐鲁地区(22 所)而居北中国之第二;[1] 河北的经学家人数居全国第五位,居北方第一位;河北的史学家人数居全国第三位,居北方第一位;河北的子学家人数居全国第五位,居北方第一位;河北的文学家居全国第四位,居北方第一位(注:笔者在引用这些数字时,已去掉原统计表中所含的大都路的人物)。[2] 这些数字足以表明,在元蒙统治时期,燕赵(河北)的文化在北方是最发达的。就燕赵文化区范围而言,无论经学、史学、子学还是文学,又以真定路为最盛。像王约、瞻思、苏天爵诸位,既是著名史学家,又是颇有成就的诗文家。

三晋文化区(晋宁路、冀宁路一带)

宋金对峙时期,三晋(河东)一带属于金王朝的版图。据《金史·地理志》载,当时金统辖的北方十九路中,以河东南路和河东北路的人口为最多。尤其是"平阳一路,地狭人稠"[3]。金时的平阳,在元初为平阳路,后改为晋宁路。人口的密集度反映了当时这一地

---

[1] 何佑森:《元代书院之地理分布》,《新亚书院学术年刊》第 2 卷第 1 期。
[2] 何佑森:《元代学术之地理分布》,《新亚书院学术年刊》第 1 卷第 2 期。
[3] 脱脱等:《金史·地理志》。

区的经济发展水平。《元史·太宗本纪》载,太宗八年(1236),"耶律楚材请立编修所于燕京、经籍所于平阳,编集经史"[1]。可见平阳的文化地位足以同燕京(大都)相埒。又据《元史·世祖本纪》载,世祖中统二年(1261)曾诏令"凤翔府种田户隶平阳兵籍,毋令出征,务耕屯以给军饷"[2]。可见元初的平阳地区还是前方粮饷的重要供应基地。事实上,早在宋金对峙时期,两河地区(河北、河东)即为金人统治中国北方的重要基地;元初,两河地区又成为蒙古人统治北方并且向南方用兵的重要基地。据《元史·地理志》载,中书省所辖区域,包括"山东、山西、河北之地","谓之腹里"[3]。各路人口超过24万以上的地区,除了大都,在北方就以真定和晋宁两路的人口为最多。

三晋(河东)文化有着悠久的传统和坚实的基础。宋金对峙时期,南方的印刷中心在南宋王朝的首都临安,北方的印刷中心既不在中都,也不在汴京,而在河东南路的平阳。而当时的印刷中心也就是文化中心,其学校之多,藏书之富,以及读书士子之众,非北方一般地区所能比肩。据徐梦莘《三朝北盟会编·靖康中帙》载,金人曾经强行移徙北宋首都汴京及其附近地区的各种伎人至平阳一带。如靖康二年金人第二次攻陷汴京时,就不断向宋朝政府"来索诸色人",其中有"御前祇候方脉医人、教坊乐人、内侍官45人,露台祇候妓女千人……杂剧、说话、弄影戏、小说、嘌唱、弄傀儡、打筋斗、弹筝琵琶、吹笙等艺人150余家,令开封府押赴军前"。"又取……诸般百戏100人,教坊400人……弟子帘前小唱20人,杂戏

---

[1] 宋濂等:《元史·太宗本纪》,中华书局1976年版,第34页。
[2] 宋濂等:《元史·世祖本纪》,第75页。
[3] 宋濂等:《元史·地理志》,第1347页。

150人，舞旋弟子50人。"[1] 这是一次在刺刀逼迫之下的文化交流。北宋以来，河东的平阳地区本来就是诸宫调这种艺术形式的发源地。王灼《碧鸡漫志》载："泽州孔三传者，首创诸宫调古传，士大夫皆能诵之。"[2] 北宋时的泽州，即金代的平阳府。这里又是金院本极为流行的地方，1949年以后考古工作者在侯马（金、元时的绛州）金代董墓中所发现的搬演院本的彩俑，就充分地证明了这一点。元代的北杂剧与金院本有直接的继承关系，将现有的北杂剧剧本和钟嗣成《录鬼簿》、贾仲明《录鬼簿续编》、朱权《太和正音谱》等书所著录的北杂剧剧目与陶宗仪《南村辍耕录》所记录的院本名目作一对照，就可发现有46种杂剧是取材于36个金院本。[3] 又据《录鬼簿》载，北杂剧的早期作家，除去大都人之外，以真定和平阳（晋宁）的作家为最多（真定8人，平阳7人，东平6人，大名3人，太原3人）。平阳（晋宁）7人是：石君宝、李行甫、孔文卿、郑光祖、于伯渊、赵公辅、狄君厚。其中石、李、孔三位乃是元杂剧第一期的优秀作家，郑光祖则是第二期的代表性作家。

　　作家是由读者培养出来的。一个地方有文化的有接受能力的读者越多，一个地方的作家就越多；一个地方的读者的文化水平越高，一个地方的作家的创作水准就越高。作家创造作品，作品影响读者，反过来，读者又塑造了作家。就戏剧而言，也是这样。一个地方的戏剧演出活动频繁，观众量大，当地的戏剧便繁荣，当地的戏剧作家便多而且好。元代河东平阳（晋宁）一带的戏剧作家之所以多，并且还产生了像石君宝、郑光祖这样的名家，与平阳（晋宁）一带

---

[1]　徐梦莘：《三朝北盟会编·靖康中帙》，上海古籍出版社1987年版。
[2]　王灼：《碧鸡漫志》，《词话丛编》，中华书局1986年版，第84页。
[3]　张庚等主编：《中国戏曲通史》上册，中国戏剧出版社1980年版，第88—91页。

的戏剧演出活动有着直接的关系。毫无疑问，这里是当时的一个非常著名的演出中心。直到今天，在这一带的许多乡镇里，还能见到北宋以迄金、元时代遗留下来的戏台。这些戏台，或叫"乐亭"，或叫"舞厅"，或叫"露台"，都是迎神赛会时表演歌舞伎艺或演戏的场所。如赵城（今属洪洞）"明应王殿"中还保存有"大行散乐忠都秀在此作场"这幅北杂剧演出的壁画；万荣孤山柏林寺过路戏台台柱上还刻有元大德五年"尧都大行散乐人张德好在此作场"的题字等。

　　总之，元代晋宁（平阳）一带文学家尤其是剧作家的兴盛，其基本的原因在于这一带社会的安定、经济的富庶和交通的发达；其直接的原因则在于北宋末年汴京艺人的大量移民以及北宋和金、元时期这一带戏剧演出活动的频繁。

　　与晋宁路毗邻的冀宁路，治阳曲，也就是金时太原府的所在地。这里的人文地理条件自唐代以来就很优良。相对而言，较之晋宁（平阳），这里离大都更近，更容易接受大都文化的影响。事实上，元代的几个文化发达区，大都、真定、冀宁（太原）和晋宁（平阳），也正是分布在这一南北线上。和大都、真定、晋宁（平阳）一样，冀宁（太原）也是一个杂剧作家的摇篮。谭编《大辞典》收录有元一代占籍冀宁（太原）的文学家共7人，其中杂剧作家就占了3人，即李寿卿、刘唐卿、乔吉。李寿卿为元杂剧第一期的优秀作家，乔吉为第二期的代表作家。

齐鲁文化区（东平路一带）

　　齐鲁一带为文献名邦，民风好学，人才辈出，关于这一点，我们在前面几章均有考察。不过，有元一代，齐鲁一带文化最发达的地区并不在鲁文化的大本营（汉时的鲁国，元时的济宁），也不在齐文化的大本营（汉时的齐国，元时的般阳），而在东平，一个既沐浴着传统的齐鲁文化的阳光，又洋溢着新兴的市民文化气息的地区。

元代的东平，经过宋金两朝的发展，已经成为一个具有相当规模的都会。意大利旅行家马可·波罗讲述道："这是一个雄伟壮丽的大城市。商品与制造品十分丰盛……有一条深水大河流过城南（按：即运河）……大河上千帆竞发，舟楫如织，数目之多，简直令人难以置信……只要观察河上的船舶穿梭似的往返不断，运载着最有价值的商品的船只的数量和吨位，确实就会使人惊讶不已。"[1] 东平在唐时一度为郡治；宋设东平府；金初，刘豫为"大齐"皇帝时，以东平为京都之一，号为东京。金元之交，中原战乱，东平却保持了相对的稳定和繁荣。随着元蒙统治的进一步巩固，东平的商业经济日趋昌盛。《元史·河渠志》载，至元二十六年，元世祖下诏开凿会通河（即运河自东平至临清的一段），当年即竣工，遂使宋室南渡后中断了百余年之久的南北水运得以恢复。运河开通后，富商巨贾云集东平，南北船舶往来如梭。东平成了大都与江淮间水路交通的重要枢纽。

大运河不仅带来了东平地区商业的繁荣，也带来了这一地区戏剧文化的兴盛。据《青楼集》记载，早期杂剧的演出活动主要集中在大都和真定、平阳等地，南北统一之后，北杂剧的演出活动则向南方延伸。淮安、扬州、江宁、苏州、松江、杭州、湖州、武昌等地，都有了北杂剧艺人的足迹。北杂剧的南流，主要依靠运河与长江的水路交通，而东平便是杂剧南移路上的第一个大都会。东平的

---

[1] 马可·波罗：《马可·波罗游记》，第 162 页。

戏曲演唱活动亦很繁盛。据元人燕南芝庵的《唱论》一书载："凡唱曲有地所。东平唱《木兰花慢》，大名唱《摸鱼子》，南京唱《生查子》……"[1] 可见东平在当时已成为有名的戏曲演唱中心，在选唱曲牌方面形成了自己的地方特色，并且为当时的有关专家学者所重视。又据《青楼集》载，有位名叫聂檀香的演员，"姿色妩媚，歌韵清圆，东平严侯甚爱之"。可见她是活跃在东平杂剧舞台上的名角，而东平演员队伍的水平，由此也可以略知一二了。

杂剧演唱活动的繁盛，造就了一批杂剧作家。当一批著名的演员如聂檀香等活跃于东平舞台的时候，一批有影响的剧作家也曾寓居于东平。如张时起、徐琰、李好古、杜善夫、张养浩、刘敏中、梁进之等，都在这里留下了他们的足迹。东平籍的作家如高文秀、张寿卿、顾仲清、赵良弼、陈无妄、曹元用等，也应运而生。高文秀是这一带最著名的作家，一生写过八种水浒戏，为元代剧作家中写作水浒戏最早也最多的人物。所谓"东平高氏，力追汉卿。毕生绝艺，雕绘梁山"[2]。

东平之外，在济南路也出了康进之、武汉臣、岳伯川等几位杰出的杂剧作家，还出了张养浩、刘敏中等几位杰出的散曲作家。这是因为济南一直为齐鲁首富之区，文教事业比较发达。从济南至东平，有一条著名的河流名大渭河（也就是现在的黄河）相沟通，水上交通十分便利；而这几位作家也都在东平生活过，直接受到了东平音乐文化的影响。

---

[1] 燕南芝庵：《唱论》，《中国古典戏曲论著集成》，中国戏剧出版社 1959 年版，第 161 页。
[2] 吴梅：《吴梅戏曲论文集》，中国戏剧出版社 1988 年版。

中原文化区（汴梁路）

中原（河南）文化区自金人占领这片土地的时候即开始衰落。这里有地理环境方面的原因，但主要还是由于战争的破坏。这种衰落有两个主要的标志：一是城市经济的破坏。汴京是北宋的首都，1214年以后成为金朝的首都，但是由于长期的战争破坏，北宋时的繁华气象已经荡然无存。南宋军队在金朝灭亡后，曾经克服河南，进入汴京。这个时候他们所见到的，只是"兵六七百人，荆棘遗骸，交午道路……民居千余家"[1]。二是人口的锐减。金人统治下的北方人口，比北宋时减少了许多。据统计，北宋元丰年间北方诸路户数共约460万，在金国南侵后三十多年的大定初，全国户数才300万多一点。以北宋人口20万以上的州郡，和《金史·地理志》所载州府户数作一比较，其结果如表二十一：

表二十一　北宋与金国北方人口之对照表

地名	北宋户数	金户数	增减数
开封府	261117	235890	-25227
应天府	79741	76389	-3352
河南府	127767	55635	-72132
大名府	155253	308511	+153258
太原府	155263	165862	+10599
京兆府	234699	98177	-136522
耀　州	102667	50211	-52456
凤翔府	143374	62302	-81072
同　州	81011	35561	-45450
河中府	79964	106539	+26575

---

[1]　周密：《齐东野语》，中华书局1983年版，第78页。

由表二十一可知，金人统治期间，河南、关中的人口都减耗了不少，只有河东和河北两地的人口在增加。

河东、河北的人口之所以增加，主要原因即在于金统治者一直视两河地区为其统治北方的基础，他们惯于以河南、关中的财赋和人口来充实两河。黄河以北是他们的老巢，黄河以南则是他们掠夺和洗劫的地区。

金朝统治者对河南的破坏实在是太严重了，而元朝又是一个短命的王朝，他们对河南的经济文化的恢复是极为有限的。我们看元代北方地区的文学家，也就以大都（属河北）、真定（属河北）、晋宁（属河东）和东平（金元时期属于黄河以北地区，因为这个时期的黄河主流东出徐州，由泗夺淮）四处为最多，河南只有汴梁路超过平均数。这种格局的形成，既与元代政治、经济和文化在北方的发展有关，也与金朝对黄河以北地区的经营有关。

需要说明的是，汴梁路虽然只出了7位文学家，但是杂剧作家却占了3位，即赵天锡、陆显之和钟嗣成。钟嗣成不仅著有七种杂剧和大量的散曲（今存59首），还著有《录鬼簿》一书。这本书包括金到元中期以前100多位杂剧及散曲作家的小传，同时著录元杂剧458本，是中国戏曲史上第一部极为珍贵的文献，成为后人研究元曲作家及其作品极为重要的参考书。由此可见，即便是处于衰落状态的文化区，也能产生杂剧这种"新文学"的作家，不可小视。

徐渭《南词叙录》尝云："元初，北方杂剧流入南徼，一时靡然向风，宋词遂绝，而南戏亦衰。顺帝朝，忽又亲南而疏北，作者猬兴。"[1]

---

[1] 徐渭：《南词叙录》，《中国古典戏剧论著集成》，第239页。

自至顺（1330—1333）年间以迄元末，北方已很少出现杂剧作家和优秀演员了，一些新的剧作家和演员大都集中在南方的江浙一带。南方的经济文化本来就很先进，随着元王朝的统一，南北隔绝局面的打开，南方富裕的生活与优美的自然环境，以及别具一格的文化，对北方各阶层人士产生了莫大的吸引力。尤其是南方经济的力量，在很大程度上突破了元蒙统治者行政力量的控制，处于高压统治和残酷剥削之下的汉族人民要奔向南方，谋求生路，寻求归宿；其他民族的人民，甚至是蒙古贵族也纷纷向南迁徙。据郑思肖《心史·大义略叙》云：蒙古人视"江南如在天上，宜乎谋居江南之人，贸贸然来"[1]。江南有众多的工商业城市，其居民的生活水平比北方各大城市要高得多。譬如杭州市民，其"日用饮膳，惟尚新出而价贵者，稍贱便鄙之，纵欲买亦恐贻笑邻里"[2]。相比之下，作为北杂剧策源地的两河及大都周围地区，则出现了严重的灾荒和衰败景象。顺帝元统初年（1333），"秦王伯颜为政，变乱旧章……纲纪于是乎大坏"[3]。由于政治黑暗腐败，黄河下游及淮河流域连年发生严重的水灾、旱灾、蝗灾而无人无力治理，使得广大的北方地区"野无遗育，人无食，捕蝗为粮"。元大都这个城市尽管是北方的经济中心，但是对南方却存有极大的依赖性，"百司庶府之繁，卫士编民之众，无不仰给于江南"[4]。元末，南方不断爆发农民起义，这个城市立即岌岌可危。"及失苏州，江浙运不通；失湖广，江西运不通。元京饥穷，人相食，遂不能师矣。"[5]

---

[1] 郑思肖：《心史·大义略叙》，《郑思肖集》，上海古籍出版社1991年版。
[2] 陶宗仪：《南村辍耕录·杭人遭难》，《南村辍耕录》，中华书局1959年版，第141页。
[3] 叶子奇：《草木子》，中华书局1959年版，第49页。
[4] 宋濂等：《元史·食货志》，第2364页。
[5] 叶子奇：《草木子》，第47页。

随着元大都及两河地区经济危机的加重，其作为北杂剧策源地的文化优势也很快丧失。据《青楼记》载，天顺（1328）以后，北方有许多杂剧女演员到了江南。又据《录鬼簿》载，在杂剧女演员南下的同时，北方许多著名的剧作家如关汉卿、马致远、白朴等都在晚年到了南方，其他北杂剧作家如宫天挺、郑光祖、曾瑞、乔吉、秦简夫、钟嗣成等则久居杭州。

随着北杂剧女演员和剧作家的南迁，中国的杂剧中心也就由大都而到了杭州。至顺前后以迄至元年间新出的剧作家，便大多为杭州人了。

吴越文化区（扬州路、平江路、松江府、湖州路、杭州路、绍兴路、庆元路、婺州路、台州路、处州路、温州路、建宁路、徽州路一带）

元代的吴越文化区，大体以当时的江浙行省为地理依托。元代的江浙行省，大致来讲，包括了宋时的江南东路、两浙路和福建路，相当于今浙江、福建两省以及江苏、安徽两省的长江以南部分，还有江西省东北角的上饶地区等。吴越文化区的地理范围与江浙行省的管辖范围略有不同：第一，它包含了江北的扬州路；第二，它没有包括江西的饶州路。元代的吴越文化区实际上涵盖了两宋时的吴、越、闽三个文化区。

吴越文化区的文学家以杭州路为最多，达33人。这33位文学家中，剧作家占了16人，诗文作家占了17人。杂剧和诗文尽管互有联系，甚至互为影响，但是各属于不同的文化形态。杂剧属于新兴的市民文化，诗文则属于传统的士大夫文化。为什么同一个地方，两种不同类型的文化都这样发达，两种不同类型的文学家都很多呢？在这里，有必要对元代杭州的地域文化成分及其成因作一个具体的考察和分析。

我们在第五章讲过,杭州在晚唐时便是一个"骈墙二十里,开肆三万室"的大城市。五代十国时,钱镠割据两浙,称吴越国王,定都杭州,这里遂成为一个割据王朝的政治、经济和文化中心,"钱塘富庶,由是盛于东南"[1]。北宋时,这里虽然不再是国都,却是国内数一数二的工商业城市,其丝织业、印刷业和酿酒业等均为全国之冠。南宋时,这里再次成为封建王朝的国都。由于中原板荡,朝廷南迁,"其民奔渡江求活者几二十万家"[2]。渡江之民以路算,数两浙最多;以州府算,又数临安最多,所谓"大驾初跸临安,故都及四方士民商贾辐辏"[3]。整个临安府的人口,至孝宗乾道间,达到26万余户,为唐开元间杭州户口的三倍多。临安城区的户口,则达9万余户;至度宗咸淳年间,更增至12万余户。庞大的城市人口,既促成了城市经济的繁荣,也刺激了城市市民文艺的活跃。据周密《武林旧事》载,当时临安教坊乐部的知名艺人有469人,民间的知名艺人有529人。城内外的文艺娱乐场所——瓦子勾栏有23处。瓦子里演出的节目如说话、讲史、傀儡戏、杂剧、杂技、影戏、棍棒、教飞禽等有数十种之多。宋人杂剧今不传,然据《武林旧事》载,其剧目达280种。可以肯定地说,当时的临安既是一个雅文化的中心,也是一个俗文化的中心。宋恭帝德祐二年(1276),元军进入临安,繁荣了150多年的南宋京师顿时遭到很大破坏。但是到了13世纪末,当意大利著名旅行家马可·波罗来到杭州时,这里又显出了繁荣的气象:"这座城市的庄严和秀丽,堪为世界其他城市之冠。""它

---

[1] 吴任臣:《十国春秋·吴越》,中华书局1983年版,第1087页。
[2] 叶适:《安集两淮申省状》,《叶适集》,中华书局2010年版。
[3] 陆游:《老学庵笔记》,中华书局1979年版,第104页。

位于一个清澈的淡水湖和宽阔的大河之间。""城内交通四通八达，水陆具备。""除了各街道上有不计其数的店铺外，还有十个大广场或市场。""这十个方形的市场，每一个都被高楼大厦环绕着，大厦的下层是商店，经营各种制品，出售品种齐全的货物。""这个地方经营的手工业，有十二种高于其他行业，因为它们的用途比较广泛和普遍，每一种工艺都有成千个铺子，每个铺子雇用十个、十五个或二十个工人工作，在少数情况下，能容纳四十个工人。"[1] 通过这位旅行家的描述，我们可以想见元初杭州工商业的发达与市民的众多。这里的人民比北方各处都要富裕，其精神文化生活之丰富多彩亦可想见。北方大都地区及两河地区许多的艺人和剧作家寓居杭州，又进一步促进了这里戏剧文化的发展和繁荣。

如上所述，美丽而富饶的杭州同时也是一个雅文化的重心。早在北宋，这里便是全国最为著名的印刷出版基地之一，朝廷官刻的所谓"监本"，有一半以上是在杭州刻印的，发明活字版印刷的著名人物毕昇，就是北宋庆历年间杭州的一位印刷工人。南宋时，杭州的印刷出版业为全国之冠，当时官营和私营的刻书铺，有名可查的就有20余家。与印刷业的发达互为因果，这里的学校教育也很兴盛。南宋时，仅朝廷在临安创办的学校就有太学、武学和宗学三种，仅太学的学生最多时竟达1716人。此外，这里还有临安府学和钱塘、仁和二县的县学。学校以下，还有为数众多的乡校、家塾、舍馆和书会等，弦诵之声，往往相闻。这样一种浓郁的学术文化气氛，使得临安涌现了不少人才。我们在上一章里说过，两宋时期，杭州（临安）地区共出了32位文学家，其中北宋15名，南宋17名，这

---

[1] 马可·波罗：《马可·波罗游记》，第178—179页。

个数字正与元代该地区的文学家人数相仿。元代的州县学校亦很发达。官民子弟不入州县学的,亦可以进书院。杭州一带除了官办的州县学,还有"黄冈"、"西湖"、"城南"三所书院。官私教育的发达,使该地区优秀的传统文化得以发挥现实的效益。元代杭州文学人才的兴盛,既得益于社会的安定和经济的富庶,更得益于文化积累的深厚与教育的成功。

元朝是一个短命的王朝,从1206年成吉思汗建立蒙古国,到1368年妥欢贴睦尔逃出大都,只有162年时间。其统治全国的时间更短,如果从1276年南宋恭帝赵㬎遣使上表降元算起,则不过92年。92年的时间本来不多,何况在这不多的时间里,蒙古贵族对文化人的压抑和摧残是令人发指的,而这种压抑和摧残又出自民族歧视政策。元蒙统治者把版图内的民族分为四个等级:第一等级为蒙古人,包括成吉思汗统一蒙古高原过程中组成蒙古民族共同体的各个部落,大约有40多个;第二等级为色目人,即"各色名目"的民族,包括畏兀儿、唐兀、土蕃以及中亚、西亚和欧洲的哈剌鲁、回回、康里、钦察、阿速、也里可温等;第三等级为汉人,指原来金朝统治下的汉族和汉化的女真、契丹等族,同时包括云南、四川的汉族。对于尚未汉化的女真人和契丹人,元蒙统治者视他们为同等;第四等级为南人,指忽必烈灭南宋时仍在南宋统治下的汉族,不包括此前已归服蒙古的四川、云南人。民族等级之间的差别,表现在社会政治生活的各个方面。譬如官制方面,中书省、枢密院和御史台的首席长官都由蒙古人担任,色目人担任的很少,汉人、南人则只能担任副贰职务;军务方面,兵籍和用军等机密大事,一概由蒙古人掌握,汉人、南人都不得参与;刑法方面,犯同样的罪,由于民族等级不同,处罚也有别。元朝做官的途径有三条。一是

"根脚"，即社会出身；二是吏进；三是儒士。入仕的途径决定了元代官僚的构成特点：第一，元代官员的出身基本上是蒙古贵族、色目上层以及汉人、南人中的地主富豪；第二，元代的高级官员大多出身于蒙古和色目，低级官员大多出身于汉人和南人；第三，汉人、南人中的官员大多由吏而进，由儒入仕的很少。元代儒士做官，一是贡授，一是科举。贡授的名额极为有限，一年只有两个，后增至四人、六人，最多八人。其中蒙古授六品，色目授正七品，汉人授从七品。科举制度，相比而言倒是封建时代一条比较客观公允的选士制度，但是自蒙古国时期窝阔台举行过一次考试后，元廷长期未予推行。直到延祐元年（1314）才得以恢复。但是中间又停了10年。终元之世，总共才举行了16次科举考试，每次会试取100人，四个民族等级各取25人。所以，即便是在推行科举制以后，汉人、南人由科举入仕的，每三年也不过50人，何况每榜常常不满额。这个数字只占了官员总数很小的比例。据统计，有元一代，由儒入仕的占5％；由吏入仕的占95％。"学者不必用，用者不必学"，这种惟论"根脚"、不问才学的用人制度，既导致了官场的无能和腐败，也摧残和压抑了大量有才华有能力的汉族知识分子。在这种情形之下，汉族知识分子基本上断绝了仕进之路。为了谋生，为了实现自己的人生价值，许多知识分子选择了文学创作和教授生徒这两条道路。前者如我们前面讲到过的一些剧作家和诗文作家即是。元人朱经《青楼集序》云："我皇元初并海宇，而金之遗民，若杜散人、白兰谷、关已斋辈，皆不屑仕进，乃嘲风弄月，留连光景。"所谓"嘲风弄月"，也就是投身于瓦肆勾栏的戏剧活动，"躬践排场，面敷粉墨，以为我家生活，偶倡优而不辞"[1]。这是一条与市井艺人合作的创作道路和人生道路。这条道路虽然辛酸，但是保全了自己的独立人格。与其在那个黑暗腐败的政府机构做一个受人歧视的奴才，还不如走向市民世界，去做一个自在的人，用自己的笔来鞭挞那个社会的丑恶，赞美那些善良的普通民众，从而获得一种精神上的平衡和慰藉，所以也就"不屑仕进"。

另一条道路便是私家教授。元朝统一江南后，南宋的不少儒家学者不愿在元朝政府任职，也不愿到元朝的官学中去执教，于是退而建立书院，自行讲学。如汪维岳入元不仕，自比陶渊明，在歙县的友陶书院读书讲学；胡一桂入元不仕，在婺源的湖山书院讲学；休宁汪一龙宋亡不仕，在紫阳书院讲授朱子之学。元代的书院，包括元代创建和宋代创建而重修于元代的，据何佑森先生统计，共414所，而南方就占了333所，为总数的80%，其中仅江浙行省就占了161所，为总数的39%。[2]

吴越地区的知识分子作为"南人"，属于元王朝的四等公民。一方面，他们受到元蒙统治者的歧视；一方面，他们中的许多人也不乐仕进。这反倒促使他们潜心于学术和教授，致力于文化的建设和人才的培养。吴越地区文学人才的兴盛，与书院的发达、私家教授的众多自然有着直接的关系。

教育是人才成长链条中的重要一环。经济的富庶，并不能直接导致人才的兴盛，必须以发达的教育为中介；深厚的文化根基和悠久的文化传统也不能直接导致人才的兴盛，必须有教育的中介作用，

---

[1] 臧晋叔：《元曲选》序，河北教育出版社1994年版，第11页。
[2] 何佑森：《元代书院之地理分布》，《新亚书院学术年刊》第2卷第1期。

文化的积累才能发挥现实的效益。反过来说也是如此，没有雄厚的物质基础，教育无从兴办，人才更无由产生；没有一定的文化积累（这里指师资的积累和图书资料的积累），教育也无从兴办，人才亦无由产生。

早在宋代，浙江和福建便是我国著名的刻书中心。北宋时，汴梁、浙江、福建、四川刻书最盛。"南宋时，蜀、浙、闽坊刻最为风行。"[1] 刻书事业的发达，使得这一地区的私家藏书之风盛行。北宋时的藏书家多在四川、江西，南宋时的藏书家则多在浙江、福建。有元一代，这一带的藏书量亦居全国第一。[2]

有元一代，虽然政治和军事重心在北方，但是经济重心仍在南方。比较而言，北方经济发达的地方，在中书省所辖的诸路，即今河北、山西和山东等地，号称"腹里"，也就是我们上文所述的大都路、真定路、平阳（晋宁）路和东平路所在的黄河以北地区。南方经济最发达的地方，则在江浙行省，包括今浙江、福建两省以及江苏、安徽两省的长江以南部分和江西省东北角的上饶地区等，其中尤以平江路、松江府、湖州路、杭州路、绍兴路、庆元路、婺州路、台州路、处州路、温州路、建宁路、徽州路等最为发达。据《元史·食货志》载："天下岁入粮数总计 12114708 石，腹里 2271449 石，江浙行省 4494783 石。"[3] 就辖区面积而言，江浙行省仅占腹里的三分之一，然其岁粮却占全国的 37%，而腹里仅占全国岁粮的 18%。再看这两个地区的商税。《元史·食货志》载："酒课：腹里 56243 锭，江

---

[1] 陆心源：《宋刻玉篇残本跋》，《仪顾堂题跋》卷一，上海古籍出版社 1995 年版。
[2] 参见李希泌、张椒华编：《中国古代藏书与近代图书馆史料》，中华书局 1996 年版。
[3] 宋濂等：《元史·食货志》，第 2360 页。

浙行省196654锭。醋课：腹里3576锭，江浙行省11870锭。"[1] 两相比较，江浙行省的酒、醋课税额都在腹里的三倍以上。危素《元海运志》载："元都于燕，去江南极远，而百司庶府之繁，卫士编民之众，无不仰给于江南。"[2] 元大都每年要从江南调用大批粮食，仅就海运的粮食数额而言，至元二十年（1283）是46050石，至天历三年（1329）则增至3522163石，在不到50年的时间里，竟增加了76倍以上。即此数端就足以表明，有元一代，江浙地区仍然是全国最富裕的地区。

经济既富庶，文化积累既丰厚，教育既发达，其人才大批涌现便是情理之中的事了。

至于平江、松江、湖州、杭州、绍兴、庆元、婺州、台州、处州、温州、建宁、徽州等13路（府）的经济、文化发展情形，除了杭州不再是王朝的国都所在地，有些特殊，需要重点考察之外，其他12路（府）基本上只是南宋的经济、文化的一个延续，本书第六章在考察吴文化区、越文化区和闽文化区时已多有叙述，为避免重复，此处从简。

赣文化区（吉安路、抚州路、饶州路一带）

赣文化区的范围，与当时的江西行省（包括今江西省的中、西部和广东省的北部）的管辖范围略有不同，它包括了当时江浙行省西部的饶州路、信州路和铅山州，而不包括今广东北部，实际上相当于今江西全省的范围。

在元灭南宋的战争中，江西一带的经济遭到严重的破坏。但由

---

[1] 宋濂等：《元史·食货志》，第2395—2396页。
[2] 危素：《元海运志》，中华书局1985年版。

于过去的基础比较好，所以在战争结束、社会环境逐渐安定之后，这一带的农业生产便得到恢复和发展，并成为元代的重要产粮区。据统计，元朝政府每年从江西行省征粮1157448石，在全国各行省中居第三位。[1]江西的文化也在过去的基础上得到进一步的发展。据何佑森先生统计，元代江西的书院多达73所，为全国第二；[2]江西的经学家多达93位，为全国第二。[3]

谭编《大辞典》收录元代占籍江西的文学家71名，占全国总数的13.9%，比两宋时期略有减少（两宋时，江西有162位文学家见录，占全国总数的14.7%），但是远远高于南方的安徽、上海、湖北、湖南、四川、福建乃至江苏各省在全国的比重，更高于北方的陕西、山西、河北、河南、山东各省在全国的比重，仅次于浙江。

具体来讲，两宋时占籍江西的162位文学家中，仅吉州（20人）、饶州（23人）、抚州（25人）、洪州（隆兴府30人）、信州（7人）、建昌军（20人）和临江军（16人）就占了141位，为总数的87%，可以说是江西文化最为发达的地区；元时占籍江西的71位文学家中，仅吉安（18人）、抚州（12人）、饶州（11人）就占了41位，为总数的58%。也就是说，洪州（龙兴路6人）、信州（2人）、建昌（1人）、临江（6人）四地在元时略有逊色，都没有超过平均数，而吉安、抚州、饶州三地则远超平均数，大体保持两宋时的发展势头。

关于吉安、抚州、饶州三地的经济、文化发展情况，本书第六章在考察赣文化区时已有叙述，为避免重复，此处从略。

---

[1] 参见宋濂等：《元史·食货志》，第2360页。
[2] 何佑森：《元代书院之地理分布》，《新亚书院学术年刊》第2卷第1期。若按王炳照先生的统计，则元代江西的书院多达95所，占全国总数的（297所）的32%，为全国第一。参见王炳照：《中国古代书院》，第202页。
[3] 何佑森：《元代学术之地理分布》，《新亚书院学术年刊》第1卷第2期。

结语

　　总之，元代的政治和军事重心在黄河以北的"腹里"，凭借政治和军事的力量，这里的经济和文化较之北方其他地区要发达，所以这里的文学家分布较多，尤其是大都、真定、平阳（晋宁）和东平四处，俨然为北杂剧的四个人才基地和创作中心；元代的经济和文化重心则在长江流域的江浙行省和江西行省的一部分。这里交通发达，经济繁荣，文化积累丰厚，书院教育最为先进，所以这里的文学家分布最多，既是传统诗文的创作基地，又是南戏和杂剧的创作中心。南方文学人才的大量涌现，不是倚靠政治力量的推动，更多的是文化自身的规律在发挥作用。

第八章 明代文学家之地理分布

(1368—1644年)

第一节 分布格局及其特点

谭正璧编《中国文学家大辞典》收录明代的文学家共 1400 人，其中有籍贯可考者 1347 人，除去占籍今朝鲜者 1 人，还有 1346 人，籍贯未详者 53 人，见表二十二、二十三。

表二十二 明代文学家之地理分布表

序号	姓名	籍贯	今址	各县统计	各府州统计	今各省统计	血缘或亲缘
1	王翰	庐州	安徽				
2	郭奎	庐州巢县	安徽巢湖	1			
3	杨贲	庐州合肥	安徽合肥	1	3		
4	龙渠翁	安庆	安徽				
5	金忠士	安庆宿松	安徽宿松	1			
6	齐之鸾	安庆桐城	安徽桐城				
7	赵钘	安庆桐城	安徽桐城				
8	方学渐	安庆桐城	安徽桐城	3	5		
9	胡松	滁州滁州	安徽滁州	1			
10	江以东	滁州全椒	安徽全椒				
11	杨于庭	滁州全椒	安徽全椒	2	3		

(续)

序号	姓名	籍贯	今址	各县统计	各府州统计	今各省统计	血缘或亲缘
12	陶安	太平当涂	安徽当涂				
13	邹赛贞	太平当涂	安徽当涂				
14	曹履吉	太平当涂	安徽当涂				
15	端淑卿	太平当涂	安徽当涂	4	4		
16	崔涯	宁国太平	安徽太平	1			
17	贡性之	宁国宣城	安徽宣城				
18	沈懋学	宁国宣城	安徽宣城				
19	沈天孙	宁国宣城	安徽宣城				沈懋学之女
20	梅鼎祚	宁国宣城	安徽宣城	4			
21	叶永盛	宁国泾县	安徽泾县	1	6		
22	薛蕙	凤阳亳州	安徽亳州				
23	秦时雍	凤阳亳州	安徽亳州				
24	王寰治	凤阳亳州	安徽亳州	3			
25	朱橚	凤阳凤阳	安徽凤阳				朱元璋之第五子
26	朱有燉	凤阳凤阳	安徽凤阳				朱橚之长子
27	朱权	凤阳凤阳	安徽凤阳				朱元璋之第十六子
28	汤允勣	凤阳凤阳	安徽凤阳	4	7		
29	方承训	徽州	安徽				
30	朱师孔	徽州	安徽				
31	汪云程	徽州	安徽				
32	汪循	徽州休宁	安徽休宁				
33	汪少廉	徽州休宁	安徽休宁				
34	汪道昆	徽州休宁	安徽休宁				
35	汪道贯	徽州休宁	安徽休宁				汪道昆之弟
36	汪淮	徽州休宁	安徽休宁				
37	汪廷讷	徽州休宁	安徽休宁				
38	程敏政	徽州休宁	安徽休宁				
39	程大约	徽州休宁	安徽休宁				
40	程可中	徽州休宁	安徽休宁				
41	程嘉燧	徽州休宁	安徽休宁				

(续)

序号	姓名	籍贯	今址	各县统计	各府州统计	今各省统计	血缘或亲缘
42	吴宗儒	徽州休宁	安徽休宁				
43	吴子玉	徽州休宁	安徽休宁				
44	吴大震	徽州休宁	安徽休宁				
45	李永昌	徽州休宁	安徽休宁				
46	金瑶	徽州休宁	安徽休宁				
47	赵汸	徽州休宁	安徽休宁				
48	朱同	徽州休宁	安徽休宁				
49	张旭	徽州休宁	安徽休宁	18			
50	汪克宽	徽州祁门	安徽祁门				
51	汪禔	徽州祁门	安徽祁门				
52	谢复	徽州祁门	安徽祁门	3			
53	程通	徽州绩溪	安徽绩溪				
54	舒顿	徽州绩溪	安徽绩溪	2			
55	方宏静	徽州歙县	安徽歙县				
56	方问孝	徽州歙县	安徽歙县				
57	方大激	徽州歙县	安徽歙县				
58	方扬	徽州歙县	安徽歙县				
59	汪逸	徽州歙县	安徽歙县				
60	汪宗姬	徽州歙县	安徽歙县				
61	汪汝谦	徽州歙县	安徽歙县				
62	吴文奎	徽州歙县	安徽歙县				
63	吴士奇	徽州歙县	安徽歙县				
64	唐桂芳	徽州歙县	安徽歙县				
65	唐文凤	徽州歙县	安徽歙县				唐桂芳之孙
66	程诰	徽州歙县	安徽歙县				
67	王寅	徽州歙县	安徽歙县				
68	潘之恒	徽州歙县	安徽歙县				
69	潘纬	徽州歙县	安徽歙县				
70	江瓘	徽州歙县	安徽歙县				
71	江东之	徽州歙县	安徽歙县				

(续)

序号	姓名	籍贯	今址	各县统计	各府州统计	今各省统计	血缘或亲缘
72	胡镇	徽州歙县	安徽歙县				
73	黄焯	徽州歙县	安徽歙县	19		73	
74	游震得	徽州婺源	江西婺源				
75	潘士藻	徽州婺源	江西婺源				
76	余懋衡	徽州婺源	江西婺源				
77	余懋孳	徽州婺源	江西婺源	4	49		
78	周霆震	吉安安福	江西安福				
79	李懋	吉安安福	江西安福				
80	刘球	吉安安福	江西安福				
81	吴节	吉安安福	江西安福				
82	彭时	吉安安福	江西安福				
83	彭华	吉安安福	江西安福				
84	邹守益	吉安安福	江西安福				
85	邹德涵	吉安安福	江西安福				邹守益之孙
86	王时槐	吉安安福	江西安福				
87	刘元卿	吉安安福	江西安福	10			
88	王礼	吉安庐陵	江西吉安				
89	李桢	吉安庐陵	江西吉安				
90	罗肃	吉安庐陵	江西吉安				
91	陈嘉谟	吉安庐陵	江西吉安				
92	杨寅秋	吉安庐陵	江西吉安	5			
93	郭钰	吉安吉水	江西吉水				
94	陈诚	吉安吉水	江西吉水				
95	解缙	吉安吉水	江西吉水				
96	胡广	吉安吉水	江西吉水				
97	熊直	吉安吉水	江西吉水				
98	周述	吉安吉水	江西吉水				
99	周叙	吉安吉水	江西吉水				
100	刘俨	吉安吉水	江西吉水				
101	廖庄	吉安吉水	江西吉水				

(续)

序号	姓名	籍贯	今址	各县统计	各府州统计	今各省统计	血缘或亲缘
102	彭教	吉安吉水	江西吉水				
103	李中	吉安吉水	江西吉水				
104	毛伯温	吉安吉水	江西吉水				
105	罗洪先	吉安吉水	江西吉水				
106	邹元标	吉安吉水	江西吉水	14			
107	陈谟	吉安泰和	江西泰和				
108	刘崧	吉安泰和	江西泰和				
109	周德	吉安泰和	江西泰和				
110	尹昌隆	吉安泰和	江西泰和				
111	杨寓	吉安泰和	江西泰和				
112	梁兰	吉安泰和	江西泰和				
113	梁潜	吉安泰和	江西泰和				梁兰之子
114	王直	吉安泰和	江西泰和				
115	曾鹤龄	吉安泰和	江西泰和				
116	彭百炼	吉安泰和	江西泰和				
117	陈循	吉安泰和	江西泰和				
118	萧镃	吉安泰和	江西泰和				
119	陈歹	吉安泰和	江西泰和				
120	刘鸿	吉安泰和	江西泰和				
121	罗钦顺	吉安泰和	江西泰和				
122	欧阳铎	吉安泰和	江西泰和				
123	欧阳德	吉安泰和	江西泰和				
124	刘魁	吉安泰和	江西泰和				
125	陈昌积	吉安泰和	江西泰和				
126	杨载鸣	吉安泰和	江西泰和				
127	胡直	吉安泰和	江西泰和				
128	郭子章	吉安泰和	江西泰和	22			
129	曾棨	吉安永丰	江西永丰				
130	钟复	吉安永丰	江西永丰				
131	罗伦	吉安永丰	江西永丰				

(续)

序号	姓名	籍贯	今址	各县统计	各府州统计	今各省统计	血缘或亲缘
132	夏尚朴	吉安永丰	江西永丰				
133	聂豹	吉安永丰	江西永丰				
134	吕怀	吉安永丰	江西永丰				
135	宋仪望	吉安永丰	江西永丰				
136	郭汝霖	吉安永丰	江西永丰	8			
137	刘髦	吉安永新	江西永新				
138	刘定之	吉安永新	江西永新				
139	尹襄	吉安永新	江西永新				
140	尹台	吉安永新	江西永新				
141	贺贻孙	吉安永新	江西永新	5	64		
142	吴宣	抚州崇仁	江西崇仁	1			
143	徐良傅	抚州东乡	江西东乡	1			
144	吴与弼	抚州临川	江西抚州				
145	聂大年	抚州临川	江西抚州				
146	伍余福	抚州临川	江西抚州				
147	陈九川	抚州临川	江西抚州				
148	章衮	抚州临川	江西抚州				
149	章世纯	抚州临川	江西抚州				
150	董燧	抚州临川	江西抚州				
151	万道光	抚州临川	江西抚州				
152	汤显祖	抚州临川	江西抚州				
153	朱星祚	抚州临川	江西抚州				
154	陈际泰	抚州临川	江西抚州	11			
155	危素	抚州金溪	江西金溪				
156	吴祐	抚州金溪	江西金溪				
157	吴会	抚州金溪	江西金溪				
158	吴仁度	抚州金溪	江西金溪				
159	吴兆璧	抚州金溪	江西金溪				
160	谢廷谅	抚州金溪	江西金溪	6			
161	詹事讲	抚州乐安	江西乐安				

(续)

序号	姓名	籍贯	今址	各县统计	各府州统计	今各省统计	血缘或亲缘
162	曾维纶	抚州乐安	江西乐安				
163	萧仪	抚州乐安	江西乐安				
164	姜洪	抚州乐安	江西乐安				
165	王烈	抚州乐安	江西乐安				
166	谭宝焕	抚州乐安	江西乐安				
167	董渚	抚州乐安	江西乐安	7			
168	涂几	抚州宜黄	江西宜黄	1	27		
169	曾梧	建昌广昌	江西广昌				
170	何乔新	建昌广昌	江西广昌				
171	何涛	建昌广昌	江西广昌				
172	何源	建昌广昌	江西广昌				
173	刘文卿	建昌广昌	江西广昌	5			
174	罗玘	建昌南城	江西南城				
175	罗汝芳	建昌南城	江西南城				
176	左赞	建昌南城	江西南城				
177	张升	建昌南城	江西南城				
178	夏良胜	建昌南城	江西南城				
179	邓元锡	建昌南城	江西南城				
180	郑之文	建昌南城	江西南城				
181	孙奎	建昌南城	江西南城	8			
182	李万实	建昌南丰	江西南丰	1	14		
183	朱善	南昌丰城	江西丰城				
184	杨廉	南昌丰城	江西丰城				
185	游潜	南昌丰城	江西丰城				
186	李玑	南昌丰城	江西丰城				
187	李材	南昌丰城	江西丰城				
188	张鸣凤	南昌丰城	江西丰城	6			
189	徐灿	南昌奉新	江西奉新				
190	蔡国珍	南昌奉新	江西奉新	2			
191	万镗	南昌进贤	江西进贤				

(续)

序号	姓名	籍贯	今址	各县统计	各府州统计	今各省统计	血缘或亲缘
192	樊良枢	南昌进贤	江西进贤	2			
193	胡俨	南昌南昌	江西南昌				
194	张元桢	南昌南昌	江西南昌				
195	余曰德	南昌南昌	江西南昌				
196	朱多煃	南昌南昌	江西南昌				朱权六世孙
197	朱多熲	南昌南昌	江西南昌	5			朱权六世孙
198	魏良弼	南昌新建	江西新建				
199	吴桂芳	南昌新建	江西新建				
200	邓以赞	南昌新建	江西新建				
201	张位	南昌新建	江西新建				
202	徐世溥	南昌新建	江西新建	5	20		
203	程楷	饶州	江西				
204	邓志谟	饶州	江西				
205	刘炳	饶州鄱阳	江西鄱阳				
206	克新	饶州鄱阳	江西鄱阳				
207	童轩	饶州鄱阳	江西鄱阳				
208	史桂芳	饶州鄱阳	江西鄱阳	4			
209	孙瑀	饶州德兴	江西德兴				
210	孙需	饶州德兴	江西德兴				
211	祝世禄	饶州德兴	江西德兴	3			
212	江柏	饶州浮梁	江西浮梁	1			
213	胡居仁	饶州余干	江西余干				
214	苏章	饶州余干	江西余干				
215	张吉	饶州余干	江西余干				
216	陈宪	饶州余干	江西余干	4			
217	刘麟	饶州安仁	江西余江				
218	桂华	饶州安仁	江西余江	2	16		
219	姜以立	广信兴安	江西横峰	1			
220	张宇初	广信贵溪	江西贵溪				
221	夏言	广信贵溪	江西贵溪				

(续)

序号	姓名	籍贯	今址	各县统计	各府州统计	今各省统计	血缘或亲缘
222	江以达	广信贵溪	江西贵溪	3			
223	费宏	广信铅山	江西铅山				
224	费寀	广信铅山	江西铅山	2			费宏之弟
225	杨时乔	广信上饶	江西上饶	1			
226	詹泮	广信玉山	江西玉山	1			
227	汪佃	广信弋阳	江西弋阳				
228	吴崇节	广信弋阳	江西弋阳	2	10		
229	梁寅	临江新喻	江西新余				
230	习经	临江新喻	江西新余	2			
231	练安	临江新淦	江西新干				
232	金善	临江新淦	江西新干				
233	朱孟震	临江新淦	江西新干	3			
234	俞用	临江	江西		6		
235	冯之可	九江彭泽	江西彭泽	1			
236	张羽	九江	江西				
237	万衣	九江	江西		3		
238	陈益	瑞州高安	江西高安				
239	陈汝场	瑞州高安	江西高安				
240	陈邦科	瑞州高安	江西高安				
241	况叔祺	瑞州高安	江西高安	4			
242	邹维琏	瑞州新昌	江西宜丰	1	5		
243	景翩翩	南康建昌	江西永修				
244	郭汶	南康建昌	江西永修	2	2		
245	严嵩	南安分宜	江西分宜	1	1		
246	李涞	赣州雩都	江西于都	1			
247	董越	赣州宁都	江西宁都	1			
248	吴国伦	赣州兴国	江西兴国	1	3		
249	刘节	袁州大庾	江西大余	1	1		
250	郑仲	江西	江西			177	
251	金尧臣	江苏	江苏				

(续)

序号	姓名	籍贯	今址	各县统计	各府州统计	今各省统计	血缘或亲缘
252	华幼武	常州无锡	江苏无锡				
253	华钥	常州无锡	江苏无锡				
254	华察	常州无锡	江苏无锡				
255	华叔阳	常州无锡	江苏无锡				华察之子
256	华善继	常州无锡	江苏无锡				
257	华善述	常州无锡	江苏无锡				华善继之弟
258	顾可久	常州无锡	江苏无锡				
259	顾起纶	常州无锡	江苏无锡				
260	顾宪成	常州无锡	江苏无锡				
261	顾允成	常州无锡	江苏无锡				顾宪成之弟
262	王达	常州无锡	江苏无锡				
263	王绂	常州无锡	江苏无锡				
264	王瑛	常州无锡	江苏无锡				
265	王立道	常州无锡	江苏无锡				
266	孙继皋	常州无锡	江苏无锡				
267	孙源文	常州无锡	江苏无锡				
268	秦镗	常州无锡	江苏无锡				
269	秦燡	常州无锡	江苏无锡				
270	倪瓒	常州无锡	江苏无锡				
271	吕敏	常州无锡	江苏无锡				
272	陈伯将	常州无锡	江苏无锡				
273	浦源	常州无锡	江苏无锡				
274	邵宝	常州无锡	江苏无锡				
275	张选	常州无锡	江苏无锡				
276	施显卿	常州无锡	江苏无锡				
277	陆济之	常州无锡	江苏无锡				
278	卢鹤江	常州无锡	江苏无锡				
279	邹迪光	常州无锡	江苏无锡				
280	谈修	常州无锡	江苏无锡				
281	高攀龙	常州无锡	江苏无锡	30			

(续)

序号	姓名	籍贯	今址	各县统计	各府州统计	今各省统计	血缘或亲缘
282	陆简	常州武进	江苏常州				
283	陆章奎	常州武进	江苏常州				
284	吴钦	常州武进	江苏常州				
285	吴中行	常州武进	江苏常州				
286	王㒜	常州武进	江苏常州				
287	王穉登	常州武进	江苏常州				
288	谢应芳	常州武进	江苏常州				
289	毛宪	常州武进	江苏常州				
290	徐问	常州武进	江苏常州				
291	白悦	常州武进	江苏常州				
292	唐顺之	常州武进	江苏常州				
293	薛应旂	常州武进	江苏常州				
294	薛近衮	常州武进	江苏常州				
295	杨柔胜	常州武进	江苏常州				
296	祁元孺	常州武进	江苏常州				
297	庄起元	常州武进	江苏常州	16			
298	张宣	常州江阴	江苏江阴				
299	张衮	常州江阴	江苏江阴				
300	王逢	常州江阴	江苏江阴				
301	许恕	常州江阴	江苏江阴				
302	孙作	常州江阴	江苏江阴				
303	卞荣	常州江阴	江苏江阴				
304	薛章宪	常州江阴	江苏江阴				
305	徐宏祖	常州江阴	江苏江阴	8			
306	吴俨	常州宜兴	江苏宜兴				
307	吴仕	常州宜兴	江苏宜兴				
308	吴鹏	常州宜兴	江苏宜兴				
309	马治	常州宜兴	江苏宜兴				
310	徐溥	常州宜兴	江苏宜兴				
311	邵灿	常州宜兴	江苏宜兴				

(续)

序号	姓名	籍贯	今址	各县统计	各府州统计	今各省统计	血缘或亲缘
312	杭淮	常州宜兴	江苏宜兴				
313	万士和	常州宜兴	江苏宜兴				
314	史孟麟	常州宜兴	江苏宜兴				
315	汤兆京	常州宜兴	江苏宜兴				
316	路惠期	常州宜兴	江苏宜兴				
317	卢象升	常州宜兴	江苏宜兴	12	66		
318	朱应登	扬州宝应	江苏宝应				
319	朱日藩	扬州宝应	江苏宝应				朱应登之子
320	刘永澄	扬州宝应	江苏宝应				
321	刘心学	扬州宝应	江苏宝应	4			
322	汪广洋	扬州高邮	江苏高邮				
323	花士良	扬州高邮	江苏高邮				
324	朱应辰	扬州高邮	江苏高邮				
325	王磐	扬州高邮	江苏高邮				
326	张綎	扬州高邮	江苏高邮	5			
327	崔桐	扬州海门	江苏海门	1			
328	陆弼	扬州江都	江苏江都				
329	黄应徵	扬州江都	江苏江都				
330	程子伟	扬州江都	江苏江都	3			
331	陈大科	扬州通州	江苏通州				
332	陈完	扬州通州	江苏通州				
333	陈尧	扬州通州	江苏通州				
334	袁九叔	扬州通州	江苏通州				
335	范凤翼	扬州通州	江苏通州				
336	顾磐	扬州通州	江苏通州	6			
337	孙应鳌	扬州如皋	江苏如皋	1			
338	张羽	扬州泰兴	江苏泰兴	1			
339	石光霁	扬州泰州	江苏泰州				
340	储巏	扬州泰州	江苏泰州				
341	沈良才	扬州泰州	江苏泰州				

(续)

序号	姓名	籍贯	今址	各县统计	各府州统计	今各省统计	血缘或亲缘
342	王襞	扬州泰州	江苏泰州	4			
343	蒋忠	扬州仪真	江苏仪征				
344	蒋山卿	扬州仪真	江苏仪征				
345	黄瓒	扬州仪真	江苏仪征	3			
346	李唐宾	扬州	江苏				
347	王徽	扬州	江苏				
348	单思恭	扬州	江苏				
349	宗臣	扬州兴化	江苏兴化		32		
350	狄冲	应天溧阳	江苏溧阳				
351	沈祚	应天溧阳	江苏溧阳				
352	张景严	应天溧阳	江苏溧阳	3			
353	朱从龙	应天句容	江苏句容	1			
354	庄㮣	应天江浦	江苏南京	1			
355	史忠	应天江宁	江苏南京				
356	黄谦	应天江宁	江苏南京				
357	王以旂	应天江宁	江苏南京				
358	姚汝循	应天江宁	江苏南京				
359	张汝元	应天江宁	江苏南京				
360	顾起元	应天江宁	江苏南京	6			
361	罗凤	应天	江苏				
362	姚宣	应天	江苏				
363	许仲琳	应天	江苏				
364	王韦	应天上元	江苏南京				
365	谢少南	应天上元	江苏南京				
366	许谷	应天上元	江苏南京				
367	盛敏耕	应天上元	江苏南京				
368	洪恩	应天上元	江苏南京				
369	俞彦	应天上元	江苏南京	6			
370	马闲卿	南京	江苏南京				
371	马守真	南京	江苏南京				

(续)

序号	姓名	籍贯	今址	各县统计	各府州统计	今各省统计	血缘或亲缘
372	胡汝嘉	南京	江苏南京				
373	甄伟	南京	江苏南京				
374	黄方儒	南京	江苏南京				
375	陈所闻	南京	江苏南京				
376	孙行简	南京	江苏南京				
377	谷子敬	南京	江苏南京	8	28		
378	高逊志	徐州萧县	安徽萧县	1	1		
379	陈铎	淮安邳州	江苏邳州	1			
380	吴承恩	淮安山阳	江苏淮安	1			
381	朱维藩	淮安	江苏		3		
382	靳贵	镇江丹徒	江苏镇江				
383	吕高	镇江丹徒	江苏镇江	2			
384	姜宝	镇江丹阳	江苏丹阳				
385	姜志礼	镇江丹阳	江苏丹阳	2			
386	王樵	镇江金坛	江苏金坛				
387	曹大章	镇江金坛	江苏金坛				
388	张祥鸢	镇江金坛	江苏金坛	3			
389	张伯刚	镇江	江苏		8		
390	王琪	苏州常熟	江苏常熟				
391	桑悦	苏州常熟	江苏常熟				
392	丁奉	苏州常熟	江苏常熟				
393	陈寰	苏州常熟	江苏常熟				
394	陈瓒	苏州常熟	江苏常熟				
395	陈禹谟	苏州常熟	江苏常熟				
396	陈㤚	苏州常熟	江苏常熟				
397	孙楼	苏州常熟	江苏常熟				
398	孙柚	苏州常熟	江苏常熟				
399	孙七政	苏州常熟	江苏常熟				
400	蒋以忠	苏州常熟	江苏常熟				
401	蒋以化	苏州常熟	江苏常熟				蒋以忠之弟

(续)

序号	姓名	籍贯	今址	各县统计	各府州统计	今各省统计	血缘或亲缘
402	徐复祚	苏州常熟	江苏常熟				
403	徐昌祚	苏州常熟	江苏常熟				
404	邵圭洁	苏州常熟	江苏常熟				
405	杨仪	苏州常熟	江苏常熟				
406	连镶	苏州常熟	江苏常熟				
407	瞿景淳	苏州常熟	江苏常熟				
408	瞿汝稷	苏州常熟	江苏常熟				瞿景淳之子
409	严讷	苏州常熟	江苏常熟				
410	赵用贤	苏州常熟	江苏常熟				
411	黄廷奉	苏州常熟	江苏常熟				
412	吴大经	苏州常熟	江苏常熟				
413	冯武	苏州常熟	江苏常熟	24			冯舒之侄
414	顾瑛	苏州昆山	江苏昆山				
415	顾鼎臣	苏州昆山	江苏昆山				
416	顾潜	苏州昆山	江苏昆山				
417	顾梦圭	苏州昆山	江苏昆山				
418	顾允默	苏州昆山	江苏昆山				
419	顾允烝	苏州昆山	江苏昆山				顾允默之弟
420	顾采屏	苏州昆山	江苏昆山				顾允烝之妹
421	归有光	苏州昆山	江苏昆山				
422	归子慕	苏州昆山	江苏昆山				归有光之子
423	归昌世	苏州昆山	江苏昆山				归有光之子
424	夏昺	苏州昆山	江苏昆山				
425	夏景	苏州昆山	江苏昆山				夏昺之弟
426	周广	苏州昆山	江苏昆山				
427	周伦	苏州昆山	江苏昆山				
428	周复俊	苏州昆山	江苏昆山				
429	周公鲁	苏州昆山	江苏昆山				
430	张栋	苏州昆山	江苏昆山				
431	张文柱	苏州昆山	江苏昆山				

(续)

序号	姓名	籍贯	今址	各县统计	各府州统计	今各省统计	血缘或亲缘
432	袁华	苏州昆山	江苏昆山				
433	史谨	苏州昆山	江苏昆山				
434	陈则	苏州昆山	江苏昆山				
435	龚诩	苏州昆山	江苏昆山				
436	沈愚	苏州昆山	江苏昆山				
437	郑文康	苏州昆山	江苏昆山				
438	叶盛	苏州昆山	江苏昆山				
439	陆钎	苏州昆山	江苏昆山				
440	黄云	苏州昆山	江苏昆山				
441	方鹏	苏州昆山	江苏昆山				
442	柴奇	苏州昆山	江苏昆山				
443	虞竹西	苏州昆山	江苏昆山				
444	魏校	苏州昆山	江苏昆山				
445	郑若庸	苏州昆山	江苏昆山				
446	俞允文	苏州昆山	江苏昆山				
447	王志坚	苏州昆山	江苏昆山				
448	王伯稠	苏州昆山	江苏昆山				
449	朱鼎	苏州昆山	江苏昆山				
450	梁辰鱼	苏州昆山	江苏昆山	37			
451	顾璘	苏州吴县	江苏苏州				
452	周砥	苏州吴县	江苏苏州				
453	周顺昌	苏州吴县	江苏苏州				
454	张简	苏州吴县	江苏苏州				
455	张元凯	苏州吴县	江苏苏州				
456	黄昕	苏州吴县	江苏苏州				
457	黄省曾	苏州吴县	江苏苏州				
458	黄姬水	苏州吴县	江苏苏州				黄省曾之子
459	袁袠	苏州吴县	江苏苏州				
460	袁尊尼	苏州吴县	江苏苏州				袁袠之子
461	王行	苏州吴县	江苏苏州				

第八章　明代文学家之地理分布 | 355

(续)

序号	姓名	籍贯	今址	各县统计	各府州统计	今各省统计	血缘或亲缘
462	王鸣九	苏州吴县	江苏苏州				
463	王鏊	苏州吴县	江苏苏州				
464	杜寅	苏州吴县	江苏苏州				
465	杜琼	苏州吴县	江苏苏州				
466	朱吉	苏州吴县	江苏苏州				
467	杨基	苏州吴县	江苏苏州				
468	杨循吉	苏州吴县	江苏苏州				
469	徐有贞	苏州吴县	江苏苏州				
470	徐霖	苏州吴县	江苏苏州				
471	徐祯卿	苏州吴县	江苏苏州				
472	滕用亨	苏州吴县	江苏苏州				
473	谢晋	苏州吴县	江苏苏州				
474	韩雍	苏州吴县	江苏苏州				
475	唐寅	苏州吴县	江苏苏州				
476	都穆	苏州吴县	江苏苏州				
477	陆俸	苏州吴县	江苏苏州				
478	蔡羽	苏州吴县	江苏苏州				
479	高启	苏州吴县	江苏苏州				
480	李日华	苏州吴县	江苏苏州				
481	陈鎏	苏州吴县	江苏苏州				
482	伍袁萃	苏州吴县	江苏苏州				
483	许自昌	苏州吴县	江苏苏州				
484	赵宧光	苏州吴县	江苏苏州				
485	钱希吉	苏州吴县	江苏苏州				
486	冯梦龙	苏州吴县	江苏苏州				
487	马佶人	苏州吴县	江苏苏州				
488	刘晋充	苏州吴县	江苏苏州	38			
489	王宾	苏州长洲	江苏苏州				
490	王璲	苏州长洲	江苏苏州				
491	王锜	苏州长洲	江苏苏州				

(续)

序号	姓名	籍贯	今址	各县统计	各府州统计	今各省统计	血缘或亲缘
492	王宠	苏州长洲	江苏苏州				
493	文洪	苏州长洲	江苏苏州				
494	文林	苏州长洲	江苏苏州				文洪之子
495	文璧	苏州长洲	江苏苏州				
496	皇甫录	苏州长洲	江苏苏州				
497	皇甫冲	苏州长洲	江苏苏州				皇甫录之子
498	皇甫涍	苏州长洲	江苏苏州				皇甫冲之弟
499	皇甫汸	苏州长洲	江苏苏州				皇甫涍之弟
500	皇甫濂	苏州长洲	江苏苏州				皇甫汸之弟
501	陆粲	苏州长洲	江苏苏州				
502	陆采	苏州长洲	江苏苏州				陆粲之弟
503	陆师道	苏州长洲	江苏苏州				
504	陆卿子	苏州长洲	江苏苏州				陆师道之女
505	陆世廉	苏州长洲	江苏苏州				
506	朱存理	苏州长洲	江苏苏州				
507	朱凯	苏州长洲	江苏苏州				
508	朱纨	苏州长洲	江苏苏州				
509	朱寄林	苏州长洲	江苏苏州				
510	张焕	苏州长洲	江苏苏州				
511	张凤翼	苏州长洲	江苏苏州				
512	张献翼	苏州长洲	江苏苏州				张凤翼之弟
513	张适	苏州长洲	江苏苏州				
514	刘溥	苏州长洲	江苏苏州				
515	刘钰	苏州长洲	江苏苏州				
516	刘凤	苏州长洲	江苏苏州				
517	刘锡元	苏州长洲	江苏苏州				
518	吴宽	苏州长洲	江苏苏州				
519	吴一鹏	苏州长洲	江苏苏州				
520	吴子孝	苏州长洲	江苏苏州				吴一鹏之子
521	吴千顷	苏州长洲	江苏苏州				

(续)

序号	姓名	籍贯	今址	各县统计	各府州统计	今各省统计	血缘或亲缘
522	邹亮	苏州长洲	江苏苏州				
523	邹玉卿	苏州长洲	江苏苏州				
524	沈周	苏州长洲	江苏苏州				
525	沈津	苏州长洲	江苏苏州				
526	韩世能	苏州长洲	江苏苏州				
527	韩洽	苏州长洲	江苏苏州				
528	韩泰	苏州长洲	江苏苏州				
529	蒋麟徵	苏州长洲	江苏苏州				
530	徐显卿	苏州长洲	江苏苏州				
531	徐贲	苏州长洲	江苏苏州				
532	徐媛	苏州长洲	江苏苏州				
533	宋克	苏州长洲	江苏苏州				
534	姚广孝	苏州长洲	江苏苏州				
535	祝允明	苏州长洲	江苏苏州				
536	陈淳	苏州长洲	江苏苏州				
537	陈仁锡	苏州长洲	江苏苏州				
538	彭年	苏州长洲	江苏苏州				
539	顾仁存	苏州长洲	江苏苏州				
540	郭谏臣	苏州长洲	江苏苏州				
541	申时行	苏州长洲	江苏苏州				
542	俞琬纶	苏州长洲	江苏苏州				
543	汪膺	苏州长洲	江苏苏州	55			
544	睿略	苏州	江苏				
545	孟淑卿	苏州	江苏				
546	韩奕	苏州	江苏				
547	方旰	苏州	江苏				
548	薛兰英	苏州	江苏				
549	薛蕙英	苏州	江苏				薛兰英之妹
550	陆容	苏州太仓	江苏太仓				
551	陆之箕	苏州太仓	江苏太仓				陆容之孙

(续)

序号	姓名	籍贯	今址	各县统计	各府州统计	今各省统计	血缘或亲缘
552	陆之裘	苏州太仓	江苏太仓				陆之箕之弟
553	王世贞	苏州太仓	江苏太仓				
554	王世懋	苏州太仓	江苏太仓				王世贞之弟
555	王锡爵	苏州太仓	江苏太仓				
556	王衡	苏州太仓	江苏太仓				王锡爵之子
557	王翔千	苏州太仓	江苏太仓				
558	张泰	苏州太仓	江苏太仓				
559	张采	苏州太仓	江苏太仓				
560	张溥	苏州太仓	江苏太仓				
561	毛澄	苏州太仓	江苏太仓				
562	陈如纶	苏州太仓	江苏太仓				
563	曹乾学	苏州太仓	江苏太仓				
564	顾绍芳	苏州太仓	江苏太仓				
565	薄少君	苏州太仓	江苏太仓	16			
566	沈璟	苏州吴江	江苏吴江				
567	沈瓒	苏州吴江	江苏吴江				沈璟之弟
568	沈自徵	苏州吴江	江苏吴江				沈璟之侄
569	沈自晋	苏州吴江	江苏吴江				沈璟之侄
570	沈宜修	苏州吴江	江苏吴江				
571	周用	苏州吴江	江苏吴江				
572	周大章	苏州吴江	江苏吴江				
573	史鉴	苏州吴江	江苏吴江				
574	王光允	苏州吴江	江苏吴江				
575	赵宽	苏州吴江	江苏吴江				
576	顾大典	苏州吴江	江苏吴江				
577	俞安期	苏州吴江	江苏吴江				
578	李素甫	苏州吴江	江苏吴江				
579	严果	苏州吴江	江苏吴江	14	329		
580	王彝	苏州嘉定	上海				
581	徐学谟	苏州嘉定	上海				

(续)

序号	姓名	籍贯	今址	各县统计	各府州统计	今各省统计	血缘或亲缘
582	唐时升	苏州嘉定	上海				
583	殷都	苏州嘉定	上海				
584	娄坚	苏州嘉定	上海				
585	李流芳	苏州嘉定	上海				
586	沈采	苏州嘉定	上海	7	197		
587	朱豹	松江上海	上海				
588	朱察卿	松江上海	上海				朱豹之子
589	董纪	松江上海	上海				
590	吴爰	松江上海	上海				
591	陆深	松江上海	上海				
592	潘恩	松江上海	上海				
593	石英中	松江上海	上海				
594	黄伯羽	松江上海	上海				
595	王圻	松江上海	上海				
596	陈所蕴	松江上海	上海				
597	张积润	松江上海	上海	11			
598	夏伯和	松江	上海				
599	王玉峰	松江	上海				
600	范文若	松江	上海				
601	王凤娴	松江	上海				
602	张引元	松江	上海				王凤娴之女
603	张引庆	松江	上海				张引元之妹
604	沈度	松江华亭	上海				
605	沈粲	松江华亭	上海				沈度之弟
606	沈恺	松江华亭	上海				
607	张弼	松江华亭	上海				
608	张悦	松江华亭	上海				
609	张重华	松江华亭	上海				
610	唐文献	松江华亭	上海				
611	唐汝询	松江华亭	上海				

(续)

序号	姓名	籍贯	今址	各县统计	各府州统计	今各省统计	血缘或亲缘
612	邵亨贞	松江华亭	上海				
613	袁凯	松江华亭	上海				
614	孙道易	松江华亭	上海				
615	孙承恩	松江华亭	上海				
616	钱福	松江华亭	上海				
617	顾清	松江华亭	上海				
618	顾瑾	松江华亭	上海				
619	徐献忠	松江华亭	上海				
620	徐阶	松江华亭	上海				
621	莫如忠	松江华亭	上海				
622	莫是龙	松江华亭	上海				
623	周思谦	松江华亭	上海				
624	冯恩	松江华亭	上海				
625	包节	松江华亭	上海				
626	董传策	松江华亭	上海				
627	董其昌	松江华亭	上海				
628	何良俊	松江华亭	上海				
629	林景旸	松江华亭	上海				
630	李绍文	松江华亭	上海				
631	陈继儒	松江华亭	上海				
632	方应选	松江华亭	上海				
633	许经	松江华亭	上海				
634	施绍莘	松江华亭	上海	31	48	55	
635	胡奎	杭州海宁	浙江海宁				
636	苏平	杭州海宁	浙江海宁				
637	苏正	杭州海宁	浙江海宁				苏平之弟
638	朱妙端	杭州海宁	浙江海宁				
639	祝淇	杭州海宁	浙江海宁				
640	祝萃	杭州海宁	浙江海宁				祝淇之子
641	董沄	杭州海宁	浙江海宁				

(续)

序号	姓名	籍贯	今址	各县统计	各府州统计	今各省统计	血缘或亲缘
642	董谷	杭州海宁	浙江海宁				董沄之子
643	许相卿	杭州海宁	浙江海宁				
644	许炎南	杭州海宁	浙江海宁				
645	冯觐	杭州海宁	浙江海宁				
646	张从怀	杭州海宁	浙江海宁				
647	陈与郊	杭州海宁	浙江海宁				
648	彭孙贻	杭州海宁	浙江海宁	14			
649	宗贤	杭州	浙江				
650	王恒	杭州	浙江				
651	陆江楼	杭州	浙江				
652	庾庚	杭州	浙江				
653	吾邱瑞	杭州	浙江				
654	谢天祐	杭州	浙江				
655	乐舜日	杭州	浙江				
656	大善	杭州	浙江				
657	钱惟善	杭州钱塘	浙江杭州				
658	钱直之	杭州钱塘	浙江杭州				
659	田汝成	杭州钱塘	浙江杭州				
660	田艺蘅	杭州钱塘	浙江杭州				田汝成之子
661	倪谦	杭州钱塘	浙江杭州				
662	倪岳	杭州钱塘	浙江杭州				
663	徐元	杭州钱塘	浙江杭州				
664	徐象梅	杭州钱塘	浙江杭州				
665	杨珽	杭州钱塘	浙江杭州				
666	杨尔曾	杭州钱塘	浙江杭州				
667	李昱	杭州钱塘	浙江杭州				
668	平显	杭州钱塘	浙江杭州				
669	凌云翰	杭州钱塘	浙江杭州				
670	高德旸	杭州钱塘	浙江杭州				
671	瞿佑	杭州钱塘	浙江杭州				

(续)

序号	姓名	籍贯	今址	各县统计	各府州统计	今各省统计	血缘或亲缘
672	德祥	杭州钱塘	浙江杭州				
673	王洪	杭州钱塘	浙江杭州				
674	沈行	杭州钱塘	浙江杭州				
675	于谦	杭州钱塘	浙江杭州				
676	吴鼎	杭州钱塘	浙江杭州				
677	许应元	杭州钱塘	浙江杭州				
678	茅瓒	杭州钱塘	浙江杭州				
679	汪铨	杭州钱塘	浙江杭州				
680	章大伦	杭州钱塘	浙江杭州				
681	张太和	杭州钱塘	浙江杭州				
682	卓明卿	杭州钱塘	浙江杭州				
683	胡文焕	杭州钱塘	浙江杭州				
684	虞淳熙	杭州钱塘	浙江杭州				
685	周楫	杭州钱塘	浙江杭州				
686	陆云龙	杭州钱塘	浙江杭州				
687	静福	杭州钱塘	浙江杭州	31			
688	邾经	杭州仁和	浙江杭州				
689	邾启文	杭州仁和	浙江杭州				邾经之子
690	沈仕	杭州仁和	浙江杭州				
691	沈孟	杭州仁和	浙江杭州				
692	沈雄	杭州仁和	浙江杭州				
693	马洪	杭州仁和	浙江杭州				
694	郑环	杭州仁和	浙江杭州				
695	陈德懿	杭州仁和	浙江杭州				
696	丁养浩	杭州仁和	浙江杭州				
697	邵经邦	杭州仁和	浙江杭州				
698	高应冕	杭州仁和	浙江杭州				
699	张瀚	杭州仁和	浙江杭州				
700	杨文俪	杭州仁和	浙江杭州				绍兴孙升之妻
701	高濂	杭州仁和	浙江杭州				

(续)

序号	姓名	籍贯	今址	各县统计	各府州统计	今各省统计	血缘或亲缘
702	程文修	杭州仁和	浙江杭州				
703	钱养廉	杭州仁和	浙江杭州				
704	徐士俊	杭州仁和	浙江杭州	17			
705	梁小玉	杭州	浙江				
706	宗泐	杭州临安	浙江临安	1	72		
707	柯暹	严州建德	浙江建德	1			
708	柴惟道	严州	浙江				
709	徐昈	严州淳安	浙江淳安				
710	徐贯	严州淳安	浙江淳安				
711	陈衡	严州淳安	浙江淳安				
712	商辂	严州淳安	浙江淳安	4			
713	姚夔	严州桐庐	浙江桐庐	1	7		
714	吕不用	绍兴上虞	浙江上虞				
715	谢肃	绍兴上虞	浙江上虞				
716	陆渊之	绍兴上虞	浙江上虞				
717	徐学诗	绍兴上虞	浙江上虞				
718	车任远	绍兴上虞	浙江上虞				
719	朱期	绍兴上虞	浙江上虞				
720	赵于礼	绍兴上虞	浙江上虞				
721	倪元璐	绍兴上虞	浙江上虞	8			
722	杨维桢	绍兴会稽	浙江绍兴				
723	郭傅	绍兴会稽	浙江绍兴				
724	章敞	绍兴会稽	浙江绍兴				
725	陶谐	绍兴会稽	浙江绍兴				
726	沈炼	绍兴会稽	浙江绍兴				
727	徐㻞	绍兴会稽	浙江绍兴				
728	史槃	绍兴会稽	浙江绍兴				
729	金怀玉	绍兴会稽	浙江绍兴				
730	陈汝元	绍兴会稽	浙江绍兴				
731	单本	绍兴会稽	浙江绍兴				

(续)

序号	姓名	籍贯	今址	各县统计	各府州统计	今各省统计	血缘或亲缘
732	王骥德	绍兴会稽	浙江绍兴				
733	王澹	绍兴会稽	浙江绍兴	12			
734	唐肃	绍兴山阴	浙江绍兴				
735	唐之淳	绍兴山阴	浙江绍兴				唐肃之子
736	韩经	绍兴山阴	浙江绍兴				
737	汪应轸	绍兴山阴	浙江绍兴				
738	王羲	绍兴山阴	浙江绍兴				
739	孟牧舜	绍兴山阴	浙江绍兴				
740	陈鹤	绍兴山阴	浙江绍兴				
741	章恩	绍兴山阴	浙江绍兴				
742	徐渭	绍兴山阴	浙江绍兴				
743	朱赓	绍兴山阴	浙江绍兴				
744	王应遴	绍兴山阴	浙江绍兴				
745	张元忭	绍兴山阴	浙江绍兴	12			
746	孙应奎	绍兴余姚	浙江余姚				
747	孙升	绍兴余姚	浙江余姚				仁和杨文俪之夫
748	孙鑨	绍兴余姚	浙江余姚				孙升之子
749	赵谦	绍兴余姚	浙江余姚				
750	许浩	绍兴余姚	浙江余姚				
751	谢迁	绍兴余姚	浙江余姚				
752	王守仁	绍兴余姚	浙江余姚				
753	倪宗正	绍兴余姚	浙江余姚				
754	徐珊	绍兴余姚	浙江余姚				
755	吕本	绍兴余姚	浙江余姚				
756	吕天成	绍兴余姚	浙江余姚				
757	舒缨	绍兴余姚	浙江余姚				
758	邹逢时	绍兴余姚	浙江余姚				
759	杨之炯	绍兴余姚	浙江余姚				
760	叶宪祖	绍兴余姚	浙江余姚				
761	胡敬辰	绍兴余姚	浙江余姚	16			

(续)

序号	姓名	籍贯	今址	各县统计	各府州统计	今各省统计	血缘或亲缘
762	翁溥	绍兴诸暨	浙江诸暨	1			
763	周汝登	绍兴嵊县	浙江嵊县	1			
764	魏骥	绍兴萧山	浙江杭州				
765	来汝贤	绍兴萧山	浙江杭州	2	52		
766	贝琼	嘉兴崇德	浙江嘉兴				
767	程立本	嘉兴崇德	浙江嘉兴				
768	吕希周	嘉兴崇德	浙江嘉兴	3			
769	屠勋	嘉兴平湖	浙江平湖				
770	屠应埈	嘉兴平湖	浙江平湖				屠勋之子
771	赵汉	嘉兴平湖	浙江平湖				
772	赵伊	嘉兴平湖	浙江平湖				
773	孙玺	嘉兴平湖	浙江平湖				
774	冯如弼	嘉兴平湖	浙江平湖				
775	沈鲸	嘉兴平湖	浙江平湖				
776	施凤来	嘉兴平湖	浙江平湖	8			
777	项元淇	嘉兴秀水	浙江嘉兴				
778	项穆	嘉兴秀水	浙江嘉兴				
779	项兰贞	嘉兴秀水	浙江嘉兴				
780	沈纫兰	嘉兴秀水	浙江嘉兴				
781	沈德符	嘉兴秀水	浙江嘉兴				
782	陈瀚	嘉兴秀水	浙江嘉兴				
783	陈邦俊	嘉兴秀水	浙江嘉兴				
784	姚兖	嘉兴秀水	浙江嘉兴				
785	姚子翼	嘉兴秀水	浙江嘉兴				
786	吴鹏	嘉兴秀水	浙江嘉兴				
787	周履靖	嘉兴秀水	浙江嘉兴				
788	冯梦桢	嘉兴秀水	浙江嘉兴				
789	殷仲春	嘉兴秀水	浙江嘉兴				
790	卜世臣	嘉兴秀水	浙江嘉兴	14			
791	陆坦	嘉兴嘉善	浙江嘉善				

(续)

序号	姓名	籍贯	今址	各县统计	各府州统计	今各省统计	血缘或亲缘
792	方泽	嘉兴嘉善	浙江嘉善				
793	魏学洢	嘉兴嘉善	浙江嘉善				
794	支大纶	嘉兴嘉善	浙江嘉善	4			
795	支立	嘉兴嘉兴	浙江嘉兴				
796	王周	嘉兴嘉兴	浙江嘉兴				
797	王明翊	嘉兴嘉兴	浙江嘉兴				
798	王翃	嘉兴嘉兴	浙江嘉兴				
799	沈思孝	嘉兴嘉兴	浙江嘉兴				
800	李日华	嘉兴嘉兴	浙江嘉兴				
801	陈泰交	嘉兴嘉兴	浙江嘉兴	7			
802	钱琦	嘉兴海盐	浙江海盐				
803	钱芹	嘉兴海盐	浙江海盐				钱琦之子
804	钱薇	嘉兴海盐	浙江海盐				
805	郑晓	嘉兴海盐	浙江海盐				
806	郑心材	嘉兴海盐	浙江海盐				郑晓之孙
807	李璋	嘉兴海盐	浙江海盐				
808	朱朴	嘉兴海盐	浙江海盐				
809	张宁	嘉兴海盐	浙江海盐				
810	刘熠	嘉兴海盐	浙江海盐				
811	彭辂	嘉兴海盐	浙江海盐				
812	冯皋谟	嘉兴海盐	浙江海盐				
813	祝长生	嘉兴海盐	浙江海盐				
814	斯学	嘉兴海盐	浙江海盐	13	49		
815	陈良谟	湖州安吉	浙江安吉	1			
816	吴维岳	湖州孝丰	浙江安吉				
817	吴家遴	湖州孝丰	浙江安吉	2			
818	徐中行	湖州长兴	浙江长兴				
819	臧懋循	湖州长兴	浙江长兴				
820	丁元荐	湖州长兴	浙江长兴	3			
821	陈霆	湖州德清	浙江德清				

(续)

序号	姓名	籍贯	今址	各县统计	各府州统计	今各省统计	血缘或亲缘
822	蔡汝楠	湖州德清	浙江德清				
823	许孚远	湖州德清	浙江德清				
824	章嘉桢	湖州德清	浙江德清	4			
825	沈彬	湖州武康	浙江德清				
826	姚茂良	湖州武康	浙江德清				
827	骆文盛	湖州武康	浙江德清	3			
828	茅坤	湖州归安	浙江湖州				
829	茅翁积	湖州归安	浙江湖州				茅坤之子
830	茅维	湖州归安	浙江湖州				茅坤之次子
831	茅镳	湖州归安	浙江湖州				茅坤之三子
832	茅元仪	湖州归安	浙江湖州				茅坤之孙
833	施峻	湖州归安	浙江湖州				
834	姜兆熊	湖州归安	浙江湖州				
835	李乐	湖州归安	浙江湖州				
836	吴梦旸	湖州归安	浙江湖州				
837	顾简	湖州归安	浙江湖州	10			
838	闵珪	湖州乌程	浙江湖州				
839	闵如霖	湖州乌程	浙江湖州				
840	董份	湖州乌程	浙江湖州				
841	董嗣成	湖州乌程	浙江湖州				
842	凌迪知	湖州乌程	浙江湖州				
843	凌濛初	湖州乌程	浙江湖州				凌迪知之孙
844	凌义渠	湖州乌程	浙江湖州				
845	王济	湖州乌程	浙江湖州				
846	张永明	湖州乌程	浙江湖州				
847	潘季驯	湖州乌程	浙江湖州				
848	吴世美	湖州乌程	浙江湖州				
849	温纯	湖州乌程	浙江湖州				
850	姚舜牧	湖州乌程	浙江湖州				
851	蔡善继	湖州乌程	浙江湖州				

(续)

序号	姓名	籍贯	今址	各县统计	各府州统计	今各省统计	血缘或亲缘
852	陈忱	湖州乌程	浙江湖州	15			
853	王蒙	湖州	浙江				赵孟頫之甥
854	金文质	湖州	浙江				
855	宋雷	湖州	浙江		41		
856	乌斯道	宁波慈溪	浙江慈溪				
857	陈敬宗	宁波慈溪	浙江慈溪				
858	王淮	宁波慈溪	浙江慈溪				
859	郑满	宁波慈溪	浙江慈溪				
860	姚镆	宁波慈溪	浙江慈溪				
861	袁炜	宁波慈溪	浙江慈溪	6			
862	沈季彪	宁波奉化	浙江奉化	1			
863	贺钦	宁波定海	浙江宁波				
864	薛三省	宁波定海	浙江宁波	2			
865	包大中	宁波	浙江				
866	郑本中	宁波鄞县	浙江宁波				
867	郑真	宁波鄞县	浙江宁波				
868	陆铨	宁波鄞县	浙江宁波				
869	陆钎	宁波鄞县	浙江宁波				陆铨之弟
870	万表	宁波鄞县	浙江宁波				
871	万达甫	宁波鄞县	浙江宁波				万表之子
872	万邦孚	宁波鄞县	浙江宁波				万达甫之子
873	陈沂	宁波鄞县	浙江宁波				
874	陈束	宁波鄞县	浙江宁波				
875	杨守阯	宁波鄞县	浙江宁波				
876	杨德周	宁波鄞县	浙江宁波				
877	沈明臣	宁波鄞县	浙江宁波				
878	沈一中	宁波鄞县	浙江宁波				
879	汪镗	宁波鄞县	浙江宁波				
880	汪坦	宁波鄞县	浙江宁波				
881	李堂	宁波鄞县	浙江宁波				

(续)

序号	姓名	籍贯	今址	各县统计	各府州统计	今各省统计	血缘或亲缘
882	李生寅	宁波鄞县	浙江宁波				
883	屠隆	宁波鄞县	浙江宁波				
884	屠瑶瑟	宁波鄞县	浙江宁波				屠隆之女
885	张琦	宁波鄞县	浙江宁波				
886	张时彻	宁波鄞县	浙江宁波				
887	王相	宁波鄞县	浙江宁波				
888	戴暨	宁波鄞县	浙江宁波				
889	金永麟	宁波鄞县	浙江宁波				
890	金无垢	宁波鄞县	浙江宁波				
891	余寅	宁波鄞县	浙江宁波				
892	吕时	宁波鄞县	浙江宁波				
893	周朝俊	宁波鄞县	浙江宁波				
894	丰越人	宁波鄞县	浙江宁波	29			
895	汤式	宁波象山	浙江象山	1	40		
896	徐孟曾	金华兰溪	浙江兰溪				
897	唐龙	金华兰溪	浙江兰溪				
898	唐汝楫	金华兰溪	浙江兰溪				
899	章懋	金华兰溪	浙江兰溪				
900	章适	金华兰溪	浙江兰溪				
901	黄傅	金华兰溪	浙江兰溪				
902	童琥	金华兰溪	浙江兰溪				
903	胡应麟	金华兰溪	浙江兰溪				
904	赵志皋	金华兰溪	浙江兰溪	9			
905	王祎	金华义乌	浙江义乌				
906	王绅	金华义乌	浙江义乌	2			
907	程文德	金华永康	浙江永康	1			
908	宋濂	金华浦江	浙江浦江				
909	戴良	金华浦江	浙江浦江				
910	赵友同	金华浦江	浙江浦江				
911	郑棠	金华浦江	浙江浦江				

(续)

序号	姓名	籍贯	今址	各县统计	各府州统计	今各省统计	血缘或亲缘
912	郑楷	金华浦江	浙江浦江	5			
913	叶容	金华金华	浙江金华				
914	胡翰	金华金华	浙江金华				
915	曹志	金华金华	浙江金华				
916	苏伯衡	金华金华	浙江金华				
917	童翼	金华金华	浙江金华				
918	潘希曾	金华金华	浙江金华				
919	翁正春	金华金华	浙江金华	7	24		
920	陶宗仪	台州黄岩	浙江台州				
921	王原采	台州黄岩	浙江台州	2			
922	陈基	台州临海	浙江临海				
923	陈器	台州临海	浙江临海				
924	朱右	台州临海	浙江临海				
925	林右	台州临海	浙江临海				
926	蔡云程	台州临海	浙江临海				
927	秦鸣雷	台州临海	浙江临海				
928	王宗沐	台州临海	浙江临海	7			
929	方孝孺	台州宁海	浙江宁海	1			
930	叶良佩	台州太平	浙江温岭				
931	谢铎	台州太平	浙江温岭	2			
932	徐一夔	台州天台	浙江天台				
933	夏鍭	台州天台	浙江天台				
934	黄惟楫	台州天台	浙江天台				
935	陈氏	台州天台	浙江天台	4	16		
936	余尧臣	温州永嘉	浙江温州				
937	黄淮	温州永嘉	浙江温州				
938	周旋	温州永嘉	浙江温州				
939	张孚敬	温州永嘉	浙江温州				
940	戴子晋	温州永嘉	浙江温州	5			
941	朱希晦	温州乐清	浙江乐清	1	6		

(续)

序号	姓名	籍贯	今址	各县统计	各府州统计	今各省统计	血缘或亲缘
942	王养瑞	处州遂昌	浙江遂昌	1			
943	刘基	处州青田	浙江青田				
944	刘琏	处州青田	浙江青田				刘基之长子
945	刘璟	处州青田	浙江青田				刘基之次子
946	陈中州	处州青田	浙江青田	4	5		
947	童佩	衢州龙游	浙江衢州	1			
948	叶秉敬	衢州西安	浙江衢州	1			
949	方豪	衢州开化	浙江开化				
950	江东伟	衢州开化	浙江开化	2			
951	谢诏	衢州	浙江		5		
952	郑国轩	浙江	浙江		1	318	
953	汪文盛	武昌崇阳	湖北崇阳	1			
954	丁鹤年	武昌武昌	湖北鄂州	1			
955	李承芳	武昌嘉鱼	湖北嘉鱼				
956	李承箕	武昌嘉鱼	湖北嘉鱼				李承芳之弟
957	李沂	武昌嘉鱼	湖北嘉鱼	3			
958	魏裳	武昌蒲圻	湖北赤壁	1			
959	朱廷立	武昌通山	湖北通山	1			
960	如愚	武昌江夏	湖北武汉	1	8		
961	袁宗道	荆州公安	湖北公安				
962	袁宏道	荆州公安	湖北公安				袁宗道之弟
963	袁中道	荆州公安	湖北公安	3			袁宏道之弟
964	李先芳	荆州监利	湖北监利	1			
965	张居正	荆州江陵	湖北江陵	1			
966	韩守益	荆州石首	湖北石首				
967	张璧	荆州石首	湖北石首	2	7		
968	王格	承天京山	湖北京山				
969	李维桢	承天京山	湖北京山				
970	郝敬	承天京山	湖北京山	3			
971	鲁铎	承天竟陵	湖北天门				

(续)

序号	姓名	籍贯	今址	各县统计	各府州统计	今各省统计	血缘或亲缘
972	钟惺	承天竟陵	湖北天门				
973	谭元春	承天竟陵	湖北天门	3			
974	陈柏	承天沔阳	湖北仙桃				
975	陈文烛	承天沔阳	湖北仙桃	2	8		
976	刘养微	黄州广济	湖北武穴	1			
977	王廷陈	黄州黄冈	湖北黄冈				
978	王同轨	黄州黄冈	湖北黄冈	2			
979	瞿九思	黄州黄梅	湖北黄梅	1			
980	耿定向	黄州麻城	湖北麻城				
981	王兆云	黄州麻城	湖北麻城	2			
982	朱翊钑	黄州蕲州	湖北蕲州	1	7		荆王朱瞻堈六世孙
983	黄体元	襄阳谷城	湖北谷城	1			
984	王从善	襄阳襄阳	湖北襄阳	1	2		
985	肖良有	汉阳汉阳	湖北武汉	1	1		
986	邹观光	德安云梦	湖北云梦	1	1	34	
987	李祁	长沙茶陵	湖南茶陵				
988	李东阳	长沙茶陵	湖南茶陵				
989	李兆先	长沙茶陵	湖南茶陵				
990	刘如孙	长沙茶陵	湖南茶陵				
991	张治	长沙茶陵	湖南茶陵	5			
992	李滕芳	长沙湘潭	湖南湘潭	1			
993	夏原吉	长沙湘阴	湖南湘阴	1			
994	王伟	长沙攸县	湖南攸县	1			
995	陈洪谟	常德武陵	湖南常德				
996	蒋信	常德武陵	湖南常德				
997	龙膺	常德武陵	湖南常德				
998	李九标	常德武陵	湖南常德	4			
999	李徽	常德桃源	湖南桃源	1	5		
1000	周廷用	岳州华容	湖南华容	1			
1001	汪子祜	岳州石门	湖南石门	1			

(续)

序号	姓名	籍贯	今址	各县统计	各府州统计	今各省统计	血缘或亲缘
1002	杨一清	岳州巴陵	湖南岳阳	1	3		
1003	何孟春	郴州	湖南				
1004	邓庠	郴州宜章	湖南宜章	1	2		
1005	刘尧诲	衡州临武	湖南临武	1	1		
1006	李廷兴	永州东安	湖南东安	1			
1007	桑绍梁	永州零陵	湖南永州	1	2		
1008	许瀚	靖州	湖南		1	22	
1009	赵贞吉	成都内江	四川内江	1			
1010	杨廷和	成都成都	四川成都				
1011	杨慎	成都新都	四川成都	2	3		杨廷和之子
1012	黄夫人	潼川遂宁	四川遂宁	1	1		杨慎之继室
1013	晏铎	叙州富顺	四川富顺				
1014	熊过	叙州富顺	四川富顺	2	2		
1015	任瀚	顺庆南充	四川南充				
1016	黄辉	顺庆南充	四川南充	2	2		
1017	曾玙	泸州	四川		1		
1018	孙仁孺	蜀	四川			10	
1019	邹智	重庆合州	重庆合川	1			
1020	张佳胤	重庆铜梁	重庆铜梁	1	2	2	
1021	罗亨信	广州东莞	广东东莞				
1022	祁顺	广州东莞	广东东莞				
1023	邓云霄	广州东莞	广东东莞	3			
1024	黄哲	广州番禺	广东广州				
1025	李德	广州番禺	广东广州				
1026	赵介	广州番禺	广东广州				
1027	王渐逵	广州番禺	广东广州				
1028	张诩	广州番禺	广东广州	5			
1029	陈绍儒	广州南海	广东广州				
1030	陈子升	广州南海	广东广州				陈绍儒曾孙
1031	王佐	广州南海	广东广州				

(续)

序号	姓名	籍贯	今址	各县统计	各府州统计	今各省统计	血缘或亲缘
1032	黄衷	广州南海	广东广州				
1033	霍韬	广州南海	广东广州				
1034	方献夫	广州南海	广东广州				
1035	何维柏	广州南海	广东广州				
1036	卢宁	广州南海	广东广州				
1037	庞尚鹏	广州南海	广东广州	9			
1038	黎民表	广州从化	广东从化	1			
1039	文翔凤	广州三水	广东三水	1			
1040	梁储	广州顺德	广东顺德				
1041	梁有誉	广州顺德	广东顺德				
1042	孙蕡	广州顺德	广东顺德				
1043	佘世亨	广州顺德	广东顺德				
1044	罗虞臣	广州顺德	广东顺德				
1045	欧大任	广州顺德	广东顺德	6			
1046	陈献章	广州新会	广东新会				
1047	陈吾德	广州新会	广东新会				
1048	黎贞	广州新会	广东新会				
1049	邓林	广州新会	广东新会				
1050	许炯	广州新会	广东新会	5			
1051	黄瑜	广州香山	广东中山				
1052	黄佐	广州香山	广东中山	2			
1053	朱鼎臣	广州	广东		33		
1054	金建中	潮州海阳	广东潮州	1	1		
1055	杨巍	惠州海丰	广东海丰	1			
1056	叶春及	惠州归善	广东惠州				
1057	杨起元	惠州归善	广东惠州	2	3	37	
1058	戴钦	柳州马平	广西柳州	1	1		
1059	蒋冕	桂林全州	广西全州	1	1		
1060	吴廷举	梧州	广西		1	3	
1061	邱濬	琼州琼山	海南琼山				

第八章 明代文学家之地理分布 | 375

(续)

序号	姓名	籍贯	今址	各县统计	各府州统计	今各省统计	血缘或亲缘
1062	海瑞	琼州琼山	海南琼山	2			
1063	王宏海	琼州定安	海南定安	1			
1064	钟芳	琼州崖州	海南三亚	1	4	4	
1065	陈亮	福州长乐	福建长乐				
1066	陈登	福州长乐	福建长乐				
1067	王恭	福州长乐	福建长乐				
1068	高棅	福州长乐	福建长乐				
1069	谢肇淛	福州长乐	福建长乐	5			
1070	林鸿	福州福清	福建福清				
1071	林章	福州福清	福建福清				
1072	叶朝荣	福州福清	福建福清				
1073	薛镕	福州福清	福建福清	4			
1074	林慊	福州闽县	福建闽侯				
1075	林烴	福州闽县	福建闽侯				
1076	陈炜	福州闽县	福建闽侯				
1077	陈介夫	福州闽县	福建闽侯				
1078	陈藻	福州闽县	福建闽侯				陈介夫之弟
1079	陈勋	福州闽县	福建闽侯				
1080	吴海	福州闽县	福建闽侯				
1081	郑定	福州闽县	福建闽侯				
1082	郑善夫	福州闽县	福建闽侯				
1083	周元	福州闽县	福建闽侯				
1084	王虞凤	福州闽县	福建闽侯				
1085	邓原岳	福州闽县	福建闽侯				
1086	徐𤊹	福州闽县	福建闽侯				
1087	董养河	福州闽县	福建闽侯	14			
1088	林春泽	福州侯官	福建闽侯				
1089	林应亮	福州侯官	福建闽侯				林春泽之子
1090	唐泰	福州侯官	福建闽侯				
1091	王襃	福州侯官	福建闽侯				林鸿之侄婿

(续)

序号	姓名	籍贯	今址	各县统计	各府州统计	今各省统计	血缘或亲缘
1092	张径	福州侯官	福建闽侯				
1093	高濲	福州侯官	福建闽侯				
1094	傅汝舟	福州侯官	福建闽侯				
1095	魏文焕	福州侯官	福建闽侯				
1096	曹学佺	福州侯官	福建闽侯	9			
1097	王畿	福州永福	福建永泰				
1098	黄文焕	福州永福	福建永泰	2			
1099	吴文华	福州连江	福建连江				
1100	陈第	福州连江	福建连江	2			
1101	张以宁	福州古田	福建古田	1	37		
1102	张岳	泉州惠安	福建惠安				
1103	黄克晦	泉州惠安	福建惠安				
1104	陈玉辉	泉州惠安	福建惠安	3			
1105	蔡清	泉州晋江	福建泉州				
1106	蔡克廉	泉州晋江	福建泉州				
1107	王慎中	泉州晋江	福建泉州				
1108	王偁	泉州晋江	福建泉州				
1109	吴文度	泉州晋江	福建泉州				
1110	陈琛	泉州晋江	福建泉州				
1111	林希元	泉州晋江	福建泉州				
1112	李贽	泉州晋江	福建泉州				
1113	庄履丰	泉州晋江	福建泉州				
1114	曾异撰	泉州晋江	福建泉州	10			
1115	郑普	泉州南安	福建南安	1			
1116	许獬	泉州同安	福建同安	1			
1117	颜廷榘	泉州永春	福建永春	1			
1118	桑贞白	泉州	福建				嘉兴周履靖之继室
1119	陈真晟	泉州	福建				
1120	骆日升	泉州	福建		19		
1121	郑纪	兴化仙游	福建仙游	1			

(续)

序号	姓名	籍贯	今址	各县统计	各府州统计	今各省统计	血缘或亲缘
1122	林文	兴化莆田	福建莆田				
1123	林俊	兴化莆田	福建莆田				
1124	林文俊	兴化莆田	福建莆田				
1125	林兆珂	兴化莆田	福建莆田				
1126	黄潜	兴化莆田	福建莆田				
1127	黄金	兴化莆田	福建莆田				
1128	黄幼藻	兴化莆田	福建莆田				
1129	柯潜	兴化莆田	福建莆田				
1130	柯维骐	兴化莆田	福建莆田				
1131	郑岳	兴化莆田	福建莆田				
1132	郑洛书	兴化莆田	福建莆田				
1133	彭韶	兴化莆田	福建莆田				
1134	周瑛	兴化莆田	福建莆田				
1135	宋端仪	兴化莆田	福建莆田				
1136	万良永	兴化莆田	福建莆田				
1137	朱溅	兴化莆田	福建莆田				
1138	王凤灵	兴化莆田	福建莆田				
1139	陈昂	兴化莆田	福建莆田				
1140	佘翔	兴化莆田	福建莆田	19			
1141	李春芳	兴化	福建		21		
1142	林弼	漳州龙溪	福建漳州				
1143	林魁	漳州龙溪	福建漳州				
1144	刘驷	漳州龙溪	福建漳州				
1145	田顼	漳州龙溪	福建漳州	4			
1146	卢维桢	漳州漳浦	福建漳浦				
1147	杨一葵	漳州漳浦	福建漳浦	2			
1148	林秉汉	漳州长泰	福建长泰	1			
1149	陈翼飞	漳州平和	福建平和		8		
1150	邱云霄	建宁崇安	福建武夷山	1			
1151	熊大木	建宁建阳	福建建阳				

(续)

序号	姓名	籍贯	今址	各县统计	各府州统计	今各省统计	血缘或亲缘
1152	余邵鱼	建宁建阳	福建建阳	2			
1153	杨荣	建宁建安	福建建瓯				
1154	余象斗	建宁建安	福建建瓯	2			
1155	李默	建宁瓯宁	福建建瓯	1			
1156	魏浚	建宁松溪	福建松溪	1	7		
1157	李春熙	邵武建宁	福建建宁	1			
1158	谢兆申	邵武	福建		2		
1159	赵弼	延平南平	福建南平	1			
1160	黄元	延平将乐	福建将乐	1			
1161	田一俊	延平大田	福建大田	1	3		
1162	朱玉田	汀州	福建	1			
1163	郭文周	福宁福安	福建福安	1	1	98	
1164	张含	永昌	甘肃		1		
1165	金銮	巩昌陇西	甘肃陇西	1	1		
1166	赵时春	平凉平凉	甘肃平凉	1	1	3	
1167	张凤翔	汉中洵阳	陕西旬阳	1	1		
1168	马汝骥	延安绥德	陕西绥德	1			
1169	王邦俊	延安鄜州	陕西富县	1	2		
1170	韩邦奇	西安朝邑	陕西大荔				
1171	韩邦靖	西安朝邑	陕西大荔	2			韩邦奇之弟
1172	张纮	西安富平	陕西富平				
1173	杨爵	西安富平	陕西富平	2			
1174	吕楠	西安高陵	陕西高陵	1			
1175	王异	西安郃阳	陕西合阳	1			
1176	王九思	西安鄠县	陕西户县				
1177	黄宏纲	西安鄠县	陕西户县	2			
1178	王维桢	西安华州	陕西华县				
1179	王庭谏	西安华州	陕西华县	2			
1180	赵统	西安临潼	陕西西安	1			
1181	王恕	西安三原	陕西三原				

(续)

序号	姓名	籍贯	今址	各县统计	各府州统计	今各省统计	血缘或亲缘
1182	马理	西安三原	陕西三原				
1183	来俨然	西安三原	陕西三原	3			
1184	康海	西安武功	陕西武功				
1185	张链	西安武功	陕西武功				康海之外甥
1186	耿志炜	西安武功	陕西武功	3			
1187	冯从吾	西安长安	陕西西安	1			
1188	朱诚泳	西安	陕西西安				明太祖五世孙，袭封秦王
1189	朱敬镳	西安	陕西西安		21		秦愍王朱樉八世孙
1190	管楫	西安咸宁	陕西西安	1			
1191	许光祚	陕西	陕西				
1192	孙一元	关中	陕西			26	
1193	任环	潞安长治	山西长治				
1194	程正己	潞安长治	山西长治	2			
1195	李新芳	潞安潞州	山西长治				
1196	朱珵阶	潞安潞州	山西长治	2			沈简王朱模七世孙，袭封沈简王
1197	栗应宏	潞安长子	山西长子		5		
1198	王琼	太原	山西				
1199	王道行	太原阳曲	山西太原	1			
1200	寇天叙	太原榆次	山西晋中	1	3		
1201	薛瑄	平阳河津	山西河津	1			
1202	何东序	平阳猗氏	山西临猗	1			
1203	曹于汴	平阳安邑	山西运城	1	3		
1204	孔天允	汾州	山西				
1205	朱慎钟	汾州	山西		2		庆成王朱济炫七世孙，袭封庆成王
1206	常伦	泽州沁水	山西沁水		1		
1207	王家屏	大同山阴	山西山阴		1		
1208	李春芳	晋	山西			16	

(续)

序号	姓名	籍贯	今址	各县统计	各府州统计	今各省统计	血缘或亲缘
1209	李梦阳	开封	河南开封				
1210	朱睦㮮	开封	河南				周定王朱橚六世孙
1211	张肯	开封祥符	河南开封				
1212	李濂	开封祥符	河南开封				
1213	高叔嗣	开封祥符	河南开封				
1214	王教	开封祥符	河南开封				
1215	王惟俭	开封祥符	河南开封	5			
1216	王翰	开封禹州	河南禹州	1			
1217	王廷相	开封仪丰	河南兰考				
1218	张卤	开封仪丰	河南兰考	2			
1219	王钝	开封太康	河南太康	1			
1220	范守己	开封洧川	河南尉氏	1			
1221	高拱	开封新郑	河南新郑	1			
1222	陈棐	开封鄢陵	河南鄢陵	1	14		
1223	王鸿儒	南阳南阳	河南南阳	1			
1224	李蓘	南阳内乡	河南内乡	1			
1225	马之骏	南阳新野	河南新野	1			
1226	李贤	南阳邓县	河南邓州	1	4		
1227	孟化鲤	河南新安	河南新安				
1228	吕维祺	河南新安	河南新安	2			
1229	曹端	河南渑池	河南渑池	1			
1230	李雨商	河南	河南		4		
1231	吕坤	归德宁陵	河南宁陵	1			
1232	沈鲤	归德商丘	河南商丘	1			
1233	姚翼	归德	河南		3		
1234	李本固	汝宁	河南				
1235	孟洋	汝宁信阳	河南信阳				
1236	戴冠	汝宁信阳	河南信阳				
1237	何景明	汝宁信阳	河南信阳	3			

(续)

序号	姓名	籍贯	今址	各县统计	各府州统计	今各省统计	血缘或亲缘
1238	刘绘	汝宁光州	河南潢川	1			
1239	张九一	汝宁新蔡	河南新蔡	1	6		
1240	马汝彰	卫辉汲县	河南卫辉	1			
1241	王越	卫辉新乡	河南新乡				
1242	卢楠	卫辉新乡	河南新乡	2	3		
1243	娄枢	怀庆河内	河南沁阳	1			
1244	何瑭	怀庆	河南		2		
1245	崔铣	彰德安阳	河南安阳	1	1		
1246	宋讷	大名滑县	河南滑县	1			
1247	魏允中	大名南乐	河南南乐	1			
1248	李化龙	大名长垣	河南长垣	1		40	
1249	秦裕伯	大名大名	河北大名				
1250	刘师朱	大名大名	河北大名	2			
1251	张四维	大名元城	河北大名				
1252	董复亨	大名元城	河北大名	2	7		
1253	石九秦	真定翼州	河北翼州	1			
1254	魏纯粹	真定柏乡	河北柏乡	1			
1255	赵南星	真定高邑	河北高邑	1			
1256	蔡瑗	真定宁晋	河北宁晋	1			
1257	宋登春	真定新河	河北新河	1			
1258	李嵩	真定枣强	河北枣强	1			
1259	石珤	真定藁城	河北藁城	1			
1260	王尚文	真定真定	河北正定	1	8		
1261	周东	河间阜城	河北阜城	1			
1262	周世先	河间故城	河北故城				
1263	宋诺	河间故城	河北故城				
1264	孙渚	河间故城	河北故城				
1265	马中锡	河间故城	河北故城	4			
1266	李日茂	河间青县	河北青县	1			

(续)

序号	姓名	籍贯	今址	各县统计	各府州统计	今各省统计	血缘或亲缘
1267	范景文	河间吴桥	河北吴桥	1			
1268	纪坤	河间献县	河北献县	1			
1269	余继登	河间交河	河北泊头	1	9		
1270	陈世宝	顺德钜鹿	河北巨鹿	1	1		
1271	刘乾	保定	河北				
1272	鹿善继	保定定兴	河北定兴	1			
1273	李国榰	保定高阳	河北高阳	1			
1274	杨继盛	保定容城	河北容城				
1275	孙传庭	保定容城	河北容城	2	5		
1276	申佳允	广平永年	河北永年				
1277	张盖	广平永年	河北永年	2	2		
1278	岳伦	宣府怀安	河北怀安				
1279	赵迪	宣府怀安	河北怀安				
1280	龚用卿	宣府怀安	河北怀安	3	3		
1281	王好问	永平乐亭	河北乐亭	1	1		
1282	苏志皋	顺天固安	河北固安	1			
1283	顿锐	顺天涿州	河北涿州	1		35	
1284	岳正	顺天通州	北京	1			
1285	朱瞻基	顺天	北京				明宣宗,仁宗朱高炽长子
1286	张文台	顺天	北京	1			
1287	陶县区	顺天	北京				
1288	周秋汀	顺天	北京				
1289	刘士昌	顺天	北京				
1290	米万钟	顺天	北京				
1291	刘君锡	顺天	北京				
1292	薛论道	顺天	北京		11	9	
1293	穆文熙	大名东明	山东东明				
1294	石星	大名东明	山东东明	2	2		

(续)

序号	姓名	籍贯	今址	各县统计	各府州统计	今各省统计	血缘或亲缘
1295	刘效祖	济南滨州	山东滨州	1			
1296	边贡	济南历城	山东济南				
1297	边习	济南历城	山东济南				边贡之子
1298	刘天民	济南历城	山东济南				
1299	李攀龙	济南历城	山东济南				
1300	殷士儋	济南历城	山东济南	5			
1301	李开先	济南章丘	山东章丘				
1302	张国筹	济南章丘	山东章丘	2			
1303	葛守礼	济南德平	山东商河				
1304	葛曦	济南德平	山东商河				
1305	葛昕	济南德平	山东商河	3			
1306	胡缵宗	济南泰安	山东泰安	1			
1307	马攀龙	济南信阳	山东信阳	1			
1308	邢侗	济南临邑	山东临邑				
1309	邢慈静	济南临邑	山东临邑	2			邢侗之妹
1310	刘士骥	济南禹城	山东禹城	1			
1311	毕自严	济南淄川	山东淄博				
1312	贾仲明	济南淄川	山东淄博	2			
1313	王象晋	济南新城	山东桓台				
1314	王与允	济南新城	山东桓台				王象晋之子
1315	王与端	济南新城	山东桓台	3			
1316	王田	济南	山东	1	22		
1317	李舜臣	青州乐安	山东广饶	1			
1318	黄桢	青州安丘	山东安丘	1			
1319	马愉	青州临朐	山东临朐				
1320	冯惟敏	青州临朐	山东临朐	2			
1321	刘翔	青州寿光	山东寿光	1			
1322	刘庭信	青州益都	山东青州				
1323	钟羽正	青州益都	山东青州				

(续)

序号	姓名	籍贯	今址	各县统计	各府州统计	今各省统计	血缘或亲缘
1324	曹璜	青州益都	山东青州	3			
1325	焦竑	青州日照	山东日照	1	9		
1326	于慎行	兖州东阿	山东东阿				
1327	于慎思	兖州东阿	山东东阿	2			于慎行之弟
1328	段黼	兖州曹州	山东菏泽	1			
1329	靳学颜	兖州济宁	山东济宁				
1330	李尧民	兖州济宁	山东济宁	2			
1331	王偕	兖州沂州	山东临沂				
1332	贾固	兖州沂州	山东临沂				
1333	高名衡	兖州沂州	山东临沂	3			
1334	殷云霄	兖州寿张	山东阳谷	1			
1335	孔齐	兖州曲阜	山东曲阜				
1336	孔承庆	兖州曲阜	山东曲阜	2	11		
1337	谢榛	东昌临清	山东临清	1			
1338	苏祐	东昌濮州	山东鄄城				
1339	周显宗	东昌濮州	山东鄄城	2			
1340	朱之藩	东昌茌平	山东茌平	1	4		
1341	蓝田	莱州即墨	山东即墨				
1342	周如砥	莱州即墨	山东即墨	2			
1343	赵完璧	莱州胶州	山东胶州	1			
1344	毛纪	莱州掖县	山东莱州	1	4		
1345	戚继光	登州	山东				
1346	刘龙田	山东	山东			54	
1347	徐敬德	朝鲜	朝鲜			1	

明代的文学家在分布格局上有如下五个突出特点：

一是南方文学家继续占绝对多数。在1347位有籍贯可考的文学家中，南方文学家多达1163人，北方文学家只有184人，南北之比为 8.6:1.4。整个北方文学家的数量，还不及南方一个苏州府（197人）。如果不是有具体的数据在此，这个分布格局几乎是令人难以置信的。在元代，南北文学家之比尚且为 6.9:3.1（南方 351 人，北方 160 人），而明代居然变成 8.6:1.4。有明 278 年间，建都南京的时间只有 54 年（不算南明在南京和福州的 4 年），建都北京的时间长达 224 年，也就是说，国家的政治中心有 80% 的时间在北方，而北方文学家在全国的比重，居然在元代的水准上又降低了 17%。这就表明，国家的政治中心虽然在北方，但是文化重心与文学重心却完全转移到了南方。

表二十三　明代籍贯未详之文学家简表

序号	姓名	序号	姓名	序号	姓名	序号	姓名
1348	王子一	1362	月景辉	1375	吴元泰	1388	高应
1349	王业	1363	苏复之	1376	李景云	1389	高漫卿
1350	王贞庆	1364	苏汉英	1377	刘蓝生	1390	孙高亮
1351	王紫涛	1365	许宗衡	1378	刘兑	1391	陆华甫
1352	丁野夫	1366	沐仲易	1379	陈晓江	1392	金文石
1353	兰楚梦	1367	汤宾阳	1380	陈罗齐	1393	虎伯恭
1354	朱弥钳	1368	汤子垂	1381	徐元晖	1394	韩邦靖
1355	朱九经	1369	沈受先	1382	徐时敏	1395	袁崇冕
1356	朱名世	1370	罗贯中	1383	杨致和	1396	董少玉
1357	牛衷	1371	罗懋登	1384	杨景贤	1397	端鳌
1358	叶良表	1372	洪应明	1385	杨文奎	1398	湛然
1359	翁登春	1373	郭维藩	1386	智达	1399	周游
1360	曹光宇	1374	薛旦	1387	赛景初	1400	詹时雨
1361	黄元吉						

说明：金文石系元代金哈喇之子

二是北方地区继关中、中原文坛衰落之后，燕赵、三晋文坛也开始衰落。有元一代，占籍燕赵文化区（包括大名、真定、中山、保定、河间、广平、大都等路）的文学家有 65 位，占全国总数的 13%，其中创造了"一代之文学"的杂剧作家竟多达 33 位，占了全国总数（有籍贯可考者 80 人）的 41%，可以说是燕赵文坛最为辉煌的时期。及至明代，占籍燕赵文化区（包括大名、真定、河间、顺德、保定、广平、宣府、永平、顺天等府镇）的文学家只有 44 位，仅占全国总数的 3.3%，可以说是创历史的最低纪录，也可以说是由元代的高峰滑落到谷底。三晋文坛也是这样。有元一代，占籍三晋的文学家有 25 位，占全国总数的 4.9%，及至明代，占籍三晋的文学家只有 16 位，仅占全国总数的 1.2%，同样创历史的最低纪录。

三是南方地区除了赣、吴、越、闽文坛继续保持增长态势之外，岭南文坛第一次在中国文坛精彩亮相。有明一代，占籍岭南（包括今广东、广西、海南三省）的文学家达 44 人，占全国总数的 3.3%，不仅在比例上超过了北方的关中、中原、三晋文坛，也超过了南方的巴蜀、荆楚、湖湘文坛。

四是在吴文化区内，松江府的文学家超过了全国平均数的四倍（48 人）。在元代，松江府的文学家刚刚超过全国的平均数（7 人）。270 多年后，居然在数量上达到这样一个水准。这个事实表明，上海的文学自元代以来有了长足的发展。

五是女性文学家的数量超过以往任何一个时代，达到 11 位，其中北方 1 位，南方 10 位。这个事实表明，文学已经越来越大众化。有明一代，南方文学家在数量上是北方文学家的 6.1 倍，而女性文学家却是北方的 10 倍。这个事实表明，南方的文学观念比北方要开放一些。

第二节　分布重心及其成因

明代的府（直隶州、卫、司）也是很多的，据《明史·百官志》载，全国仅府就有159个，州更达234个（含直隶州和散州），卫、司难以统计。而表二十二中的1347位有籍贯可考的文学家，就分布在当时的114个府（州）里，平均数为11.8。超过12人的府（州）有25个，分布在八大文化区里，见表二十四、图八。

表二十四　明代八大文化区二十五府州文学家之分布表

文化区	府州人数	小计	文化区	府州人数	小计
赣文化区	吉安府64、抚州府27、建昌府14、南昌府20、饶州府16	141	岭南文化区	广州府33	33
吴文化区	扬州府32、应天府28、常州府66、苏州府197、松江府48、徽州府49	420	关中文化区	西安府21	21
越文化区	湖州府41、嘉兴府49、杭州府72、绍兴府52、宁波府40、金华府24、台州府16	294	中原文化区	开封府14	14
闽文化区	福州府37、兴化府21、泉州府19	77	齐鲁文化区	济南府22	22

图八 明代文学家之地理分布重心图

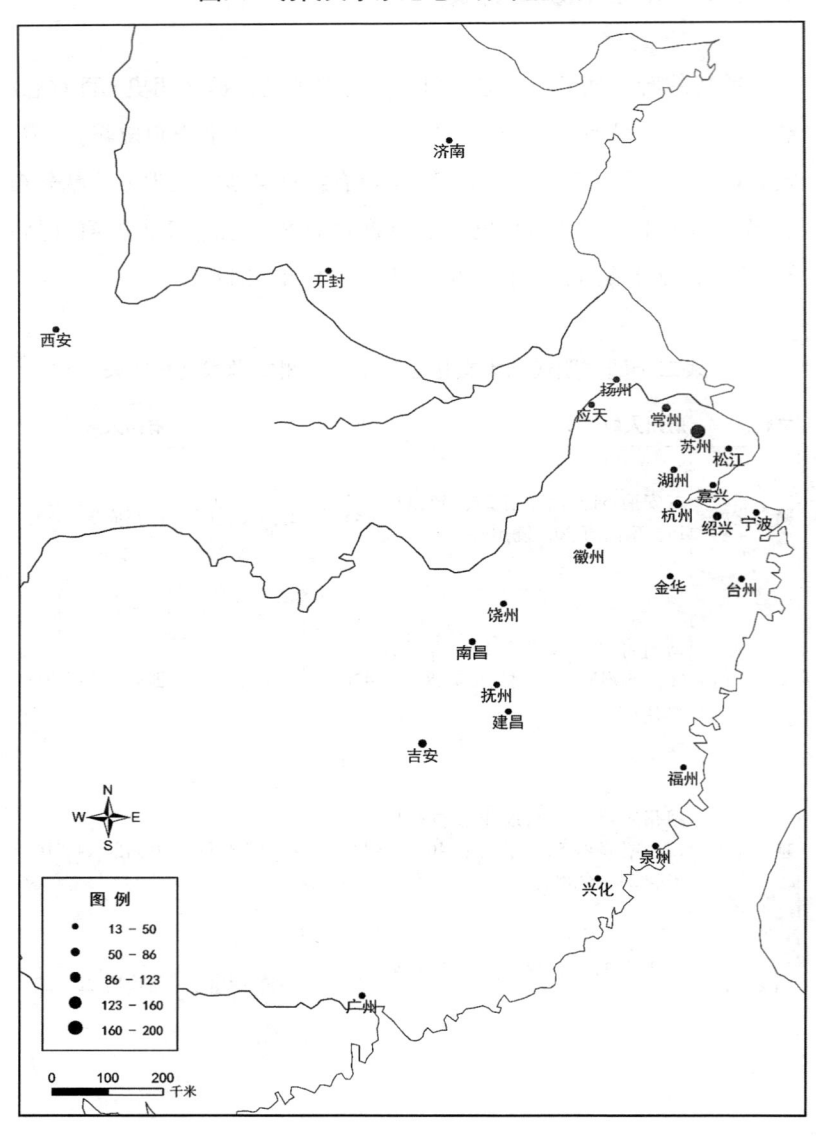

赣文化区（吉安府、抚州府、建昌府、南昌府、饶州府一带）

明代赣文化区的地理范围，与江西省的管辖范围相吻合。

这里的经济自中唐以来即称发达，不过在明代以前，这里还是以传统的农业经济占绝对优势。自明代始，这里的工商业有了很大的发展。这是由其特殊的自然条件所决定的。"江右之地，田少而人多。"[1]为了养活急剧增多的人口，许多人不再固着于那一小块土地。一方面，他们能利用本地丰富的资源进行商品生产。譬如陶瓷、纸、糖、烟草、夏布等，都是当时江西的名优产品。饶州的浮梁为江西陶瓷业之中心。据王世懋《二酉委谭摘录》载："江西饶州府浮梁县，离县二十里许为景德镇，官窑设焉。天下窑器所聚，其民繁富，甲于一省。余尝以分守督运至其地，万杵之声殷地，火光烛天，夜令人不能寐。戏目之曰：'四时雷电镇。'"以浮梁为中心，饶州七县（浮梁、鄱阳、乐平、德兴、余干、万年、安仁）及广信、抚州各地人民竞相往景德镇佣工，以制陶为业，人口近百万。陶工之外，江西还有不少的制纸工与制烟工。据江汝璧《广信府论》载："芎之民力田而外，藉资生理，工其一焉。或陶于饶，或楮于铅，或效技于本邑他郡。虽能不无工拙，凡以利用云尔。"另一方面，则是直接经商。江西三面据山，背沿江汉。沿江交通便利，有利于经商行贾。所谓"浮梁贾"，在唐代即很有名。临江府清江县的樟树镇（又名清江镇）为明代的药材贸易中心，号称雄镇。又"九江据上游，人趋市利，南饶广信，阜裕胜于建袁，以多行贸。而瑞临台安尤称富足"[2]。而其腹地山区，如广信府的铅山为闽、浙、赣三省

---

[1] 丘濬：《江右民迁荆湖议》，陈子龙等辑：《明经世文编》卷七二，中华书局1962年影印本。
[2] 张瀚：《商贾记》，《松窗梦语》卷四，上海古籍出版社1986年版。

之商业要冲，各地商货往来不绝；又"南（安）赣（州）谷林深邃，实商贾入粤之区也"[1]。值得注意的是，江西商人多在外省致富，其足迹几遍天下。据徐世溥《楚游诗序》载："豫章之为商者，其言适楚。犹门庭也。北贾汝宛徐邳汾鄠，东贾韶夏夔巫，西南贾滇僰黔沔，南贾苍梧桂林柳州，为盐麦竹箭鲍木旄罽皮革所输会。故南昌之民客于武汉而长子孙者十室居九。"[2] 又据李维桢《赠胡翁序》载："豫章人众而地迫隘，即大家名田，不能逾百亩，翁乃西游楚，至竟陵，乐其土风，而卜筑焉。舟车之所转输，廛肆之所居积，耒耜之所耕殖，机杼之所织纴，钱刀果布辐辏其门，而翁遂与千户封君比入矣。"[3] 南昌人如此，临江、吉安、抚州、建昌诸处亦然。据有关地方文献载：临江府，"地当舟车四会之衢，逐末者多"[4]；抚州府，"人稠多商，行旅达四裔"[5]；吉安府，"土瘠民稠，所资身多业邻郡"[6]；建昌府，"近抚信次水而多商"[7]。在抚州的金溪还涌现出了一批极有名的书商，专门从事图书贸易，直到清代尚然。

江西人富裕之后，便大力兴办教育事业。仅以书院为例，历宋、元、明三代，江西的书院之数均为全国第一。宋时224所，占全国总数（719所）的31%；元时95所，占全国总数（297所）的32%；明时287所，占全国总数（1701所）的17%。[8] 明代的官学教育很发达。早在洪武二年，明太祖即谕中书省臣："治国以教化为

---

[1] 张瀚：《商贾记》，《松窗梦语》卷四。
[2] 徐世溥：《楚游诗序》，《榆溪集选》，清光绪二十六年上海扫叶山房石印本。
[3] 李维桢：《赠胡翁序》，《大泌山房集》卷四八，上海古籍出版社1999年版。
[4] 查慎行：《西江志·风俗》引邓元锡《方域志》，成文出版社1989年版，第463页。
[5] 同上书，第465页。
[6] 查慎行：《西江志·风俗》引罗文恭《舆图志》，第464页。
[7] 查慎行：《西江志·风俗》引《旧志》，第466页。
[8] 王炳照：《中国古代书院》，第202—203页。

先，教化以学校为本。京师虽有太学，而天下学校未兴。宜令郡县皆立学校。"[1] 洪武八年又下诏立社学："民间幼童十五岁以下者送入读书。"[2] 而书院教育直到成化以后才渐渐兴起，至嘉靖才达到极盛。江西是富庶之区、文明之邦，其民间性质的书院教育尚如此发达，其官办学校之兴盛自然不言而喻。由于教育发达，江西的人才自宋时起即称兴盛。关于宋元两代江西的人才，我们在本书第六章、第七章均有叙述，这里不再重复。现在只看明代。明代自洪武四年（1371）到万历四十四年（1616）的245年间，每科的状元、榜眼、探花和会元共计244人，其中南直隶占了66人，为第一；浙江、江西均占48人，为第二。[3] 又据周腊生教授研究，明代的状元共89人，其中浙江20人，为第一；江西17人，为第二；江苏16人，为第三。[4] 而笔者据周腊生教授的这项研究成果统计，在江西的17位状元中，吉安府占了12位（永丰2，吉水5，泰和3，安福1，不具县名1），南昌府占了2位，抚州、建昌、广信各占1位。[5] 状元的分布区域与文学家的重点分布区域大致重合（饶州没有状元，广信府的文学家在江西范围内不在前五位之列）。江西地区的商业发达，交通便利，文化积累丰厚，自宋以来人才辈出，所以有明一代，文学家总数达到177位，居全国第三，自是情理之中的事。

吴文化区（松江府、苏州府、常州府、应天府、扬州府、徽州府一带）

明代吴文化区的地理范围，大体上与南直隶的管辖范围相合。

---

[1] 张廷玉等：《明史·选举志》，中华书局1974年版，第1686页。
[2] 同上书，第1690页。
[3] 陈建：《皇明通纪》，中华书局2008年版。
[4] 周腊生：《明代状元奇谈·明代状元谱》，紫禁城出版社1993年版，第129页。
[5] 同上书，第171—238页。

朱元璋于1368年称帝，都南京，称直隶京师的地区为直隶。1421年，成祖朱棣迁都北京，遂称直隶北京的地区为北直隶，而称直隶南京的地区为南直隶。南直隶四州十四府，相当于今上海、江苏和安徽两省一市的版图。

这一地区自中唐以来即是中国经济史上的枢纽地带，无论农业还是手工业，都较别的地区发达。南宋偏安江左以来，这里的农业经济有了迅速的发展，水稻种植面积扩大，耕作技术提高，又推广了占城稻等优良品种，每岁两熟，丰收年成可获每亩五六石的高产，因而出现了"苏湖熟，天下足"的盛况。有明一代，这一地区的经济结构由传统的以稻谷生产为主的农业经济向以木棉、蚕桑的种植、加工和贸易为主的商品经济转变，一大批专业化的市镇陆续兴起，资本主义萌芽开始出现。

松江府一带为全国最重要的棉纺织业中心。"纺织不止乡落，虽城中亦然。里媪晨抱纱入市，易木棉以归，明旦复抱纱以出，无顷刻间。织者率日成一匹，有通宵不寐者。田家收获，输官偿息外，不卒岁室庐已空，其衣食全赖此。"[1]而其贸易，则由运河及海运将棉布北售至山东莱阳、临清及华北各省，甚至辽东、高丽；另上溯长江至皖、赣、鄂、陕等地市场；向南则销售至闽、粤等地，甚至海外。[2]与棉花的种植、加工和贸易紧密相关，许多重要的棉市也随之出现。如华亭县的朱泾镇，"居民数千家，商贾辐辏；置邮走两浙、达两京者不少辍，实为要津"[3]。类似这样的工商市镇，据《弘治上海县志》、《正德松江府志》、《正德金山卫志》以及《嘉靖上海

---

[1] 聂豹修：《正德华亭县志》卷三，明正德十六年刻本。
[2] 参见方宗诚：《同治上海县志》卷八，清同治十年刻本。
[3] 朱栋：《朱泾志》卷一，上海书店1992年版。

县志》等地方史乘记载，在华亭县有 22 处，在上海县有 22 处，在金山卫有 8 处。至崇祯年间重修府志时，华亭、上海、青浦（万历元年始建）三县又新增了 22 处。[1]

如棉纺织业之于松江地区，苏州地区的丝织业亦非常发达。"吴民生齿最烦，恒产绝少，家杼轴而户纂组。机户出资，机工出力，相依为命久矣。"[2] 这一带的人民亦因此而致富。张瀚尝云："余尝总览市利，大都东南之利莫大于罗绮绢纻，而三吴为最；即余先世亦以机杼起。而今三吴之以机杼致富者尤众。"[3] 苏州一带的市镇亦相当发达。如吴江的盛泽镇，"镇上居民稠广，土俗淳朴，俱以蚕桑为业。男勤女谨，经纬机杼之声通宵彻夜。那市上西岸绸丝牙行约有千余家，远近村坊织成绸匹，俱到此上市，四方商贸来收买的，蜂攒蚁集，挨挤不开，路途无伫足之隙，乃出锦绣之乡，积聚绫罗之地。江南养蚕所在甚多，惟此镇处最盛"[4]。它处市镇虽不及盛泽之盛，然亦相当繁富。据《弘治太仓州志》、《正德姑苏志》、《嘉靖昆山县志》、《嘉靖吴江县志》和《崇祯吴县志》等载，苏州一带较著名的市镇，在吴县有 7 处，在长洲有 9 处，在昆山有 10 处，在常熟有 14 处，在吴江有 14 处，在嘉定有 15 处，在太仓有 14 处。苏州地区不仅为当时的丝织加工和贸易中心，也是东南一带最大的米粮市场。明中叶以后，苏松地区因经济作物的普通种植而挤占了大片的耕地，以至于发生严重的粮食不足的现象："吴所产之米原不足供本地之用。若江广之米，不特浙属借以运济，即苏属亦望为续命之

---

[1] 参见樊树志：《明代江南市镇研究》，《明史研究论丛》第 2 辑。
[2] 《明神宗实录》卷三六一，"中央研究院"历史语言研究所校印，1962 年版。
[3] 张瀚：《松窗梦语》卷四。
[4] 冯梦龙：《施润泽滩阙遇友》，《醒世恒言》，人民文学出版社 1956 年版，第 359 页。

膏。"[1]苏州的米市由此应运而生。如吴江县城,"民生富庶,城内外接栋而居者烟火万井,楼台亭榭与释老之宫掩映如画。其运河支河贯注入城,屈曲旁通,舟楫甚便。其城内及四门之外皆市廛阛阓,商贾辐辏,货物腾涌,垄断之人居多。当冬初输粮之际,千艘万舸,远近毕集,其北门内外两仓场米廪如南山之笋,何其盛也!"[2]至于苏州府城,更是繁华富丽,堪称东南胜会。明人莫照《苏州赋》云:"苏州拱京师以直隶,据江浙之上游,擅田土之膏腴,饶户口之富稠。文物萃东南之佳丽,诗书衍邹鲁之源流,实东南之大郡……至于治雄三寝,城连万雉,列巷通衢,华区锦肆;坊市綦列,桥梁栉比,梵宫莲宇,高门甲地。货财所居,珍奇所聚,歌台舞榭,春船夜市;远士巨商,它方流妓,千金一笑,万钱一箸。所谓海内繁华,江南佳丽者。"[3]

同样处于太湖流域的常州,其农业、手工业和商品经济亦较发达,除粮食作物外,其他如蓝靛、棉花和蚕桑等经济作物也在当地得到广泛种植。而伴随着商品经济的发展,这里也出现了不少繁荣的市镇。据陈忠平先生统计,早在北宋时,常州一带就有市镇10多处,元时发展到24处,明时更增至61处。[4]市镇的消长,集中地反映了商品经济功能的盛衰。张蒙《西园见闻录》尝云:"苏、松、常三郡,市浮于农。"说明当时常州的手工业和商品经济已占优势,而农业则降到次要的地位。当时苏、松、常并举,亦反映了常州在这一方面并不比苏松二府差多少。

[1] 黄希宪:《抚吴檄略》卷一,明刊本。
[2] 莫旦:《弘治吴江县志》卷二,清抄本。
[3] 莫旦:《苏州赋》,引自冯桂芬:《同治苏州府志》卷二,光绪刻本。
[4] 参见陈忠平:《明清时期宁镇常地区市镇研究》,《江苏史论考》,江苏古籍出版社1989年版。

应天府（南京）作为明初54年的国都之所在，系全国最繁华的大都市之一。据洪武二十四年的统计，南京城区有手工匠约四万五千户，"仓脚夫"二万户，以及朱元璋强行从南方各省迁来的"富户"一万四千三百户，三项加起来，近八万户，每户以五人计，则南京城里从事各种手工业、运输装卸以及商业和金融业的人数近四十万。这里有发达的丝织业、印刷业、造船业和商业。城内外有十几个大集市，买卖各种生产资料和生活用品。江东门外有粮食和六畜市场，仪凤门外有竹、木市场，清凉门外有布匹、绸缎、茶叶、纸张和盐等货栈。城内则有内桥、北门桥、大中桥和三山街等集市，出售牲畜、蔬菜等。内桥东南的承恩寺，百货纷陈，游艺杂耍热闹非凡，堪与北宋开封的相国寺媲美。三山门、江东门、聚宝门、三山街诸处，还有十六座大型酒楼，一年四季舟车辐辏，商贾云集。秦淮河灯火彻夜通明，画船游弋，箫管悠悠，令人心醉。

　　江北的扬州在南北朝时便是一个"车挂辖，人驾肩，廛闬扑地，歌吹沸天，孳货盐田，铲利铜山，才力雄富，士马精妍"[1]的著名城市。扬州在唐时最为富盛。"时四方无事，广陵为歌钟之地，富商大贾，动逾百数。"[2]北宋时的扬州，"常节制淮南十二郡之地，自淮南之西，大江之东南，至五岭蜀汉十一路百州迁徙贸易之人，往还皆出其下，舟车南北日夜灌输京师者居天下之七"[3]。明初的扬州由于经历宋金对峙时期和元蒙统治时期的多次浩劫，人民流离死亡很多。朱元璋取扬州时，"按籍城中，仅余十八家"[4]。不过此后经过长时

---

[1] 鲍照：《芜城赋》，《鲍参军集注》，上海古籍出版社2005年版，第13页。
[2] 李昉等编：《太平广记》卷二九〇，第2304页。
[3] 沈括：《平山堂记》，顾一平：《扬州名园记》，广陵书社刊本。
[4] 《明太祖实录》，"中央研究院"历史语言研究所，1962版。

间的重建和恢复，扬州的手工业和商业逐步地兴旺繁荣起来，其既是全国著名的丝织业中心，又是当时淮盐的重要集散地。

上述地区经济的发达，与其所处长江三角洲和太湖流域这一优越的地理环境大有关系。这里繁密便捷的水陆交通网络，既加速了农业生产的商品化，也扩大了各城镇的商业活动范围。这种优势，是处于万山环绕之中的徽州所不能比的。然而令人惊奇的是，徽州在明清两代却是海内外鼎鼎有名的富庶之邦。中华民族的生存和创造的伟力，往往就表现在这种置之死地而后生、变不利为有利的顽强精神和卓越才干方面。徽州的富庶，仍然是它那独特的地理环境所促成的。明末清初的著名学者顾炎武在他的《天下郡国利病书》里写道："徽郡保界山谷，土地依原麓，田瘠确，所产至薄，独宜菽麦红虾籼，不宜稻粱。壮夫健牛，日不过数亩，粪壅缉栉，视他郡农力过倍，而所入不当其半。又田皆仰高水，故丰年甚少，大都计一岁所入，不能支什之一。……田少而值昂，又生齿日益，庐舍坟墓不毛之地日多。山峭水激，滨河被冲啮者，即废为砂碛，不复成田。"这样一种恶劣的地理环境，根本就不利于农业经济的开展，因而"小民多执技艺，或贩负就食他郡者常十九。转他郡粟给老幼，自桐江，自饶河，自宣池者，舰相接肩相摩也"。有明一代，徽商之足迹几遍全国。而"徽人多商贾，益其势然也"[1]。徽商的经营范围，主要是盐业、典当业、茶业和木材业。近人陈去病《五石脂》载："徽郡商业，盐、茶、木、质铺四者为大宗。茶叶六县皆产，木则婺源为盛，质铺几遍郡国，而盐商咸萃于淮、浙。"[2] 当时的盐业就集

---

[1] 顾炎武：《天下郡国利病书·江南》，商务印书馆四部丛刊本。
[2] 陈去病：《五石脂》，《丹午笔记·吴城日记》，江苏古籍出版社1985年版。

中在扬州，致富较易，故徽商多以此起家，所谓"席丰履厚，闾里相望"[1]。又据汪喜孙《姚司马德政图叙》载："向来山西、徽歙富人之商于淮者百数十户，蓄赀以七八千万（两）计。"[2]

吴文化区商品经济卓有成效的发展，使其自南宋以来所形成的文化重心地位得以巩固和提高。这里曾经为京师所在地，官学教育相当发达。官学而外，书院教育也比较兴盛。有明一代，这里（今江苏、安徽、上海）的书院达170所，居全国第三位（江西第一，287所；浙江第二，199所；广东第四，156所）。[3] 声名卓著的东林书院就设在常州府的无锡县。据《无锡金匮县志》载："东林书院亦名龟山书院，在城东南隅。宋杨文靖（时）讲学于此，后即其地为书院而建道南祠以祀之。元至正间，废为僧庐。明邵宝欲兴复未果。万历三十二年，顾宪成及弟允成始构成之。宪成殁，高攀龙、叶茂才相继主其事，榜其门曰东林书院……当宪成、攀龙讲学时，岁两大会，月一小会，各三日，悉仿白鹿洞规。远近名贤，同声相应，天下学者，咸以东林为归。"

教育事业的发达促成刻书业的发达。明代刻书沿袭宋元传统，有官刻、私刻和坊刻本三种。就官刻而言，南京国子监曾就其所藏宋元旧版，重刻《南北朝七史》、《历代十八史略》、《国朝文类》、《通志略》、《文献通考》、《大观本草》等要籍。徽藩月轩道人朱载埨尝于崇古书院刻《锦绣万花谷》和《词林摘艳》；就私刻而言，苏州陆元大刻有《花间集》、晋陆机陆云兄弟的《二俊集》、李白的《李翰林

---

[1] 石国柱、楼文钊：《民国歙县志》卷一，《中国地方志集成·安徽府县志辑》，江苏古籍出版社1998年版。
[2] 汪喜孙：《姚司马德政图叙》，《从政录》卷二，《汪喜孙著作集》，"中央研究院"中国文哲研究所，2003年。
[3] 王炳照：《中国古代书院》，第202—203页。

集》。江阴朱承爵刻有杜牧的《樊川诗集》、庾信的《庾开府集》、韦庄的《浣花集》。震泽王延喆刻有《史记》。苏州袁褧刻有《六臣注文选》、《世说新语》等。吴县沈与文刻有《韩诗外传》、《西京杂记》、《诗品》等。吴县黄鲁曾、黄省曾、黄贯曾三兄弟刻有《孔子家语》、《水经注》、《唐诗二十六家》等。吴县顾春刻有《六子全书》、《王子拾遗集》等。吴县徐时泰刻有《韩昌黎集》。吴县郭云鹏刻有《柳河东集》。吴县徐焴刻有《唐文粹》。无锡顾起经、顾起纶兄弟刻有《类笺王右丞诗集》。昆山叶盛刻有《云仙杂记》。歙县吴勉学刻有《资治通鉴》等。休宁汪廷讷刻有《草堂诗余》及杂剧五种、传奇五种。最为著名的是常熟人毛晋，四十多年中刻书六百多种，大部头的就有《十三经注疏》、《十七史》、《文选李注》、《宋六十名家词》、《汉魏六朝百三名家集》等；就坊刻而言，金陵书坊为当时全国四大书坊之一（另三处为建阳书坊、杭州书坊、北京书坊）。在万历至崇祯的几十年中，金陵的刻书业盛极一时。而且由于徽州、湖州刻书工艺的急剧发展，许多刻工移向金陵和杭州，进一步促进了金陵刻书业的发达。[1]当时金陵的著名书坊有富春堂、文林阁、广庆堂、世德堂、继志斋、大业堂、万卷楼、长春堂、汇锦堂、人瑞堂、文秀堂等，其所刻之书，以传奇、杂剧、小说等为主，像关汉卿、王实甫、高明的作品，仅金陵就有多种版本。这个地区的刻书，无论官刻、私刻还是坊刻，都有一个共同的特点，即文学名著占了主要成分。这就表明了当地读书人对文学的需求之多与其文学素养之高。这一点，也构成了当时文学家大量涌现的一个重要因素。与刻书之盛互为因果的又一伟业，便是藏书之盛。南直隶曾经为京师所在地，这里的官方藏书之多自不待

---

[1] 参见魏隐儒：《中国古籍印刷史》，印刷工业出版社1988年版，第115—123页。

言。就私人藏书而言，像昆山叶盛，太仓陆容，长州吴宽、朱存理、文璧，吴县杨循吉、都穆、顾元庆，华亭徐献忠、何良俊，武进唐顺之，太仓王世贞，长洲钱谷，金陵焦竑，江阴李鹗翀，华亭陈继儒，上海陆深、黄标、王圻、施大经、宋懋澄、俞汝楫，常熟毛晋等，都是当时极有名的藏书家。

吴文化区发达的商品经济和文化教育事业以及由此而形成的优越的人文环境，使得这里成为士林之渊薮。有明一代，这里的文魁（状元、榜眼、探花及会元）达66人，为全国之冠（当时全国文魁共244人，南直隶占了27%）。又据周腊生教授研究，仅状元一项，南直隶便占了22人，为全国总数（89人）的25%，其中又以苏、松、常三府为多（苏州7人，松江3人，常州4人），这种分布格局，同文学家的分布格局是一致的。哪个地方文魁最多，哪个地方的文风一定最盛；哪个地方文风最盛，哪个地方的文学家就最蓬勃，这是一个规律。

越文化区（杭州府、嘉兴府、湖州府、绍兴府、宁波府、金华府、台州府一带）

明代越文化区的地理范围，与浙江省的管辖范围相合。

就商品经济的发达程度而言，有明一代，浙江的杭州、嘉兴、湖州三府是可以同南直隶地区的苏州、松江、常州三府相提并论的。它们都处于太湖流域交通最方便、土地最肥沃的地区。一如棉花之于苏、松、常地区，蚕桑成为杭、嘉、湖的专业性经济作物。所谓"蚕桑之利，莫盛于湖"[1]。"湖民力本射利，计无不悉。尺寸之堤，

---

[1] 徐献忠：《吴兴掌故集》卷一三，文渊阁四库全书本。

必树之桑；环堵之隙，必课以蔬。富者田连阡陌，桑麻万顷；而别墅山庄，求竹木之胜无有也。"[1] 这里树桑动辄数十万棵，以至成巨富的很多。"至于市镇，如湖归安之双林、菱湖、琏市，乌程之乌镇、南浔，所环人烟小者数千家，大者万家，即其所聚，当亦不下中州郡县之饶者。"[2] 湖州府因蚕桑的加工和贸易而崛起的市镇，据《万历湖州府志·乡镇》载，在乌程有4处，归安有5处，安吉有3处，长兴有5处，德清有2处，武康有2处，孝丰有1处。

比较而言，嘉兴府的市镇还要多一些。据《万历秀水县志》、《天启海盐县图经》、《天启平湖县志》等地方史乘记载，嘉兴府的市镇，在海盐有11处，嘉善有7处，嘉兴有4处，平湖有6处，石门有3处，桐乡有2处。这些市镇同上述湖州府的各市镇一样，与专业化的蚕桑种植、加工和贸易有着极密切的关系，其繁华程度亦不下于上举湖州各镇。如桐乡的青镇，"地厚土沃，风气凝结，居民不下四五千家。丛塔宫观，周布森列；桥梁阛阓，不烦改拓，宛然府城气象"。[3] 又如秀水的濮院镇在南宋时仅为一草市，后来因蚕丝业的兴起，在元代即已成镇。至明代隆庆、万历年间更因"改土机为纱绸，制造绝工，濮绸之名遂著远近，自后织作尤盛"[4]。据《濮川所闻纪》载：此时的濮院镇"肆廛栉比，华厦鳞次，机杼声轧轧相闻，日出锦帛千计，远方大贾，携囊群至"，成了一个"以机为田，以梭为耒"[5] 的丝织专业市镇。

杭州府的市镇，据台湾刘石吉先生研究统计，成化年间有21

---

[1]《同治湖州府志》卷二九，台湾成文出版社本。
[2] 胡宗宪：《筹海图编》卷一二，文渊阁四库全书本。
[3] 施儒：《请分立县治疏》，见张炎贞：《乌青文献》卷一，清康熙二十七年刊本。
[4] 金淮：《濮川所闻纪》卷四，江苏古籍出版社1990年影印本。
[5] 同上书。

处,万历年间增至44处。其中最发达的要数仁和、海宁二县。仁和县的唐栖镇与湖州府的德清县分辖,在宋代并无名气,自明初新开运河通杭州,正统间又修筑塘岸以利漕饷转运,乃成南北交通孔道,"于是驰驿者舍临平由唐栖,而唐栖之人烟以聚,风气以开,巨族蔚成,别墅园林甲于两邑。官道所由,风帆梭织,水陆辐辏,商货鳞集,临河两岸市肆萃焉"[1]。至万历间,"唐栖诸市镇生聚颇蓄,不下中州"[2]。

明王士性《广志绎》尝云:"杭、嘉、湖平原水乡,是为泽国之民……泽国之民,舟楫为居,百货所聚,间阎易于富贵。"又云:"浙十一郡惟嘉、湖最富。盖嘉、湖泽国,商贸舟航易通各省,而湖多一蚕,是每年两有秋也。间阎既得过,则武断奇赢,收子母息者益易为力,故势家大者产百万,次者半之,亦埒封君。"至于杭州,因系省会所在,"百货所聚","城中米珠取于湖,薪桂取于严,本地止以商贸为业"。而"宁、绍、台、温,连山大海,是为海滨之民……餐风宿水,百死一生,以有海利为生不甚穷,以不通商贩不甚富……官民得贵贱之中,俗尚居奢俭之半"。王士性指出:"绍兴、金华二郡,人多壮游在外,如山阴、会稽、余姚,生齿繁多,本处室庐田土,半不足供,其儇巧敏捷者入都为胥办,自九卿至闲曹细局,无非越人。次者兴贩为商贾,故都门西南一隅,三邑人盖栉而比矣。"又云:"明(按即宁波)、台滨海郡邑,乃大海汪洋无限,界中人各有张箔系网之处,只插一标,能自认之,丈尺不差……东南境界,不独人生齿繁多,即海水内鱼虾,桅柁终日何可以亿兆计,

---

[1] 王同:《唐栖志》卷一,清光绪十六年刊本。
[2] 杭州市地方志编纂委员会:《万历杭州府志》卷三三,中华书局2005年版。

若淮北、胶东、登、莱左右,便觉鱼船有数。"又云:"台、温二郡,以所生之人食所产之地,稻麦菽粟尚有余饶。宁波齿繁,常取足于台;闽福齿繁,常取给于温,皆以风驶过海,故台、温闭粜,则宁、福二地遂告急矣。"[1]综合以上所述,可知在浙江境内,杭、嘉、湖三府最为富庶,这里商品经济最为发达;绍、宁、台、金华四府则次之。绍兴、金华二府之人多"兴贩为商贾",宁波人凭捕捞致富;台州人既捕捞又种地,其致富之途径一在渔,一在农。《广志绎》的作者为临海人,万历进士,在北京、南京、河南、四川、广西、贵州、云南、山东等地都做过官,阅历广博,平生又反对"藉耳为口,假笔于书",注重亲身见闻,实地考察,他的记叙是可信的。

"东南财赋地,江浙人文薮。"讲到明清时期江浙地区的人才状况,人们习惯于用这两句话来加以概括。这两句话至少包含了这样两重意义:第一,财赋之地和人文之薮是一种互为依存、互为因果的关系。财赋之地有利于人才的生长和培养,有利于一个地区人文环境的优化,而人文之地对于本地区的经济建设和财富的积累,又具有一种决定性的意义。人的素质高,人文环境好,经济自然发展快,财富自然积累多。第二,在明清时代,进而言之,自中唐以来,江、浙两地无论是经济的发展,还是人文的建设,都是旗鼓相当的。上面我们对两个地区的经济状况的考察,已经证实了这一点。现在我们再来看看浙江地区的文化状况。有明一代,浙江地区除各府县都有相当成功的官学外,民间还办有199所书院。这个数字为全国总数(1701)的11.7%,居第二位。[2]嘉靖三年,著名学者王守仁在

---

[1] 王士性:《广志绎》卷四,中华书局1981年版。
[2] 王炳照:《中国古代书院》,第202—203页。

会稽建立稽山书院，亲临讲学，湖广、直隶、南赣、安福、泰和等地来听讲的学子达 300 多人。这一壮举，大大地促进了浙江一带的书院事业和学术活动的发展。这一地区的刻书业也颇兴盛。就私刻而言，浦江郑济刻有《宋学士文粹》10 卷，钱塘洪楩刻有《清平山堂话本》6 种，钱塘胡文焕刻有《格致丛书》158 种。就坊刻而言，当时的杭州书坊为全国四大书坊之一，大名鼎鼎的"容与堂"刻有《李卓吾先生批评幽闺记》2 卷，《李卓吾先生批评琵琶记》2 卷，《李卓吾先生批评红拂记》2 卷，《李卓吾先生评忠义水浒传》100 卷，为宣传戏曲小说文化，张扬李氏进步的文艺理论，进而为推动明中叶以后的思想解放运动，发挥了重要的作用。就藏书家而言，金华宋濂聚书数万卷，浦江郑仲养藏书 8 万卷。他如海虞杨仪、归安茅坤、乌程沈节甫、宁波范钦、嘉兴项元忭等，都是浙中有名的藏书家。尤其是范钦的"天一阁"，藏书既多，享誉亦久。南宋以后，浙江不再是国家的政治重心之所在，但是由于它的经济的富庶与文教事业的发达，仍然人才辈出。有明一代，这里出了 48 名文魁（状元、榜眼、探花及会元），和江西地区并列全国第二。仅状元就占了 20 名，居全国第一。文学家之数，则居全国第二位。

闽文化区（福州府、泉州府、兴化府一带）

明代闽文化区的地理范围，与福建省的管辖范围相合。

福建省的福州、泉州、兴化一带，为滨海负山之地。因其滨海负山，耕地甚少而生齿甚繁，"常一亩而十口资焉"[1]。为了维持众多的人口，解除粮食的危机，这一带自宋代便开始了双季稻的种植，

---

[1] 沈演：《抵解加派详文》，《止止斋集》卷一九，明崇祯六年刊本。

明时亦然。《万历兴化府志》卷一即云"稻有一岁两收者"。《万历福州府志》亦云:"厥田中下,宜稻,亩岁再获。"值得注意的是,万历年间,福建商人又从菲律宾引进了番薯这个品种。"是种出自外国,前此五六年间,不知何人从海外带来。初种在漳,今侵蔓泉、兴诸郡,且遍闽矣。吾惠隶泉,最瘠,濒海之民,岁丰饥啼。去岁大祲,米石可两三四舍,乃恃薯全活人食。薯……利至能令谷贱,以病富人。与五谷抗长争烈,而又易生,无事粪多力勤。其入巨,每亩多者收五六千斤……足供年食之半。"[1] 番薯而外,还有花生、烟草等亦在同时代移植于福建。这一带经济作物的种植很有成效。这样做并不全在糊口之需,而在获取更多的利润。郭起元《论闽省务本节用书》一文,对此很不以为然。不过他的文章倒给了我们重要的史料:"闽地二千余里,原隰饶沃,山田有泉滋润,力耕之,原足给全闽之食。无如始辟地者,多植茶、蜡、麻、苎、蓝靛、离支、柑橘、青子、荔奴之属,耗地已三之一。其物犹足供食用也。今则烟草之植,耗地十之六七。"[2] 可知福建沿海地区经济作物的种植是非常发达的,一如苏、松、常地区之种棉,杭、嘉、湖地区之种蚕桑。泉州"附山之民垦辟硗确,植蔗煮糖,黑白之糖行天下"[3]。因"地为稻利薄,蔗利厚,往往有改稻田种蔗者"[4]。漳州则"出郡南五里有乡曰塘北,居人不种五谷,种花为业,花之利视谷胜之"[5]。这里反映了福建人商品经济观念的形成过程。最初是因粮食不足而

---

[1] 黄士绅:《万历惠安县续志》卷一,《嘉靖重修沙县志》(外三种),福建人民出版社2010年版。
[2] 郭起元:《论闽省务本节用书》,贺长龄辑:《皇朝经世文编》卷三六,清道光七年刊本。
[3] 何乔远:《闽书》卷三八,福建人民出版社1994年版。
[4] 陈懋仁:《泉南杂志·闽部疏》,商务印书馆1936年版。
[5] 陈梦雷编:《古今图书集成·职方典·漳州府部》,中华书局1934年版。

种番薯，尔后则由番薯而广植烟草、糖、花之类，索性不种稻了。稻利低，可以从浙江的台州、温州一带购进。实际上，这一带因交通便利，其商品流通是相当迅速的。据王世懋《闽部疏》载："凡福之绸丝，漳之纱绢，泉之蓝，福、延之铁，福、漳之橘，福、兴之荔枝，泉、漳之糖，顺昌之纸，不日而走分水岭及浦城小关，下吴越如流水；其航大海而去者，尤不可计。皆衣被天下，所仰给他省，独湖丝耳。……闽山所产，松杉而外，有竹、茶、乌桕之饶，竹可纸，茶可油，乌桕可烛也。福州而南，蓝甲天下。"商品流通迅速，反过来又促进了商品生产。故有明一代，福建为东南沿海一带最为富庶的地区之一。

就文化教育而言，福建也是东南沿海一带最为先进的地区之一。以书院的分布数为例，福建在宋代居全国第三名，在明代居全国第五名。书院同官学不一样，既是一个教育机构，又是一个学术机构。宋、元、明三代凡书院发达的地区，也就是学术文化繁荣的地区；而大凡学术文化繁荣的地区，刻书业也颇兴盛。福建地区的刻书业自宋以来就有名。建阳刘仲吉，建安蔡梦弼、黄善夫、刘元起、蔡琪为当时颇具影响的刻书家；建阳龙山书堂，建安余氏勤有堂、江仲达群玉堂，建宁黄三八郎书铺、陈三八郎书铺，则为当时颇具影响的书坊。福建刻书主要集中在建阳的麻沙、崇化两地，世称"建本"。祝穆《方舆胜览》载："麻沙、崇化两坊产书，号为图书之府。"[1] 此外还有一个书林，也在建阳。由于建阳地处闽北武夷群山中，盛产竹木，造纸业发达，这就大大地促进了刻书业的发展。有元一代，建阳一带的刻书业亦很发达。像余志安勤有堂、虞平斋务

---

[1] 祝穆：《方舆胜览》，中华书局2003年版。

本堂、刘锦文日新堂，都是当时的著名书肆。建阳而外，建安的陈氏余庆堂、朱氏与耕堂、梅隐书堂、双桂书堂等，都刻印了很多书籍。有明一代，建阳书坊为全国四大书坊（建阳、金陵、杭州、北京）之首。像余氏勤有堂、刘氏翠岩精舍、朱氏尊德书堂、杨氏清江书堂、詹氏进德书堂、刘氏慎独斋、杨氏归仁斋等，均为万历以前的建阳名肆。万历以后，建阳著名的书坊又有熊大木、熊龙峰的忠正堂、杨氏清白堂、熊清波的诚德堂、熊冲宇的种德堂、余象斗的三台馆、余文台的双峰堂等。建阳书坊除刻经史之类，也刻了不少当时流行的各种小说。建阳在明时属建宁府管辖。建宁府毗邻福州，距兴化、泉州亦近。建阳一带发达的刻书业，一方面促进了本地区文化的发展，一方面也为福州、兴化、泉州文化的发展提供了极便利的条件。有明一代，福建地区人才的兴盛与福建蓬勃的文化教育出版事业息息相关。据陈建《皇明通记》载，这一地区的文魁（状元、榜眼、探花和会元）达31人，居全国第三位（南直隶第一，浙江、江西并列第二）。一个地方文魁的多少，亦反映一个地方总体的文化水平之高低；有明一代，福建的文学家居全国第四位（南直隶第一，浙江第二，江西第三），这个分布格局同文魁的分布格局也是基本一致的。

岭南文化区（广州府一带）

岭南文化区是一个比较大的文化区，它的地理范围相当于当时的广东、广西两省的管辖范围。这里所讲的岭南文化区，主要指广东一带，也可以称为粤文化区，与西部的桂文化区相对而言。

广东一带最发达的地方，是广州府一带。广州府一带在历史上比较落后，经过宋、元两代的开发，经济的发展已经比较可观，至明代，便成了一个商品经济发达的地区，不仅优于广东的其他州府，而且可以和南直隶的苏、松、常，浙江的杭、嘉、湖，福建的泉、漳等地区媲美。明代的广州是广东农业生产最发达的地区，这里的稻谷亩产达七八石，农作物的商品化程度亦很高，像养蚕、养鱼、种甘蔗、种水果、种花、种蔬菜、种香等，都先后形成了专业化的商品生产。这里的手工业在宋、元两代的基础上也有新的发展，不仅成为广东最大的手工业基地，而且也是国内手工业最发达的地区之一。佛山的冶铸、陶瓷、纺织、纸扎业，广州府城、新会的造船、金属加工、制糖、纺织、酿酒、蒲葵、食品加工业，南海、东莞、增城、新安的织布、爆竹业，番禺、东莞、增城的制糖业，顺德的缫丝业等，其门类之多，花色品种之全，技术之精以及地方特色之鲜明，都是空前的。广州府地处珠江三角洲，港汊分歧，河道密集，海上交通十分发达，内河航运与水陆联运都很便利，这就为这一地区的商业贸易提供了重要条件。明中叶以后，随着珠江三角洲经济的发展，商业贸易进入隆盛期。其商品数量之多，商人活动范围之广，经商人数之众，以及商业资本之雄厚，都不亚于长江下游流域的苏、松、杭地区。广州商人不仅在本地经商，而且足迹几遍全国。与此同时，全国各地的商人也纷纷"走广"——来广州做生意。嘉靖元年以后，明王朝封闭福建和浙江市舶司，广州成为中国唯一的对外贸易港口和贸易中心，因而这里的对外贸易也相当活跃。随着商业贸易的不断发展，市场的不断开拓，墟镇和城市也像雨后春笋一般兴起。据黄佐《广东通志》统计，永乐年间，广州府有县以下的墟镇33个；嘉靖年间发展到95个；至万历年间更增至176个，占全省墟镇总数（424）的41.5%。其中尤以顺德、南海、东莞和新会四县为多。明末，顺德有墟镇36个，东莞29个，南海、新会各

25个。[1]府城广州，更是一个人口集中、商业繁荣、商贾云集的中心城市。洪武十三年（1380），广州府城已拥有75000人口；至嘉靖四十一年（1562）则发展到300000人口。闻名全国的四大镇之一的佛山镇，更是一个"四方商贾萃于斯"的商业贸易中心，为"各省商贾屯贮货物、往来买卖之所"[2]。明景泰间，佛山的人口已相当可观，所谓"民庐栉比，屋瓦鳞次，几万余家"[3]。

岭南的文化在此之前乏善可陈。从周秦至元代，被谭编《大辞典》所收录的文学家，包括广东、广西两省，总共不过19人而已。岭南文化的光彩至明代才开始显露出来。以广东为例，有明一代，这里出了6个文魁，其中状元3个（南海1，顺德1，海阳1），广州府占了多数。文学家也是如此，系籍广东者37人，广州府占了33人，为全省的90%。当然，岭南文化的大改观并不是因为发达的商品经济在直接发挥作用，而是因为经济富庶之后有条件办教育。教育是经济和文化的中介。有明一代，广东的书院多达156所，居全国第三位（第一是江西，第二是浙江），[4]其中又以广州府为多。广州府增城县有个和王守仁齐名的教育家，叫湛若水，活了94岁。他从40岁到逝世前，55年间无日不讲学，无日不授徒。他40岁以后在北京讲学，50岁以后在家乡增城讲学。"平生足迹所至，必建书院以祀白沙（按即著名学者陈献章，字白沙，为湛若水的业师），从游者殆遍天下。"[5]他对明代书院的复兴，对岭南文化的发展，是有过重大贡献和影响的。

---

[1] 黄佐：《广东通志》卷三五，广东省立中山图书馆藏本。
[2] 《佛山义仓总录》卷一，引自《明清佛山碑刻文献经济资料》，广东人民出版社1987年版。
[3] 戴肇辰等：《光绪广州府志》卷一五，《中国地方志集成·广东府县志辑》，江苏古籍出版社1998年版。
[4] 王炳照：《中国古代书院》，第202—203页。
[5] 黄宗羲：《明儒学案》卷三七，中华书局2008年版，第875页。

齐鲁文化区（济南府一带）

明代的北方，无论经济富裕程度还是文化发展水平，都不能和南方同日而语。北方的京师、山东、奴儿干、山西、陕西、乌思藏、朵甘和河南八个行省的文学家总数（183人），还不及南方的一个苏州府（197人）。就北方地区而言，超过平均数（12人）的州府只有三个，一是山东的济南府（22人），二是陕西的西安府（21人），三是河南的开封府。

山东（齐鲁）自周秦以来即为文献名邦、人才渊薮。我们一再讲过，这一带的文化传统悠久，文化根基深厚，文化气氛浓郁。大凡这样的地区，即便不是国家的政治中心之所在，即便不是经济最发达的地方，只要社会相对安定，经济方面足以维持温饱和起码的教育投资，其文化优势就可以保持。明代的济南府正是这样。《明史·地理志》载，当时的济南府领四州二十六县，其版图之大，非以前任何一个朝代所能比。济南府城，既是历城县、济南府、山东布政使司的治所，也是山东都指挥使司、德王藩府的所在地，其政治地位亦较元代为重要。元末天下大乱，山东一片残破，人口锐减，而济南首当其冲。明代初年，这里接受了大批的山西移民，至永乐后期，人口逐渐增加；加之社会环境安定，生产也得到恢复和发展。尽管前进的步子不大，但由于它处在全省的政治中心位置，其维持文化教育优势地位的能力还是有的。

有明一代，山东的书院达69所，在北方居第三位（河南第一，河北第二），其中又以济南为多。大学者王阳明尝于弘治十七年（1504）来济南任山东省试考官，录取了75名举人，并写了《山东乡录序》，对济南地区的文化教育事业有较大的影响。济南士人曾在大明湖南岸建薛（瑄）王（阳明）二先生祠，以资纪念。有明一代，系籍山东的文学家共54人，而济南一府就占了22人。济南的文学家群体结构一如元代，有传统的诗文作家，也有戏剧作家。前者如"前七子"之一的边贡，"后七子"之首的李攀龙；后者则有大名鼎鼎的贾仲明和李开先。这四个人在明代文学史上都有比较重要的地位和影响。

关中文化区（西安府一带）

西安在中唐以前是一个光彩四溢的地方。西周、秦、西汉、新莽、隋、唐等六个统一王朝和前赵、前秦、后秦、西魏、北周以及两汉之际的更始帝刘玄、东汉献帝、西晋惠帝、愍帝、赤眉军、黄巢、李自成等10多个政权都曾在这里建都，历时2000年，因而有"关中自古帝王州"的说法。由于这一政治优势，它的文化也曾经很辉煌。但是中唐以后，这里的经济开始衰落。宋辽金时已不可观，元代更其萧条，明代亦无大的变化，只是比北方的其他一些地方略胜一筹罢了。这里的经济无足称道，书院、藏书也不可观。但是它还保持着一定数量的文学家，或许主要是由于传统的力量在发挥作用。有明一代，这里有很多王府。除秦王府外，还有永兴郡王府、保安郡王府、兴平郡王府等六七所。明代有许多藩王喜刻书、藏书，好文学。如嘉靖十三年（1534）秦藩朱惟焯于封地西安刻《史记集解索隐正义》，刻印极精，为藩本中的代表作。[1] 其祖朱诚泳、其孙朱敬镕，都是藩王中颇有影响的文学家。朱诚泳尝于西安建正学书院，又旁建小学，择军校子弟之秀慧者延师教之。这些人的努力，对西安文化的建设亦有一定的积极作用。有明一代，西安有两个文

---

[1] 魏隐儒：《中国古籍印刷史》，印刷工业出版社1988年版，第97页。

学家颇有名气，一是康海，一是王九思，属于"前七子"这一文学群体。这两个人同时还擅长杂剧，堪称"多面手"。

中原文化区（开封府一带）

明代中原文化区的地理范围，与河南省的管辖范围相合。

元蒙统治时期，中原地区的经济、文化遭到严重破坏。明朝建立后，采取打击豪强、抑制兼并、鼓励种植等一系列措施，来恢复和发展中原经济。但是，由于黄河灾害频繁，土地大量盐碱化、沙化，肥力较差，因而这里的经济发展水平同周边地区相比，仍然是比较落后的。

明朝统治者在恢复和发展经济的同时，在文化上致力于程朱理学的修补和重建。中原地区受程朱理学的影响最为严重，人们奉行贱商崇儒的价值观，"务本业而弃末务"、"力耕桑而鄙贩鬻"。"在商业活动方面，活跃在河南省的商人集团多是徽州商人、山陕商人、江浙商人，而本地商人较少。""这里农业文化的特点鲜明，民情淳厚而多宽缓，重教化，循礼制，重仪礼，勤耕织。"[1]

正是在这种生产方式传统、思想观念保守的文化土壤上，产生了以复古为旗帜的"前七子"的领袖人物李梦阳（开封人）。李梦阳反对粉饰太平的台阁体和"啴缓冗沓、千篇一律"的八股文，这一点应该肯定；但是他提倡"文必秦汉，诗必盛唐"，在创作上"刻意古范"，句模字拟，逼肖前人，则殊不足取。

值得注意的是，李梦阳的理论主张和创作倾向，得到五位北方作家（信阳何景明、开封王廷相、济南边贡、西安康海与王九思）

---

[1] 李学勤等主编：《黄河文化史》，江西教育出版社2003年版，第1940页。

和一位南方作家（苏州徐祯卿）的响应，他们结成一个文学集团（前七子），此唱彼和，推波助澜，形成了一个声势浩大、历时百余年的文学复古运动，在明代文学史上产生了重要影响。

在明代河南行省所管辖的八府一州中，开封作为北宋和金朝的旧都，它的文化积累是比较丰厚的。在谭编《大辞典》所收录的40位河南籍文学家中，开封府就占了14位，占总数的35%。而在这14位文学家中，力主复古的"前七子"就占了2位（李梦阳与王廷相），可见这个地区的经济虽然不发达，但是传统文化的力量还是比较强势的。

结语

综观明代文学家的地理分布格局，有两点极可注意。一是随着黄河流域经济、文化的进一步衰退和长江流域经济、文化的进一步发展，南北文学家的比例由元代的6.9∶3.1变为8.6∶1.4，南北文学的差距进一步拉大。二是随着黄河文化的衰落，珠江文化开始崛起。从周秦至元代，珠江流域（包括今广西、广东、海南）被谭编入《大辞典》所收录的文学家不过19人，仅占全国总数（3290）的0.6%，完全可以忽略不计。然而至明代，珠江流域的文学家被谭编入《大辞典》所收录者竟增至44人，占全国总数（1345）的3.3%，无论是绝对数还是比重，都超过了黄河流域的关中、中原、三晋文化区，也超过了长江中、上游流域的巴蜀、荆楚、湖湘文化区。这个现象很值得注意。它表明长江文化的辐射范围已经扩展到珠江流域，一种更新的、富有生命力的文化正在成长。

第九章 清代文学家之地理分布
（1644—1911年）

第一节 分布格局及其特点

谭正璧《中国文学家大辞典》收录清代文学家共1804人，其中有籍贯可考者1751人，籍贯未详者53人，见表二十五、表二十六。

表二十五 清代文学家之地理分布表

序号	姓名	籍贯	今址	各县统计	各府州统计	今各省统计	血缘或亲缘
1	戚珅	泗州	安徽		1		
2	刘体仁	颍州	安徽		1		
3	方积	凤阳定远	安徽定远	1	1		
4	吴敬梓	滁州全椒	安徽全椒				
5	吴蔚	滁州全椒	安徽全椒				
6	金兆燕	滁州全椒	安徽全椒				
7	薛时雨	滁州全椒	安徽全椒	4	4		
8	吴盛藻	和州	安徽		1		
9	石庞	太平芜湖	安徽芜湖				
10	王墅	太平芜湖	安徽芜湖	2	2		
11	朱苇煌	庐州无为	安徽无为	1			
12	龚鼎孳	庐州合肥	安徽合肥				

(续)

序号	姓名	籍贯	今址	各县统计	各府州统计	今各省统计	血缘或亲缘
13	赵对澂	庐州合肥	安徽合肥				
14	徐子苓	庐州合肥	安徽合肥				
15	李鸿章	庐州合肥	安徽合肥	4			
16	吴保初	庐州庐江	安徽庐江	1	6		
17	汪越	宁国南陵	安徽南陵	1			
18	江顺怡	宁国旌德	安徽旌德	1			
19	赵青藜	宁国泾县	安徽泾县				
20	赵绍祖	宁国泾县	安徽泾县				
21	朱珔	宁国泾县	安徽泾县				
22	包世臣	宁国泾县	安徽泾县				
23	胡承珙	宁国泾县	安徽泾县	5			
24	梅清	宁国宣城	安徽宣城				宋代梅尧臣之后
25	梅庚	宁国宣城	安徽宣城				明代梅鼎祚之孙
26	梅文鼎	宁国宣城	安徽宣城				
27	施闰章	宁国宣城	安徽宣城				
28	施璨	宁国宣城	安徽宣城				施闰章之孙
29	吴坰	宁国宣城	安徽宣城				
30	高咏	宁国宣城	安徽宣城				
31	李文瀚	宁国宣城	安徽宣城	8	15		
32	阮大铖	安庆怀宁	安徽怀宁				
33	阮丽珍	安庆怀宁	安徽怀宁	2			阮大铖之女
34	龙燮	安庆望江	安徽望江				
35	檀萃	安庆望江	安徽望江	2			
36	方维仪	安庆桐城	安徽桐城				
37	方文	安庆桐城	安徽桐城				
38	方以智	安庆桐城	安徽桐城				
39	方苞	安庆桐城	安徽桐城				
40	方登峄	安庆桐城	安徽桐城				
41	方式济	安庆桐城	安徽桐城				方登峄之子
42	方贞观	安庆桐城	安徽桐城				方苞、方登峄之从兄弟

第九章 清代文学家之地理分布 | 415

(续)

序号	姓名	籍贯	今址	各县统计	各府州统计	今各省统计	血缘或亲缘
43	方观承	安庆桐城	安徽桐城				方式济之子
44	方正瑗	安庆桐城	安徽桐城				
45	方东树	安庆桐城	安徽桐城				
46	方宗诚	安庆桐城	安徽桐城				方东树之子
47	姚文燮	安庆桐城	安徽桐城				
48	姚士升	安庆桐城	安徽桐城				
49	姚孔𨱇	安庆桐城	安徽桐城				
50	姚范	安庆桐城	安徽桐城				
51	姚鼐	安庆桐城	安徽桐城				
52	姚莹	安庆桐城	安徽桐城				
53	姚柬之	安庆桐城	安徽桐城				
54	刘大櫆	安庆桐城	安徽桐城				
55	刘开	安庆桐城	安徽桐城				
56	张英	安庆桐城	安徽桐城				
57	张廷玉	安庆桐城	安徽桐城				张英之次子
58	杨米人	安庆桐城	安徽桐城				
59	杨小坡	安庆桐城	安徽桐城				
60	徐璈	安庆桐城	安徽桐城				
61	徐宗亮	安庆桐城	安徽桐城				
62	钱澄之	安庆桐城	安徽桐城				
63	戴名世	安庆桐城	安徽桐城				
64	戴钧衡	安庆桐城	安徽桐城				
65	孙元衡	安庆桐城	安徽桐城				
66	马朴臣	安庆桐城	安徽桐城				
67	马宗琏	安庆桐城	安徽桐城				姚鼐之外甥
68	叶酉	安庆桐城	安徽桐城				
69	王灼	安庆桐城	安徽桐城				
70	许奉恩	安庆桐城	安徽桐城				
71	吴汝纶	安庆桐城	安徽桐城	36	40		
72	汪寄	徽州	安徽				

(续)

序号	姓名	籍贯	今址	各县统计	各府州统计	今各省统计	血缘或亲缘
73	汪渊	徽州绩溪	安徽绩溪				
74	胡秉虔	徽州绩溪	安徽绩溪	2			
75	马曰琯	徽州祁门	安徽祁门				
76	马曰璐	徽州祁门	安徽祁门	2			马曰琯之弟
77	俞正燮	徽州黟县	安徽黟县	1			
78	施璜	徽州休宁	安徽休宁				
79	赵吉工	徽州休宁	安徽休宁				
80	王晋徵	徽州休宁	安徽休宁				
81	江由敦	徽州休宁	安徽休宁				
82	戴震	徽州休宁	安徽休宁				
83	曹贞秀	徽州休宁	安徽休宁	6			苏州王芑孙之妻
84	程庭	徽州歙县	安徽歙县				
85	程晋芳	徽州歙县	安徽歙县				
86	程瑶田	徽州歙县	安徽歙县				
87	张习孔	徽州歙县	安徽歙县				
88	张潮	徽州歙县	安徽歙县				
89	方正澍	徽州歙县	安徽歙县				
90	方成培	徽州歙县	安徽歙县				
91	鲍倚云	徽州歙县	安徽歙县				
92	鲍廷博	徽州歙县	安徽歙县				
93	吴苑	徽州歙县	安徽歙县				
94	吴定	徽州歙县	安徽歙县				
95	江珽	徽州歙县	安徽歙县				
96	凌廷堪	徽州歙县	安徽歙县				
97	金式玉	徽州歙县	安徽歙县				
98	王艮	徽州歙县	安徽歙县	15	98		
99	余光耿	徽州婺源	江西婺源				明代余懋衡之子
100	余煌	徽州婺源	江西婺源				
101	汪舸	徽州婺源	江西婺源				
102	王友亮	徽州婺源	江西婺源				

(续)

序号	姓名	籍贯	今址	各县统计	各府州统计	今各省统计	血缘或亲缘
103	齐彦槐	徽州婺源	江西婺源	5	32		
104	杨庸	南昌丰城	江西丰城	1			
105	帅我	南昌奉新	江西奉新				
106	帅仍祖	南昌奉新	江西奉新				帅我之子
107	帅念祖	南昌奉新	江西奉新				帅我之子
108	帅家相	南昌奉新	江西奉新	4			
109	勒方锜	南昌新建	江西新建				
110	勒深之	南昌新建	江西新建				
111	陈宏绪	南昌新建	江西新建				
112	欧阳斌元	南昌新建	江西新建				
113	尚廷枫	南昌新建	江西新建				
114	夏献云	南昌新建	江西新建	6			
115	徐玺	南昌进贤	江西进贤	1			
116	汪牣	南昌武宁	江西武宁				
117	盛际斯	南昌武宁	江西武宁				
118	盛乐	南昌武宁	江西武宁	3			盛际斯之子
119	彭士望	南昌南昌	江西南昌				
120	彭元瑞	南昌南昌	江西南昌				
121	王猷定	南昌南昌	江西南昌				
122	涂伯昌	南昌南昌	江西南昌				
123	林时益	南昌南昌	江西南昌				
124	陈允衡	南昌南昌	江西南昌				
125	刘云峰	南昌南昌	江西南昌				
126	万承苍	南昌南昌	江西南昌				
127	杨垕	南昌南昌	江西南昌				
128	尚镕	南昌南昌	江西南昌	10	25		秀水樊雨之婿
129	冯咏	抚州金溪	江西金溪				
130	王谟	抚州金溪	江西金溪	2			
131	罗万藻	抚州临川	江西抚州				
132	李来泰	抚州临川	江西抚州				

(续)

序号	姓名	籍贯	今址	各县统计	各府州统计	今各省统计	血缘或亲缘
133	李绖	抚州临川	江西抚州				
134	李茹旻	抚州临川	江西抚州				
135	李秉礼	抚州临川	江西抚州				
136	李联琇	抚州临川	江西抚州				
137	刘命清	抚州临川	江西抚州				
138	吴士科	抚州临川	江西抚州				
139	乐钧	抚州临川	江西抚州				
140	汤储璠	抚州临川	江西抚州	10			
141	周礼	抚州宜黄	江西宜黄				
142	应是	抚州宜黄	江西宜黄				
143	蓝千秋	抚州宜黄	江西宜黄				
144	谢阶树	抚州宜黄	江西宜黄				
145	陈偕灿	抚州宜黄	江西宜黄				
146	黄爵滋	抚州宜黄	江西宜黄	6			
147	陈象枢	抚州崇仁	江西崇仁	1			
148	艾南英	抚州东乡	江西东乡				
149	艾畅	抚州东乡	江西东乡				
150	吴嵩梁	抚州东乡	江西东乡	3	22		
151	黄永年	建昌广昌	江西广昌	1			
152	孔尚典	建昌新城	江西黎川				
153	孔毓琼	建昌新城	江西黎川				
154	孔毓功	建昌新城	江西黎川				
155	陈道	建昌新城	江西黎川				
156	陈用光	建昌新城	江西黎川				
157	鲁仕骥	建昌新城	江西黎川				
158	黄端伯	建昌新城	江西黎川	7			
159	章憎	建昌南城	江西南城				
160	杨思本	建昌南城	江西南城				
161	陶成	建昌南城	江西南城				
162	潘安礼	建昌南城	江西南城				

(续)

序号	姓名	籍贯	今址	各县统计	各府州统计	今各省统计	血缘或亲缘
163	曾燠	建昌南城	江西南城	5			
164	汤来贺	建昌南丰	江西南丰				
165	汤斯祚	建昌南丰	江西南丰				
166	谢文洊	建昌南丰	江西南丰				
167	甘京	建昌南丰	江西南丰				
168	梁份	建昌南丰	江西南丰				
169	赵由仪	建昌南丰	江西南丰				
170	吴嘉宾	建昌南丰	江西南丰				
171	刘庠	建昌南丰	江西南丰	8	21		
172	杨兆嶂	宁都瑞金	江西瑞金				
173	罗有高	宁都瑞金	江西瑞金	2			
174	彭任	宁都	江西				
175	丘维屏	宁都	江西				
176	曾灿	宁都	江西				
177	魏际瑞	宁都	江西				
178	魏禧	宁都	江西				魏际瑞之弟
179	魏礼	宁都	江西				魏禧之弟
180	魏世杰	宁都	江西				魏际瑞之子
181	魏世效	宁都	江西				魏礼之子
182	魏世俨	宁都	江西				魏世效之弟
183	顾图河	宁都	江西	10	12		
184	于成龙	吉安	江西井冈山	1			
185	欧阳铉	吉安龙泉	江西遂川	1			
186	梁机	吉安泰和	江西泰和	1			
187	余祚徵	吉安永丰	江西永丰				
188	程士鲲	吉安永丰	江西永丰				
189	郭仪霄	吉安永丰	江西永丰				
190	刘绎	吉安永丰	江西永丰	4			
191	张贞生	吉安庐陵	江西吉安				

(续)

序号	姓名	籍贯	今址	各县统计	各府州统计	今各省统计	血缘或亲缘
192	王赠芳	吉安庐陵	江西吉安	2			
193	李元鼎	吉安吉水	江西吉水				
194	李振裕	吉安吉水	江西吉水	2			
195	龙文彬	吉安永新	江西永新	1	12		
196	易学实	赣州雩都	江西于都	1	1		
197	吴贻先	广信弋阳	江西弋阳				
198	蒋士铨	广信铅山	江西铅山				
199	蒋知廉	广信铅山	江西铅山				蒋士铨之子
200	蒋知让	广信铅山	江西铅山	3			蒋知廉之弟
201	郑日奎	广信贵溪	江西贵溪	1	5		
202	邓梦琴	饶州浮梁	江西浮梁				
203	毛乾乾	南康	江西				
204	谢启昆	南康	江西		2		
205	高心夔	九江湖口	江西湖口				
206	陈奉兹	九江湖口	江西湖口	2			
207	文德翼	九江德化	江西九江				
208	陈世庆	九江德化	江西九江	2	4		陈奉兹之孙
209	陈邦仪	瑞州高安	江西高安				
210	朱轼	瑞州高安	江西高安	2			
211	李祖陶	瑞州上高	江西上高	1	3		
212	刘凤浩	袁州萍乡	江西萍乡				
213	文廷式	袁州萍乡	江西萍乡	2			
214	李荣陛	袁州万载	江西万载	1	3	116	
215	冯舒	苏州常熟	江苏常熟				
216	冯班	苏州常熟	江苏常熟				冯舒之弟
217	冯行贤	苏州常熟	江苏常熟				冯班之弟
218	钱谦益	苏州常熟	江苏常熟				
219	毛晋	苏州常熟	江苏常熟				
220	毛扆	苏州常熟	江苏常熟				毛晋之子
221	邱园	苏州常熟	江苏常熟				

(续)

序号	姓名	籍贯	今址	各县统计	各府州统计	今各省统计	血缘或亲缘
222	许廷录	苏州常熟	江苏常熟				
223	顾德基	苏州常熟	江苏常熟				
224	通门	苏州常熟	江苏常熟				
225	黄仪	苏州常熟	江苏常熟				
226	蒋伊	苏州常熟	江苏常熟				
227	蒋廷锡	苏州常熟	江苏常熟				
228	严虞惇	苏州常熟	江苏常熟				
229	朱璘	苏州常熟	江苏常熟				
230	陆曜	苏州常熟	江苏常熟				
231	程端	苏州常熟	江苏常熟				
232	汪绎	苏州常熟	江苏常熟				
233	陈祖范	苏州常熟	江苏常熟				
234	陈玉齐	苏州常熟	江苏常熟				
235	仲罳保	苏州常熟	江苏常熟				
236	王峻	苏州常熟	江苏常熟				
237	王廷章	苏州常熟	江苏常熟				
238	席鏊	苏州常熟	江苏常熟				吴伟业之外孙
239	邵齐焘	苏州常熟	江苏常熟				
240	屈秉筠	苏州常熟	江苏常熟				
241	翁同龢	苏州常熟	江苏常熟	27			
242	吴卓信	苏州昭文	江苏常熟				
243	孙原湘	苏州昭文	江苏常熟	2			
244	归庄	苏州昆山	江苏昆山				归有光之曾孙
245	顾炎武	苏州昆山	江苏昆山				
246	葛芝	苏州昆山	江苏昆山				
247	吴殳	苏州昆山	江苏昆山				
248	蔡方炳	苏州昆山	江苏昆山				
249	叶方霭	苏州昆山	江苏昆山				
250	叶奕苞	苏州昆山	江苏昆山				叶方霭之从弟
251	王喆生	苏州昆山	江苏昆山				

(续)

序号	姓名	籍贯	今址	各县统计	各府州统计	今各省统计	血缘或亲缘
252	杜纲	苏州昆山	江苏昆山				
253	徐乾学	苏州昆山	江苏昆山				顾炎武之外甥
254	徐昂发	苏州昆山	江苏昆山	11			
255	吴绡	苏州长洲	江苏苏州				
256	吴廷桢	苏州长洲	江苏苏州				
257	吴泰来	苏州长洲	江苏苏州				
258	金人瑞	苏州长洲	江苏苏州				
259	尤侗	苏州长洲	江苏苏州				
260	尤珍	苏州长洲	江苏苏州				尤侗之子
261	尤世求	苏州长洲	江苏苏州				尤侗之孙
262	宋实颖	苏州长洲	江苏苏州				
263	宋聚业	苏州长洲	江苏苏州				
264	陈二白	苏州长洲	江苏苏州				
265	陈炳	苏州长洲	江苏苏州				
266	毛宗岗	苏州长洲	江苏苏州				
267	许虬	苏州长洲	江苏苏州				
268	许廷嵘	苏州长洲	江苏苏州				
269	汪琬	苏州长洲	江苏苏州				
270	汪筠	苏州长洲	江苏苏州				汪琬之长子
271	汪份	苏州长洲	江苏苏州				
272	汪士铉	苏州长洲	江苏苏州				汪份之弟
273	朱董祥	苏州长洲	江苏苏州				
274	朱奕恂	苏州长洲	江苏苏州				
275	韩菼	苏州长洲	江苏苏州				
276	褚人获	苏州长洲	江苏苏州				
277	褚廷章	苏州长洲	江苏苏州				
278	彭定求	苏州长洲	江苏苏州				
279	彭绍升	苏州长洲	江苏苏州				
280	彭绩	苏州长洲	江苏苏州				
281	彭蕴章	苏州长洲	江苏苏州				

(续)

序号	姓名	籍贯	今址	各县统计	各府州统计	今各省统计	血缘或亲缘
282	孟亮揆	苏州长洲	江苏苏州				
283	陆肯堂	苏州长洲	江苏苏州				
284	丁钰	苏州长洲	江苏苏州				
285	何焯	苏州长洲	江苏苏州				
286	顾嗣立	苏州长洲	江苏苏州				
287	徐葆光	苏州长洲	江苏苏州				
288	张大受	苏州长洲	江苏苏州				
289	张大复	苏州长洲	江苏苏州				
290	沈德潜	苏州长洲	江苏苏州				
291	沈虹	苏州长洲	江苏苏州				
292	沈起凤	苏州长洲	江苏苏州				
293	沈清瑞	苏州长洲	江苏苏州				沈起凤之弟
294	沈彦曾	苏州长洲	江苏苏州				
295	沈传桂	苏州长洲	江苏苏州				
296	李果	苏州长洲	江苏苏州				
297	周准	苏州长洲	江苏苏州				
298	蒋恭棐	苏州长洲	江苏苏州				
299	蒋培	苏州长洲	江苏苏州				
300	王芑孙	苏州长洲	江苏苏州				
301	王嘉福	苏州长洲	江苏苏州				王芑孙之子
302	王嘉禄	苏州长洲	江苏苏州				
303	王韬	苏州长洲	江苏苏州				
304	程际盛	苏州长洲	江苏苏州				
305	詹应甲	苏州长洲	江苏苏州				
306	黄丕烈	苏州长洲	江苏苏州				
307	江湜	苏州长洲	江苏苏州				
308	俞达	苏州长洲	江苏苏州	54			
309	梁木公	苏州	江苏				
310	马宏衔	苏州	江苏				
311	毛钟绅	苏州	江苏				

(续)

序号	姓名	籍贯	今址	各县统计	各府州统计	今各省统计	血缘或亲缘
312	华浣芳	苏州	江苏				
313	丁秉仁	苏州	江苏				
314	沈复	苏州	江苏				
315	仲云涧	苏州	江苏				
316	唐芸洲	苏州	江苏				
317	陈鹤	苏州元和	江苏苏州				
318	陈克家	苏州元和	江苏苏州				陈鹤之孙
319	陈钟麟	苏州元和	江苏苏州				
320	徐观埠	苏州元和	江苏苏州				
321	顾广圻	苏州元和	江苏苏州				
322	朱绶	苏州元和	江苏苏州				
323	江标	苏州元和	江苏苏州	7			
324	金俊明	苏州吴县	江苏苏州				
325	金绽	苏州吴县	江苏苏州				
326	朱佐朝	苏州吴县	江苏苏州				
327	朱㿖	苏州吴县	江苏苏州				
328	朱云从	苏州吴县	江苏苏州				
329	朱瑄	苏州吴县	江苏苏州				
330	李玉	苏州吴县	江苏苏州				
331	李重华	苏州吴县	江苏苏州				
332	叶时章	苏州吴县	江苏苏州				
333	叶廷琯	苏州吴县	江苏苏州				
334	汤传楹	苏州吴县	江苏苏州				
335	周茂兰	苏州吴县	江苏苏州				
336	徐灿	苏州吴县	江苏苏州				
337	毕万侯	苏州吴县	江苏苏州				
338	袁于令	苏州吴县	江苏苏州				
339	盛际时	苏州吴县	江苏苏州				
340	陈子玉	苏州吴县	江苏苏州				
341	陈景云	苏州吴县	江苏苏州				

(续)

序号	姓名	籍贯	今址	各县统计	各府州统计	今各省统计	血缘或亲缘
342	陈黄中	苏州吴县	江苏苏州				陈景云之子
343	缪彤	苏州吴县	江苏苏州				
344	章静宜	苏州吴县	江苏苏州				
345	吕熊	苏州吴县	江苏苏州				
346	杨无咎	苏州吴县	江苏苏州				
347	惠周惕	苏州吴县	江苏苏州				
348	吴士玉	苏州吴县	江苏苏州				
349	吴翌凤	苏州吴县	江苏苏州				
350	潘宗洛	苏州吴县	江苏苏州				
351	潘曾莹	苏州吴县	江苏苏州				
352	王孝咏	苏州吴县	江苏苏州				
353	王希廉	苏州吴县	江苏苏州				
354	江声	苏州吴县	江苏苏州				
355	过春山	苏州吴县	江苏苏州				
356	汪缙	苏州吴县	江苏苏州				
357	石韫玉	苏州吴县	江苏苏州				
358	顾纯	苏州吴县	江苏苏州				
359	陆文	苏州吴县	江苏苏州				
360	陆嵩	苏州吴县	江苏苏州				陆文之子
361	沈钦韩	苏州吴县	江苏苏州				
362	戈载	苏州吴县	江苏苏州				
363	冯桂芬	苏州吴县	江苏苏州	40			
364	叶纨纨	苏州吴江	江苏吴江				明代沈宜修之女
365	叶小纨	苏州吴江	江苏吴江				叶纨纨之妹
366	叶小鸾	苏州吴江	江苏吴江				叶小纨之妹
367	叶燮	苏州吴江	江苏吴江				
368	沈雄	苏州吴江	江苏吴江				
369	沈彤	苏州吴江	江苏吴江				
370	吴兆骞	苏州吴江	江苏吴江				
371	吴兆宜	苏州吴江	江苏吴江				吴兆骞之弟

(续)

序号	姓名	籍贯	今址	各县统计	各府州统计	今各省统计	血缘或亲缘
372	吴祖修	苏州吴江	江苏吴江				
373	吴琼仙	苏州吴江	江苏吴江				
374	顾有孝	苏州吴江	江苏吴江				
375	顾我锜	苏州吴江	江苏吴江				
376	金之俊	苏州吴江	江苏吴江				茅坤之外孙
377	孙佽	苏州吴江	江苏吴江				
378	计东	苏州吴江	江苏吴江				
379	钮琇	苏州吴江	江苏吴江				
380	潘耒	苏州吴江	江苏吴江				
381	张尚瑗	苏州吴江	江苏吴江				
382	袁荣	苏州吴江	江苏吴江				
383	郭麟	苏州吴江	江苏吴江				
384	徐釚	苏州吴江	江苏吴江				
385	徐大椿	苏州吴江	江苏吴江	22			
386	王樑	苏州震泽	江苏吴江				
387	任兆麟	苏州震泽	江苏吴江				
388	张士元	苏州震泽	江苏吴江				
389	张海珊	苏州震泽	江苏吴江				
390	张履	苏州震泽	江苏吴江				
391	陶贞怀	苏州震泽	江苏吴江	6	177		
392	董应扬	常州武进	江苏常州				
393	董以宁	常州武进	江苏常州				
394	董大伦	常州武进	江苏常州				
395	董潮	常州武进	江苏常州				
396	董定园	常州武进	江苏常州				
397	董士锡	常州武进	江苏常州				张惠言之外甥
398	张龙文	常州武进	江苏常州				
399	张𬘬英	常州武进	江苏常州				阳湖张琦之长女
400	张𬘊英	常州武进	江苏常州				张𬘬英之妹
401	张纶英	常州武进	江苏常州				张𬘊英之妹

(续)

序号	姓名	籍贯	今址	各县统计	各府州统计	今各省统计	血缘或亲缘
402	张纨英	常州武进	江苏常州				张纶英之妹
403	金敞	常州武进	江苏常州				
404	唐宇昭	常州武进	江苏常州				
405	李宝嘉	常州武进	江苏常州				
406	杨兆鲁	常州武进	江苏常州				
407	杨椿	常州武进	江苏常州				
408	杨述曾	常州武进	江苏常州				
409	黄永	常州武进	江苏常州				
410	黄景仁	常州武进	江苏常州				
411	邹祗谟	常州武进	江苏常州				
412	恽寿平	常州武进	江苏常州				
413	邵长蘅	常州武进	江苏常州				
414	陈铄	常州武进	江苏常州				
415	陈玉璂	常州武进	江苏常州				
416	赵熊诏	常州武进	江苏常州				
417	赵怀玉	常州武进	江苏常州				
418	管棆	常州武进	江苏常州				
419	徐永宣	常州武进	江苏常州				
420	庄纶渭	常州武进	江苏常州				
421	庄炘	常州武进	江苏常州				
422	庄述祖	常州武进	江苏常州				
423	许亦鲁	常州武进	江苏常州				
424	钱维乔	常州武进	江苏常州				
425	王采薇	常州武进	江苏常州				阳湖孙星衍之妻
426	臧庸	常州武进	江苏常州				
427	丁履恒	常州武进	江苏常州				
428	汤贻汾	常州武进	江苏常州				
429	费念慈	常州武进	江苏常州	38			
430	董琬贞	常州阳湖	江苏常州				
431	董基诚	常州阳湖	江苏常州				

(续)

序号	姓名	籍贯	今址	各县统计	各府州统计	今各省统计	血缘或亲缘
432	董佑诚	常州阳湖	江苏常州				董基诚之弟
433	洪亮吉	常州阳湖	江苏常州				
434	洪饴孙	常州阳湖	江苏常州				洪亮吉之子
435	洪符孙	常州阳湖	江苏常州				洪饴孙之弟
436	洪齮孙	常州阳湖	江苏常州				洪符孙之弟
437	蒋麟昌	常州阳湖	江苏常州				
438	蒋曰豫	常州阳湖	江苏常州				
439	陆耀遹	常州阳湖	江苏常州				
440	陆继辂	常州阳湖	江苏常州				
441	赵翼	常州阳湖	江苏常州				
442	管世铭	常州阳湖	江苏常州				
443	钱伯坰	常州阳湖	江苏常州				
444	杨伦	常州阳湖	江苏常州				
445	左辅	常州阳湖	江苏常州				
446	孙星衍	常州阳湖	江苏常州				
447	吕星垣	常州阳湖	江苏常州				
448	刘嗣绾	常州阳湖	江苏常州				
449	张惠言	常州阳湖	江苏常州				
450	张琦	常州阳湖	江苏常州				张惠言之弟
451	恽珠	常州阳湖	江苏常州				完颜廷璐之妻
452	恽敬	常州阳湖	江苏常州				
453	毛燧传	常州阳湖	江苏常州				
454	李兆洛	常州阳湖	江苏常州				
455	周仪暐	常州阳湖	江苏常州				
456	程蕙英	常州阳湖	江苏常州				
457	刘炳照	常州阳湖	江苏常州				
458	陈烺	常州阳湖	江苏常州	29			
459	杨潮观	常州金匮	江苏无锡				
460	杨芳灿	常州金匮	江苏无锡				
461	杨揆	常州金匮	江苏无锡				杨芳灿之弟

(续)

序号	姓名	籍贯	今址	各县统计	各府州统计	今各省统计	血缘或亲缘
462	钱咏	常州金匮	江苏无锡				
463	徐嵘庆	常州金匮	江苏无锡				
464	邓瑜	常州金匮	江苏无锡				钱塘诸可宝之妻
465	邹弢	常州金匮	江苏无锡	7			
466	石子斐	常州无锡	江苏无锡				
467	郑瑜	常州无锡	江苏无锡				
468	顾柔谦	常州无锡	江苏无锡				
469	顾祖禹	常州无锡	江苏无锡				顾柔谦之子
470	顾贞立	常州无锡	江苏无锡				顾贞观之姊
471	顾贞观	常州无锡	江苏无锡				
472	顾彩	常州无锡	江苏无锡				
473	顾奎光	常州无锡	江苏无锡				
474	顾敏恒	常州无锡	江苏无锡				
475	邹式金	常州无锡	江苏无锡				
476	邹兑金	常州无锡	江苏无锡				邹式金之弟
477	王永积	常州无锡	江苏无锡				
478	黄家舒	常州无锡	江苏无锡				
479	吕阳	常州无锡	江苏无锡				
480	堵廷棻	常州无锡	江苏无锡				
481	严绳孙	常州无锡	江苏无锡				
482	秦松龄	常州无锡	江苏无锡				
483	秦瀛	常州无锡	江苏无锡				
484	杜诏	常州无锡	江苏无锡				
485	潘果	常州无锡	江苏无锡				
486	薛福成	常州无锡	江苏无锡				
487	薛福保	常州无锡	江苏无锡	22			薛福成之弟
488	许昌国	常州荆溪	江苏宜兴				
489	许重炎	常州荆溪	江苏宜兴				许昌国之子
490	任曾贻	常州荆溪	江苏宜兴				
491	周济	常州荆溪	江苏宜兴	4			

(续)

序号	姓名	籍贯	今址	各县统计	各府州统计	今各省统计	血缘或亲缘
492	吴炳	常州宜兴	江苏宜兴				
493	吴德旋	常州宜兴	江苏宜兴				
494	陈贞禧	常州宜兴	江苏宜兴				
495	陈贞慧	常州宜兴	江苏宜兴				
496	陈维崧	常州宜兴	江苏宜兴				陈贞慧之子
497	陈维嵋	常州宜兴	江苏宜兴				陈维崧之弟
498	陈维岳	常州宜兴	江苏宜兴				陈维崧之弟
499	曹亮武	常州宜兴	江苏宜兴				
500	汤之锜	常州宜兴	江苏宜兴				
501	蒋永修	常州宜兴	江苏宜兴				
502	蒋锡震	常州宜兴	江苏宜兴				
503	任元祥	常州宜兴	江苏宜兴				
504	储欣	常州宜兴	江苏宜兴				
505	储掌文	常州宜兴	江苏宜兴				储欣之孙
506	储大文	常州宜兴	江苏宜兴				储欣从孙
507	储祕书	常州宜兴	江苏宜兴				
508	徐喈凤	常州宜兴	江苏宜兴				
509	万树	常州宜兴	江苏宜兴				
510	朱桓	常州宜兴	江苏宜兴				
511	史承谦	常州宜兴	江苏宜兴				
512	史承豫	常州宜兴	江苏宜兴				史承谦之弟
513	毛洋溟	常州宜兴	江苏宜兴	22			
514	沙张白	常州江阴	江苏江阴				
515	徐世沐	常州江阴	江苏江阴				
516	陶孚尹	常州江阴	江苏江阴				
517	曹禾	常州江阴	江苏江阴				
518	翁照	常州江阴	江苏江阴				
519	夏敬渠	常州江阴	江苏江阴				
520	屠绅	常州江阴	江苏江阴				
521	金棒闻	常州江阴	江苏江阴				

第九章 清代文学家之地理分布 | 431

(续)

序号	姓名	籍贯	今址	各县统计	各府州统计	今各省统计	血缘或亲缘
522	蒋春霖	常州江阴	江苏江阴	9			
523	蒋中和	常州靖江	江苏靖江	1			
524	唐恽宸	常州	江苏				
525	陆祁生	常州	江苏				
526	陈森书	常州	江苏		134		
527	张斑	扬州宝应	江苏宝应				
528	王岩	扬州宝应	江苏宝应				
529	王式丹	扬州宝应	江苏宝应				
530	王懋竑	扬州宝应	江苏宝应				王式丹之侄
531	王希伊	扬州宝应	江苏宝应				王懋竑之孙
532	乔迈	扬州宝应	江苏宝应				
533	乔莱	扬州宝应	江苏宝应				
534	乔崇修	扬州宝应	江苏宝应				乔莱之子
535	乔亿	扬州宝应	江苏宝应				乔崇修之子
536	乔载谣	扬州宝应	江苏宝应				
537	陶季	扬州宝应	江苏宝应				
538	朱克生	扬州宝应	江苏宝应				
539	朱经	扬州宝应	江苏宝应				
540	朱泽沄	扬州宝应	江苏宝应				
541	刘中柱	扬州宝应	江苏宝应				明代刘心学之孙
542	刘家珍	扬州宝应	江苏宝应				刘中柱之子
543	潘咏	扬州宝应	江苏宝应	17			
544	殷峄	扬州高邮	江苏高邮				
545	李必恒	扬州高邮	江苏高邮				
546	夏之蓉	扬州高邮	江苏高邮				
547	沈业富	扬州高邮	江苏高邮	4			
548	王大经	扬州东台	江苏东台	1			
549	汪祚	扬州江都	江苏江都				
550	汪楫	扬州江都	江苏江都				
551	汪懋麟	扬州江都	江苏江都				

(续)

序号	姓名	籍贯	今址	各县统计	各府州统计	今各省统计	血缘或亲缘
552	汪中	扬州江都	江苏江都				
553	汪潮生	扬州江都	江苏江都				
554	吴绮	扬州江都	江苏江都				
555	宗元鼎	扬州江都	江苏江都				
556	郑小白	扬州江都	江苏江都				
557	史申义	扬州江都	江苏江都				
558	唐绍祖	扬州江都	江苏江都				
559	郭元钎	扬州江都	江苏江都				
560	程梦星	扬州江都	江苏江都				
561	方觐	扬州江都	江苏江都				
562	马荣祖	扬州江都	江苏江都				
563	李本宣	扬州江都	江苏江都				
564	王豫	扬州江都	江苏江都				
565	王光鲁	扬州江都	江苏江都				
566	秦恩复	扬州江都	江苏江都				
567	焦循	扬州江都	江苏江都				
568	黄承吉	扬州江都	江苏江都				
569	陈逢衡	扬州江都	江苏江都				
570	符葆森	扬州江都	江苏江都				
571	顾图河	扬州江都	江苏江都	23			
572	吴嘉纪	扬州泰州	江苏泰州				
573	邓汉仪	扬州泰州	江苏泰州				
574	仲振履	扬州泰州	江苏泰州				
575	宫鸿历	扬州泰州	江苏泰州	4			
576	赵秉忠	扬州兴化	江苏兴化				
577	郑燮	扬州兴化	江苏兴化				
578	任陈晋	扬州兴化	江苏兴化				
579	任大椿	扬州兴化	江苏兴化				任陈晋之孙
580	李栋	扬州兴化	江苏兴化				
581	刘熙载	扬州兴化	江苏兴化	6			

第九章 清代文学家之地理分布 | 433

(续)

序号	姓名	籍贯	今址	各县统计	各府州统计	今各省统计	血缘或亲缘
582	江藩	扬州甘泉	江苏扬州				
583	江珠	扬州甘泉	江苏扬州				
584	黄文旸	扬州甘泉	江苏扬州				
585	董恂	扬州甘泉	江苏扬州	4			
586	汪棣	扬州仪征	江苏仪征				
587	施朝干	扬州仪征	江苏仪征				
588	阮元	扬州仪征	江苏仪征				
589	江昱	扬州仪征	江苏仪征	4			
590	邹必显	扬州	江苏				
591	浦琳	扬州	江苏		65		
592	陈名夏	镇江溧阳	江苏溧阳				
593	史集之	镇江溧阳	江苏溧阳				
594	马世俊	镇江溧阳	江苏溧阳				
595	魏麟徵	镇江溧阳	江苏溧阳				
596	潘天成	镇江溧阳	江苏溧阳				
597	任兰芝	镇江溧阳	江苏溧阳	6			
598	王汝骧	镇江金坛	江苏金坛				
599	王澍	镇江金坛	江苏金坛				
600	王步青	镇江金坛	江苏金坛				
601	蒋衡	镇江金坛	江苏金坛				
602	潘高	镇江金坛	江苏金坛				
603	史震林	镇江金坛	江苏金坛				
604	段玉裁	镇江金坛	江苏金坛				
605	冯煦	镇江金坛	江苏金坛	8			
606	贺裳	镇江丹阳	江苏丹阳	1			
607	张玉书	镇江丹徒	江苏镇江				
608	张曾	镇江丹徒	江苏镇江				
609	鲍皋	镇江丹徒	江苏镇江				
610	鲍之钟	镇江丹徒	江苏镇江				鲍皋之子
611	冷士嵋	镇江丹徒	江苏镇江				

(续)

序号	姓名	籍贯	今址	各县统计	各府州统计	今各省统计	血缘或亲缘
612	湛性	镇江丹徒	江苏镇江				
613	余京	镇江丹徒	江苏镇江				
614	王文治	镇江丹徒	江苏镇江				
615	严保庸	镇江丹徒	江苏镇江				
616	罗志让	镇江丹徒	江苏镇江				
617	庄棫	镇江丹徒	江苏镇江				
618	刘鹗	镇江丹徒	江苏镇江	12	27		
619	刘然	江宁江宁	江苏南京				
620	嵇永仁	江宁江宁	江苏南京				
621	张坚	江宁江宁	江苏南京				
622	严长明	江宁江宁	江苏南京				
623	邓廷桢	江宁江宁	江苏南京				
624	汪士铎	江宁江宁	江苏南京	6			
625	刘岩	江宁江浦	江苏南京	1			
626	李敬	江宁六合	江苏南京				
627	徐𪩘	江宁六合	江苏南京	2			
628	邢昉	江宁高淳	江苏高淳	1			
629	曹雪芹	江宁上元	江苏南京				曹寅之孙
630	黄周星	江宁上元	江苏南京				
631	黄越	江宁上元	江苏南京				
632	何兆瀛	江宁上元	江苏南京				
633	纪映钟	江宁上元	江苏南京				
634	张怡	江宁上元	江苏南京				
635	倪灿	江宁上元	江苏南京				
636	蔡羃	江宁上元	江苏南京				
637	管同	江宁上元	江苏南京				
638	管嗣复	江宁上元	江苏南京				管同之子
639	梅曾亮	江宁上元	江苏南京				
640	许宗衡	江宁上元	江苏南京				
641	金和	江宁上元	江苏南京				

(续)

序号	姓名	籍贯	今址	各县统计	各府州统计	今各省统计	血缘或亲缘
642	顾云	江宁上元	江苏南京				
643	侯芝	江宁上元	江苏南京	15	25		
644	陈世祥	通州	江苏				
645	范当世	通州	江苏				
646	张异资	通州	江苏				
647	冒襄	通州如皋	江苏如皋				
648	冒丹书	通州如皋	江苏如皋				冒襄之子
649	黄钟	通州如皋	江苏如皋				
650	黄振	通州如皋	江苏如皋				
651	石璜	通州如皋	江苏如皋				
652	许嗣隆	通州如皋	江苏如皋	6			
653	朱铭盘	通州泰兴	江苏泰兴	1	10		
654	邱象升	淮安山阳	江苏淮安				
655	邱象随	淮安山阳	江苏淮安				邱象升之弟
656	阮葵生	淮安山阳	江苏淮安				
657	潘德舆	淮安山阳	江苏淮安				
658	鲁一同	淮安山阳	江苏淮安				
659	黄钧宰	淮安山阳	江苏淮安	6			
660	嵇宗孟	淮安安东	江苏涟水	1			
661	邱心如	淮安清河	江苏淮安	1	8		
662	周家禄	海门	江苏海门	1	1		
663	程枚	海州	江苏		1		
664	徐用锡	徐州宿迁	江苏宿迁	1			
665	任观瀛	徐州萧县	安徽萧县	1			
666	张竹坡	徐州	江苏		3		
667	王时翔	太仓镇洋	江苏太仓				
668	顾陈垿	太仓镇洋	江苏太仓				
669	毕沅	太仓镇洋	江苏太仓				
670	汪学金	太仓镇洋	江苏太仓				
671	彭兆荪	太仓镇洋	江苏太仓	5			

(续)

序号	姓名	籍贯	今址	各县统计	各府州统计	今各省统计	血缘或亲缘
672	王时敏	太仓	江苏				
673	王揆	太仓	江苏				王时敏之子
674	王撰	太仓	江苏				王揆之弟
675	王抃	太仓	江苏				王撰之弟
676	王摅	太仓	江苏				王抃之弟
677	王昊	太仓	江苏				明代王世贞之侄孙
678	王曜升	太仓	江苏				王昊之弟
679	王吉武	太仓	江苏				
680	王圣徵	太仓	江苏				
681	王策	太仓	江苏				
682	王时宪	太仓	江苏				
683	王采苹	太仓	江苏				张纳英之女
684	张采	太仓	江苏				
685	吴伟业	太仓	江苏				
686	吴暻	太仓	江苏				吴伟业之子
687	陈瑚	太仓	江苏				
688	顾湄	太仓	江苏				
689	周肇	太仓	江苏				
690	许旭	太仓	江苏				
691	黄与坚	太仓	江苏				
692	黄兆魁	太仓	江苏				
693	崔华	太仓	江苏				
694	唐孙华	太仓	江苏				
695	沈受宏	太仓	江苏				
696	杨云璈	太仓	江苏				
697	陆增祥	太仓	江苏			483	
698	毛岳生	太仓宝山	上海				
699	蒋敦复	太仓宝山	上海				
700	吴慈鹤	太仓宝山	上海	3			
701	黄淳耀	太仓嘉定	上海				

(续)

序号	姓名	籍贯	今址	各县统计	各府州统计	今各省统计	血缘或亲缘
702	孙致弥	太仓嘉定	上海				
703	孙致绚	太仓嘉定	上海				
704	庞鸣	太仓嘉定	上海				
705	赵俞	太仓嘉定	上海				
706	张锡爵	太仓嘉定	上海				
707	张鹏翀	太仓嘉定	上海				
708	王鸣盛	太仓嘉定	上海				
709	王鸣韶	太仓嘉定	上海				王鸣盛之弟
710	石球	太仓嘉定	上海				
711	钱大昕	太仓嘉定	上海				
712	曹仁虎	太仓嘉定	上海				
713	汪照	太仓嘉定	上海				
714	瞿中溶	太仓嘉定	上海				钱大昕之婿
715	周若霖	太仓嘉定	上海	15	49		
716	董含	松江金山	上海				
717	董俞	松江金山	上海	2			董含之弟
718	张文虎	松江南汇	上海	1			
719	田茂遇	松江南浦	上海				
720	王昶	松江南浦	上海				
721	许宝善	松江南浦	上海	3			
722	曹煜曾	松江上海	上海				
723	曹炳曾	松江上海	上海				曹煜曾之从弟
724	曹焴曾	松江上海	上海				曹炳曾之弟
725	曹一士	松江上海	上海				
726	曹锡淑	松江上海	上海				曹一士之女
727	曹锡宝	松江上海	上海				
728	曹锡黼	松江上海	上海				曹锡宝之子
729	黄兆森	松江上海	上海				
730	范青	松江上海	上海				
731	叶映榴	松江上海	上海				

(续)

序号	姓名	籍贯	今址	各县统计	各府州统计	今各省统计	血缘或亲缘
732	周金然	松江上海	上海				
733	张吴曼	松江上海	上海				
734	张熙纯	松江上海	上海				
735	顾成天	松江上海	上海				
736	赵文哲	松江上海	上海				
737	陆锡熊	松江上海	上海	16			
738	王顼龄	松江华亭	上海				
739	王九龄	松江华亭	上海				王顼龄之弟
740	王鸿绪	松江华亭	上海				王九龄之弟
741	王庆麟	松江华亭	上海				
742	彭宾	松江华亭	上海				
743	彭师度	松江华亭	上海				
744	陈子龙	松江华亭	上海				
745	高不骞	松江华亭	上海				
746	高层云	松江华亭	上海				
747	吴懋谦	松江华亭	上海				
748	宋徵舆	松江华亭	上海				
749	周茂源	松江华亭	上海				
750	周纶	松江华亭	上海				周茂源之子
751	周稚廉	松江华亭	上海				
752	顾大申	松江华亭	上海				
753	许缵曾	松江华亭	上海				
754	夏完淳	松江华亭	上海				
755	张荣	松江华亭	上海				
756	张棠	松江华亭	上海				
757	张照	松江华亭	上海				
758	朱龙田	松江华亭	上海				
759	陶尔毯	松江华亭	上海				
760	潘钟麟	松江华亭	上海				
761	许仲元	松江华亭	上海				

第九章 清代文学家之地理分布 | 439

(续)

序号	姓名	籍贯	今址	各县统计	各府州统计	今各省统计	血缘或亲缘
762	焦袁熹	松江华亭	上海				
763	徐基	松江华亭	上海				
764	黄之隽	松江华亭	上海				
765	姚培谦	松江华亭	上海				
766	沈大成	松江华亭	上海				
767	改琦	松江华亭	上海				
768	韩邦庆	松江华亭	上海	31			
769	周士彬	松江娄县	上海				
770	周彝	松江娄县	上海				
771	张用天	松江娄县	上海				
772	范缵	松江娄县	上海				
773	彭开祐	松江娄县	上海				
774	姚椿	松江娄县	上海				
775	韩应陛	松江娄县	上海	7	60	78	
776	查继佐	杭州海宁	浙江海宁				
777	查昇	杭州海宁	浙江海宁				
778	查慎行	杭州海宁	浙江海宁				朱彝尊之中表兄弟
779	查嗣瑮	杭州海宁	浙江海宁				查慎行之弟
780	查旭	杭州海宁	浙江海宁				
781	查祥	杭州海宁	浙江海宁				
782	查揆	杭州海宁	浙江海宁				
783	葛徵奇	杭州海宁	浙江海宁				
784	陈之遴	杭州海宁	浙江海宁				
785	陈奕禧	杭州海宁	浙江海宁				
786	陈讦	杭州海宁	浙江海宁				
787	陈元龙	杭州海宁	浙江海宁				
788	陈鳣	杭州海宁	浙江海宁				
789	祝渊	杭州海宁	浙江海宁				
790	祝维浩	杭州海宁	浙江海宁				
791	沈珩	杭州海宁	浙江海宁				

(续)

序号	姓名	籍贯	今址	各县统计	各府州统计	今各省统计	血缘或亲缘
792	沈翼机	杭州海宁	浙江海宁				
793	徐林鸿	杭州海宁	浙江海宁				
794	朱奇龄	杭州海宁	浙江海宁				
795	张韬	杭州海宁	浙江海宁				
796	许汝霖	杭州海宁	浙江海宁				
797	周春	杭州海宁	浙江海宁				
798	周乐清	杭州海宁	浙江海宁				
799	吴骞	杭州海宁	浙江海宁				
800	吴衡照	杭州海宁	浙江海宁				
801	管世灏	杭州海宁	浙江海宁				
802	许光治	杭州海宁	浙江海宁	27			
803	陈廷会	杭州钱塘	浙江杭州				
804	陈祚明	杭州钱塘	浙江杭州				
805	陈章	杭州钱塘	浙江杭州				
806	陈皋	杭州钱塘	浙江杭州				陈章之弟
807	陈兆仑	杭州钱塘	浙江杭州				
808	陈端生	杭州钱塘	浙江杭州				
809	陈士璠	杭州钱塘	浙江杭州				
810	陈鸿寿	杭州钱塘	浙江杭州				陈士璠之孙
811	陈树基	杭州钱塘	浙江杭州				
812	陈文述	杭州钱塘	浙江杭州				
813	陈元鼎	杭州钱塘	浙江杭州				
814	陆圻	杭州钱塘	浙江杭州				
815	陆培	杭州钱塘	浙江杭州				陆圻之弟
816	陆阶	杭州钱塘	浙江杭州				陆培之弟
817	陆繁弨	杭州钱塘	浙江杭州				陆培之子
818	陆次云	杭州钱塘	浙江杭州				
819	吴百朋	杭州钱塘	浙江杭州				
820	吴农祥	杭州钱塘	浙江杭州				
821	吴仪一	杭州钱塘	浙江杭州				

(续)

序号	姓名	籍贯	今址	各县统计	各府州统计	今各省统计	血缘或亲缘
822	吴诚	杭州钱塘	浙江杭州				
823	吴锡麒	杭州钱塘	浙江杭州				
824	吴清皋	杭州钱塘	浙江杭州				吴锡麒之子
825	吴清鹏	杭州钱塘	浙江杭州				吴清皋之子
826	沈孚中	杭州钱塘	浙江杭州				
827	沈用济	杭州钱塘	浙江杭州				钱塘朱柔则之夫
828	沈名荪	杭州钱塘	浙江杭州				
829	沈嘉辙	杭州钱塘	浙江杭州				沈名荪之子
830	梁夷素	杭州钱塘	浙江杭州				
831	梁文濂	杭州钱塘	浙江杭州				
832	梁瑛	杭州钱塘	浙江杭州				
833	梁同书	杭州钱塘	浙江杭州				
834	梁玉绳	杭州钱塘	浙江杭州				梁同书之嗣子
835	梁德绳	杭州钱塘	浙江杭州				德清许宗彦之妻
836	梁绍壬	杭州钱塘	浙江杭州				
837	林璐	杭州钱塘	浙江杭州				
838	林以宁	杭州钱塘	浙江杭州				
839	张丹	杭州钱塘	浙江杭州				
840	张琳	杭州钱塘	浙江杭州				
841	张台柱	杭州钱塘	浙江杭州				
842	张湄	杭州钱塘	浙江杭州				
843	张云璈	杭州钱塘	浙江杭州				
844	张景祁	杭州钱塘	浙江杭州				
845	诸九鼎	杭州钱塘	浙江杭州				
846	诸匡鼎	杭州钱塘	浙江杭州				诸九鼎之弟
847	诸可宝	杭州钱塘	浙江杭州				
848	虞黄昊	杭州钱塘	浙江杭州				
849	孙爽	杭州钱塘	浙江杭州				
850	朱柔则	杭州钱塘	浙江杭州				钱塘沈用济之妻
851	朱樟	杭州钱塘	浙江杭州				

(续)

序号	姓名	籍贯	今址	各县统计	各府州统计	今各省统计	血缘或亲缘
852	朱彭	杭州钱塘	浙江杭州				
853	高士奇	杭州钱塘	浙江杭州				
854	洪昇	杭州钱塘	浙江杭州				
855	冯景	杭州钱塘	浙江杭州				
856	金张	杭州钱塘	浙江杭州				
857	金农	杭州钱塘	浙江杭州				
858	金志章	杭州钱塘	浙江杭州				
859	金焜	杭州钱塘	浙江杭州				金志章之子
860	王丹林	杭州钱塘	浙江杭州				
861	王延年	杭州钱塘	浙江杭州				
862	王琦	杭州钱塘	浙江杭州				
863	王宣	杭州钱塘	浙江杭州				
864	茅兆儒	杭州钱塘	浙江杭州				
865	倪璠	杭州钱塘	浙江杭州				
866	倪国琏	杭州钱塘	浙江杭州				
867	袁枚	杭州钱塘	浙江杭州				
868	章藻功	杭州钱塘	浙江杭州				
869	周京	杭州钱塘	浙江杭州				
870	夏纶	杭州钱塘	浙江杭州				
871	夏鸾翔	杭州钱塘	浙江杭州				
872	郑江	杭州钱塘	浙江杭州				
873	姚之骃	杭州钱塘	浙江杭州				
874	符曾	杭州钱塘	浙江杭州				
875	丁咏淇	杭州钱塘	浙江杭州				
876	丁敬	杭州钱塘	浙江杭州				
877	丁丙	杭州钱塘	浙江杭州				
878	卢存心	杭州钱塘	浙江杭州				
879	厉鹗	杭州钱塘	浙江杭州				
880	桑调元	杭州钱塘	浙江杭州				
881	汪沆	杭州钱塘	浙江杭州				

(续)

序号	姓名	籍贯	今址	各县统计	各府州统计	今各省统计	血缘或亲缘
882	汪师韩	杭州钱塘	浙江杭州				
883	汪宪	杭州钱塘	浙江杭州				
884	汪远孙	杭州钱塘	浙江杭州				
885	汪端	杭州钱塘	浙江杭州				
886	徐映玉	杭州钱塘	浙江杭州				
887	方芳佩	杭州钱塘	浙江杭州				
888	黄易	杭州钱塘	浙江杭州				
889	黄模	杭州钱塘	浙江杭州				
890	赵瑜	杭州钱塘	浙江杭州				
891	屠倬	杭州钱塘	浙江杭州				
892	项鸿祚	杭州钱塘	浙江杭州				
893	戴熙	杭州钱塘	浙江杭州				
894	杨文莹	杭州钱塘	浙江杭州	92			
895	沈谦	杭州仁和	浙江杭州				
896	沈峻曾	杭州仁和	浙江杭州				
897	沈沐	杭州仁和	浙江杭州				
898	沈元沧	杭州仁和	浙江杭州				
899	沈廷芳	杭州仁和	浙江杭州				沈元沧之子
900	沈心	杭州仁和	浙江杭州				
901	沈赤然	杭州仁和	浙江杭州				
902	卓人月	杭州仁和	浙江杭州				
903	王嗣槐	杭州仁和	浙江杭州				
904	王晫	杭州仁和	浙江杭州				
905	王曾祥	杭州仁和	浙江杭州				
906	应撝谦	杭州仁和	浙江杭州				
907	柴绍炳	杭州仁和	浙江杭州				
908	毛先舒	杭州仁和	浙江杭州				
909	孙治	杭州仁和	浙江杭州				
910	孙之骏	杭州仁和	浙江杭州				
911	孙云凤	杭州仁和	浙江杭州				

(续)

序号	姓名	籍贯	今址	各县统计	各府州统计	今各省统计	血缘或亲缘
912	胡覃	杭州仁和	浙江杭州				
913	胡敬	杭州仁和	浙江杭州				
914	丁澎	杭州仁和	浙江杭州				
915	邵远平	杭州仁和	浙江杭州				
916	邵懿臣	杭州仁和	浙江杭州				
917	汤右曾	杭州仁和	浙江杭州				
918	龚翔麟	杭州仁和	浙江杭州				
919	龚自珍	杭州仁和	浙江杭州				
920	赵殿成	杭州仁和	浙江杭州				
921	赵昱	杭州仁和	浙江杭州				
922	赵信	杭州仁和	浙江杭州				赵昱之弟
923	赵一清	杭州仁和	浙江杭州				赵昱之子
924	赵佑	杭州仁和	浙江杭州				
925	赵魏	杭州仁和	浙江杭州				
926	赵庆熺	杭州仁和	浙江杭州				
927	钱彩	杭州仁和	浙江杭州				
928	钱枚	杭州仁和	浙江杭州				
929	钱林	杭州仁和	浙江杭州				钱枚之弟
930	杭世骏	杭州仁和	浙江杭州				
931	汪惟宪	杭州仁和	浙江杭州				
932	汪家禧	杭州仁和	浙江杭州				
933	吴颖芳	杭州仁和	浙江杭州				
934	吴长元	杭州仁和	浙江杭州				
935	吴藻	杭州仁和	浙江杭州				
936	吴观礼	杭州仁和	浙江杭州				
937	卢文弨	杭州仁和	浙江杭州				
938	瞿灏	杭州仁和	浙江杭州				
939	朱文藻	杭州仁和	浙江杭州				
940	余集	杭州仁和	浙江杭州				
941	宋大樽	杭州仁和	浙江杭州				

(续)

序号	姓名	籍贯	今址	各县统计	各府州统计	今各省统计	血缘或亲缘
942	俞景	杭州仁和	浙江杭州				
943	谭献	杭州仁和	浙江杭州				
944	陈豪	杭州仁和	浙江杭州	50			
945	王梦吉	杭州	浙江				
946	张竟光	杭州	浙江				
947	许善长	杭州	浙江				
948	钱锡宝	杭州	浙江		173		
949	李确	嘉兴海盐	浙江海盐				
950	胡夏客	嘉兴海盐	浙江海盐				
951	彭孙遹	嘉兴海盐	浙江海盐				
952	马维翰	嘉兴海盐	浙江海盐				
953	吴东发	嘉兴海盐	浙江海盐				
954	黄燮清	嘉兴海盐	浙江海盐	6			
955	曹尔堪	嘉兴嘉善	浙江嘉善				
956	曹廷栋	嘉兴嘉善	浙江嘉善				
957	曹廷枢	嘉兴嘉善	浙江嘉善				曹廷栋之弟
958	叶封	嘉兴嘉善	浙江嘉善				
959	丁嗣徵	嘉兴嘉善	浙江嘉善				
960	魏坤	嘉兴嘉善	浙江嘉善				
961	孙琮	嘉兴嘉善	浙江嘉善				
962	柯煜	嘉兴嘉善	浙江嘉善				
963	蔡以封	嘉兴嘉善	浙江嘉善				
964	黄安涛	嘉兴嘉善	浙江嘉善	10			
965	李明嶅	嘉兴嘉兴	浙江嘉兴				
966	李琪枝	嘉兴嘉兴	浙江嘉兴				吴县李日华之孙
967	李宗清	嘉兴嘉兴	浙江嘉兴				
968	李超孙	嘉兴嘉兴	浙江嘉兴				
969	李富孙	嘉兴嘉兴	浙江嘉兴				李超孙之弟
970	李遇孙	嘉兴嘉兴	浙江嘉兴				李富孙之从弟
971	李贻德	嘉兴嘉兴	浙江嘉兴				

(续)

序号	姓名	籍贯	今址	各县统计	各府州统计	今各省统计	血缘或亲缘
972	通复	嘉兴嘉兴	浙江嘉兴				
973	王庭	嘉兴嘉兴	浙江嘉兴				
974	王元启	嘉兴嘉兴	浙江嘉兴				
975	周筼	嘉兴嘉兴	浙江嘉兴				
976	谭吉璁	嘉兴嘉兴	浙江嘉兴				
977	沈进	嘉兴嘉兴	浙江嘉兴				
978	沈涛	嘉兴嘉兴	浙江嘉兴				
979	张劭	嘉兴嘉兴	浙江嘉兴				
980	张时泰	嘉兴嘉兴	浙江嘉兴				
981	张廷济	嘉兴嘉兴	浙江嘉兴				
982	张鸣珂	嘉兴嘉兴	浙江嘉兴				
983	高孝本	嘉兴嘉兴	浙江嘉兴				
984	姚子懿	嘉兴嘉兴	浙江嘉兴				
985	江浩然	嘉兴嘉兴	浙江嘉兴				
986	徐震	嘉兴嘉兴	浙江嘉兴				
987	吴文溥	嘉兴嘉兴	浙江嘉兴				
988	冯文登	嘉兴嘉兴	浙江嘉兴				
989	钱仪吉	嘉兴嘉兴	浙江嘉兴				
990	钱泰吉	嘉兴嘉兴	浙江嘉兴				钱仪吉之从弟
991	桑贞白	嘉兴嘉兴	浙江嘉兴	27			
992	周履靖	嘉兴秀水	浙江嘉兴				
993	曹溶	嘉兴秀水	浙江嘉兴				
994	黄媛介	嘉兴秀水	浙江嘉兴				
995	沈起	嘉兴秀水	浙江嘉兴				
996	沈叔埏	嘉兴秀水	浙江嘉兴				
997	沈钰	嘉兴秀水	浙江嘉兴				沈叔埏之弟
998	朱彝尊	嘉兴秀水	浙江嘉兴				
999	朱昆田	嘉兴秀水	浙江嘉兴				朱彝尊之子
1000	朱稻孙	嘉兴秀水	浙江嘉兴				朱彝尊之孙
1001	朱辰应	嘉兴秀水	浙江嘉兴				

(续)

序号	姓名	籍贯	今址	各县统计	各府州统计	今各省统计	血缘或亲缘
1002	朱休度	嘉兴秀水	浙江嘉兴				
1003	徐嘉炎	嘉兴秀水	浙江嘉兴				
1004	李绳远	嘉兴秀水	浙江嘉兴				
1005	李良年	嘉兴秀水	浙江嘉兴				李绳远之弟
1006	李符	嘉兴秀水	浙江嘉兴				
1007	钟渊映	嘉兴秀水	浙江嘉兴				
1008	陈潢	嘉兴秀水	浙江嘉兴				
1009	陈书	嘉兴秀水	浙江嘉兴				
1010	陈球	嘉兴秀水	浙江嘉兴				
1011	怀应聘	嘉兴秀水	浙江嘉兴				
1012	张庚	嘉兴秀水	浙江嘉兴				
1013	诸锦	嘉兴秀水	浙江嘉兴				
1014	王又曾	嘉兴秀水	浙江嘉兴				
1015	王昊	嘉兴秀水	浙江嘉兴				
1016	钱载	嘉兴秀水	浙江嘉兴				
1017	万光泰	嘉兴秀水	浙江嘉兴				
1018	郑虎文	嘉兴秀水	浙江嘉兴				
1019	盛百二	嘉兴秀水	浙江嘉兴				
1020	胡祥麟	嘉兴秀水	浙江嘉兴				
1021	叶维庚	嘉兴秀水	浙江嘉兴				
1022	樊雨	嘉兴秀水	浙江嘉兴				
1023	杜文澜	嘉兴秀水	浙江嘉兴	32			
1024	沈岸登	嘉兴平湖	浙江平湖				
1025	沈季友	嘉兴平湖	浙江平湖				
1026	沈皞日	嘉兴平湖	浙江平湖				
1027	沈不负	嘉兴平湖	浙江平湖				
1028	陆莱	嘉兴平湖	浙江平湖				
1029	陆陇其	嘉兴平湖	浙江平湖				
1030	陆奎勋	嘉兴平湖	浙江平湖				
1031	胡庆豫	嘉兴平湖	浙江平湖				

(续)

序号	姓名	籍贯	今址	各县统计	各府州统计	今各省统计	血缘或亲缘
1032	方坰	嘉兴平湖	浙江平湖				
1033	张金镛	嘉兴平湖	浙江平湖	10			
1034	吴之振	嘉兴石门	浙江桐乡				
1035	吴震方	嘉兴石门	浙江桐乡	2			
1036	冯浩	嘉兴桐乡	浙江桐乡				
1037	冯应榴	嘉兴桐乡	浙江桐乡				冯浩之子
1038	张履祥	嘉兴桐乡	浙江桐乡				
1039	汪森	嘉兴桐乡	浙江桐乡				
1040	朱方霭	嘉兴桐乡	浙江桐乡				
1041	程同文	嘉兴桐乡	浙江桐乡	6	93		
1042	谢宗锡	绍兴	浙江				
1043	顾元标	绍兴	浙江				
1044	李慈铭	绍兴	浙江				
1045	张远	绍兴萧山	浙江杭州				
1046	张文端	绍兴萧山	浙江杭州				
1047	张衢	绍兴萧山	浙江杭州				
1048	来集之	绍兴萧山	浙江杭州				
1049	任辰旦	绍兴萧山	浙江杭州				
1050	毛奇龄	绍兴萧山	浙江杭州				
1051	周起	绍兴萧山	浙江杭州				
1052	陈至言	绍兴萧山	浙江杭州				
1053	王宗炎	绍兴萧山	浙江杭州	9			
1054	黄宗羲	绍兴余姚	浙江余姚				
1055	黄百家	绍兴余姚	浙江余姚				黄宗羲之子
1056	黄百谷	绍兴余姚	浙江余姚				黄宗羲之侄
1057	黄千人	绍兴余姚	浙江余姚				黄宗羲之孙
1058	邵廷采	绍兴余姚	浙江余姚				
1059	邵昂霄	绍兴余姚	浙江余姚				
1060	邵晋涵	绍兴余姚	浙江余姚				
1061	郑世元	绍兴余姚	浙江余姚	8			

(续)

序号	姓名	籍贯	今址	各县统计	各府州统计	今各省统计	血缘或亲缘
1062	陈洪绶	绍兴诸暨	浙江诸暨	1			
1063	石文	绍兴上虞	浙江上虞	1			
1064	徐咸清	绍兴上虞	浙江上虞				
1065	徐昭华	绍兴上虞	浙江上虞	3			
1066	吕抚	绍兴新昌	浙江新昌	1			
1067	章正宸	绍兴会稽	浙江绍兴				
1068	章学诚	绍兴会稽	浙江绍兴				
1069	李因	绍兴会稽	浙江绍兴				
1070	李春荣	绍兴会稽	浙江绍兴				
1071	高奕	绍兴会稽	浙江绍兴				
1072	蔡东	绍兴会稽	浙江绍兴				
1073	胡浚	绍兴会稽	浙江绍兴				
1074	鲁曾煜	绍兴会稽	浙江绍兴				
1075	商盘	绍兴会稽	浙江绍兴				
1076	陈栋	绍兴会稽	浙江绍兴				
1077	潘谘	绍兴会稽	浙江绍兴				
1078	王衍梅	绍兴会稽	浙江绍兴				
1079	宗稷辰	绍兴会稽	浙江绍兴				
1080	施山	绍兴会稽	浙江绍兴	14			
1081	刘宗周	绍兴山阴	浙江绍兴				
1082	陆术可	绍兴山阴	浙江绍兴				
1083	姚夔	绍兴山阴	浙江绍兴				
1084	杨宾	绍兴山阴	浙江绍兴				
1085	陈士斌	绍兴山阴	浙江绍兴				
1086	陈钟祥	绍兴山阴	浙江绍兴				
1087	李应桂	绍兴山阴	浙江绍兴				
1088	沈嘉然	绍兴山阴	浙江绍兴				
1089	沈冰壶	绍兴山阴	浙江绍兴				
1090	许尚质	绍兴山阴	浙江绍兴				
1091	吴燖文	绍兴山阴	浙江绍兴				

(续)

序号	姓名	籍贯	今址	各县统计	各府州统计	今各省统计	血缘或亲缘
1092	胡天游	绍兴山阴	浙江绍兴				
1093	周长发	绍兴山阴	浙江绍兴				
1094	周大枢	绍兴山阴	浙江绍兴				
1095	周星誉	绍兴山阴	浙江绍兴				
1096	周星诒	绍兴山阴	浙江绍兴				周星誉之弟
1097	童珏	绍兴山阴	浙江绍兴				
1098	俞万春	绍兴山阴	浙江绍兴				
1099	王星诚	绍兴山阴	浙江绍兴	19	58		
1100	韩纯玉	湖州归安	浙江湖州				
1101	章金牧	湖州归安	浙江湖州				
1102	严我斯	湖州归安	浙江湖州				
1103	严元照	湖州归安	浙江湖州				
1104	郑元庆	湖州归安	浙江湖州				
1105	陆师	湖州归安	浙江湖州				
1106	茅星来	湖州归安	浙江湖州				
1107	沈炳震	湖州归安	浙江湖州				
1108	沈炳巽	湖州归安	浙江湖州				沈炳震从弟
1109	姚世钰	湖州归安	浙江湖州				
1110	姚汝金	湖州归安	浙江湖州				姚世钰之弟
1111	吴兰庭	湖州归安	浙江湖州				
1112	叶佩荪	湖州归安	浙江湖州				
1113	杨凤苞	湖州归安	浙江湖州				
1114	杨岘	湖州归安	浙江湖州				
1115	施国祁	湖州归安	浙江湖州				
1116	赵之谦	湖州归安	浙江湖州	17			
1117	周道仁	湖州乌程	浙江湖州				
1118	董说	湖州乌程	浙江湖州				
1119	董闻京	湖州乌程	浙江湖州				
1120	张安弦	湖州乌程	浙江湖州				
1121	张映斗	湖州乌程	浙江湖州				

(续)

序号	姓名	籍贯	今址	各县统计	各府州统计	今各省统计	血缘或亲缘
1122	张鉴	湖州乌程	浙江湖州				
1123	严遂成	湖州乌程	浙江湖州				
1124	严可均	湖州乌程	浙江湖州				
1125	凌树屏	湖州乌程	浙江湖州				
1126	唐之风	湖州乌程	浙江湖州				
1127	沈垚	湖州乌程	浙江湖州				
1128	汪曰桢	湖州乌程	浙江湖州				
1129	施补华	湖州乌程	浙江湖州	13			
1130	胡会恩	湖州德清	浙江德清				
1131	许宗彦	湖州德清	浙江德清				钱塘梁德绳之夫
1132	俞樾	湖州德清	浙江德清				
1133	徐倬	湖州德清	浙江德清				
1134	徐元正	湖州德清	浙江德清				徐倬之子
1135	徐志莘	湖州德清	浙江德清				徐元正之子
1136	徐以升	湖州德清	浙江德清				徐元正之孙
1137	徐以泰	湖州德清	浙江德清	8			
1138	唐靖	湖州武康	浙江德清				
1139	沈玉亮	湖州武康	浙江德清				
1140	徐熊飞	湖州武康	浙江德清	3			
1141	石屋禅师	湖州	浙江				
1142	沈树人	湖州	浙江				
1143	闵南仲	湖州	浙江		44		
1144	周容	宁波鄞县	浙江宁波				
1145	周斯盛	宁波鄞县	浙江宁波				
1146	李邺嗣	宁波鄞县	浙江宁波				
1147	陈汝登	宁波鄞县	浙江宁波				
1148	陈锡嘏	宁波鄞县	浙江宁波				
1149	陈撰	宁波鄞县	浙江宁波				
1150	万斯同	宁波鄞县	浙江宁波				
1151	万承勋	宁波鄞县	浙江宁波				

(续)

序号	姓名	籍贯	今址	各县统计	各府州统计	今各省统计	血缘或亲缘
1152	范光阳	宁波鄞县	浙江宁波				
1153	徐文驹	宁波鄞县	浙江宁波				
1154	全祖望	宁波鄞县	浙江宁波	11			
1155	姚夔	宁波镇海	浙江宁波	1			
1156	姜宸英	宁波慈溪	浙江慈溪				
1157	裘琏	宁波慈溪	浙江慈溪				
1158	郑梁	宁波慈溪	浙江慈溪	3			
1159	闻性道	宁波	浙江		16		
1160	洪若皋	台州临海	浙江临海				
1161	洪坤煊	台州临海	浙江临海				
1162	洪颐煊	台州临海	浙江临海				洪坤煊之弟
1163	洪震煊	台州临海	浙江临海				洪颐煊之弟
1164	冯苏	台州临海	浙江临海				
1165	沈光邦	台州临海	浙江临海				
1166	宋世荦	台州临海	浙江临海	7			
1167	齐召南	台州天台	浙江天台	1			
1168	戚学标	台州太平	浙江温岭	1	9		
1169	楼俨	金华义乌	浙江义乌				
1170	朱一新	金华义乌	浙江义乌	2			
1171	张作楠	金华	浙江				
1172	方元鹍	金华	浙江				
1173	张祖年	金华汤溪	浙江金华	1			
1174	李渔	金华兰溪	浙江兰溪	1	6		
1175	朱廷燨	处州宣平	浙江丽水	1			
1176	端木国瑚	处州青田	浙江青田	1	2		
1177	孙衣言	温州瑞安	浙江瑞安				
1178	黄绍箕	温州瑞安	浙江瑞安	2	2		
1179	詹熙	衢州	浙江				
1180	刘履芬	衢州江山	浙江江山	1	2		
1181	袁昶	严州桐庐	浙江桐庐	1			

(续)

序号	姓名	籍贯	今址	各县统计	各府州统计	今各省统计	血缘或亲缘
1182	方士颖	严州淳安	浙江淳安				
1183	方楘如	严州淳安	浙江淳安				
1184	方棻如	严州淳安	浙江淳安	3			方楘如之弟
1185	方象瑛	严州遂安	浙江淳安				
1186	毛际可	严州遂安	浙江淳安	2	6	411	
1187	陈文涛	黄州广济	湖北广济				
1188	刘醇骥	黄州广济	湖北广济				
1189	张仁熙	黄州广济	湖北广济				
1190	金德嘉	黄州广济	湖北武穴	4			
1191	张希良	黄州黄安	湖北红安	1			
1192	喻文鏊	黄州黄梅	湖北黄梅	1			
1193	刘子壮	黄州黄冈	湖北黄冈				
1194	王泽宏	黄州黄冈	湖北黄冈				
1195	陈大章	黄州黄冈	湖北黄冈				
1196	谢荄	黄州黄冈	湖北黄冈				
1197	杜濬	黄州黄冈	湖北黄冈				
1198	杜岕	黄州黄冈	湖北黄冈	6			杜濬之弟
1199	潘焕龙	黄州罗田	湖北罗田	1			
1200	顾景星	黄州蕲州	湖北蕲春				
1201	陈诗	黄州蕲州	湖北蕲春	2			
1202	陈沆	黄州蕲水	湖北浠水	1	16		
1203	余庆长	德安安陆	湖北安陆	1			
1204	程大中	德安应城	湖北应城	1	2		
1205	胡承诺	安陆天门	湖北天门				
1206	刘淳	安陆天门	湖北天门	2	2		
1207	王柏心	荆州监利	湖北监利	1			
1208	李懋渚	荆州江陵	湖北江陵	1			
1209	谢元淮	荆州松滋	湖北松滋	1	3		
1210	汪象旭	宜昌	湖北	1	1		
1211	崔应阶	武昌江夏	湖北武汉	1			

(续)

序号	姓名	籍贯	今址	各县统计	各府州统计	今各省统计	血缘或亲缘
1212	张裕钊	武昌武昌	湖北鄂州	1	2		
1213	程正揆	汉阳孝感	湖北孝感				
1214	夏熙臣	汉阳孝感	湖北孝感	2			
1215	熊伯龙	汉阳汉阳	湖北武汉				
1216	萧企昭	汉阳汉阳	湖北武汉				
1217	王戬	汉阳汉阳	湖北武汉				
1218	项大德	汉阳汉阳	湖北武汉				
1219	牛云震	汉阳汉阳	湖北武汉				
1220	段嘉梅	汉阳汉阳	湖北武汉				
1221	叶继雯	汉阳汉阳	湖北武汉				
1222	叶名澧	汉阳汉阳	湖北武汉	8	10		
1223	徐石麒	湖北	湖北			37	
1224	周宣猷	长沙长沙	湖南长沙				
1225	周宣武	长沙长沙	湖南长沙				周宣猷之弟
1226	周有声	长沙长沙	湖南长沙				
1227	周树槐	长沙长沙	湖南长沙				
1228	周寿昌	长沙长沙	湖南长沙				
1229	毛国翰	长沙长沙	湖南长沙				
1230	杨恩寿	长沙长沙	湖南长沙				
1231	徐树铭	长沙长沙	湖南长沙	8			
1232	唐鉴	长沙善化	湖南长沙				
1233	孙鼎臣	长沙善化	湖南长沙				
1234	李桢	长沙善化	湖南长沙	3			
1235	王岱	长沙湘潭	湖南湘潭				
1236	陈鹏年	长沙湘潭	湖南湘潭				
1237	刘元燮	长沙湘潭	湖南湘潭				
1238	欧阳勋	长沙湘潭	湖南湘潭				
1239	张九钺	长沙湘潭	湖南湘潭				
1240	张九键	长沙湘潭	湖南湘潭				张九钺之弟
1241	张九镒	长沙湘潭	湖南湘潭				张九键之弟

(续)

序号	姓名	籍贯	今址	各县统计	各府州统计	今各省统计	血缘或亲缘
1242	张九镡	长沙湘潭	湖南湘潭	8			张九镒之弟
1243	易宗瀛	长沙湘乡	湖南湘乡				
1244	易宗涒	长沙湘乡	湖南湘乡				易宗瀛之弟
1245	谢振定	长沙湘乡	湖南湘乡				
1246	罗泽	长沙湘乡	湖南湘乡				
1247	刘蓉	长沙湘乡	湖南湘乡				
1248	李希圣	长沙湘乡	湖南湘乡				
1249	曾国藩	长沙湘乡	湖南双峰				
1250	曾国荃	长沙湘乡	湖南双峰				曾国藩之弟
1251	曾纪泽	长沙湘乡	湖南双峰	9			曾国藩之子
1252	左宗棠	长沙湘阴	湖南湘阴	1			
1253	郭嵩焘	长沙湘潭	湖南湘阴				
1254	郭崑焘	长沙湘潭	湖南湘阴	2			郭嵩焘之弟
1255	谭嗣同	长沙浏阳	湖南浏阳	1			
1256	朱成点	长沙宁乡	湖南宁乡				
1257	王文清	长沙宁乡	湖南宁乡				
1258	黄本骐	长沙宁乡	湖南宁乡				
1259	黄本骥	长沙宁乡	湖南宁乡	4			黄本骐之弟
1260	汤鹏	长沙益阳	湖南益阳				
1261	胡林翼	长沙益阳	湖南益阳	2	38		
1262	陈长镇	常德武陵	湖南常德				
1263	陈锐	常德武陵	湖南常德				
1264	杨彝珍	常德武陵	湖南常德				
1265	王以慜	常德武陵	湖南常德	4			
1266	罗人琮	常德桃源	湖南桃源	1			
1267	易佩绅	常德龙阳	湖南汉寿	1	6		
1268	欧阳辂	宝庆新化	湖南新化				
1269	邓显鹤	宝庆新化	湖南新化				
1270	邓显鹍	宝庆新化	湖南新化				邓显鹤之弟
1271	邓辅纶	宝庆新化	湖南新化	4			

(续)

序号	姓名	籍贯	今址	各县统计	各府州统计	今各省统计	血缘或亲缘
1272	魏源	宝庆邵阳	湖南邵阳	1	5		
1273	王维新	岳州平江	湖南平江				
1274	李元度	岳州平江	湖南平江	2			
1275	许伯政	岳州巴陵	湖南岳阳				
1276	吴敏树	岳州巴陵	湖南岳阳	2	4		
1277	向师棣	辰州溆浦	湖南溆浦				
1278	舒焘	辰州溆浦	湖南溆浦	2	2		
1279	阎正衡	澧州石门	湖南石门	1	1		
1280	桃兆李	沅州黔阳	湖南洪江	1	1		
1281	王夫之	衡州衡阳	湖南衡阳	1			
1282	段巇生	衡州长宁	湖南长宁	1	2		
1283	董榕	永州道州	湖南道县				
1284	何绍基	永州道州	湖南道县	2	2	61	
1285	余焕文	保宁巴州	四川巴中	1			
1286	李蕃	保宁通江	四川通江				
1287	李钟璧	保宁通江	四川通江				李蕃之子
1288	李钟峩	保宁通江	四川通江	3	4		李钟璧之弟
1289	张含章	成都成都	四川成都	1			
1290	费密	成都新繁	四川成都	1	2		
1291	唐甄	绥定达县	四川达州	1	1		
1292	彭端淑	眉州丹棱	四川丹棱				
1293	彭肇洙	眉州丹棱	四川丹棱				
1294	彭遵泗	眉州丹棱	四川丹棱	3			彭肇洙之弟
1295	余榀	眉州丹棱	四川丹棱	1	4		
1296	刘光第	叙州富顺	四川富顺	1	1		
1297	胡世安	资州井研	四川井研	1	1		
1298	李调元	绵州	四川				
1299	李骥元	绵州	四川				李调元之从弟
1300	李鼎元	绵州	四川				李调元之从弟
1301	杨锦	绵州绵竹	四川绵竹	1	4		

(续)

序号	姓名	籍贯	今址	各县统计	各府州统计	今各省统计	血缘或亲缘
1302	张问陶	潼川遂宁	四川遂宁	1	1		
1303	汪维恕	重庆定远	四川武胜	1	1		
1304	如乾	四川	四川			20	
1305	李惺	忠州垫江	重庆垫江	1	1	1	
1306	袁文典	永昌保山	云南保山	1	1		
1307	赵士麟	澂江河阳	云南澄江	1	1		
1308	周于礼	临安嶍峨	云南峨山	1			
1309	刘大绅	临安宁州	云南华宁	1	2		
1310	方玉润	广南宝宁	云南广南	1	1		
1311	钱澧	云南昆明	云南昆明				
1312	严廷中	云南昆明	云南昆明				
1313	戴孙	云南昆明	云南昆明	3	3		
1314	师范	大理赵州	云南祥云	1	1	9	
1315	莫友芝	都匀独山	贵州独山	1	1		
1316	周起渭	贵阳	贵州		1		
1317	郑珍	遵义遵义	贵州遵义				
1318	官懋庸	遵义遵义	贵州遵义				
1319	黎庶昌	遵义遵义	贵州遵义	3	3		
1320	傅玉书	越州瓮安	贵州瓮安	1	1	6	
1321	徐瀛	桂林	广西				
1322	朱琦	桂林临桂	广西临桂				
1323	龙启瑞	桂林临桂	广西临桂				
1324	王鹏运	桂林临桂	广西临桂				
1325	陈义臣	桂林临桂	广西临桂	4			
1326	谢济世	桂林全州	广西全州	1			
1327	吕璜	桂林永福	广西永福	1	7		
1328	冯敏昌	廉州钦州	广西钦州	1			
1329	李符清	廉州合浦	广西合浦	1	2		
1330	王锡振	柳州马平	广西柳州	1			
1331	郑献甫	柳州象州	广西象州	1	2		

(续)

序号	姓名	籍贯	今址	各县统计	各府州统计	今各省统计	血缘或亲缘
1332	彭昱尧	浔州平南	广西平南	1	1	12	
1333	王邦畿	广州番禺	广东广州				
1334	王隼	广州番禺	广东广州				王邦畿之子
1335	方殿元	广州番禺	广东广州				
1336	方还	广州番禺	广东广州				方殿元之子
1337	方朝	广州番禺	广东广州				方殿元之子
1338	许遂	广州番禺	广东广州				
1339	韩海	广州番禺	广东广州				
1340	车腾芳	广州番禺	广东广州				
1341	吕坚	广州番禺	广东广州				
1342	凌扬藻	广州番禺	广东广州				
1343	李士桢	广州番禺	广东广州				
1344	李光建	广州番禺	广东广州				
1345	林伯桐	广州番禺	广东广州				
1346	张维屏	广州番禺	广东广州				
1347	仪克中	广州番禺	广东广州				
1348	黄小配	广州番禺	广东广州				
1349	屈大均	广州番禺	广东广州				
1350	陈澧	广州番禺	广东广州				
1351	叶衍兰	广州番禺	广东广州	19			
1352	程可则	广州南海	广东佛山				
1353	梁佩兰	广州南海	广东佛山				
1354	吴文炜	广州南海	广东佛山				
1355	吴沃尧	广州南海	广东佛山				
1356	劳孝舆	广州南海	广东佛山				
1357	何梦瑶	广州南海	广东佛山				
1358	谢兰生	广州南海	广东佛山				
1359	熊景生	广州南海	广东佛山				
1360	招子庸	广州南海	广东佛山				
1361	倪济远	广州南海	广东佛山				

(续)

序号	姓名	籍贯	今址	各县统计	各府州统计	今各省统计	血缘或亲缘
1362	朱次琦	广州南海	广东佛山				
1363	谭莹	广州南海	广东佛山				
1364	谭宗浚	广州南海	广东佛山	13			谭莹之子
1365	陈恭尹	广州顺德	广东佛山				
1366	苏珥	广州顺德	广东佛山				
1367	罗天尺	广州顺德	广东佛山				
1368	张锦芳	广州顺德	广东佛山				
1369	张锦麟	广州顺德	广东佛山				张锦芳之弟
1370	胡亦常	广州顺德	广东佛山				
1371	黄丹书	广州顺德	广东佛山				
1372	黎简	广州顺德	广东佛山				
1373	何梦梅	广州顺德	广东佛山				
1374	梁廷枏	广州顺德	广东佛山				
1375	邓方	广州顺德	广东佛山	11			
1376	黄培芳	广州香山	广东中山				
1377	黄子高	广州香山	广东中山				
1378	何日愈	广州香山	广东中山	3			
1379	陈阿年	广州东莞	广东东莞				
1380	林蒲封	广州东莞	广东东莞	2	48		
1381	温承恭	肇庆德庆	广东德庆	1	1		
1382	莫元伯	肇庆高要	广东高要				
1383	彭泰来	肇庆高要	广东高要	2			
1384	谭敬昭	肇庆阳春	广东阳春	1	3		
1385	邵咏	高州电白	广东电白				
1386	邵诗	高州电白	广东电白	2			邵咏之弟
1387	杨廷桂	高州茂名	广东茂名	1			
1388	吴懋清	高州吴川	广东吴川	1	4		
1389	陈璞	雷州海康	广东海康	1	1		
1390	杨仲应	嘉应	广东				
1391	李黼平	嘉应	广东				

(续)

序号	姓名	籍贯	今址	各县统计	各府州统计	今各省统计	血缘或亲缘
1392	吴兰修	嘉应	广东				
1393	黄遵宪	嘉应	广东				
1394	宋湘	嘉应	广东	5			
1395	赵希璜	惠州长宁	广东新丰	1	1		
1396	林明伦	南雄始兴	广东始兴	1	1		
1397	丁惠康	潮州丰顺	广东丰顺	1	1		
1398	黄耐庵	广东	广东			66	
1399	江日升	福建	福建				
1400	林古度	福州福清	福建福清				
1401	郭雍	福州福清	福建福清				
1402	游绍安	福州福清	福建福清	3			
1403	郭植	福州古田	福建古田	1			
1404	梁春晖	福州长乐	福建长乐				
1405	梁珪	福州长乐	福建长乐				
1406	梁上国	福州长乐	福建长乐				
1407	梁章矩	福州长乐	福建长乐				
1408	梁恭辰	福州长乐	福建长乐				梁章钜之子
1409	陈庚焕	福州长乐	福建长乐				
1410	谢章铤	福州长乐	福建长乐	7			
1411	郑宗圭	福州闽县	福建闽侯				
1412	张远	福州闽县	福建闽侯				
1413	李馥	福州闽县	福建闽侯				
1414	谢道承	福州闽县	福建闽侯				
1415	郭起元	福州闽县	福建闽侯				
1416	孟超然	福州闽县	福建闽侯				
1417	龚景瀚	福州闽县	福建闽侯				
1418	龚易图	福州闽县	福建闽侯				
1419	萨玉衡	福州闽县	福建闽侯				
1420	刘存仁	福州闽县	福建闽侯	10			
1421	周益祥	福州侯官	福建闽侯				

(续)

序号	姓名	籍贯	今址	各县统计	各府州统计	今各省统计	血缘或亲缘
1422	陈轼	福州侯官	福建闽侯				
1423	陈寿祺	福州侯官	福建闽侯				
1424	陈书	福州侯官	福建闽侯				
1425	林侗	福州侯官	福建闽侯				
1426	林佶	福州侯官	福建闽侯				林侗之弟
1427	林云铭	福州侯官	福建闽侯				
1428	林其茂	福州侯官	福建闽侯				
1429	林寿图	福州侯官	福建闽侯				
1430	林旭	福州侯官	福建闽侯				
1431	许友	福州侯官	福建闽侯				
1432	许遇	福州侯官	福建闽侯				
1433	许鼎	福州侯官	福建闽侯				许遇之弟
1434	许均	福州侯官	福建闽侯				许鼎之弟
1435	郑三才	福州侯官	福建闽侯				
1436	郑际熙	福州侯官	福建闽侯				
1437	郭赵璧	福州侯官	福建闽侯				
1438	谢震	福州侯官	福建闽侯				
1439	魏秀仁	福州侯官	福建闽侯				
1440	张亨嘉	福州侯官	福建闽侯				
1441	王景	福州侯官	福建闽侯	21			
1442	黄任	福州永福	福建永泰	1	44		
1443	余怀	兴化莆田	福建莆田				
1444	林尧光	兴化莆田	福建莆田				
1445	林尧华	兴化莆田	福建莆田				林尧光之弟
1446	林麟	兴化莆田	福建莆田				
1447	王凤九	兴化莆田	福建莆田				
1448	彭鹏	兴化莆田	福建莆田				
1449	郭尚先	兴化莆田	福建莆田	7	7		
1450	林嗣环	泉州晋江	福建泉州				
1451	黄虞环	泉州晋江	福建泉州				

(续)

序号	姓名	籍贯	今址	各县统计	各府州统计	今各省统计	血缘或亲缘
1452	丁炜	泉州晋江	福建泉州				
1453	黎耿然	泉州晋江	福建泉州				
1454	陈庆镛	泉州晋江	福建泉州	5			
1455	李光地	泉州安溪	福建安溪				
1456	李光坡	泉州安溪	福建安溪				李光地之弟
1457	官献瑶	泉州安溪	福建安溪				
1458	王命岳	泉州安溪	福建安溪	4			
1459	翁山	泉州	福建		10		
1460	蓝鼎元	漳州漳浦	福建漳浦				
1461	蔡世远	漳州漳浦	福建漳浦				
1462	王道	漳州漳浦	福建漳浦	3			
1463	陈箴	漳州龙溪	福建龙海	1			
1464	庄亨阳	漳州南靖	福建漳州	1	5		
1465	黎士宏	汀州长汀	福建长汀				
1466	江瀚	汀州长汀	福建长汀	2			
1467	邱嘉穗	汀州上杭	福建上杭	1			
1468	张鹏翼	汀州连城	福建连城				
1469	童能买	汀州连城	福建连城	2			
1470	李世熊	汀州宁化	福建宁化				
1471	伊朝栋	汀州宁化	福建宁化				
1472	伊秉绶	汀州宁化	福建宁化	3	8		伊朝栋之子
1473	郑重	建宁建安	福建建瓯				
1474	郑方城	建宁建安	福建建瓯				
1475	郑方坤	建宁建安	福建建瓯	3	3		郑方城之弟
1476	朱仕玠	邵武建宁	福建建宁				
1477	朱仕琇	邵武建宁	福建建宁				朱仕玠之弟
1478	张绅	邵武建宁	福建建宁				
1479	张际亮	邵武建宁	福建建宁	4			
1480	高腾	邵武光泽	福建光泽				
1481	高澍然	邵武光泽	福建光泽				高腾之子

(续)

序号	姓名	籍贯	今址	各县统计	各府州统计	今各省统计	血缘或亲缘
1482	何秋涛	邵武光泽	福建光泽	3	7		
1483	廖腾煃	延平将乐	福建将乐				
1484	萧正模	延平将乐	福建将乐	2	2		
1485	陈万策	龙岩	福建		1	87	
1486	潘昶	台湾	台湾		1	1	
1487	巩建丰	巩昌伏羌	甘肃甘谷	1			
1488	秦子忱	巩昌陇西	甘肃陇西	1	2		
1489	刘一明	兰州皋兰	甘肃兰州	1			
1490	张晋	兰州狄道	甘肃临洮				
1491	吴镇	兰州狄道	甘肃临洮	2	3		
1492	胡钊	秦州秦安	甘肃秦安				
1493	杨于果	秦州秦安	甘肃秦安	2			
1494	任其昌	秦州	甘肃		3		
1495	张澍	凉州武威	甘肃武威				
1496	谭咏昭	凉州武威	甘肃武威	2			
1497	闪仲侗	凉州永昌	甘肃永昌	1	3		
1498	邢澍	阶州	甘肃		1	12	
1499	宋振麟	邠州淳化	陕西淳化	1	1		
1500	孙景烈	乾州武功	陕西武功	1	1		
1501	李因笃	西安富平	陕西富平	1			
1502	王心敬	西安鄠县	陕西户县	1			
1503	周灿	西安临潼	陕西西安	1			
1504	孙枝蔚	西安三原	陕西三原				
1505	杜恒灿	西安三原	陕西三原	2			
1506	王令	西安渭南	陕西渭南	1			
1507	路德	西安盩厔	陕西周至				
1508	李颙	西安盩厔	陕西周至	2			
1509	李念慈	西安泾阳	陕西泾阳	1	9		
1510	王洪撰	同州华阴	陕西华阴				
1511	史调	同州华阴	陕西华阴	2			

(续)

序号	姓名	籍贯	今址	各县统计	各府州统计	今各省统计	血缘或亲缘
1512	雷铎	同州蒲城	陕西蒲城				
1513	屈复	同州蒲城	陕西蒲城	2			
1514	杨鸾	同州潼关	陕西潼关	1	5		
1515	杨素蕴	鄜州宜君	陕西宜君				
1516	刘尔梓	鄜州宜君	陕西宜君	2	2		
1517	白乃贞	绥德清涧	陕西清涧	1	1	19	
1518	张书坤	山西	山西				
1519	冯如京	代州	山西				
1520	冯云骕	代州	山西				
1521	冯志沂	代州	山西		3		
1522	鲍珍	大同应州	山西应县	1	1		
1523	曹学闵	汾州汾阳	山西汾阳				
1524	郭振遐	汾州汾阳	山西汾阳	2			
1525	宋廷魁	汾州	山西		3		
1526	毕振姬	泽州高平	山西高平	1			
1527	陈廷敬	泽州	山西				
1528	陈天池	泽州	山西				
1529	张慎言	泽州阳城	山西阳城				
1530	白允谦	泽州阳城	山西阳城				
1531	田从典	泽州阳城	山西阳城	3	6		
1532	范鄗鼎	平阳洪洞	山西洪洞	1			
1533	王奂曾	平阳太平	山西襄汾	1			
1534	上官铉	平阳翼城	山西翼城	1	3		
1535	吴琠	沁州	山西				
1536	程康庄	沁州武乡	山西武乡	1	2		
1537	何道生	霍州灵石	山西灵石	1	1		
1538	张穆	平定	山西				
1539	祁韵士	平定寿阳	山西寿阳				
1540	祁寯藻	平定寿阳	山西寿阳	2	3		
1541	折遇兰	太原阳曲	山西太原	1	1		

(续)

序号	姓名	籍贯	今址	各县统计	各府州统计	今各省统计	血缘或亲缘
1542	瞿凤翯	绛州闻喜	山西闻喜				
1543	杨深秀	绛州闻喜	山西闻喜	2	2	26	
1544	彭而述	南阳邓州	河南邓州	1	1		
1545	蒋湘南	光州固始	河南固始	1	1		
1546	张远览	陈州西华	河南西华	1	1		
1547	李孚青	归德永城	河南永城	1			
1548	李之铉	归德鹿邑	河南鹿邑	1			
1549	侯方域	归德商丘	河南商丘				
1550	宋荦	归德商丘	河南商丘				
1551	宋至	归德商丘	河南商丘				宋荦之子
1552	高岑	归德商丘	河南商丘				宋荦之外孙
1553	刘榛	归德商丘	河南商丘				
1554	郑廉	归德商丘	河南商丘	6			
1555	汤斌	归德睢州	河南睢县	1	9		
1556	周亮工	开封祥符	河南开封				
1557	周在浚	开封祥符	河南开封				周亮工之子
1558	周之琦	开封祥符	河南开封	3			
1559	张伯行	开封仪封	河南兰考	1	4		
1560	李灼然	许州襄城	河南襄城				
1561	刘青霞	许州襄城	河南襄城				
1562	万邦荣	许州襄城	河南襄城	3	3		
1563	胡香昊	河南新安	河南新安				
1564	吕履恒	河南新安	河南新安				
1565	吕谦恒	河南新安	河南新安				吕履恒之弟
1566	李海观	河南新安	河南新安	4			
1567	武亿	河南偃师	河南偃师	1	5		
1568	薛所蕴	怀庆孟县	河南孟州				
1569	王珂	怀庆孟县	河南孟州	2			
1570	范泰恒	怀庆河内	河南沁阳	1	3	27	
1571	王又朴	天津天津	天津				

(续)

序号	姓名	籍贯	今址	各县统计	各府州统计	今各省统计	血缘或亲缘
1572	华长卿	天津天津	天津				
1573	石玉昆	天津天津	天津				
1574	高尔俨	天津静海	天津静海	1		4	
1575	宋起凤	天津沧州	河北沧州	1			
1576	张之洞	天津南皮	河北南皮	1	6		
1577	王植	定州深泽	河北深泽	1	1		
1578	刁包	保定祁州	河北安国	1			
1579	杜越	保定定兴	河北定兴				
1580	范士楫	保定定兴	河北定兴				
1581	王太岳	保定定兴	河北定兴	3			
1582	王余祜	保定新城	河北定兴				
1583	王树楠	保定新城	河北定兴	2			
1584	李霨	保定高阳	河北高阳				
1585	李如荪	保定高阳	河北高阳	2			
1586	郭棻	保定清苑	河北清苑	1			
1587	孙奇逢	保定容城	河北容城	1			
1588	李塨	保定蠡县	河北蠡县	1	11		
1589	崔象川	博陵	河北				
1590	魏裔介	赵州柏乡	河北柏乡				
1591	魏荔彤	赵州柏乡	河北柏乡	2	2		魏裔介之子
1592	杨景湛	宣化赤城	河北赤城	1			
1593	魏象枢	宣化蔚州	河北蔚县	1	2		
1594	张榕端	广平磁州	河北磁县	1			
1595	申涵光	广平永年	河北永年				
1596	申遯	广平永年	河北永年	2			申涵光之侄
1597	殷岳	广平鸡泽	河北鸡泽	1			
1598	刘逢源	广平	河北		5		
1599	窦遴奇	大名大名	河北大名				
1600	崔述	大名大名	河北大名	2			
1601	袁佑	大名东明	山东东明	1	3		

(续)

序号	姓名	籍贯	今址	各县统计	各府州统计	今各省统计	血缘或亲缘
1602	谷应泰	遵化丰润	河北唐山				
1603	赵国华	遵化丰润	河北唐山	2	2		
1604	史梦兰	永平乐亭	河北乐亭	1			
1605	余一元	永平临榆	河北秦皇岛	1	2		
1606	傅维鳞	正定灵寿	河北灵寿				
1607	傅维耘	正定灵寿	河北灵寿	2			傅维鳞之弟
1608	徐昆	正定平山	河北平山	1			
1609	刘键邦	正定正定	河北正定				
1610	梁清标	正定正定	河北正定				
1611	梁清远	正定正定	河北正定	3	6		梁清标之弟
1612	纪昀	河间献县	河北献县				
1613	戈涛	河间献县	河北献县	2			
1614	李中简	河间任丘	河北任丘				
1615	庞垲	河间任丘	河北任丘				
1616	边连宝	河间任丘	河北任丘				
1617	边浴礼	河间任丘	河北任丘	4	6		
1618	郑端	冀州枣强	河北枣强	1	1		
1619	杨思圣	顺德巨鹿	河北巨鹿	1			
1620	周铄	顺德南和	河北南和	1	2		
1621	井在	顺天文安	河北文安				
1622	陈仪	顺天文安	河北文安				
1623	张云骥	顺天文安	河北文安	3		49	
1624	孙承泽	顺天大兴	北京				
1625	张能鳞	顺天大兴	北京				
1626	张烈	顺天大兴	北京				
1627	朱筠	顺天大兴	北京				
1628	朱珪	顺天大兴	北京				朱筠之弟
1629	翁方纲	顺天大兴	北京				
1630	徐松	顺天大兴	北京				

(续)

序号	姓名	籍贯	今址	各县统计	各府州统计	今各省统计	血缘或亲缘
1631	刘献廷	顺天大兴	北京				
1632	胡介祉	顺天大兴	北京				
1633	邵瑛	顺天大兴	北京				
1634	李维寅	顺天大兴	北京				
1635	李汝珍	顺天大兴	北京				
1636	舒位	顺天大兴	北京				
1637	方履籛	顺天大兴	北京	14			
1638	张广瑞	顺天通州	北京	1			
1639	刘余祜	顺天宛平	北京				
1640	王崇简	顺天宛平	北京				
1641	王熙	顺天宛平	北京				王崇简之子
1642	米汉雯	顺天宛平	北京				明代米万钟之子
1643	查为仁	顺天宛平	北京				
1644	徐仁铸	顺天宛平	北京	6			
1645	曹寅	顺天	北京				
1646	纳兰性德	顺天	北京				
1647	高鹗	顺天	北京				
1648	爱新觉罗·岳端	顺天	北京				清慎郡王
1649	爱新觉罗·盛昱	顺天	北京				清宗室
1650	爱新觉罗·宝廷	顺天	北京				清宗室
1651	栋鄂铁保	顺天	北京		31	28	清宗室
1652	田雯	济南德州	山东德州				
1653	田霡	济南德州	山东德州				田雯之弟
1654	田肇丽	济南德州	山东德州				田雯之子
1655	卢道悦	济南德州	山东德州				
1656	卢见曾	济南德州	山东德州				卢道悦之子
1657	谢重辉	济南德州	山东德州				
1658	赵善庆	济南德州	山东德州				
1659	冯廷	济南德州	山东德州				

(续)

序号	姓名	籍贯	今址	各县统计	各府州统计	今各省统计	血缘或亲缘
1660	孙勷	济南德州	山东德州	9			
1661	徐夜	济南新城	山东桓台				
1662	傅宸	济南新城	山东桓台				
1663	王士禄	济南新城	山东桓台				
1664	王士祜	济南新城	山东桓台				王士禄之弟
1665	王士禛	济南新城	山东桓台	5			王士祜之弟
1666	朱缃	济南历城	山东济南				
1667	朱纲	济南历城	山东济南				朱缃之弟
1668	朱纬	济南历城	山东济南				
1669	朱崇勋	济南历城	山东济南				
1670	朱崇道	济南历城	山东济南				朱崇勋之弟
1671	朱怀扑	济南历城	山东济南				
1672	朱令昭	济南历城	山东济南				
1673	袁声	济南历城	山东济南				
1674	孙光祀	济南历城	山东济南				
1675	王苹	济南历城	山东济南	10			
1676	张尔岐	济南济阳	山东济阳	1			
1677	董讷	济南平原	山东平原	1			
1678	王世睿	济南章丘	山东章丘	1			
1679	高珩	济南淄川	山东淄博				
1680	高之騱	济南淄川	山东淄博				高珩之子
1681	张庆笃	济南淄川	山东淄博				
1682	张元	济南淄川	山东淄博				张庆笃之子
1683	唐梦赉	济南淄川	山东淄博				
1684	蒲松龄	济南淄川	山东淄博				
1685	孙蕙	济南淄川	山东淄博	7			
1686	张实居	济南邹平	山东邹平	1	35		
1687	张贞	青州安丘	山东安丘				
1688	曹贞吉	青州安丘	山东安丘				
1689	路术淳	青州安丘	山东安丘	3			
1690	阎循观	青州昌乐	山东昌乐	1			

(续)

序号	姓名	籍贯	今址	各县统计	各府州统计	今各省统计	血缘或亲缘
1691	徐振芳	青州乐安	山东广饶				
1692	李焕章	青州乐安	山东广饶	2			
1693	冯溥	青州益都	山东青州				
1694	冯协一	青州益都	山东青州				冯溥之子
1695	孙廷铨	青州益都	山东青州				
1696	赵进美	青州益都	山东青州				
1697	赵执信	青州益都	山东青州				
1698	赵执端	青州益都	山东青州				赵执信从弟
1699	李远	青州益都	山东青州				
1700	李文藻	青州益都	山东青州	8			
1701	丁耀亢	青州诸城	山东诸城				
1702	王钺	青州诸城	山东诸城				
1703	王沛恂	青州诸城	山东诸城				
1704	邱志广	青州诸城	山东诸城				
1705	李澄中	青州诸城	山东诸城				
1706	张侗	青州诸城	山东诸城	6			
1707	谢宾王	青州临淄	山东淄博	1			
1708	安致远	青州寿光	山东寿光				
1709	安箕	青州寿光	山东寿光	2	23		安致远之子
1710	孔贞瑄	兖州曲阜	山东曲阜				孔子六十三代孙
1711	孔尚任	兖州曲阜	山东曲阜				孔子六十四代孙
1712	孔广森	兖州曲阜	山东曲阜				孔子六十八代孙
1713	孔继涵	兖州曲阜	山东曲阜				
1714	颜光猷	兖州曲阜	山东曲阜				
1715	颜光敏	兖州曲阜	山东曲阜				颜光猷之弟
1716	颜怀礼	兖州曲阜	山东曲阜				
1717	颜肇维	兖州曲阜	山东曲阜				
1718	桂馥	兖州曲阜	山东曲阜	9	9		
1719	李宪噩	莱州高密	山东高密				
1720	李宪暠	莱州高密	山东高密				李宪噩之弟
1721	李宪乔	莱州高密	山东高密	3			李宪暠之弟

(续)

序号	姓名	籍贯	今址	各县统计	各府州统计	今各省统计	血缘或亲缘
1722	蓝润	莱州即墨	山东即墨	1			
1723	高宏图	莱州胶州	山东胶州				
1724	高凤翰	莱州胶州	山东胶州				
1725	法若真	莱州胶州	山东胶州				
1726	法坤宏	莱州胶州	山东胶州				
1727	张谦宜	莱州胶州	山东胶州				
1728	柯蘅	莱州胶州	山东胶州	6			
1729	刘以贵	莱州潍县	山东潍坊	1	11		
1730	谢乃实	登州福山	山东烟台	1			
1731	姜采	登州莱阳	山东莱阳				
1732	宋琬	登州莱阳	山东莱阳	2			
1733	郝懿行	登州栖霞	山东栖霞	1	4		
1734	杜漺	武定滨州	山东滨州	1			
1735	李之芳	武定	山东				
1736	李修行	武定阳信	山东阳信				
1737	劳岵	武定阳信	山东阳信	2			
1738	李呈祥	武定沽化	山东沽化	1	5		
1739	汪灏	临清	山东				
1740	王曰高	东昌茌平	山东茌平	1			
1741	邓钟岳	东昌聊城	山东聊城				
1742	邓汝功	东昌聊城	山东聊城	2	3		邓钟岳之子
1743	王天春	济宁	山东				
1744	许鸿磐	济宁	山东				
1745	林之茜	济宁	山东	3	94		
1746	范承谟	奉天辽阳	辽宁辽阳				
1747	吴雯	奉天辽阳	辽宁辽阳				
1748	蔡琬	奉天辽阳	辽宁辽阳	3			
1749	唐英	奉天	辽宁				
1750	李锴	奉天铁岭	辽宁铁岭	1			
1751	陈景元	奉天海城	辽宁海城	1	6	6	

表二十六 清代籍贯未详之文学家简表

序号	姓名	序号	姓名	序号	姓名	序号	姓名
1752	王香裔	1766	安世鼎	1780	张士登	1794	吴德修
1753	王定安	1767	元璟	1781	张来宗	1795	吴幌珏
1754	朱孝纯	1768	高伯阳	1782	张世漳	1796	吴浚
1755	朱确	1769	李百川	1783	张百龄	1797	吴从先
1756	仝卜年	1770	刘廷玑	1784	张子贤	1798	周如璧
1757	文康	1771	刘古石	1785	张中和	1799	周坦纶
1758	本画	1772	石恂斋	1786	张小山	1800	佟世思
1759	金古良	1773	徐荣	1787	张南庄	1801	顾觉宇
1760	金椒	1774	徐宇昭	1788	法式善	1802	顾春
1761	过孟起	1775	姜玉洁	1789	郎玉甫	1803	裕瑚鲁承龄
1762	谈小莲	1776	曹悟冈	1790	盛国琦	1804	他塔喇舒瞻
1763	曾茶村	1777	曹岩	1791	杨世漾		
1764	敏膺	1778	黄瀚	1792	杨国宾		
1765	郑含成	1779	端方	1793	陈朗		

清代文学家在地理分布格局上有如下七个突出特点：

一是南方文学家仍然占绝大多数。在清代有籍贯可考的1751位文学家中，南方占了1486位，北方只有265位，南北之比为8.5:1.5，与明代文学家的南北之比（8.6:1.4）基本一致。清王朝建都北京268年，国家的政治中心一直在北方，但是国家的文学重心却一直在南方，这表明文学家的成长与文学的发展是有其自身规律和机制的，政治干预的效果是有限的。

二是江淮文化区进一步壮大。这个文化区在历史上出过很多文学家，如三国西晋时的谯郡（国）、东晋时的淮南郡、隋唐五代时的宣州、宋元明三代的歙州（徽州），其文学家的分布数都超过全国的平均数，并且产生了像曹操、曹丕、曹植、嵇康、梅尧臣、张孝祥这样的很有名望的文学家。至清代，这个文化区不仅出了有史以来最多的文学家（98人），境内的徽州、安庆、宁国三府均超过全国的平均数，而且产生了一个伟大的小说家吴敬梓，一个影响广泛而深远的文学流派——桐城派。这个文化区的文学已经很发达，再把它放在吴文化区里顺带地叙述已经不合适了。

三是荆楚文化区的文学重心出现新的变化。荆楚文化区作为屈原故里，是我国历史传统最为悠久的文化区之一，在周秦时期出了4位文学家，两汉时期出了7位，东晋出了28位，隋唐五代出了25位，境内的南郡、荆州、襄州均超过全国平均数，并且产生了像屈原、宋玉、王延寿、孟浩然、岑参这样的第一流的赋家和诗人。在宋、元、明三代，分别出了22位、4位和34位文学家，虽然没有一个州府超过全国的平均数，却产生了像宋祁、袁宗道、袁宏道、袁中道、钟惺、谭元春这样的在全国很有影响的文学家。清代，这个古老的文化区出了37位文学家，其中一府超过全国平均数（黄州16人），一府接近全国平均数（汉阳10人）。值得注意的是，这个文化区的文学家分布重心不再是中、北部的荆州、襄阳一带，而是东部的汉阳、黄州一带。也就是说，接近中原文化区的襄阳开始衰落，接近襄阳的荆州开始平庸，而接近赣文化区、江淮文化区的黄州、汉阳、武昌开始发达起来。荆楚文化区内文学重心的转移，反映了全国的文学重心由北向南转移的基本态势，只是转移得比较慢一点而已。

四是北方的关中、中原、三晋这三个文化区虽然已经衰落，但是燕赵和齐鲁这两个文化区仍然比较发达，仍然是北方文学家的分布重心之所在。有清一代，这两个文化区出了175位文学家（河北49人，北京28人，天津4人，山东94人），超过关中、中原、三晋三个文化区（72）的两倍以上。在燕赵文化区，还产生了像纪昀、李汝珍这样的优秀的小说家和像翁方纲、纳兰性德这样的优秀的诗人和词人；在齐鲁文化区，更出了像孔尚任这样的伟大的戏剧家和蒲松龄这样的伟大的小说家。这个事实表明，黄河文化只是部分衰落，只是中、上游流域衰落，黄河的下游流域仍然发达。这是因为下游流域离海较近，自然环境较少遭到破坏，人文环境也还优良。因此，我们不主张笼统地讲黄河文化的衰落，应该有所区别。

五是南方的江淮、吴、越、赣、闽、荆楚、湖湘、岭南这几个文化区虽然发达，但是蜀文化区相对于南方的其他文化区并不发达。蜀文化区在两汉、隋唐五代和宋辽金时期，可以说是发达的，这里产生了像司马相如、李白、苏轼这样三位分别代表汉、唐、宋三代文学最高成就的最伟大的文学家，还产生了像扬雄、陈子昂、苏舜卿、苏洵、苏辙这样的优秀的文学家，同时还产生了"花间词派"这样的影响深远的文学流派，但是，自宋代以后，这个文化区就慢慢地走向衰落。元、明、清三代，这里的文学家不仅数量很少，没有一个州府达到全国的平均数，而且除了明代的杨慎以外，基本上没有出现在全国有影响的文学家。这个事实表明，无论是黄河流域还是长江流域，抑或珠江流域，只要是离海近的文化区就发达或者较发达，只要是离海较远的文化区就不发达或者欠发达。因此，我们也不主张笼统地讲长江文化和珠江文化的发达，也应该有所区别。

六是文学家族比明代多了一倍以上。明代有文学家族64个，其中南方57个，北方7个，南北之比为9∶1；清代有文学家族131个

(含明代传下来的 10 个），其中南方 108 个，北方 23 个，南北之比为 8.2∶1.8。文学家族的南北之比与文学家的南北之比是基本吻合的，文学家多的地方，文学家族也多，反之亦然。

七是女性文学家的数量超过明代。明代有女性文学家 11 位，其中南方 10 位，北方 1 位；清代有女性文学家 17 位，全在南方，北方没有。女性文学家的出现，是文学走向大众化的一种表现，也就是说，文学已经不再是男性的专利，女性也可以为之。南方的女性文学家远远多过南方，除了说明南方的文学比北方发达，也说明南方的文学观念比北方开放。

第二节　分布重心及其成因

清朝的府（直隶州、直隶厅）亦很多。以嘉庆二十五年（1820）的行政区划为据，共有府 184 个，直隶州 65 个，直隶厅 29 个。表二十五中有籍贯可考的 1751 位文学家，就分布在当时的 158 个府州里，平均数为 11 人。超过这个平均数的府州有 27 个，分布在当时的十大文化区里，见表二十七、图九。

江淮文化区（徽州府、安庆府、宁国府一带）

江淮文化区原是吴文化区的一部分，其地理范围相当于长江以北、淮河以南的江苏、安徽二省的北部。这里所谓江淮文化区，相当于清代以来的安徽省的版图。

表二十七 清代十大文化区二十七府州文学家之分布表

文化区	府州人数	小计	文化区	府州人数	小计
江淮文化区	徽州府32、安庆府40、宁国府15	87	赣文化区	吉安府12、抚州府22、建昌府21、南昌府25、宁都府12	92
吴文化区	苏州府177、松江府60、常州府134、太仓州49、镇江府27、江宁府25、扬州府65	537	闽文化区	福州府47	47
越文化区	杭州府173、嘉兴府93、湖州府44、绍兴府58、宁波府16	384	岭南文化区	广州府48	48
荆楚文化区	黄州府16	16	燕赵文化区	顺天府31	31
湖湘文化区	长沙府38	38	齐鲁文化区	济南府35、青州府23	58

讲到清朝的文化区，无论如何也不能不讲江淮这个文化区。这里出了我国第一流的讽刺小说家吴敬梓（滁州全椒人），第一流的散文家方苞、刘大櫆、姚鼐（安庆桐城人），第一流的学者和思想家戴震（徽州休宁人），以及第一流的刻书家鲍廷博（徽州歙县人）；这里出了文学史上声名卓著的散文流派——桐城派，也出了学术史上声名卓著的朴学流派——皖派。讲到清代的学术文化，如果舍去江淮文化区，便是舍去了至少三分之一的内容。

而讲到江淮文化区，我们又不能不注意到徽州，注意到这里最为活跃的商人——徽商。徽州在晋时为新安郡。早在那个时候，新安境内的官僚和士族经商的风气就已相当普遍。唐时，这里为歙州。宋时，这里的商品经济发展很快，作为商品的纸、墨、漆、茶、木材等土特产品和手工业品的生产日益增多，歙人外出经商者已遍布全国各大城市。北宋末年，歙州农民方腊起义，宋徽宗调集大军镇

图九 清代文学家之地理分布重心图

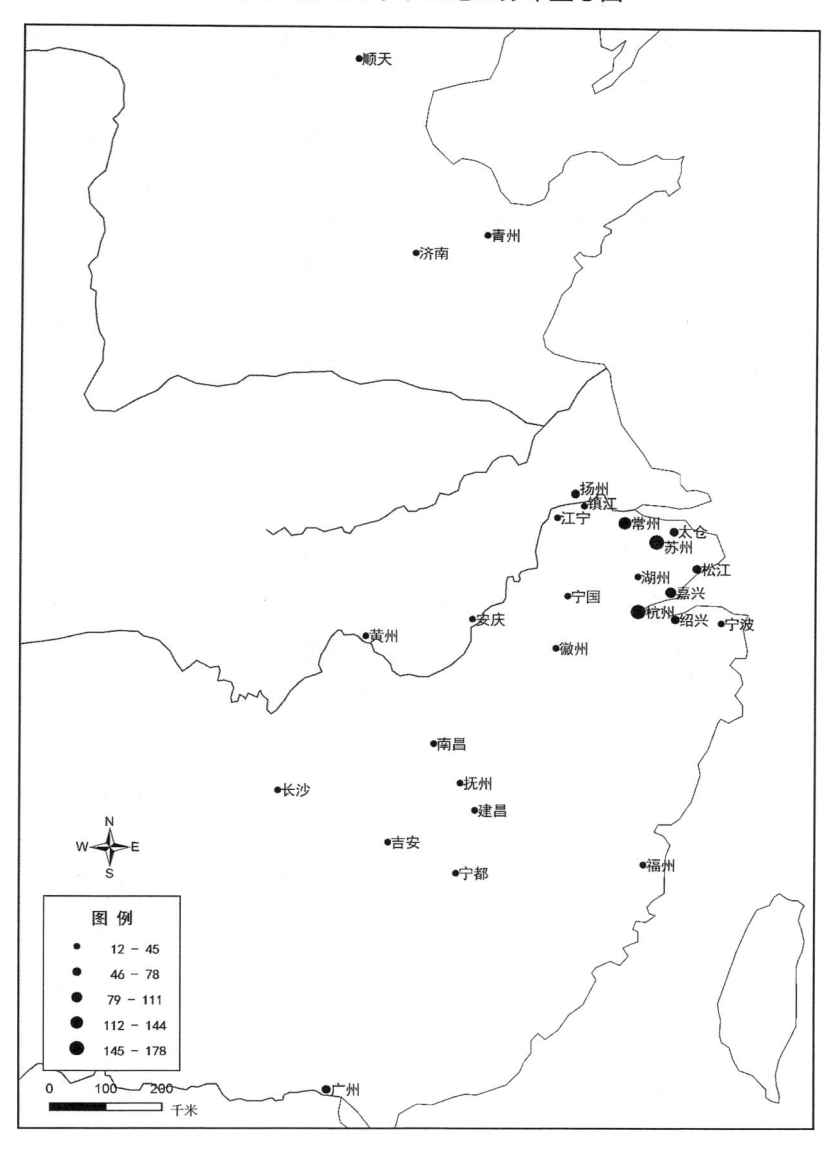

压,并于宣和三年以自己的帝号改歙州为徽州。南宋偏安杭州(临安),临近杭州的徽州成为南宋小朝廷重要的商品供给地。从明代开始,商业成了徽州人的"第一生业"。至清中叶,徽商的活动及于鼎盛。徽州的自然条件并不好,徽人从商最初是为了缓解人多地少的压力。吴日法《徽商便览·缘起》即云:"吾徽居万山环绕中,川谷崎岖,峰峦掩映,山多而地少。遇山川平衍处,人民即聚族居之。以人口孳乳故,徽地所产之食料,不足供徽地所居之人口,于是经商之事业以起。"[1]如祁门人"服农者十三,服贾者十七";休宁人"强半经商","遍游都会"。徽商的经营以盐业为主,所谓"新安大贾,鱼盐为业,藏镪有至百万者,其他二三十万,则中贾耳"[2]。两淮盐业几乎世代垄断在若干个徽商家族手中。盐业之外,徽商还经营茶、竹木、典当以及粮谷、陶瓷、布匹、丝绸、图书刻印、纸墨、漆器、矿冶、浆染和汇兑等业务。清时,徽州"贾人几遍天下"。他们以苏州、扬州、南京和临清为其活动中心,足迹远及浙、闽、赣、粤、鲁、豫、鄂及华北各地,在东南亚也忙碌着他们的身影,以至当时有"无徽不成镇"的说法。徽商的活动对各地区经济联系的加强,对徽州附近其他府县商品经济的发展,都有很大的促进作用。譬如宁国府的旌德,即是"富者商而贫者工,往往散在京省市肆闲居,积通易以致富厚"[3]。

徽商的一个重要特点,便是"贾而好儒",或者"先儒后贾",或者"先贾后儒",或者"亦贾亦儒"。祁门人汪道昆即曾指出:"新都三贾一儒,要之文献国也。夫贾为厚利,儒为名高。夫人毕生事

---

[1] 吴日法:《徽商便览·缘起》,黄海鹏等编:《明清徽商资料选编》,黄山书社1985年版。
[2] 谢肇淛:《五杂俎》卷四,上海书店2001年版,第74页。
[3] 佟赋伟:《二楼纪略》,文渊阁四库全书本。

儒不效,则弛儒而张贾;既侧身飨其利矣,及为子孙计,宁弛贾而张儒。"[1]譬如休宁籍的大学者、大思想家戴震,早年就因家贫而为商贩。又据徐珂《清稗类钞·义侠类》载:"程鱼门晋芳,新安大族也。治盐于淮。时两淮殷富,程尤豪侈,多畜声伎狗马。鱼门独惛惛好学,服行儒业,罄其资以购书,庋阁之富,至五六万卷,论一时藏书者莫不首屈一指。好交游,招致多闻博学之士,与讨论世故,商量旧学。"[2]事实上,惛惛好学者,并不止程晋芳一人。《皖雅》引蒋星岩的话说:"新安程氏多诗人,侨居淮扬,有专集行世者,指不胜屈。"[3]仅谭正璧《中国文学家大辞典》所录,明清两代,徽州的绩溪、休宁和歙县三处的程氏文学家就有9人。程氏而外,汪氏亦为徽州巨族,世代盐商,亦是"以贾代兴","以儒代起"。据谭编《大辞典》所录,明清两代,徽州的祁门、休宁、歙县三处的汪氏文学家竟有14人之多。汪、程二姓文学家共23人,占明清两代徽州文学家(81人)的28%。这是商人家族的文学家群体,与魏晋时期官僚家族的文学家群体的生成机制是不一样的。

徽商好儒,主要是这样几个因素在起作用。一是经济优裕,有条件从事文化事业;二是功名心的驱使,盖"贾为厚利,儒为名高",尤其是对那些自我意识比较强烈的人来讲,如果不能著书立说,不能在文化上占有一席之地,即便腰缠万贯,也会与草木同腐;三是江、浙地区发达的学术文化的影响;四是本地区文化领袖的示范作用。像休宁戴震,既是卓越的考据学家,又是卓越的哲学家。"震始入四库馆,诸儒皆震竦之,愿敛衽为弟子……震为《孟子

---

[1] 汪道昆:《海阳处士金仲翁配戴氏合葬墓志铭》,《太函集》卷五二,黄山书社2004年版。
[2] 徐珂:《清稗类钞·义侠类》,中华书局1986年版,第2698页。
[3] 《皖雅》,引自许承尧:《歙事闲谭》,黄山书社2001年版。

字义疏证》，以明材性，学者自是薄程朱。"[1] 四库馆是一个藏龙卧虎之地，荟萃了天下的文化精英。戴震至此而诸儒为之震竦，其在家乡的巨大影响自然不言而喻。

徽人亦商亦儒的价值观念和行为模式，直接影响到附近的宁国、安庆等地。故有清一代，宁国、安庆的商品经济亦很活跃，其文化成就亦不在徽州之下。这里既有梅文鼎这样的优秀的天算学家，有施闰章这样的优秀的诗人，有方以智这样的优秀的考据学家，更有桐城派的一大批散文作家。

桐城派的开派诸人，最初是作为以戴震为代表的汉学的反对派而出现的。方苞认为，作文的目的在于通经明道，所以必须重视义理，求其根源，继承孔、孟、程、朱的道统。所谓"学行继程朱之后，文章在韩欧之间"[2]。方苞推崇宋学，姚鼐则站在宋学卫道士的立场上，对推崇汉学的戴震予以严厉的斥责：戴震"不读宋儒之书，故考索虽或广博，而心胸常不免猥鄙，行事常不免乖谬"。"戴东原言考证岂不佳，而欲言义理，以夺洛闽之席，可谓妄不自量之甚矣。"姚鼐尤其不满戴震对程朱的批判："程朱犹吾父师也，程朱言或有失，正之，可也。正之而诋毁之，讪笑之，是诋讪父师也……安得不为天之所恶。故毛大可、李刚主、程绵庄、戴东原率皆身灭嗣绝。"按辩证唯物主义的观点来看，事物的生成和发展，往往需要有个对立面的作用。桐城派首先是作为程朱理学的卫道者而出现的。如果没有戴震的力批程朱，如果没有当时那种"人人许郑，家家贾马"的汉学的复兴思潮，桐城派大概也就失去了存在的意义。

[1] 章太炎：《訄书·清儒第十二》，《章太炎全集》卷三，上海人民出版社1980年版，第157页。
[2] 王兆符：《望溪文集序》，方苞：《方望溪全集》，世界书局1936年版。

一个文学流派的形成，其鲜明的理论主张固然重要，但是这个理论主张能够被一部分人接受并且奉行，则有赖于领袖的作用。而姚鼐正是桐城派的领袖人物。他的作用，实际上比其乡先辈方苞的作用还要大。曾国藩《欧阳生文集序》云："乾隆之末，桐城姚姬传先生鼐，善为古文辞，慕效其乡先辈方望溪侍郎之所为，而受法于刘君大櫆，及其世父编修君范。三子既通儒硕望，姚先生治其术益精。历城周永年书昌为之语曰：'天下之文章，其在桐城乎！'由是学者多归响桐城，号桐城派，犹前世所称江西诗派者也。姚先生晚而主钟山书院讲席，门下著籍者，上元有管同导之、梅曾亮伯言，桐城有方东树植之、姚莹石甫，四人者称为高第弟子，各以所得，传徒授友，往往不绝。在桐城者，有戴钧衡存庄，事植之久……其不列弟子籍，同时服膺，有新城鲁仕骥絜非、宜兴吴德旋仲伦。絜非之甥为陈用光硕士，硕士既师其舅，又亲受业姚先生之门，乡人化之，多好文章。硕士之群从，有陈学受艺叔、陈溥广敷，而南丰又有吴嘉宾子序，皆承絜非之风，私淑于姚先生，由是江西建昌有桐城之学。仲伦与永福吕璜月沧交友，月沧之乡人，有临桂朱琦伯韩、龙启瑞翰臣、马平王锡振定甫，皆步趋吴氏、吕氏，而益求广其术于梅伯言，由是桐城宗派，流衍于广西矣……既而得巴陵吴敏树南屏，称述其术，笃好而不厌。而武陵杨彝珍性农、善化孙鼎臣芝房、湘阴郭嵩焘伯琛、溆浦舒焘伯鲁，亦以姚氏文家正轨，违此则又何求？最后得湘潭欧阳生……其渐染者多，其志趋嗜好，举天下之美，无以易乎桐城姚氏者也。"[1] 这就把桐城派的源流及其师承关系讲得很具体了（只是吴敏树曾致书曾国藩，不承认自己是桐城派，曾亦答书许其自免）。不论是江西桐城

---

[1] 曾国藩：《欧阳生文集序》，《曾文正公诗文集》卷一，商务印书馆1947年版。

派还是广西桐城派，抑或湖南桐城派，都以安徽桐城派为其根基，都有赖于姚鼐的领袖作用（申明理论主张，创作示范，授徒讲学）。桐城派盛极一时，与曾国藩这样的大官僚、大手笔的褒扬亦有重要关系。梁启超尝云："咸同间，曾国藩善为文而极尊'桐城'，尝为《圣哲画像赞》，至跻姚鼐与周公孔子并列。国藩功业既焜耀一世，'桐城'亦缘以增重。"[1] 方苞导其源，姚鼐扬其波，而曾国藩又助其澜，桐城文章才由此而风靡天下。

桐城派在广西、江西、湖南乃至全国其他许多地方的重大影响，反过来又极大地激励了桐城籍的文士。是以有清一代，系籍于安庆府的文学家共40人，而桐城一县，就占了36人。这些人（尤其是方姚家族的人）多是颇有成就的散文家。

宁国府也是一个著名的文献之邦。这里的文化商品的生产相当发达。闻名中外的宣纸、宣笔、徽墨和歙砚，宁国府就占了两项。早在唐代，宣州（即清代宁国府）的宣城、泾县、南陵和宁国等县就已开始制造以青檀皮为原料的宣纸（又称辽东纸）。明、清时期，宣纸业有了很大发展，技术不断提高，所造纸张具有细薄、坚密、均匀、洁白、坚韧、耐久和润墨等特点，而且产量很高，居当时用纸的首要地位。历代传世的书画名作，历千百年而不腐、不蛀，笔墨气韵犹新，故有"纸寿千年"之誉。宣城、泾县一带的中山兔毫，为制笔的最佳材料。自唐代起，宣州便是全国的制笔中心，所造之笔统称宣笔。白居易有诗云："每岁宣城进笔时，紫毫之价如金贵。"[2] 当时著名的笔工有诸葛高、诸葛元、诸葛渐和诸葛丰等。至宋代，制笔名工辈出，

---

[1] 梁启超：《清代学术概论》，《梁启超论清学史二种》，复旦大学出版社1985年版，第56页。
[2] 白居易：《紫毫笔》，《全唐诗》卷四二七，第4708页。

制笔工艺也大为改进。笔工们开始用"无心散卓法",不用柱毫,而用一至两种兽毛散立扎成。叶梦得《避暑录话》载:"笔出宣州,自唐惟诸葛一姓,世传其业。治平、嘉祐前,得诸葛笔者,率以为珍玩。熙宁后,世始用无心散卓笔,其风一变。"[1]这种散卓法一直流行至今。元代以后,浙江吴兴的湖笔兴起,宣笔独尊的地位有所改变,但是仍保留了自己的特色,并且在技巧方面更加精致和娴熟,达到了"尖、圆、齐、健"四美的标准。

文化商业的发达,既表明该地区商品经济的独标一帜,又表明该地区文化教育事业的兴旺。有清一代,宁国府也出了不少文学家。清初的宣城诗人施闰章,与莱阳诗人宋琬齐名,影响甚巨,时人称为"南施北宋"。王士禛《池北偶谈》尝云:"康熙已来诗人,无出南施北宋之右。"[2]施宋的作品师法唐人,属尊唐一派。施闰章又"与同邑高咏友善,皆工诗,主东南坛坫数十年,时号'宣城体'"[3]。可见当时的宣城还是一个诗歌的创作中心,其人才辈出自是情理之中的事。

吴文化区(苏州府、松江府、常州府、太仓州、镇江府、江宁府、扬州府一带)

清代吴文化区的地理范围,与江苏省的管辖范围相合。

同明代一样,江苏仍然是全国经济文化最为发达的地区。当时全国具有相当规模的工商业城市共八个(扬州、苏州、江宁、杭州、汉口、广州、佛山和北京),江苏就占了三个。

---

[1] 叶梦得:《石林避暑录话》卷上,上海书店 1990 年版。
[2] 王士禛:《池北偶谈》,中华书局 1982 年版,第 253 页。
[3] 赵尔巽等:《清史稿·施闰章传》,中华书局 1977 年版,第 13329 页。

苏州自明代以来便是工商业最为发达的大城市之一，丝绸生产尤其著名。苏州城内水陆交通十分发达，"控三江，跨五湖而通海。阊门内外，居货山积，行人流水，列肆招牌，灿若云锦。语其繁华，都门不逮"[1]。乾隆二十四年（1759），苏州画家徐扬的名作《盛世滋生图》画有苏州城内有市招的店铺共二百三十余家，行业五十多个。这里所交易的，除了本乡本土的产品，还有鲁、苏、浙、闽、赣、广、云、贵、川等九省的名优特产。如山东茧绸、崇明大布、松江标布、京芜梭布、濮院宁绸、汉府八丝、金华火腿、宁波淡鳖、川广云贵杂货药材等，琳琅满目，不胜枚举。这里每年出海贸易的船只"至千余"艘。而随着国货的大量出口，洋货也因之大量涌入。所谓"山海所产之珍奇，外国所通之货贝，四方往来千万里之商贾，骈肩辐辏"[2]。国内外贸易的繁荣，促使苏州城内人口激增。譬如阊门外南濠之黄家港，明朝时"尚系近城旷地，烟户甚稀"，至清朝，"生齿日繁，人物殷富，闾阎且千，鳞次栉比"[3]。整个苏州，"郡城之户，十万烟火。郊外人民，合之州邑，何啻百万"[4]。据《康熙苏州府志》卷二十"户口"载，康熙十三年（1674），苏州府城和所属吴县、长洲、昆山、常熟、吴江、嘉定、太仓、崇明八县的人口，总共达1420143。

至于苏州府所属各县的经济发展速度也是非常惊人的。如上章所述，明崇祯年间，苏州府所属七县（吴县、长洲、吴江、昆山、常熟、嘉定、太仓）著名的市镇有83处，至清光绪年间，苏州府所

---

[1] 孙嘉淦：《南游记》卷一，广益书局1933年版。
[2] 沈寓：《治苏》，《皇朝经世文编》卷三三，清道光七年刊本。
[3] 同上书。
[4] 徐熙麟：《熙朝新语》卷一六，上海古籍出版社1983年版。

属九县（吴县、长洲、元和、昆山、新阳、吴江、震泽、常熟、昭文）著名的市镇则达 206 处。虽然这个时候的属县增加了两个，但是属县的增加正是经济发展和人口增多的必然结果。譬如吴江县的盛泽镇，明弘治年间尚为一村落，居民仅五六十家；嘉靖年间渐成市集，居民增至千家[1]，以绫绸为业。冯梦龙小说《施润泽滩阙遇友》，即是写这个时期盛泽镇的故事。至清乾隆年间，这里的"居民百倍于昔，绫绸之聚亦且十倍。四方大贾辇金至者无虚日。每日中为市，舟楫塞港，街道肩摩。盖其繁阜喧盛，实为邑中诸镇之第一"[2]；至清光绪年间，这里已是"居民二万余户"[3]了。

松江府早在明代便是著名的棉丝业生产、加工和贸易中心，其"绫布二物，衣被天下，家纺户织，远近流通"[4]。至清代，这里的棉花种植更加普遍。如上海县，"植木棉多于粳稻"[5]；华亭县，"其地产花少稻"[6]；南汇县，"宜棉不宜稻"[7]；嘉定县，"以种花为生"，"以棉布为务"[8]。棉花的广泛种植大大地促进了这一地区以纺织业为主体的手工业的发展。传统的"腰机"已被更先进的织机所取代，传统的"两指拈一纱"发展为"一手三纱，以足运轮"[9]。纺织之外，沙船业也迅速崛起。时"沙船聚于上海，约三千五六百号。其船大

---

[1] 曹一麟等：《嘉靖吴江县志》卷一，明嘉靖刻本。
[2] 沈彤：《乾隆吴江县志》卷四，《中国地方志集成·江苏府县志辑 20》，江苏古籍出版社 1991 年版。
[3] 杜愈：《吴船日记》，清光绪二十四年刊本。
[4] 徐光启：《农政全书》引《松江志》，岳麓书社 2002 年版。
[5] 王大同等：《嘉庆上海县志》卷一，清嘉庆十九年刊本。
[6] 杨开第等：《光绪重修华亭县志》卷一，《中国地方志集成·上海府县志辑》，上海书店出版社 2010 年版。
[7] 金福增等：《光绪南汇县志》卷二〇，《中国地方志集成·上海府县志辑》。
[8] 程国栋等：《乾隆嘉定县志》卷一二，清乾隆七年刻本。
[9] 谈起行、叶承：《乾隆上海县志》卷一，清乾隆十五年刊本。

者载官斛三千石,小者千五六百石。船主皆崇明、通州、海门、南汇、宝山、上海土著之富民,每造一船须银七八千两,其多者至一主有船四五十号"[1]。松江府一带经济作物的广泛种植与手工业的迅速发展,促使自明代以来的商品经济进一步走向繁荣。仅以这一地区的市镇为例。明时,松江府所属四县(华亭、上海、金山和青浦)有市镇74处,至清宣统年间,属县增至八个(华亭、娄县、奉贤、金山、上海、青浦、南汇和川沙),市镇更增至303处。仅上海一县,就增至72处。[2]

常州府各县的商品经济发展水平,也不在苏、松二府之下。据《康熙常州府志》卷十载:"棉花各邑俱产,而江(阴)、靖(江)尤多,远近交相贸易。"宜兴、荆溪二县亦俱产木棉,"高阜种之,衣被之资并重于食矣"[3]。木棉而外,蚕桑业在这一带也比较兴盛。如无锡县之植桑养蚕"始于清初,肇自滨湖一带。盖太湖之南即浙江湖州,素以丝茧世其业。开化乡居太湖之北,沾风气者宜习蚕丝之术,在清中叶不过十居一二,自通商互市后,开化全区几无户不知育蚕矣……由是务蚕桑者不独开化,几及全邑,且不独全邑而及于全郡"[4]。随着商品化农业的发展,以纺织业为主体的农产品加工业也迅速兴盛起来。如江阴所产棉布,"坚紧耐着,愈洗愈白,江淮间方喜用之,至及青、齐、豫、楚"[5]。无锡县虽不植棉,却以产布著

---

[1] 包世臣:《海运南漕议》,《安吴四种》卷一,清同治注经堂刊本。
[2] 参见刘石吉:《明清时代江南市镇研究》第3章,中国社会科学出版社1987年版。
[3] 施惠:《光绪宜兴荆溪新志》卷一,清光绪八年刊本。
[4] 王抱承等:《民国无锡开化乡志》卷下,《中国地方志集成·乡镇志专辑11》,江苏古籍出版社1992年版。
[5] 龚之怡:《康熙江阴县志》卷五,李先荣等编:《无锡文库》(第一辑),凤凰出版社2011年版。

称。乾隆时无锡人黄印尝谓："常郡五邑，惟吾邑不种草棉，而棉布之利独盛于吾邑，为他邑所莫及。"尤其是县之"东北怀仁、宅仁、胶山、上福等乡，地瘠民淳，不分男女，舍织布纺花别无他务。故此数乡出布最多，亦最佳云"。除了棉花加工，其他行业也颇著名。如无锡"近城者多窑户，居民亦多团土为砖瓦"[1]。宜兴、荆溪二县各乡则随土所产，各有所长："近竹山者治竹为器，北川诸村专制箩筐，离市远者木或烧炭，竹或剖蔑；傍茶山者采茶；近石山者焚石为灰；祝陵、上千诸村或世石工；臣溪任氏世铁冶；土美者抟土，黄土作坯，烧成瓦甓。"[2] 而随着商品化农业和手工业的发展，自明以来就颇兴旺的市镇，到这个时期益发繁盛。据陈忠平先生统计，明时，常州府所属五县（武进、江阴、靖江、宜兴、无锡）有市镇61处，鸦片战争以后，常州府属县增至八个（武进、阳湖、无锡、金匮、宜兴、荆溪、江阴、靖江），市镇则增至241处。[3]

太仓原为昆山的一个村落。元至元十九年（1282）开辟南北海运，刘家河成为内外贸易之港口，宣慰朱清、张瑄等建议海漕置海运仓于此，太仓由此而逐步繁华起来。"不数年间，凑集成市，番汉间处，闽广混居。"[4] 这里聚集了许多国内外的商人，贸易兴隆，人口激增，"市民漕户云集雾瀸，烟火数里"[5]。元朝政府曾经升昆山县为州，治太仓。繁富的太仓号称"天下第一码头"或"六国码头"。明弘治间，始割昆山、常熟、嘉定三县地置太仓州。清时，太仓州由苏州府所属一散州升为直隶州，辖崇明、宝山、嘉定、太仓、

---

[1] 黄印：《锡金识小录》卷一，清光绪二十二年刊本。
[2] 施惠：《光绪宜兴荆溪新志》卷一。
[3] 陈忠平：《明清时期宁镇常地区市镇研究》，《江苏史论考》。
[4] 杨谭：《至正昆山郡志·风俗》，成文出版社1989年版。
[5] 《新建苏州府太仓州治碑》，引自张采《崇祯太仓州志》，明崇祯十五年刊本。

镇洋五县。明清之际的太仓州，商品经济相当发达。时人袁子英有诗赞云："娄东太仓吴要津，襟带闽粤控蛮荆。贾胡夷蜑贡赘琛，关讥互市十一征。"[1] 这里海舶荟萃，闾阎相接，"丘墟遂成阛阓，港汊悉为江河，漕运万艘，行商千舶，集如林木。高楼大宅，琳宫梵宇，列如麟次，实为东南之富城矣"[2]。这一带的市镇发展也很快。万历年间，太仓有市镇14处，嘉定有市镇20处，至清宣统年间，太仓州所属镇洋、嘉定、宝山、太仓、崇明各县共有市镇达183处。如太仓的鹤王市，"土厚田肥，为阖邑冠，故其民殷富，其俗淳厚。每岁棉花有秋，市廛阗溢，远商挟重资，自扬林塘径达而市之，沃饶甲于境内矣"[3]。它如嘉定县的南翔镇与罗店镇，宝山县的江湾镇与月浦镇，都是当时百货阗集、商贾辐辏、人烟繁富的商业市镇。

镇江这个城市有着悠久的历史。自公元前486年吴王夫差开凿邗沟之后，镇江就是太湖流域通往淮河流域和黄河中下游地区的捷径。至3世纪时的东汉、三国之际，镇江—丹阳间的运河凿通之后，镇江更成为大江南北的交通枢纽和物资集散中心。隋唐以后，随着漕运的发展和需要，镇江兴起了发达的冶铁业和造船业；北宋时，更发展了绸织业。当时镇江的江绸、文绫等织品，可与扬州的绵、绫和常州的紧纱齐名。至清代嘉庆年间，镇江的绸织业更为兴盛，为江苏地区仅次于江宁和苏州二地的绸织业中心。此外，像五洋业、煤铁业、药材业、酿造业在这里亦称发达。自咸丰八年（1858）辟为商埠之后，镇江的商业贸易进入全盛时期，鲁、豫、皖、浙、湘、鄂、赣、闽、粤、台、黑、吉、辽各省以及朝鲜的客商，纷纷来此

---

[1] 郑光祖：《一斑录杂述》卷九，清道光十八年青玉山房刊本。
[2] 《崇祯太仓州志·序》，明崇祯十五年刊本。
[3] 金鸿等：《乾隆镇洋县志》，清乾隆十二年刊本。

经营绸布业、木材业和钱庄业等。据镇江海关统计,镇江进出口贸易最盛的光绪三十三年,总贸易额达到三千五百多万两白银。[1]镇江所属各县的商品经济的发展亦很引人注目。丹阳的糯米和金坛的秫稻,为酿酒的优质原料;丹徒县的丹徒镇,则为酿酒的著名市镇。丹阳、丹徒二县,既种棉,又织布。丹阳"西北乡民在湖州业机坊者,归仿湖式织之,几可乱真";至清季,"产数已达三万匹"[2]。据统计,镇江府所属金坛、溧阳、丹徒和丹阳四县,在明万历间有市镇18处;至清宣统间,增至65处。[3]

江宁府曾为明初52年的国都所在地,系当时国内最繁华的大城市之一。这里有发达的丝织业。清乾、嘉年间,其丝织业之兴盛更超过了苏、杭二府。聚宝门内,"业此者不下于数百家"[4]。这里的丝织品名目很多,计有绸、缎、罗、绢、纱等多种,并且质地优良,不仅能作贡品,且能以其绝大部分供应国内外市场之需,故享有"江绸贡缎甲天下"的美誉。随着丝织业的发展,作为"织户之附庸"的其他一些工商业,也相应地发展起来。如绸缎包装业、纸业、漂染业、织机业等,均十分发达。城市商品经济的发展,带来人口的激增。据统计,乾隆时,江宁城不下八万余户,四五十万人口,其中"皖鄂两省人居十之七,回回户又居土户三之一"[5]。这里"五方杂处,街市宽阔,巷道四通八达"。"一更二更,街市灯火不断。"[6]利涉、武定

---

[1] 贾子彝:《江苏省会辑要》,镇江江南印书馆民国二十五年刊本。
[2] 刘浩等:《光绪丹阳县志》卷二九,《中国地方志集成·江苏府县志辑31》,江苏古籍出版社1991年版。
[3] 刘石吉:《明清时代江南市镇研究》第3章。
[4] 甘熙:《白下琐言》卷八,南京出版社2007年版。
[5] 汪士铎等:《同治上江两县志》卷七,《中国地方志集成·江苏府县志辑4》,江苏古籍出版社1991年版。
[6] 《雍正朱批谕旨》第13函第6册,武英殿刊本。

两桥之间,"茶寮酒肆,东西林立"[1];五亩园一带,"开设茶馆甚多,吃茶闲谈者百十为群。且悬挂雀笼,卖奉水烟"[2]。吴敬梓所著《儒林外史》,更称江宁"城里几十条大街,几百条小巷,都是人烟凑集,金粉楼台"。其"大小酒楼六七百座,茶社有一千余处"[3]。

江宁府所属各县的农业和手工业的商品化程度亦较高。高淳县年产稻米 50 万石左右,其中余粮 20 万石,即向芜湖、江宁府城贩卖;[4] 六合县的粮食市场更大。雍正年间,"邑产良谷,岁供苏、浙籴买,土人亦多赴赣、湘、楚一带贩卖。乾、嘉以后,则多贩运至浙江海宁之长安镇。光绪间,乃改趋无锡上海"[5];溧水一带,亦多有"殷户运米谷营什一之利"[6]。稻谷之外,棉花一类的经济作物也在这里得到比较广泛的种植。如高淳县即在"低下之区遍栽稻麦,高阜之处广植木棉"[7]。江宁、上元二县则在"附廓内外,比户业蚕"[8];六合县"育蚕者多,人知蚕桑之利"[9]。江浦县"饲蚕者几于比户"[10]。农业商品化程度的提高,直接刺激了手工业和商业贸易的繁荣。当时溧水县所产棉花布有二种,"东乡布坚致厚实,而幅最

---

[1] 余怀:《板桥杂记》,上海古籍出版社 2000 年版。
[2] 喻德渊:《禁添设茶馆示》,《默斋公牍》卷下,关中书院藏本。
[3] 吴敬梓:《儒林外史》,人民文学出版社 1978 年版,第 293 页。
[4] 吴寿宽:《宣统高淳县乡土志·商务》,民国二年刊本。
[5] 王升远等:《民国六合县续志稿》卷一四,《中国地方志集成·江苏府县志辑 6》,江苏古籍出版社 1991 年版。
[6] 吕燕昭等:《嘉庆新修江宁府志》卷一一,《中国地方志集成·江苏府县志辑 1》。
[7] 陈嘉谋等:《光绪高淳县志》卷二一,清光绪七年学山书院刊本。
[8] 汪士铎等:《光绪续纂江宁府志》卷六,《金陵全书 22》,南京出版社 2011 年版。
[9] 王升远等:《民国六合县续志稿》卷一四,《中国地方志集成·江苏府县志辑 6》。
[10] 侯宗海等:《光绪江浦埤乘》卷一,《中国地方志集成·江苏府县志辑 5》,江苏古籍出版社 1991 年版。

阔；西乡亦然；南乡布疏而狭。总名大布，皆女红所为"[1]。高淳县所产"棉布一项，间或运至省城暨芜湖两处，每岁约销二三千匹"[2]。光绪间，上元、江宁、溧阳、六合、江浦等县都因广植蚕桑而盛产蚕丝，尤以江浦所产"丝居上等，江宁贡缎与海宁、湖郡所产经纬并用，岁得值可数万金"[3]。六合县同时还以产纸著称于世，"大溪左右居人亦造纸，与蜀产不甚相远。自（顺治）十年以来所产益多，工益精"[4]。而随着农业、手工业的商品化程度的提高，一批又一批的农村市镇也应运而生。据统计，明中后期，江宁府（当时称应天府）所属八县有市镇82处，至清道光前后，其所属七县（溧阳已划归镇江府管辖）之市镇增至125处。[5]

扬州自隋唐以来就是一个繁盛的大都市。这里地处长江以北，淮河以南。西濒运河，东临大海，方圆数百里之内，河湖纵横，水陆交通方便，极富渔盐之利。扬州城不仅是中部各省的食盐供应基地，也是国家南漕北运的咽喉。清初，繁华的扬州遭受惨重的战争破坏。至十七、十八世纪之交，扬州的盐业和其他商业才得到恢复。乾隆年间，两淮一带"煮盐之场较多，食盐之口较重，销盐之界较广，故曰利最夥"，扬州城再次繁华起来，"四方豪商大贾，鳞集麕至。侨寄户居者，不下数十万"[6]。扬州官盐运销长江中上游各省。盐商们"衣服屋宇，穷极华靡"，"金钱珠宝，视为泥沙"[7]，其"富

---

[1] 丁维诚等：《光绪溧水县志》卷二，《中国地方志集成·江苏府县志辑33》。
[2] 吴寿宽：《宣统高淳县乡土志·商务》。
[3] 侯宗海等：《光绪江浦埤乘》卷一，《中国地方志集成·江苏府县志辑5》。
[4] 刘庆运等：《顺治六合县志》卷七，清顺治三年刊本。
[5] 陈忠平：《明清时期宁镇常地区市镇研究》，《江苏史论考》。
[6] 卫哲治等：《乾隆淮安府志》卷一三，上海古籍出版社1995年版。
[7] 丁宝桢：《四川盐法志·卷首》，清光绪刊本。

者以千万计"[1]。由于盐业和漕运的发展，其他行业也随之繁盛起来。如缎子街的绸缎铺，北门桥、虹桥一带的茶肆酒楼，均闻名遐迩，盛极一时，以至乾隆帝幸扬州时，作有"广陵繁华今倍昔"[2]的诗句。扬州府城的繁盛，带动了扬州府所属各县的发展，而江都作为府治之所在，更为境内之首邑。

苏、松、常、太仓、镇江、江宁和扬州地区商品经济的发达和商业性都市及市镇的兴盛，直接带来城镇人口的剧增，而城镇人口的剧增，不仅为当时的物质文化增添了新的内容，也为当时的精神文化增添了新的色彩。譬如明清之际的昆山、太仓一带，由于海运发达，贸易兴盛，城市经济最为繁荣。当地以海运起家的富商大贾，往往多蓄声伎，留心戏曲。而城里的大街小巷，也大都罗列着许多酒店和伎馆歌楼，既有钱又有闲暇的市民，终日在此征歌选优，饮酒作乐。据《太仓州志·风俗志》载，州民每到四五月间，要在大街通衢设立高台，集优伶扮演台戏，狂欢累日。官府和富豪之家的饮宴集会，更离不开演戏和歌舞。城市的繁荣，为戏曲艺人的活动提供了相应的物质条件，也为戏曲艺术的汇集、交流和提高提供了最好的机遇。明代初年的南曲能够在这里发展演变为著名的地方剧种昆山腔，其最根本的原因即在于此。昆山腔在这一带出现之后，立即受到当地文人如顾瑛等的重视和喜爱。顾瑛既是有名的诗人和画家，又是聚资累万的大地主。此人年四十，即以家产尽付其子顾元，卜筑"玉山草堂"，其池馆、声伎、图画、器玩甲于江左，风流文采，倾动一时。曾在他的"玉山草堂"里唱曲奏伎的声伎约有十

---

[1] 小横香室主人：《清朝野史大观》卷一一，上海科学技术文献出版社2010年版。
[2] 姚文田等：《嘉庆重修扬州府志》卷二，《中国地方志集成·江苏府县志辑41》，江苏古籍出版社1991年版。

多人，和他交往的文人如铁笛道人杨维桢等，则有数十人。杨维桢也是一位声乐名家。由于顾瑛、杨维桢一班人的爱好和鼓吹，昆山腔这种产生于市民社会的新的文学样式得到广大文人的重视和染指，昆山腔的艺术品格得到提高，一大批昆山腔的作家也因此应运而生。据张庚等著《中国戏曲通史》介绍，明清之际，分布于宁国、徽州、安庆、抚州、广信、常州、苏州、江宁、松江、太仓、杭州、绍兴、嘉兴、湖州、宁波和金华一带的著名昆山腔剧作家有44人之多，其中又以苏州府为最盛，达21人（明时12人，清时9人）。[1] 像常熟的徐复祚、邱园，昆山的郑若庸、梁辰鱼，吴县的冯梦龙、朱佐朝、朱㿥、李玉、叶时章、袁于令，长洲的陆采、张凤翼、尤侗、陈二白，太仓的王世贞，吴江的沈璟、沈自晋、顾大典，嘉定的沈采等，都留下了脍炙人口的佳作。毫无疑问，这些优秀的剧作家都是苏州一带发达的商品经济和繁华的市民文化所培育出来的艺术的精灵。没有繁华的商业都会和市镇，便没有昆山腔这种市民艺术的产生；而没有昆山腔这种市民艺术，也就没有上述一大批因写作这种剧本而显赫一时的剧作家。戏曲史上所艳称的"吴江派"、"临川派"和"苏州派"，都是昆山腔的剧本创作流派，它们的产生缘由亦在于此。

除了戏剧文化的发达，传统的诗文在江苏地区也焕发了新的生机，出现了许多优秀的作家和优秀的作品。这一点，又与传统文化在这一地区的发掘、整理、出版和传播大有关系。有清一代，江苏地区的刻书事业很兴旺。当时著名的官刻本图书，除了武英殿本，便数扬州诗局本了，而扬州诗局，乃是当时任江宁织造的著名文士曹寅主持的。曹寅在这里主持校勘和刻印了《全唐诗》、《词谱》、

---

[1] 张庚、郭汉城：《中国戏曲通史》中册，第42—57页。

《历代诗余》、《宋金元明四朝诗》和《历代赋汇》等十余种近三千卷大型文学典籍,其"缮写刊刻之工致,纸张遴选和印刷、装订之端庄大雅,无不尽善尽美"[1]。此外像由曾国藩奏设的金陵官书局,也刻印过像前四史和《文选》一类的好书。有清一代,因考据、辑佚和校勘之学空前兴盛,私家刻书也蔚然成风。江苏为文献名邦,人文之盛甲于东南,其著名刻书家、刻书处亦较其他省份为多。如金山钱熙祚守山阁,仪征阮元文选楼,吴县黄丕烈士礼居,江都秦恩复石研斋,昭文张海鹏丛善堂,长洲汪士钟艺芸书舍,江阴缪荃孙艺风堂等,都新刻和翻刻了不少文史名著。清代书坊很普遍,各地都有,然经营最久的要数苏州席氏的扫叶山房,其所刻之书种类之多,数量之大,在当时的坊刻中可谓无与伦比。如《毛声山评点绣像金批第一才子书三国演义》、《绣像评点封神榜全传》、《千家诗》、《龙文鞭影》等,"刻印字画清晰,惠及村塾童蒙"[2]。它如金陵郑氏奎壁斋书坊,吴县陶氏五柳居,南京李光明庄、聚锦堂、德聚堂,苏州宝兴堂、聚文堂、绿荫堂、文学山坊、三经堂,扬州文富堂等,都刻了不少文史名著和通俗读物,对当地文化教育事业的发展作出了重要贡献。

有清一代,江苏地区的私人藏书也因刻书事业的发达而盛极一时。清初,常熟毛晋、钱谦益,金陵黄虞稷,昆山徐乾学等,均以藏书而著闻于世。乾隆以降,长洲黄丕烈、袁延梼、元和顾之逵三人与长沙周锡瓒,并称当时四大藏书家。同治以后,又有常熟瞿绍基(建铁琴铜剑楼)与聊城杨以增(建海源阁)、吴兴陆心源(建皕

---

[1] 魏隐儒:《中国古籍印刷史》,第 147 页。
[2] 同上书,第 167 页。

宋楼）、钱塘丁国典（建八千卷楼）并称为四大藏书家。光绪中叶以降，则有吴县潘祖荫、常熟翁同龢、江阴缪荃孙和元和江标等藏书家名重于天下。

刻书、藏书之伟业，既适应了学术的需要，又极大地促进了学术的繁荣。江苏地区的朴学，为清代朴学之重心所在。清初的昆山顾炎武，为清代朴学之祖。乾嘉时期，吴县惠周惕、惠栋，高邮王念孙、王引之，以及嘉定钱大昕，江都汪中等，均为清代朴学之巨擘。乾嘉学派有皖派和吴派之分，皖派领袖为休宁戴震，吴派领袖即为惠栋。据萧一山《清代学者生卒及著述表》一书统计，在清代970名学者中，江苏占了320人，为全国之冠。[1] 又据郑天挺主编《明清史资料》所列"清初到乾嘉时期主要学者著述简表"所示，这一阶段有名著流传于世的学者共57人，其中江苏占21人，亦为全国之冠。[2] 像顾炎武的《日知录》、顾祖禹的《读史方舆纪要》、王鸣盛的《十七史商榷》、钱大昕的《十驾斋养心录》、毕沅的《续资治通鉴》、段玉裁的《说文解字注》、王念孙的《广雅疏证》、王引之的《经传释词》、江藩的《国朝汉学师承记》、《宋学渊源记》、阮元的《经籍纂诂》等，均为精深博大、永垂不朽之作。

刻书、藏书与学术事业的发达，使得江苏地区的文化气氛相当浓郁。就在这浓郁的文化气氛之中，文学人才成批崛起，文学创作空前活跃，从而为清代传统文学的"中兴"发挥了中坚的作用。有清一代，江苏地区有籍贯可考的文学家达483人，亦为全国之冠。一如新兴的昆山腔作家之有苏州派和吴江派，在传统的诗、文、词

---

[1] 萧一山：《清代学者生卒及著述表》，北平中华印书局1931年版。
[2] 郑天挺主编：《明清史资料》，天津人民出版社1981年版，第466—471页。

领域，也是流派迭起，异彩纷呈。词坛上，有以陈维崧为领袖的阳羡派，有以张惠言为领袖的常州派；诗坛上，有以钱谦益为领袖的虞山派，有以吴伟业为领袖的娄东派，有以陈子龙为领袖的云间派；文坛上，亦有以张惠言、恽敬为领袖的阳湖派以及以汪中为领袖的骈文派。这些流派的绝大多数都以江苏地区的地名命名，正好从一个重要的方面反映了江苏文学的繁荣与兴旺。清代的文学流派和明代的文学流派有所不同。明人喜好结社，喜好标榜门户，理论上花样翻新而创作上不免空疏袭旧。清代的文学流派总的来讲不及明代的多，但是由于"朴学"严谨务实的文风的影响，清代的文学流派往往既有鲜明的理论主张，又有可观的创作实绩。即如上举江苏地区诗、文、词各流派的领袖人物，本身就是清代的文学创作大家，都有佳作传世，而且影响甚巨。

越文化区（杭州府、嘉兴府、湖州府、绍兴府、宁波府一带）

清代越文化区的地理范围，与浙江省的管辖范围相合。

杭州自宋元以来，即为全国三大丝织业中心之一。这里"桑土饶沃"，"产丝最盛"，"杼轴之利甲于九州"，故"操是业者，较他郡为尤夥"[1]。杭州府城"东北隅数千万家之男女，俱需此为衣食之谋"。至清代乾、嘉年间，这里的丝织业更为发达，其产品多销往国外，所谓"以番舶日充贸易者，且遍于远洋绝岛，获利不赀"[2]。杭州的锡箔业也非常有名。康熙年间，城内孩儿巷、贡院后及万安桥

---

[1] 杨文杰：《机神庙碑》，《东城记余》卷上，见《武林掌故丛书》，清光绪钱塘丁氏嘉惠堂刊本。
[2] 张丽生：《杭州机神庙碑》，引自王寿颐、潘纪恩：《光绪仙居志》卷一一，《中国地方志集成·浙江府县志辑48》，上海书店1993年版。

西一带，制锡箔者"不下万家"，其产品则"远至京师，抵列郡取给"[1]。丝织业和锡箔业之外，它如茶叶、藕粉、剪刀等的生产和贸易在这里也堪称发达。由于该地所具备的"南连闽、粤，北接江、淮"的优越的地理条件，商品的出入境十分方便。一方面，像湖州的毛笔、绉纱，嘉兴的铜炉，金华的火腿，台州的金橘、鲞鱼等，可以大批地运进来销售；另一方面，这里的丝织产品也可以运往广东、福建，从而销往世界各地。南宋以后，杭州虽不再是国都，而只是一个行省的治所，但是它的商业的繁华和人口的众多并不逊于往昔。至康熙年间，杭州城已是一个"广袤四十里"，具有十万户人家、五十万人口的"东南重镇"了。[2] 至雍正年间，杭州城更是"城廓宽广，居民稠密"[3]，北关至江头，南北长达三十余里。

杭州府属各县，也都以蚕桑为主业，围绕着蚕桑的种植、加工和贸易，一批又一批的专业市镇也应运而生。据刘石吉先生统计，杭州府属钱塘、仁和及海宁等九县的市镇，在明万历年间达44处，至清宣统年间，则增至145处，仅钱塘、仁和、海宁三县，就有89处。[4] 仁和县的唐栖镇，与湖州府的德清县分辖，在明时已颇具规模，清时更盛。镇内有"长桥跨据南北，实官道舟车之冲要。居人水北大约二百家，水南则数倍。市帘沽斾，辉映溪泽；丝缕粟米，于兹为盛"[5]。这是康熙年间的情况。乾隆时，已是"两岸帆樯，万家烟火"[6] 了。

---

[1] 马如龙等：《康熙杭州府志》卷六，清康熙二十五年刊本。
[2] 璩裘等：《康熙钱塘县志》卷七，上海书店1993年版。
[3] 《雍正朱批谕旨》第14函第1册，武英殿刊本。
[4] 参见刘石吉：《明清时代江南市镇研究》第3章。
[5] 王振孙等：《康熙德清县志》卷二，清康熙十二年抄本。
[6] 何琪：《唐栖志略》卷下，清光绪七年钱塘丁氏刊本。

湖州、嘉兴二府的蚕桑业也很兴盛。《同治湖州府志》卷三〇引《广蚕桑说》云："蚕桑随地可兴，而湖州独甲天下，不独尽艺养之宜，盖亦治地得其道焉。厥土涂泥，陂塘四达，水潦易消……地利既擅，人功尤备……治地之道，能顺桑性，故生叶蕃大而厚。"故"湖民以蚕为田"，"胜意则增饶，失手则坐困"。[1] 蚕桑与丝织业的发达，使湖州府及其所属各县的商业化速度加快。明万历年间，湖州府的专业化市镇达22处，至清光绪间，则增至57处。乌程县的南浔镇，在明中叶时，城内尚可筑坟，可见居民不是很多，至清咸丰年间，则"阛阓鳞次，烟火万家；苕水流碧，舟航辐辏"，为"江浙之雄镇"[2]。它如同邑的乌镇、归安县的双林镇、菱湖镇，至清时都已成为烟火万家、百货骈集的大镇。

嘉兴府的商品经济之发达，自明代以来即与苏、松、常、杭、湖诸府相媲美。《弘治嘉兴府志》即云："嘉禾之民终岁勤动者，饷给于国，而尺寸之土必耕；衣被他邦，而机轴之声不绝。"[3] 清时，这里的蚕桑业更加兴旺。王韬《漫游随笔》记其由嘉兴往平湖的途中所见云："沿河皆种桑林，养蚕取丝，其利百倍。"[4] 据统计，嘉兴府所属各县的蚕桑市镇，明万历年间达28处，清宣统年间，竟增至78处。桐乡的青镇，秀水的王江泾镇和濮院镇，都是名闻遐迩的专业巨镇。"濮院所产纺绸与西机绫，练丝熟净，组织亦工，是以濮院一镇之内，坐贾持衡，行商麇至，终岁贸易不下数十万金，居民借

---

[1]《古今图书集成·职方典·湖州府部》，中华书局1934年版。
[2] 汪日桢等：《南浔镇志》卷一，《中国地方志集成·乡镇志专辑22》，江苏古籍出版社1992年版。
[3] 柳琰等：《弘治嘉兴府志》卷十，明弘治五年刊本。
[4] 王韬：《漫游随笔》，社会科学文献出版社2007年版。

此为利益。"[1]

有清一代，浙江省商品经济最发达的地区，除了杭、嘉、湖，便是宁（波）、绍（兴）二府。宁、绍二府为滨海之地，境内河流纵横，交通便利。有明一代，绍兴府的山阴、会稽、余姚诸县出外为胥办和为商贾者即有不少，真正力田为生者并不太多，所谓"不通商贩不甚富"。宁波府力田者更少，在粮食供应方面主要仰仗于台州，本府人民或以捕捞为业，或以贩卖为生。至清代，宁、绍二府的商品经济因受杭、嘉、湖的影响，发展更快，更有成效。

发达的区域文化，大都以发达的区域经济为依托。有清一代，商品经济最发达的地区为江浙二省，而文化最发达的地区，亦在江浙二省。就刻书、藏书事业而言，浙江在全国亦占有相当重要的地位。浙江官书局所刻的图书，如《二十二史》、《九通》、《玉海》等，其底本之完美，校勘之精当，以及字体之秀丽，甚至超过了当时的殿本和金陵书局本。私刻方面，像吴骞的《拜经楼丛书》、卢文弨的《抱经堂丛书》、蒋光煦的《别下斋丛书》、胡凤丹的《金华丛书》、宋世荦的《台州丛书》、孙衣言的《永嘉丛书》、丁丙的《武林掌故丛编》、《武林往哲遗著先后编》、孙福清的《槜李丛书》、陆心源的《湖州丛书》、徐树兰的《绍兴先正遗书》等，既对地方文献做了一个很好的整理，又是对地方文化建设的一个有力的推动。清代的藏书，几为江、浙所独占。自明代以来，常熟毛氏汲古阁与宁波范氏天一阁，即称东南私家藏书之双璧。"乾隆中，开四库馆，多征佚书于此。大师黄太冲、徐健庵、万季野、阮伯元辈，皆就阁中钞书。而当时士大夫，亦莫不以甬上观书为幸事。而书籍校雠亦恒以天一

---

[1] 浙江省地方志编纂委员会编：《雍正浙江通志》卷一〇二，中华书局2001年版。

阁本为定本，此影响于后代公私藏书者也。"[1] 此外，像清初的嘉兴曹溶、秀水朱彝尊、仁和赵昱、钱塘吴焯；道光年间的仁和朱学勤，同治年间的吴兴陆心源、钱塘丁国典等，均以藏书之富闻名海内。

有清一代，浙江藏书之富，促成了该地区版本目录学的发达。像朱彝尊的《经义考》、章学诚的《史籍考》、姚振宗的《隋书经籍志考证》、周中孚的《郑堂读书记》、李慈铭的《越缦堂读书记》、邵懿辰的《增订四库简明目录标注》、陆心源的《皕宋楼藏书志》、丁丙的《善本书室藏书志》等，都是我国古代版本目录学方面的佳作。

与版本目录学的发达有着直接关系的，便是古籍的校勘、辨伪与辑佚学的长足进步。像卢文弨的《群书拾补》、洪颐煊的《读书丛录》、陈鳣的《经籍跋文》、蒋光煦的《斠补隅录》、孙诒让的《札迻》、俞樾的《诸子平议》、章学诚的《校雠通义》等，均系清代校勘学方面的皇皇巨著；而姚际恒的《古今伪书考》、万斯同的《周官辨非》、孙志祖的《家语疏证》、范家相的《家语辨伪》以及王国维的《今本竹书纪年疏证》，则为辨伪学方面的不朽之作；至如严可均的《全上古三代秦汉三国六朝文》，更是辑佚学方面的典范之作。

当然，有清一代，浙江地区在学术文化方面成就最著的还是史学。梁启超尝云："清代史学极盛于浙。"[2] 又尝云："清代史学开拓于黄梨洲、万季野，而昌明于章实斋……三君史学不盛行于清代，清代史学界之耻也。"[3] 在明史著述方面，有黄宗羲的《明史案》，万斯同的《明史稿》、《明通鉴》、《南疆通史》，邵廷采的《东南纪事》、

---

[1] 袁同礼：《清代私家藏书概略》，引自李希沁、张椒华编：《中国古代藏书与近代图书馆史料》。
[2] 梁启超：《清代学术概论》，《梁启超论清学史二种》，复旦大学出版社1985年版，第15页。
[3] 梁启超：《中国近三百年学术史》，《梁启超论清学史二种》，第408页。

《西南纪事》，万言的《崇祯长编》等；在学术史方面，有黄宗羲的《宋元学案》和《明儒学案》，万斯同的《儒林宗派》，邵廷采的《阳明王子及王门弟子传》、《蕺山刘子及刘门弟子传》等；在史学理论方面，像黄宗羲、万斯同、全祖望、邵晋涵、章学诚诸名家，均卓有建树，尤其是章学诚的《文史通义》，把中国古代史学理论推向了一个新的高峰。在史籍的考订、辑补、注释和辨证方面，则有黄式三的《周季编略》，邵晋涵所辑《旧五代史》，万斯同的《历代史表》、《纪元汇考》和《历代宰辅汇考》，全祖望的《汉书地理志稽疑》，章宗源的《隋书经籍志考证》，以及董沛的《唐书方镇表考证》等。而在地方志的编纂和研究方面，浙江学者的贡献也是重大的。如章学诚的《乾隆和州志》，董沛、徐时栋的《同治鄞县志》等，均为当时这一方面的力作。

　　清代浙江地区的经学研究也蔚为风气。据范希曾《书目答问补正》一书统计，清代202名经学家中，浙江占了56人。浙江经学由黄宗羲开其端，此后胡渭、毛奇龄、万斯大、姚际恒诸人相继而起，成为清代汉学的先驱。而道光以后，俞樾、孙诒让则为清代经学的殿军。

　　据萧一山《清代学者著述及其生卒年表》一书统计，清代970名学者中，浙江占了230人，仅次于江苏（320人），居全国第二。就浙江范围而言，这些学者中有169人出现在沿海及钱塘江两岸地区。当时有所谓浙西学派和浙东学派之分。浙西学派的活动区域，在杭、嘉、湖一带；浙东学派的活动区域，则在宁、绍一带。尤其是以黄宗羲为代表的浙东史学，为清代浙江学术之中坚。

郑樵尝云："人才盛衰，系学术之明晦。"[1]浙江地区学术文化事业的发达，为文化人才的成长提供了最厚实的土壤。有清一代，浙江地区为当时学术重心之一，其文化人才的分布数量亦相当可观。据周腊生教授统计，清代的状元共114名，江苏占49人，居第一；浙江20人，居第二。这个分布格局，既与萧一山《清代学者著述及其生卒年表》一书所统计的清代学者的分布格局相一致，亦与笔者前面统计的清代文学家的分布格局相一致。有清一代，有籍贯可考的文学家1751人，其中江苏483人，居第一；浙江411人，居第二。清代浙江的文学家，正是越文化区这块丰厚的物质文明和精神文明土壤所呈现出来的一道文化奇观。

赣文化区（南昌府、抚州府、建昌府、宁都府、吉安府一带）

清代赣文化区的地理范围与明代一样，均与江西省的管辖范围相吻合。

江西地区的抚州、建昌、宁都、吉安一带，地处丘陵，自然条件并不很好。这里的经济历来以农业占主导地位，农业人口所占的比重很高。明末清初，这里的地主垄断土地的行为相当严重，而人口又相对过剩。为了缓解土地和人口之间的矛盾，克服生计方面的困难，这里的人民从事副业或农业以外的活动者逐渐多了起来，许多人背井离乡，或佣工，或从事商业贸易。地方史乘有关这一方面的记载颇多。如《西江志》卷二六《风俗》载：（吉安府）"土瘠民稠，所资身多业邻郡。""吉水之土，瘠薄削隘，物力无所出，计亩食口，仅可得什三焉，民多取四方之资以为生。"又宁都人魏禧《与

---

[1] 脱脱等：《宋史·郑樵传》。

曾庭词》云:"吾宁田旷人少,耕家多佣南丰人为长工,南丰人亦仰食于宁,除投充绅士家丁及生理久住宁者,每年佣工不下数百。"[1]又《西江志》卷一四六《艺文》引周用《乞专官分守地方疏》载:"南赣地方,田地山场坐落开旷,禾稻竹木生殖颇蕃,利之所共趋,吉安等府各县人民年常前来谋求生理,结党成群,日新月盛。其搬运谷石,砍伐竹木,及种靛栽杉,烧炭锯板等项,所在有之。"不长时间,便"置有产业,变客作主"了。

佣工之外,便是发展手工业和经商了。又据《西江志》卷二七《土产》载:"嘉靖以来……有永丰、铅山、上饶三县续告官司,亦各起立槽房(造纸)……楮之所用,为构皮,为竹丝,为帘,为百结皮。其构皮出自湖广,竹丝产于福建,帘产于徽州、浙江,自昔皆属吉安、徽州二府商贩装运本府地方货卖,其百结皮玉山土产。"本地区既属丘陵地带,其麻、靛、烟、苎、甘蔗等作物,以及纸、糖、陶瓷等手工业产品和其他矿产,都不是农民自身所能消费得了的,必须投向市场,从事交换,这就给了商人一个很好的机会。因而这一地区的村镇定期市可谓星罗棋布,触目即是。据统计,各县的定期市,少则五六,多则自二三十至四五十。[2]而省际之间商路的开辟,亦为此地之要政。《江西通志》卷八一《建置》引曹鼎望《铅山桥记》载:"养民之政,莫急于通商,铅山固昔年万家之邑也,江浙之土产,由此入闽;海滨之天产,由此而达越。推挽之用,负担之举,裹粮之侣,日夜行不休,所以集四方纳货贿者,大抵佐耕桑之半焉。"又《宜黄县志》卷四五《艺文》引徐泊《潭坊万福桥记》

---

[1] 魏禧:《与曾庭词》,《魏叔子文集》卷七,中华书局2003年版。
[2] 加藤繁:《清代村镇的定期市》,《中国经济史考证》,商务印书馆1973年版。

载:"丝绸古渡,远通闽广,近接盱江,东达临金,西抵崇乐,往来车马担簦负贩者,日不知几何人也。"农村定期市的活跃与省际间商道的开辟,促使这一地区以商为业者颇多。据地方史乘载:

> (金溪)民务耕作,故地无遗利,土狭民稠,为商贾三之一。[1]
>
> 南城附郭县也,近抚信次水而多商。[2]
>
> 瑞金山多田少,稼穑之外,间为商贾。[3]
>
> (安福)乡村土瘠民隘,乐经商……商贾负贩遍天下。[4]
>
> (万安)惟贫人走蜀,由小买卖而致大开张。去家日久,多于彼处娶妻生子,资田入籍。[5]
>
> (东乡)牵车者遍走通都大邑,远逾黔滇不惮焉。[6]

有清一代,南城商人、安福商人、赣县木商、铅山纸商等,都颇有名气,并且形成了一个内地型的商人集团。

南昌也是一个"人众而地迫隘"之区,早在明代,这里的商人之足迹几遍天下。外地商人之来南昌贸易者亦很多。南昌既为省会之所在,交通比较方便,故有清一代,其商品经济较之明代更为繁盛。

---

[1] 查慎行:《西江志·风俗》卷二六,成文出版社1989年版,第465页。
[2] 同上书,第466页。
[3] 同上书,第471页。
[4] 周瀛等:《同治安福县志》卷二,《中国地方志集成·江西府县志辑67》,江苏古籍出版社1996年版。
[5] 周之镛等:《同治万安县志》卷一,《中国地方志集成·江西府县志辑68》。
[6] 胡业恒等:《同治东乡县志》卷八,《中国地方志集成·江西府县志辑87》。

江西地区的文化，自宋代以来即称发达，至清代亦保持良好的发展态势。这里的刻书、藏书事业虽不及江浙地区发达，然其书院的拥有量仍居全国第三（浙江第一，四川第二）。由于经济富庶与文化根基深厚，有清一代，这里的人才仍很蓬勃。就文学家而言，占籍江西者达116人，仍为全国第三位，并且也出了不少文学名家。像清初宁都三魏（魏际瑞、魏禧和魏礼），乾隆时的"江右两名士"（南昌彭元瑞和铅山蒋士铨），以及清季四大词人之一的文廷式等，都负一代盛名。尤其是蒋士铨，其诗与袁枚和赵翼齐名，世称"乾隆三大家"，又长于戏曲，其《临川梦》一剧最为出色。

荆楚文化区（黄州府一带）

荆楚文化区的文学人才历来以荆襄一带为盛。春秋战国时期，楚国都江陵时，楚文化臻于鼎盛，出现了像屈原、宋玉这样的光照千古的文学家。东晋十六国南北朝时期，荆州为长江中游的军事重镇，经济文化亦很发达，荆襄一带号称"多士"，因而涌现了像庾信这样的著名的诗人和赋家。隋唐时期，荆襄一带的经济文化在东晋南朝的基础上获得长足的发展，尤其是"安史之乱"后，"避地衣冠尽向南"，荆襄一带号称"衣冠薮泽"，因而盛唐时有孟浩然、岑参，晚唐时则有皮日休，均影响卓著，名传不朽。

中唐以后，荆襄一带的农业经济一直比较发达。当时"赋出天下而江南居十九"[1]，这江南之赋，其实也就"止于浙西、浙东、宣歙、淮南、江西、鄂岳、福建、湖南等道"[2]。所谓"鄂"，主要即

---

[1] 韩愈：《送陆歙州诗序》，《全唐文》卷五五五，第2485页。
[2] 王溥：《唐会要》卷八四，中华书局1955年版，第1541—1544页。

指荆襄一带。当时的太湖流域和长江三角洲地区产粮最多,农业经济最为发达,因而有"苏湖熟,天下足"的谚语。[1]但是到了明清时期,太湖流域和长江三角洲地区的经济结构发生变化,以木棉和蚕桑的种植与加工为主要内容的商品经济占了突出的地位,而粮食的生产则不足供本地之需,而仰仗于长江中游各省和珠江流域部分省区的输入,因而"苏湖熟,天下足"的谚语一变而为"湖广熟,天下足"。《地图综要·湖广总论》云:"楚因泽国,耕稼甚饶,一岁再获,柴桑吴楚多仰给焉。谚曰:湖广熟,天下足,言土地广沃,而长江转输便易,非他有比。"[2]

就荆楚文化区内部而言,明清两代经济最富裕的地方,主要集中在长江沿岸的荆州、汉阳、武昌和黄州各府,而北部的襄阳则相对落后一些。故荆楚文化区的核心,也由襄阳、荆州而南移至荆州、黄州一带。荆楚地区除了农业经济发达,商品经济也比较活跃。这里的商人活动很频繁。如安陆府:"地多异省之名商游工作者,僦屋以居"[3];鄂西北的郧阳,"其往来而贾者,秦人居多,百数十家,绕山傍溪,列屋为肆,号曰客民"[4];鄂南的蒲圻,"每岁西客于羊楼司、羊楼洞买茶"[5],西客者,晋商之谓也;鄂西南的施南府,"江西商人为多"[6]。鄂东的黄州府更是如此。如黄梅县,"凡开张百货

---

[1] 范成大:《吴郡志》卷五〇。
[2] 吴学俨、朱绍本等:《地图综要》内卷,南明弘光元年刊本。
[3] 张尊德等:《康熙安陆府志》卷三,《中国地方志集成·湖北府县志辑42》,江苏古籍出版社2001年版。
[4] 谢攀云:《嘉庆郧阳志》卷三,《郧阳志汇编》,湖北省十堰市地方志办公室2007年刊本。
[5] 但传熺等:《道光蒲圻县志》卷三,武汉大学图书馆藏影印本。
[6] 何远鉴等:《同治增修施南府志》卷一〇,《中国地方志集成·湖北府县志辑55》,江苏古籍出版社2001年版。

通盐利者,又皆西吴徽歙之人"[1];又如黄安县,云贵及东三省商人在此采购药材者以千数。[2] 山西、陕西、广东、江西、云南、贵州以及东三省商人在湖北的频繁贸易,大大地促进了本地区商品经济的发展。当时的汉口已经成为一个舟车辐辏、商贾云屯、"户口二十余万"的大都市,[3] 咸宁、荆襄、宜昌、黄州诸处的商人也随之活跃起来。如黄州府的黄安县商人,"购棉花于新洲、歧亭、宋埠,舟运至川,载土药售宜昌、沙市、岳州,获利不资。贸汉口、歧宋及河南之光州、新集、仙花及本邑各市数亦夥,约一二万人。"[4]

明清两代荆楚地区商品经济的发展,导致思想文化领域新的观念的产生,黄安、麻城和公安、竟陵等县,一度成为时代新思潮的发源地。这里值得大书特书的,便是明代最伟大的思想家和文学评论家、福建泉州晋江人李贽。李贽于万历九年(1581)卸任云南姚江知府后,携妻女客黄安,万历十四年(1586)又移居麻城龙潭湖的芝佛院。李贽在麻城,"与僧无念、周友山、丘坦之、杨定见聚。闭门下键,日以读书为事"。"所读书皆抄写为善本。东国之秘语,西方之灵文,《离骚》,马、班之篇,陶、谢、柳、杜之诗,下至稗官小说之奇,宋元名人之曲,雪藤丹笔,逐字校雠,肌襞理分,时出新意。"又与耿定向"往复辩论,每一札累累万言,发道学之隐情,风雨江波,读之者高其识,钦其才,畏其笔"[5]。他的代表作《焚书》、《藏书》、《续焚书》、《续藏书》以及关于小说、戏曲

---

[1] 沈元寅等:《乾隆黄梅县志》卷六,《湖北府州县志 7》,乾隆五十年重刊,海南出版社 2001 年版。
[2] 陈沛:《宣统黄安乡土志·实业》,清宣统元年刊本。
[3] 晏斯盛:《请设商社疏》,《皇朝经世文编》卷四〇,清道光七年刊本。
[4] 陈沛:《宣统黄安乡土志·实业》,清宣统元年刊本。
[5] 袁中道:《李温陵传》,《珂雪斋近集》,上海书店 1982 年版,第 60 页。

的评点，都是在麻城完成的。李贽的离经叛道，终于在万历三十年（1602）被明王朝以"敢倡乱道，惑世诬民"的罪名逮捕，后因不堪屈辱，在狱中自杀，其著作则被明令禁毁。出乎专制统治者意料的是，"卓吾死而书益传，名益重"，"若揭日月而行"[1]。

　　李贽的思想直接影响了公安三袁（袁宗道、袁宏道和袁中道）。袁宗道尝于"癸巳走黄州龙潭向学，归而复自研求"[2]。以为"读他人文字，觉懑懑，读翁片言只语，辄精神百倍"[3]。袁宏道亦因"闻龙湖李老冥会教外之旨，走西陵质之"，李贽与之"大相契合"。袁中道"足迹几半天下，诗文亦大进，归而学于龙湖"[4]，以为"龙湖先生，今之子瞻也"[5]。明朝后期，在江汉平原异军突起的文学流派——公安派，就是在李贽思想的影响之下以"公安三袁"为领袖而形成的。"先是，王（世贞）、李（攀龙）之学盛行，袁氏兄弟独非之……宏道尤矫以清新轻俊，学者多舍王、李而从之，目为'公安体'。"[6]公安派正是作为以王李为代表的前后七子的拟古主义的强大反对派而出现的。他们反对前后七子对秦汉文章和盛唐诗歌的"剿袭模拟，影响步趋"，主张"独抒性灵，不拘格套，非从自己胸臆流出者，不肯下笔"[7]，从而为被拟古主义统治了一百多年的明代文坛吹来一股清新的风。钱谦益指出："万历年中，王、李之学盛行，黄茅白苇，弥望皆是。文长、义仍崭然有异，然沉锢滋蔓，未

---

[1] 袁中道：《龙湖遗墨小序》，《珂雪斋近集》，第 44 页。
[2] 袁中道：《石蒲先生传》，《珂雪斋近集》，第 47 页。
[3] 袁宗道：《与李卓吾书》，《白苏斋类集》，上海古籍出版社 1989 年版，第 210 页。
[4] 钱谦益：《列朝诗集小传·袁仪制中道》，上海古籍出版社 2008 年版。
[5] 袁中道：《龙湖遗墨小序》，《珂雪斋近集》，第 43 页。
[6] 张廷玉等：《明史·袁宏道传》，第 7398 页。
[7] 袁宏道：《序小修诗》，《袁宏道集校笺》，上海古籍出版社 1981 年版，第 187 页。

克芟薙……中郎之论出，王、李之云雾一扫。天下之文士始知疏瀹心灵，搜慧剔性，以荡涤摹拟涂泽之病，其功伟矣。"[1]

公安派的文学理论和创作实践及其在文坛上的巨大声望，又直接影响了江汉平原上另一个新的文学流派——竟陵派的产生。这个流派的领袖人物钟惺（字伯敬）和谭元春（字友夏）都是竟陵（今天门）人，他们与公安三袁关系甚密。钟惺曾评刻《袁中郎全集》，谭元春则曾为《袁中郎先生续集》作序。袁中道在《雪花赋引》中写道："友人竟陵钟伯敬意与予合，其为诗清绮邃逸，每推中郎，人多窃訾之。自伯敬之好尚出，而推中郎者愈众。湘中周伯孔意又与伯敬及予合，伯孔与伯敬为同调，皆有绝人之才，出尘之韵，故其胸中无一酬应俗语。予三人誓相与宗中郎之长而去其短，意诗道其张于楚乎！""宗中郎之长而去其短"，这正是竟陵派的基本意义之所在。《明史·文苑传》云："自宏道矫王、李诗之弊，倡以清真。惺复矫其弊，变而为幽深孤峭，与同里谭元春评选唐人之诗为《唐诗归》，又评选隋以前诗为《古诗归》，钟谭之名满天下，谓之竟陵体。"[2]钟、谭二人"选古人诗而命曰《诗归》"，其意在于"引古人之精神以接后人之心目，使其心目有所止焉"[3]。可见竟陵派的贡献之一，即在于纠正公安派否定学习文学遗产的偏向，而这两个流派的精神实质则是一致的，它们都是在王学左派和李贽思想影响之下出现的文学流派，都反对因袭模拟，提倡尊重作家的个性和独创精神。譬如袁宗道尝云："大喜者必绝倒，大哀者必号痛，大怒者必叫

---

[1] 钱谦益：《列朝诗集小传·袁稽勋宏道》。
[2] 张廷玉等：《明史·文苑传》，第 7399 页。
[3] 钟惺：《诗归序》，张国光、张业茂、曾大兴校点：《诗归》，湖北人民出版社 1985 年版。

吼动地，发上指冠。"[1]钟惺亦尝云："哀至便哭，喜至便歌，不必中节，不必谐众，而自有一往至性。"[2]

可以肯定地说，正是由于明后期思想解放运动和文学革新运动在荆楚文化区的波澜迭起，才再一次带来了该文化区文学创作和批评的繁荣，促成了一批文学家的脱颖而出。有清一代，黄州地区文学家的兴盛，与明后期江汉平原文学活动的蓬勃发展颇有关系。尽管两地文学家的思想和观念不一定相似，但是公安、竟陵诗人的成功，无疑会给相距不远的黄州文士以很大的激励。何况黄州这个地区的经济比较富庶，文风又颇炽烈，其士喜诗书，其民好讴歌，[3]接受附近地区文化影响的自身条件早已具备。

需要补充一点的是，黄州的文学在一定程度上受了苏轼的影响。在苏轼贬黄州的那五年间，有一个当地青年与他过从甚密，这个人就是后来写了"满城风雨近重阳"这一千古名句的诗人潘大临，苏轼称为"清润潘郎"者。潘大临早年从苏轼学诗，其诗风接近黄庭坚，因此人们把他列入"江西诗派"。他的弟弟潘大观也是一个诗人，其五言古诗得到黄庭坚的赞赏，谓"觉翰墨之气如虹"，可见兄弟两人都是不俗的诗人。宋代的黄州只出了这两位诗人。元代只出了一位滕斌，以写散曲知名。明代出了7人，其中耿定向、王廷陈都是名重当时的学者或诗人。清代的黄州出了16位文学家，也可以说是自苏轼贬黄州以来此地人文长期孕育的结果，其中作有《诗比兴笺》的陈沆，被陈衍誉为道光以来"清苍幽峭"一派之祖。

---

[1] 袁宗道：《论文》，《白苏斋类集》，第285页。
[2] 钟惺、谭元春：《古诗归》（评刘伶：《北芒客舍诗》），张国光、张业茂、曾大兴校点：《诗归》，湖北人民出版社1985年版。
[3] 参见胡朴安：《中华全国风俗志》上编卷五"黄州"，第145—146页。

湖湘文化区(长沙府一带)

清初,由于长期的战乱,社会经济遭到严重破坏。在江南各省,由于清廷对南明政权和农民抗清斗争的镇压长达近二十年,"大兵所至,田舍一空"[1],破坏尤烈。史载湖南一带,"弥望千里,绝无人烟"[2];长沙"城内城外,尽皆瓦砾,房屋全无……荒凉景象,惨苦难言"[3]。经过相当长一段时间的恢复和发展,至雍正、乾隆时期,湖南一带的农业才出现生机,进而成为国家的粮食基地之一。当时"福建之米,取给于台湾、浙江,广东之米,取给广西、江西、湖广;而江浙之米,取给江西、湖广"[4],过去的"苏湖熟,天下足",一变而为"湖广熟,天下足"。在湖南、湖北、江西和四川这些粮米产地,形成了许多商品粮市场。如四川省的粮米集散地在重庆,湖南省的粮米集散地则在长沙府的湘潭和衡州府的衡阳。康熙末年,湖南这两个地方已是"有名马头大店。凡邻近州县及本地所产米石,皆运往出卖,商贩交易,多聚于此"[5]。至雍正时,湘潭的运米船"千艘云集,四方商贾辐辏,数里市镇,堆积货物"[6]。湖南地区农业经济的发展,为该地区文化教育事业的进步提供了最基本的保障。仅以书院的创设为例。宋代,湖南的书院为70所,占全国总数(719所)的10%;元代,这里的书院为21所,占全国总数(297所)的7%;明代,这里

---

[1] 萧震:《请正人心以维世道疏》,《皇清奏议》卷一五,琴川居士辑,罗振玉撰:《皇清奏议六十八卷》,1936年古籍整理处石印本。
[2] 刘余谟:《垦荒兴屯疏》,《皇朝经世文编》卷三四,清道光七年刊本。
[3] 洪承畴:《恭报大兵到长沙日期题本》,《洪承畴章奏文册汇辑》,台北大通书局1988年影印本。
[4] 《雍正朱批谕旨》第3函第3册,武英殿刊本。
[5] 赵申乔:《湖南运米买谷人姓名数目稿》,引自戴逸主编:《简明清史》第1册,人民出版社1980年版。
[6] 《雍正朱批谕旨》第6函第4册。

的书院为103所，占全国总数（1701所）的6%，居全国第五位；至清代，这里的书院增至276所，为全国总数（3622所）的8%，与河南并列第四位。这说明湖南的教育是在逐步发展着的。

湖南的人才，至清代才开始引人注目。这里出现了像王夫之这样的优秀学者，出现了像魏源这样的与龚自珍齐名的优秀诗人，还出现了像曾国藩、左宗棠、郭嵩焘和吴敏树这样的优秀散文家。

湖南的文学人才以长沙府为最集中。据谭正璧《中国文学家大辞典》所录，有清一代，湖南的文学家达61人，而长沙府就占了38人。长沙府文学人才的发达，除了上述原因，还有一点不能忽视，这便是曾国藩的领袖作用。曾国藩从维系封建道统的目的出发，倡导学习桐城文风，成为桐城派后期的代表作家。薛福成称他"足与方、姚诸公并峙"[1]。曾国藩同时还利用自己的政治地位，招揽幕府才学共83人，除十几人不以文学见长外，其余皆为当代知名的文士，且多为桐城古文的名家。像善化孙鼎臣，湘阴郭崑焘、郭嵩焘，湘潭欧阳勋，湘乡罗泽南、刘蓉，以及溆浦向师棣、舒焘等，都为曾国藩的幕僚和文友。巴陵吴敏树虽不曾入幕府，却与曾国藩过从甚密。至于曾国荃、曾纪泽之受曾国藩的奖掖、提拔和荫庇，更是不言而喻。

闽文化区（福州府一带）

有清一代，福建地区尤其是福建沿海一带经济的发展，是在康熙二十二年（1683）清政府废除"迁海"令之后。"迁海"令废除之前，这里田地抛荒，人民丐食无门。"迁海"令废除之后，沿海居

---

[1] 薛福成：《寄龛文存序》，《薛福成选集》，上海人民出版社1987年版，第239页。

民得以回故乡复业——耕种和采捕。更为重要的是，这里的海外贸易得以开放。康熙尝云："开海贸易，谓于闽粤边海民生有益，若此二省民用充阜，财货流通，各省俱有裨益。"[1] 遂于澳门、漳州、宁波、云台山设立四个海关，以征商税。据王之春《国朝柔远记》卷四载："海禁既弛，（南洋）诸国咸来互市，粤、闽、浙商亦以茶叶、瓷器、色纸往市。"[2] 于是福建一带的海面上，又出现了一派"帆樯鳞集，瞻星戴斗"[3] 的繁荣景象。

海外贸易的恢复和发展，推动了福建地区商品经济的繁荣，而商品经济的繁荣，人民富裕程度的提高，又促成了福建地区文化事业的发展。有清一代，福建有87位文学家被谭编《中国文学家大辞典》所收录，其数量则次于江苏、浙江、江西、安徽和山东五省而居全国第六位。关于福建文化区，以前各章多有考察，此处从简。

岭南文化区（广州府一带）

这里所谓岭南文化区，仍然偏指广东。

清代的广东，其经济文化最为发达的地区，仍然是广州。广州是当时首屈一指的对外贸易城市。据《中国的货栈》一书记载："中华帝国与西方列国的全部贸易都聚会于广州。中国各地物产都运来此地，各省的商货栈在此经营着很赚钱的买卖。东京、交趾、柬埔寨、缅甸、麻六甲或马来半岛、东印度群岛、印度各口岸、欧洲各国、南北美洲各国和太平洋诸岛的商货，也都汇集到此城。从广州出口的中国商品，主要是土布、丝绸和茶叶；进口的外国商品，主

---

[1]　《清圣祖实录》卷一一六，辽宁社会科学院1987年印行。
[2]　王之春：《国朝柔远记》卷四，清光绪十七年广雅书局刊本。
[3]　梁廷枏：《粤海关志》卷五，广东人民出版社2002年版，第59页。

要是毛织品、棉花、金属、香料等。许多外国船只都从广州进港，18世纪下半叶，每年约几十艘，乾隆五十四年（1789）达83艘，至19世纪初则增至一二百艘。也有许多中国商船从广州出发，往南洋各地贸易。"[1]对外贸易的发达，促使广州的商品经济较之明代更加活跃。广州一带所产的物品，谓之"广货"，在国内外享有盛誉。其"广纱"、"广缎"，"质密而匀，其色鲜艳，光辉滑泽"，"苏杭皆不及"[2]。其"珠贝、玻璃、翡翠、珊瑚诸珍错"，不但供应王公贵族之用，还大量出口卖与外商。对外贸易的发达与商品经济的繁盛，使广州赢得了"金山珠海，天子南库"的美称。当时广州最繁华的地区在西城。这里"皆起楼榭，为夷人居停"和"异省商人杂处"之地。[3]南城亦"多贸易之场"[4]。其西角楼一带，"南临濠水，朱楼画榭，连属不断，皆优伶小唱所居，女旦美者鳞次"。与西角楼"隔岸，有百货之肆，五都之市，天下商贾聚焉"[5]。

广州府属的佛山镇，早在宋代便是我国著名的四大市镇之一（其他三镇为朱仙镇、汉口镇和景德镇）。这里的冶铁业相当发达。清代前期，佛山已是"万瓦齐鳞，千街错绣；棋布星罗，栉比辐辏；炊烟乱昏，灯火连昼"[6]。雍正时，全镇"延绵十余里，烟户十余万"[7]。至乾嘉时，大街小巷竟达622条。[8]

---

[1]《中国的货栈》，引自戴逸主编：《简明清史》第1册，人民出版社1980年版。
[2] 屈大均：《广东新语》卷一五，中华书局1985年版，第427页。
[3] 祝淮等：《道光香山县志》卷二二，清道光刊本。
[4] 沈廷芳等：《乾隆广州府志》卷十，清乾隆二十四年刊本。
[5] 潘尚楫：《道光南海县志》卷八，清同治十一年刊本。
[6] 吴荣光：《道光佛山忠义乡志》卷一一引梁序镛：《佛山赋》，《中国地方志集成·乡镇志专辑30》，江苏古籍出版社1992年版。
[7]《雍正朱批谕旨》第16函第4册。
[8] 吴荣光：《道光佛山忠义乡志》卷一，《中国地方志集成·乡镇志专辑30》。

广州府属的顺德、东莞、南海、新会和番禺各县，其商品经济也相当发达。仅以农村墟市的发展状况为例。明末，顺德县有墟市36个，东莞29个，南海和新会各25个。至清代中叶，顺德县的墟市增至62个，东莞增至83个，南海增至126个，新会增至70个。番禺县的墟市在明代默默无名，至清代则达到110个。

随着商品经济的迅速发展，教育事业也达到一个新的高度。明时，广东的书院为156所，居全国第三位；清时242所，居全国第五位。广东的文学家也由明时的37人增至66人，其中广州府48人，占全省总数的73%。

清代的广州，不仅文学家人数增多，文学创作活动也很活跃，其最显著的标志便是文学流派的蓬勃。清初，有以屈大均（番禺人）、陈恭尹（顺德人）和梁佩兰（南海人）为成员的"岭南三大家"，在当时的文坛声名卓著；雍正乾隆年间，则有以何梦瑶（南海人）、罗天尺（顺德人）和陈海六（番禺人）等为首的"惠门八子"活跃在广东诗坛；嘉庆间，又有以张维屏（番禺人）、黄培芳（香山人）为主的"粤东三子"称名一时。

燕赵文化区（顺天府一带）

清代燕赵文化区的地理范围，相当于直隶的中、南部，即今之北京市、天津市及河北省的管辖范围。

有清一代有籍贯可考的1751名文学家中，北方只有265人；这265人又主要分布在燕赵和齐鲁这两个文化区，燕赵81人，齐鲁94人，占了北方文学家总数的66%。就燕赵文化区内部而言，分布最多的是顺天府，共31人。具体来讲，大兴14人，宛平6人，文安3人，通州1人，不具县名7人。分布最多的也就是大兴和宛平两县。

大兴和宛平均为顺天府治,也就是京师所在地。

京师不仅是全国的政治中心,也是当时北方首屈一指的商贸城市。这里的交通十分方便,已经初步形成四通八达的水陆交通网,给京师工商业的发展提供了极为有利的条件。京师的私营手工业比较活跃,如铸铜、制药、造酒、香蜡、纺织、制漆、皮革和玉器等都有较大的发展。不过从总体上来讲,京师仍是一座消费性城市,因为这里最为发达的还是商业而不是手工业。京师最繁华的地区不在达官贵人聚集的内城,而在宣武、正阳和崇文三门之外。拥有成千上万资本的富商大贾们,就在这三门之外经营买卖,牟取厚利。如正阳门外的大栅栏一带,在乾隆时期便是一个店铺林立、市招繁多的热闹去处。京师的诸多老字号,因长期经营传统特色商品而声名卓著。据《帝京岁时纪胜》载:"帝京品物,擅天下以无双……金银首饰,开敦华元吉之楼;彩缎绫罗,置广信恒丰之号。貂裘狐腋,江米街头;珊瑚珍珠,廊房巷口。"[1]

值得注意的是,京师的工商业几乎完全掌握在行帮商人的手里。这些行帮商人为保持对市场的垄断,防止外地或外行商人的竞争,纷纷设立商人会馆,以为开会、存货、订立行规和统一度量衡之用。乾隆时,"各省争建会馆,其至大县亦建一馆"[2],以致三门以外的地基房价直线上涨。至鸦片战争前夕,京师"货行会馆之多,不啻什百倍于天下各外省。且正阳、崇文、宣武三门外,货行会馆之多,又不啻什佰倍于京师各门外"[3]。商人会馆的封建帮会性质是不言而喻的,它在一定程度上对手工业的发展和商品经济的繁荣起着束缚

---

[1] 潘荣陛:《帝京岁时纪胜·燕京岁时记》,北京古籍出版社 1981 年版,第 41 页。
[2] 汪户淑:《水曹清暇录》卷十,清乾隆五十七年汪氏飞鸿堂刊本。
[3] 道光十八年《北京颜料行会馆碑》,引自戴逸主编:《简明清史》第 1 册。

和延缓的作用。不过，在乾隆以后，那种以地域关系为纽带的工商会馆开始衰落，出现了许多不分地域而按同行业组织的会馆。这种会馆，对于各地文化的交流，对于手工业和商品经济的发展是有积极意义的。

当时的京师不仅聚集着各地的商人，也聚集着各地的著名学者和文化人。这些人大多居住在京师的南城。如钱大昕曾先后住绳匠胡同、潘家河沿、椿树头条胡同和南横街。他在京师和吴烺、褚寅亮一起研习算术，与纪昀一起去琉璃厂书肆购书浏览，和戴震一起讨论学问。顾炎武则曾寓居珠市口东冰窖胡同三官庙内，实地考察京师的人文地理，与孙承泽等过从甚密。当时寓居京师的外省著名学者，除了钱大昕、顾炎武，还有戴震、王念孙、胡渭、顾祖禹、阎若璩、惠周惕、惠栋、毛奇龄、梅珏成等，他们在这里校勘古籍，研治经学，兼及小学、史学、天算、律历、地理、音韵、金石、辑佚、目录和典章制度，修撰了《四库全书》、《古今图书集成》、《康熙字典》、《佩文韵府》、《骈字类编》、《书画谱》、《律历渊源》等六十多种大中型图书，从而为中国传统文化的整理和传播作出了巨大的贡献。

与传统文化的整理和传播相适应，京师地区的刻书事业亦很发达。清代的官刻，以武英殿为最有名。清代历朝官本如实录、圣训、御制诗文、御纂经典、会典、方略等，都由武英殿刊版印行。乾隆四年，诏刻《钦定十三经注疏》和《钦定二十四史》于武英殿，殿版书由此声名大著。乾隆当政60年，所刻经、史、子、集，据《殿版书目》等记载，即有400余种。就坊刻而言，京师的老二酉堂、聚珍堂、善成堂、文成堂、文宝堂、荣禄堂、文锦堂、文贵堂、文友堂和翰文斋等，都非常有名，这些书坊都是刻印兼发行，其所刻和所发行之书,有《三字经》、《百家姓》、《千字文》等童蒙读物,也有类书、佛经和小说等。如但明伦评《聊斋志异》,即由琉璃厂的老二酉堂所刻。

京师地区的藏书事业亦非常发达。著名的官方藏书处有文渊阁、文源阁,著名的私人藏书处则有邓邦述的群碧楼,缪荃孙的艺风堂等。

有清一代,因推行文化专制政策,动不动就兴文字狱,动不动就禁毁书籍,许多有才华的文人为避祸而钻进象牙之塔,诠释典籍,考究名物,整理国故,虽有功于传统文化的整理和传播,却形成一种僵化而泥古的学风。这种学风对于文学的生成是不利的。不过尽管如此,由于文学自身规律的作用,有清一代的文学还是取得了一定的成就。即以京师地区而言,虽然作家们更少言论的自由,但还是出了像高鹗、李汝珍这样的优秀小说家和纳兰性德这样的优秀词人以及翁方纲这样的优秀诗评家。

齐鲁文化区(济南府、青州府一带)

有清一代的北方,以山东的商品经济最为发达;而山东最发达的地区,又在济南、济宁、临清和青州诸府。济南府的农村市场相当活跃。如济南齐东县的石家店集,"每月逢一、四、六、九日"为集;[1]长山县的周村集,"三八日小集,四九日大集"[2];陵县的神头镇集,原是"二七大集",后来又"益以四九两市"[3];长清县有

---

[1] 郭国琦等:《康熙新修齐东县志》卷一,《中国地方志集成·山东府县志辑30》,凤凰出版社2004年版。
[2] 钟廷英等:《嘉庆长山县志》卷一,《中国地方志集成·山东府县志辑27》。
[3] 李图等:《道光陵县志》卷一七,清道光二十六年刊本。

张夏等10集为"大集",潘村等26集"皆为小集",均为五日一集。[1]每当集日,四方商贾辐辏;每日交易,以数千金计。据统计,这样的农村集市,在章丘县,乾隆二十年有45处,道光十三年增至48处;在长山县,康熙五十五年有21处,嘉庆时上升到37处;在临邑县,康熙五十二年有14处,道光时上升到19处;在长清县,康熙十一年有27处,道光时上升到37处;在平原县,明万历十八年有17处,清乾隆十四年上升为27处。除了集市,还有镇。如长山县的周村镇,"烟火鳞次,泉货充牣,居人名为旱马头"。镇西的兴隆街,"琳宫宝刹,阛阓肆厂,咸依逶岸,而服贾牵牛、负贩而过者,日不啻千百计"[2]。它如历城县的泺口镇,陵县的神头镇等,其繁华程度可与江南的市镇媲美。农村集镇的活跃和数量的激增,乃是农村经济作物大量种植、农产品商品化的必然结果。

至于济南城,更是一个繁华的商业城市。清初,济南城的商业多集中在东南关一带,至清末,西关则成为全城的商业中心。西关一带的商业,在清代有"五大行"之称。一曰中药行,二曰杂货行,三曰绸布行,四曰鞋帽行,五曰钱行。另外还有"碎货业"、"广货业"、"首饰业"。作为济南府治的历城县的泺口镇,也是一个盐商荟萃之所。

济南府为山东省会,又是京师以南的重要城市,这里经济富庶,交通发达,文化根基深厚,有清一代,吸引了不少的学者文人来此为官和定居。清初著名学者顾炎武尝于顺治十四年(1657)在章丘

---

[1] 徐德城等:《道光长清县志》卷二,《中国地方志集成·山东府县志辑59》,凤凰出版社2004年版。
[2] 钟廷英:《嘉庆长山县志》卷一三引王衍霖:《周村重修兴隆桥碑记》,《中国地方志集成·山东府县志辑27》。

的大桑庄置田十顷，在此从事政治和学术活动；著名诗人施闰章、著名学者黄叔琳、于敏中、翁方纲、阮元、刘凤浩、黄钺、王引之、何凌汉等尝于顺治十三年（1656）至道光四年（1824）之间先后在此任山东学政和提学使，著名诗人朱彝尊尝于康熙七年（1668）在此任山东巡抚幕僚，著名金石学家孙星衍尝于嘉庆年间在此任山东督粮道和山东布政使，著名学者梁章钜尝于道光年间在此任山东布政使和按察使，著名诗人何绍基尝于咸丰年间在此主讲泺源书院，著名学者俞正燮则于嘉庆九年（1804）前后在济南一带游学。这些人的到来，对济南文化的发展和人才的成长都有很大的推动作用。如施闰章对蒲松龄的奖掖，阮元对成瓘的识拔，以及顾炎武、孙星衍等对山东和济南的地方文献的考证、对金石的著录等。

由于上述因素的共同作用，济南府在有清一代涌现了35位文学家，占山东籍文学家（94人）的37%。尤其是出现了像蒲松龄这样的第一流的短篇小说家，出现了像王士禛这样的杰出的诗人和诗评家。王士禛创"神韵派"，50年内，海内学者仰如泰山北斗。济南自明中叶的边贡、李攀龙起，至清康熙年间的王士禛、王士禄、王士祜三兄弟止，一直为全国诗歌之重镇，其在文学史上的地位实在是不容低估的。

和济南府毗邻的青州府，也是一个经济文化的发达区。以农村集市而言，青州府的高苑县在乾隆年间有10处；诸城县在乾隆年间有36处。而博山县的颜神镇，则号称"齐鲁间巨镇"。青州为古代齐文化的大本营，有着悠久的文化传统，又受到明清时济南文化的直接影响，故有清一代涌现了23位文学家，占山东文学家总数的24%。

结语

　　清代文学家的地理分布，和明代保持着基本相同的格局。就清代文学家的分布格局来看，虽然黄河中、上游流域的关中、中原、三晋文化区，以及长江上游流域的蜀文化区均处于衰落状态，但是黄河下游流域的燕赵、齐鲁文化区，以及长江中、下游流域的荆楚、湖湘、赣、江淮、吴、越等文化区则呈现出发展的态势，珠江下游流域的岭南文化区也是如此。这表明，越是离海近的地方，文化就越有活力，对文学家的生长就越有利。

　　当然，还有一点也不能忽视，这就是：在珠江上游流域的云南、贵州也出了15位文学家，在中上游流域的广西，文学家的数量也在增长；而在辽河流域的辽宁，也在宋辽金之后出了6位文学家。这表明，清代的政治版图、经济版图比明代要大，其文化版图和文学版图也比明代要大。

第十章 中国历代文学家族之地理分布

第一节 文学家族之分布格局

笔者根据谭正璧编《中国文学家大辞典》所提供之基本线索，并参考其他相关传记材料，寻绎出中国历代有一定影响的文学家族440个，并按其地域、时代进行排列。现将有关做法说明如下：

一、家族的第一特点是聚族而居（地域性），第二特点是世代承袭（传承性），本表关于文学家族的排列，遵循"时空并重"的原则，以便读者既知其地理之分布，亦知其历史之演变。

二、家族的名称，大都根据习惯，绝大多数冠以郡（府、州）名，少数冠以县名。冠以县名者不外两个原因，一个是习惯，一个是某些郡（府、州）有两个同姓家族，如沛县刘氏（皇族），相县刘氏（世族），均属于沛郡（沛国）；蔡阳刘氏（皇族）、涅阳刘氏（世族），均属于南阳府，为不致混淆，则冠以县名。

三、家族的代表人物，一般为在文学上影响较大者，或为该家族的第一代文学家，不强求一致。

四、家族的居住地，有原住地，也有迁居地者，均予以注明，以便读者了解其迁徙之情况。

五、家族的类型，就其政治地位来讲，有皇族型、世族型、普通型三种；就其成员之间的关系来讲，有父子型、叔侄型、兄弟型（含从兄弟）、兄妹型、姐弟型、父女型、母女型、姊妹型、祖孙型、外祖孙型、舅甥型、夫妻型、翁婿型，以及包含上述多种的综合型等。这里有两点需要说明：第一，古代的文学家绝大多数都是官僚士大夫出身，按照宽泛一点的理解，一个家族有三代以上为官者，即可称世族。这样看来，古代的文学家绝大多数都是世族出身，而文学世族也就太多了。本表所称之世族，是指世家大族，相对小族而言，不是相对庶族或寒门而言。世家大族的特点，一是政治地位高，二是历史悠久，三是人才众多。合此三点，即冠之为世族；不合此三点，则不冠之为世族，但也不冠之为普通族，以免引起不必要的争议。第二，由于谭正璧编《中国文学家大辞典》对文学家族成员的收录是有选择的，即只录那些有影响的成员，所以一个文学家族究竟有多少成员，他们之间究竟属于哪种关系，是父子型、兄弟型，抑或祖孙型、兄妹型、综合型等，通过这部辞典是难以全盘了解的，本表也不过是给研究者和有兴趣的读者提供一个线索而已。本表所注某某型，仅仅是就本表所录之家族成员之间的关系而言，也许未能概括其全部关系，望读者不要拘泥。（见表二十八）

表二十八　中国历代文学家族之地理分布表

编号	时代	家族名称	代表人物	居住地	今址	今各省统计	家族类型
1	西汉	沛县刘氏	刘邦	沛郡沛县京兆长安广陵	江苏沛县京兆长安江苏扬州		皇族综合型
2	东汉	淮阴枚氏	枚乘	临淮淮阴	江苏淮安		父子型
3	南朝	武原到氏	到溉	彭城武原	江苏邳州		综合型

(续)

编号	时代	家族名称	代表人物	居住地	今址	今各省统计	家族类型
4	南朝	彭城刘氏	刘裕	彭城彭城 晋陵京口 丹阳建康	江苏徐州 江苏镇江 江苏南京		皇族综合型
5	唐代	彭城刘氏	刘知几	徐州彭城	江苏徐州		世族综合型
6	五代、北宋	徐州李氏	李煜	徐州	江苏		皇族综合型
7	北宋	彭城陈氏	陈师道	徐州彭城	江苏徐州		祖孙型
8	唐代	江都李氏	李善	扬州江都	江苏扬州		世族父子型
9	唐代	扬州王氏	王播	扬州	江苏		世族兄弟型
10	北宋	江都徐氏	徐铉	扬州江都	江苏江都		兄弟型
11	南宋	扬州李氏	李正民	扬州	江苏		父子型
12	元代	扬州睢氏	睢景臣	扬州	江苏		父子型
13	明代	扬州朱氏	朱应登	扬州宝应	江苏宝应		父子型
14	明清	宝应刘氏	刘心学	扬州宝应	江苏宝应		综合型
15	清代	宝应王氏	王式丹	扬州宝应	江苏宝应		综合型
16	清代	宝应乔氏	乔莱	扬州宝应	江苏宝应		综合型
17	清代	扬州任氏	任大椿	扬州兴化	江苏兴化		祖孙型
18	东汉	会稽严氏	严忌	会稽吴县	江苏苏州		父子型
19	南朝、隋唐、明代、清代	吴郡陆氏	陆倕	吴郡吴县 苏州太仓	江苏苏州 江苏太仓		世族综合型
20	东晋、南朝、唐代	吴郡顾氏	顾和	吴郡吴县 苏州昆山	江苏苏州 江苏昆山		世族综合型
21	东晋、南朝	吴郡张氏	张翰	吴郡吴县	江苏苏州		世族综合型
22	两宋	吴县范氏	范仲淹	苏州吴县	江苏苏州		综合型
23	明代	吴县黄氏	黄省曾	苏州吴县	江苏苏州		父子型
24	明代	吴县袁氏	袁袠	苏州吴县	江苏苏州		父子型
25	清代	吴县陈氏	陈景云	苏州吴县	江苏苏州		父子型
26	明代	常熟蒋氏	蒋以忠	苏州常熟	江苏常熟		兄弟型
27	明代	常熟瞿氏	瞿景淳	苏州常熟	江苏常熟		父子型
28	明清	常熟冯氏	冯武	苏州常熟	江苏常熟		综合型
29	清代	常熟冯氏	冯舒	苏州常熟	江苏常熟		兄弟型
30	清代	常熟毛氏	毛晋	苏州常熟	江苏常熟		父子型

(续)

编号	时代	家族名称	代表人物	居住地	今址	今各省统计	家族类型
31	明代	昆山顾氏	顾允默	苏州昆山	江苏昆山		综合型
32	明清	昆山归氏	归有光	苏州昆山	江苏昆山		综合型
33	明代	昆山夏氏	夏昺	苏州昆山	江苏昆山		兄弟型
34	清代	昆山叶氏	叶方霭	苏州昆山	江苏昆山		兄弟型
35	元代	长洲谢氏	谢徽	平江长洲	江苏苏州		兄弟型
36	明代	长洲文氏	文洪	苏州长洲	江苏苏州		父子型
37	明代	长洲皇甫氏	皇甫录	苏州长洲	江苏苏州		综合型
38	明代	长洲张氏	张凤翼	苏州长洲	江苏苏州		兄弟型
39	明代	长洲吴氏	吴一鹏	苏州长洲	江苏苏州		父子型
40	清代	长洲尤氏	尤侗	苏州长洲	江苏苏州		综合型
41	清代	长洲汪氏	汪琬	苏州长洲	江苏苏州		综合型
42	清代	长洲沈氏	沈起凤	苏州长洲	江苏苏州		兄弟型
43	清代	长洲王氏	王芑孙	苏州长洲	江苏苏州		父子型
44	清代	长洲王氏	王芑孙	苏州长洲 徽州休宁	江苏苏州 安徽休宁		综合型
45	明清	吴江沈氏	沈璟	苏州吴江	江苏吴江		综合型
46	清代	吴江吴氏	吴兆骞	苏州吴江	江苏吴江		兄弟型
47	清代	元和陈氏	陈鹤	苏州元和	江苏苏州		父子型
48	明代	苏州薛氏	薛兰英	苏州	江苏		姊妹型
49	明清	太仓王氏	王世贞	苏州太仓	江苏太仓		兄弟型
50	明清	苏州王氏	王锡爵	苏州太仓	江苏太仓		父子型
51	清代	太仓吴氏	吴伟业	太仓 苏州常熟	江苏 江苏常熟		综合型
52	元代	平江陈氏	陈深	平江	江苏		父子型
53	唐代	海州吴氏	吴通玄	海州	江苏		兄弟型
54	唐代	晋陵刘氏	刘子翼	常州晋陵	江苏常州		父子型
55	南宋	无锡尤氏	尤袤	常州无锡	江苏无锡		祖孙型
56	明代	常州华氏	华察	常州无锡	江苏无锡		综合型
57	明代	常州顾氏	顾宪成	常州无锡	江苏无锡		兄弟型
58	清代	常州张氏	张惠言	常州阳湖 常州武进 太仓	江苏常州 江苏常州 江苏		综合型

(续)

编号	时代	家族名称	代表人物	居住地	今址	今各省统计	家族类型
59	清代	阳湖孙氏	孙星衍	常州阳湖 常州武进	江苏常州 江苏常州		夫妻型
60	清代	阳湖董氏	董基诚	常州阳湖	江苏常州		兄弟型
61	清代	阳湖洪氏	洪亮吉	常州阳湖	江苏常州		父子型
62	清代	常州杨氏	杨芳灿	常州金匮	江苏无锡		兄弟型
63	清代	无锡顾氏	顾祖禹	常州无锡	江苏无锡		综合型
64	清代	无锡邹氏	邹式金	常州无锡	江苏无锡		兄弟型
65	清代	无锡薛氏	薛福成	常州无锡	江苏无锡		兄弟型
66	清代	荆溪许氏	许昌国	常州荆溪	江苏宜兴		父子型
67	清代	宜兴陈氏	陈维崧	常州宜兴	江苏宜兴		父子型
68	清代	宜兴储氏	储欣	常州宜兴	江苏宜兴		祖孙型
69	清代	宜兴史氏	史承谦	常州宜兴	江苏宜兴		兄弟型
70	唐代	延陵包氏	包融	润州延陵	江苏金坛		综合型
71	唐代	句容刘氏	刘三复	润州句容	江苏句容		父子型
72	唐代	丹阳皇甫氏	皇甫冉	润州丹阳	江苏丹阳		父子型
73	南宋	丹阳葛氏	葛立方	镇江丹阳	江苏丹阳		综合型
74	清代	丹徒鲍氏	鲍皋	镇江丹徒	江苏镇江		父子型
75	南宋	静海崔氏	崔敦礼	通州静海	江苏南通		兄弟型
76	清代	如皋冒氏	冒襄	通州如皋	江苏如皋		父子型
77	清代	江宁管氏	管同	江宁上元	江苏南京		父子型
78	清代	淮安邱氏	邱象升	淮安山阳	江苏淮安		兄弟型
79	清代	吴县李氏	李日华	苏州吴县 嘉兴嘉兴	江苏苏州 浙江嘉兴	79	父子型
80	西晋	吴郡陆氏	陆机	吴郡华亭	上海松江		世族综合型
81	明代	华亭沈氏	沈粲	松江华亭	上海		兄弟型
82	清代	华亭王氏	王顼龄	松江华亭	上海		兄弟型
83	清代	华亭周氏	周茂源	松江华亭	上海		父子型
84	明代	松江张氏	张引元	松江	上海		母女型
85	清代	金山董氏	董含	松江金山	上海		兄弟型
86	明代	松江朱氏	朱豹	松江上海	上海		父子型

(续)

编号	时代	家族名称	代表人物	居住地	今址	今各省统计	家族类型
87	清代	松江曹氏	曹煜曾	松江上海	上海		综合型
88	清代	嘉定王氏	王鸣盛	太仓嘉定	上海		兄弟型
89	清代	嘉定钱氏	钱大昕	太仓嘉定	上海	10	翁婿型
90	南朝、隋唐	湖州陈氏	陈叔宝	湖州长城 湖州吴兴	浙江长兴 浙江湖州		皇族综合型
91	南朝	吴兴丘氏	丘迟	吴兴乌程	浙江湖州		父子型
92	唐代	湖州徐氏	徐孝德	湖州长城	浙江长兴		综合型
93	唐代	湖州钱氏	钱起	湖州	浙江湖州		祖孙型
94	南宋	归安刘氏	刘一止	湖州归安	浙江湖州		兄弟型
95	北宋	乌程朱氏	朱彧	湖州乌程	浙江湖州		父子型
96	元、明	湖州赵氏	赵孟頫	湖州	浙江		综合型
97	明代	乌程凌氏	凌濛初	湖州乌程	浙江湖州		祖孙型
98	明清	归安茅氏	茅坤	湖州归安 苏州吴江	浙江湖州 江苏吴江		综合型
99	清代	归安沈氏	沈炳震	湖州归安	浙江湖州		兄弟型
100	清代	归安姚氏	姚世钰	湖州归安	浙江湖州		兄弟型
101	清代	德清许氏	许宗彦	湖州德清 杭州钱塘	浙江德清 浙江钱塘		夫妻型
102	清代	德清徐氏	徐倬	湖州德清	浙江德清		综合型
103	唐代	新城许氏	许敬宗	杭州新城	浙江富阳		世族父子型
104	隋唐	武康姚氏	姚察	余杭武康	浙江德清		父子型
105	北宋	钱塘钱氏	钱惟演	杭州钱塘	浙江杭州		皇族兄弟型
106	北宋	钱塘沈氏	沈括	杭州钱塘	浙江杭州		综合型
107	元代	钱塘白氏	白珽	杭州钱塘	浙江杭州		父子型
108	明代	钱塘田氏	田汝成	杭州钱塘	浙江杭州		父子型
109	清代	钱塘陈氏	陈章	杭州钱塘	浙江杭州		综合型
110	清代	钱塘陆氏	陆圻	杭州钱塘	浙江杭州		综合型
111	清代	钱塘吴氏	吴锡麒	杭州钱塘	浙江杭州		综合型
112	清代	钱塘沈氏	沈名荪	杭州钱塘	浙江杭州		父子型
113	清代	钱塘梁氏	梁玉绳	杭州钱塘	浙江杭州		综合型
114	清代	钱塘诸氏	诸九鼎	杭州钱塘	浙江杭州		兄弟型

(续)

编号	时代	家族名称	代表人物	居住地	今址	今各省统计	家族类型
115	清代	钱塘沈氏	沈用济	杭州钱塘	浙江杭州		夫妻型
116	清代	钱塘金氏	金志章	杭州钱塘	浙江杭州		父子型
117	清代	钱塘诸氏	诸可宝	杭州钱塘 常州金匮	浙江杭州 江苏无锡		夫妻型
118	明代	海宁苏氏	苏平	杭州海宁	浙江海宁		兄弟型
119	明代	海宁祝氏	祝淇	杭州海宁	浙江海宁		父子型
120	明代	海宁董氏	董澐	杭州海宁	浙江海宁		父子型
121	清代	海宁查氏	查慎行	杭州海宁	浙江海宁		综合型
122	明代	仁和郏氏	郏经	杭州仁和	浙江杭州		父子型
123	清代	仁和沈氏	沈元沧	杭州仁和	浙江杭州		父子型
124	清代	仁和赵氏	赵昱	杭州仁和	浙江杭州		综合型
125	清代	仁和钱氏	钱枚	杭州仁和	浙江杭州		兄弟型
126	明代	平湖屠氏	屠勋	嘉兴平湖	浙江平湖		父子型
127	明代	海盐钱氏	钱琦	嘉兴海盐	浙江海盐		父子型
128	明代	海盐钱氏	郑晓	嘉兴海盐	浙江海盐		祖孙型
129	明代	秀水周氏	周履靖	嘉兴秀水	浙江嘉兴		夫妻型
130	清代	秀水沈氏	沈叔埏	嘉兴秀水	浙江嘉兴		兄弟型
131	清代	秀水朱氏	朱彝尊	嘉兴秀水	浙江嘉兴		综合型
132	清代	秀水李氏	李绳远	嘉兴秀水	浙江嘉兴		兄弟型
133	清代	秀水周氏	周履靖	嘉兴秀水 泉州	浙江嘉兴 福建		夫妻型
134	清代	秀水樊氏	樊雨	嘉兴秀水	浙江嘉兴		舅甥型
135	清代	嘉善曹氏	曹廷栋	嘉兴嘉善	浙江嘉善		兄弟型
136	清代	嘉兴李氏	李超孙	嘉兴嘉兴	浙江嘉兴		兄弟型
137	清代	嘉兴钱氏	钱仪吉	嘉兴嘉兴	浙江嘉兴		兄弟型
138	清代	桐乡冯氏	冯浩	嘉兴桐乡	浙江桐乡		父子型
139	唐代	桐庐章氏	章孝标	睦州桐庐	浙江桐庐		父子型
140	清代	淳安方氏	方茶如	严州淳安	浙江淳安		兄弟型
141	南朝、唐代	余姚虞氏	虞愿	会稽余姚	浙江余姚		世族综合型
142	明代	余姚孙氏	孙升	绍兴余姚 杭州仁和	浙江余姚 浙江杭州		综合型

(续)

编号	时代	家族名称	代表人物	居住地	今址	今各省统计	家族类型
143	隋唐	山阴孔氏	孔范	会稽山阴	浙江绍兴		世族综合型
144	两宋	山阴陆氏	陆游	绍兴山阴	浙江绍兴		综合型
145	明代	山阴唐氏	唐肃	绍兴山阴	浙江绍兴		父子型
146	清代	山阴周氏	周星誉	绍兴山阴	浙江绍兴		兄弟型
147	南宋	上虞李氏	李光	绍兴上虞	浙江上虞		父子型
148	清代	余姚黄氏	黄宗羲	绍兴余姚	浙江余姚		综合型
149	南宋	江山柴氏	柴望	衢州江山	浙江江山		兄弟型
150	北宋	衢州赵氏	赵湘	衢州西安	浙江衢州		祖孙型
151	宋代	鄞县楼氏	楼钥	庆元鄞县 温州永嘉	浙江宁波 浙江温州		舅甥型
152	南宋	鄞县翁氏	翁元龙	庆元鄞县	浙江宁波		兄弟型
153	南宋	鄞县史氏	史浩	庆元鄞县	浙江宁波		叔侄型
154	元代	庆元程氏	程端礼	庆元	浙江		兄弟型
155	明代	鄞县陆氏	陆铨	宁波鄞县	浙江宁波		兄弟型
156	明代	鄞县万氏	万表	宁波鄞县	浙江宁波		综合型
157	明代	鄞县屠氏	屠隆	宁波鄞县	浙江宁波		父女型
158	南宋	金华杜氏	杜旃	婺州金华	浙江金华		兄弟型
159	南宋	天台戴氏	戴复古	台州天台	浙江天台		综合型
160	清代	临海洪氏	洪坤煊	台州临海	浙江临海		兄弟型
161	两宋	永嘉刘氏	刘安节	温州永嘉	浙江温州		兄弟型
162	元代	温州郑氏	郑东	温州平阳	浙江平阳		兄弟型
163	明代	青田刘氏	刘基	处州青田	浙江青田	74	父子型
164	东汉、两晋、南朝	龙亢桓氏	桓麟	沛国龙亢 宣城宣城	安徽怀远 安徽宣城		世族综合型
165	南朝	相县刘氏	刘愫	沛国相县 晋陵京口	安徽濉溪 江苏镇江		世族综合型
166	三国	沛国薛氏	薛综	沛国竹邑	安徽宿州		父子型
167	东汉	谯县丁氏	丁仪	沛国谯县	安徽亳州		兄弟型
168	东汉	谯县曹氏	曹操	沛国谯县 洛阳 中山毋极	安徽亳州 河南洛阳 河北无极		皇族综合型

(续)

编号	时代	家族名称	代表人物	居住地	今址	今各省统计	家族类型
169	三国	谯郡嵇氏	嵇康	谯郡铚县	安徽宿州		世族综合型
170	西晋	谯县夏侯氏	夏侯湛	谯国谯县	安徽亳州		世族兄弟型
171	南朝	庐江何氏	何尚之	庐江灊县 吴郡吴县	安徽霍山 江苏苏州		世族综合型
172	南宋	颍州王氏	王铚	颍州汝阴	安徽阜阳		父子型
173	南宋	乌江张氏	张邵	和州乌江	安徽和县		父子型
174	北宋	合肥杨氏	杨察	庐州合肥	安徽合肥		兄弟型
175	南宋、明代	徽州汪氏	汪梦斗	徽州绩溪	安徽绩溪		综合型
176	明代	徽州唐氏	唐桂芳	徽州歙县	安徽歙县		祖孙型
177	清代	祁门马氏	马曰琯	徽州祁门	安徽祁门		兄弟型
178	北宋、明清	宣城梅氏	梅尧臣	宣州宣城	安徽宣城		综合型
179	元代	宣城贡氏	贡奎	宁国宣城	安徽宣城		父子型
180	明代	宣城沈氏	沈懋学	宁国宣城	安徽宣城		父女型
181	清代	宣城施氏	施闰章	宁国宣城	安徽宣城		祖孙型
182	明代	凤阳朱氏	朱权	濠州凤阳 顺天 南昌 黄州蕲州 西安 潞安潞州 汾州 河南	安徽凤阳 北京 江西南昌 湖北蕲州 陕西西安 山西长治 山西 河南		皇族综合型
183	北宋	寿州吕氏	吕夷简	寿州 开封开封	安徽 河南开封		综合型
184	清代	怀宁阮氏	阮大铖	安庆怀宁	安徽怀宁		父女型
185	清代	桐城方氏	方苞	安庆桐城	安徽桐城		综合型
186	清代	桐城张氏	张英	安庆桐城	安徽桐城		父子型
187	清代	桐城姚氏	姚鼐	安庆桐城	安徽桐城	24	舅甥型
188	唐代	莆田林氏	林藻	泉州莆田	福建莆田		兄弟型
189	北宋	仙游蔡氏	蔡襄	兴化仙游 兴化莆田	福建仙游 福建莆田		综合型
190	南宋	莆田陈氏	陈俊卿	兴化莆田	福建莆田		父子型

(续)

编号	时代	家族名称	代表人物	居住地	今址	今各省统计	家族类型
191	元代	莆田洪氏	洪岩虎	兴化莆田	福建莆田		父子型
192	清代	莆田林氏	林尧光	兴化莆田	福建莆田		兄弟型
193	明代	闽县陈氏	陈介夫	福州闽县	福建闽侯		兄弟型
194	明代	侯官林氏	林春泽	福州侯官	福建闽侯		父子型
195	清代	长乐梁氏	梁章矩	福州长乐	福建长乐		父子型
196	清代	侯官林氏	林侗	福州侯官	福建闽侯		兄弟型
197	清代	侯官许氏	许遇	福州侯官	福建闽侯		兄弟型
198	清代	安溪李氏	李光地	泉州安溪	福建安溪		兄弟型
199	清代	宁化伊氏	伊朝栋	汀州宁化	福建宁化		父子型
200	两宋	沙县陈氏	陈瓘	南剑沙县	福建沙县		祖孙型
201	南宋	崇安胡氏	胡安国	建宁崇安	福建武夷山		综合型
202	南宋	崇安刘氏	刘子翚	建宁崇安	福建武夷山		父女型
203	元代	崇安蓝氏	蓝仁	建宁崇安	福建武夷山		叔侄型
204	清代	建安郑氏	郑方城	建宁建安	福建建瓯		兄弟型
205	清代	建宁朱氏	朱仕玠	邵武建宁	福建建宁		兄弟型
206	清代	光泽高氏	高腾	邵武光泽	福建光泽	19	父子型
207	东晋	鄱阳陶氏	陶渊明	鄱阳寻阳柴桑	江西江西星子		世族祖孙型
208	北宋	德安夏氏	夏竦	江州德安蕲州	江西德安湖北		祖孙型
209	清代	湖口陈氏	陈奉兹	九江湖口九江德化	江西湖口江西九江		父子型
210	南宋	婺源朱氏	朱松	徽州婺源南剑尤溪	江西婺源福建尤溪		综合型
211	明清	婺源余氏	余懋衡	徽州婺源	江西婺源		父子型
212	南宋	庐陵李氏	李洪	吉州庐陵	江西吉安		兄弟型
213	元代	庐陵刘氏	刘辰翁	吉安庐陵	江西吉安		父子型
214	北宋	临川王氏	王安石	抚州临川	江西抚州		综合型
215	北宋	临川谢氏	谢逸	抚州临川	江西抚州		兄弟型

(续)

编号	时代	家族名称	代表人物	居住地	今址	今各省统计	家族类型
216	北宋	临川晏氏	晏殊	抚州临川	江西抚州		父子型
217	南宋	临川危氏	危稹	抚州临川	江西抚州		兄弟型
218	南宋	金溪陆氏	陆九渊	抚州金溪	江西金溪		兄弟型
219	北宋	宜黄乐氏	乐史	抚州宜黄	江西宜黄		父子型
220	元代	崇仁吴氏	吴澄	抚州崇仁	江西崇仁		祖孙型
221	宋元	临川陈氏	陈郁	抚州临川	江西抚州		父子型
222	北宋	南昌洪氏	洪朋	洪州南昌	江西南昌		综合型
223	两宋	分宁黄氏	黄庭坚	洪州分宁	江西修水		综合型
224	清代	奉新帅氏	帅我	南昌奉新	江西奉新		父子型
225	清代	武宁盛氏	盛际斯	南昌武宁	江西武宁		父子型
226	两宋	南丰曾氏	曾巩	建昌南丰 襄州襄阳	江西南丰 湖北襄阳		综合型
227	元代	南丰刘氏	刘壎	南丰	江西南丰		父子型
228	北宋	新喻孔氏	孔文仲	临江新喻	江西新余		兄弟型
229	明代	吉安邹氏	邹守益	吉安安福	江西安福		祖孙型
230	明代	泰和梁氏	梁兰	吉安泰和	江西泰和		父子型
231	明代	铅山费氏	费宏	广信铅山	江西铅山		兄弟型
232	清代	铅山蒋氏	蒋士铨	广信铅山	江西铅山		综合型
233	清代	宁都魏氏	魏际瑞	宁都	江西		综合型
234	南宋	鄱阳洪氏	洪皓	饶州鄱阳	江西鄱阳	28	综合型
235	东汉	南阳刘氏	刘苍	南阳蔡阳 河南洛阳	湖北枣阳 河南洛阳		皇族综合型
236	东汉	南郡王氏	王逸	南郡宜城	湖北宜城		父子型
237	唐代	荆州段氏	段成式	荆州	湖北		父子型
238	明代	公安袁氏	袁宏道	荆州公安	湖北公安		兄弟型
239	北宋	安陆宋氏	宋祁	安州安陆	湖北安陆		兄弟型
240	两宋	襄阳米氏	米芾	襄州襄阳	湖北襄阳		父子型
241	两宋	襄阳魏氏	魏泰	襄州襄阳	湖北襄阳		姐弟型
242	北宋	蕲春林氏	林敏功	蕲州蕲春	湖北蕲春		兄弟型
243	明代	嘉鱼李氏	李承芳	武昌嘉鱼	湖北嘉鱼		兄弟型

(续)

编号	时代	家族名称	代表人物	居住地	今址	今各省统计	家族类型
244	北宋	黄州潘氏	潘大临	黄州黄冈	湖北黄冈		兄弟型
245	清代	黄冈杜氏	杜濬	黄州黄冈	湖北黄冈	11	兄弟型
246	清代	长沙周氏	周宣猷	长沙长沙	湖南长沙		兄弟型
247	清代	湘潭张氏	张九钺	长沙湘潭	湖南湘潭		兄弟型
248	清代	湘潭郭氏	郭嵩焘	长沙湘潭	湖南湘阴		兄弟型
249	清代	湘乡曾氏	曾国藩	长沙湘乡	湖南双峰		综合型
250	清代	宁乡黄氏	黄本骐	长沙宁乡	湖南宁乡		兄弟型
251	清代	新化邓氏	邓显鹤	宝庆新化	湖南新化	6	兄弟型
252	西汉	成都司马氏	司马相如	蜀郡成都 蜀郡临邛	四川成都 四川邛崃		夫妻型
253	北宋	成都范氏	范镇	成都华阳	四川成都		祖孙型
254	北宋	成都王氏	王琪	成都华阳	四川成都		兄弟型
255	明代	新都杨氏	杨慎	成都新都	四川成都		综合型
256	西晋	武阳李氏	李密	犍为武阳	四川彭山		父子型
257	五代	梓州李氏	李珣	梓州	四川		兄妹型
258	唐代	射洪陈氏	陈子昂	梓州射洪	四川射洪		父子型
259	北宋	铜山苏氏	苏舜钦	梓州铜山	四川中江		综合型
260	两宋	眉山苏氏	苏轼	眉州眉山	四川眉山		综合型
261	清代	丹棱彭氏	彭肇洙	眉州丹棱	四川丹棱		兄弟型
262	南宋	绵竹张氏	张浚	汉州绵竹	四川绵竹		父子型
263	南宋	井研李氏	李心传	隆州井研	四川井研		父子型
264	北宋	阆中陈氏	陈尧佐	阆州阆中	四川阆中		祖孙型
265	清代	通江李氏	李蕃	保宁通江	四川通江		综合型
266	清代	绵州李氏	李调元	绵州	四川	15	兄弟型
267	明代	南海陈氏	陈绍儒	广州南海	广东广州		祖孙型
268	清代	南海谭氏	谭莹	广州南海	广东佛山		父子型
269	清代	番禺王氏	王邦畿	广州番禺	广东广州		父子型
270	清代	番禺方氏	方殿元	广州番禺	广东广州		父子型
271	清代	顺德张氏	张锦芳	广州顺德	广东佛山		兄弟型
272	清代	电白邵氏	邵咏	高州电白	广东电白	6	兄弟型

(续)

编号	时代	家族名称	代表人物	居住地	今址	今各省统计	家族类型
273	东汉	东平刘氏	刘桢	东平宁阳	山东宁阳		祖孙型
274	元代	东平王氏	王士熙	东平	山东		父子型
275	东汉、清代	鲁国孔氏	孔融	鲁国鲁县	山东曲阜		世族综合型
276	清代	曲阜颜氏	颜光猷	兖州曲阜	山东曲阜		兄弟型
277	明代	东阿于氏	于慎行	兖州东阿	山东东阿		兄弟型
278	三国、两晋、南朝	琅玡诸葛氏	诸葛亮	琅玡阳郡 荆州南阳 晋陵京口	山东沂南 湖北襄阳 江苏镇江		世族综合型
279	东晋、唐代	琅玡颜氏	颜延之	琅玡临沂 丹阳建康 京兆万年	山东费县 江苏南京 陕西西安		世族综合型
280	两晋、南朝	琅玡王氏	王导 王羲之	琅玡临沂 丹阳建康 会稽山阴	山东费县 江苏南京 浙江绍兴		世族综合型
281	西晋	齐国左氏	左思	齐国临淄	山东临淄		兄妹型
282	西晋	平原华氏	华峤	平原高唐	山东禹城		世族综合型
283	两晋、南朝	平原明氏	明克让	平原鬲县 丹阳建康	山东陵县 江苏南京		世族父子型
284	南朝	平原刘氏	刘怀慰	平原平原 丹阳建康	山东平原 江苏南京		世族综合型
285	南朝	高唐刘氏	刘昭	平原高唐 丹阳建康	山东禹城 江苏南京		世族综合型
286	南朝	东莞徐氏	徐广	东莞姑幕	山东诸城		世族综合型
287	南朝	泰山羊氏	羊欣	泰山南城 晋陵京口	山东平邑 江苏镇江		世族综合型
288	南朝	东海何氏	何逊	东海郯县 南东海	山东郯城 江苏镇江		世族综合型
289	南朝	东海鲍氏	鲍照	东海 南东海	山东 江苏镇江		兄妹型
290	南朝	东海徐氏	徐陵	东海郯县	山东郯城		世族父子型
291	南朝、唐代	兰陵萧氏	萧衍	东海兰陵 南兰陵 丹阳建康	山东苍山 江苏常州 江苏南京		皇族综合型

(续)

编号	时代	家族名称	代表人物	居住地	今址	今各省统计	家族类型
292	两晋、南朝	济阴卞氏	卞范之	济阴冤句 丹阳建康	山东菏泽 江苏南京		父子型
293	两晋、南朝	平昌伏氏	伏滔	平昌安丘 丹阳建康	山东安丘 江苏南京		世族综合型
294	两晋、南朝	高平郗氏	郗鉴	高平金乡 丹阳建康 会稽	山东金乡 江苏南京 浙江绍兴		世族综合型
295	北朝	清河崔氏	崔宏	清河 东武城	山东武城		世族综合型
296	北朝	东清河崔氏	崔光	东清河 鄃县	山东高唐		叔侄型
297	北朝	北海王氏	王猛	北海剧县	山东昌乐		祖孙型
298	两宋	章丘李氏	李格非	齐州章丘	山东章丘		父女型
299	两宋	巨野晁氏	晁端礼	济州巨野 密州诸城	山东巨野 山东诸城		综合型
300	五代、北宋	郓州和氏	和凝	郓州须昌 开封祥符	山东东平 河南开封		综合型
301	元代	益都孙氏	孙周卿	益都峄州	山东枣庄		父女型
302	明代	历城边氏	边贡	济南历城	山东济南		父子型
303	明代	临邑邢氏	邢侗	济南临邑	山东临邑		兄妹型
304	明代	新城王氏	王象晋	济南新城	山东桓台		父子型
305	清代	德州田氏	田雯	济南德州	山东德州		综合型
306	清代	德州卢氏	卢道悦	济南德州	山东德州		父子型
307	清代	济南王氏	王士禛	济南新城	山东桓台		兄弟型
308	清代	历城朱氏	朱缃	济南历城	山东济南		综合型
309	清代	淄川高氏	高珩	济南淄川	山东淄博		父子型
310	清代	淄川张氏	张庆笃	济南淄川	山东淄博		父子型
311	清代	益都冯氏	冯溥	青州益都	山东青州		父子型
312	清代	益都赵氏	赵执信	青州益都	山东青州		兄弟型
313	清代	寿光安氏	安致远	青州寿光	山东寿光		父子型
314	清代	高密李氏	李宪噩	莱州高密	山东高密		兄弟型
315	清代	聊城邓氏	邓钟岳	东昌聊城	山东聊城	43	父子型

(续)

编号	时代	家族名称	代表人物	居住地	今址	今各省统计	家族类型
316	东汉	梁国夏氏	夏恭	梁国蒙县	河南商丘		父子型
317	西晋	梁国何氏	何曾	梁国阳夏	河南太康		父子型
318	东汉、三国	汝南应氏	应劭	汝南南顿	河南项城		世族综合型
319	东晋	汝南周氏	周顗	汝南安城 寻阳	河南汝南 江西九江		世族综合型
320	东汉、西晋	颍川陈氏	陈寔	颍川颍阴	河南许昌		世族综合型
321	东汉、两晋、南朝	颍川荀氏	荀彧	颍川颍阴 会稽	河南许昌 浙江绍兴		世族综合型
322	西晋	颍川枣氏	枣据	颍川长社	河南长葛		世族
323	两晋	颍川庾氏	庾峻	颍川鄢陵 丹阳建康 会稽山阴	河南鄢陵 江苏南京 浙江绍兴		世族综合型
324	两晋、南朝	颍川钟氏	钟嵘	颍川长社 丹阳建康	河南长葛 江苏南京		世族综合型
325	西晋	荥阳潘氏	潘岳	荥阳中牟	河南中牟		父子型
326	两晋	陈留阮氏	阮籍	陈留尉氏 丹阳建康 会稽剡县	河南尉氏 江苏南京 浙江绍兴		世族综合型
327	东汉、三国	陈留蔡氏	蔡邕	陈留圉县 泰山南城	河南杞县 山东平邑		世族综合型
328	两晋、南朝、北宋	陈留江氏	江蒨 江逌	陈留考城 盱眙考城 临海 开封陈留	河南民权 江苏盱眙 浙江临海 河南陈留		世族综合型
329	三国、两晋	河内司马氏	司马昭	河内温县 丹阳建康	河南温县 江苏南京		皇族综合型
330	西晋	河内山氏	山涛	河内怀县	河南武陟		父子型
331	西汉、西晋	洛阳贾氏	贾谊	河南洛阳 扶风平陵 平阳襄陵	河南洛阳 陕西咸阳 山西临汾		世族综合型
332	两晋、南朝、唐代	河南褚氏	褚渊	河南阳翟 吴郡钱塘	河南禹州 浙江杭州		世族综合型
333	唐代	河阳韩氏	韩愈	河南河阳	河南孟县		叔侄型

(续)

编号	时代	家族名称	代表人物	居住地	今址	今各省统计	家族类型
334	唐代	河南武氏	武元衡	河南缑氏	河南偃师		父子型
335	北宋	河南程氏	程颢	河南河南	河南洛阳		兄弟型
336	北宋	河南尹氏	尹洙	河南河南	河南洛阳		综合型
337	北宋	河南邵氏	邵雍	河南洛阳	河南洛阳		综合型
338	北宋	河南王氏	王承衍	河南洛阳	河南洛阳		兄弟型
339	元代	河南姚氏	姚燧	河南洛阳	河南洛阳		叔侄型
340	两宋	河南朱氏	朱之才	河南福昌	河南宜阳		父子型
341	东晋、南朝	陈郡袁氏	袁豹	陈郡阳夏 淮南当涂	河南太康 安徽南陵		世族综合型
342	两晋、南朝	陈郡殷氏	殷融	陈郡长平 丹阳建康	河南西华 江苏南京		世族综合型
343	北朝	陈郡袁氏	袁翻	陈郡项县	河南沈丘		世族兄弟型
344	两晋、南朝	陈郡谢氏	谢安 谢灵运	陈郡阳夏 丹阳建康 会稽始宁	河南太康 江苏南京 浙江上虞		世族综合型
345	东晋、南朝	南阳范氏	范坚	南阳顺阳 丹阳建康	河南淅川 江苏南京		世族综合型
346	南朝	舞阴范氏	范缜	南阳舞阴 南郡江陵	河南泌阳 湖北江陵		世族综合型
347	南朝	涅阳刘氏	刘虬	南阳涅阳 南郡江陵	河南邓州 湖北江陵		世族综合型
348	南朝	涅阳宗氏	宗炳	南阳涅阳 南郡江陵	河南邓州 湖北江陵		世族综合型
349	南朝、唐代	棘阳岑氏	岑参	南阳棘阳 南郡江陵	河南南阳 湖北江陵		世族综合型
350	南朝	新野庾氏	庾信	义阳新野 南郡江陵	河南新野 湖北江陵		世族综合型
351	唐代	陕州姚氏	姚崇	陕州硖石	河南陕县		世族综合型
352	唐代	新郑白氏	白居易	郑州新郑	河南郑州		世族兄弟型
353	唐代	荥阳郑氏	郑虔	郑州荥阳	河南荥阳		世族综合型
354	唐代	弘农杨氏	杨凭	虢州弘农	河南灵宝		世族综合型
355	北宋	开封韩氏	韩绛	开封雍丘	河南杞县		兄弟型

(续)

编号	时代	家族名称	代表人物	居住地	今址	今各省统计	家族类型
356	北宋	开封张氏	张去华	开封襄邑	河南睢县		父子型
357	清代	开封周氏	周亮工	开封祥符	河南开封		父子型
358	北宋	汝阳孙氏	孙何	蔡州汝阳	河南汝阳		兄弟型
359	两宋	阳翟曹组	曹组	钧州阳翟	河南禹县		父子型
360	南宋	汤阴岳氏	岳飞	相州汤阴 嘉兴	河南汤阴 浙江嘉兴		祖孙型
361	元代	汤阴许氏	许有壬	彰德汤阴	河南汤阴		兄弟型
362	清代	新安吕氏	吕履恒	河南新安	河南新安		兄弟型
363	清代	商丘宋氏	宋荦	归德商丘	河南商丘	48	综合型
364	元代	邯郸张氏	张之翰	广平邯郸	河北邯郸		父子型
365	两汉	安平崔氏	崔篆	涿郡安平	河北安平		世族综合型
366	两宋	涿州赵氏	赵佶	涿州 开封开封 徽州歙县 隆兴 临江新淦 袁州 庆元鄞县 临安余杭 温州乐清 温州永嘉 福州长乐 福州	河北涿州 河南开封 安徽歙县 江西南昌 江西新干 江西 浙江宁波 浙江杭州 浙江乐清 浙江温州 福建长乐 福建		皇族综合型
367	西晋	安平张氏	张载	博陵安平	河北安平		兄弟型
368	唐代	安平李氏	李百药	深州安平	河北安平		父子型
369	北宋	饶阳李氏	李昉	深州饶阳	河北饶阳		父子型
370	东晋、南朝	高阳许氏	许懋	高阳新城 会稽山阴	河北徐水 浙江绍兴		世族综合型
371	两晋、南朝	范阳张氏	张缅	范阳方城 丹阳建康	河北固安 江苏南京		世族综合型
372	北朝	范阳卢氏	卢思道	范阳涿县	河北涿县		世族综合型
373	北朝	巨鹿魏氏	魏收	巨鹿 下曲阳	河北晋州		世族综合型

(续)

编号	时代	家族名称	代表人物	居住地	今址	今各省统计	家族类型
374	北朝	顿丘李氏	李彪	顿丘卫国	河北清丰		祖孙型
375	北朝	赵郡李氏	李公绪	赵郡柏人	河北隆尧		世族综合型
376	唐代	赵郡李氏	李德裕	赵州赞皇	河北赞皇		世族综合型
377	清代	柏乡魏氏	魏裔介	赵州柏乡	河北柏乡		父子型
378	唐代	定州崔氏	崔湜	定州安喜	河北定县		兄弟型
379	唐代	定州郎氏	郎颖	定州新乐	河北新乐		祖孙型
380	唐代	河间张氏	张仲素	瀛洲河间	河北河间		祖孙型
381	唐代	贝州宋氏	宋若莘	贝州清阳	河北清河		姊妹型
382	唐代	魏郡杜氏	杜正玄	魏郡邺县	河北临漳		兄弟型
383	北宋	大名范氏	范质	大名宗城	河北威县		父子型
384	北宋	东光刘氏	刘挚	永静东光	河北东光		父子型
385	金朝	献州许氏	许安仁	献州乐寿	河北献县		父子型
386	清代	永年申氏	申涵光	广平永年	河北永年		叔侄型
387	金朝	真定蔡氏	蔡松年	真定真定	河北正定		父子型
388	清代	灵寿傅氏	傅维鳞	正定灵寿	河北灵寿		兄弟型
389	清代	正定梁氏	梁清标	正定正定	河北正定	26	兄弟型
390	北朝	北平阳氏	阳固	北平无终	天津蓟县		父子型
391	元代	渔阳鲜于氏	鲜于枢	大都渔阳	天津蓟县	2	父子型
392	元代	大都费氏	费君祥	大都	北京		父子型
393	元代	大都宋氏	宋本	大都	北京		兄弟型
394	东晋、南朝	范阳祖氏	祖冲之	范阳蓟县	北京		世族综合型
395	清代	顺天曹氏或江宁曹氏	曹寅	顺天 江宁上元	北京 江苏南京		祖孙型
396	清代	大兴朱氏	朱筠	顺天大兴	北京		兄弟型
397	清代	宛平王氏	王崇简	顺天宛平	北京		父子型
398	明清	宛平米氏	米万钟	顺天宛平	北京	7	父子型
399	三国、西晋	太原王氏	王昶	太原晋阳 丹阳建康 会稽剡县 颍川长社	山西太原 江苏南京 浙江嵊州 河南长葛		世族综合型

(续)

编号	时代	家族名称	代表人物	居住地	今址	今各省统计	家族类型
400	两晋	太原孙氏	孙统	太原中都 会稽	山西平遥 浙江绍兴		世族综合型
401	唐代	祁县王氏	王涯	太原祁县	山西祁县		世族综合型
402	唐代	太原温氏	温庭筠	太原祁县 京兆鄠县	山西祁县 陕西户县		世族综合型
403	金朝	太原胡氏	胡仲参	太原清源	山西清徐		兄弟型
404	两晋、南朝、唐代	河东裴氏	裴秀	河东闻喜 淮南寿春 京兆长安	山西闻喜 安徽当涂 陕西西安		世族综合型
405	北朝、唐代	河东柳氏	柳恽	河东解县 襄阳襄阳 蒲州解县	山西临猗 湖北襄阳 山西运城		世族综合型
406	隋唐	河东薛氏	薛道衡	河东汾阴	山西临猗		世族综合型
407	唐代	河东张氏	张说	河东 河南洛阳	山西 河南洛阳		世族父子型
408	唐代	蒲州樊氏	樊宗师	蒲州	山西		父子型
409	唐代	蒲州王氏	王维	蒲州河东	山西永济		兄弟型
410	隋唐	绛州王氏	王勃	绛州龙门	山西河津		世族综合型
411	金朝	绛州段氏	段复之	绛州稷山	山西稷山		兄弟型
412	金朝	河中李氏	李献能	河中	山西		兄弟型
413	北宋	大同毕氏	毕士安	大同云中	山西大同		祖孙型
414	金朝	忻州元氏	元好问	忻州秀容	山西忻县		综合型
415	金朝	泽州李氏	李晏	泽州高平	山西高平		父子型
416	金朝	应州刘氏	刘祁	应州浑源	山西浑源		父子型
417	金朝	弘州王氏	王元节	弘州	山西	19	祖孙型
418	唐代	京兆韩氏	韩滉	京兆长安	陕西西安		父子型
419	唐代	京兆杜氏	杜佑	京兆万年	陕西西安		世族综合型
420	唐代	京兆杜氏	杜预 杜甫	京兆杜陵 襄阳襄阳 河南巩县	陕西西安 湖北襄阳 河南巩义		世族综合型
421	唐代	京兆韦氏	韦应物	京兆万年	陕西西安		世族综合型

(续)

编号	时代	家族名称	代表人物	居住地	今址	今各省统计	家族类型
422	唐代	京兆柳氏	柳公绰	京兆华原	陕西耀县		综合型
423	唐代	京兆窦氏	窦叔向	京兆金城	陕西兴平		世族综合型
424	隋代	京兆杨氏	杨广	华州华阴 京兆长安	陕西华阴 陕西西安		皇族父子型
425	北宋	蓝田吕氏	吕大忠	京兆蓝田	陕西蓝田		兄弟型
426	东汉	扶风班氏	班固	扶风安陵	陕西咸阳		世族综合型
427	东汉	扶风张氏	张敞	扶风茂陵	陕西兴平		外祖孙型
428	东汉	扶风马氏	马融	扶风茂陵	陕西兴平		世族综合型
429	西汉	夏阳司马氏	司马迁	冯翊夏阳 京兆华阴	陕西韩城 陕西华阴		外祖孙型
430	北朝	武功苏氏	苏亮	武功	陕西武功		世族综合型
431	明代	武功康氏	康海	西安武功	陕西武功		舅甥型
432	唐代	同州乔氏	乔知之	同州冯翊	陕西大荔		兄弟型
433	三国、两晋南朝	北地傅氏	傅嘏	北地泥阳 会稽上虞	陕西耀县 浙江上虞		世族综合型
434	明代	朝邑韩氏	韩邦奇	西安朝邑	陕西大荔	17	兄弟型
435	隋代、唐代 五代	狄道牛氏	牛僧孺	兰州狄道	甘肃临洮		世族综合型
436	隋唐	陇西李氏	李世民	秦州成纪 京兆长安	甘肃秦安 陕西西安		皇族综合型
437	宋元	西秦张氏	张炎	秦州成纪 临安	甘肃天水 浙江杭州	3	世族综合型
438	辽金元	契丹耶律氏	耶律楚材	迭剌部 临潢	内蒙古林西 内蒙古巴林左旗	1	皇族综合型
439	金朝	女真完颜氏	完颜永成	黑水府 燕京	黑龙江阿城 北京		皇族父子型
440	清代	满族爱新觉罗氏	爱新觉罗·岳端	建州 顺天	辽宁新宾 北京		皇族综合型

第二节　文学家族之分布特点

中国历代文学家族的地理分布、时代分布与类型分布，有如下几个突出特点：

一、主要分布在黄河与长江流域，珠江流域较少，松江与辽河流域没有。

二、就黄河、长江、珠江三大流域而言，以下游流域的平原居多，黄河与长江中游流域的平原略少，上游流域的平原或盆地更少。珠江的中游流域（桂文化区）没有文学家族分布。

三、文学家分布较多的省份，文学家族的分布也相对较多，反之亦然。见表二十九。

表二十九　各省文学家总数（排序）与文学家族总数（排序）对照表

省市区名	文学家总数	全国排序	文学家族总数	全国排序	省市区名	文学家总数	全国排序	文学家族总数	全国排序
江苏	1339	1	79	1	甘肃	51	17	3	15
浙江	1296	2	74	2	广西	23	18		
江西	555	3	28	5	内蒙古	22	19	1	17
河南	440	4	48	3	辽宁	11	19	1	17
山东	355	5	43	4	天津	10	20	2	16
福建	351	6	19	8	云南	10	20		
河北	348	7	26	6	重庆	8	21		
安徽	320	8	24	7	贵州	6	22		
陕西	259	9	17	9	海南	5	23		
山西	229	10	19	8	宁夏	2	24		
湖北	162	11	11	11	黑龙江	2	24	1	17
上海	145	12	10	12	吉林	2	24		
四川	139	13	15	10	新疆	1	25		
湖南	145	14	6	13	台湾	1	25		
广东	114	15	6	13	西藏				
北京	68	16	7	14	青海				

四、就文学家族的时代分布而言，亦与文学家的时代分布格局大体相符，见表三十。

表三十　各代（时段）文学家总数（排序）与
文学家族总数（排序）对照表

时代（历史时段）	文学家总数	排序	文学家族总数	排序
周秦	16人	9	无	
两汉	193人	7	22个	8
三国西晋	184人	8	41个（含东汉传下来的3个）	6
东晋十六国南北朝	561人	5	61个（含西晋传下来的20个）	4
隋唐五代	726人	4	60个（含南北朝传下来的9个）	5
宋辽金	1102人	3	88个	2
元	511人	6	23个（含南宋传下来的2个，金朝传下来的1个）	7
明	1346人	2	64个	3
清	1751人	1	132个（含明代传下来的15个）	1
合计	6389		490个（含各有关朝代传承下来的50个）	

五、在440个文学家族中，文学世族大约有83个，占了全部文学家族的19%；其中三国、西晋、东晋十六国南北朝这一时段的文学世族就有63个，除去重复尚有43个，占了全部文学世族的52%，占了这个时段的文学家族总数（总数102个，除去重复尚有82个）的52%。也就是说，这个时段的文学家族半数以上是文学世族。文学世族的兴盛，反映了自东汉末以来的世家大族在政治、经济、教育、文化各方面的强势。

从东汉开始，历三国西晋，降及整个东晋南北朝时期，随着世家大族的形成及其门阀化，中国学术文化出现一个新的特点，即"学在家族"。

世家大族的形成过程要追溯到汉代。汉代的刺史、太守和县令等地方行政长官由朝廷任命，而他们的僚佐则由当地人充当。这些充当僚佐的当地人，往往就出自当地的世家大族。刺史、太守和县令等地方行政长官有规定的任期，任期满则调走，而地方僚佐则带有世袭性，因为一个地方的世家大族也就那么几家。所以从东汉开始，国家的地方政权在一定程度上乃是由当地的世家大族所控制。由于政治地位、经济条件和文化教育方面的优越性，世家大族中往往出名士。这些名士，往往就是当时的文化名人。我们看东汉时期的许多文学家，如会稽魏朗，颍川荀爽、荀悦、荀彧、陈寔，涿郡卢植，陈留蔡邕，京兆杜笃，便都是当地世家大族中的名士。陈寅恪先生曾经指出："盖自汉代学校制度废弛，博士传授之风气止息以后，学术中心移于家族，而家族复限于地域，故魏、晋、南北朝之学术宗教，皆与家族、地域两点不可分离。"[1]曹魏境内的文化发达区域，大都是东汉以来世家大族最为集中的地方。这些世家大族的成员，多在曹魏政权中据有高位。随着九品中正制的确立，他们的世族地位更加巩固。因为各州郡的大小中正都由当地的世家大族担任，九品的定评，全然操纵于他们之手。于是人才的选拔，官员的升降，大都要凭借"世资"，久而久之，便造成了"高门华阀，有世及之荣，庶姓寒人，无寸进之路"[2]的极不合理的社会政治格局。曹魏如此，孙吴亦不例外。

---

[1] 陈寅恪：《隋唐制度渊源略论稿》，上海古籍出版社1982年版，第17页。
[2] 赵翼：《廿二史札记》，中华书局1984年版，第167页。

这些世家大族既是政治上的显贵，舆论上的权威，文化教育上的垄断者，更是经济上的富豪。如西晋时，北方的世家大族石崇"有别庐在河南县界金谷涧中，或高或下，有清泉、茂林、众果、竹柏、药草之属，莫不毕备。又有水碓、鱼池、土窟，其为娱目欢心之物备矣"[1]。石崇的好友潘岳也在洛水之旁"筑室种树"，其庄园里，樱桃、葡萄、石榴、苹果、梨、柿、枣、李、桃、杏、梅树，"靡不毕植"[2]。孙吴时的世家大族，如吴郡的顾陆朱张、会稽的孔魏虞谢，他们的庄园也都是"僮仆成群，闭门为市，牛羊掩原隰，田池布千里"，也都是"金玉满堂，伎妾溢房，商贩千艘，腐谷万庾"[3]。又如谢灵运的始宁山居，"有良田广宅，在高山流水之畔，沟池自环，竹木周布，场圃在前，果园在后"[4]。物质生活方面应有尽有，当然有条件教育子弟，培养人才。人才培养出来，又不愁仕进之路。经济、文化、政治方面满足了，便啸聚园林，把玩山水，吟诗作文，于是便有了文学，进而便有了文学家。

六、武则天执政以后，世家大族不断受到打压，所以唐代的文学世族就比较少了。据统计，唐代大约有 26 个文学世族，其中还有 7 个是南北朝传承下来的。宋代以后的文学世族就非常罕见了。这个现象从一个侧面反映了文学的世俗化进程，尤其是宋代以后夫妻型、姊妹型、姐弟型、兄妹型文学家族的增多，更能说明这一点。

七、文学家族的形成与传承，与家族的政治、经济、文化地位的提升有关，更与家族的家庭教育的成功有关。一个家庭出了一个

---

[1] 石崇：《金谷诗序》，《世说新语·品藻》，《世说新语校笺》，中华书局 1984 年版，第 291 页。
[2] 潘岳：《闲居赋》，萧统编、李善注：《文选》，上海古籍出版社 1986 年版，第 226 页。
[3] 葛洪：《抱朴子·吴失篇》，四部丛刊本。
[4] 沈约：《宋书·谢灵运传》，第 1767 页。

文学家，除了文化环境方面的原因，就文学家本人来讲，天赋是不可否认的。如果接着出了第二个、第三个乃至更多的文学家，那么除了本人的天赋之外，不能排除家庭成员之间的相互影响，这种影响有时候是自发的，更多的时候则是有意识的教育、培养或者训练。

　　文学家族的分布格局，与前九章所考察之文学家的分布格局基本相符。大凡文学家族分布密集的地方，必定是文学家分布密集的地方，反之亦然。文学家族的分布成因，除了上述第五、六、七点外，其他均与文学家的分布成因相同。为避免重复，不再叙述。

第十一章　中国历代文学家之地理分布规律

当我们用大量的统计数据、图表和文字，对中国历代文学家的分布格局、分布重心、分布特点和分布成因作过比较细致的考察之后，我们发现，中国历代文学家的地理分布，并非处于无序状态，而是有规律可循的。

第一，文学家的地理分布是有规律可循的；

第二，文学重心的地理分布，也是有规律可循的；

第三，文学重心的变迁，同样是有规律可循的。

我们这一章便是对以上各章的一个总结，其目的在于进一步探讨中国历代文学家的地理分布特点及其规律。

第一节　文学家分布的"瓜藤结构"

中国历代文学家的地理分布是有规律可循的。宏观上看，其分布格局呈现为一种稳定的结构。这个结构是个什么样的结构呢？我们不妨给它一个名称，或者概念，叫做"瓜藤结构"。"藤"，就是中国境内的黄河、长江、珠江这三条大河以及它们的众多支流；"瓜"，就是这三条大河与它们的众多支流所冲积而成的大小平原。由大小河流与大小平原所构成的这种"瓜藤结构",就是中国历代文学家所赖以生成的地理环境。循着这些大小河流,走进这些大小平原,我们就可以找到大大小小的文学家的故乡。

黄河是中国第二大河,全长5464公里,流域面积752443平方公里,发源于巴颜喀拉山脉,成"几"字形流经青海、四川、甘肃、宁夏、内蒙古、陕西、山西、河南及山东9个省区,在山东垦利县境注入黄海。黄河自内蒙古托克托县河口镇以上为上游,河身长3472公里,主要支流有白河、黑河、大夏河、洮河、湟水、祖厉河、清水河、大黑河等,流域面积为386000平方公里;自河口镇至郑州桃花峪为中游,河身长1206公里,主要支流有黄浦川、窟野河、无定河、延河、汾河、渭河、泾河、北洛河等,流域面积为344000平方公里;桃花峪以下至出海口为下游,河身长786公里,只有大汶河一条支流,流域面积比较小,只有22443平方公里。

黄河流域最大的平原是黄淮平原(又称华北平原),这是以黄河水系为主体,偕同淮河、海河及其他小水系合力构成的大平原,北界燕山山脉,南接桐柏、大别山脉及淮阳丘陵,东滨海,并接泰山山地,西临太行山脉及豫西山地(崤、熊耳、伏牛山等),面积约300000平方公里,仅次于松辽平原(又称东北平原),为我国第二大平原。山东半岛沿海平原及晋陕甘黄土高原中的汾渭平原,也属于广义的黄淮平原,因为三地互相连接,而且在气候、物产方面大致相似。黄淮平原和汾渭平原全部由次生黄土沉积而成,地势平坦,土质肥沃,气候适宜,物产丰富。汾河平原(包括山西省西南角的涑水平原)是夏代祖先的发祥地,泰山山地与黄淮平原之间的地方是商代祖先的发祥地,渭河平原的西北部是周代祖先的发祥地。这

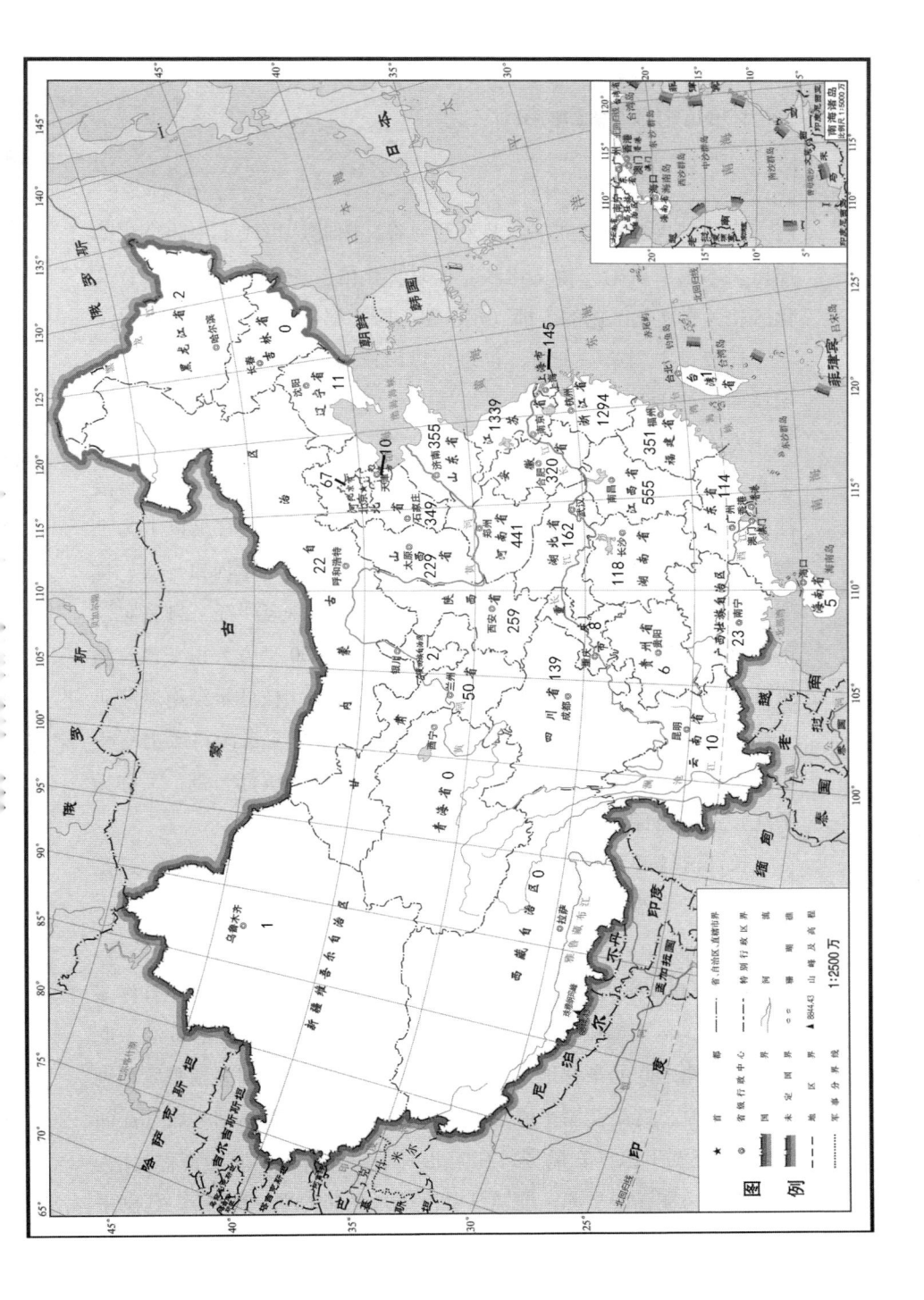

图例
★ 首都
◎ 省级行政中心
———— 省、自治区、直辖市界
–·–·– 特别行政区界
———— 国界
– – – – 未定国界
———— 地区界
∽ 河流
○○ 湖泊
▲8844.43 山峰及高程
·········· 军事分界线

1:2500万

黑龙江省 2
吉林省 0
辽宁省 11
内蒙古自治区 22
北京市 67
天津市 10
河北省 355
山东省 1339
江苏省 1294
上海市 145
安徽省 320
浙江省 351
山西省 229
河南省 441
湖北省 162
江西省 555
福建省 114
广东省 118
湖南省 8
贵州省 6
广西壮族自治区 23
海南省 5
云南省 10
四川省 139
重庆市
陕西省 259
宁夏回族自治区 2
甘肃省 50
青海省 0
新疆维吾尔自治区 1
西藏自治区 0
台湾省
香港
澳门

三大宗族都兴起于黄淮平原及汾渭河谷，因此这里成了中国文化的摇篮。本书所讲的齐鲁文化区、燕赵文化区、中原文化区、三晋文化区和关中文化区内的各郡（州、路、府）都分布在这个大平原上。

长江是中国第一大河，也是世界第三大河，全长约6300公里，流域面积达180余万平方公里，发源于唐古拉山脉，流经青海、西藏、云南、四川、重庆、湖北、湖南、江西、安徽、江苏、上海11个省（直辖市、自治区），主要支流有雅砻江、岷江、沱江、嘉陵江、乌江、沅江、湘江、汉江、赣江等。长江自湖北宜昌以上为上游，长约3500公里（其中自当曲河口至青海玉树巴塘河口一段，称通天河；自巴塘河口至四川宜宾岷江口一段，称金沙江；自宜宾以下至宜昌一段，又称川江），流域面积为1006000平方公里；自宜昌至江西湖口为中游，长约1000公里（其中自湖北枝城至湖南城陵矶一段，又称荆江），流域面积为679000平方公里；自湖口至上海崇明岛入海口为下游，长约1870公里（其中扬州、镇江一带，又称扬子江），流域面积123000平方公里。

长江流域最大的平原是江湖平原（又称长江中下游平原），这是由长江及其大小支流加上许多大小湖泊共同构成的大平原，北界秦岭及淮阳丘陵，南接南岭山脉及武夷山脉，西毗巫山山脉，东滨海，面积约200000平方公里，为我国第三大平原。江湖平原上还有许多中小平原，包括南阳盆地（由南阳到襄阳一带，这是西部黄淮平原与江湖平原之间的渐移地带）、两湖平湖（包括湖南洞庭湖平原和湖北江汉平原，这是江湖平原上最大的一个平原）、鄱阳湖平原（江西境内）、芜湖平原（安徽省长江南北两岸的许多小平原的合称）、太湖平原（又称江南平原，即镇江以南绍兴以北的平原地带）。江湖平原的开发比黄淮平原要晚，但成效卓著，后来居上。春秋初期，楚

第十一章 中国历代文学家之地理分布规律

国兴起于两湖平原。春秋末期,吴、越国兴起于太湖平原。唐宋时期,整个江湖平原得到全面的开发和快速的发展。明清以来,太湖平原成为中国最富庶的地区。本书所讲的吴越文化区(包括江淮文化区、吴文化区、越文化区、赣文化区、闽文化区)、荆楚文化区、湖湘文化区内的各郡(州、路、府),都分布在这个大平原上。

另外,在长江的支流岷江上游,成都盆地的西部,还有一个成都平原,本书所讲的蜀文化区就位于这里。

珠江原指从广州到入海口的一段河道,后来成为西江、北江、珠江和珠江三角洲诸河的总称。其干流发源于云南省东北部沾益县的马雄山,上、中游各段分别称南盘江、红水河、黔江和浔江,在广西梧州以下称西江,西江至广东三水境内与北江汇合,从珠江三角洲的八个入海口注入南海,全长2400公里,这是中国第三条大河。北江的正源是浈水,发源于江西省信丰县,在广东韶关与武水汇合,称北江,然后南下,沿途汇合滃江、连江等水系,至三水境内与西江汇合,其干流长582公里。东江发源于江西省寻乌县,上源称寻乌水,西南流入广东境内,干流长523公里。珠江流域跨云南、贵州、广西、广东、香港、澳门、湖南、江西8省区,总面积达452000平方公里,另有11000平方公里在越南境内。东、西、北三江各在入海处冲积成一个小型三角洲,连缀而成珠江三角洲,面积达11300平方公里,这是珠江流域最大的平原。本书所讲的岭南文化区内的广州府,就在这块平原上。

我们不主张笼统地讲河流孕育了文明,也不主张笼统地讲河流孕育了文学家。因为河流的两岸,有大山,有高原,有丘陵,有盆地,也有平原。就我国的地形来看,平原大约占了流域总面积的十分之一,而大山和高原大约占了十分之七,丘陵和盆地大约占了十

表三十一　中国历代文学家的地理分布简表

省份＼时代	周秦	两汉	三国西晋	东晋南北朝	隋唐五代	宋辽金	元代	明代	清代	总计	排序
河南	7	41	57	32	108	106	23	40	27	441	4
河北	1	13	13	36	100	64	38	35	49	349	7
山东	3	29	30	22	19	69	35	54	94	355	5
山西		3	17	23	60	59	25	16	26	229	10
陕西		45	10	7	116	28	8	26	19	259	9
甘肃		11	1	5	15	2	1	3	12	50	17
北京		1			2	2	25	9	28	67	16
内蒙古				3		17	2			22	19
辽宁				1		4			6	11	20
天津		1		3			2		4	10	21
新疆							1			1	26
黑龙江					2					2	25
宁夏		1	1							2	25
吉林											
青海											
西藏											
江苏	1	16	17	257	94	87	57	329	483	1339	1
浙江		6	8	112	81	209	149	318	411	1294	2
江西		1		10	18	162	71	177	116	555	3
福建				25	114	27	98	87	351	6
安徽		10	21	22	24	52	20	73	98	320	8
湖北	4	7	1	28	25	22	4	34	37	162	11
四川		7	4		19	73	6	10	20	139	13
重庆					2	3		2	1	8	22
上海			3			2	7	55	78	145	12
湖南				1	10	18	6	22	61	118	14
广东					4	5	2	37	66	114	15
广西		1	1		4	1	1	3	12	23	18
云南							1		9	10	21
海南						1		4		5	24
贵州									6	6	23
台湾									1	1	26
总计	16	193	183	561	726	1101	511	1346	1751	6388	

分之二。大山和高原由于地势太高,气候寒燥,物产缺乏,不利于文明的生长,也不利于人才的培育。丘陵和盆地是大山与平原之间的缓冲地带,虽然环境较优,但也不能和平原相比。只有平原,不仅土地肥沃,气候优越,物产丰富,而且交通方便,这就为文明的生长提供了最好的条件,也为人才的培育提供了优质的环境。因此,与其说是河流孕育了文学家,还不如说是河流所冲积而成的平原孕育了文学家。

中国历代的文学家,总是以三河流域的下游分布最多,越往中、上游走,分布越少。如表三十一所示,黄河流域的文学家,以中原文化区(即今之河南省地)为最多,达441人;其次是燕赵文化区(即今之河北、北京、天津三省市地),426人;再其次就是齐鲁文化区(即今之山东省地),355人。这三个文化区正好处于黄河的下游流域;再往中游走,分布就明显减少。例如三晋文化区(今之山西省地)229人,关中文化区(今之陕西省地)259人。这两个文化区正好在黄河的中游流域。再往上游走,分布更少,例如内蒙古22人,宁夏2人,甘肃51人,青海一个也没有。

长江流域的文学家,则以吴文化区(今之苏、沪两地)为最多,达1484人;其次是越文化区(今之浙江省地),1294人。这两个文化区正好处于长江的下游流域;再往中、上游走,文学家的分布就明显减少。例如闽文化区(今之福建省地)351人,江淮文化区(今之安徽省地)320人,赣文化区(今之江西省地)555人,荆楚文化区(今之湖北省地)162人,湖湘文化区(今之湖南省地)118人,蜀文化区(今之川、渝两地)147人,贵州6人,云南10人,青海、西藏一个都没有。

珠江流域的文学家也是以下游的粤文化区(今之广东省地)为

多，达 114 人，而中游的桂文化区（今之广西地区）只有 23 人。

为什么三河流域的文学家总是以下游的分布为最多呢？这是因为我国开发得最好、经济最富裕、文化最发达的平原，全都在这三河流域的下游，例如黄淮平原在黄河流域的下游，太湖平原在长江流域的下游，珠江三角洲平原在珠江流域的下游。

三大河流串起了一个又一个的平原，就像三条青藤串起了一个又一个金黄色的瓜。平原有大小之分，瓜也有大小之分。越是接近大海的平原（下游平原）越是肥沃，越是远离根部的瓜（长在藤稍上的瓜）越是硕大。

如果说平原是文学家生长的温床，那么河流下游的平原则是文学家生长的渊薮。

讲到这里，可能会有读者提出如下问题：

第一，为什么在松花江和辽河的下游平原（松辽平原），不能像黄河、长江、珠江的下游平原那样，产生那么多的文学家呢？松辽平原作为我国第一大平原，其自然环境不是也很优良吗？

第二，为什么北宋以后的黄淮平原，再也不能像北宋以前那样，产生那么多的文学家呢？

关于第一个问题，我的回答是：松辽平原作为我国最大的平原，其所培育的文学家之所以如此之少（从周秦到晚清，只有 15 位文学家被谭编《大辞典》所收录），不仅不能和黄淮平原、江湖平原相比，甚至连珠江三角洲平原也比不上，这是因为文学家的生长，除了需要优良的自然环境，还需要优良的人文环境，例如社会的相对安定，经济的发达，交通与文化交流的便捷，教育的成熟，言论环境的自由宽松，等等。松辽平原的自然环境虽然优良，但是它的真正开发却迟至晚清才开始。

关于第二个问题，我的回答是：优良的自然环境可能会因为气候的变化或者人为的破坏，导致水文、地貌、生物发生连锁反应，导致各种灾害的发生，从而使得整个自然生态发生变异；优良的人文环境也会因为气候的恶化、战争的破坏等原因，导致政治中心迁移，经济重心变动，交通路线改变，教育退化，社会形态剧变，等等，从而使得整个人文生态发生变异。周秦以后北宋以前的黄淮平原，虽然也曾多次经历自然灾害和战争的破坏，甚至迫使政治中心一度南迁（如西晋末年），但是，这一切的自然灾害和战争破坏，都不及北宋中期以后的气候变化以及北宋末年的"靖康之难"那么厉害。北方的奇寒迫使草原上的游牧民族（契丹人、女真人、蒙古人）先后三度南下，他们的铁蹄横扫了整个黄河流域，迫使汉族王朝不得不携带自己的臣民再度南迁。最后的结果是：经营了两千年之久的黄淮平原遭到极为严重的破坏，而相对安宁的江湖平原（长江中下游平原），以及更南边的珠江三角洲平原却因此而获得长足的发展。从此以后，虽然政治中心再度北返，而国家的经济重心、文化重心却没有随之北返，黄淮平原上的文学家，再也不可能像北宋以前那样多了。

第二节　文学重心的"四大节点"及其成因

需要说明的是，中国历代文学家的分布数量虽以三条大河的下游平原居多，但是并不意味着所有的文学家都分布在它们的下游平原。事实上，在三条大河的中游平原还分布着不少的文学家，在它们的上游平原或者盆地，也分布着一定数量的文学家。在三条大河的中、上游平原，甚至还出现过若干个文学重心，它们与下游平原的文学重心一样，构成了我国文学版图上的一道又一道亮丽景观。

文学重心的地理分布也是有规律可循的。从周秦到清代，从全国到各个文化区，我们都不难发现，文学重心的分布大体呈现为四大"节点"[1]，即京畿之地、富庶之区、文明之邦与开放之域。

（一）京畿之地

京畿之地，也就是国都及其附近地区。中国历史上，短命的王朝如秦、三国、西晋、隋、五代等可以不论，凡享国在一百年以上的王朝，如西汉、东汉、东晋、南朝、唐、北宋、南宋、元、明、清等，其京畿之地的文学家的数目大都很可观，见表三十二。

表三十二　历代京畿之地文学家统计表

时代	国都	京畿之地	文学家数	全国文学家总数	百分比（%）
西汉	长安	京兆尹、左冯翊、右扶风	44	75	58.7
东汉	洛阳	河南尹	8	118	6.8
东晋	建康	丹阳尹	21	134	15.7
南朝	建康	丹阳尹	77	296	26
唐代	长安	京兆府	92	633	14.5
北宋	开封	开封府	41	384	10.7
南宋	临安	临安府	32	517	6.2
元代	大都	大都路	29	511	5.7
明代	南京—北京	应天府—顺天府	39	1346	2.9
清代	北京	顺天府	31	1751	1.8
总计			370	5765	6.4

---

[1] "节点"是一个被广泛应用于许多学科领域的概念，电力学所讲的"节点"，是指电路中连接三个或三个以上支路的点。我们这里姑且借用电力学的"节点"之意。

历代的京畿之地,除西汉以外,都只是当时的一个二级行政单位,其版图不及全国的百分之一,其所拥有的文学家则达到全国的6.4%。这个比例是很引人注目的。京畿之地既是全国的政治军事中心,也是全国的文化和人才中心。京畿之地文化和文学人才的蓬勃,主要是由政府的行政力量来实现的。究其成因,大约有如下几点:

一是移民。如西汉时的京畿之地本为秦地,秦孝公以前,这里的文化相当落后。商鞅变法后,这里才开始接受三晋法家文化。刘邦建都长安,为了"强干弱支",遂"徙齐诸田、楚昭屈景及诸功臣家于长陵。后世世徙二千石、高訾富人及豪杰并兼之家于诸陵"。关中诸陵地区于是成为一个"五方杂厝"的移民区。[1]这些移民便是当时的优秀分子,尤其是齐诸田和楚昭屈景氏,代表了当时最优秀的东方齐文化和南方楚文化。又明初的南直隶地区(南京一带),其经济文化基础本来就比较厚实,朱元璋登基南京后,又从南方各省迁徙"富户"一万四千三百户到此落籍。这些"富户"既拥有大量的财富,也拥有当时最先进的生产力和最优秀的文化。

二是兴办学校。早在汉武帝时,封建王朝便在京师设立最高学府太学,招收博士弟子。东汉顺帝时,京师洛阳的太学生达三万余人。隋唐时,在京师设立国子监,管理国子学、太学、四门学等三个贵族学校和律学、书学、算学三个专科学校。宋时,京师除太学外,还设有律、算、书、画、医诸学;元时更设有蒙古国小学、回回国小学,教授蒙文、阿拉伯文和波斯文。明代的国子监除了招收中国学生,还招收日本、朝鲜、暹罗等国的留学生。京师的学校具备了当时最优越的教学条件和最优秀的教师,学生的来源

---

[1] 班固:《汉书·地理志》,第1642页。

也相当广泛。由京师的学校输送出的封建官僚和各类文化人才，简直不计其数。

三是收藏图书。早在夏、商、周三代，皇室就收藏了许多图书资料。汉初在长安造未央宫，在未央宫的正殿盖石渠、天禄、麒麟三阁，专门储存皇家书籍。同时又派专人求遗书于天下，废除私人不得藏书的禁令，制订鼓励抄书和藏书的办法，建立皇家藏书制度。至哀、平之际，皇家图书已达 13200 多卷，同时还具备了一部较完备的图书分类目录——刘向、刘歆父子所编著的《七略》。西晋初，皇家藏书大大超过西汉，达 29945 卷。南朝刘宋时，皇家图书达 64582 卷。隋初，从北齐、北周宫中接收的图书就有 15000 卷。至炀帝时，皇室藏书达 370000 卷，超过以往各代的收藏。唐承隋制，经籍图书由秘书监掌管。唐太宗尝下诏征书，玄宗甚至下诏向公卿士庶之家借抄秘府所没有的"异书"。至开元时，藏书再次达到 60000 余卷。这些书经过编目整理，分藏于经、史、子、集四库，"四库书"之名即由此而来。"安史之乱"爆发，图书典籍亡散殆尽。代宗时，以千钱购书一卷的高价搜求图书，至僖宗时，秘书省所藏之书又增至 70000 余卷。宋钦宗时，京师藏书达 73000 余卷。明太祖即位后，相当重视访求遗书；明成祖派人去民间购书，诏令不论书价，努力将文渊阁中所缺补全。至宣德间，宫中藏书达 100 万卷。清王朝屡兴文字狱，焚书 3000 余种近 70000 部，但也组织编纂了《古今图书集成》和《四库全书》，对保存古籍起了很大的作用。无论哪一个朝代，都重视图书的收藏工作，京师的图书总是为全国之冠。这就为广大文化人的阅读和写作，提供了最大的方便。

四是开科取士。科举制度的正式产生，以隋炀帝创设进士科为标志，但是它的起源，却可以追溯到春秋战国时期。那个时候，选

第十一章 中国历代文学家之地理分布规律

拔官吏的途径较多。或是读书人通过游说、上书和自荐而获得官职，或是国家依据各人的功劳大小而授予官职，或是由地方长官在一年一度的上计时间向国君推荐。两汉和魏晋南北朝时代，先后实行察举制和九品中正制，但前者受长官意志的支配，后者为门阀世族所控制，中小地主阶层的文化人进入仕途颇为不易。隋代废除九品中正制，吸收汉代察举制的某些合理成分，采取由朝廷公开考试的办法来选拔官吏。不问出身门第，无须州郡推荐，因而成为古代科举制度的真正开端。唐代的科举制度更加成熟。考试分常科和制科两种。常科每年举行，考试科目有秀才、明经、进士等五十多种，其中以明经、进士两种应试者最多。进士及第者赐宴曲江，在长安慈恩塔下题名。常科考生的来源有二：一为生徒，即京师或州县学馆学生，送尚书省应试者；一为乡贡，即非学馆出身，先经州县初考及第，再送尚书省应试者。制科是皇帝临时诏令设置的科目，有贤良方正、直言极谏科及才识兼茂、明于体用科等上百种。应试者可以是现职官吏，可以是常科及第者，也可以是寻常百姓。考试内容在唐初仅考策问，玄宗时加试诗、赋，制科考试合格者即由朝廷直接授予官职。宋代对科举制度作了不少改革。宋太祖正式建立了殿试制度。殿试及第后，即可直接授官。明清时期，科举考试同学校教育紧密结合起来，进学校成为参加科举考试的必由之路。这就反过来促成了学校教育的发达。科举考试的最后一道程序都是在京师完成的。成千上万的读书人在此获得晋升的机会，实现自己的人生理想，这一切，对京畿子弟无疑是一种最有效的激励。京畿子弟参加科举考试，还有一个得天独厚的优越条件，这就是为学为文方面的得风气之先。即以北宋时的开封府为例，"每次科场所差试官，率皆两制三馆之人，其所好尚，即成风俗，在京举人，追趋时好，易知体面，渊源渐染，文采自工"，故"非游学京师者，不善为诗赋论策"。因而"四方学士，皆弃背乡里，违去二亲，老于京师，不复更归"[1]。作为京畿之地的士人，其衣食住行之方便，求学问道之容易，以及追逐时尚之迅捷等，皆非外地士人所能比拟。

就全国而言，凡享国在一百年以上的王朝，如西汉、东汉、东晋、南朝、唐、北宋、辽、金、南宋、元、明、清，其京畿之地都是文学家的分布重心之所在。就有关郡、州、府、路、省而言，其治所也往往成为文学家分布较多的地方，因为这些治所也就是各有关郡、州、府、路、省的政治、经济和文化中心，其道理同京畿之地是一样的，故不赘述。

需要说明的是，南朝以后，京畿之地的文学家在全国所占的比例就开始逐代下降了。这表明，行政手段对文学人才的催生力也是有限度的。

（二）富庶之区

中唐以前，中国的经济重心在北方的黄河流域，尤其是今山西的太原一带，河南的洛阳一带，山东的淄博一带最为富庶，而这些地区也是北方的文学重心之所在；在南方的长江流域，比较富裕的是今湖北的荆襄一带，江苏的南京、苏州、扬州一带，以及浙江的绍兴一带，这些地区也多是南方的文学重心之所在。中唐以后，中国的经济重心移至南方，尤以今四川的成都，江西的南昌、吉安、抚州，安徽的徽州、安庆，湖南的长沙，江苏的南京、苏州、常州、

---

[1] 司马光：《乞贡院逐路取人札子》，《宋文鉴》卷四八，四部丛刊本。

扬州、镇江，上海，浙江的杭州、嘉兴、湖州、绍兴，福建的福州、泉州、建宁，广东的广州等地最为富庶，这些地区都是南方的文学重心；在北方的黄河流域，相对富裕一些的地区乃是陕西的西安，河南的洛阳，山西的太原、临汾，河北的真定，北京，山东的济南、东平等地，这些地区也多是北方的文学重心。这就涉及经济和文学的关系问题了。

经济和文学之间究竟是个什么关系？是直接的关系，还是间接的关系？经济的发达，就一定能够带来文学的繁荣吗？反之，经济的萧条，也能导致文学的衰退吗？许多人讲，经济基础决定上层建筑，文学属于上层建筑的一部分，所以经济的发达或萧条，可以决定文学的繁荣或衰退。我们认为，问题并没有这么简单。但我们也不否认，经济对文学是能起作用的。

历史地看，经济对文学不能直接起作用，在发达的经济和繁荣的文学之间，还有一个中介，这便是教育。经济发达了，人们就有条件去大力兴办教育；教育发达了，各种各样的人才就会涌现出来。

中国古代的学校分"官学"与"私学"两种。官学自夏代就出现了，所谓"三代之道，乡里有教，夏曰校，殷曰庠，周曰序"[1]。汉武帝时，在京师设太学。汉平帝时，明确规定郡、国设学，县、邑设校，乡、聚设庠、序。当时北至武威、南至桂阳的边远地区都有了官办学校。唐时，中央有国子监管辖的国子学、太学、四门学、律学、书学和算学，地方则有府学、州学和县学。这种官学格局一直延续到清代。官办学校是由国家财政拨款兴建的，无论富庶之区还是贫困之

---

[1] 班固：《汉书·儒林传》，第 3593—3594 页。

地，都普遍设立，故官办学校的分布状况不足以反映一个地区的经济文化发展水平，兹不论。值得注意的是私学。私学是由地方财政拨款、民间集资和个人捐资兴建的，哪个地区经济富庶，哪个地区的私学教育便发达。就两汉时期而言，当时经济最发达的地区在关中、中原和齐鲁三个文化区，而当时的私学教育，也以这三个文化区最为兴盛。据统计，两汉时有籍贯可考的私家教授共367人，其中占籍上述三个文化区内的京兆、冯翊、扶风、弘农、河南、河内、汝南、颍川、陈国、梁国、陈留、南阳、山阳、鲁国、东郡、济阴、泰山、东平、千乘、甾川、平原、东莱、东安、齐国、济南、北海、琅玡、东海等郡国的就占了259人，为总数的70%。自唐末五代开始，中国的私学教育发生重大变化，这便是书院教育的兴起。宋代及以后的元、明、清各代，中国的经济重心稳定在南方，中国的书院也以南方为最多。据统计，宋代有书院719所，其中南方各省（市、区）占了688所，为总数的95.7%；元代有书院297所，南方各省（市、区）占了230所，为总数的77.4%；明代有书院1701所，南方各省（市、区）占了1337所，为总数的78.6%；清代有书院3622所，南方各省（市、区）占了2681所，为总数的74%。[1] 具体来讲，宋元时期，南方经济最富庶的地区在长江中下游流域，因而这一阶段的书院以江西、浙江、福建、湖南、安徽、江苏、湖北等地为最多；明清时期，南方经济最富庶的地方，除了长江中下游流域，还有珠江流域，因而这一阶段的书院则以江西、浙江、四川、湖南、福建、安徽、江苏、湖北、云南、贵州、广西、广东等地为最多。

一个地方的官私教育发达，与教育密切相关的刻书业和藏书事

---

[1] 王炳照：《中国古代书院》，第202—203页。

业也随之发达。这一切,都以富庶的经济条件为基础。宋、元、明、清四代,江苏、安徽、浙江、福建、江西的刻书业相当兴旺。明时全国有金陵、杭州、建阳和北京四大书坊,南方就占了三个。而刻书业的兴旺,又促成了藏书事业的发展。宋、元、明、清时期,中国境内最有名的藏书家,几乎全在南方。清乾隆时期,长洲黄丕烈、袁延梼,元和顾之逵及长沙周锡瓒,并称为国内四大藏书家,四人全都系籍南方;同治以后,又有常熟瞿绍基、吴兴陆心源、钱塘丁国典和聊城杨以增,并称为国内四大藏书家,四人中有三个系籍南方。至于常熟毛晋(汲古阁主人)、宁波范钦(天一阁主人)等,在中国的藏书家中更是如雷贯耳。刻书和藏书事业的发达,为士子们的读书和写作提供了极大的便利。

当然,文学人才的成长与其他人才的成长是有所不同的。文学人才的成长,除了读书,还要有人生的阅历,还要有大自然的启发,还要有文学氛围的感召。这一切都离不开行走,离不开交游。所谓"读万卷书,行万里路"。只有熟读经史百家之书,饱览名山大川之胜,才算有了学问,有了襟怀,有了经邦济世和著书立说的资本。苏辙讲:"太史公行天下,周览四海名山大川,与燕、赵间豪俊交游,故其文疏荡,颇有奇气。"苏辙由此而深有感触地说,自己在家乡蛰居了十九年,"所与游者,不过其邻里乡党之人,所见不过数百里之间,无高山大野可登览以自广。百氏之书虽无所不读,然皆古人之陈迹,不足以激发其志气"。于是"决然舍去,求天下奇闻壮观,以知天地之广大"。他叙述自己的游历和观感云:"过秦、汉之故都,恣观终南、嵩、华之高,北顾黄河之奔流,慨然想见古之豪杰;至京师,仰观天子宫阙之壮,与仓廪府库城池苑囿之富且大也,而后知天下之巨丽;见翰林欧公,听其议论之宏辩,观其容貌之秀伟，与其门人贤士大夫游，而后知天下之文章聚乎此也。"[1]有了厚实的学问功底和丰富的阅历，苏辙得以涵养其性情，开阔其胸襟，因而成为北宋一代著名的文章大家。

中国历代的文学家，绝少有人不外出旅行。谢灵运、李白、徐宏祖、顾炎武等，堪称第一流的旅行家；中国历代的纪游诗词、纪游散文之发达，亦堪称世界之最。然而外出旅游，是要金钱作后盾的。骑马、坐轿、乘船、雇僮仆、住店、吃饭、饮酒、置办行头等，比在家里的开销要大得多。钱从何来？靠亲朋戚友接济、靠打秋风、靠写作谀颂文字挣"润笔"者毕竟是少数，多数还得靠自己携带。所以中国古代的文学家，真正意义上的穷人是很少的。这些人或者是官僚，或者是地主，或者是商人，或者是官僚、地主和商人的子弟。这些人并不以文学为专业，做官、经商、经营田庄才是他们的本行。孟浩然、顾炎武不做官，但是都有自己的田庄，都有可观的经济收入。古人尝云"诗穷而后工"，后人往往有很大的误解，以为诗人都是穷人，或者人穷了诗才能写得好。实际上这里所说的穷，是穷通的穷，是指政治上的不显达、不得志，不是指经济上的贫寒。有些诗人喜欢叫穷，只是因为同达官贵人和富商巨贾相比，他们有差距感，有不平衡感，事实上，同普通的农民相比，他们还是要富裕得多。没有钱怎么读得起书、应得起考？自古以来，富裕的家庭出才子，贫穷的家庭出将军。真正贫穷的人，饥寒交迫的人，不是冻饿而死，便是上梁山了。人生的目的，不外乎两个：一曰求生存，二曰求发展。读书、交游、写作，都是求发展的行为，只有生存问题解决了，才能谈到发展的事。真正的穷人连生存都困难，还当什

---

[1] 苏辙：《上枢密韩太尉书》，《栾城集》，第478页。

么文学家?

一个不容忽视的事实是,如果一个地方的经济太落后,衣食不保,多数人沦入贫困,那么这个地方的那些自我意识比较强的人,思想不是那么保守封闭的人,有一定的环境适应能力的人,便要开始向富裕的地方迁徙了。文学家便是这种类型的人之一。这些人思想活跃,反应敏锐,自我实现的欲望强烈,他们不可能像那些保守而反应迟钝的农民那样,固着于一块贫瘠的土地,守着一片荒凉的祖坟而不肯挪窝。他们会去找寻那适合于自己生存和发展的富庶之区。那里有丰足的衣食,有可供阅读和选择的藏书,有以资外出旅行的金钱,有足以涵养性情、开阔胸襟、激发灵感的自然和人文地理环境。因此文学家大多出现在富庶和相对富庶的地区。中国古代的富庶之区和相对富庶之区在黄河、长江和珠江这三大河的中下游流域,因而中国古代的文学家主要就出现在山东、河北、河南、陕西、山西、江苏、浙江、安徽、江西、湖南、湖北、福建、广东以及甘肃、四川的部分地区,开发很晚的黑龙江、吉林、辽宁,以及比较贫穷的内蒙古、宁夏、新疆、西藏、云南、贵州、广西、青海等地,文学家极为少见。

(三) 文明之邦

文明之邦,是指那些文化传统悠久、文化根基深厚的地区。文明之邦的形成需要相当长的时间,一旦形成之后,便具有它的稳定性,不会因为政治、经济和自然地理等外在环境的改变而立刻改变。文明之邦即便不是国家的政治和经济重心之所在,但只要不发生剧烈的社会动荡和长期的经济萧条,仍然可以开放出灿烂的现实文明之花。文明之邦是文学家的一个渊薮。中国古代的文明之邦,在黄河流域,首推下游的曲阜、临淄、济南及其附近地区（即齐鲁文化区范围之内），由下游往中游走，则有北京、开封、洛阳、太原和西安（即燕赵文化区、中原文化区、三晋文化区和关中文化区范围之内）；在长江流域，首推下游的苏州、常州、扬州、南京、嘉兴、绍兴、杭州、湖州，由下游往中、上游走，则有福州、泉州、宣州、徽州、南昌、吉安、长沙、荆州、成都等地（即吴文化区、越文化区、闽文化区、江淮文化区、赣文化区、湖湘文化区、荆楚文化区和蜀文化区范围之内）。文明之邦的优势及其成因主要表现在下面几个方面：

一是文化传统的悠久。上述文明之邦，少说也有上千年的文化传统。文化传统形成之后，便具有一种坚韧的力量，具有一种历久而弥新的品格。传统和现实是一个动态的关系。传统之所以成其为传统，就在于它对现实发挥着作用；而现实则从自己的这一端来阐释、承续和利用着传统。文化传统是不易被瓦解、被断裂的。鲁为周公之封国，又是孔子的故乡。春秋末，"孔子闵王道将废，乃修六经，以述唐虞三代之道，弟子受业而通者七十有七人"[1]。此后虽连年兵革，然"鲁世世相传以岁时奉祠孔子冢，而诸儒亦讲礼乡饮大射于孔子冢……至于汉二百余年不绝"[2]。齐为姜太公之封国，又是"稷下学宫"所在地。"方齐宣王、威王之时，聚天下之贤士于稷下尊宠之，若邹衍、田骈、淳于髡之属甚众，号曰列大夫，皆世所称"[3]。时"天下并争于战国，儒术既绌焉，然齐、鲁之间，学者独不废也"[4]。齐鲁地区成为周秦时期的重要文化区。秦汉之际，齐鲁地区的社会经

---

[1] 班固：《汉书·地理志》，中华书局1962年版，第1662页。
[2] 司马迁：《史记·孔子世家》，第1945页。
[3] 刘向：《孙卿书录》，严可均辑：《全上古三代秦汉三国六朝文》，第332页。
[4] 司马迁：《史记·儒林列传》，第3116页。

济遭受巨大摧残，然儒学传统仍不绝如缕。秦甫亡，鲁国便在楚汉纷争之中兴起礼乐。刘邦兵临城下时，"鲁中诸儒尚讲诵习礼乐，弦歌之声不绝"。齐鲁地区仍然保持重要文化区的地位。当时"言《易》自淄川田生，言《书》自济南伏生；言《诗》，于鲁则申培公，于齐则辕固生，燕则韩太傅；言《礼》则鲁高堂生；言《春秋》，于齐则胡毋生，于赵则董仲舒"[1]。齐鲁学者可谓执五经学之牛耳。这便是传统的力量！两汉以后，历三国、两晋、南北朝、隋、唐、五代、宋、辽、金、元、明、清各代，齐鲁地区的文化都很发达，尽管不是全国的文化中心，却一直是全国的文化重心之一。

西安也是一个历史悠久的文明之邦。自西周自唐代，有六个统一王朝和十来个政权在此建都，历时两千年，因而有"关中自古帝王州"之称。中国汉唐文化的辉煌景观，正是在这里形成的。毫无疑问，五代以前，西安是我国最为著名的文化重心之一。中晚唐以后，西安一带的社会经济遭受惨重的破坏，宫殿被焚，土地荒芜，人民流失。但是，这里的文化传统仍在。宋、辽、金时期，这里仍然是全国的文化重心之一。经过元代的短暂沉寂，至明代，这里的文化再一次焕发出生机，再次成为全国的文化重心之一。在文坛上，出现了像康海和王九思这样的既长于传统诗文，又长于杂剧创作的优秀的文学家。

类似的例子在国内其他地方还有不少。如扬州，地处长江北岸。每当南北兵戈之际，这里总是首当其冲。但是这里的文化有着悠久的历史渊源。早在汉末，便出现了像陈琳这样的杰出的文人。东汉以后，这里虽屡经战争的创伤，社会经济多次受到毁灭性的破坏，

---

[1] 司马迁：《史记·儒林列传》，第 3118 页。

但是文化传统犹存，文风未泯。尤其是隋唐五代、两宋、元、明、清各代，这里一直是全国的文化重心之一。这里的文学家数量总在全国各州（府、路）的平均数之上。至于像苏州这样的文化传统悠久、又较少出现社会动乱的地区，其文化重心的地位自三国吴时起，便是牢固地保持着的。

文化传统是一种精神的力量，这种力量可以穿越时光的隧道而把历史和现实衔接起来，把古人和现代的人联系起来。这种力量是不能被摧毁的。传统只能被承续、被弘扬和被改造，不可能被抛弃。哪个地方的文化传统得以形成，并且得到弘扬，哪个地方的文化便能保持发达的状态。

二是文化积累的丰厚。文化传统是一种观念形态的东西，文化积累则是种种物质载体，例如学校、图书等。前者是软件，后者是硬件；前者可以传承，后者更可以传承。我们说过，宋、元、明、清四代，江西是全国最为知名的文化重心之一，这个文化重心的成因之一，便是书院教育的发达。两宋时期，江西的书院达224所，居全国第一位，其中最著名的是朱熹主持过的白鹿洞书院。由于战争和其他因素的影响，江西的书院毁坏较多，但是至元代，这里的书院仍达95所，仍居全国第一。[1]按何佑森教授的统计，则为73所，其中有30所是由宋代传下来的。[2]至明代，江西的书院增至287所，依然居全国第一。据曹松叶先生统计，则为251所，其中有105所是由宋、元两代传下来的。[3]书院既是一个教育机构，又是一个藏书机构，古代许多珍贵的图书都是在书院里得到保存和传承的。宋、

---

[1] 王炳照：《中国古代书院》，第202—203页。
[2] 何佑森：《元代书院之地理分布》，《新亚书院学术年刊》第2卷第1期。
[3] 曹松叶：《宋元明清书院概况》，《中山大学语言历史研究所周刊》第10集。

元、明、清四代，书院教育在南方最发达的有江西、浙江、四川、湖南、广东等省份，比较发达的有福建、广西、安徽、江苏、湖北、云南等省份；在北方较发达的则有河南、山东、河北、山西、陕西等省份。在清代，全国的书院累计达3622所，其中一半以上的书院是由上一代甚至上几代传承下来的。

一个地区的藏书事业的兴衰，关系到一个地区的文化建设的成败。明清两代，中国的文化重心稳定在江、浙一带，这里的经学、史学和文学成就甲天下，一个重要的原因，便是藏书丰富。早在南宋，浙江的藏书便号称极盛。据吴晗《两浙藏书家史略》统计，宋代浙江的藏书家共有33人，其中绝大多数为南宋人。[1] 图书是最重要的文化积累。山阴陆宰为绍兴一带的三大藏书家之一（另两位系新昌石公弼和会稽诸葛行仁），其最大的受惠者便是他的儿子陆游。陆游一生作了近万首诗，还有大量的散文和游记等，这些成就的取得，与乃父丰富的藏书有着直接的关系。至于像毛晋的汲古阁、范钦的天一阁、项元汴的天籁阁、陆心源的皕宋楼、丁丙的八千卷楼等，究竟泽及多少读者，成全了多少文化人的事业与功名，实在是难以计数的。

古迹名胜（包括宫殿、寺庙、亭、台、楼、阁、塔、桥、墓碑、园林等人文景观和少数著名的自然景观等）也是一种重要的文化积累。大凡文化发达的地区，古迹名胜便多，反之便少。据国家文物局主编的《中国名胜词典》记载，我国现存的古迹名胜达4494处，分布在包括台湾在内的31个省、市、自治区（重庆包含在四川省内），见表三十三。

---

[1] 吴晗：《两浙藏书家史略》，《吴晗史学论著选集》卷一，人民出版社1984年版。

表三十三 中国现存古迹名胜一览表

省市区名	数量	排序	省市区名	数量	排序	省市区名	数量	排序
浙江	319	1	福建	209	12	黑龙江	60	22
北京	285	2	陕西	196	13	贵州	59	23
安徽	280	3	新疆	161	14	吉林	48	24
江苏	271	4	台湾	161	14	内蒙古	47	25
山西	268	5	湖南	130	15	西藏	46	26
山东	260	6	甘肃	121	16	天津	31	27
江西	240	7	广西	119	17	宁夏	21	28
广东	229	8	云南	108	18	青海	17	29
河南	227	9	辽宁	94	19	海南	2	30
湖北	222	10	河北	77	20	合计	4494	
四川	217	11	上海	62	21			

由表三十三可知，排位在前15名的省、市、自治区，正是我国古代的诸多文化重心之所在。需要说明的是：第一，新疆的文学家不多，但此地既是古代丝绸之路的重要区段，又是我国佛教文化的圣地之一，因而这里的古迹名胜居全国第14位；上海原是江苏的辖区，作为一个省属行政区域，其古迹名胜达62处，排在全国各省市自治区的第21位，仍然是了不起的；河北虽排在第20位，但北京原是它的辖区，如果两地合并起来取其平均数（181处），则应排在第14位。第二，这些古迹名胜，包含了20世纪以来建设和开发的一些人文和自然景观，这类景观虽然也是中国传统文化的积淀，但是对20世纪以前的文化人并无影响。这些原是可以省略不计的。但是考虑到这类景观各省、市、自治区都有，即使都计算进来，也不会改变上表的排列顺序，故一仍《中国名胜词典》之旧，以示客观。第三，自然景观，只要是被发现，被观赏，也就成了人类文化的一

种映射，体现了人的价值观念和审美理想，体现了人的本质力量，因而也就具有了人文的意义。大凡文化发达的地区，优美的自然景观总是较多地被开发，被观赏，因而上表也没有将《中国名胜词典》中的自然景观去掉。

古迹名胜包含有丰富的文化内容。其中既有人类物质文化的成果，更有人类精神文化的积淀。凭吊和观赏古迹名胜，既可以丰富人的知识，启迪人的心智，更可以培养人的襟怀，激发人的灵感。苏辙所谓"过秦汉之故都，恣观终南嵩华之高，北顾黄河之奔流，慨然想见古之豪杰；至京师，仰观天子宫阙之壮，与仓廪府库城池苑囿之富且大，而后知天下之巨丽"[1]者，正是讲的古迹名胜的这种文化心理效应。

三是文化领袖的激励作用。文明之邦的主体是对本地区的人才或潜在人才的思想与行为产生直接的激励作用的文化领袖。文化领袖可以是当地人，也可以是在本地流寓、做官和讲学的外地人；可以是古人，也可以是时贤。如《后汉书·刘平传》载："琅玡王望，楚国刘旷，东莱王扶，皆年七十，执性恬淡，所居之处，邑里化之。"[2]《后汉书·淳于恭传》载：北海淳于恭，以宽恕待人，"里落化之"[3]。《后汉书·循吏列传》载：刘矩为雍丘令，"以礼让化之，其无孝义者，皆感悟自革"[4]。都是讲文化领袖以儒家伦理观念影响和改变当地人的思想和行为。古人提倡为一方之官，化一地之民。许多文明之邦的形成，正是一些有文化、有责任感、有作为的地方

---

[1] 苏辙：《上枢密韩太尉书》，《栾城集》，第478页。
[2] 范晔：《后汉书·刘平传》，第1297页。
[3] 范晔：《后汉书·淳于恭传》，第1301页。
[4] 范晔：《后汉书·循吏列传》，第2476页。

官在那里兴办教育、奖掖人才的结果。譬如汉时的蜀郡,在西汉前期,其文化仍比较落后。至"景、武间,文翁为蜀守,教民读书法令",这里才出现了一些文化气象。及至"司马相如游宦京师诸侯,以文辞显于世",这里的读书人受到很大的震动和激励,于是"慕循其迹,后有王褒、严遵、扬雄之徒,文章冠天下"。蜀地文化的发达,究其因,乃系"文翁倡其教,相如为之师"[1]。由此可见文化领袖在这一方面的启蒙和激励作用。

文明之邦形成的重要标志之一,便是产生了自己的文化领袖;文化领袖对当地后学的启迪和激励,又使得这一文明之邦更加昌盛。例如苏州,因"泰伯逊天下,季札辞通国,德之所化者远矣",故"汉、晋以来,风俗清美"[2]。"当赵宋时,俗益丕变,有胡安定、范文正之遗风焉。及后礼义渐摩,而前辈名德,以身率先,又皆以文章振动。今后生文词,动师古昔,而不梏于专经之陋。矜名节,重清议,下至布衣韦带之士,皆能摛章染墨,其格甚美。"[3]

激励是一种强化作用。强化可分为正强化和负强化。正强化为正面的奖掖和褒扬,负强化则为反面的批评、咎责乃至窘辱。两宋时的饶州是一个人才辈出的地区,仅文学家就出了23人,其中像洪迈、姜夔、计有功等在文学史上还有相当的影响。据洪迈《容斋随笔》引吴孝宗《余干县学记》载:"饶之为州,壤土肥而养生之物多,其民家富而户羡,蓄百金者不在富人之列。又当宽平无事之际,而天性好善。为父兄者以其子与弟不文为咎,为母妻者以其子与夫

---

[1] 班固:《汉书·地理志》,第1645页。
[2] 胡朴安:《中华全国风俗志》上编卷二"江苏"引《旧图经志》,第63页。
[3] 同上书。

不学为辱。"[1] 很显然，这是一种负强化行为。晚唐五代时的袁州，也是一个人才辈出的地区。据徐松《登科记考》载，这里的进士人数为长江中游流域各州府之冠，并且出现了像郑谷这样的被司空图推许为"一代风骚主"的著名诗人。这个地区的负强化激励给人以深刻的印象。据《唐摭言》卷八"以贤妻激劝而得者"条载："彭伉、湛贲俱为袁州宜春人，伉妻即湛姨也。伉举进士擢第，湛犹为县吏，妻族为置贺宴，皆官人名士，伉居客之右，一座尽倾。湛至，命饭于后阁，湛无难色。湛妻忿然责之曰：'男子不能自励，窘辱如此，复何为容！'湛感其言，孜孜学业，未数载一举登第。"[2] 很显然，湛之登第，一半是其连襟与其妻"窘辱"的结果。

文化领袖不仅以其成功的人生激励和影响当地后学，还往往以其现有的权力和地位奖掖和提拔自己的乡人。晏殊、欧阳修、王安石当政时多用江西人，蔡京当政时多用福建人，曾国藩当政时多用湖南人，已是众所周知的事情，不用多说。

（四）开放之域

开放在这里有两重含义，一是地理上的开放，一是文化上的开放。地理上的开放，说得具体一点，即是指境内外交通的便利。据白寿彝先生著《中国交通史》所示，凡本书各章所述著名文化区，就其地理环境而言，无一不是当时的交通发达区之所在。请看表三十四：

---

[1] 洪迈：《容斋随笔》，第 666 页。
[2] 王定保：《唐摭言》卷八，古典文学出版社 1957 年版。

表三十四　中国历代交通发达区与著名文化区对照表

时代	交通发达区	著名文化区
先秦	临淄	齐鲁文化区
	洛阳、梁、邯郸	三晋文化区
	郑、徐、陈	楚文化区
秦汉魏晋南北朝	彭城、寿春、建业	吴文化区
	长安、咸阳	关中文化区
	邺、洛阳、宛	中原文化区
	临淄	齐鲁文化区
	襄阳	荆楚文化区
	太原	三晋（河东）文化区
	成都	蜀文化区
	邯郸	燕赵文化区
隋唐五代宋	长安	关中文化区
	洛阳、汴州	中原文化区
	大名、真定	燕赵文化区
	太原	三晋（河东）文化区
	扬州、杭州、明州	吴越（江淮、两浙）文化区
	洪州	赣文化区
	成都	蜀文化区
	襄阳	荆楚文化区
	泉州	闽文化区
	济南、东平	齐鲁文化区
	临潢	上京文化区
	析津、大兴（北京）	燕赵文化区
	大同	三晋（河东）文化区
元明清	大都（北京）	燕赵文化区
	太原、平阳	三晋（河东）文化区
	真定	燕赵文化区
	济宁、临清、东平	齐鲁文化区
	南京、扬州、杭州、宁波	吴越文化区
	安庆	江淮文化区
	湖口、南昌	赣文化区
	泉州、福州	闽文化区
	广州	岭南文化区
	荆州、武昌、江夏	荆楚文化区
	长沙	湖湘文化区
	西安	关中文化区
	和林（今蒙古共和国之哈尔和林）	
	天津	燕赵文化区
	成都、重庆	蜀文化区
	汴梁	中原文化区

由表三十四可知，交通发达区不一定全是著名文化区（例如和林），但著名文化区则全是交通发达区。地理上的开放，是文化上开放的前提。交通的发达，为文化的交流和建设至少提供了两大优势。

一是物质交流的优势。物质属于广义的文化。作为人的本质力量的对象物，物质的生产和流通包含着人的价值观念、审美理想和文化取向，物质交流本身就是一种文化交流。尤其是在文化传媒比较单一的古代，物质的交流乃是整个文化交流的一种重要形式。大凡交通发达的地方，便是物质交流频繁的地方；而物质交流频繁的地方，也就是文化交流活跃的地方。以北宋的首都汴梁（开封）为例。由于水陆交通发达，汴梁的物质交流的规模之大、品类之多、范围之广，至今想象起来，仍然是令人震惊的。周邦彦的《汴都赋》写道："顾中国之阛阓，丛赀币而为市。议轻重以奠贾，正行列而平肆。竭五都之瑰富，备九州之货贿……其中则有安邑之枣，江陵之橘，陈夏之漆，齐鲁之麻；姜桂藁穀，丝帛布缕，鲐鮆鰿鲍，醵盐醯豉；或居肆以鼓炉橐，或杖刀以屠狗彘。又有翳无间之珣玗，会稽之竹箭，华山之金石，梁山之犀象，霍山之珠玉，幽都之筋角，赤山之文皮，与夫沈沙栖陆，异域所至，殊形妙状，目不给视；无所不有，不可殚记。"汇集于此地的物质，除了来自国内各地，还有不少来自境外各国和地区："至于羌氐僰翟，儋耳雕脚，兽居鸟语之国，皆望日而趋，累载而至。怀名琛，拽驯兽，以致于阙下者旁午。乃有帛氎罽毹，兰干细布，水精琉璃，轲虫蚌珠，宝鉴洞联，神犀照浦，《山经》所不记，齐国所不睹者，如粪如壤，轹积乎内府。"[1]可见这种物质交流既是中国境内各地物质与文化的交流，也是中国

---

[1] 周邦彦：《汴都赋》，罗忼烈：《清真集笺注》，中华书局2008年版，第433页。

与境外诸国和地区的物质与文化的交流。正是由于境内外各种文化在这里的碰撞与交融，使得以汴京为代表的中国北宋文化显得丰富多彩、绚丽多姿。论者常以为北宋文化的气势不及汉唐的恢宏，然而它在哲学、宗教、文学、音乐各方面的丰富，却并不亚于汉唐两代。类似的情形在汉唐时的长安、洛阳，南宋时的临安，元时的大都，以及明清时的北京、广州、泉州诸处亦频频出现，限于篇幅，此不赘。

二是人员往来的优势。一个地方一旦成为交通发达之区，境内的官僚、武弁、士子、商人乃至僧道、医卜、艺妓总是络绎于途，境外的使臣、商客、学者、传教士等也是接踵而至。人既是文化创造的主体，又是文化传播的重要媒介。人员交流的广泛与频繁，乃是一个地区的文化建设的一种重大的推力。以唐时长安为例，由于此地为全国的政治和交通中心，门户开放，故来此经商、求学、求仕、旅游的人员非常多。据统计，《全唐诗》的2200多位作者，几乎都到过长安。褚遂良、欧阳询、颜师古、李峤、沈佺期、宋之问、杜审言、陈子昂、王勃、卢照邻、骆宾王、杨炯、贺知章、张说、张九龄、崔融、王维、祖咏、孟浩然、王翰、高适、岑参、常建、李颀、李白、杜甫、元稹、白居易、刘禹锡、韩愈、柳宗元、贾岛、孟郊、苏逊、王建、李商隐等，都在长安住过相当长的时间。来自南北各地的"辞人才士总萃京师"，直接促成了中国境内各地文化的大碰撞与大融合。自从西晋"永嘉之乱"到隋统一，中国经历了260多年的分裂割据，由于南北方长期处于隔绝状态，两地的文化也因此而形成了明显的差异，诚如魏徵所言："江左宫商发越，贵于情绮；河朔词义贞刚，重乎气质。气质则理胜其词，清绮则文过其意。理深者便于时用，文华者宜于咏歌。"随着国家的统一，南北隔绝状态的结束，两地文化的融合成为历史和时代的要求。魏徵殷切地期望："若能掇彼清音，简兹累句，各去所短，合其两长，则文质彬彬，尽善尽美矣。"[1] 事实上，由于南北文人的频繁接触和往来，南北文化的互摄与交融很快就实现了。唐代文化确实如魏徵所期冀的，文质彬彬，尽善尽美。而这个互摄与交融的工作，正是在长安以及洛阳、扬州这样的人员往来频繁的交通发达之区进行的。当时的长安既是一个境内各地人员广泛交流的地区，也是一个中外人士广泛接触的地区。长安接纳了许许多多的西域商人、传教士和降兵降将，其人数不下十万；也接纳了许许多多来自日本、朝鲜诸国的使臣和学者。有唐一代，日本政府前后十五次派遣唐使来到长安，与中国从事商业贸易和文化交流。有一百二十余名留学生和学问僧来长安学习唐朝的文物制度，其中如晁衡、高向玄理、桔逸势、道慈、僧旻、南渊清安、吉备真备、玄昉、最澄等，都曾长期留居长安等地，并且学有所成。唐时的长安，一面向东西方诸国输送自己的文化，一面又积极而大胆地引进东西方诸国的文化。据向达《唐代长安与西域文明》一书载："开元、天宝之际……异族入居长安者多，于是长安胡化盛极一时。此种胡化大率为西域风之好尚，服饰、饮食、宫室、乐舞、绘画，竞事纷泊；其极社会各方面，隐约皆有所化，好之者盖不仅帝王及一二贵戚达官而已。"[2] 这种不问华夷，兼收并蓄的文化大开放，使唐代文化既显得气势恢宏，又是那样的丰富多彩；使唐代的诗人和艺术家大大地开阔了眼界，从而丰富了作品的题材内容、艺术形式和审美风格。

---

[1] 魏徵等：《隋书·文学传序》，第 1730 页。
[2] 向达：《唐代长安与西域文明》，第 42 页。

文化开放并不限于京畿之地。凡交通方便、社会安定、当地文化政策又比较开明的地区，都可以实行文化开放。东南地区文化（吴越文化）的发展，在很大程度上即是实行文化开放的结果。早在春秋晚期，吴王阖闾便接纳了不少来自北方的士人。战国末年，春申君黄歇为楚相，热情接纳天下名士，与齐孟尝君、赵平原君和魏信陵君同负重名，一时宾客达三千人。春申君就封于吴后，天下士人又大量聚于吴地。西汉前期，吴王濞与淮南王安俱封于东南，广延天下宾客，东南人才又盛极一时。据《汉书·邹阳传》载："汉兴，诸侯王皆自治民聘贤，吴王濞招致四方游士，阳与吴严忌、枚乘俱仕吴，皆以文辩著名。"[1] 又据《汉书·淮南王传》载："淮南王安为人好书，鼓琴，不喜弋猎狗马驰骋……招致宾客方术之士数千人。"[2] 新莽末年，北方战乱，大批士人流亡东南。更始元年，任延为会稽都尉，"时天下新定，道路未通，避乱江南者皆未还中土，会稽颇称多士。延到，皆聘请高行如董子仪、严子陵等，敬待以师友之礼"[3]。由于实行文化开放政策，广泛接纳天下人士，大量吸收各地文化，东南地区的文化得到迅速发展，人心向学，文风颇盛，所谓"郡中争励志节，习经者以千数，道路但闻诵声"[4]。正是因为形成了这种文化开放的优良传统，所以当西晋"永嘉之乱"、唐朝"安史之乱"和北宋"靖康之难"时，东南地区凭借它发达的交通、安定的社会环境、富庶的经济生活以及美丽的自然山水，接纳了一批又一批来自北方的文化人，从而使东南地区成为我国唐代以后的全国性的文

---

[1]　班固：《汉书·邹阳传》，第 2338 页。
[2]　班固：《汉书·淮南王传》，第 2145 页。
[3]　范晔：《后汉书·循吏传》，第 2460—2461 页。
[4]　范晔：《后汉书·张霸传》，第 1241 页。

化重心之所在。

　　类似的情形在成都、荆州以及沿海的福建一带亦很典型。成都这个地方，在宋以前的历朝历代都有一些优秀文化人才，但是并不蓬勃，总不能超过国内各郡州府的平均数。成都文化（蜀文化）的辉煌时期是在宋代。而宋代的成都文化（蜀文化）之所以如此辉煌，则是由于晚唐五代时期中原和关中地区大批士人避难入蜀，而蜀主王建又积极推行文化开放政策，热情接纳各地名士，大量起用文人诗客，不仅直接促成了成都地区以"花间派"为代表的歌词创作中心的崛起，更为两宋时期成都文化（蜀文化）的繁荣奠定了坚实的基础。荆州的江陵一带，曾是战国中后期的楚国国都所在地，楚文化在这里绽开过绚丽的花朵。后来由于楚国的政治、经济和文化中心向陈城（河南淮阳）和寿春（安徽寿县）等地转移，江陵一带的文化渐渐地沉寂下去。两汉时期，这里的文化发展水平既不能和黄河流域的关中、中原和齐鲁文化区相比，也不能和长江流域的吴越文化区相比。只是到了东汉末年，因荆州牧刘表在此实行文化开放，兴办学校，起用儒生，接纳北方文士，从而使这一地区成为汉末动乱时期的一块相对安定的学术文化中心，并且为南北朝和隋唐五代时期荆州地区的文化崛起奠定了牢固的基础。地处东南沿海的福建，其文化的振兴也在唐五代以后。唐五代以前，这里的经济文化都很落后。五代时，福建的建宁一带成为北方流亡士人的一个"遁逃薮"，而当时据福建的王审知、王延政诸人，一方面实行轻徭薄敛、与民休息的政策，一方面积极推行文化开放，热情接纳和起用各方士人，从而使这一地区的文化出现了崭新的局面。福建地区的文化（闽文化）在宋、元、明、清各代都很发达，应该说它的文化开放路线是起了重要作用的。

第三节　文学重心的移动规律

上述京畿之地、富庶之区、文明之邦与开放之域，实际上正是关系到文学重心形成的政治、经济、文化和地理四大要素。现在我们需要进一步探讨的是，在这四大要素中，哪一个才是最直接与最稳定的要素呢？

政治环境的优劣对文学重心的分布确有重要的影响。历代的京畿之地之所以往往成为文学重心之所在，就在于京畿之地作为王朝的政治中心，具有利用行政手段来移民、兴办学校、搜集图书和开科取士等培养和吸引人才的一系列优势，而历史上的"永嘉之乱"、"安史之乱"和"靖康之难"，之所以会迫使京畿之地的文学家由北而南作大规模的迁徙，重要原因之一即在于京畿之地的这些培养和吸引人才的系列优势已不复存在。文学重心与封建王朝的政治中心确有某种对应关系。南宋以前，中国历代王朝的政治中心大都分布在咸阳→西安→洛阳→开封这一东西轴线上，而文学重心也主要是在黄河中下游流域的关中、中原和齐鲁一带出现。不过这种对应关系不是绝对的，京畿之地并不总是文学重心之所在。政治的因素对于文学重心的形成并不是决定性的因素，更不是最直接与最稳定的因素。明王朝有240年定都北京，但是作为京畿之地的顺天府的文学家不过11人，不及全国有关州府的平均数（12人）。同是京畿之地，西汉和东汉分别定都长安和洛阳时，这两地为文学重心之所在，而当西魏和北魏分别定都长安和洛阳时，这两地就不再是文学重心了。有关郡、州、府、路、省的情况也是如此。一般情况下，有关郡、州、府、路、省的文学重心，往往与其治所重合，但是清代湖北省的文学重心就不在省治所在地的武昌府，而在黄州府。类似的反例还有一些，限于篇幅，不再一一列举。这些反例提醒我们，在考察文学重心的分布成因时，不要把政治的因素绝对化。

经济环境的好坏对文学重心的分布也有很大的影响。如上所述，人生的目标不过求生存和求发展。而经济富庶的地方，不仅可以满足文学人才的衣、食、住、行等最基本的生存之需，更能为文学人才的发展——读书、旅行和写作——提供必要的条件。中唐以前，中国的经济重心在黄河中下游流域，文学重心也主要分布在关中、三晋（河东）、中原和齐鲁等几个文化区。中唐以后，中国的经济重心移向长江流域，文学重心则主要分布在赣、闽、江淮、吴、越等几个文化区。从明代开始，中国的经济重心向珠江流域延伸，因而明、清两代的广州府，也成了一个有名的文学重心。但是这里也有反例。唐时的关中地区，其经济并不富庶，皇帝常常带着他的文武大臣去洛阳"就食"，而关中地区却是唐代的文学重心。清代湖北省的经济重心在汉口（属汉阳府）和江夏（属武昌府），即今天的武汉市，而这两府的文学家加起来还不及黄州一府。这就说明在文学重心的分布问题上，经济的因素也不是决定性的因素，更不是最直接与最稳定的因素。如果我们把政治、经济和文学的关系简单化、绝对化，我们便会陷入庸俗社会学的泥淖。

地理环境对文学重心的影响也是显而易见的。如上所述，文学重心总是以平原地区居多。因为平原地区土地肥沃，气候优良，粮产丰富，生活不太艰苦，人才容易培养。尤其是那些交通发达的平原地区，人才的访学、求师、游历和交流都比较方便，因而这些地区的文学重心就很多。我们看中国历代的文学重心，主要也就出现在黄淮平原（华北平原）、江湖平原（长江中下游平原）以及珠江三角洲平原与东南沿海平原。但是这一点也不可绝对化。譬如徽州这个地方,居万山环绕中,川谷崎岖,峰峦掩映,山多而地少,农业经济很落后。但是这个地方有十之六七的人外出经商,经商致富后,再回到家乡兴办教育,培养人才,因而从宋代开始,徽州就是一个有名的文学重心。又譬如东北的松辽平原,乃是我国境内最大的平原,地理条件也很好,但是由于开发较晚,生产力水平落后,所以直到清代,这块平原上的优秀人物并不多见,在整个古代,这里都没有成为一个文学重心。可见地理环境对人类生活和文化的影响并不是直接的,其中还有一个中介,这就是生产力发展水平。文学重心的形成,并不是单纯的自然地理环境(气候、土壤、地形等)的作用,而是自然地理环境与人文地理环境(政治、经济、文化等)的综合效应。

真正对文学重心的分布起决定作用的、最直接与最稳定的因素是文化。京畿之地(政治的)、富庶之区(经济的)和开放之域(地理的)之所以能够对文学重心的分布产生重要影响,也是通过文化这个中介来实现的。京畿之地可以凭借行政力量来进行文化建设,富庶之区可以凭借经济力量来进行文化建设,而开放之域则可以凭借其优越的地理和交通条件来促成各地的文化交流。一旦一个地区的文化建设达到一定的水准,从而为文学家的成长提供了相应的文化土壤与文化气候,这个地区的文学家便会脱颖而出,并且成批涌现,从而形成一个文学重心。因此,一个地区如果成了文明之邦,有了悠久的文化传统和丰厚的文化积累,并且有了文化领袖的示范与激励,这个地区便成了文学重心之所在。

政治、经济和文化这三者都以地理环境为依托。政治和经济是两个比较活跃的因素,文化则相对稳定,它是一个地区、一个民族、一个国家几百年几千年的历史积淀。人们可以通过暴力手段摧毁一个政权和政治制度,可以通过暴力手段破坏一个地区、一个民族、一个国家的经济基础和经济格局,但是,人们不可能用类似的手段来毁灭一种文化。同理,人们可以在一个地方重新建立一种政治制度,可以在一个地方重新建立一种经济格局,但是不可能重新建立一种文化。文化是历代相承的。政治中心可以迅速转移,经济中心的转移也比较快,文化重心的转移则需要漫长的时间。西晋时,随着石勒入主中原,司马氏王朝的政治中心立刻移向江南;随着北方劳动力和生产技术的南迁以及南方大片肥沃土地被开发,司马氏王朝的经济中心也在江南确立下来,但是南方的文化重心地位的确立则经历了很长的时间。东晋时,建康一带人才济济,实际上主要是北方人才荟萃于此。南方本土人才的崛起,则在东晋以后。南宋时,中国的政治、经济和文化中心都在临安,但是随着蒙古统一南北,中国的政治中心又转移到北方,而经济中心和文化重心却从此在南方稳定下来。

文化重心在哪里,文学重心就在哪里;文化重心向哪里移动,文学重心就向哪里移动。周秦、两汉、三国西晋时期,国家的文化重心在黄河中下游流域,文学重心也在黄河中下游流域;东晋十六国南北朝时期,文化重心逐渐移到长江中下游流域,文学重心也逐渐移到长江中下游流域。隋唐五代时期,文化重心再次回到黄河中下游流域,文学重心也随之北返;宋元明清时期,文化重心又一次回到长江流域,文学重心又随之南来。

文化是在一定的政治、经济条件之下,以一定的地理环境为依托而形成的,但是文化一旦形成,便有了相对的稳定性,不会因政治、经济条件的改变而立刻改变;文学家的生成受一定的政治、经济和地理条件的制约,但是这种制约不是直接的,必须以相应的文化为其中介。文学家是相应的文化土壤之上的生命之树。这个规律提醒我们,无论是用"经济基础决定上层建筑"的单一理论模式还是用"地理环境决定论"的单一理论模式来解释文学家的地理分布问题,都是行不通的。我们期待 21 世纪新文学的繁荣,期待更多的优秀文学家的出现,我们由此而注重政治的安定和经济的发展,无疑是正确的,但是仅仅具备这两方面的优势还远远不够。我们必须注重在此基础上的整体的全方位的文化建设。只有文化环境得到改善和优化,新文学的辉煌景观才会出现,大批优秀的文学家才会产生。我们这本书的落脚点正在这里。

引用书目

文学类

高亨：《诗经译注》，上海古籍出版社 2009 年版。

严可均辑：《全上古三代秦汉三国六朝文》，中华书局 1958 年版。

萧统编、李善注：《文选》，上海古籍出版社 1986 年版。

刘义庆著、朱铸禹校注：《世说新语汇校集注》，上海古籍出版社 2002 年版。

鲍照著、钱仲联注：《鲍参军集注》，上海古籍出版社 2005 年版。

陆侃如：《中古文学系年》，人民文学出版社 1985 年版。

陈子昂：《陈子昂集》，中华书局 1960 年版。

彭定求等编：《全唐诗》，中华书局 1960 年版。

董皓等编：《全唐文》，上海古籍出版社 1990 年版。

辛文房著、傅璇琮等校笺：《唐才子传校笺》，中华书局 1987 年版。

傅璇琮：《唐代诗人丛考》，中华书局 1980 年版。

李昉等纂：《文苑英华》，中华书局 1966 年版。

李昉等编：《太平广记》，中华书局 1961 年版。

吕祖谦编：《宋文鉴》，四部丛刊本。

北京大学古文献研究所编：《全宋诗》，北京大学出版社 1995 年版。

欧阳修：《欧阳文忠公文集》，四部丛刊本。

王安石：《王临川全集》，扫叶山房石印本。

苏轼：《苏东坡全集》，北京燕山出版社 2009 年版。

苏轼：《苏轼文集》，中华书局 1986 年版。

苏辙：《栾城集》，上海古籍出版社 1987 年版。

周邦彦著、罗忼烈笺注：《清真集笺注》，中华书局 2008 年版。

范成大：《石湖诗集》，上海古籍出版社 2006 年版。

姜夔著、夏承焘笺注：《姜白石词编年笺注》，上海古籍出版社 1981 年版。

王灼：《碧鸡漫志》，见《词话丛编》，中华书局 1986 年版。

唐圭璋：《宋词四考》，江苏文艺出版社 1957 年版。

臧晋叔：《元曲选》，河北教育出版社 1994 年版。

燕南芝庵：《唱论》，见《中国古典戏曲论著集成》，中国戏剧出版社 1959 年版。

徐渭：《南词叙录》，见《中国古典戏剧论著集成》，中国戏剧出版社 1959 年版。

王国维：《宋元戏曲史》，百花文艺出版社 2002 年版。

张庚、郭汉城主编：《中国戏曲通史》，中国戏剧出版社 1980 年版。

吴梅：《吴梅戏曲论文集》，中国戏剧出版社 1988 年版。

冯梦龙：《醒世恒言》，人民文学出版社 1956 年版。

袁中道：《珂雪斋近集》，上海书店 1982 年版。

袁宗道：《白苏斋类集》，上海古籍出版社 1989 年版。

袁宏道著、钱伯城校笺：《袁宏道集校笺》，上海古籍出版社 1981 年版。

钟惺、谭元春评选，张国光、张业茂、曾大兴校点：《诗归》，湖北人民出版社 1985 年版。

钱谦益：《列朝诗集小传》，上海古籍出版社 2008 年版。

王夫之等撰：《清诗话》，上海古籍出版社 1978 年版。

翁方纲：《石洲诗话》，人民文学出版社 1981 年版。

吴敬梓：《儒林外史》，人民文学出版社 1978 年版。

曾国藩：《曾文正公诗文集》，商务印书馆 1947 年版。

谭正璧：《中国文学家大辞典》，上海书店 1981 年影印版。

吴文治：《中国文学史大事年表》，黄山书社 1987 年版。

张慧剑：《明清江苏文人年表》，上海古籍出版社 1983 年版。

胡文楷：《历代妇女著作考》，上海古籍出版社 1985 年版。

曹道衡等：《中国文学家大辞典》，中华书局 1996—2006 年版。

袁行霈：《中国文学概论》，高等教育出版社 1990 年版。

靳明全编：《区域文化与文学》，中国社会科学出版社 2003 年版。

古远清：《文艺新学科手册》，华中理工大学出版社 1988 年版。

曾大兴：《文学地理学研究》，商务印书馆 2012 年版。

〔俄〕K. 巴乌斯托夫斯基：《金蔷薇》，漓江出版社 1997 年版。

历史类

杨伯峻：《春秋左传注》，中华书局 1981 年版。

《国语》，上海古籍出版社 1978 年版。

刘向集录：《战国策》，上海古籍出版社 1978 年版。

司马迁：《史记》，中华书局 1982 年版。

班固：《汉书》，中华书局 1962 年版。

徐天麟：《西汉会要》，中华书局 1955 年版。

范晔：《后汉书》，中华书局 1965 年版。

陈寿：《三国志》，中华书局 2006 年版。

房玄龄等：《晋书》，中华书局1974年版。

田余庆：《东晋门阀世族》，北京大学出版社1989年版。

沈约：《宋书》，中华书局1974年版。

萧子显：《南齐书》，中华书局1972年版。

李延寿：《南史》，中华书局1975年版。

许嵩：《建康实录》，文渊阁四库全书本。

王仲荦：《魏晋南北朝史》，上海人民出版社1979年版。

刘汝霖：《东晋南北朝学术编年》，中华书局1987年版。

魏徵等：《隋书》，中华书局1973年版。

刘知几著、浦起龙释：《史通通释》，上海古籍出版社1978年版。

刘昫等：《旧唐书》，中华书局1975年版。

欧阳修等：《新唐书》，中华书局1975年版。

王溥：《唐会要》，中华书局1955年版。

谷霁光：《府兵制度考释》，上海人民出版社1978年版。

李肇：《唐国史补》，上海古籍出版社1979年版。

王定保：《唐摭言》，古典文学出版社1957年版。

陈寅恪：《隋唐制度渊源略论稿》，上海古籍出版社1982年版。

陈寅恪：《唐代政治史述论稿》，上海古籍出版社1997年版。

岑仲勉：《唐人行第录》（外三种），中华书局1962年版。

赵文逵主编：《隋唐文化史》，陕西师范大学出版社1992年版。

吴任臣：《十国春秋》，中华书局1983年版。

薛居正等：《旧五代史》，中华书局1976年版。

陶岳：《五代史补》，文渊阁四库全书本。

王溥：《五代会要》，中华书局1998年版。

史氏：《钓矶立谈》，文渊阁四库全书本。

马令：《南唐书》，文渊阁四库全书本。

王偁：《东都事略》，文海出版社 1979 年版。

司马光等：《资治通鉴》，中华书局 1956 年版。

李焘：《续资治通鉴长编》，中华书局 1985 年版。

司马光：《司马文正公传家集》，《万有文库》本。

脱脱等：《宋史》，中华书局 1977 年版。

徐松：《宋会要辑稿》，中华书局 1957 年影印本。

李心传：《建炎以来系年要录》，中华书局 1956 年版。

李心传：《建炎以来朝野杂记》，文渊阁四库全书本。

徐梦莘：《三朝北盟会编》，上海古籍出版社 1987 年版。

叶隆礼：《契丹国志》，上海古籍出版社 1985 年版。

脱脱等：《辽史》，中华书局 1974 年版。

厉鹗：《辽史拾遗》，文渊阁四库全书本。

宋濂等：《元史》，中华书局 1976 年版。

张廷玉等：《明史》，中华书局 1974 年版。

《明太祖实录》，"中央研究院"历史语言研究所 1962 年版。

《明神宗实录》，"中央研究院"历史语言研究所 1962 年版。

陈建：《皇明通纪》，中华书局 2008 年版。

周腊生：《明代状元奇谈·明代状元谱》，紫禁城出版社 1993 年版。

郑天挺主编：《明清史资料》，天津人民出版社 1981 年版。

赵尔巽等：《清史稿》，中华书局 1977 年版。

《清圣祖实录》，辽宁社会科学院 1987 年印行。

《雍正朱批谕旨》，武英殿刊本。

王之春：《国朝柔远记》，清光绪十七年广雅书局刊本。

洪承畴：《洪承畴章奏文册汇辑》，台北大通书局 1988 年影印本。

琴川居士辑、罗振玉撰：《皇清奏议六十八卷》，古籍整理处1936年石印本。
薛福成：《薛福成选集》，上海人民出版社1987年版。
戴逸主编：《简明清史》，人民出版社1980年版。
小横香室主人：《清朝野史大观》，上海科学技术文献出版社2010年版。
黄宗羲：《宋元学案》，中华书局1986年版。
黄宗羲：《明儒学案》，中华书局2008年版。
梁启超：《梁启超论清学史二种》，复旦大学出版社1985年版。
谢国桢：《明末清初的学风》，人民出版社1982年版。
萧一山：《清代学者生卒及著述表》，北平中华印书局1931年版。
赵翼：《廿二史札记》，中华书局1984年版。
吴晗：《吴晗史学论著选集》，人民出版社1984年版。
梁廷灿：《历代名人生卒年表》，商务印书馆1934年版。
姜亮夫：《历代人物年里碑传综表》，中华书局1959年版。
柏杨：《中国帝王皇后亲王公主世系录》，中国友谊出版公司1986年版。
潘光旦：《中国伶人血缘关系之研究》，商务印书馆1987年版。
〔日〕加藤繁：《中国经济史考证》，商务印书馆1973年版。
傅筑夫：《中国封建社会经济史》，人民出版社1982年版。
白寿彝：《中国交通史》，上海书店1984年版。
赵文林、谢淑君：《中国人口史》，人民出版社1988年版。
葛剑雄主编：《中国移民史》，福建人民出版社1997年版。
魏隐儒：《中国古籍印刷史》，印刷工业出版社1988年版。
李希沁、张椒华编：《中国古代藏书与近代图书馆史料》，中华书局1996年版。
王炳照：《中国古代书院》，商务印书馆1998年版。
朱保炯、谢沛霖：《明清进士题名碑录索引》，上海古籍出版社1980年版。

地理类

郦道元：《水经注》，中华书局2009年版。

〔日〕谷川道雄编：《日中国际共同研究——地域社会在六朝政治文化上所起的作用》，日本玄文社1989年版。

李吉甫：《元和郡县图志》，中华书局1983年版。

徐松：《唐两京城坊考》，中华书局1985年版。

向达：《唐代长安与西域文明》，河北教育出版社2007年版。

乐史：《太平寰宇记》，文渊阁四库全书本。

祝穆：《方舆胜览》，中华书局2003年版。

张家驹：《两宋经济重心的南移》，湖北人民出版社1957年版。

纳新：《河朔访古记》，文渊阁四库全书本。

马可·波罗：《马可·波罗游记》，福建科学技术出版社1982年版。

王士性：《广志绎》，中华书局1981年版。

吴学俨、朱绍本等：《地图综要》，南明弘光元年刊本。

顾炎武：《天下郡国利病书》，商务印书馆四部丛刊本。

孙嘉淦：《南游记》，广益书局1933年版。

丁文江：《丁文江学术文化随笔》，中国青年出版社2000年版。

胡朴安：《中华全国风俗志》，上海科学技术文献出版社2008年版。

谭其骧：《长水集》，人民出版社1987年版。

谭其骧主编：《中国历史地图集》，地图出版社1982年版。

谭其骧主编：《历史地理》（1—9辑），上海人民出版社1982—1990年版。

王恢：《中国历史地理》，台湾学生书局1978年版。

陈正祥：《中国文化地理》，生活·读书·新知三联书店1983年版。

华林甫：《中国历史地理学五十年》，学苑出版社2001年版。

蓝勇：《中国历史地理学》，高等教育出版社2002年版。

周振鹤等：《中国历史文化区域研究》，复旦大学出版社1997年版。

李学勤、徐吉军主编：《长江文化史》，江西教育出版社1995年版。

李学勤、徐吉军主编：《黄河文化史》，江西教育出版社2003年版。

潘荣陛：《帝京岁时纪胜》，北京古籍出版社1981年版。

郭国琦等：《康熙新修齐东县志》，《中国地方志集成·山东府县志辑30》，凤凰出版社2004年版。

钟廷英等：《嘉庆长山县志》，《中国地方志集成·山东府县志辑27》，凤凰出版社2004年版。

徐德城等：《道光长清县志》，《中国地方志集成·山东府县志辑59》，凤凰出版社2004年版。

李图等：《道光陵县志》，清道光二十六年刊本。

郭琦主编：《陕情要览》，陕西人民出版社1986年版。

许承尧：《歙事闲谭》，黄山书社2001年版。

黄海鹏等编：《明清徽商资料选编》，黄山书社1985年版。

石国柱，楼文钊：《民国歙县志》，见《中国地方志集成·安徽府县志辑》，江苏古籍出版社1998年版。

聂豹修：《正德华亭县志》，明正德十六年刻本。

程国栋等：《乾隆嘉定县志》，清乾隆七年刻本。

谈起行、叶承：《乾隆上海县志》，清乾隆十五年刊本。

王大同等：《嘉庆上海县志》，清嘉庆十九年刊本。

方宗诚：《同治上海县志》，清同治十年刻本。

杨开第等：《光绪重修华亭县志》，《中国地方志集成·上海府县志辑》，上海书店出版社2010年版。

金福增等：《光绪南汇县志》，《中国地方志集成·上海府县志辑》，上海书店出版社 2010 年版。

朱栋：《朱泾志》，上海书店 1992 年版。

黄希宪：《抚吴檄略》，明刊本。

刘石吉：《明清时代江南市镇研究》，中国社会科学出版社 1987 年版。

陈忠平：《江苏史论考》，江苏古籍出版社 1989 年版。

龚明之：《中吴纪闻》，上海古籍出版社 1986 年版。

范成大：《吴郡志》，江苏古籍出版社 1986 年版。

冯桂芬：《同治苏州府志》，清光绪刻本。

曹一麟等：《嘉靖吴江县志》，明嘉靖刻本。

杜愈：《吴船日记》，清光绪二十四年刊本。

莫旦：《弘治吴江县志》，清抄本。

沈彤：《乾隆吴江县志》，《中国地方志集成·江苏府县志辑 20》，江苏古籍出版社 1991 年版。

杨谦：《至正昆山郡志》，成文出版社 1989 年版。

张采：《崇祯太仓州志》，明崇祯十五年刊本。

金鸿等：《乾隆镇洋县志》，清乾隆十二年刊本。

顾一平：《扬州名园记》，广陵书社刊本。

姚文田等：《嘉庆重修扬州府志》，《中国地方志集成·江苏府县志辑 41》，江苏古籍出版社 1991 年版。

李先荣等编：《无锡文库》（第一辑），凤凰出版社 2011 年版。

施惠：《光绪宜兴荆溪新志》，清光绪八年刊本。

王抱承等：《民国无锡开化乡志》，《中国地方志集成·乡镇志专辑 11》，江苏古籍出版社 1992 年版。

贾子彝：《江苏省会辑要》，镇江江南印书馆民国二十五年刊本。

甘熙：《白下琐言》，南京出版社 2007 年版。

吕燕昭等：《嘉庆新修江宁府志》，《中国地方志集成·江苏府县志辑1》，江苏古籍出版社1991年版。

汪士铎等：《光绪续纂江宁府志》，《金陵全书22》，南京出版社2011年版。

汪士铎等：《同治上江两县志》，《中国地方志集成·江苏府县志辑4》，江苏古籍出版社1991年版。

陈嘉谟等：《光绪高淳县志》，清光绪七年学山书院刊本。

吴寿宽：《宣统高淳县乡土志》，民国二年刊本。

刘庆运等：《顺治六合县志》，清顺治三年刊本。

王升远等：《民国六合县续志稿》，《中国地方志集成·江苏府县志辑6》，江苏古籍出版社1991年版。

侯宗海等：《光绪江浦埤乘》，《中国地方志集成·江苏府县志辑5》，江苏古籍出版社1991年版。

丁维诚等：《光绪溧水县志》，《中国地方志集成·江苏府县志辑33》，江苏古籍出版社1991年版。

卫哲治等：《乾隆淮安府志》，上海古籍出版社1995年版。

刘浩等：《光绪丹阳县志》，《中国地方志集成·江苏府县志辑31》，江苏古籍出版社1991年版。

章乃羹：《两浙人英传》，加利福尼亚大学1988年印行。

浙江省地方志编纂委员会：《雍正浙江通志》，中华书局2001年版。

耐得翁：《都城纪胜》，见《东京梦华录（外四种）》，上海古典文学出版社1956年版。

周淙：《乾道临安志》，中华书局1985年版。

丁丙辑：《武林掌故丛书》，清光绪钱塘丁氏嘉惠堂刊本。

杭州市地方志编纂委员会：《万历杭州府志》，中华书局2005年版。

马如龙等：《康熙杭州府志》，清康熙二十五年刊本。

何琪：《唐栖志略》，清光绪七年钱塘丁氏刊本。

王同：《唐栖志》，清光绪十六年刊本。

徐献忠：《吴兴掌故集》，文渊阁四库全书本。

栗祁：《万历湖州府志》，文渊阁四库全书本。

宗源瀚、郭式昌：《同治湖州府志》，台湾成文出版社本。

王振孙等：《康熙德清县志》，清康熙十二年抄本。

汪日桢等：《南浔镇志》，《中国地方志集成·乡镇志专辑22》，江苏古籍出版社1992年版。

柳琰等：《弘治嘉兴府志》，明弘治五年刊本。

张炎贞：《乌青文献》，清康熙二十七年刊本。

潘光旦：《明清两代嘉兴的望族》，上海书店1991年影印版。

董钦德：《康熙会稽县志》，绍兴县地方志编纂委员会1992年重印本。

王寿颐、潘纪恩：《光绪仙居志》，《中国地方志集成·浙江府县志辑48》，上海书店1993年版。

查慎行：《西江志》，成文出版社1989年版。

蓝蒲、郑廷桂：《景德镇陶录》，上海神州国光社影印本。

周瀛等：《同治安福县志》，《中国地方志集成·江西府县志辑67》，江苏古籍出版社1996年版。

周之镛等：《同治万安县志》，《中国地方志集成·江西府县志辑68》，江苏古籍出版社1996年版。

胡业恒等：《同治东乡县志》，《中国地方志集成·江西府县志辑87》，江苏古籍出版社1996年版。

何乔远：《闽书》，福建人民出版社1994年版。

陈寿祺等：《福建通志》，清同治十年重刊本。

陈懋仁：《泉南杂志》，商务印书馆1936年版。

黄士绅：《万历惠安县续志》，《嘉靖重修沙县志》（外三种），福建人民出版社 2010 年版。

常璩：《华阳国志》，文渊阁四库全书本。

贾大泉：《宋代四川经济述论》，四川省社会科学院出版社 1985 年版。

常明等：《四川通志》，清嘉庆二十一年刊本。

丁宝桢：《四川盐法志》，清光绪刊本。

张正明：《楚文化史》，上海人民出版社 1987 年版。

张尊德等：《康熙安陆府志》，《中国地方志集成·湖北府县志辑 42》，江苏古籍出版社 2001 年版。

谢攀云：《嘉庆郧阳志》，《郧阳志汇编》，湖北省十堰市地方志办公室 2007 年刊本。

何远鉴等：《同治增修施南府志》，《中国地方志集成·湖北府县志辑 55》，江苏古籍出版社 2001 年版。

沈元寅等：《乾隆黄梅县志》，《湖北府州县志 7》，乾隆五十年重刊，海南出版社 2001 年版。

陈沛：《宣统黄安乡土志》，清宣统元年刊本。

但传熺等：《道光蒲圻县志》，武汉大学图书馆藏影印本。

屈大均：《广东新语》，中华书局 1985 年版。

黄佐：《广东通志》，广东省立中山图书馆藏本。

梁廷枏：《粤海关志》，广东人民出版社 2002 年版。

叶曙明：《其实你不懂广东人》，广东教育出版社 2005 年版。

沈廷芳等：《乾隆广州府志》，清乾隆二十四年刊本。

戴肇辰等：《光绪广州府志》，《中国地方志集成·广东府县志辑》，江苏古籍出版社 1998 年版。

广东省社会科学院历史研究所等编：《明清佛山碑刻文献经济资料》，广东人民出版社1987年版。

潘尚楫：《道光南海县志》，清同治十一年刊本。

吴荣光：《道光佛山忠义乡志》，《中国地方志集成·乡镇志专辑30》，江苏古籍出版社1992年版。

祝淮等：《道光香山县志》，清道光刊本。

综合类

陈鼓应：《老子注释及评介》，中华书局1985年版。

杨伯峻：《孟子译注》，中华书局1960年版。

严北溟、严捷：《列子译注》，上海古籍出版社1986年版。

陈奇猷：《吕氏春秋校释》，学林出版社1984年版。

王利器：《盐铁论校注》，天津古籍出版社1983年版。

葛洪：《抱朴子》，《四部丛刊》影印本。

慧立、彦悰：《大慈恩寺三藏法师传》，中华书局1983年版。

独孤及：《毗陵集》，上海古籍出版社1993年版。

张鷟：《朝野佥载》，三秦出版社2004年版。

杜佑：《通典》，中华书局1988年版。

王钦若等：《册府元龟》，凤凰出版社2006年版。

李昉等：《太平御览》，中华书局1960年版。

蔡绦：《铁围山丛谈》，中华书局1983年版。

何薳：《春渚纪闻》，中华书局1983年版。

叶梦得：《石林燕语》，中华书局1984年版。

叶梦得：《石林避暑录话》，上海书店1990年版。

洪迈：《容斋随笔》，上海古籍出版社1996年版。

马端临：《文献通考》，中华书局1986年版。

王炎：《双溪类稿》，文渊阁四库全书本。

陆游：《老学庵笔记》，中华书局1979年版。

高斯得：《耻堂存稿》，文渊阁四库全书本。

叶适：《叶适集》，中华书局2010年版。

楼钥：《攻媿集》，武英殿聚珍本。

宋子安：《东溪试茶录》，《古今图书集成》本。

周密：《齐东野语》，中华书局1983年版。

郑所南：《郑思肖集》，上海古籍出版社1991年版。

陶宗仪：《南村辍耕录》，中华书局1959年版。

叶子奇：《草木子》，中华书局1959年版。

张瀚：《松窗梦语》，上海古籍出版社1986年版。

危素：《元海运志》，中华书局1985年版。

李维桢：《大沁山房集》，上海古籍出版社1999年版。

胡宗宪：《筹海图编》，文渊阁四库全书本。

沈演：《止止斋集》，明崇祯六年刊本。

谢肇淛：《五杂俎》，上海书店2001年版。

汪道昆：《太函集》，黄山书社2004年版。

徐光启：《农政全书》，岳麓书社2002年版。

陈子龙等辑：《明经世文编》，中华书局1962年影印本。

陈梦雷编：《古今图书集成》，中华书局1934年版。

贺长龄辑：《皇朝经世文编》，清道光七年刊本。

王士禛：《池北偶谈》，中华书局1982年版。

方苞：《方望溪全集》，世界书局1936年版。

黄印：《锡金识小录》，清光绪二十二年刊本。

魏禧：《魏叔子文集》，中华书局 2003 年版。

汪户淑：《水曹清暇录》，清乾隆五十七年汪氏飞鸿堂刊本。

喻德渊：《默斋公牍》，关中书院藏本。

佟赋伟：《二楼纪略》，文渊阁四库全书本。

汪喜孙：《汪喜孙著作集》，"中央研究院"中国文哲研究所 2003 年版。

包世臣：《安吴四种》，清同治注经堂刊本。

徐熙麟：《熙朝新语》，上海古籍出版社 1983 年版。

卢文弨：《抱经堂文集》，中华书局 1990 年版。

全祖望著、詹海云校注：《鲒埼亭集校注》，鼎文书局 2003 年版。

陆心源：《仪顾堂题跋》，上海古籍出版社 1995 年版。

徐松著、孟二冬补正：《登科记考补正》，北京燕山出版社 2003 年版。

徐世溥：《榆溪集选》，清光绪二十六年上海扫叶山房石印本。

陈去病：《五石脂》，江苏古籍出版社 1985 年版。

郑光祖：《一斑录杂述》，清道光十八年青玉山房刊本。

王韬：《漫游随笔》，社会科学文献出版社 2007 年版。

余怀：《板桥杂记》，上海古籍出版社 2000 年版。

徐珂：《清稗类钞》，中华书局 1986 年版。

王国维：《王国维全集》，浙江教育出版社、广东教育出版社 2009 年版。

章太炎：《章太炎全集》，上海人民出版社 1980 年版。

张国光：《文史哲学新探》，武汉出版社 1992 年版。

冯天瑜、周积明：《中国古文化的奥秘》，湖北人民出版社 1986 年版。